कलयुग में

रामायन

श्री राम चरण स्पर्श

कलयुग में

रामायन

श्री राम चरण स्पर्श

डा० अलका हर्ष

ZORBA BOOKS

ZORBA BOOKS

Published in India by Zorba Books, 2018

Website: www.zorbabooks.com
Email: info@zorbabooks.com

Copyright © डा० अलका हर्ष

ISBN Print Book - 978-93-87456-66-2
ISBN eBook - 978-93-87456-67-9

Zorba Books Pvt. Ltd.(opc)
Gurgaon, INDIA

Printed at Repro Knowledgecast Limited, India

'श्री राम चरण स्पर्श'

सरल हिन्दी गीत रूप

डा० अलका हर्ष

लेखिका परिचय

डा0 श्रीमती अलका हर्ष (कु0 अलका अग्रवाल) जी ने लखनऊ विश्वविद्यालय से वनस्पति विज्ञान में एम0एस0सी0 करने के बाद, इसी विश्वविद्यालय से सम्बद्ध नवयुग कन्या पी0जी0 महाविद्यालय, लखनऊ में पढ़ाते हुए, एन0बी0आर0आई0 में शोध कार्य करके पी0एच0डी0 की डिग्री हासिल की।

शोध पत्र लिखते हुए, लेखन में रुचि हुई और कहानियों, उपन्यासों, काव्य एवं बाल कथाओं पर लेखनी चली। सन् २०१२ से अध्यात्म की ओर तब रुझान हुआ जब ज्योतिर्लिंग केदारनाथ जी के मंदिर में सूर्योदय से पूर्व, दर पर ही उन्हें महाकालेश्वर लिंग रूप दिखाई दिये, मानों वे कुछ क्षणों को भावी प्रलय का एहसास देने आए हों। क्योंकि ठीक एक वर्ष बाद ही कस्तूरी मृग जंगलों से रूद्र प्रयाग तक प्राकृतिक आपदा से भयंकर त्रासदी मची। गांव के गांव बहे, और नर संहार हुआ।

तत्पश्चात् प्रथम बार अलका जी ने सुंदर काण्ड का पाठ किया। और अगली सुबह ब्रह्म बेला में ही उन्हें शिव जी के अंश राम भक्त श्री हनुमान जी का, कानों में लम्बी फूँक के रूप में, शुभाशीर्वाद प्राप्त हुआ।

इसी के फलस्वरूप ईश्वर की अनुकम्पा हुई, जिससे उन्होंने 'रामायण' एवं 'श्रीमद् भगवद्गीता' पर शोध कार्य किया। इसी शोध के परिणाम का एक फल प्रसाद 'श्री राम चरण स्पर्श' के रूप में आपके हाथों में है।

समर्पण

श्री राम चरण स्पर्श

कलयुग में जन मानस के अभ्युत्थान हेतु
श्री राम कृपार्थ उन्हीं के श्री चरणों में
भक्ति और प्रेम पूर्वक समर्पित,

डा० अलका हर्ष

श्री राम चरण स्पर्श
अनुक्रमणिका

क्रमांक	मुख्य विषय	उप विषय	पृष्ठ संख्या
१.	प्राक्कथन		१
२.	श्री राम चरण स्पर्श	कथा सार	३
		मुख गीत	५
३.	प्रार्थनाएं एवं स्तुतियां	गणेश स्तुति एवं श्लोक	६
		ईश्वर प्रार्थना	७
		सबके ईश्वर राम की प्रार्थना	७
		परमधाम परमेश्वर की प्रार्थना	८
		सरस्वती वंदना एवं स्तुति	८
		शिव वंदना एवं स्तुति गान	९
		शिव प्रार्थना	१०
		शिव भभूत की जय	११
		ब्रह्मा स्तुति एवं प्रार्थना	११
		विपरीत काल में सुबुद्धि हेतु प्रार्थना	१२
		वाल्मीकि स्तुति	१२
		राम वंदना एवं स्तुति	१३
		सीता स्तुति	१४
		वेद पुराण स्तुति	१५
		राम कथा पथ प्रशस्ति	१६
		हनुमान वंदना तथा स्तुति गान	१६
		हनुमान स्तुति (त्रेता)	१६
		हनुमान स्तुति (द्वापर)	२३
		हनुमान स्तुति (कलयुग)	२४
		कलयुग में राम कथा हेतु आह्वान	२५
		संजीवनी स्तुति	२८
		फल फूल कंद मूल स्तुति	२९
		नीति वाक्य	३०
		शिव के शंवर मंत्र	३१

नित्य प्रार्थना ३२

साप्ताहिक वंदना ३३

श्री राम महिमा गान ३५

४. पूर्व प्रसंग ४०

५. बंदर मदारी बनाम हनुमान शिव कथा ५०

६. सतयुग/कृता युग विष्णु के चार अवतार का युग ५३

आकाश गंगाओं का उदय ५४

७. त्रेता युग - राम कथा प्रारम्भ ५६

प्रथम चरण ५६

श्री रामोदय-राम जन्म - राजा प्रताप भानु ५६

रावण का पूर्व जन्म ७३

महर्षि विश्वामित्र ७८

श्री राम अवतार ८१

ताड़का वध ८७

वामनावतार विष्णु : विराट त्रिविक्रम ८९

भागीरथी आई ९०

राक्षस सुबाहु एवं मारीच ९२

सीता आयी ९२

भविष्य वक्ता शुक - सीता को विरह श्राप ९३

वाल्मीकि की मरा मरा...कथा - रामायण जन्म ९५

द्वितीय चरण-१ ९८

सीता स्वयंवर ९८

स्वंयवर में क्रोधी परशुराम तथा क्रोध हन्ता राम १०३

मंगल विवाह १०८

द्वितीय चरण-२ ११२

महल में मधुरात्रि ११२

मंथरा मंत्रणा ११४

द्वितीय चरण-३	११९
राम का राज्याभिषेक टला	११९
राम का साम	१२१
दशरथ का शोक	१२६
सुमित्रा की कौशल्या को सान्त्वना	१२७
सुमन्त लौटा	१२८
कुल गुरु वशिष्ठ ने कहा	१३१
द्वितीय चरण-४	१३२
भरत की आयोध्या वापसी	१३२
भरत कौशल्या संवाद	१३४
भरत श्रृंगवेरपुर में	१३६
त्रिवेणी में, भारद्वाज आश्रम में भरत	१३८
चित्रकूट पर्णकुटी में राम मिले	१४०
राम भरत मिलाप	१४१
चित्रकूट में खर	१४४
महर्षि अत्रि	१४६
महर्षि अत्रि की पत्नी - महासती अनुसूया	१४७
अत्रि मुनि के आश्रम में - सीता, राम और लक्ष्मण	१४८
तृतीय चरण	१५०
राम का वन गमन	१५०
दण्डक वन में राम-विराध वध	१५२
दण्डकारण्य में शरभंग ऋषि	१५३
सुतीक्ष्ण की कुटिया में राम	१५५
दण्डकारण्य से पंचवटी - अगस्त्य ऋषि आश्रम	१५६
अगस्त्य ऋषि की महिमा - वातापि इल्वल	१५७
पंचवटी के पास - जटायु से भेंट	१५८
पंचवटी में राम लक्ष्मण सीता	१५९
पंचवटी में शूर्पनखा	१६०
पंचवटी में खर दूषण त्रिशिर	१६१

लंका में रावण सभा १६५

लंका में अकंपन १६५

लंका में शूर्पनखा १६६

लंका से पंचवटी १६८

पंचवटी में रावण १६८

रावण मारीच संवाद १६९

स्वर्ण मृग मारीच ने मोही सीता १७०

स्वर्ण मृग के पीछे राम १७१

लक्ष्मण ने खींची सीमा रेखा १७२

सीता हरण १७४

बंदिनी सीता १७६

मृत अमृत सीता १७७

चतुर्थ चरण १८०

मारीच के पीछे राम १८०

राम लक्ष्मण-खाली पर्ण कुटी में १८१

ज़ख़्मी जटायु से भेंट-अन्तिम संस्कार १८२

राम लक्ष्मण-दक्षिण की ओर १८४

कबंध उद्धार १८४

शबरी मिली १८५

किष्किंधा का किस्सा १८६

ऋष्यमूक पर राम लक्ष्मण १८९

ढ़हा दुंदुभि अस्थि पर्वत-मतंग ऋषि १९१

सुग्रीव बालि युद्ध १९२

मरते हुए बालि को राम का वरदान १९४

बुद्धिमती तारा १९५

बालि की मृत्यु पर सुग्रीव का शोक १९६

राम लक्ष्मण का किष्किन्धा छोड़ना १९८

लक्ष्मण का सक्रोध आगमन १९९

सीता खोज की योजना १९९

पंचम चरण २०१

सीता की खोज प्रारम्भ २०१

संपाती की दृष्टि २०३

हनुमान संवाद २०६

भारत से लंका की यात्रा २०८

लंका में हनुमान २९३

लंका दुर्ग का द्वार २९४

लंका शहर में २९५

हनुमान विभीषण भेंट २९६

हनुमान को सीता मिलीं २९६

हनुमान और सीता २९८

वाटिका तहस नहस २२०

रावण की सभा में हनुमान २२२

सीता से विदा ली २२४

प्रभु राम के पास लंका से किष्किंधा होते ऋष्यमूक लौटे हनुमान २२५

सीता की निशानी राम को २२६

समुद्र तट पर २२८

पकड़े गए शुक सारण-विभीषण का जलाभिषेक २२८

षष्ठम् चरण २३१

सेतु निर्माण २३१

गिलहरी और हनुमान २३३

नल नील को शिक्षा २३५

लंका में राम सेना शिविर २३६

राम दूत अंगद २३८

रावण की सभा २४१

विभीषण-लंका से निष्कासित २४४

सप्तम् चरण २४६

युद्ध का बिगुल २४६

हनुमान और कालनेमि २४८

लक्ष्मण प्राण सिद्धि-जी उठे लक्ष्मण २४९

कुम्भ कर्ण वध २५३

मेघनाद वध २५५

अहिरावण वध कथा २५८

रावण का पुत्र शोक २६३

रावण का आमरण यज्ञ २६८

सीता त्रिजटा वार्त्ता २७५

राम रावण युद्ध २७६

मन्दोदरी का शोक २७९

रावण विदा-विभीषण लंकेश २८०

अष्ठम् चरण २८२

सीता आगमन -अग्नि परीक्षा बनाम वरीक्षा २८२

दशरथ मुक्ति २८६

राम और इन्द्र २८८

राम और शिव २८९

राम और विभीषण २९०

रामेश्वर स्थापना २९३

हनुमान की माता से मिले-माँ के दूध की महिमा २९६

अयोध्या वापसी २९७

हनुमान भरत मिलाप २९९

राम का राज्याभिषेक ३००

चारों वेद आए ३०२

सीता की माला-हनुमान को ३०३

प्रजा की प्रतिक्रिया ३०४

राम संवाद ३०७

लक्ष्मण संवाद ३०८

सीता संवाद ३०९

राम अनन्त राम कथा अनन्ता ३१३

हनुमान द्वारा राम कथा लेखन ३१५

नवम् चरण ३१७

काशी नरेश की कथा ३१७

अश्वमेध यज्ञ ३१८

यज्ञ सभा में ३२८

८.	द्वापर युग	३३०
	नव चरण	३३०
	राम श्रीकृष्ण के रूप में एवं गर्वहारी हनुमान	३३०
	हनुमान और अर्जुन	३३५
	हनुमान और भीम	३३८
	हनुमान और शनि	३४०
	अमृत मंथन	३४२
९.	कलयुग	नवीनतम चरण	३४३
	सत्य ज्ञान विज्ञान स्वयं भगवान	३४४
कलयुग में भगवान दर्शन		३४६
	प्रभु दर्शन-रामदास	३४६
	प्रभु दर्शन-तुलसीदास	३४६
	प्रभु दर्शन-अलका को	३४८
	ग्यारहवें रुद्रांश के दर्शन-अलका को	३५१
कलयुग की त्रासदी		३५२

॥ श्री हरिः॥

श्री राम चरण स्पर्श

डा० श्रीमती अलका हर्ष द्वारा शिव रुद्रांश कृपा से विरचित

प्राक्कथन

श्री राम की कल्याणकारी कथा को गोस्वामी तुलसीदास जी ने अवधी भाषा में 'श्री राम चरित मानस' लिखकर मानो कलयुग के अभ्युत्थान की परिकल्पना की थी। और त्रेतायुगीन महाकवियों की संस्कृत भाषा में लिखित मूल रचनाओं 'रामायणों' को पूर्ण भक्ति भाव से अग्रप्रवाहित कर तत्कालीन जन मानस शुद्धिकृत किया। इसी प्रवाह को भाषांजलि एवं स्वरांजलि द्वारा श्री राम के साक्षात् आगमन की कल्पना कर उनके सत्कार में चरण स्पर्श कर सर नवा आज की हिन्दी भाषी जनता के मन मस्तिष्क की ओर अग्रसारित कर रही हूँ। स्पष्ट है कि राम कथा जो अनादि व अनन्त है, प्रवाह हेतु स्वयं पड़ाव ढूँढ़ती रही है। शिव मुख से शंवर मंत्र की 'ऊँ' शक्ति से परिपूर्ण, अद्‌भुत, ग्राह्य रूप में संसार को सम्पूर्ण कल्याण हित प्राप्त यह कथा जिसने भी सुनी वो तर गया। काग भुषण्डि अमर गुरु हो गये। उन से सुन कर कथा ने गरुड़ को तरा। और गरुड़ ने इसी कथा से सारे जगत को तरा। शिव से सुन कर शिव पत्नी सती ने संदेह किया- क्षीर सागर मध्य शेष शय्या धारी, नाभि कमल ब्रह्म जन्म दाता, शिव प्रदत्त दुष्ट हन्ता चक्रधारी, शंख गदा धारी, लक्ष्मी पति, जग पालन हारी साक्षात् विष्णु नर रूप में राम होकर पृथ्वी पर क्यों विचरेंगे? संदेह ने झूठ को जन्म दिया। सती ने सीता का रूप धरा। राम को स्वयं देख कर विश्वास किया। झूठ ने पति छुड़वाया और विश्वास ने वर्षों की तपस्या का बल देकर पति से पुनः मिलवा दिया। राम सी ही दिव्य है यह राम कथा। इसके कथन, श्रवण और अंकण, प्रचार, प्रसार और आचमन भाव, संकल्प और अधिग्रहण सभी हैं कल्याणकारी। परन्तु इसमें भ्रम करने से असत्य जन्मता है और दोषमुक्त करके परमात्मा से विलग करता है। पथ भ्रष्ट करके कुंठित कर देता है।

श्री राम आपका चरण स्पर्श कर कर्बद्ध प्रार्थना है कि स्वयं आपके प्रभु सक्षात शिव एवं रुद्रांश के आर्शीवाद की शक्ति से प्रेरित अलका की तुच्छ बुद्धि जन्य आपकी ही कल्याणकारी कथा जन जन तक पहुँचे तथा कलयुग में कल्याण कर हो। जन मानस पर अमृत सी बरसे। जन मन पर भावामृत तृप्ति भर दे। और अलका के नेत्रों में आपके सुदर्शन का अनन्त सुख भर दे।

बचपन में देखे सुरसा के चित्र को हालाकि मैं शूर्पनखा का समझती रही थी, फिर भी राक्षसी के विकराल जबड़े में निर्भीक खड़े मच्छर जैसे नन्हें हनुमान का, वाल्मीकि रामायण में अंकित यह चित्र मुझे वर्षों तक आकर्षित करता रहा था। इसी रामायण में बनी अक्षर तालिका पर प्रश्न पूछते हुए, नौ नौ खाने गिन कर अंगुली रखते हुए, आने वाले अक्षरों के समूहों से बनी चौपाइयों से मिले, शत

प्रति शत सही उतरने वाले उत्तरों के प्रभाव, मुझे मंदिर में शिव जी की भक्ति की ओर प्रेरित करते रहे। जिसके फलस्वरूप केदार नाथ में मुझे वृहद कालेश्वर लिंग के रूप में साक्षात शिव के दर्शन हुए। इस दर्शन की कृपा से केदारनाथ के ही बर्फीले पृष्ठ पर मुझे उनके सुपुत्र श्री गणेश व उनकी पत्नी पार्वती जी कि छवियां स्पष्ट रूपेण अंकित दिखाई दीं। तथा उंगली में लगी रोली पार्वती जी के माथे पर लगाने की जगह गणेश जी के उदर में अंकित कर बैठी। ईश्वर पर विश्वास से कृपा बरसती रही। यहां तक कि सुन्दर काण्ड का पाठ किया। और उसकी समाप्ति के प्रथम सूर्योदय पर पलंग से उठते ही हनुमान जी ने स्वयं आ कर दर्शन दिये। अद्‌भुत्‌ आश्चर्यजनक किन्तु सत्य। मेरे कान में पवन फूँक पवन पुत्र जाते दिखे। मैं भयग्रस्त हतप्रभ उनके आने की आहट से लेकर जाने तक की प्रक्रिया में पीछे हटती निश्चल रही। होश आने पर स्वयं की उस स्थिति को कोसने लगी। उनकी कृपा से उनके उस धड़ विहीन स्वर्ण मुख मुकुट को स्पष्ट पहचानते हुए भी नमन स्वागत सत्कार विदा कुछ न कर पाने की अपनी दोष युक्त निश्क्रिय मन बुद्धि को स्वीकृति दे पाना मेरे लिये सदैव नामुमकिन रहेगा। फिर भी अपने राम भक्त उस कृपालु हनुमान को पीछे से नमन करते हुए प्रार्थना करती हूँ कि, मेरी इस धृष्टता की माफ़ी स्वरूप मुझे स्वयं अपने राम का दर्शन कराएं, और उस समय मेरी मनः स्थिति इस तरह से नियंत्रित करें, कि मैं आप सहित उन्हें तुरन्त पहचान कर चरण पड़ सकूँ। लीजिये कैसी भक्त हूँ मैं, केवल एक आम प्रार्थिनी जो दोषी होकर माफ़ी मांगते हुए भी एक नई मांग हेतु लालायित है। हे भक्त! यही तो फ़र्क है! तुझमें और तेरे भगवान में। वो स्वयं आया, तुझे सब कुछ दे कर तेरी निश्चलता स्वीकार कर तुझसे नमन तक की अपेक्षा किये बिना ही चल भी दिया। और तू अब भी उससे अपनी ही दोषी प्रवृत्ति की माफ़ी के तौर पर भी, नया कुछ और मांगने की उम्मीद लगाए उसकी और ताके जा रहा है।

परन्तु जब तक उम्मीद है विश्वास भी है। जब तक विश्वास है ईश्वर तेरे साथ है। और यही विश्वास 'श्री राम चरण स्पर्श' के रूप में मेरी लेखनी से, मेरे राम अपने भक्त हनुमान द्वारा प्रेरित करा, मुझसे कागज़ पर उतरवाते रहे। और मेरा कर्त्तव्य है कि प्रभु राम के दूत द्वारा कराई गई उनकी इस रचना को मैं आप लोगों तक भली प्रकार पहुँचाऊँ। कृपया 'श्री राम चरण स्पर्श' कर, अपनी भाषा में कही गयी इस राम कथा को आसानी से पढ़ सुन और समझकर, किसी भी माध्यम से इसके प्रचार प्रसार में हाथ बँटाएं, और राम कार्य में सहायक हों। शुद्ध बुद्धि आचरण द्वारा चिर स्थित शान्ति प्राप्त करें। जिसे प्राप्त कर हम सच्चिदानन्द धन परम ब्रह्म को पाते हैं। पापों से और जीवन-मृत्यु चक्र से छुट कर परम गति को प्राप्त होते हैं।

जय 'श्री राम चरण स्पर्श' हित शीष नवा
कर्बद्ध श्री राम सीता को शत शत प्रणाम
श्री लक्ष्मण हनुमान को नमन राम राम
जय श्री राम

डॉ० अलका हर्ष
२२-०५-२०१८

श्री राम चरण स्पर्श

कथा सार

'श्री राम चरण स्पर्श' कलयुग में श्री राम के आगमन की परिकल्पना है। क्यों कि राम के आगमन का अर्थ है, भाइयों के एक रूप प्यार का आगमन, राजा प्रजा के पूर्ण कर्त्तव्य व्यवहार का आगमन, एक पत्नी व्रत का आगमन, माँ बाप व गुरुओं की आज्ञा पालन का आगमन; अज्ञान, आलस्य, मोह, मद, क्रोध जैसे राक्षसों के सफल मर्दन का आगमन तथा सत्य, धर्म, सुकर्म, तप, व्रत, त्याग तथा ज्ञान-विज्ञान की अग्नि परीक्षओं का सुआगमन। जिनके बिना कलयुग का नैराश्यपूर्ण अंधकार कटना असंभव है।

और राम के बिना अंसभव है, सीता के आगमन की परिकल्पना। राम एक पत्नी व्रती है, तो सीता अनन्त राम व्रती। सीता अपने संकल्प में ही रावण मर्दनी है। और रावण की बंदिनी होने के क्षणों में भी, उसे अपनी सीमा रेखा के भीतर, नहीं घुसने देती। क्योंकि सीता को विश्वास है, अपने राम व्रत पर और अपने राम की सीता व्रती क्षमता के पौरुष पर। वही पौरुष, जो सीता का गौरव है और रावण की ईर्ष्या का सबब। और 'श्री राम चरण स्पर्श' है, इसी त्यागमय गौरव द्वारा दम्भी ईर्ष्या के मर्दन का मनन और नमन।

इसी दमन से प्रसन्न हो कर अग्नि देवी ने सीता की स्वर्णश्री कलिका, मुदित राम के बांए अंग मे समाहित कर दी। सीता ने परीक्षा दी अपने गौरव के लिये, अपने त्याग की। परन्तु सीता की इसी अग्नि परीक्षा से राम की वरीक्षा हो गयी। अर्थात् वर की यह इच्छा कि ''हे! अग्नि, आप साक्षी रह कर, मेरी सीता को पत्नी रूप मुझे सदा के लिये फिर से सौंप दें'' अग्नि देवी ने राम को सीता मय किया और सीता तो राममयी थीं ही।

परन्तु हम मूर्ख प्रजा जन, जिन्होने सीता की अग्नि परीक्षा में राम की वरीक्षा को भुला दिया, राम के सीता व्रती रूप को भी भुला दिया। और राम के 'त्याग' की 'सीता को त्याग दिया' कह कर निन्दा की। और इस प्रकार राम के सर्वोच्च चरित्र को मूर्खता वश कंलकित करते रहे। हम इस बात से भी अन्जाने रहे, कि रावण के दस सरों में बसे, राम के पौरुष के खौफ़ के कारण उसके दस दिल सदा भयाक्रान्त रहे थे। अपने आगे राममयी सीता को देख, वो अपने पीछे खड़े सीता मय राम के डर से अपने बीसों हाथ उठा ही नही पाता था। तपोबल की ऐसी पराकाष्ठा ही कलयुग की निर्भयाओं को वही सुरक्षा दे सकती है, जो सीता ने पाई। हम प्रजा जनों को नहीं भूलना चाहिये कि, महल, राजगद्दी, माता, पिता, भाई, भाभियों, धन, ऐश्वर्य सबका सुख त्याग कर, जन कल्याण के लिये अपने कर्त्तव्य पालन हेतु, राक्षसों से भरे वनों की ओर प्रस्थान करने वाला राम ही सीता को चाहिये।

हम यह भी न भूलें कि जंगलों में ऋषि मुनियों की तपस्या व यज्ञ को राम ने अपने उसी पौरुष के बल पर निर्बाध रखा जो सीता का गौरव था।

हमें यह भी नहीं भूलना चाहिये कि सीता ने भी राम के साथ के सुख के आगे सारे सुख त्याग दिये थे। और वनों में तपस्विनी की तरह विचरी थीं। जिन्हें राम ने अन्य ऋषियों के समान ही सुरक्षित रखा था।

राम की इसी एक छत्र सुरक्षा को ठगी से हटाना रावण की आसुरी राजनीति थी। जिसे असफल करने की जिम्मेदारी भी स्वंय राम ने ही निभाई। पति-पत्नी के बीच विश्वास और धैर्य की ऐसी अद्‌भुत पराकाष्ठा, केवल राम सीता के चरित्र में ही दिखाई पड़ती है। जिसने ठगी को समूल नष्ट करके, पति-पत्नी का गौरव अक्षुन्न रखा।

ऐसे पति-पत्नी, राजा रानी के रूप में अलग-अलग अंचलों में अपनी जनता और भूमि के प्रति अपने कर्त्तव्य निभाते हुए राम राज्य साकार करते हैं। और यही नहीं, भविष्य के लिये लव कुश के रूप में, राम लक्ष्मण की निधियां, पुनः अपने राज्य को सौंपते हैं।

त्यागमयी कर्त्तव्य निष्ठा की ऐसी सम्पूर्णता के धनी, राजा राम और रानी सीता को धोबी धोबिन जैसी कंलकित और मूर्ख जनता को, अपने चरित्र का अनुगमन कराना था। और उन्हें बताना था कि साथ या अलग रहने अथवा जगह बदलने से चरित्र नहीं बदलते। चरित्र बदलते हैं, शुद्ध बुद्धि और साफ मन से। अतः कलुषित मनों का बदलना अति आवश्यक है।

और इसके लिये उन्होंने त्याग का ऐसा भव्य रूप दिखाया कि, राम सीता के विरह की, केवल वेदना महसूस कर,धोबी धेाबिन ने स्वंय ही, रो रो कर अपने कलंक धो डाले। और राम राज्य की राम अनुकरणीय जनता के रूप मे ढ़ल कर, राम सीता का पूज्यनीय दर्जा अक्षुन्न रखा।

कलयुग में राम राज्य की परिकल्पना भी तभी की जा सकती है, जब कि जनता का प्रतिनिधित्व करने वाले धोबी की बुद्धि, राम द्वारा निर्देशित हो। तथा धोबिन की धोखावृत्ति के साथ, सीता की राम वृत्ति ही न्याय करे। 'श्री राम चरण र्स्पश में' यही मुद्दा अहम् है। सीता स्वंय राम राज्य की रानी होने का गौरव निभाते हुए, राम द्वारा किये, राक्षस मुक्त वनांचल हरित करने का कर्त्तव्य पूर्ण निर्णय लेती है, ताकि राम को नगर में रहते हुए, त्याग रूप राज्य करने का अवसर मिलता रहे। राक्षस रहित माहौल में वो राम राज्य के युवराजों को, बेख़ौफ पालती है। साथ ही, उन्हें राम के जैसे सक्षम शूर भी बनाती है। इस तरह राम और उनके राज्य को गौरवान्वित करने में अपना पूर्ण योगदान देती है। और अपना जन्म सफल करती है।

मुझे पूरी आशा है कि कलयुग की पढी लिखी समझदार जनता, श्री राम चरण स्पर्श करके, अपने भीतर समाए 'राम ने सीता त्याग दी' अज्ञानता के अंधकार को, 'राम ने राज्य कर्त्तव्य के लिये त्याग किया' के ज्ञान दीपक से मिटा देगी। राम के क़दमों पर चलते हुए, घूमते काल चक्र के एक चक्कर पूरा करने पर आने वाले, नए सतयुग का प्रसन्नता से स्वागत करेगी।

श्री राम चरण स्पर्श
हेतु नत, प्रणत राम भक्तिमयी
डा० अलका हर्ष

श्री राम चरण स्पर्श

मुख गीत

आए राम चरण स्पर्श लो
श्री राम चरण स्पर्श लो
प्रभु राम चरण स्पर्श लो
साष्टांग राम चरण स्पर्श लो

आपकी महिमा गाई तो न गायी गयी
आपकी महिमा लिखी तो न लिखी गयी
मुझे वर दें कहूँ और सुना सकूँ
प्रभु जन जन तक पहुँचा सकूँ

दृष्टि नयन कमल की करिये
प्रभु चरण स्पर्श दे तारिये
प्रणत चरण कमल से जोड़िये
साष्टांग चरण कमल से जोड़िये

आपके द्वार पे जो भी आए
प्रभु खाली हाथ न जाए
आपके दर्शन ही समझाएं
आपकी महिमा स्वयं बताएं

मुझे पद्म चरण छूने दें
श्री राम पद्म चरण छूने दें
प्रभु पद्म चरण छूने दें
साष्टांग पद्म चरण छूने दें

कोई दिल कोई सपना न तोड़ें
प्रभु साथ हमारा न छोड़ें
'श्री राम चरण स्पर्श' हमको जोड़े
'श्री राम चरण स्पर्श' सबको जोड़े

-३-

प्रार्थनाएं एवं स्तुतियाँ

गणेश स्तुति

महागणपति, मयूरेश्वर, बल्लाकेश्वर, वरद् विनायक।
गिरिजात्मज, विघ्नेश्वर, चिंतामणि, सिद्धि विनायक।
अष्ट विनायक प्रणाम लें, मेरा प्रणाम लीजिये।।

गजमुखी, लम्बोदर, वक्रतुण्ड, एक दन्त, दयावन्त।
कैथे जामुन का रस लेने को, मूशक सवार होके आइये।
मोदक भर भर थाल खाने को, आशीष भर भर प्रसाद देने आइये।
अष्ट विनायक पधारिये, मेरा प्रणाम लीजिये।।

उमा शिव को पुत्र प्रेम दिखाया, ब्रह्माण्ड मानकर चक्कर लगाया।
सारे गणों को हरा के गणपति बने, भाई कार्त्तिकेय को भी भान कराया।
प्रेम कर्त्तव्य भक्ति भाव जगाया, फरसे का क्रोध और अहं भगाया।
प्रथम पूज्य अधिकृत आइये, मेरा प्रणाम लीजिये।।

व्यास जी अविराम वेद सुनाते, महाभारत बोलते जाते।
सुनते समझते निर्बाध लिखते जाते, अक्षर शब्द शब्द प्रवाह कराते।
नीति नियम कलम बद्ध करते जाते, एक दांत तोड़ निर्विघ्न कार्य बढ़ाते।
बिन रुके पथ प्रशस्त कराते, सर्वगण्यमान आइये, मेरा प्रणाम लीजिये।।

भूत गणों के संगी साथी, शोक विनाशी विघ्न के घाती।
रिद्धि सिद्धि पति, सुपुत्र पार्वती, अलका आपको शीष नवाती।
चरण कमल छू के प्रार्थनाएं गाती, निर्विघ्न निर्बाध प्रबुद्ध होना चाहती।
केन्द्रित बुद्धि विशुद्ध सोंच समझ मांगती, भाव प्रवाह क्षमता भी शुद्ध चाहती।।
'राम चरण स्पर्श' निर्बाध कीजिये, मेरा प्रणाम लीजिये।।

गणेश स्तुति श्लोक

गजानन् भूतम् गणादि सेवितम्, कपित्थ जम्बू फल चारु भक्षणम्।
उमा सुतम् शोक विनाश कारकम्, नमामि विघ्नेश्वर पाद पंकजम्।।

ईश्वर प्रार्थना

चौरासी लाख योनियां बनाने वाले ईश्वर। जलचर, थलचर, वायुचर, उभयचर।।
देवता, दैत्य, प्रेत, और पितर। गंधर्व, किन्नर, नर और निशाचर।।
स्वेदज अण्डज उद्भिज जरायुज। करने वाले जग को सिय राम युक्त।।
हाथ जोड़े अलका, ठगी खड़ी देखे अद्भुत। अनन्त ईश्वर प्रकृति आपकी, नमन करे नित नित।।

राम चरित्र का, अथाह अनन्त सागर। समा दें अलका की, तुच्छ बुद्धि गागर।।
छिड़क दें अमृत, कथानक में लाकर। टूटे फूटे शब्दों में, भावार्थ समाकर।।
कर्ण प्रिय चित्तानन्द, प्रवाह अनन्त बहाकर। इस कथा से राम रहें, हर हृदय में आकर।।
क्लिष्टता कटुता, रख दें मिटाकर। दुष्टों को भी न लगे, कष्ट यहाँ आकर।।
राम का सत्संग पाएं, कथा में आकर। भले सारे हो जाएं, इससे प्रीत लगाकर।।

सबके ईश्वर राम की प्रार्थना

प्रभु राम! अलका प्रणाम करती। आपके वर्णन की, हिम्मत में जुटती।।
आपके यश की, प्रस्तुति करती। गेय काव्य मातृभाषा में लिखती।।
आपके सुसंग की, आशा में लिखती। वंदनीय आपका, प्रसंग जय करती।।
आपसे उत्पन्न अन्न, वायु जल में पलती। आपके जल थल, नभ में विचरती।।

आपकी कथा में, भाव प्रसाद भरेगी। ग्रहण कर गा सुन, अर्पण करेगी।।
प्रसाद प्रसार को, भ्रमण करेगी। दुनियां के संग संग, वर्णन करेगी।।
श्री राम पथ राम पद, विश्वस्त बढ़ेगी। 'श्री राम चरण स्पर्श' कर लिखे पढ़ेगी।।
'श्री राम चरण स्पर्श' सुन गा चलेगी।।

परमधाम परमेश्वर की प्रार्थना

सत् चित्त आनन्द, परम धाम है। उसमें जो रहते उन्हें प्रणाम है।।
विश्व रूप दिव्य, अनन्त अनाम है। देते दुर्लभ पुष्प, फल बेदाम है।।
ब्रह्मा विष्णु महेश, प्रणाम है। शंवर मंत्र रचयिता, शिव प्रणाम है।।
अलका को, आशीर्वाद की मांग है। 'श्री राम चरण स्पर्श' सर्वांग साष्टांग है।।

सरस्वती वंदना

या कुन्देन्दुतुषारहारधवला या शुभवस्त्रावृता।
या वीणावरदण्डमण्डितकरा या श्वेतपद्मासना।।
या ब्रह्माच्युतशंकर प्रभृतिभिर्देवैः सदा वन्दिता।
सा मां पातु सरस्वती भगवती निःशेषजाड्यापहा।।

सरस्वती स्तुति

वेद मां संगीत मां, वाग् मां, शुद्धबुद्धि जननी।
विद्या कला की मां, शब्दों स्वरों की मां, ब्रह्मा पत्नी।।

ज्ञान बुद्धि स्वरों की सरिता, सरस्वती! जय वीणा वादिनी।
वर्णों छंदों की भाव भर्त्ता, सरस कृती! जय सरस विचारिणी।।

अक्षर समूह भर दें, सुवर्णी वर्ण कर दें।
भाषा संवाद में मां, सरस भाव भर दें।।

बुद्धि संवार दें, सरस विचार दें।
श्रीराम कथा सागर, अलका को उतार दें।
अलका को तार दें।।
वेद माँ संगीत माँSSS

श्वेत धवला शारदा माँ, चमकती शक्ति जैसे चन्द्रमा।
पवित्र पावना मंजुल भावना, वरद् हस्त से, वरदान दे माँ।।

अलका सी तुच्छ बुद्धि, कथा बखान करे,
गान में तान भर दें, रस की खान करें,

हे! पद्मासनी हे हंस चारिणी।
मंजुश्री माधुर्य गीता धारिणी।
वेद माँ संगीत माँSSS

डुबो विद्या सागर में, थकान हरिये माँ। ज्ञान तरिये माँ।।
श्वेत धवला शारदा मां, चमकती शक्ति जैसे चंद्रमा।
पवित्र पावना मंजुल भावना, वरद् हस्त से वर दान दे मां।।

ज्ञान भर दें मां, बुद्धि तर दे मां। भाव भर दें मां, बसन्त कर दें माँ।
अक्षर वर दें मां, स्वर भाव सुधरे मां। 'श्री राम चरण स्पर्श', तरंगित कर दें माँ।।

शिव वंदना

कर्पूर गौरं करुणावतारं, संसार सारं भुजगेन्द्र हारं।
सदा वसन्तं हृदयारविन्दे भवं भवानी सहितं नमामि।।

शिव स्तुति गान

जय शिव जय जय जग के, सारे विष को पीने वाले आप।
हर हर धड़ धड़ विष धर, कंठ धर शीष धर, सीने पालें आप।।
जय गुरु सारे जग से, रंग रूप में रहे निराले आप।
ज्ञानी शंवर मंत्र बुद-बुदा के, आपने सशक्त निकाले जाप।।
जय शंकर जय हाथों में, डमरु लेकर नाचने वाले आप।
नर्त्तक नटी हैं ताण्डव करते, घुँघरु बजा निकाले थाप।।
जय भभूत जय बाघ चर्म को, बिछा-बिछा के ओढ़ने वाले आप।
मुण्ड धर भूतगणों के संग, झूमने डोलने वाल आप।।
जय गंगधर जटा जूट धर, मृत्यु मोक्ष दे धोने वाले पाप।
दृष्टि से भस्म काम को करके, हर दम रोकने वाले आप।।
जय जय जय जय त्रिशूल धर, जय त्रिनेत्रों के धरने वाले आप।

अमुर त्रिपुरा को निशाना साध के, शर से मारने वाले आप।।
जय पत्नी सती के सिय बन राम दरश पर, त्यागने वाले आप।
कैलाश पर धूनी रमा के, राम राम रट रखने वाले आप।।
जय तीसरी आँख खोल कर, क्रोध से मृत्यु के जड़ने वाले आप।
राम के बाण से, परशु राम के क्रोध को, हरने वाले आप।।
जय भोले नाथ हृदय सबके, विशुद्ध कर देने वाले आप।
भर के प्रीति भक्ति हर एक में, प्रबुद्ध कर देने वाले आप।।
जय जय जय राम की भक्ति, और आशीष से वरने वाले आप।
दरश दे अलका को, केदारनाथ जी तरने वाले आप।।
जय जय जय अमरनाथ जी, कथन श्रवण में भाव को भर दें आप।
जय मेरे 'श्री राम चरण स्पर्श' में, अमृत स्राव कर तर दें आप।।
जय मेरे 'श्री राम चरण स्पर्श' में, अमृत स्राव कर तर दें आप।।
जय मेरे 'श्री राम चरण स्पर्श' में, अमृत स्राव कर तर दें आप।।

शिव प्रार्थना

जय शिव मुझसे प्रसन्न होइये, राम कथा मेरी अनन्त कीजिये।
मंगलकारी हर स्त्रोत कीजिये, मेरी तुच्छ बुद्धि में ओज दीजिये।।
हृदय में गंगा पवित्र भेजिये, ज्ञान चमकता समुद्र कीजिये।
चांद से भाव लहर ज्वार खींचिये, उच्च श्रेष्ठता से विचार सींचिये।।
राम चरित्र सूर्य प्रकाश दीजिये, ग्रन्थ को सुन्दर आकाश दीजिये।
काव्य की रस बूँदे कैलाश लीजिये, अमृत श्री राम चरित आत्मसात कीजिये।
वाणी से अमृत बरसात कीजिये, कलयुग को स्नान ध्यान सौगात दीजिये।।
इस अमृत में नहा के कलयुग, स्वच्छ पवित्र बने जैसा सतयुग।
भीग के राम चरित्र में विस्तृत, निम्नता तुच्छता भूले बने उत्कृष्ट।।
मिले कृपा जो आपकी इस युग, दिव्य सरस मधु जिव्हा हो युग युग।
श्री राम कथामृत पिये हर एक युग, परमानन्द में जिये हर एक युग।
परम कथा स्वादन करे हर एक युग, परम रसानन्द में डूबे हर युग।।

शिव भभूत की जय

जय शिव भभूत रज, दिव्य विभूति जय। कल्याण कर्त्ती जय, आनन्द ज्योति जय।।
भक्त मन दर्पण, स्वच्छ कर्त्ती जय। हर मस्तक गुण स्वच्छ भरती जय।।
भव दुःख दोष, अन्धकार को हरती जय। दिव्य दृष्टि दे सवेरे भरती जय।।
नेत्रामृत दे, नयन दोष विनाशिनी जय। विवेक बुद्धि, नेत्र ज्योति प्रदायिनी जय।।
अलका की दृष्टि भी, कर दें ज्योतिर्मय। मस्तक लगाए कर दें, शुद्ध बुद्धि मय।।
चित्त से लग भभूत, भाव भरें अभय। 'श्री राम चरण स्पर्श' करें शुद्ध भाव मय।।
बंधन मुक्त रचूँ, करें देह योग मय। धर्म कर्म युक्त, तीर्थ करूँ भक्ति मय।
चंदन सुवासित, देह रखें सुगन्ध मय। सर्प लिपट के भी, भरें न विष या भय।।
मणि सी चमकूँ मैं, न हो भुजंग भय। 'श्री राम चरण स्पर्श', करिये ज्ञान मय।।

संत समाज में, जीवन व्यतीत कर। बुद्धि प्रयत्न से, सद्गति कीर्त्ति धर।।
साधन सिद्धि कर, फल प्राप्ति पूर्त्ति कर। दुष्ट प्रभाव को, रख सकूँ नष्ट कर।।

त्रिमूर्त्ति पुकारिये, दुःख जो लिपटें। प्रार्थना कीजिये, ज्ञान जो सिमटे।
सत्संग कीजिये, भ्रम जो लिपटें। भिक्षुणी हो जाइये, मोह जो चिपटे।।
'श्री राम चरण स्पर्श' कीजिये छुटते। 'श्री राम चरण स्पर्श' से कष्ट दुःख छुटते।।

ब्रह्मा स्तुति एवं प्रार्थना

कर्बद्ध प्रणाम ब्रह्मा जी हो दृष्टि, गुणों अवगुणों से भर दी सृष्टि।
कर दी जड़ जीवों की उत्पत्ति, गुणों में अनुरक्त है हर दम दृष्टि।।
समय से रहे कर्म निष्ठ प्रवृत्ति, मारें मोह से रहे अटल निवृत्ति।
विवेक में मेरे हो राम की शक्ति, अनन्त अचूक परमानन्द हो भक्ति।।
अलका प्रणम्य है आशीषों की प्रार्थी, 'श्री राम चरण स्पर्श' पे हो दृष्टि।
आपके आशीषों की हो वृष्टि, भेजिये भक्ति प्रीति की प्रवृत्ति।।
विष्णु के नाभि कमल सृष्टि, आपकी हुई प्रथम रचना, वो ही प्रवृत्ति।
कर्बद्ध प्रणाम ब्रह्मा जी हो दृष्टि, 'श्री राम चरण स्पर्श' की भी हो सृष्टि।।

विपरीत काल में सुबुद्धि हेतु प्रार्थना

प्रतिकूल आचरण, जो करते हैं। पूजा कर्म, बाधित करते हैं।।
स्वयं का यश ही, गाया करते हैं। परनिन्दा में, सुखरत रहते हैं।।

क्रोध, पाप, अवगुण ढोते हैं। अनुचित स्वार्थ, धन भर जीते हैं।।
कुम्भकर्णी निद्रा, सोते हैं। राम नाम रस, नहीं पीते हैं।।

ऐसे लोगों के, लिये वर चाहती। अलका प्रार्थना यह करना चाहती।।
राजा पृथु की तरह, हज़ार हाथ चाहती। हज़ार हृदय, आँखें, सर रखना चाहती।।

हर आँख बंद कर, हर हाथ जोड़कर। प्रार्थना उन लोगों, हित करना चाहती।।
हज़ार मन मुख, हज़ार सर जोड़कर। सुस्वादु रामामृत, जग भरना चाहती।।

हज़ारों लाखों, अरबों अनन्तानन्त। 'श्री राम चरण स्पर्श' को झुके मने आनन्द।।
अनन्त रामाशीष, और वर अनन्तानन्त। अलका ले स्वयं पाने, दिलवाने में आनन्द।।

कथन श्रवण, रस पान परमानन्द। संतों पे बरसा पाए, प्रभु कृति।
विष लोप असन्तों का करे, बरसा आनन्द। रामामृत मंथन से, दिलवा पाए प्रभु कृति।।

वाल्मीकि स्तुति

जय वाल्मीकि आयी, आशीष को विकल। तुच्छ बुद्धि अलका, लिये नेत्र सजल।।
मरा मरा शब्द उलट लिखे सफल। ऐसे कि राम राम, लिख सके आप सकल।।

क्रौन्च पक्षियों का, प्रेम देख निष्छल। आँख से दिल में, आया प्रेम आपके अविरल।।
खुशी धक धक धड़क, ले आयी हलचल। तड़फड़ा गिरा, प्रेम पक्षी एक उसी पल।।

नर था खून से तर, तीर खाया घायल। मादा चींची चीखी, दर्द से हो पागल।।
विरह का छाया, धड़ धड़ लाया बादल। चिरा प्रेम का मस्त, लहराता आंचल।।

तार तार रोया, ज़ार ज़ार आंखें छल छल। प्रेम की धुन में, सरगम बही बल बल।।
निकल पड़ी व्यथा, शब्द शब्द आपकी उस पल। बुद बुद ने जन्मा दी, रामायण उसी पल।।

नमन लें वाल्मीकि, वरें अलका को फल। प्रेम डोर सिया राम की, पकड़ा दें सकल॥
भरें विरही सीता, का सम्मान अविरल। दिल का डाकू मारें, वन में तप अचल॥

लिखती रहे सिया लवकुश के, साथ में चल। दें आशीष घूमे अलका, भी अपने तप के बल॥
वाल्मीकि दे दें, सौभाग्य अपना सकल। लोकार्पित करे रचना, अलका हो के सफल॥

लिखी सिया लवकुश संग, सुनाई राम को चल। गवाई लवकुश से, हुए अनन्त आप सफल॥
भूले कल थे डाकू, तपे राम के बल चल। बने साधु कवि, सिया लवकुश के साथ के बल॥

अलका मांगे, वाल्मीकि जी आपसे आपका बल। साथ लाई, 'श्री राम चरण स्पर्श' का वो बल॥
मिले जग को आई, समुद्र तल से यह निकल। त्रेता की कथा, करे कलयुग जनमन सफल॥

हनुमान जी की दी हुई, लिखी हुई कथा का फल। वाल्मीकि जी वरें, करें व्यथा विफल॥
'श्री राम चरण स्पर्श' वरा करे हर पल। कर दें वर दें, कविवर! जन्म अलका का सफल॥

राम वंदना

नीलाम्बुजश्यामलकोमलांगं सीतासमारोपित वाम भागम्।
पाणौ महासायक चारु चापम् नमामि रामं रघुवंशनाथम्॥

राम वंदना एवं स्तुति

मयूर कंठी हरी नीली, हरि जगमगाती। देह आपकी, राम! भृगु पद अंकित दिखाती॥
पीताम्बर धनुष शर, धरे मुस्कुराती। सीता पति छवि, जग भर को लुभाती॥
अलका इस प्यारी, छवि पे वारी वारी जाती। श्री राम चन्द्र जी, को शीष नवाती॥

रघुवंशी लखन, भरत, शत्रुघ्न के भाई। वानर रीछों के, संगी साथी रघुराई॥
असुर हंता, दिव्य तापस तरुणाई। झुक दुनियां चरण कमल, रज लेने आई॥
अलका इन पद पद्मों, पे वारी वारी जाती। 'श्री राम चरण स्पर्श' को शीष नवाती॥

कृपा सागर आए हैं, नर रूप राम जी। मोह माया छुड़ाते, इस रूप में राम जी॥
अंधेरी बुद्धि के, अनन्त सूर्य हैं राम जी। दुनियां गाते न अघाती, लीला श्री राम की॥
इन्हीं उद्धारक तारक पे, अलका वारी वारी जाती। अवध पति श्री राम चन्द्र को, शीष नवाती॥

दशरथ कौशल्या पुत्र, श्री राम अवधेश। कैकेयी सुमित्रा के, सुपुत्र श्री राम विशेष॥
निषाद राज गुह के, भी हृदय नरेश। सांवली मूरत सोती, विषैली शैय्या शेष॥
अलौकिक न्यारी छवि पे, अलका वारी वारी जाती। दशरथ पुत्र श्री राम चन्द्र को, शीष नवाती॥

क्षीर सागर में, कमल नाभि धर, विष्णु हैं राम। सफल सबल, ब्रह्माण्ड के पालक हैं राम॥
अपनी सत्ता में, देव व असुर रखते हैं राम। मिथ्या जग सच करते, पूजे जाते हैं राम॥
उतरती जो आरती, अलका वारी वारी जाती। श्री राम के कदमों पे, चलती चली जाती॥

किया राम ने नेत्र कमल, अर्पित शिव के पग में। लीला कर रस्सियों को, भरा सर्पों सा दृग में॥
समस्त कारणों के कारण, जग झुके आपके पग में। नख मणियाँ दिव्य दृष्टि देतीं, राजे जब हों पग में॥

चरण नख रत्नों पे, अलका वारी वारी जाती। सिया पति श्री रामचन्द्र के, चरणों में आती॥
युगों युगों से पूजे, जाते हैं श्री राम चन्द्र। आदर्श पुरुष हैं, व्यवहार निभाते हैं राम चन्द्र॥
प्रजा की रक्षा को, हथियार उठाते राम चन्द्र। महल छोड़ वन में, परमार्थ युद्ध करते रामचन्द्र॥
मर्यादित पुरुषार्थी, पे अलका वारी वारी जाती। सिया और श्री रामचन्द्र को, शीष नवाती॥

कथा आपकी श्री राम, लुभाती रिझाती। परिचय परिवार का, तन मन धन से कराती॥
धर्म कर्म का लेखा, झुक माथे लगाती। चरण कमलों पर दुनियां, मस्तक नत टिकाती॥
इन्हीं दिव्य चरणों पर, अलका वारी वारी जाती। हनुमान जी के इष्ट राम, को शीष नवाती॥

'श्री राम चरण स्पर्श' साष्टांग करती। 'श्री राम चरण स्पर्श' हित आशीष चाहती॥
'श्री राम चरण स्पर्श' की गति आपसे चाहती। 'श्री राम चरण स्पर्श' अनन्त फल दे चाहती॥

सीता स्तुति

जय मां सिया मां, हे! राम प्रिया। अर्द्धांगिनी राम अनुगामिनी॥
जय जनक सुता, हनुमंत माता। मस्तक चूड़ामणि धारिणी॥

जय जय भूमिजा, कौशल मिथिला। सुख वैभव महलों के त्यागिनी॥
जय मां मैथिली, जय वैदेही। सूर्य वंशी वधू, सुख कारिणी॥

जय क्लेश हारिणी, कल्याण कारिणी। संसार उद्धार वृत, धारिणी॥
जय गौर वर्णी, लव कुश जननी। सुनेत्री सुहासिनी, सुभाषिनी॥

जय भू नन्दिनी, उर्मिल भगिनी। वन कंटक, चीन्ह बुहारिणी।।
जय मां जानकी, मूर्त्ति स्वाभिमान की। रावण दम्भ असुर, संहारिणी।।

जय मां सीता, घट घट रीता। अलका साष्टांग, है प्रार्थिनी।।
सक्षम करें मां, कहूँ राम कथा। रहूँ आपकी, पद रज वाहिनी।।

वर दें सिया मां, मथूं राम कथा। भरे अमृत, ज्ञान पुंज दामिनी।
करें तीर्थ हे! मां, देह तुच्छ अलका। बहे राम सुधा, गंग पावनी।।

शिव से हो के, काग भुषण्डि से। वाल्मीकि की, लव कुश रागिनी।
तुलसी, भारद्वाज, याज्ञवल्क्य, कंबन से। बहे अब अलका से, रामायणी।।

करें शहद हे! मां, शब्द स्वर रचना। हो प्रसाद चले, हो यह लुभावनी।।
करें कृपा हे! मां, लिखे गाए अलका। बरसे राम सिय, रस कथामणि।।

जय जय श्री मां, जय ऊँ नमो मां। बनूँ निमित्त कथा की, मैं नारायणी।
जय जय श्री मां, जय ऊँ नमो मां। करें अमृत, कथा मेरी नारायणी।।

वेद पुराण स्तुति

माथे से लगा, वेद पुराण और उपनिशद। नीति शक्ति सत् पथ, मांगे अलका शब्द शब्द।।
सत्य विधि विधान, भक्ति मांगे पद पद। वेद उपनिशदों पुराणों, दें मंत्र ऊँ तत् सत्।।

नमो नमो राम कथाओं, रामायणों। अशुद्धियों विकृतियों के, रावण मरें ठानो।।
बताते रहे ज्ञान को, एकबुद्धि मानो। पुराना नया नहीं, अजन्मा अनन्त जानो।।

हर एक बुद्धि में, ज्ञान का अंश रहता आया। हर युग यह विद्वानों में, बहता आया।।
अक्षर 'ऊँ' को जन्मा, ईश्वर समझाया। 'ऊँ' शब्द से ईश्वर, कानों से सुनवाया।।

लिखा ऊँ शब्द, पढ़ते तस्वीर आई। सूरत आराध्य, ईश्वर की सामने आई।।
लेखक, कवियों, गायकों, वादकों में समाई। निर्गुण और सगुण, छवि ईश्वर की बताई।

'श्री राम चरण स्पर्श' की गति अलका चाहे। भक्ति प्रीति की, पद पद संगति चाहे।।
युगों करे कल्याण, अलका संस्तुति चाहे। शब्दों, वाक्यों, अर्थों भावों, में संस्कृति चाहे।।

।।अनन्त नमन आपको।।

राम कथा पथ प्रशस्ति

अध्यात्म रामायण, वेद व्यास जी की आयी। वैदान्तिक दर्शन, संस्कृति झलकाई।।
शिव ने गाई, कागभुषण्डि ने गाई। वाल्मीकि लव कुश, तुलसी ने गाई।।

याज्ञवल्क्य, भारद्वाज ने गाई। हनुमान जी ने, नाखूनों से की खुदाई।।
पर्वतों पे गोदी, समुद्र में गिराई। अलका को लाके दी, हनुमान ने स्वयं उठाई।।

अलका ने प्रणत, नत हिम्मत जुटाई। समुद्र में पड़ी, राम दूत से पाई।।
चरम आनन्दित हो, अलका तभी लिख पाई। समुद्र से सरयू से, गोमती तक बही आयी।।

उत्साहित उत्तर प्रदेश की, राजधानी आई। जन्म भूमि अयोध्या से, लक्ष्मणपुर आई।।
श्री राम चन्द्र सूर्य पुंज का, संजीवन लाई। 'श्री राम चरण स्पर्श', शुद्ध बुद्धि भर लाई।।

हनुमान वंदना

मनोजवं मारुततुल्य वेगं जितेन्द्रियं बुद्धिमतां वरिष्ठं।
वातात्मजं वानरयूथमुख्यं श्री राम दूतं शरणं प्रपद्ये।।

हनुमान स्तुति गान

हनुमान स्तुति (त्रेता)

हेऽऽ कपीश रुद्रांश हनुमान हे!
हेऽऽ कपीश रुद्रांश हनुमान हे!
हेऽऽ कपीश रुद्रांश।
रुद्र के ग्यारहवें अंश जपूँ मैं।
हे! अंजना पवन पुत्र जपूँ मैं।
राम सीता के भक्त, धर्म पुत्र जपूँ मैं।
सूर्य देव के शिष्य हे! हनुमान।

हेऽऽ कपीश रुद्रांश हनुमान हे!
हेऽऽ सूर्य देव के शिष्य हे! हनुमान हे!
हेऽऽ कपीश रुद्रांश।

बालक रहे, सूर्य को फल समझ खा गए अन्जान हे!
इन्द्र के वज्र से टूटी ठुड्डी, हुए हनुमान हे!
अन्तरिक्ष में चकरा, मूर्च्छित घूमे बेजान हे!
सारे देवताओं से, वर पाके हुए महान हे!
सूर्य कुल रक्षण, गुरु दक्षिणा हुई तय हनुमान।

हेSS कपीश रुद्रांश हनुमान हे!
हेSS सूर्य देव के शिष्य हे! हनुमान हे!
हेSS कपीश रुद्रांश।

मुद्रिका प्राप्त सपूत जपूँ मैं।
राम के वाहन, सैनिक, पूत जपूँ मैं।
शनि देव, काल देव उद्धारक रूप जपूँ मैं।
अष्ट सिद्धि नौ निधि हनुमान।

हेSS श्री राम के कार्य दूत गुणवान हे!
हेSS कपीश रुद्रांश हनुमान हे!
हेSS श्री राम के कार्य दूत गुणवान हे!
हेSS कपीश रुद्रांश।
सेतु बना के चले सैन्य सीना तान हे!
काँधे बिठा के उड़े, राम को ले हनुमान हे!
उड़े हवा में, सिया ढूँढ़ी सज्ञान हे!
पवन सागर सूर्य के पग छू के हनुमान हे!
मैनाक पर्वत के भी पग छू के हनुमान।

हेSS कपीश रुद्रांश हनुमान हे!
हेSS सूर्य देव के शिष्य हे! हनुमान हे!
हेSS श्री राम के कार्यदूत गुणवान हे!
हेSS कपीश रुद्रांश।

त्रिकूट के सुबेल पे लगाया, राम शिविर जपूं मैं।
लंकिनी को मारी मुट्ठी घुसे दुर्ग जपूं मैं।
लंका का नक्शा निरखा घूम घूम जपूं मैं।
परिखा निरखी हनुमान।

हेSS सुरसा सिंहनी हरा दी बुद्धिमान हे!

हेSS कपीश रुद्रांश हनुमान हे!
हेSS सुरसा सिंहनी हरा दी बुद्धिमान हे!
हेSS कपीश रुद्रांश।

रावण पुत्र अक्षयकुमार का, ढ़ाया सैन्य मान हे!
मेघनाद यज्ञ अजेय किया ध्वंस हनुमान हे!
ब्रह्मपाश को उसके, मूर्च्छित होकर दिया सम्मान हे!
खुले चले, पाश उड़ गए आसमान हे!
आग लगाते राक्षस, पूँछ बढ़ा किये परेशान।

हेSS कपीश रुद्रांश हनुमान हे!
हेSS सूर्य देव के शिष्य हे! हनुमान हे!
हेSS श्री राम के कार्य दूत, गुणवान हे!
हेSS सुरसा सिंहनी हरा दी, बुद्धिमान हे!
हेSS कपीश रुद्रांश।

शिव डोरी बाँध के पकड़े, राम चरण जपूं मैं।
सूर्यवंशी सुग्रीव का बालि से, किया रक्षण जपूं मैं।
जाम्बवन्त सुग्रीव के सैनिक, किये वरण जपूं मैं।
जुटाई राम सेना हनुमान।

हे! सुषेण वैध घर समेत उड़ाए बचाने लक्ष्मण के प्राण हे!

हेSS कपीश रुद्रांश हनुमान हे!
सुषेण वैद्य घर समेत उड़ाए, बचाने लक्ष्मण के प्राण हे!
हेSS कपीश रुद्रांश।
शिंशुपा की डाली बैठे, खींचा सिया का ध्यान हे!
राम की मुद्रिका गिरा के, किया गुणगान हे!
सिया मां की आज्ञा ले के, घुसे उद्यान हे!
माँ के आदेश से फल खाए हो के मेहमान हे!
अशोक उपवन रक्षक उजाड़े, छोड़े बेजान।

हेऽऽ कपीश रुद्रांश, हनुमान हे!
हेऽऽ सूर्य देव के शिष्य हे! हनुमान हे!
हेऽऽ श्री राम के कार्य दूत, गुणवान हे!
सुषेण वैद्य घर समेत उड़ाए, बचाने लक्ष्मण के प्राण हे!
हेऽऽ कपीश रुद्रांश।

रावण क्रोधाग्नि भड़का दी, बाग उजाड़ जपूं मैं।
द्रोणागिरि हाथ मे ले आए, आप उखाड़ जपूं मैं।
संजीवनी बूटी से बचाए, लक्ष्मण के प्राण जपूं मैं।
मेघनाद के नाग पाश दिए झाड़, हनुमान।

हेऽऽ पूंछाग्नि से दहाई स्वर्ण लंका, काठ समान हे!

हेऽऽ कपीश रुद्रांश, हनुमान हे!

हेऽऽ पूंछाग्नि से दहाई स्वर्ण लंका, काठ समान हे!
हेऽऽ कपीश रुद्रांश।
ठंढे़ होने कूदे समुद्र में, गिर गया स्वेद हनुमान हे!
मछली के पेट से मगर में, आया स्वेद हनुमान हे!
स्वेद से निकला पुत्र मकरध्वज, नारद ने दिया नाम हे!
पाताल लोक का रक्षक बन गया, पुत्र यह हनुमान हे!
पाताल राज अहिरावण का, द्वारपाल पुत्र हनुमान।

हेऽऽ कपीश रुद्रांश हनुमान हे!
हेऽऽ सूर्य देव के शिष्य हे! हनुमान हे!
हेऽऽ सुरसा सिंहनी हरा दी बुद्धिमान हे!
सुषेण वैद्यऽऽ घर समेत उड़ाए, बचाने लक्ष्मण के प्राण हे!
हेऽऽ पूंछाग्नि से दहाई स्वर्ण लंका, काठ समान हे!
हेऽऽ कपीश रुद्रांश।

लंका फूंक ठंढे़ हो मां का, लिया आशीष जपूं मैं।
सीता के सुहाग की निशानी, लगाई शीष जपूं मैं।
लौट के राम को दी चूड़ामणि, पाया आशीष जपूं मैं।
युद्ध की कर दी गुहार, हनुमान।

हेSS रावणोद्धार को पाताल से, ढूँढे राम हे!
हेSS कपीश रुद्रांश, हनुमान हे!
हेSS रावणोद्धार को पाताल से, ढूँढे राम हे!
हेSS कपीश रुद्रांश।
स्वेदज पुत्र मकरध्वज बाँधा, घुसे पाताल हनुमान हे!
जीभ बाल फैला, काली बन खड्ग से, ले ली जान हे!
बलि राम लक्ष्मण की टाली, फेरा काम हनुमान हे!
पाताल राज अहिरावण का सिर, काट लिया बलिदान हे!
भक्त छुड़ाए बंधक, अगुवा हुए जब भगवान।

हेSS कपीश रुद्रांश हनुमान हे!
हेSS सूर्य देव के शिष्य हे! हनुमान हे!
हेSS श्री राम के कार्य दूत, गुणवान हे!
हेSS सुरसा सिंहनी हरा दी, बुद्धिमान हे!
सुषेण वैद्य घर समेत उड़ाए, बचाने लक्ष्मण के प्राण हे!
हेSS पूंछाग्नि से ढ़हाई स्वर्ण लंका, काठ समान हे!

हेSS रावणोद्धार को पाताल से, ढूँढे राम हे!
हेSS कपीश रुद्रांश।

मित्रता में राम सुग्रीव की, फूँके प्राण जपूं मैं।
विभीषण में राम शरण लाके, फूँके प्राण जपूं मैं।
बालि पुत्र अंगद युवराज हित, फूँके प्राण जपूं मैं।
सुने जाम्बवन्त की हनुमान।

लंकेश से SS मांगी सीता युद्ध बिन, रखने राम का मान हे!

हेSS कपीश रुद्रांश हनुमान हे!
लंकेश से SS मांगी सीता युद्ध बिन रखने राम का मान हे!
हेSS कपीश रुद्रांश।
काल नेमि मारा, द्रोण संग अवध से ली उड़ान हे!
राम के परिवार का आशीष लाए हनुमान
अजेय यज्ञ मेघनाद का टाला, पाश से छुड़ाए लक्ष्मण राम हे!
रावण का अजेय यज्ञ भी कर डाला नाकाम हे!
ब्राहमणों से देवी मंत्र, उल्टा पढ़वा दिया हनुमान।

हेSS कपीश रुद्रांश हनुमान हे!
हेSS सूर्य देव के शिष्य हे! हनुमान हे!
हेSS श्री राम के कार्य दूत, गुणवान हे!
हेSS सुरसा सिंहनी हरा दी, बुद्धिमान हे!
हेSS सुषेण वैद्य उड़ाए, बचाने लक्ष्मण के प्राण हे!
हेSS पूंछाग्नि से दहायी स्वर्ण लंका, काठ समान हे!
हेSS रावणोद्धार को पाताल से, ढूँढे राम हे!
हेSS मांगी सीता युद्ध बिन, रखने राम का मान हे!
हेSS कपीश रुद्रांश।

बालकों से हारे राम के, बली सैन्य जपूं मैं।
राम के सिया से मिलाए, फिर से नैन जपूं मैं।
राम शिव का युद्ध टलवा के, लाए चैन जपूं मैं।
संजीवनी इस बार, सागर घुस के लाए हनुमान।

हेSS लव कुश से हारे छुड़ाए, गर्व गुमान हे!

हेSS कपीश रुद्रांश।
हेSS लव कुश से हारे छुड़ाए, गर्व गुमान हे!
हेSS कपीश रुद्रांश।
मृत राम की सेना को बूटी सुँघा लौटाई जान हे!
शत्रुधन भरत पुष्कल के, लौटा लिये प्राण हे!
वाल्मीकि दृष्टि अमृत से, छिड़कवा दी जान हे!
राम यज्ञ सदस्यों के, बने वाहन हनुमान हे!
यज्ञ में लवकुश से कराया, रामायण गान।

हेSS कपीश रुद्रांश हनुमान हे!
हेSS सूर्य देव के शिष्य हे! हनुमान हे!
हेSS श्री राम के कार्य दूत, गुणवान हे!
हेSS सुरसा सिंहनी हरा दी, बुद्धिमान हे!
हेSS सुषेण वैद्य उड़ाए, बचाने लक्ष्मण के प्राण हे!!
हेSS पूंछाग्नि से, दहाई स्वर्ण लंका, काठ समान हे!
हेSS रावणोद्धार को पाताल से, ढूँढ़ लाए राम हे!
हेSS लव कुश से हारे, छुड़ाए गर्व गुमान हे!
हेSS कपीश रुद्रांश।

उकेरी नखों से पहाड़ पे, राम कथा जपूं मैं।
वाल्मीकि आज्ञा से समुद्र में, दी डुबा जपूं मैं।
समुद्र से कलयुग हित फिर से, ली उठा जपूं मैं।
फूँक दी अलका के कान।

कथा फूँक अलका के हाथों में सौंपा कलयुग उत्थान हे!

हेSS कपीश रुद्रांश हनुमान हे!
कथा फूँक अलका के हाथों में सौंपा कलयुग उत्थान हे!
हेSS कपीश रुद्रांश।
लौटे अपने लोक राम, द्वापर में आ फिर होगी शान।
सीता समायी भू में, रहे वहीं हनुमान।
किम्पुरुषवर्ष से भू सत्ता देखने, आते रहेंगे हनुमान।
राम से कृष्ण के दूत हो, पुजते करेंगे कल्याण

हेSS कपीश रुद्रांश हनुमान हे!
हेSS सूर्य देव के शिष्य हे! हनुमान हे!
हेSS श्री राम के कार्य दूत गुणवान हे!
हेSS सुरसा सिंहनी हरा दी, बुद्धिमान हे!
हेSS सुषेण वैद्य उड़ाए, बचाने लक्ष्मण के प्राण हे!
हेSS पूंछाग्नि से दहायी स्वर्ण लंका, काठ समान हे!
हेSS रावणोद्धार को पाताल से, ढूँढे राम हे!
हेSS लव कुश से हारे छूटे, गर्व गुमान हे!
कथा फूँक SS अलका के हाथों में सौपा, कलयुग उत्थान हे!
हेSS कपीश रुद्रांश।

हनुमान स्तुति (द्वापर)

श्री कृष्ण के स्वर में श्री राम, की पहचान जपूं मैं।
मधुबन समाया गर्व, सूंघते हनुमान जपूं मैं।
फल खाते सोंचे मारूँ, गर्व गुमान जपूं मैं।
आदेश गर्वहारी का मान।

त्रेता केSS राम भक्त द्वापर में सुनते, वंशी तान हे!
हे SS कपीश रुद्रांश।

यज्ञेश वाहन गरुड़ ने चींचीं, किया जो वेग गुमान हे!
कृष्ण के पास उनसे पहले, उड़ पहुँचे हनुमान हे!
द्वारपाल चक्र को हड़प के, मुँह में राम शर हो हनुमान हे!
चक्र थूक सत्य भामा को दासी बता तोड़ा रूप मान हे!
गर्व हंता तीनों के होके, पायी कृष्ण की मुस्कान।

हे SS कपीश रुद्रांश हनुमान हे!
त्रेता केSS राम भक्त द्वापर में सुनते, वंशी तान हे!
हे SS कपीश रुद्रांश।

अलकापुरी में भीम की राह रोकते, हनुमान जपूं मैं।
समुद्र लंधन रूप दिखा, भाई भीम को, करते हलकान जपूं मैं।
महायुद्ध में, हुँकार से कौरव छितरा, के ली जान जपूं मैं।
वायु पुत्र भीम और हनुमान,
हेSS गर्व हारी कृष्ण के दूत आज, हैं हनुमान।

हे SS कपीश रुद्रांश हनुमान हे!
हे SS गर्वहारी कृष्ण के दूत आज हैं हनुमान हे!
हे SS कपीश रुद्रांश

अर्जुन का बनाया शर सेतु, तोड़ा हनुमान हे!
रक्षक कछुए को देख, कूदे बचाई जान हे!
कृष्ण ने अर्जुन का ध्वज दण्ड, बना दिया सम्मान हे!
महायुद्ध में अर्जुन के, रथ रक्षक हनुमान हे!
योद्धा अर्जुन, कृष्ण सारथी, ढ़ाल थे हनुमान।

हे SS कपीश रुद्रांश हनुमान हे!
त्रेता के राम भक्त द्वापर में सुनते, वंशी तान हे!
हे SS गर्वहारी कृष्ण के दूत आज, हैं हनुमान हे!
हे SS कपीश रुद्रांश।

पार्थ, केशव के रथ के ध्वज दण्ड जपूं मैं।
दृष्टि वाणी करते, शत्रु खण्ड जपूं मैं।
सत्य धर्म स्थापक, प्रभु के संग जपूं मैं।
सुनते गीता ज्ञान हनुमान,
महायुद्ध बैठे बैठे, देख बोल तीर झेल लड़े हनुमान।

हे SS कपीश रुद्रांश हनुमान हे!
महायुद्ध बैठे बैठे, देख बोल तीर झेल लड़े हनुमान हे!
हे SS कपीश रुद्रांश।

त्रेता के वायु पूत राम दूत, ढूँढ़े द्वापर की शान हे!
रुक्मिणी दिखीं तो आया, सिय मां का ध्यान हे!
यदुवंशी कृष्ण चक्रधर विष्णु, रुक्मिणी लक्ष्मी समान हे!
त्रेता जैसे द्वापर में भी, धर्म ही महान् हे!
सर्व धर्म सम भाव पूर्ण, कर्म हित ही हनुमान।

हे SS कपीश रुद्रांश हनुमान हे!
त्रेता के राम भक्त द्वापर में, सुनते वंशी तान हे!
हे SS गर्वहारी कृष्ण के दूत आज हैं हनुमान हे!
महायुद्ध बैठे बैठे, देख बोल तीर झेल लड़े हनुमान हे!
हे SS कपीश रुद्रांश।

हनुमान स्तुति (कलयुग)

राम सीता लक्ष्मण झांकी, हृदय रखें जपूं मैं।
शनि और मंगल के दिन, पूजे जाएं जपूं मैं।
सर चढ़े शनि ग्रह तो, गिरि धरते जपूं मैं।
संकट हर दूर करें हनुमान।
कलयुग में मंदिर स्थित, पूजे जाते हैं हनुमान।

हे SS कपीश रुद्रांश हनुमान हे!
कलयुग में मंदिर स्थित, पूजे जाते हैं हनुमान हे!
हे SS कपीश रुद्रांश।
कलयुग में शनि ग्रह ढय्या करते भस्म हनुमान हे!
समुद्र समेट पद चिन्ह में, स्थिर है आज हनुमान हे!
मच्छर राक्षस करने वाले, भक्तों में बसाई जान हे!
महामाला रामायण के, मोती जैसे हनुमान हे!
राम के दर्शन अलका को, करवा दें हनुमान।

हे SS कपीश रुद्रांश हनुमान हे!
त्रेता के राम भक्त, द्वापर में सुनते वंशी तान हे!
हे SS गर्वहारी कृष्ण दूत आज, हैं हनुमान हे!
महायुद्ध बैठे बैठे, देख बोल तीर झेल, लड़े हनुमान हे!
कलयुग में मंदिर स्थित, पूजे जाते हैं हनुमान हे!

मंदरांचल से लंका कूदे, राम हित हनुमान हे!
त्रेता में शनि दृष्टि से की, लंका भस्म बेजान हे!
द्रोणांचल डुबा के लंका संग, लुप्त की बूटी प्राण हे!
मोती 'श्री राम चरण स्पर्श' के, हैं हनुमान हे!
हे SS राम दरश अलका को, करवा दें हनुमान हे!
युग युग राम थे हैं रहेंगे, करेंगे सब कल्याण हे!
हे SS कपीश रुद्रांश हनुमान हे!
हे SS कपीश रुद्रांश।

कलयुग में राम कथा हेतु आह्वान

राम चन्द्र रूपी, सुन्दर चांद को। दशरथ जी के, पुण्य कल्याण को।।
मन वचन कर्म से, सर्वोच्च मान दो। अलका संग, झुक कर प्रणाम दो।।

राम के तीनों भाइयों, को प्रणाम हो। राम कीर्त्ति, ध्वज दण्ड, को प्रणाम हो।।
शेषनाग जी के, अवतार प्रणाम हो। उठाए भूमि फन, हजार प्रणाम हो।।

लक्ष्मणपुर लखनऊ, जिनके नाम से है। उन क्रोधी की, फुँफकार को प्रणाम हो।।
नवाबी नफ़ासत, जो गण मान्य में है। उन नाजुक अदाओं, प्यार को प्रणाम हो।।

राम पद भँवरे, भरत को प्रणाम करें। भरे पेट जो भरतार, उन्हें प्रणाम करें।।
राम पद चले, पादुका लिये प्रणाम करें। जटा जूट धरे, राजा को प्रणाम करें।।

भरत के अनुयायी, नमन हे! महावीर। सेनापति भाई शत्रुघ्न, हे! महावीर।।
राम जी के दूत, नमन हे! महावीर। राम लखन सिय, हृदय में हे! महावीर।।

वानर राज सुग्रीव, राम के मित्र हे! नमन। रीछ राज जाम्बवान, राम के मित्र हे! नमन।।
राक्षस राज विभीषण, राम के मित्र हे! नमन। अलका संग सबका प्रणाम, राम के मित्र हे! नमन।।

ऋषि मुनि शुक, राम को जपने वालों प्रणाम। सनकादिक नारद, नाम को रखने वालों प्रणाम।।
शिव उमा मन बुद्धि, राम को रखने वालों प्रणाम। हनुमान जी, श्री राम जी को रटने वालों प्रणाम।।

जपो नाम राम होगें, हृदय में करो नमन। आठ सिद्धि परमानन्द होंगे, हृदय में करो नमन।।
मोह लोभ नही होगें, हृदय में करो नमन। धन संकट न कष्ट होगे, हृदय में करो नमन।।

काल कूट विष अमृत फल सा, दो सर झुका। राम नाम शिव जी के फल सा, दो सर झुका।।
राम नाम से हर पाप निष्फल, दो सर झुका। कामनाओं का जाल हो विफल, दो सर झुका।।

एक मात्र उपाय राम का, जपो नाम और गुण। मिले आपको छवि राम की, निर्गुण और सगुण।।
राम ने काटे और सहे, कष्ट वन में सुन। भरत पुकार से देह में, चले आने का गुण भी गुन।।

पैर मार अहिल्या तार दी, देख के सब दंग। अनन्त बार जपें नाम, अलका के संग संग।।
चली हरीतिमा दण्डक वन में, रही राम के संग। ताड़का सुबाहु मारे, बिन सेना लिये संग।।

विश्वामित्र के, हित के काम किये। राम ने बाण से,राक्षस तमाम किये।।
शबरी के झूठे बेर, मीठे प्रेम के नाम किये। सिया के लिये लड़े, जुटायु के राम हुए।।

राम के मंत्री थे, भालू बन्दर। और जहाज, नल नील के पत्थर।।
राम के व्याध थे, पापी बालि बन्दर। सुग्रीव विभीषण के भाग्य, पलटे हँस कर।।

रावण के कुल का, सर्व नाश कर दिया। कर्म भक्ति धर्म का, ज्ञान भर दिया।।
त्रेता से अब तक, कल्याण कर दिया। असंख्य गुणों से, राम जाप ने भर दिया।।

इसीलिये, राम नाम की महिमा जपती। अलका भी राम नाम, का ही दम भरती।।
'श्री राम चरण स्पर्श', को हर दम झुकती। राम दूत की फूँकी, राम कथा लिख के तरती।।

शिव ने सुनाई थी, कथा पार्वती को। भक्त का पद मिला, सुन काग भुषण्डित को।।
गाने का सौभाग्य, मिला भुषण्डि को। राम भक्त शिष्य, गरुड़ मिला भुषण्डि को।।

बालक राम का हाथ, पीठ पर पड़ा था। कागा भुषण्डि को, पकडने बढ़ा था।।
उसी कर से उस का, जीवन तरा था। कथा सुनी गायी, सब धन गढ़ा था।।

गुरु जी से अपने, तुलसी ने सुनी थी। कथा सोलह सौ, इकत्तीस में गुनी थी।।
सर्ववन्दनीय गुरु, शिव पर झुकी थी। अलका के कानों में, हनुमान से फुँकी थी।।

अमरनाथ केदार महाकाल का, आशीष था। बीस सौ तेरह में वरी, कपीश ने कथा।।
प्रथम पूजनीय गणेश, के पद पे शीष था। अज्ञान भ्रम मारक आई, अलका के शीष कथा।।

भव सागर पार, करवा देगी कथा यह। विवेक ज्ञान बुद्धि, भरेगी राम कथा यह।।
गुरु शिव आज्ञा से, शुरू हुई कथा यह। मां माधुरी वैश्य सी, हित कर्त्ती कथा यह।।

शिव गुरु चरण, वंदना करके अलका। 'श्री राम चरण स्पर्श' कर, ध्यान धर के अलका।।
मुक्ति दायी हो,प्रार्थी होकर कहे अलका। शिव गुरु रुद्रांश से, पाकर कहे अलका।।

कथा कुंजी कर दें, कल्याण की हे! गुरुवर। सुख सम्पत्ति सिद्धि, सम्मान की हे! गुरुवर।।
विष के विनाश, मोह के नाश की हे! गुरुवर। दुःख दारिद्रय दंभ द्वेश, के नाश की हे! गुरुवर।।

कथा राम जी! कर दें, रोगो की संजीवनी। कुचक्रो कुचालों की, कर दें इसे मर्दिनी।।
अज्ञान के अंधेरों की, सूर्य पुंजी रोशनी। पवित्र बेजोड़ अनमोल, अलका कहे अपनी।।

शिव गुरु भभूत, सर आँखों पे रख कर। अलका माँगे कथा हो, पूनम चांद सी सुखकर।।
निर्दोष कर दें, सम्पूर्ण अमर हे! परख कर। मिटा दें कलयुग के, विकार सब निरख कर।।

विश्वास आस जगा दी, दर्शन दे कर हे! प्रभु। हिम्मत भी दिला दी, लेखन करने की प्रभु।।
परमानन्द मन के दर्पण में, भर के हे! प्रभु। साधन सम्पन्न कर दी, अलका तुमने हे! प्रभु।।

दर्शन की कृपा का, क्या धन्यवाद करेगी। अलका बस आपसे मांगा, आर्शीवाद करेगी।।
कथा राम की, शुभ शुद्ध संवाद कहेगी। राम शिव रुद्र रुद्रांश को, निर्विवाद रखेगी।।

अलका सर झुका के, कहे जब कथा यह। हनुमान जी समर्थ बुद्धि, कहें तब कथा यह।।
नृसिंह हो हिरण्यकश्यपु की, जान ले कथा यह। प्रह्लाद की रक्षक ओढ़नी, बनी रहे कथा यह।।

कथा हो अटल, ध्रुव सी भक्ति की खान। ले उच्च चमकीला, ध्रुव तारे सा स्थान।।
अजामिल गज गणिका जैसे, तरें हो महान। तुलसी कल्पतरु हो, कथा भरे कल्याण।।

लंका की विजय लीला, सुन के हो उत्साहित। विजयी रावण से हो के, करे राम समाहित।।
प्रार्थी हूँ बुद्धि विवेक की, विभूतियां हों धारित। दंभ मोह क्रोध मिटा, करे राम प्रमाणित।।

कलिकाल में पाप को, ही मान लेते हैं धन। कथा शुद्ध सधन कर दे, बुद्धि और मन।।
करे राम को धवल, छुपा ले काले धन। करे निर्विकार,गुन के कथा राम के गुण।।

अलका संग करें 'श्री राम चरण स्पर्श', सब मिल।।

संजीवनी स्तुति

नमस्कार हे! सुगन्धित, सुस्वादिष्ट। सुवर्णी प्राण रस की, बूटी संजीवनी।।
हिमालय पुत्री, पार्वती सी जन्मी। चमकदार जीव रस की, बूटी संजीवनी।।

भूमिजा सिया सी, भूमि से जन्मी। है रोग विनाशिनी, यह बूटी संजीवनी।
संग संग उगी, बूटी सुवर्ण करणी के। बूटी सन्धानी, बूटी वृणरोपिणी के।।
नमस्कार हे! संजीवनी।

सुषेण की मँगाई, हनुमान जी की लाई। लक्ष्मण को सुँघाई, उनके प्राण लौटा लाई।।
द्रोणांचल उगी आई, झिल मिल प्राण दायी। समुद्र में डुबाई, लंका को दुश्वार कराई।।

शिव जी ने हनुमान जी से, फिर से उठवाई। लव कुश की हराई, राम सेना फिर जिलाई।।
कलयुग में विज्ञान ने, 'सिलाजिनैला' नाम से पाई। 'श्री राम चरण स्पर्श' कर, अलका झुकी प्राण दायी।।
नमस्कार हे! संजीवनी।

कलयुग में जब आपने, दिव्य चमक अपनी खोई। आप ज़ार ज़ार, इस पे बार बार रोईं।।
हिमालय मे तप, राम राम रट में खोई। शिव को पुकार आप, बार बार आईं।।
शिव क्रुद्ध रहते हैं, अब राम नही दिखते हैं। अलका खो खो जाती, फिर बार बार आई।।
'श्री राम चरण स्पर्श' को कपि के संग आई। अमृत रस फुहार को, आपकी बार बार आई।।
नमस्कार हे! संजीवनी।

फल फूल कंद मूल स्तुति

जब राम हर्षे, दिव्य पुष्प बरसें। नभ से देवता, जय जय कार कर उठें।।
पुष्प पुष्प कोमल, पंखुड़ी सुन्दर। अंजलि भर सुगन्ध, बहार भर उठें।।

अलका सर उठा, मांगे वर पुष्पों का।
'श्री राम चरण स्पर्श' पर, सुहास भर उठे।।

सीता तरसे, श्रृंगार बरसें। चुन प्यार से राम, सज्जा कर उठे।।
साध्वी पे सजे, पुष्प प्यारे लगे। सज राम से सीता, लजा कर उठे।।

अलका सर झुका, मांगे वर पुष्पों का।
'श्री राम चरण स्पर्श', अलंकार भर उठे।।

राम वन मे रहे, भूख प्यास लगे। जय जय कंद मूल, भूख प्यास मार कर उठे।।
फावड़ों से खुदे, कुदालियों से कटे। जय जय राम पे, मर मिट प्यार कर उठे।।

अलका सर झुका, कहे कंद मूल वरें।
'श्री राम चरण स्पर्श' जी जान भर उठे।।

जय फूलों भरे, पूजा के थाल। जय सुगन्ध भरे, पुष्पों के थाल।।
जय कंद मूलों के, प्रसादों के थाल। जय जय राम की आरती, चढ़ावों के थाल।।

अलका सर झुका, कहे जय हो आपका।
'श्री राम चरण स्पर्श'' अमर बहार कर उठे।।

नीति - वाक्य

हमको ईश्वर का संग, सुयश दिलवाता है। भक्तों की भूलों में, सुधार करवाता है।।
सप्रेम दुष्टो का संग, और व्यवहार भुलवाता है। मलिनों पर मलिन बोझ नहीं, और चढवाता है।।

कुसंगति से कोयला, धुआं बनता गड़ता। प्रदूषक हो काला, जहान करता चुभता।।
सुसंगति काग़ज़ संग कर, जहान कोयला रंगता। सुलेख बनता, सारा जहान सजदा करता।।

अग्नि के कुसंग से, भस्म हो कर होता राख। भोजन के सुसंग से, भूख को कर देता खाख।।
मनुष्य कोई भी संत्सग, से होता नहीं खाख। परन्तु कुसंग से, जीवन सब का होता राख।।

सूर्य देवता वायु के, सत्संग से खिलकर। बादल को रख देते हैं, जल मे बदल कर।।
वैसे ही सच्चे अच्छे, संगी से मिलकर। जीवन को रख देते तुम, सुख में बदल कर।।

ठग और कपटी दिखते, बाहर से सुन्दर। बदसूरत रूप उनका , छुपा होता अन्दर।।
साधु वेशी कालनेमि, असुर था अन्दर। मारने वाला दिव्य हनुमान, असुन्दर था बन्दर।।

होते जो बुरे वेश धर, पर दिल से साधु। सत्संग ही में रत, रहते वो सच्चे साधु।।
उन्हें मिलते हैं लोक, वेद के फल सुस्वादु। हनुमन्त और जाम्बबन्त, थे दो ऐसे साधु।।

जीवन है तुम्हारा, देखो परखो समझो। अपने मित्र से पहले, अपने आप को समझो।।
बाहरी रूप है मिथ्या, अंदर का सच समझो। सच्चाई अपनी संग दे, जीवन मूल्य को समझो।।

मनुष्यों! दिया है, ईश्वर ने तुम्हें जीवन। धन्यवाद दो उसे, रख के शुद्ध बुद्धि और मन।।
ईश्वर की प्रकृति का, सौदंर्य भर लो तन मन। लड़ो बदसूरती से, रखो दूर प्रदूषण।।

सत्यं शिवम् सुन्दरम्, की नीति में ढ़लकर। सत्य शिव है शिव ही सुन्दर, सौन्दर्य में ढलकर।।
जीवन को सुन्दतम्, अमूल्य रत्न में गढ़कर। सौंपो ईश्वर को, अन्त में सत्य शिव सुन्दर कर।।

'श्री राम चरण स्पर्श' कर, जीवन की सुध लो। ईश्वर का उपहार जीवन, तुम इसकी सुध लो।।
तन मंदिर स्वच्छ कर, मन में मूर्त्ति रख लो। पूजा मूर्त्ति की कर, भय शोक भूल कर सुख लो।।

शिव के शंवर मंत्र

शिव जी ने दिये, अक्षर समूह जो। तिरते रहें सस्वर, मुँह हीं मुँह में जो।।
बिना भाव अर्थ के, यह शब्द समूह जो। सहज सिद्ध करें, हर कार्य दुरुह हैं जो।।

ऐसी शब्द रचना, शिव गुरु ने की। शब्दों की शक्ति की, कुंजी गुरु ने दी।।
दोहराएं याद करें, तो कार्य यह कर देगी। बुद्धि बन के कुंजी, हर गुत्थी खोलेगी।।

शंवर मंत्र, हर राशि के लिये है। दैवी आपदा, कृपा के लिये है।।
यहीं से राम ने, नाम भी लिये है। असुर संहार के, काम भी किये हैं।।

देवी/देवता	मंत्र
भुवनेश्वरी	ह्रीं
लक्ष्मी	श्रीं ह्रीं श्रीं
नृसिंह	उग्रं वीरं महाविष्णु ज्वलनां
	भीषणं भद्रं
	ऊँ ह्रीं क्रीं
विष्णु	ऊँ नमो भगवते नारायण
हनुमान	ऊँ ऐं पवन नन्दनाय राम दूताय स्वाय
महालक्ष्मी	ऊँ श्रीं ह्री श्रीं कमले कमलाये प्रसाद
महालक्ष्मी	प्रासीद ह्रीं श्रीं श्रीं
	महालक्ष्मयै नमः
दुर्गा	ऊँ ऐं ह्रीं क्लीं चामुण्डाय विच्चै नमः
	ज्वाल हं सं लं स्वाहा
महादेव/शंकर	ऊँ शं शंकराय नमः
सूर्य	घृणि सूर्याय नमः
गायत्री	गायत्री शनि दीपांजली

नित्य प्रार्थना

गायत्री मंत्र - ऊँ भूर्भुवः स्वः तत्सवितुर्वरेण्यम्
भर्गो देवस्य धीमहि धियो योनः प्रचोदयात्।

गौरी स्तुति - सर्व मंगल मांगल्ये शिवे सर्वार्थ साधिके
शरण्ये त्रयम्बके गौरी नारायणी नमोऽस्तुते।

शिव गुरु वंदना - वंदेताम् बोधं मयं नित्यं गुरुं शिव रुपिणं
यमाश्रितो हि वक्रोऽपि चन्द्रः सर्वत्र वन्द्यते।

हे! शिव जी गुरु जी मेरी चरण वन्दना स्वीकार
कर मुझे प्रार्थना करने की आज्ञा दीजिये।

गणेश वन्दना - गजानन् भूतम् गणादि सेवितम्
कपित्थ जम्बू फल चारु भक्षणम्
उमा सुतम् शोक विनाश कारकम्
नमामि विघ्नेश्वर पाद पंकजम्

रुद्राशं हनुमान वन्दना : अतुलित बलधामम हेम शैलाभ देहं
दनुज वन कृषानुम् ज्ञानिनाम् गंगण्यम्
सकल गुण निधानम् वानराणामधीशम्
रघुकुल प्रियं भक्तम् वात जातम् नमामि।

श्री राम वन्दना : नीलाम्बुज श्यामल कोमलांगम्
सीता समारोपित वाम भागम्
पाणौ महासायक चारु चापम्
नमामि रामम् रघवंश नाथम्।

दुर्गा देवि वंदना मंत्र : ऊँ ऐं ह्रीं क्लीं चामुण्डाय विच्चै आं हीं दुम् दुर्गाय नमः।

महालक्ष्मी वंदना मंत्र : ऊँ ऐं ह्रीं श्रीं महालक्ष्म्यैय नमः।

केशव वंदना मंत्र : ऊँ केम् केशवाय नमः।

महासरस्वती वदंना मंत्र : ऊँ ऐं ही श्रीं महासरस्वत्यैय नमः।

त्रिमूर्त्ति वन्दना : मूले च ब्रह्मा तुचाषि विष्णु
रुद्राक्ष शाखा महेश्वरः
पात पात देवानाम्
नमोऽस्तुते, नमोऽस्तुते नमोऽस्तुते।

ईश्वर वंदना : त्वमेव माता च पिता त्वमेव
त्वमेव बन्धु च सखा त्वमेव
त्वमेव विद्या द्रविणम् त्वमेव
त्वमेव सर्वम् मम् देव देवा।

परिवार हेतु प्रार्थना : हे ईश्वर मेरे दादी बाबा, मेरे मम्मी पापा, मेरे सास ससुर, मेरे नानी नाना, जहाँ कही भी हों, सपरिवार उनको, मुझे, मेरे पति को, मेरे बच्चों को सपरिवार, उनके होने वाले परवारों सहित, मेरे भाई बहनों तथा मित्रों को सपरिवार अपनी दिव्य दृष्टि,अपनी दिव्य वरद् हाथ, अपनी दिव्य वरद् शुभ छत्र छाया तथा अपनी दिव्य वरद् शुभ व संरक्षक शरण का सहारा दीजिये, ताकि हम आपके दिये हुये गुणो तथा आपके सहारे अपना पूर्ण जीवन सम्पूर्ण स्वास्थ्य के साथ, बिना गलतियां दोहराएं या किये, पूर्ण कर्त्तव्यनिष्ठता से सम्पूर्ण कर्त्तव्यनिष्ठ रहकर, अपना सारा जीवन सार्थक कर सकें और अपने सपने साकार कर सकें। संसार में अपने सुकर्मो व सुकृतियो में सफलता प्राप्त कर सौहार्द सुकीर्त्ति व सुधन सानन्द अनन्त प्राप्त करें। हे अनन्त! हमारी अनन्त चरण वन्दना अनन्त प्रार्थना तथा अनन्त धन्यवाद स्वीकार कर, हमारे हृदय में अनन्त हमारे मसतिष्क में अनन्त तथा हमारी देह में अनन्त विराजिये। हे अनन्त! आप सहाय तो सब संभव, आप नहीं सहाय तो सब असंभव। हे अनन्त! कृपा कीजिये। सहाय होइये। आप ही हे! आप ही हैं। दया कीजिये हे प्रभु! कृपा कीजिये।

साप्ताहिक वन्दना

सोमवार	-	ऊँ नमः शिवाय
मंगलवार	-	ऊँ हनु हनुमन्ताय नमः
बुद्धवार	-	ऊँ श्री गणेशाय च सरस्वत्यै नमः
बृहस्पतिवार	-	ऊँ ब्रह्म बृहस्पत्यै नमः

शुक्रवार	-	ऊँ ऐं ह्रीं क्लीं चामुण्डाय विच्चै आं ह्रीं दुम् दुर्गाय नमः		
शुक्रवार	-	महालक्ष्मी	-	ऊँ ऐं ह्रीं श्रीं महालक्ष्म्यैं नमः
		केशव	-	ऊँ केम् केशवाय नमः
शनिवार	-	ऊँ शं शनैश्चराय नमः		
रविवार	-	ऊँ सूर्याय नमः		

॥ ऊँ॥

श्री राम महिमा गान

'र' और 'म' होते हैं, दो अति सुन्दर अक्षर। माहों में सावन भादों, के जैसे प्रभाव धर॥
सरस प्रेम जल बरसाते, रहते यह भक्त पर। प्राण आनन्द भरते हैं, हर क्षेत्र सशक्त कर॥१॥

सुगम और सहज हैं, स्मरण श्रवण में। मधुर व मनोहर, उल्लेख और मनन में॥
एक रूप एक रस हैं, यह जीव और ब्रह्म में। अलका के प्रिय 'र' 'म' हैं, राम और लक्ष्मण में॥२॥

वर्णमाला रूपी देह के, 'र' और 'म' नेत्र हैं। कभी न विलग होते, प्रीति भरे क्षेत्र हैं॥
उच्चार अर्थ फल में हैं भिन्न, इनमें भेद हैं। तुलसी के प्रिय दिव्य अक्षर, मिल बीज मंत्र एक हैं॥३॥

लाभ देते इस लोक में, हैं 'र' और 'म' दोनो। निर्वाह कराते हैं, परलोक में यह दोनो॥
शरीर दिव्य बना देते, हैं 'र' और 'म' दोनो। दिव्य कार्य करा देते, हैं तुमसे यह दोनो॥४॥

सुन्दर स्त्री भक्ति के, कर्ण फूल हैं यह। जग को प्रकाश देते, चांद सूर्य हैं यह॥
जगत के पालन को, नरायण नर हैं यह। भक्तों के रक्षण को, भाई राम लक्ष्मण हैं यह॥५॥

मोक्ष दें अमृत रस दें, स्वाद भरते तृप्ति हैं। शेष और कछुए के जैसे, धारी हैं यह पृथ्वी के॥
भक्त मन कमल के, भ्रमर तृप्त प्रीति से। जीभ में माँ से, मन में आनन्द दायी भाई से॥६॥

कहें तुलसी दास जी, रकार है छत्तर का रूप। 'म' की मकार है, मणि और मुकुट के रूप॥
नाम और नामी हैं, स्वामी और सेवक के रूप। नाम अनुगामी राम, अनादि अनन्त रूप॥७॥

राम के नाम और रूप, दोनों हैं अति सुन्दर। नाम के पीछे चले आते, हैं राम रूप स्मरण पर॥
भक्ति युक्त शुद्ध बुद्धि, करते राम चरण धर। अविनाशी दिव्य रूप, राम का रमता है मन पर॥८॥

नाम के पीछे, राम रूप है चला आता। नाम याद करते ही, रूप मन में आता॥
अचल हो स्मृति से, नाम बुद्धि में समाता। तुरन्त हृदय में, राम रूप धर के आता॥९॥

नाम और रूप की है, राम कथा ही अकथनीय। समझ से देती सुख, मगर है अवर्णनीय॥
निर्गुण नाम है राम का, मगर रूप सुदर्शनीय। निर्गुण राम कि सगुण, मगर हैं विश्वसनीय॥१०॥

सूर्य शिखर छत्तर, तरंगों में 'र' है। मणि मधु मुकुट, में मन मोही 'म' है।।
कहे अलका होता, स्मरण प्रण में 'र' है। मधुर मन्त्र में मां से, मिलके होता राम है।।११।।

शंकर और पार्वती के नामों में 'र' है। मधु सूदन माधव, और मोहिनी में 'म' है।।
मन स्मरण में नाम से, मिल राम रमते हैं। मूर्त्ति मनोहर के, रूप राम ढलते हैं।।१२।।

इन्हीं राम की वन्दना, सरस गाती हूँ मैं। कही वेद पुराणों ने, दोहराती हूँ मैं।।
आज ही की बोली में, समझाती हूँ मैं। जन गण मन मन, राम ध्वज फहराती हूँ मैं।।१३।।

तुलसी कहते साधु संत, होते कपास से। सुई के छिद्र दोष ढ़ापते, धागों लिबास से।।
उज्जवल धवल नीरस, विषयों के निकास से। अज्ञान पाप रहित, सुत बुन तपते विकास दें।।१४।।

संत लाते आनन्द, कल्याण हैं समाज में। प्रयाग नगरी को दें, बदल तीर्थ राज में।।
जहां राम भक्ति रूपी, गंगा ला आज ये। ब्रह्म विचार सरस्वती, धार देते समाज में।।१५।।

मानव देह पा जाते, धर्म अर्थ कर्म मोक्ष। संतों के सत्संग छुड़ाते, दुःख दर्द पाप दोष।
बुद्धि कीर्त्ति सद्गति, या निष्काम हो निर्दोष। मिलती राम कृपा चाभी, खुलते सत्संग कोष।।१६।।

बुद्धि कीर्त्ति ऐश्वर्य, सत्संग से मिलते। विवेक सिद्धि साधन, कल्याण आनन्द मिलते।।
असन्त और सन्त जग में, एक साथ जन्मते। असन्त जाने पर, संत आने पर सुख भरते।।१७।।

कुसंग में भी पर जो, न बिगड़े हैं सज्जन। सर्पों में चमकें मणि से, महकें ज्यों चन्दन।।
लोहा जैसे पारस को, छू बनता कंचन। प्राकृत गुण फैलाते हैं, सज्जन जन जन मन।।१८।।

तुलसी मन समुद्र, बुद्धि सीपी स्वाति सरस्वती। विचारों की वर्षा, पद मोतियां उगाती।।
अलका भक्ति राम सूत्र, पिरी हृदय धारती। अनुराग रूपी शोभा, यह माला उतारती।।१९।।

लोभ मोह काम क्रोध लिप्त, कलयुगी नर ठग। तुच्छ बुद्धि हो के, रहें राम गुण चरण लग।।
शिव शारदा शास्त्र भी, नहीं यह नहीं करें थक। अलका धुन लगा, राम धुन ले चली जग।।२०।।

तुलसी वाल्मीकि याज्ञवल्कय कंबन व्यास। इन सबके लगी पद, हनुमान से बंधी आस।।
मिले प्रीति भक्ति, श्रम की सुगंध प्यास। अलका लिखे नित, रहें राम जी पास।।२१।।

वेद ब्रह्म देवता शिव, उमा गंग धार लाती। पूर्व दिशा कौशल्या, दशरथ सूर्य तप लाती।।
राम स्त्रोत परिवार को, बार-बार शीष नवाती। राम के सखा भाई, भक्तों से वर पाती।।२२।।

कुछ धन चाहते, कुछ संकट दूर करना। कुछ प्रभु को जानना, कुछ जान भक्ति करना।।
राम नाम जलता दीप, जीभ धरना। कलयुग में ज्ञान सूर्य, ले विष कुचलना।।२३।।

चार कारणों से राम का, नाम जपते भक्त चार। निर्धन धन की, निर्बल संकट की करें गुहार।।
जिज्ञासु भक्त राम क्या है, जानने को करें पुकार। ज्ञानी भक्त राम जान, जपें तपें करें प्रचार।।२४।।

ज्ञानी भक्त होता है, ईश्वर को सर्वप्रिय। निर्गुण नाम नित जपता, रूप भरता है हिय।।
सगुण रूप नाम से, नियंत्रित कर देख हिय। अप्रकट प्रकट कर, निर्गुण तकता सर्वप्रिय।।२५।।

सबसे है बड़ा नाम, दिखा देता छब यह। तारता सुधारता, नाम जाप ताप से बुद्धि यह।।
भगाता दुराशा दुःख दोष अंधकार, रब यह। भगा मन से भय, करता विश्वस्त हर बुद्धि यह।।२६।।

मरीच ताड़का मार, शिव धनुष राम नाम तोड़ता। अहिल्या तारता, प्रेम जटायु शबरी का जोड़ता।
सुग्रीव विभीषण फोड़, रीछ वानर श्रम से जोड़ता। हरित दण्डक करता, समुद्र सूखा छोड़ता।।२७।।

निर्गुण नाम बड़ा है, वरदान को खड़ा है। चुन शिव ने रख दिल, नाम किया राम से बड़ा है।।
नाम ने शुक सनकादि को, सिद्धि से जड़ा है। प्रिय हरि नारद किया, ध्रुव तारा कर जड़ा है।।२८।।

हनुमान ने रट नाम, वशीभूत किये राम। अजामिल गज गणिका तरे, नाम ने किये काम।
दानी मुक्ति दाता नाम, अलका से लिये काम। युग युग आनन्द धाम, कलयुग में पुण्य नाम।।२९।।

ध्यान सतयुग में, त्रेता में यज्ञ है नाम। द्वापर में पुण्य, कलयुग में तप है नाम।।
इस लोक सदा फल, उस लोक परम धाम। मां बाप पालक, रक्षक है राम नाम।।३०।।

कर्म भक्ति ज्ञान नहीं, कलयुग में बस जप नाम। बुद्धि हो समर्थ, कालनेमि मारते हुनमान।
राम नाम नृसिंह, हिरण्यकश्यपु कलयुग जान। जापक भक्त प्रहलाद, कलयुग मारक मान।।३१।।

अच्छे बुरे किसी भाव भी, ले तू अगर नाम। दसों ही दिशाओं में, फैलेगा कल्याण।।
कैसा होकर भी तू, अगर लेगा राम नाम। तुझे पहचान के उत्तर, दे जाएंगे भगवान।।३२।।

करा देंगे मीठी बोली, बोल कर तुझे भान। यथा योग्य दे जाएंगे, वे तुझ को सम्मान।।
बुद्धि शुद्ध करके, प्रतीक प्रेम चिन्ह आन। मुहर अंकित करने, समक्ष होंगे भगवान।।३३।।

दुनिया भक्तिन दासी, कहले मुझको राम की। रुचि नहीं कभी है, कोई इसमें राम की।।
हृदय की अच्छाई बस, चाहते हैं राम जी। उसी से ही रीझते, अपनाते हैं राम जी।।३४।।

भक्ति प्रेम के भावों को, बंदर ने दे स्थान। जुटाई राम की सेवा, बने दूत थे हनुमान।।
अच्छे भाव का फल अच्छा, तुलसी कहा सच मान। अलका ने चरण छू, चाहा राम से कल्याण।।३५।।

चरित्र राम का कह सुन, कलयुगी बनते ज्ञानी। पाप दोष धुले, बुद्धि चढ़े राम का पानी।।
भ्रम अज्ञान हटा, दिव्यता भरते अज्ञानी। कहे अलका कलुषता पे, फेरें राम जी पानी।।३६।।

कथा राम की पण्डितों, को देती है आराम। कहे तुलसी पाप नाशी, है यह आनन्द धाम।।
कलयुगी सांप मार, करे मोर का काम। विवेक चिन्गारी दे, पत्थरों सा ही काम।।३७।।

अमृत संजीवनी कल्पतरु, कामधेनु है। जन्म-मरण चक्र भ्रम भय, संहारक है राम कथा।।
साधु देवता रक्षिका, कल्याणी है। असुर नर्क विनाशिनी, रक्त खोर काली है राम कथा।।३८।।

अलका की मां 'माधुरी' सी, ममतामयी मृदु है। संत सागर लक्ष्मी है, भूधारी विष्णु है।।
चित्रकूट स्नेहिल चित्तवन, शिव भस्म गंग विधु है। वैद्य अश्विन ज्ञान वैराग्य, योग गुरु कृष्ण है।।३९।।

राम सीता के बीच के, प्रेम की उत्पादक। सभी व्रत नियम धर्म की, बीज है संपादक।।
पाप लोभ काम क्रोध, सिंहों की संहारक। ज्ञान राग संगरक्षिका, विषय भोग मारक।।४०।।

अगस्त्य मुनि सी सोखती, यह लोभों के सागर। दुर्भाग्य दारिद्र्य यह अंधड़, दूर करती उड़ा कर।।
अज्ञान के अंधकार सोखती, कथा सूर्य सी आकर। ध्यान ज्ञान देती रोप, मेधा सींच वर्षा कर।।४१।।

''श्री राम चरण स्पर्श''

भक्तों के जीवन धन, कवि मन के तारा गण। उज्ज्वल राम गुण छुड़ाते, कुपथिकों की भटकन।।
राम का चरित्र होता, पूर्ण चन्द्राकर्षण। कलयुगी मन सागर उठते, ज्वार जिसके कारण।।४२।।

पूर्व प्रसंग

सौ करोड़ रामायणों में, यह एक अलका की। भ्रम आश्चर्य न उठाए, है प्रार्थना अलका की।
लखनऊ उ०प्र० भारत, विश्व सुने यह गायिकी। अनादि अनन्त, विश्वस्त सृष्टि राम की।।४३।।

महागुरु कालेश्वर शिव लिंग, को झुका सर। पूजन बिन माँगे बिन, आज्ञा मिली कृपा कर।।
गणेश जी गौरी का, शरण दर्शन पाकर। धन्य अलका, 'श्री राम चरण स्पर्श, कथा कर।।४४।।

संवत् २०१२ में, चैती की नवमी। मंगल के दिन श्री राम, पूँजी मन में जन्मी।।
पुराणों वेदों से, सरस्वती कृपा गहमी। अवधी हृदयों में, जन्मोत्सव क्षुधा जन्मी।।४५।।

''श्री राम चरण स्पर्श'' कर, सुमन धर नमन कर। प्रारम्भ करती पावन, कथा राम को मन धर।।
हनुमान जी से प्रार्थना है, दें लोकार्पण कर। अथाह मन समुद्र से, उठाएं हो कल्याण कर।।४६।।

शिव शंकर बुदबुदाई, रुद्रांश की पात्रताई। साधु संतों ने पा, जग भर छा बरसाई।।
युग युग बहती हर बुद्धि, शुद्ध करती आई। अलका ने मन में पाई, कलयुग तरा बहाई।।४७।।

अद्भुत् कृपा की शिव ने, अलका को दी बुद्धि। हनुमान जी को भेज कर, मन में भेजी सिद्धि।।
वनस्पति प्रकृति विज्ञान में, राम की रही रिद्धि। निर्गुण में सगुण रस, भर की कविता शुद्धि।।४८।।

श्रद्धावान सत्संगी, भगवान भक्त जुडेंगे। 'श्री राम चरण स्पर्श' से कृपा भरपूर लेंगे।।
प्रेम भक्ति की रस धारा, डूबके उतरेंगे। आत्मिक दैहिक भौतिक, अधिताप दूर करेंगे।।४९।।

छहों ऋतुओं की झलकी, रामकथा दिखाएगी। हेमन्त ऋतु उमा शिव, बारात लिये आएगी।।
शिशिर में राम जन्म लेंगे, बसन्त में सिय आएंगी। गर्मी वन वर्षा युद्ध, शरद राम राज्य लाएगी।।५०।।

कथा यह न सुनोगे, राम के गुण न लोगे। मारीचिका में हिरणों से, भाग थक ठगोगे।।
विषयों की जल छवि के, पीछे प्यासे मरोगे। राम के गुण रस पीके, शुद्ध तृप्त तरोगे।।५१।।

महाकालेश्वर ने, केदारनाथ में आकर। गणेश पार्वती दिखाईं, पशु पृष्ठ बिठाकर।।
अलका को दी भक्ति, कहा पात्र बनाकर। कि कल्याण कर रहे विष्णु, नररूप में आकर।।५२।।

नर से मृत्यु का शिव से, वर मिला रावण को। हरित करते चल पड़े थे, राम दण्डक वन को।।
लगी राम दर्शन की, चिन्ता शिव के मन को। ठगी को मिल गया क्षण, मारीच और रावण को।।५३।।

बना मृग मारीच और, रावण साधु बन गया। लुभा के चुरा के, सीता वन से दन गया।।
विरही हो दुःखी राम, साधारण नर बन गया। संदेह डसा सती को, कैसे राम भगवन हुआ।।५४।।

ज्ञान कुण्ड श्रीपति, असुरों के शत्रु भगवान। सर्वज्ञ सक्षम देह भाव में, क्यों होंगे इन्सान।।
ऐसे कि लालायित, शिव देखें छोड़ ध्यान। कहें 'जय कल्याणकर्त्ता', 'सच्चिदानन्द धाम'।।५५।।

दर्शन कर हर्षित पुलकित, आनन्दित रहें शिव। प्रसन्नता से रोम रोम, पोर पोर डूबे रहें शिव।।
जग प्रभु हो नर मोही, नत मस्तक रहें शिव। ऐसा करके सती को, शंका से भर रहे शिव।।५६।।

संतों सती को संदेह ने, ऐसा हिलगाया। विरह वेदना दे दी, और पति से विलगाया।।
राम पर संदेह, कब किसे रास आया। सुनो किस्सा रुद्र ने स्वयं, अलका से कहलाया।।५७।।

सती जलीं हवन कुण्ड में, शिव की नहीं मानीं। संतो बातें सत्य शिव की, माननी सर्वज्ञानी।।
कुतर्क झूठ कपट से न, राम जन्म की कहानी। सुनो गाओ रख सत्य, धर्म ही मन वाणी।।५८।।

सती को जब जब शक या, सोचों ने घेरा। वृशकेतु विश्वनाथ, शिव जी ने डाला डेरा।।
रच रच सुख कर सुन्दर, राम कथा मन फेरा। तोड़े चिन्ता पर्वत, दुःख सागर फेरा।।५९।।

जब जब सती के मन पर, चढ़ा बोझा झूठा। असत्य मन दोषी पर, शिव परित्याग विष फूटा।।
सती का विश्वास, प्रार्थना बन राम पर छूटा। शिव मिल गए फिर से, पर राम ध्यान नहीं टूटा।।६०।।

हे राम! शिव में शक की, ग्लानि दूर कर दें। टूटे प्रेम की हानि को, मृत्यु दें तर दें।।
परित्याग जनित दुःख को, मौत का ज़हर दें। बिना श्रम पहाड़ दुःख का, मटिया मेट कर दें।।६१।।

सत्तासी हजार वर्ष, तपीं तब शिव डोले। समाधि खुली राम ही राम, मुख से बोले।।
प्रजापतियों का नायक, बना दक्ष को बोले। ब्रह्म कोई योग्यता में, अभिमान मद न घोले।।६२।।

अभिमान ने डसा दक्ष को, शिव की अवमानना की। विष्णु के समझाने पर, मूर्ख कह निन्दा की।।
सती ने दुस्साहस पर, क्रुद्ध भस्म हो जान दी। द्रोही दंभी यज्ञ फल, न लें शिव की आन दी।।६३।।

तप कर के सुख मिलता, दुःख दोष दूर होता। तप बल से विष्णु, जग भर पालन करता।।
इसी बल से रुद्र रूप, शिव भी संहार करता। तप के बल से ही, शेष भू धारण करता।।६४।।

वेद शिरा मुनि बोले स्वप्न में, ''पार्वती तप फल। आधार मान के तप को, भवानी ले ले बल''।।
परिवार आकुल छोड़ के, सुकुमारी तपी चल। भोग छोड़ तपीं वन में, जन्मे प्रेम भक्ति बल।।६५।।

अपर्णा बनी फल जल, वायु पत्ते छोड़ कर। कहें याज्ञवल्क्य शिव मिले, तप यह घोर कर।।
मद मोह काम हीन, शिव मन राम से जोड़कर। किये पत्थर व्रत प्रेमी, भक्ति से जोड़कर।।६६।।

मृदु राम कहते हैं, पार्वती जी तप सकतीं। शिव से समाधिस्थ की, पत्नी बन सकतीं।।
शुभ आज्ञा माता पिता, गुरु पति की न टलती। कहें राम तो शिव से, पार्वती ब्याह रचतीं।।६७।।

शैल पुत्री स्वर्ण कनी, बन गई हठ न छोड़ें। ठग नारद गुरु कहें, 'वरें शिव न छोड़ें'।।
परीक्षा लें सप्त ऋषि, 'वरें विष्णु शिव छोड़ें।' जगज्जननी शिव भक्त, विधु वैभव छोड़ें।।६८।।

नीति धर्म ज्ञान धैर्य, जप तप मारे काम ने। बचाया सद्ग्रन्थों की, गुफ़ा में छुपा राम ने।।
ऋषि सिद्ध मुनि संत, गुलाम किये काम ने। कृपा रक्षण दे मुक्त किया, उन्हें राम ने।।६९।।

लेखनी राम की, विधि के विधान पे चलेगी। तारक काम संहार, ब्याह करेंगे शिव योगी।।
खोल तीसरी आंख, श्री यश ज्ञान धर्म वियोगी। भस्म काम करेगें, प्राण वायु बसन्ती होगी।।७०।।

पत्नी काम की रति पुकारी, शिव! शिव! रो कर। बोले शिव, 'दिया काम को अनंग देह बिन कर।।
अनंग रच बसाया, हर जीव की देह धर। जन्माऊँगा द्वापर में, कृष्ण पुत्र प्रद्युमन कर।।७१।।

हुआ शिव विवाह तय, रामादेश पे होना। छः मुख का स्वामिकार्तिक, पुत्र शिव से होना।।
षडानन का पुरुषार्थी, शूर वीर भी होना। असुर तारक मार कर, विजयोल्लास समोना।।७२।।

शिव सा न हुआ भक्त, कोई रघुनाथ जी का। गुणगान सौ करोड़ शेष करें, तो भी फीका।।
राम ताली दे नचवाते हैं, कठपुतली सा। मंद बुद्धि करें दिव्य, सरस्वती के आंगन नचवा।।७३।।

भजें चर अचर, नाग नर और देवता। त्रिपुरारि जगपति हैं, कल्पतरु जैसे दाता।।
हो उसी का शरणार्थी, क्यों झेलता दरिद्रता। हे नाथ! पूछती पत्नी, क्यों ऐसा होता।।७४।।

परमार्थी अनादि, निर्गुण ब्रह्म कह पूजें। अजन्मा अगोचर, अयोध्या पति होके सूझे।।
निर्गुण कि सगुण, दो या एक राम न बूझे। हे नाथ! इस जन्म भी, पत्नी वही प्रश्न पूछे।।७५।।

हे प्रभु! वेद आपको, त्रिलोकी कह भजते। विनम्र प्रार्थना पत्नी की, सुन शिव जी हँसते।।
रघुनाथ के चरित्र गुण, सभी मन आ सजते। आह्लादित हो शिव, सत्य असत्य भेद कहते।।७६।।

हे! देवी हो तुम धन्य! शोक मोह भ्रम से दूर। देखे राम रखे पग, मन का धुला गरुर।।
जो देख पाएं न राम, आंखें मोर पंखी बेनूर। न गाएं राम गुण जीभ कंठ, मेढ़की टर्र दूर।।७७।।

हैं राम देवधाम कामधेनु, सुर सेवाकाम। कथा राम की भ्रम कलयुगी, काट करें नाकाम।।
चरित्र गुण कथा कीर्त्ति, सबमें अनन्त राम। अज्ञानी कुटिल झूठे, छली करे नाकाम।।७८।।

नेत्र उनके छिनते जिन्हें, सत्य राम न दिखते। लाभ हानि अच्छा बुरा भी, देख न सकते।।
निर्गुण राम भक्तों के, प्रेम भाव से सज उठते। लेके रंग रूप गुण, सजीव हो के दिखते।।७९।।

सत्य चित्त आनन्द भरते, दिव्य दृष्टि करते। सहस्त्रों सूर्य पुंज राम, प्रकाश सृष्टि करते।।
अज्ञानता के अंधकारों को, आ के बुद्धि से हरते। मोह मूर्खता दूर कर, ज्ञान वृष्टि करते।।८०।।

परात्पर परमानन्द, पुराण पुरुष प्रभु हैं। प्रकाश स्वयं प्रकट, जीव माया स्वामी प्रभु हैं।।
नवा शीष बोले शिव, मेरे नाथ भी रघु हैं। निर्लेप निर्मल चेतना, धरते मेरे प्रभु हैं।।८१।।

यह मिथ्या जगत है, राम चन्द्र जी की सत्ता। सपने सा असत्य दुःख, बिना जागे न हटता।।
बिना देह के करता, बिन इन्द्रियों के भोगता। है दिव्य राम अलौकिक, छूता सूँघता वक्ता।।८२।।

ब्रह्मा रचित पारब्रह्म, वेद पण्डित वर्णित राम। मुनि भक्त प्रणत, दशरथ सुत अवध नाथ राम।।
शिव काशी बसें, मुर्दा मुक्ति को दें मंत्र राम। जड़ चेतन स्वामी शिव, हृदय में बंद राम।।८३।।

शिव मुख से सब सुन, आश्वस्त हुईं पार्वती। हर संदेह दूर कर, राम चरण पड़ीं पार्वती।।
नमन कर्बद्ध करके, शिवासक्त हुईं पार्वती। स्पष्ट देख सकीं राम, शिव प्रेम पगी पार्वती।।८४।।

राम पर संदेह, ज्ञान वैराग्य सद्गुण मारता। राम पर विश्वस्त प्रेम, हर असंभावना मारता।।
हर चित्त सत्य चिन्मय, अविनाशी राम धारता। परे सबसे है राम फिर, नर देह क्यों धारता।।८५।।

प्रयत्न है संतुष्ट उत्तर, दे सकूं शिव बोले। कथा पावनी पाप नाशनी, काग भुषण्डि सुन बोले।।
जिसका नाम चरित्र सुन, गरुड़ शुद्ध चित्त होले। अनेक कारणों से राम, नर हो अमृत घोले।।८६।।

कभी धर्म स्थापना, कभी राक्षस मारने। कभी श्राप से स्वयं को, या जग को उबारने।।
तामसी गुण उतारने, या भक्तों को तारने। अनन्त लीला कर, शिव को न दें हारने।।८७।।

अनन्त गुण कथा रूप, नाम काम हैं राम के। इतना बस यहीं खत्म, चरित्र धाम न राम के।।
नृसिंह हिरण्याक्ष, हिरण्यकश्यपु हित राम के। अवतार हैं, असुर संहारक रूप राम के।।८८।।

जलन्धर सा दैत्य मैं, शिव हो के न मार सका। ढाल उसकी पत्नी वृन्दा, पावना पार न पा सका।।
इसी पवित्रता के बल पे, त्रिपुरा को मार सका। देवों हित छला, प्रभु से शाप ले मैं खपा।।८९।।

दूसरे कल्प में रावण हो, यही जलन्धर जन्मा। उसे युद्ध कर मुक्ति देने, राम नर जन्मा।।
नारद में विषय वृत्ति, निवारण को जन्मा। समाधि भंगी काम को मारने, राम देह धर जन्मा।।९०।।

कभी ये कभी वो मन का, करने प्रभु आते। अहंकार मद मोह क्रोध, लोभ हरने प्रभु आते।।
ज्ञान ब्रह्मचर्य धीर बुद्धि, भरने प्रभु आते। भक्तों सेवकों में प्रेरणा, होश भरने प्रभु आते।।९१।।

मुझ शिव की अनसुनी का, नारद ने लिया सुर। समक्ष राम के अहं का, पुर ज़ोर गाया सुर।।
मोहा विश्व मोहिनी लक्ष्मी से, बंदर का दिया रूप। वानर से, सेवा विरह शाप लिया सिर।।९२।।

खुश होकर शाप लेकर, प्रभु ने खींची माया। तब कहीं नारद की, खुली आंखे होश आया।।
हटी माया हटी लक्ष्मी, झुका शीष भक्त आया। खरी खोटी कही करनी, पाप भुला जप पाया।।९३।।

'शत नाम शंकर जपो', रामचन्द्र का स्वर बोला। चले शिव कृपा के पीछे, मेरी माया का चोला।।
कहें नारद शिव शाप दे, राक्षसी गुण चोला। बदलें ठग कपटी का, नर राम ही चोला।।९४।।

आते हर जन्म हर रूप धर, प्रभु धर्म कर्म करने। परम पावन गुण लीला, कर मोहित करने।।
प्रसन्नता देवताओं में, सुख सज्जनों में भरने। किसी कल्प नर देह धर, पृथ्वी का बोझ हरने।।९५।।

मन मयूर नाचा राम ने, मोहिनी संग धरे पग। हाव भाव मुख मुद्रा, चेतना भर चल पड़े जग।।
मुख गा उठा कविता, नृत्य झूम छूम चले पग। अनुपम दिव्य कथानक की, वर्षा तर करे जग।।९६।।

करोड़ों कल्पों में, असंख्य लीला करें राम। संतों को रचना आदि के, पकड़ाया करें काम॥
कहें शिव हे! पार्वती, शरण सेवा धरें राम। सुलभ करते दुःख हरते, हर रूप सुंदर हैं राम॥९७॥

महाप्रेरक महामाया के, स्वामी रामचन्द्र। महाबलवती माया मोहनी, के बल राम चन्द्र॥
जन्महीन रूप हीन, अव्यक्त निर्गुण रामचन्द्र। सती मोही वन वासी, उमा शिव बसें राम चन्द्र॥९८॥

स्वायम्भुव राजा मनु की, पत्नी शतरूपा। मानव जिनसे जन्में, वेदों ने यश रोपा॥
अशान्त बूढ़े दोनों, भक्ति शान्ति रूपा। राज्य छोड़ गए, नैमिषारण्य तीर्थ रूपा॥९९॥

ऋषि मुनि संत सिंद्धों का, गढ़ है नैमिषारण्य। मनु शतरूपा की, ज्ञान भक्ति का है अरण्य॥
'ऊँ नमो भगवते वासुदेवाय', मंत्र का अरण्य। तप व्रत फलाहार, परम ब्रह्म का अरण्य॥१००॥

अभिलाषा दर्शन की, प्रभु निरूपण का चिन्तन। जिनके अंश से, असंख्य शिव ब्रह्मा विष्णु उत्पन्न॥
भक्तों सेवकों के, वश में रहते वो भगवन। सत्य वेद वाणी करते, दिव्य विग्रह धारण॥१०१॥

कल्प वृक्ष से रक्षण के, महाछत्र हैं मेरे राम। काम धेनु के जैसे, सर्वदाता हैं मेरे राम॥
चरणों की धूल लेनी, आ जाइये मेरे राम। है कौन जो नहीं चाहे, दर्शन आ दें मेरे राम॥१०२॥

शिव ब्रह्मा विष्णु, वंदना में झुकाएं सर। चरण आएं शरणागत, रक्षण चेतना पाएं दर॥
सुखकर हे! प्रभु, हम करें प्रार्थना पाएं वर। स्नेह बल पा, कर पाएं जाएं तर॥१०३॥

शिव के मन बसा रूप, दिखे यत्न करें हम। काग भुषण्डि के मन सरोवर, तैरता हंस हरे भ्रम॥
सगुण निर्गुण वेद वर्णित, राम देखें तरें हम। हृदय मस्तिष्क जल थल, दिखें हठ करें हम॥१०४॥

कहे अलका सुनी मनु, शतरूपा की प्रार्थना। सतयुगी प्रेम पगी विनती, प्रभु को नहीं टालना॥
कृपा वात्सल्य धाम की, मिली निश्चित सांत्वना। सतयुग त्रेता द्वापर, कलयुग भी थामना॥१०५॥

नील कमल नील मणि, नीले मेघों से हैं राम। नील नभ नीले नीर सी, नीली देह के हैं राम॥
चन्द्र पूनो मुख शंख सी, ग्रीवा लिये हैं राम। विद्युत कांति हंसी है जो, लजा देती देव काम॥१०६॥

राम के कमल नेत्र, भौं इन्द्रधनुष कमान सी। मेघ लटें लुक छुप खेल, तिलक सूर्य रहें छानती॥
हृदय शोभित वन माल, आभूषणों पे जान सी। मत्स्याकार कुण्डल, धनुष त्रोण मणि खान सी॥१०७॥

स्वर्णिम देह पे दमके, पीताम्बर की बिजली। झुके पद कमल रस पे, मन भँवरे तितली।।
यमुना के भँवर सी, नाभि ऊपर त्रिवली। कहे अलका जानकी से, पूर्ण शोभा हँस ली।।१०८।।

असंख्य लक्ष्मी पार्वती, जिनका अंश ले जन्मीं। इशारे से भौहों के, जिन्हें जग रचना करनी।।
वही शक्ति रूपा सीता, स्वयं भूमि से जन्मीं। श्री शक्ति हुईं राम की, बाएं अंग सज लीं।।१०९।।

मनु शतरूपा अपलक, देखे गए अवाक् हो। अलौकिक अद्‌भुत दिव्य, इस छवि से क्या पाक हो।।
सानन्द सुध बुध भूले, तन चाक हो। गिरे चरणों पर राम के, लगे अंक वर खाक हो।।११०।।

प्रसन्न हूँ ईश्वर हूँ, दानी मानों वर दूँ। कर्बद्ध धीर दोनों बोले, दिखे आप क्या वर लूँ।।
सच्चे भाव चाहूँ आपको, पुत्र रूप ईश्वर लूँ। आपके परिवार का, सुख ज्ञान प्रेम स्तर लूँ।।१११।।

जैसे जल बिन मछली, मणि बिन सर्प न रह सकें। वैसे ही भगवन, आपके बिन हम न रह सकें।।
भोगो स्वर्ग बोले राम, वहां दुष्ट न रह सकें। लौटो तब हम, पिता पुत्र हो रह सकें।।११२।।

स्वेच्छा से मनुष्य रूप में, सज मैं प्रकटूँगा। शरीर अंशों सहित धर, भक्तों को सुख दूँगा।।
ममत्व मद त्यागी का, भव सागर तर दूँगा। अपनी आदि शक्ति माया, को जन्म अवसर दूँगा।।११३।।

तप के बल सुलभ, ब्रह्मा को जग की रचना। रुद्र को संहार, ध्रुव को स्वयं ईश्वर मिलना।।
मनु व शतरूपा को, ईश्वर पुत्र मिलना। दूत सेवा हनुमान को, रावण को युद्ध में जलना।।११४।।

कहें याज्ञवल्क्य, यदि विधाता हों विपरीत। धूल कर दें पर्वत, यम काल बन लें सब जीत।।
रस्सी साँप बनें, बुद्धि शारदा करें विपरीत। कुम्भकर्ण मेघनाद रावण, डालें नर जीत।।११५।।

कहें शिव पराए धन या, स्त्री पर आए मन। जप तप वैराग्य योग, यज्ञ में भी न लगे मन।।
पुराण वेद धर्म कर्म छोड़, भ्रष्ट होए आचरण। पृथ्वी सी साधु प्रकृति, दोषी राक्षस होए रावण।।११६।।

पत्थर जुड़ दे अग्नि, प्रेम जुड़ दे भगवान। तीन लोक तीन ईश्वर, स्वंय सुध लें भगवान।।
सृष्टि रचते भय पाप, नष्ट करते भगवान। वाराह कछुआ वामन नृसिंह, होते भगवान।।११७।।

श्री रामचन्द्र जब प्रकटें, योग ग्रह लग्न वार। नक्षत्र तिथि सब अनुकूल, हो लगने लगें क्रमवार।।
ऋषि मुनि साधु देवता, स्तुत करते इंतजार। प्रकृति हँस लुटाने लगती, अमृत भी हर बार।।११८।।

अज्ञानी मलिन, तीन गुणी माया से न हो। इन्द्रियों से परे दिव्य, देह मिट्टी से न हो।।
न कर्म से बँधे और, न दूसरे के वश में हों। राम स्वयं को स्वयं रचें, स्वैच्छिक रचना हो।।११९।।

अलका के प्रेम भाव से, हो प्रेरित शिव शम्भु। स्वयमेव स्वेच्छा से, प्रकटे थे शिव शम्भु।।
महालिंग महाकाल का, रूप ले के शिव शम्भु। अन्जाने अनदेखे, केदार में थे शिव शम्भु।।१२०।।

चराचर जीव वश में, करें माया नचाते। ऐसे प्रभु को छोड़, कौन अनाथ होना चाहते।।
शुद्ध मन वचन कर्म से, जो प्रभु भजे जाते। रघुनाथ कृपा करने, स्वयं मिलना चाहते।।१२१।।

सुन्दर काण्ड का पाठ सम्पन्न, पांच दिन में करके। बैठी थी अलका आए, हनुमन्त उतर के।।
ठगी डरी चकित, बैठी रही धीरज धरके। कानों में पवन पुत्र, पवन फूँकने घर थे।।१२२।।

गायी शिव रचित रामायण, हूँ मैं चमत्कृत। कृपा की दर्शन दे, करा दिया कार्य उत्कृष्ठ।
हे! शिव हे! रुद्रांश, हो गयी हूँ मैं कृत कृत्य। तुच्छ अलका कर दी, विष्णु को समर्पित।।१२३।।

माता कौशल्या को, अद्भुत रूप दिखाया। करोड़ों ब्रह्माण्ड रोप, एक एक रोम दिखाया।।
असंख्य सूर्य चन्द्रमा वन, सरिता भू दिखाया। नए पदार्थ खोज कण कण, रोप दी माया।।१२४।।

है बलशाली माया यह, जो नत राम के आगे। जीवों को नचाती, फिरती जगत में यह भागे।।
भक्ति जुड़ जाए राम से, तो जीव क्यों न जागे। सक्षम भक्त की प्रीति, माया छुड़ा के जागे।।१२५।।

अद्भुत लीलाएं करके, आश्चर्य चकित की माता। माता के आश्चर्य से ही, हरि राम बल पाता।।
सतयुग में अदिति मोही, कौशल्या त्रेता। द्वापर में यशोदा को, मुख दिखा ब्रह्माण्ड मोहता।।१२६।।

राम से जुड़कर, हर कोई आनन्द पाता। परिवार या मित्र बन, जन मन सुखी गाता।।
माँ पिता गुरु होके, डर माया छुड़ाता। मोहना मोहन सद्गति दे, भव पार कराता।।१२७।।

माता होके कौशल्या, अनन्त पकड़े जिसको। दशरथ नन्दन, नेति वेद कहते उसको।।
कीचड़ में लोट पोट हो, मुख सान के हँसते जो। अभागा कहें शिव शेष, प्रभु मोहते न जिसको।।१२८।।

प्रभु जब पढ़ें तो, चारों वेद आ जुड़ते। अचरज आ के, देखे जाता मुड़ मुड़ के।।
विद्या गुण शील में, चारों भाई निपुण थे। करें युद्ध नाटक खेल, मोह ताके जुड़ के।।१२९।।

मृग मार देव लोक भेजें, भाई और सखा संग। श्रद्धा नत राम, चरित्र देख सभी दंग।।
अजन्में निर्गुण हैं, बिना देह रूप रंग। उन दिव्य के दिखते, भाग्य से ही रंग ढ़ंग।।१३०।।

गाधिपुत्र विश्वामित्र, तंग राक्षसों से थे। जप तप योग यज्ञ में, विघ्नकारियों से थे।।
दशरथ के महल पहुँचे, राम दर्शनों को थे। प्रभु राम चलें साथ, बचाएं व्यभिचारियों से वे।।१३१।।

हुए चन्द्र चकोर, देखा राम का मुख जो। बोले, ''दशरथ मोह छोड़ें, पुत्र दें लोक सुख को''।।
''सुयश धर्म पुत्र मांगें, दें सुख हो।'' दशरथ बोले, ''जाती बेला, पुत्र का न दुःख हो''।।१३२।।

गऊ भूमि ऐश्वर्य माँगे, पुत्र मैं न दूँगा। भोले पुत्रों को अग्नि, मैं वृद्ध न दूँगा।।
पुरुषार्थ हेतु पौरुष, कुल गुरु बोले दूँगा। दशरथ समझे बोले, जनहित होम हो लूँगा।।१३३।।

भक्ति प्रीति की डोर बाँधे, चल पड़े राम लक्ष्मण। प्रभु साथ आए, विश्वामित्र हुए प्रसन्न मन।।
सर्वज्ञानी लीला धर, सीख मुनि से विद्या रक्षण। मारे सुबाहु मारीच, अहिल्या तारी धर चरण।।१३४।।

सरयू गंगा में नहाते, कथा कहानियां कहते। विश्वामित्र ले चले उनको, जनकपुरी के रस्ते।।
भूमि से पाई कन्या, सिया लक्ष्मी कहते। जिससे मिथिला से, अकाल भागा कहते।।१३५।।

उसी मिथिला को देते, नेत्र सुख दो श्याम गौर। पूछें राजा प्रजा मुग्ध, कौन हैं यह इस ठौर।।
वेद वर्णी कुल मणि मुनि नृप, कौन क्या काम ठौर। दशरथ पुत्र हैं, संगरक्षण दें करें गौर।।१३६।।

छूटा वैराग्य देखा, इनका मुखड़ा मैंने। छूटा राजा और प्रजा का, इनसे दुखड़ा ढ़हने।।
मुनि बोले करे दर्शन, नगर सुखी हर कोने। अहो भाग्य करे श्रृंगार, राम लखन हैं गहने।।१३७।।

कमल नेत्र सिंह सी छाती, चन्द्र मुख मुक्ताहार। पीताम्बर कर्णफूल जनेऊ, चन्दन की धार।।
झाँकती युवतियों पे, घुँघर केशी बौछार। राम रूपश्री की सुगन्धि, होश उड़ाए चली बयार।।१३८।।

तुलसी अंश भर अंग पर, कोटि काम वारी। अलका सुध खो, राम रूप पे मुग्ध हारी।।
चित्तचोर चितवन पे, मधु भाव बोली धारी। मेरे राम की रूप मोहिनी, खींचे हर देह धारी।।१३९।।

मन सागर के दो हंस, रण भूमि के सिंह हैं। विश्वामित्र के यज्ञ रक्षक, राक्षस मारें वीर द्वन्द्व हैं।।
यज्ञ देखने आए, मिथिला देख इन्हें दंग है। बसे यहीं जोड़ी, प्रार्थना हर चन्द है।।१४०।।

ब्रह्माण्ड रचें पल में, वही राम आम हैं। यज्ञ वेदी की रचना, देखे जाते मुग्धकाम हैं।।
यज्ञ शाला के गुण सुन, उत्सुक होते राम हैं। मुस्का करते प्रशंसा, दे दे के सम्मान हैं।।१४१।।

पायल की छन छन, थपकी दिल पे हो रही। झुरमुट के पीछे मृगनयनी, झलकी दे रही।।
सिया मूर्त्तिवत जड़ी, राम से मिल रही। सिया से परावर्तित, राम किरणें फल रहीं।।१४२।।

अप्सराओं सेनानियों में, राम सर्वदा सर्वविजित। भर भिखारियों को, राम करें ऐश्वर्य जित।।
ऐसा सर्वश्रेष्ठ नर देख, हारे दिल हँसता क्षितिज। प्रसाद पाए प्रकृति, सिया राम प्रेम जनित।।१४३।।

प्रेम प्रसाद पा सुखी हैं सखियां, सकुचाईं सीता। प्रसाद पा लक्ष्मण सुखी, राम हार के दिल जीता।।
उमा शिव हुए वंदना रत, प्रेम साध गईं सीता। शिव धनुष डोरी बाँधी, तोड़ कौन अब जीता।।१४४।।

हृदय में राम पदार्पण, मस्तिष्क में पार्वती की धुन। सिया कर्बद्ध हुई प्रार्थी, सर्वश्रेष्ठ पत्नी मां सुन।।
सुनी गिरिजा ने मुस्का, पापहीन शुद्ध प्रेम की धुन। नारद दें आशीषें, वरें राम सिया को चुन।।१४५।।

घटे बढ़े न दाग़ न विष फेन, न ही राहु खा पाए। कहें राम सिया का मुख, न ही चांद छू पाए।।
उगे सूरज राम चन्द्र का, अंधकार मुहकी खाए। चांद तारे बुझ जाएं, हर राजा शक्ति खोए।।१४६।।

बंदर मदारी बनाम हनुमान शिव कथा

फैलाया था आकर्षण, शिव के डमरू ने। अवध भर का दिल बाँधा, नाच नृत्य गुरु ने॥
दर्शन को लुभाया, नटराज के घुँघरू ने। बुलाया जग गुरु को, रघुकुल के गुरु ने॥१४७॥

ऐसी ताक धिन धूम, अयोध्या में उमड़ी। डमा डम छनक धुन, से आतुरता घुमड़ी॥
दर्शनों की नगर भर, वो उत्कंठा उमड़ी। कि शिव दर्शन रस प्यास, वशिष्ट में भी घुमड़ी॥१४८॥

सदा शिव आसुतोष, कैलाश छोड़ पधारे। अपना अंश हनुमान, करने श्री राम सहारे॥
महेश थे श्री राम के, परम गुरु अति प्यारे। मिले साथ न राम का, बिना शिव सहारे॥१४९॥

बोले शिव रुद्रांश से, ''अयोध्या चलोगे?। अयोध्या के छोरों से मिलने चलोगे?''॥
आनन्द से हनुमान ने पूछा, ''ले चलेंगे?। 'श्री राम चरण स्पर्श' को प्रभु ले चलेंगे?''॥१५०॥

''अनुमति ले लो मां की,'' मुस्का गंगधर बोले। ''उपदेव हो राम की, वन्दना अर्चा भी होले''॥
''कैसी अर्चा! राम तो, आराध्य हैं मेरे भोले!''। ''करना मनोरंजन भरपूर'', बोले थे भोले॥१५१॥

''कलाबाजियां करते, पग में उलटना। अपने प्रभु की पग रज, का स्वप्न पूरा करना''॥
''माता श्री से आशीवाद, ले कर निकलना। अवध मुझ शिव के संग आ, जीवन भर फलना''॥१५२॥

भरा शिव ने साहस, व माता ने आशीष। गायब हो नभ पथ में, मदारी हुए शिव॥
बँधे शिव से हनुमान, हो बन्दर झुका शीष। बँधा जीव प्रभु से, चला मुक्त लूँ आशीष॥१५३॥

हुए धन्य हनुमन्त, प्रभु की डोरी से बँधकर। जिसे थामे स्वयं ही, चले थे शिव शंकर॥
''कष्ट हुआ क्या वत्स, बँधन मेरे बँधकर''। ''मिला ज्ञानान्द'', कपि बोले उछल कर॥१५४॥

बजा के डम डम डमरू, शिव गुरु मदारी। बोले, ''रंग लाएगी कपि, मेहनत तुम्हारी''॥
''सर्वोत्तम कला ले, नित अभ्यास से भारी। किया मुझको खुश, अब है रामचन्द्र की बारी''॥१५५॥

भ्रम चिंता भय, प्रभु की डोर बँध के छोड़े। परम गुरु शिव के हाथ में, निश्चिंत हो छोड़े॥
अवध भर स्वर्णिम बन्दर, देखने को दौड़े। नगर ने वस्त्राभूषण रथ, खुशी से जोड़े॥१५६॥

मदारी शिव बोले, ''लौटते में सब लूँगा''। बच्चे दे रहे फल, कपि सोचे न लूँगा।।
नगरी है प्रभु की, न उपहार फेकूँगा। शिष्ट हूँ प्रभु सेवक, तो धृष्ट मैं न हूँगा।।१५७।।

किसी वस्तु पर शिव ने, दृष्टि न डाली। बन्दर नाच की ज़िद, हर बच्चे ने पाली।।
घड़ी राम दर्शन की, दो भक्तों की आली। मदारी व कपि की, खोज-दृष्टियां हुई खाली।।१५८।।

सम्राट दशरथ भी थे, राम जिन के अधिकृत। दोनों ही कलाकार, हुए उनसे सत्कृत।।
''माँ सरस्वती वरदित, बुलाए हैं अद्‌भुत। कुलगुरु हैं कला पारखी'', बोले थे दशरथ।।१५९।।

''मिलाने पुत्रों को, मैं स्वयं आता लेकर। आपसे कलाकारों को, कोई कष्ट न देकर''।।
''लज्जित न करें, आपका सेवक है दर पर''। वशिष्ट ताकते शिव देख, हनुमान गए डर।।१६०।।

महर्षि व मदारी, खेलें दृष्टि का खेल। एक साथ झुका सर, हनुमान को दिया ठेल।।
इशारे से हनुमान, बने श्री चरण बेल। लोट पोट लिपट करने, लग गए थे दण्ड पेल।।१६१।।

पहले राजा फिर महर्षि फिर, छुए राम के पद। इशारे पे शिव के, खुश लोटे उलट पलट।।
सम्मुख पाते जो भी, श्री राम करते स्वीकृत। बंदर नाच से भी आज, श्री राम हुए गद्‌गद्।।१६२।।

शत्रुघ्न दौड़े आम देने, हनुमान जी को। ठगे राम का पग पकड़े, ही रहे कपि जी तो।।
मदारी बोला, ''राम ही दें, आम कपि को''। कपि लोटे खुश हो, गुरु ही थे शिव जी तो।।१६३।।

राम लक्ष्मण बैठे, पिता की गोद में धम। कहा कानों में, ''मोल बंदर लेंगे हम''।।
मदारी से बोले थे, पास आकर लक्ष्मण। ''बेचो बन्दर, पैसे पिता से लेंगे हम''।।१६४।।

मदारी की हाँ सुन, खुश राम दौड़े आए। अवध में बसने का, प्रस्ताव रखने आए।।
पिता राज गद्‌दी से, उठ दाम देने आए। अवध में बसने का, प्रस्ताव रखने आए।।१६५।।

मदारी उनसे बोले, ''परखें क्रीड़ा से आप। मुझे कुछ भी न दें, परीक्षा लें स्वयं आप''।।
हनुमान मुक्त हो, चरणों लिपटे आप ही आप। बँधा हो कि मुक्त, भक्त सदा प्रभु के साथ।।१६६।।

''भागेगा न बंदर, डमरू भी रख लें राम''। पर डमरू या डोर, देखते नहीं श्री राम।।
ताली बजा के, बंधन मुक्त ही लें काम। भक्त क्रीड़ा हित शक्ति, श्री राम की लें थाम।।१६७।।

कलाबाज़ियाँ देखीं, सबने सशक्त मस्त। मदारी शिव ओझल हुए, अब हो अलमस्त।।
कैलाश चल दिये, सौंप के प्रभु राम को भक्त। किया कार्य पूर्ण भेज, आराध्य गृह शरणागत।।१६८।।

लगे रहने हनुमान, अपने राम के घर। शत्रुघ्न दे यदि फल, तो ताकें न लेकर।
राम चूम के फल दें, तो कीप लें उछल कर। चरण बैठा भक्त, चाहे प्रभु से प्रसाद भर।।१६९।।

संकोच से भर राम ने, किया जूठा जो आम। बढ़ाते ही लपका, बंदर ने था वो आम।।
बिका भक्त प्रभु के, प्रसाद भर के ही दाम। चखेगा हनुमान तभी, जब फल देंगे श्री राम।।१७०।।

घूमा करता बंदर, श्री राम जी के ही संग। कैकेयी गृह में सोता, सटा राम के, पलंग संग।।
कैकेयी के झूले ने, की राम बिन चैन नींद भंग। शय्या नीचे मां ने, सुलाया फिर राम संग।।१७१।।

एक दिन स्वयं ही, राम जी बोले ''जाओ हनुमान। गुरु सूर्य हित, दक्षिणा स्वयं जोड़ो हनुमान।।
दक्षिणा हित तुम्हारा, जहां भी है स्थान। मिलूँगा वहीं तुमसे, स्वयं आ मैं हनुमान''।।१७२।।

''तुम्हें कभी न छोड़ने का, वादा है मेरा। करो कार्य पूर्ण, मेरा अभी छोड़ के डेरा।।
पूर्ण कार्य स्वयं कर, स्वयं पाओ सवेरा''। कपि दौड़े प्रभु साथ से, प्रभु कार्य प्रिय मेरा।।१७३।।

अवध था आश्चर्य में, कि क्यों भागा बंदर। कोई जान न पाया, हुई बात क्या अंदर।।
मिला प्रभु का कुछ साथ, बहुत खुश था बंदर। प्रभु कार्य सुन्दर, प्रभु आज्ञा सर्व सुन्दर।।१७४।।

सत युग - कृता युग

विष्णु के चार अवतार का युग

प्रथम युग है सतयुग, कृता उजियारों का। शत प्रतिशत है, सत्य व्रत नीति धारों का।।
सत्य तप दया दान, चारों पैरों का। मत्स्य कूर्म वाराह नृसिंह, चार अवतारों का।।१७५।।

सतयुग से देव नागरी में, त्रेता आता युग। धर्म चौपाए का, कट जाता सत्य पग।।
सत्य नैतिकता पाया, खो देता यह जग। वामन परशुराम राम, इसके तीन यह नग।।१७६।।

उज्ज्वल इन दो युगों बाद, चक्र को मिलती रात। द्वापर युग आता, कृष्ण व बलराम के साथ।।
सत्य नैतिकता की, आधी रह जाती साख। धर्म चौपाए की, बस रह जातीं दो ही लात।।१७७।।

छत्तीस हज़ार वर्षों, समय चक्र घूम आया। पापी कलिकाल की, गंदगी फंसा पछताया।।
अंधकारों में पूर्ण रूप से, सत्य छुपा आया। मन खिंच अज्ञान की, दल दल में फंस रोया।।१७८।।

सत्य तप दया की, तीनों टांगें गँवा। धर्म का चौपाया अब, एक टांग पे टंगा।।
कर्म और सत्य की, नीतियां हो गई हवा। कलयुग आया विष्णु, कल्कि रूप करें चंगा।।१७९।।

मछली कछुआ वाराह, और नृसिंह बनकर। विष्णु आए सदा, भक्त की आपदाएं सुन कर।।
कृपा की सहायक, और संरक्षक बनकर। भक्तों पर पड़ी आपदा, स्वयं मानो उन पर।।१८०।।

प्रथम मनु की नाव फंस गयी, आंधी तूफान में। बसाना था मनु, प्रभु को भू पर इंसान में।।
वृहद मत्स्य बन, कंधा दे कर भगवान ने। फंसी नाव का बेड़ा, किया पार तूफान से।।१८१।।

कृतायुग में मत्स्य थे, फिर कछुआ भी वो थे। मंदरांचल पर्वत की, मथानी को ढोते।।
वासुकी नाग बँधे, मंदरांचल से बिलोके। क्षीर सागर मथ उतराने, अमृत के लोटे।।१८२।।

हरदम देने रत्न, अद्भुत क्षीर सागर मथके। शिव ने पी लिया विष, चन्द्रमा सर रखके।।
पाए चक्र गदा कौस्तुभ, लक्ष्मी शारंग मथके। मेनका रम्भा कामधेनु, उच्चैश्रव लाए मथ के।।१८३।।

इन्हीं कच्छप यानी, कछुए को कूर्मम कहते। कूर्मम पूजा मंदिर, आन्ध्र प्रदेश में रहते।।
अमृत मंथन हित पीठ पर, मंदरांचल रखते। विष्णु थे सहायक, अमृत वश में रखते।।१८४।।

ब्रिटिश संग्रहालय में है, चित्र देखो जाकर। काले सागर ऊपर, भू रक्षक उठा कर।।
उठाने को भू भार, विष्णु वाराह हो कर। सत युग में फिर आए थे, अवतार लेकर।।१८५।।

हिरण्यकश्यपु मारा, नृसिंह बन के विष्णु ने। गोद रख नखों से, चीरा शाम को विष्णु ने।।
बचाया पांच वर्षीय भक्त, प्रहलाद विष्णु ने। मारी होलिका बुआ, राक्षसी विष्णु ने।।१८६।।

आकाश गंगाओं का उदय

काले छिद्र में जा, पड़ा जो नाब्युला। घूमा धूल का एक, बड़ा पुंज बादला।।
ईश्वर का रचा सौर-पुंज, जो आ मिला। चला सौर मण्डलों का, सिलसिला।।१८७।।

हजारों पुंजों से मिलके, चमका था यह पुंज। अंधेरी दुनिया में बिखरा, छितराया यह पुंज।।
हमारा सूर्य भी हमको, दिलवा गया यह पुंज। अनेकों तारे गृह, बिखरा गया यह पुंज।।१८८।।

आकाश गंगाएं, झिल मिलाती यूँ मिलीं थीं। अंधेरे काले छिद्र में, दामिनी यूँ खिली थी।।
खरबों वर्ष की उम्र, ब्रह्मा जी को मिली थी। दिन रात काल की, चक्कर घिन्नी चली थी।।१८९।।

चार तीलियां, काल के चक्र में लगाकर। चारों भागों में, एक एक युग लगाकर।।
दो युग सूर्य ने रख दिये, जगमगाकर। दो को चांद ने चमका दिया, रतजगा कर।।१९०।।

है आता सतयुग पहले, फिर त्रेता राम का। तीसरा उसके बाद आता, द्वापर युग श्याम का।।
राम श्याम के बाद, कलयुग लेता नाम आ। धर्म पाप के बीच, चलता बस नाम पा।।१९१।।

एक एक युग चक्र घूमता, दस हज़ार वर्षों। चलती युग सन्धि, युगान्तर दो हज़ार वर्षों।।
युग व युगान्तर मिल, बारह हज़ार वर्षों। घूमता एक चक्कार को, अड़तालीस हज़ार वर्षों।।१९२।।

आधा चक्कर काल चक्र, दिन के दो युग चलता। सत युग त्रेता युग, पृथ्वी उज्ज्वल करता।।
घोर रात्रि आधी, द्वापर कलयुग चलता। श्याम बलराम राम नाम, हर अंधकार हरता।।१९३।।

काल चक्र विश्व को, इकहत्तर त्रेता देता। सात मानवान्तर ये, चक्र घूमता देता।।
पृथ्वी पर प्रथम तब, कहीं मनु आ पाता। प्रकृति में खेलता खाता, पल बढ़ यह जाता।।१९४।।

यह चक्र घूम के लाता, जब एक हजार त्रेता। विश्व को दे देता है, अन्तिम यह न्योता।।
फिर से आगे का तब, है पथ चक्र यह लेता। बार बार चल यूँ, उदय प्रलय यह लाता।।१९५।।

काल चक्र आज अभी, कलयुग में फँसा है। पाप और अधर्म की, कीचड़ में धँसा है।।
चार पाँवों का धर्म, एक टांग पर टँगा है। विज्ञान ज्ञान और कर्म, अंधकार में फंसा है।।१९६।।

सत्य और नैतिकता, मुख छुपाए हुए हैं। दसवें विष्णु की, आस लगाए हुए हैं।।
क्लेश संघर्ष दु:ख, हे विष्णु! छाये हुए हैं। क्रोध ईर्ष्या करें दूर, सब झुलसाए हुए हैं।।१९७।।

त्रेता युग - राम कथा प्रारम्भ

प्रथम चरण

श्री रामोदय - राम जन्म

स्वर्णिम सूर्य उगता है, जग चेतन उठता है। नव जीवन भरता है, स्वप्न ठग भगता है।।
रात्रि जाए दिन आए, यही क्रम चलता है। जड़ जाए चेतन आए, काल चक्र बढ़ता है।।१९८।।

मगर कुछ विशिष्ट, घट रहा था उस दिन। सारे तीर्थ आ के, जुटे थे उस दिन।।
चैत्र मास की, नवमी तिथि के दिन। शुक्ल पक्ष के, मंगल के उस दिन।।१९९।।

सहस्त्र सूर्य पुंज, चमक उठे थे। भू नभ जल सब, दमक उठे थे।।
चेतन चक्षु, बंद पलक जुटे थे। कर्बद्ध नमन श्लोक, गमक उठे थे।।२००।।

हवा बोली चल, जन्मे हैं श्री राम। अयोध्यापुरी में, आए हैं करुणा धाम।।
महाकुम्भ चले, चली मेलों की धूम धाम। झूमती प्रकृति, गा चली राम हे! राम।।२०१।।

नभ चर जलचर, उभयचर थलचर। करने लगे, कीर्तन सारे मिलकर।।
सौंदर्य सुगन्धि छाई, फूलों ने खिलकर। घंटे बजे, मन्दिरों में हिलकर।।२०२।।

आरती भजन, ऋषि मुनि करते आए। साधु संत लिये, फल फूल जल आए।।
पूजा करने, जन जन चले आए। प्रार्थना करने, घर भर चले आए।।२०३।।

अयोध्या के तट पर, सरयू नदी में। पवित्र स्नान ध्यान, किया सभी ने।।
अरुणिम वरद् पुंज, जिया नदी में। जलार्पण सूर्य नमन, किया सभी ने।।२०४।।

सरस्वती ने आ, रिद्धि सिद्धि दी। राम स्तुति दी, शुद्ध बुद्धि दी।।
'ऊँ' गणेश ने सुन, ज्ञान बुद्धि दी। 'ऊँ राम' सुन, शिव ने शुद्धि दी।।२०५।।

तन मन से दृढ़, बने लोगों ने। लिया प्रण, हैं राम हम लोगों में।।
जहां जाएंगे हम, लोगों में। राम ले जाएंगे, हम लोगों में।।२०६।।

यश फैलेगा यूँ, राम का हमसे। हम भी फैलेंगे, राम के दम से।।
राम कथा कह, सुन दम खम से। मरे तरेंगे हम, राम के दम से।।२०७।।

''श्री राम चरण स्पर्श'', कर शुचिता में। कथा सजा लेंगे, कविता में।।
बुद्धि कान मन, मुख की संहिता में। भर डूबेंगे, परमानन्द सरिता में।।२०८।।

राम कथा है, चंदा की किरणें। भक्त चकोर से, तकते हैं किरणें।।
सूर्यवंशी की, कथा की किरणें। कण कण प्राण ही, लगतीं हैं भरने।।२०९।।

कथन श्रवण में, समय का उड़ना। नदी किनारे, रामभक्त जुड़ना।।
तुलसी आनन्द मय, तरंगे उठना। बधाई बाल रूप, कमल का खिलना।।२१०।।

बहती गंगा सी, राम की भक्ति है। भक्ति सरयू सी, राम की शक्ति है।।
सोन महानद, राम की कीर्त्ति है। समुद्र में तीनों से, राम की मूर्त्ति है।।२११।।

वन उपवन चलीं, राम कथाएं। तरंगों सी गंगा, में बहती आएं।।
राम प्रेम रस, बरसाती जाएं। राम ज्ञान भर, भूमि उपजाएं।।२१२।।

कथा को सुनते, ही प्रश्न उमड़ते। तुलसी हैं कहते, मन नौका गढ़ते।।
उत्तर केवट आ, मन शान्त करते। उतार के पार, राम हृदय में मढ़ते।।२१३।।

हवा राम मय, तरंग राम मय। जल वर्षा भू, उमंग राम मय।।
राम के रस वश, महल राम मय। राम किलक वश, चहल राम मय।।२१४।।

खिले पुष्प वृन्द, राम चन्द्र हैं। दशरथ हृदय बन्द, राम चन्द्र हैं।।
हर्ष से कौशल्या, के नेत्र बन्द हैं। कैकेयी सुमित्रा, के बोल बन्द हैं।।२१५।।

झूला झुला रहीं, दशरथ रनियां। पालने में ही, सिमटी सब दुनिया।।
छम-छम छम, नन्हीं पैजनियां। कहे राम हैं, अपनी अब दुनियां।।२१६।।

देख भाल में, पटा प्यार है। अथक मांओ पर, जुटा भार है।।
तकती हँसती, बार बार हैं। अश्व देह, ममता सवार है।।२१७।।

दशरथ जी हर, कर्म को उद्यत। कुल उनका, चमका था विधिवत।।
विष्णु मिले थे, धर्म को पुत्रवत। सूर्यवंशी, उपहार था विधिवत।।२१८।।

पालने से गिर, पड़े राम चन्द्र। भूमि डुला, चल पड़े रामचन्द्र।।
दौड़ी रानियां, बढ़े राम चन्द्र। डगमगाते गिर, पड़े राम चन्द्र।।२१९।।

ढुल मुल डग मग, दौड़े लक्ष्मण। उठाने राम को, भरत व शत्रुघ्न।।
गिरे राम के, पास में दन दन। प्रथम पगों ने, खिलाए तन मन।।२२०।।

भार भूमि का, उतार फेंकने। लिया था आज, अवतार राम ने।।
भूमि पड़े, अवतार को थामने। दौड़ पड़ा सारा, परिवार सामने।।२२१।।

कौशल्या माँ, गोदी में उठातीं। सुमित्रा माँ मुख में, खीर चटातीं।।
कैकेयी माँ, पालने में बिठातीं। चोट लगी तो कहीं, नहीं जांचे जातीं।।२२२।।

खिले कमल से, नन्हें राम हैं। गुण गुन भँवरे, करते काम हैं।।
भाइयों सहित राम, रस के धाम हैं। सुन्दर नरम, प्रकृति ही राम हैं।।२२३।।

स्वच्छ जल से तन, मन निखार कर। शिव गुरु आगे, शीष नवा कर।।
'श्री राम चरण स्पर्श', अलका कर। राम कथामृत, का पी के सागर।।२२४।।

सरस राम की, कथा है सुनाती। श्री राम पद पद, गुण गुनगुनाती।।
वही कथा अलका, को है भाती। जो शिव से सुनी, उमा को लुभाती।।२२५।।

सविस्तार शिव से, कथा राम की। सुनी उमा ने, व्यथा राम की।।
शंका हुई क्यों, थी दशा यह राम की। राजा के साधु हो, वन में धाम की।।२२६।।

विष्णु क्षीर सागर, से क्यों उठे। पृथ्वी पर नर, बन के क्यों डटे।।
शेष शय्या को, छोड़ के क्यों हटे। लक्ष्मी पति सब, त्याग के क्यों लुटे।।२२७।।

भारद्वाज ऋषि, ने भी सुनाई। प्रयाग राज, आश्रम भीड़ जमाई।।
माघ में मकर, संक्रान्ति जब आई। जता संदेह, याज्ञवल्क्य से जुटाई।।२२८।।

कहा कथा कहें, राम की गुरुवर। दूर संदेह हो, जिसको सुनकर।।
याज्ञवल्क्य बोले, मैं मूर्ख न प्रियवर। जानता हूँ तुम, हो राम के गुणधर।।२२९।।

सादर सुनाता हूँ, मन से सुनना। अज्ञान विशाल, महिषासुर सुनना।।
काली के डर से, है मरता सुनना। राम ही काली, सच सुन्दर गुनना।।२३०।।

अक्षय वट का, स्पर्श करके। त्रिवेणी में पावन, स्नान करके।।
राम कथा सुन, धर्म कर्म करके। ब्रह्म निरूपण, तत्व ज्ञान भर के।।२३१।।

मंगल भवन सब, कष्ट हारी का। वर्णन ही मूल है, रचना कारी का।।
चित्रण मूल है, चित्रकारी का। जन्म अवसर, चित्त सत्यधारी का।।२३२।।

माघ भर रूक कर, व्रत पूजन कर। वेणी माधव का, अर्चन कर।।
भक्त जुड़ा किये, ऋषि नमन कर। कीर्त्तन भजन को, राम शरण पर।।२३३।।

त्रेता युग का, ऋषि आश्रम था। अगस्त्य से मिलने, शिव कार्यक्रम था।।
सती भवानी का, भी आगमन था। राम भक्त ऋषि, शिव मन नम था।।२३४।।

अगस्त्य में देखी, राम भावना थी। प्रसन्न हो शिव ने, राम की सूचना दी।।
गुपचुप पृथ्वी, राम से पावना थी। दर्शन कर लें, मन की साधना दी।।२३५।।

भूमि पर हुआ, अवतार राम का। शिव मन घूमा, विचार राम का।।
कैसे करूँ, दीदार राम का। सती को नहीं, समाचार राम का।।२३६।।

सत्य छिपाना, है पाप दुष्कर। राम जन्म तो, हुआ था छुप कर।।
राम है ज्ञान, शिव काशी में बस कर। कहें मारो अज्ञान, है असुर खर।।२३७।।

भूमि का भार, उतार फेंकने को। लिया है नर, अवतार राम ने।।
भक्तों के हित को, ब्रह्म रूप में। रघुकुल किया, परिवार राम ने।।२३८।।

शिव जी ने यह, बताया सती को। विश्वास कदापि, न आया सती को।।
पति बन के, समझाया सती को। विचार परीक्षा का, आया सती को।।२३९।।

राम जो चाहें, वही करो तुम। कुतर्क संदेह, से परे रहो तुम।।
अज्ञान जनित भ्रम, दूर करो तुम। सती विवेक से, ही काम लो तुम।।२४०।।

कह कर शिव, जपने लगे राम धुन। दक्ष पुत्री की, चली उधेड़ बुन।।
सिया रूप, धरने की राह चुन। चली गयी वन, लिये राम धुन।।२४१।।

जिधर सिया रूप, सती जा रही। उधर राम, खोजती जा रही।।
राम रूप को, सती जा रही। सामने राम देख, सुध ही जा रही।।२४२।।

धन्य सती! हुए, राम के दर्शन। दिव्य भव्य पर, सौम्य सुदर्शन।।
साथ उनके सज, रहे थे लक्ष्मण। सीता सती थी, बेसुध उस क्षण।।२४३।।

सिया रूप में, देख सती को। लक्ष्मण चकित, तक रहे सती को।।
राम ने पर, पहचान सती को। मृदु स्वर हंस, किया नमन सती को।।२४४।।

पूछा शिव को, क्यों छोड़ आयीं। वन से अकेली, क्या तोड़ लाईं।।
सिया की खोज, हमें वन मोड़ लाई। चुरा रावण ने, भू फोड़ छुपाई।।२४५।।

बाएं अंग सिया, सजी दिखा दीं। राम लखन संग, रचीं दिखा दीं।।
भेद खुल गया, सती लजा दीं। त्रिमूर्त्ति दिखे चुप, गड़ीं लजा दीं।।२४६।।

आगे राम लखन, सिया जा रहे। पीछे राम लखन, सिया आ रहे।।
भरे दृष्टि सती, को वे खिजा रहे। दिव्य सृष्टि भव्य, रूप दिखा रहे।।२४७।।

जिधर देखें सती, उधर तीनों संग। एक रूप एक वेश में, तीनों संग।।
अनन्त अनगिनत, मगर तीनों संग। अनन्त रूप वेशी, भक्त देख दंग।।२४८।।

एक ही रूप, अनन्त राम लक्ष्मण। एक ही रूप, अनन्त सिय बदन।।
अनन्त रूप, अनन्त भक्त गण। नमन भजन रत, अनन्त दिखे तन।।२४९।।

सती डरीं दिखी, राम की माया। असत्य सती ने, रूप बनाया।।
सीता रूप में, ढला ली काया। किया झूठा सत्य, शिव होश आया।।२५०।।

तभी राम का, शिव ने ध्यान किया। सती का सीता, रूप जान लिया।।
पत्नी के झूठ, रूप का भान किया। पति पत्नी बीच, झूठ जान लिया।।२५१।।

सती ने सीता बन, के छल किया। पति के कथन को, कुछ न बल दिया।।
पति के सत्य को, झूठ का फल दिया। श्री राम की पत्नी, बन के छल दिया।।२५२।।

चले राम को, शिव शीष नवा कर। समाधिस्थ हुए, कैलाश में जाकर।।
जय शिव जय, स्वर गूँजे हर किधर। समझ गयीं सती, रूठे हैं ईश्वर।।२५३।।

भरसक पूछती रहीं, प्रतिज्ञा शिव की। कहे सुने बिन, गए थे शिव जी।।
सती भी गयीं, थी आज्ञा शिव की। राम की हुई, कर अवज्ञा शिव की।।२५४।।

शिव जी कैलाश में, हुए समाधिस्थ। वहीं जा सती, भी हुईं स्थापित।।
प्रार्थना रत हुईं, मन पति में स्थित। मिले प्रभु ही प्रभु, पति थे विस्थापित।।२५५।।

पत्नी सती को, त्याग के चल दिये। राम राम रटते, शिव जी चल दिये।।
संग शिव सती थीं, सुख सौभाग्य लिये। पीछे आयीं थीं, विरह आग लिए।।२५६।।

सत्तासी सहस्त्र वर्ष, समय जो बीता। खुली आंख पाया, प्रकृति को रीता।।
रहा राम ही राम, शिव मुख में जीता। प्रणत सती ने, सोचा पति को जीता।।२५७।।

शिव मुख निकलीं, राम कथाएं। प्रजा पति दक्ष, नहीं सुन पाए।।
पुत्री सती को, पति हो सताएं। ऐसे शिव को वो, क्यों मुँह लगाएं।।२५८।।

दक्ष से ब्रह्मा बोले, यज्ञ करवाइये। हर एक देव, प्रजापति बुलाइये।।
महादेव, देवों के देव हैं पाइये। यज्ञ हवन पूजन, हर ओर फैलाइये।।२५९।।

दक्ष ने महादेव को, पर न बुलाया। ब्रह्मा विष्णु ने, फिर फिर समझाया।।
दक्ष को समझ, में नहीं पर आया। हर एक नाता, शिव से छुड़ाया।।२६०।।

सती को इधर घर, बहुत याद आया। घर के प्रेम ने, मन भर सताया॥
घर के मोह ने, मन भरमाया। निमंत्रण बिना ही, मिलने भगाया॥२६१॥

बोलीं पति से, यज्ञ में है जाना। बहाने बिना बोले, हमें न जाना॥
बिना निमंत्रण, कहीं न जाना। मगर सती का, पिता प्रेम न माना॥२६२॥

पिता और माता, हिमवान और मैना। दोनों दुःखी थे, यह सुन सके ना॥
हमारी राजकुमारी, योगी की हो ना। हे ईश्वर! आप, ही कुछ करें ना॥२६३॥

पूछते रह गए, बार बार उपाय वे। बेमेल पति से कैसे, पुत्री बचाएं वे॥
अच्छे वर के गुण, शिव में न पाए थे। बेघर भिक्षुक, डमरू बजाएं वे॥२६४॥

वर दानी शिव भोले, दुःख के नाशी। सुख के फल दायी, बसते हैं काशी॥
कल्याणकारी पवित्र, मृत्युंजय अविनाशी। कहें नारद महेश्वर, नश्वर देह नाशी॥२६५॥

मुनीश्वर होके शिव, जी वेद समझाते। भ्रम मार कर, अज्ञान दूर भगाते॥
तप साधना भक्ति, के भेद बताते। उमा तप करें, तो ही पति बन के आते॥२६६॥

सहस्त्र वर्ष उमा ने, वन में कन्द खाए। सौ वर्ष पत्तों और, वृन्त पर बिताए॥
जल फिर वायु फिर, बेल पत्र खाए। पत्ते भी छोड़, हो अपर्णा बिताए॥२६७॥

याज्ञवल्क्य ने महर्षि, भारद्वाज को बताया। चरित्र पार्वती का, सरस यह सुनाया॥
वैरागी भस्म भूत, संगी शिव बताया। रमा राम में मन, सती को भुलाया॥२६८॥

तेज पुंज श्री राम चन्द्र, प्रकटे बोले। आपस का ही तप, होता शक्ति भोले॥
पवित्र पार्वती हैं, हृदय में समो लें। शपथ आप उमापति, होने की ले लें॥२६९॥

रामका कहना मान, सप्त ऋषि बुला के। कहा पिछला सब, शिव जी ने भुला के॥
पार्वती की गति विधि, घर देखें जाके। नारद को भेजा, जन्मपत्री वे ला दें॥२७०॥

तप रत थीं पार्वती, ऋषियों ने पूछा। बनीं क्यों साध्वी, क्यों करतीं पूजा॥
मैना हिमवान ने भी, ऋषियों को पूजा। कहा करें उपाय, नारद मुनि का बूझा॥२७१॥

बोले सप्तऋषि, बकता है नारद। केवल अटकल बाज़ियां, करता है नारद।।
बस नाटक ही, करता है नारद। मुनि ऋषि नहीं, अभिनेता है नारद।।२७२।।

दक्ष पुत्रों के घर जा, उनका घर छुड़वाया। हिरण्डकश्यपु और, चित्रकेतु को सताया।।
धूर्त ने भलमनसाहत, का ढोंग ही चढ़ाया। सबको स्वयं सा, भिखारी ही बनाया।।२७३।।

उमा को बताया, शिव वर भूखा नंगा। हम हैं सप्तऋषि, घर बताएंगे चंगा।।
उमा बोली बहती, मेरे मन शिव गंगा। भभूत जन्म से रंगा, शिव मन है चंगा।।२७४।।

आए नारद जी पहले, अब गुरु हैं मेरे। वही होंगे मेरे, सौभाग्य के चितेरे।।
मुनीश्वर सप्त ऋषि, दिखते पहले द्वारे। न होते बेघर पति, शंकर हमारे।।२७५।।

जन्मों जन्म अब तो, उमा व्रत करेगी। शिव ही शिव को, मन ही मन वरेगी।।
रहे शिव के मन में, प्रार्थना करेगी। गुरु नारद की, ही वो सूली चढ़ेगी।।२७६।।

प्रणाम को झुकी, सप्तऋषियों के आगे। कहा वरूँ शिव, उमा वर मांगे।।
बेघर शिव वर, उमा झुक के मांगे। धनी विष्णु हैं पर, उमा शिव ही मांगे।।२७७।।

एक निष्ठ उमा प्रेम, देख खुश थे शिव दूत। चुप खो हुए थे, आनन्दाभिभूत।।
समाचार शिव तक, पहुंचा देंगे ये दूत। बंधें प्रेम विवाह के, बंधन में अवधूत।।२७८।।

स्तुति गुंजा दी जय, जननी जग जननी। उमा से विवाह की, बात शिव से कहनी।।
जन्मों तपी उमा, शिव प्रेम में कहनी। शिव की ही है, किसी और की न रहनी।।२७९।।

शिव ने सुना तो, प्रसन्न हुए थे। उमा के फिर वे, तुरन्त हुए थे।।
सप्तऋषि काम कर, ब्रह्म लोक लौटे थे। राम राम धुन में, फिर स्थिर हुए थे।।२८०।।

असुर तारक, देवताओं का मारक। प्रतापी बली, व तेजस्विता का धारक।।
लोकों लोकपालों का, नाशक विनाशक। देवों देव तुल्यों के, सुख चैन का शामक।।२८१।।

हारे लड़े उससे, विचलित हो गए देवता। ब्रह्मा के घर पहुँचे, आशीष को देवता।।
ब्रह्मा बोले शिव जी, जन्माएंगे देवता। तारक को मारेगा, पुत्र महादेव का।।२८२।।

स्तुति शिव जी की, की काम देव ने। जन्में षडानन्, तारकासुर को बेधने॥
पांच बाण मत्स्य चिन्ह थे, उसकी देह में। विवाह कर पैदा, किये थे शिव देव ने॥२८३॥

मादकता वासना, फैलाने को कामदेव। युद्ध करने आए, शिव तक से काम देव॥
कामुकता ढली थी, शिव की साधना देख। समाधि तोड़ने, छुप गए थे काम देव॥२८४॥

निष्काम शिव का, आसन कब डोला। भस्म हुए कामदेव, नेत्र शिव ने खोला॥
भस्म काम शिव, प्रेम जग में डोला। बसन्त फैला, मरी काम की ज्वाला॥२८५॥

आम के वृक्ष के, पीछे से छुपकर। छोड़ा काम ने तीर, रख दे जलाकर॥
शिव इन्द्रियों पर, निशाना लगाकर। धँसाया था तीर, चेतना पट में जाकर॥२८६॥

निष्काम शिव से, निकली क्रोध की ज्वाला। हृदय भेदा काम, तमाम कर डाला॥
पति की मृत्यु से, बिखरी प्रेम माला। पत्नी रति को भी, तोड़ रुला डाला॥२८७॥

काम देव के मरते ही, रति चिल्लाई। शिव चरणों में, शरणार्थी हो आयी॥
शिव बोले काम ने, धड़ हीन गति पाई। अनंग बना, छवि हर देह बसाई॥२८८॥

शशि भूषण शिव, बैठे बैकुण्ठ धाम में। विष्णु ब्रह्मा आदि, जुड़े उनके काम में॥
मदचूर काम को, दण्ड दे कृपा धाम हे। विवाह को उमा का, करें स्वीकृत नाम हे॥२८९॥

तथास्तु कह शिव जी, लगे मुस्काने। सप्तऋषि हिमांचल, आ पहुँचे बताने॥
काम भस्म होने के, परिणाम समझाने। उमा के पिता को, दी पत्री दिखलाने॥२९०॥

भस्म काम पांव, बसन्त ने पसारे। पुष्पी प्राण पावनी, पवन ने पसारे॥
क्रुद्ध शिव के अन्दर, प्रेम पंख पसारे। त्रिलोचन में बहे, उमा प्रेम-मद धारे॥२९१॥

विष्णु ने बारात हेतु, संग भृंगी भेजे। शिव ने स्वयं अपने, गण रंगी सहेजे॥
अनुपम वर थे शिव, निरुपम संगी भेजे। पिशाचों सियारों के, धड़ श्रृंगी भेजे॥२९२॥

हिमवान जी ने नभ का, मण्डप सजवाया। वन जल कण कण, तृण तृण चमकाया॥
निम्न लोगों के, मन डर समाया। अगवानी हेतु हिम, वरद् हस्त लाया॥२९३॥

डरी वैरागी त्यागी, वर देख कर मैना। काँपी बारात देखकर, भर आए नैना।।
सुन सुन के नारद और, सप्तऋषियों के बैना। स्तब्ध थी सुपुत्री के, उस भाग्य से मैना।।२९४।।

हीरा कनी पार्वती, सदा थीं ही मां की। बोलीं प्रेम से रखें, विनती है मां की।।
रो रो के फिर फिर, लिपटी जाती मां थी। जाती बेटी अपनी, न देख पाती मां थी।।२९५।।

स्वागत बारात को, आए विविध व्यंजन। बारातियों को मिलने, लगे पान फूल चंदन।।
कन्या दान में हुआ, मंत्रों का गुंजन। दान दहेज थे, भू जल नभ वन धन।।२९६।।

प्रेम से रो रो, गले लग लग कन्या। चल दी महेश्वर घर, छल छल कन्या।।
घर परिवार सजा, पल पल रखना। मां बोली अमर, पति का बल रखना।।२९७।।

पिता हिमवान साथ, आए कैलाश तक। शिव सान्त्वना सुनते, भू आकाश तक।।
विदा मेहमान किये, गए कैलाश तक। सूना सताता, आंगन रहा बाद तक।।२९८।।

शिव पार्वती मिल, कैलाश सजा रहे। भोग विलास की, बसन्त सेज सजा रहे।।
अनोखे सुपुत्र की, आशा सजा रहे। उसी में अनन्त, बल बुद्धि लगा रहे।।२९९।।

जन्मा स्वामिकार्तिक, पुत्र छ: मुखों वाला। शिव पार्वती ने, जन्माया निराला।।
षड़ानन नाम का, बल बुद्धि वाला। युद्ध में तारक असुर, मार डाला।।३००।।

शिव की तीसरी आँख से, निकलीं छ: किरणें। छ: बच्चों में ढल, निकली यह किरणें।।
छहों बच्चे अंक में, कसे पार्वती ने। अंक में ही जोड़, एक किये पार्वती ने।।३०१।।

शिव महिमा, शिव शंकर गुण की गाथा। तुच्छ बुद्धि अलका को, करना न आता।।
रघुनाथ जी के चरणों, में शिव की आस्था। और श्रीराम की शिव में, करना न आता।।३०२।।

रघुवंशी श्री राम चन्द्र, हैं अंतर्यामी। रचना कार कलाकारों के, मन के स्वामी।।
कठपुतली बना हमें, नचाते हैं स्वामी। अलका में सरस्वती, बसा दें हे! स्वामी।।३०३।।

शिव जी राम स्तुत, राम को रटते। राम राज्य छोड़ के, शिव को भजते।।
श्री राम जटा जूट धर, शिव जी बनते। दोनों प्रीति भक्ति से, काम नष्ट करते।।३०४।।

जो शिव और विष्णु में, रखते हैं आस्था। पुण्यात्मा आनन्दकंद, उन्हें प्रभु बनाता।।
रस छहों ऋतुओं, का उनपे बरसाता। कैलाश व सागर के, पतियों का बनाता।।३०५।।

काम देव के शत्रु, नीलकंठ योगी। बैठीं पास पार्वती भी, प्रसन्न मना होंगी।।
समर्थ ज्ञानी गुणधाम, शिव संत योगी। भ्रम मार डालें, राम धन से योगी।।३०६।।

राम राम धुन जपते, समाधिस्थ रहते। यह कौन राम हैं जो, शिव हृदय रखते।।
उमा ने पूछा एक दिन, पति से हँसते। दशरथ पुत्र या, किन्हीं और राम को रटते।।३०७।।

बोले शिव जी जो, दशरथ पुत्र हो के जन्मा। जन्मों जन्मान्तर, वो रहता अजन्मा।।
सुनो उमा विष्णु जब, राम हो के जन्मा। नराधम असुरों को, मिटाने को जन्मा।।३०८।।

त्रिपुरारि त्रिपुरासुर का, वध करने वाले। चराचर से वंन्दित, महेश्वर निराले।।
सर्वज्ञ हैं समर्थ, सब हित करने वाले। समाधिस्थ तपी योगी, ज्ञान भरने वाले।।३०९।।

महादानी कल्पवृक्ष हैं, सुख की राशि। धनी विष्णु राम, पूछे शिव की दासी।।
सुख सागरों राज महलों, के निवासी। क्यों भटके होके, बेघर वे वनवासी।।३१०।।

चकराती है आपकी, पत्नी की बुद्धि। प्रभु ज्ञान भरके, करें सत्य सिद्धि।।
कि राजपुत्र में कैसे, परम ब्रह्म की रिद्धि। हुए मोह रहित कैसे, क्यों विरही बुद्धि।।३११।।

करें राम चरित्र गुण, गान हे! प्रभु शिव। मणि नख चरण, ज्योतिर्मान क्यों प्रभु शिव।।
पूर्ण चाँद सा मुख, करें बखान शिव। विष कंठ से करवा दें, अमृत रस पान शिव।।३१२।।

सर रख के भूमि पे, विनती मैं करती। भ्रमित पत्नी आपकी, हूँ आपसे कहती।।
राम की निर्गुण मूर्त्ति, वन वन विचरती। सगुण आचरण वो, क्यों कैसे करती।।३१३।।

वेदों सिद्धान्तों, का सार बता दें। रामचन्द्र जी विष्णु के, अवतार हैं जता दें।।
भक्ति प्रीति ज्ञान के, आधार हैं बता दें। सत्य धर्म आदर्श, उनके आचार जता दें।।३१४।।

ध्यानान्द डूबे दो घड़ी, शिव जी बोले। श्री राम सीपी, मन में चढ़ी भोले बोले।।
मुक्ता राम चरित्र की, झड़ी शिव जी बोले। छनी मन सीपी, मुख झड़ी मोती बोले।।३१५।।

रामचन्द्र को जो, नहीं जान सका वो। सच्चाई को भी न, पहचान सका वो।।
रस्सी को ही सर्प, मान चुका वो। स्वप्न में दिखा जो, सच मान चुका वो।।३१६।।

गंगा के समान राम, कथा बहती रहती। कल्याण धाम बहती, कल्याण करती रहती।।
हे उमा! भक्ति जैसी, सिया साथ रहती। कथा पूछती हुई, कल्याण रत वो रहती।।३१७।।

अन्याय जब भी बढ़े, संत जनों पर। कष्टों का बोझ पड़े, भक्त जनों पर।।
अधर्म की मार पड़े, धार्मिक जनों पर। कपट नीच चढ़े, मुनि साधुओं पर।।३१८।।

शरीर दिव्य रख, प्रभु आ प्रकटते। संतो और ऋषियों के, दुःख नाश करते।।
असुर मारते, यश युगों युग चमकते। वेद और देवता हो, सुरक्षित धड़कते।।३१९।।

जय और विजय हरि के, प्रिय द्वार पाल थे। द्वार राक्षक के कार्य, जुटकर सँभालते।।
सनकादि ब्राह्मणों के, श्राप के जाल से। हिरण्याक्ष हिरण्यकश्यपु, असुर हो गए काल से।।३२०।।

हिरण्याक्ष को मारने, वाराह रूप धर आए। प्रभु जी हर रूप धर, असुर मारने आए।।
हिरण्यकश्यपु मारने, नृसिंह रूप धर आए। संध्या काल चौखट पे, देह फाड़ने आए।।३२१।।

भक्त प्रह्लाद, जब बचाना था प्रभु को। असुर होलिका बुआ, जलानी थी प्रभु को।।
रक्षक ओढ़नी, उढ़ानी थी भक्त को प्रभु को। बुआ जी से ओढ़नी, हटानी थी प्रभु को।।३२२।।

भगवान स्वयं को, हिरण्यकश्यपु बताता। स्वयं की ही पूजा, आवश्यक बताता।।
प्रजा न करे तो, डराता सताता। असुर राजा गिनती, उल्टी उन्हें पढ़ाता।।३२३।।

प्रह्लाद उसका पुत्र हो के, भी बात न मानता। श्री राम प्रभु को ही, भगवान वो मानता।।
पिता के नारकीय दुःख, विहँस सहता जाता। रमा राम में मन, सशक्त करता जाता।।३२४।।

पत्थर बाँध समुद्र में, हिरण्यकश्यपु ने फेंका। प्रभु के बचाने पे, जलते खम्भ में झोंका।।
प्रकट हो असुर गोद में, फाड़ चीर के फेंका। दिन रात अन्दर बाहर, भू नभ मध्य छेंका।।३२५।।

सत्य वर किये, प्रभु ने नर सिंह होकर। न नर न पशु, न आए अस्त्र ढोकर।।
संध्या काल चौखट पे, गोदी में फाड़ कर। असुर को दिया मार, नाखूनो से गाड़कर।।३२६।।

बुआ की चुनर, अग्नि रक्षक उड़ा दी। भतीजे प्रह्लाद पर, रक्षा हित उढ़ा दी।।
होलिका जो बचनी थी, प्रभु ने जला दी। जला न सकी भक्त वो, प्रभु ने सजा दी।।३२७।।

जन्में फिर से, हिरण्यकश्यपु और हिरण्याक्ष। कुम्भकर्ण रावण हो के, दो भाई राक्षस राज।।
तीन जन्म लेंगे, मिला था उन्हें श्राप। अवतार राम को लेना, पड़ा मारने को आज।।३२८।।

ऋषि कश्यप, सम्राट दशरथ बनके आए। अदिति पुर्नजन्म ले, कौशल्या बन आए।।
पवित्रता में पत्नी की, पति रक्षण पाए। जलन्धर को सत्यवती, पत्नी ही बचाए।।३२९।।

त्रिपुरासुर मार के, बने थे जो त्रिपुरारि। अमर अविजित ऊँ, शिव जी थे सर्वहारि।।
जालन्धर से हारे, कारण थी वो नारी। सतीव्रती पत्नी, वृन्दा पति पे वारी।।३३०।।

यही था जालन्धर, जन्मा रावण रूप धर। आना पड़ा विष्णु को, शिव जी की हार पर।।
नर के अवतार में, आए राम का रूप धर। निष्काम मारा रावण, शिव सी जटा जूट धर।।३३१।।

विष्णु पत्नी लक्ष्मी, आयी सिया रूप धर। चुरा छुप के रावण, जिसे लाया लूट कर।।
शिव से छूटा करते, श्री राम कार्य रूप धर। करें राम के कार्य, रुद्र जटा जूट धर।।३३२।।

शिव के ग्यारहवें अंश, हनुमान रूप में जन्मे। ग्यारहवें रुद्रांश यह, राम कार्य को जन्मे।।
पवन पुत्र कहलाए, सागर लाँघने जन्मे। अन्जना केसरी पुत्र, सूर्य शिष्य हो जन्मे।।३३३।।

पद्‌म पुष्प निकला, विष्णु की नाभि से। ब्रह्मा और आदि नर, विष्णु पद्‌म नाभि से।।
विष्णु मय थे ब्रह्मा, जन्में विष्णु नाभि से। मानस पुत्र जन्में, ब्रह्मा की चाभी से।।३३४।।

मारीच अत्रि और, पुलाहा अंगीरस। कृतु भृगु पुलत्स्य, और वशिष्ट व प्रचेथस।।
नारद सहित दस थे, ब्रह्मा पुत्र मानस। शतरूपा ब्रह्मा की, पुत्री हुई एक बस।।३३५।।

आत्मिक जल से घिरा, हुआ है बैकुण्ठ गृह। देववतिपुर के जल से, भरा है यह गृह।।
देवताओं का भी घर, बन गया है बैकुण्ठ गृह। वासुदेव का भी हुआ, जल घिरा यह गृह।।३३६।।

देववतिपुर का, आत्मिक जल घेरे रहता। बैकुण्ठ गृह को चारों, ओर से घेरे रहता।।
देवता रहते इसमें, तो उन्हें घेरे रहता। वासुदेव भी बसते, तो उनके फेरे रहता।।३३७।।

बोली बोलते हैं, वेदों की वासुदेव जी। सीखो सुनो समझो, बोलें वासुदेव जी।।
भाषा वेदों की, संस्कृत है वासुदेव की। निकली 'ॐ' ब्रह्माक्षर से, लिपि वासुदेव की।।३३८।।

विष्णु ने नाभि पद्म, से ब्रह्मा जन्माए। चौरासी लाख योनियां, ब्रह्मा विश्व में लाए।।
ब्रह्मा से जन्मा कर, विष्णु ने फैलाए। चराचर के सम्प्रदाय, विश्व भर में विचराए।।३३९।।

कथा राम की हुई, कल्याण सुनना कान का। तृप्ति आँखों की हुई, दर्शन करना राम का।।
झुके शीष चरण पर, हुआ चित्त राम का। सुखधाम हुआ मुख का, नाम जपना राम का।।३४०।।

कथा राम की सुनने से, भ्रम मिट जाते। देवता असुर अमृत, पान करते जाते।।
चरित्र राम का राम के, गुण देह में समाते। जन्म धर्म कर्म करते, मुस्कान भरते जाते।।३४१।।

अनादि अजन्मे अरूप, अलख के गुण। नेति नेति कर, वेद करते वर्णन चित्रण।।
यह नहीं वो नहीं, कह करते चिन्तन। सगुण निर्गुण था, राम का मुद्रण समर्पण।।३४२।।

व्यास जी महर्षि ज्ञानी, वेद जो रचते। विघ्न विनायक, प्रथम पूज्य सुने कहते।।
धारा प्रवाह निर्बाध, ज्ञान वाणी सुनते। कलम टूटते दांत तोड़, निर्विघ्न लिखते रहते।।३४३।।

मां बाप को ब्रह्माण्ड, मान चक्कर लगाकर। गणेश जी ने बुद्धि का, परिचय करा कर।।
रखे भाई समेत, सब प्रतियोगी हरा कर। भाई कार्तिकेय मोर पर, बैठे लजाकर।।३४४।।

आज्ञाकारी गणेश थे, कर्त्तव्य परायण। नहाती हुई मां का, करते द्वार रक्षण।।
किसी को न घुसने, का मां से किया प्रण। निभाया कटवा सिर, शिव के हाथों तत्क्षण।।३४५।।

मां ने आकर देखा, जो पुत्र बिना सर। कहा शिव से लाएं, काट फेंका जहां सर।।
बहुत ढूँढ़ने पर भी, नहीं जब मिला सर। हाथी के बच्चे का, लगाया कटा सर।।३४६।।

सच्चिदानन्द श्री रामचन्द्र, सूरज रघु कुल के। कभी नहीं मद मोह, अंधेरों के पल के।।
परमानन्द नित्य चिर, निरन्तर भोर तकते। प्रभात और संध्या का, झुटपुटा भी न झलके।।३४७।।

बदली यदि छुपा ले, तो भी सूर्य रहेगा। धुआं धूल क्या खा के, सूर्य को ढकेगा।।
इन्द्रियों और चेतनाओं, को प्रज्ज्वलित करेगा। अनादि अनन्त ब्रह्म, यही राम बनेगा।।३४८।।

पुराणों से प्रसिद्ध, है नर रूप राम का। जीव और माया के, जग स्वामी धाम का।।
सूर्यवंशी अवध, युवराज कुमार राम नाम का। शिव शंकर मणि, आभूषण साम राम का।।३४९।।

चलें पैरों के बिन, करें हाथों के बिन। चखें बोलें सुयोग्य वक्ता, हैं राम जुबान बिन।।
छुएं खाल के बिन, देखें आँखों के बिन। अलौकिक क्षमता राम की, सूँघें सांस लें नाक बिन।।३५०।।

काशी बसके शिव जी, राम मंत्र धरके। मुर्दों को राम जीव-मंत्र दे, मुक्त करते।।
राम की माया के, ब्रह्म जीवों को हरके। राम मंत्र दे, भव सागर से तरते।।३५१।।

भ्रम संदेह दूर करके, चिर विश्वास भर। चिन्मय शिव ने रखी, पत्नी सुजान कर।।
संदेह न हो, राम नर धर्म प्रकाश धर। पुरुषार्थ जिनका चढ़ता, शिव की जुबान पर।।३५२।।

सुनो राम का, भक्तों! पावन चित्रण। कागभुषण्डि सुने जैसे, शिव का वर्णन।।
काग भुणण्डि से सुन, करें गरुड़ चिंतन। फैला आकाश में दें, रामावतार वर्णन।।३५३।।

ब्रह्मा के मस्तिष्क से, उपजे जो ऋषि। पहले मानवान्तर से, बने सप्तऋषि।।
दूसरे मानवान्तर से, उपजे जो ऋषि। कहलाए वे सभी, द्वतीय सप्तऋषि।।३५४।।

दूसरे सप्तऋषि, मारीच से जन्में थे। कश्यप अत्रि वशिष्ट विश्वामित्र जन्मे थे।।
जमदग्नि भारद्वाज, व्यास जी जन्में थे। व्यास जी बोले, तो वेद ही जन्मे थे।।३५५।।

अदिति दिति दनु, कला दनयु जन्मीं। सिंहिका क्रोधवश, प्रथा विनति जन्मीं।।
सुरभि तनया इरा, कन्दु तेरह जन्मीं। दक्ष की पुत्रियां, कश्यप पत्नियां जन्मीं।।३५६।।

नर वेषी राम ने, नारद मुनि का श्राप लिया। बन्दर बना ठगा, उठा विश्वास लिया।।
सेवक होंगे बन्दर, प्रभु जी ने श्राप लिया। वानर हनुमान से, बंधा विश्वास लिया।।३५७।।

कश्यप दशरथ हो जन्में, अदिति हो कौशल्या। इस लोक में इन्होंने, दोबारा जन्म जो लिया।।
अवध सम्राट हो के, दशरथ ने यश लिया। राम के माता पिता, बन के सुयश लिया।।३५८।।

राम विष्णु जी थे, जन्मे मनुष्य वेष में। पूछें भारद्वाज, क्यों आए वे नर वेष में।।
नारद मुनि ने श्राप, दिया था आवेश में। कहें शिव, राम तभी आए नर वेष में।।३५९।।

याज्ञवल्क्य जी राम की, कथा सुनाते। भारद्वाज जी सुनते, हुए डूब जाते।।
अप्रतिम हिमालय से, गंगा जो लाते। उन शिव में, नारद जी खो डूब जाते।।३६०।।

दक्ष के शाप ने, नारद का मन डुला दिया। अस्थिर बुद्धि कर दी, चंचल तन कर दिया।।
प्रभु दर्शन ने, चंचल मन स्थिर किया। स्थिर बुद्धि नारद जी को, कर दिया।।३६१।।

स्थिर हो तपा नारद, तो बदला चोला। इन्द्रदेव का यह देख, कर आसन डोला।।
कामदेव के पास जाकर, देवेन्द्र यह बोला। डिगा दो मन नारद का, दो कामुक चोला।।३६२।।

अनेकानेक काम देवों, ने प्रयत्न करके। बसन्त सुगन्ध यौवन, माहौल में भर के।।
चाहा नारद का तप, रखें भंग करके। असफल रहे, नारद अवरुद्ध न कर सके।।३६३।।

नारद को अडिग देख, काम देव डरा था। शिव के चरणों में, वो आके गिरा था।।
शिव के एक भक्त पर, उसने काम भरा था। गलती हुई शिव, दें माफ़ी गिरा था।।३६४।।

इन्द्र की पुरी में, नारद की जय गूँजी। नारद इतराया, सर चढ़ी ऐंठ थी गूँजी।।
मिली शिव से चुप रहने, की सूझ की पूँजी। मगर नारद की वाणी, विष्णु पे गूँजी।।३६५।।

अकड़ू. नारद के मार्ग में, बिखरा के माया। विष्णु ने स्वर्ग जैसा, नगर एक सजाया।।
शील निधि राजा पुत्री, विश्व मोहिनी काया। नारद का स्थिर मन, ला मोहित कराया।।३६६।।

कन्या ने नारद का, मन ऐसा झिंझोड़ा। कि नारद शिव छोड़, उसी पे जा दौड़ा।।
स्वयंवर में दौड़ाया, वो मन का घोड़ा। प्रतियोगियों में रूप लेकर, बैठा निगोड़ा।।३६७।।

वहां श्री हरि, राजा के वेश में पहुँचे। पड़वा ली जयमाल, स्वयं वर हो पहुँचे।।
यह देख के शिव गण, हँसते सामने पहुँचे। स्वयंवर में नारद, क्यों बन्दर हो पहुँचे।।३६८।।

जहां लक्ष्मी कन्या हो, विष्णु स्वयं वर। छवि तो देखो नारद, लगते तुम बंदर।।
रूप ठग के हरि ने, बनाया तुम्हें बन्दर। बिसूरे थे नारद, अकड़ टूटी अन्दर।।३६९।।

जल में छवि देखी, तो क्रोध तमतमाया। होंगे वियोगी हरि, नर रूप जो पाया।।
ठगी करते हो क्योंकि, नहीं सर पे साया। सुरक्षा देंगे वानर, रूप तुम्हीं से पाया।।३७०।।

हरि दुःख दिया है, हरी मुझसे कन्या। यही दुःख मिलेगा, हरी जाएगी कन्या।।
श्राप सर पर लेकर, हटा माया दुनिया। दिखा विष्णु लक्ष्मी रूप, विलुप्त कर ली दुनिया।।३७१।।

कह कर गए विष्णु, मृत्यु लोक चलो तुम। फिर से त्रिपुरारि की, भक्ति प्रीति लो तुम।।
मेरे सर्वप्रिय शंकर से, गुरु मंत्र भी लो तुम। अहं त्याग नारद, ज्ञान अलोक लो तुम।।३७२।।

हरि ने जो नारद को, यूँ दोष दिखाया। चरण पे पछाड़ खाया, जब होश पाया।।
कृपालु क्षमा हो, मिथ्या श्राप मुख आया। अति तुच्छ बुद्धि ने, समझ सोच गँवाया।।३७३।।

बोले सोच करो न, शिव शत नाम जपो तुम। अडिग रह के शिव जी, की भक्ति करो तुम।।
शिव प्रीति ले, आकर मुझसे मिलो तुम। कभी छोडूँगा न मैं, भक्त न डरो तुम।।३७४।।

त्रिगुण माया हरि की, है मोहित यह करती। ऋषियों मुनियों को भी, डग मग यह करती।।
इसी माया के भजते, रहते तुम यदि पति। शुद्ध बुद्धि रहती, न सर चढ़ती कुमति।।३७५।।

शिव ने कथा दी, कलयुग के कल्याण की। भारद्वाज से सुनिये, कथा यह पुराण की।।
सतपथ ब्राह्मण और, मनु जी महान की। मनु रक्षा हित नाव, खींचते मत्स्य भगवान की।।३७६।।

मनु और शतरूपा के, दो पुत्र हुए थे। उत्तानपाद व प्रियव्रत, इनके नाम हुए थे।।
देवाहुति पुत्री, कपिल नाती हुए थे। दामाद दोनों के, ऋषि कर्दम हुए थे।।३७७।।

परिवार सारा उनका, था ज्ञानी धर्मार्थी। पुत्र था राजा, और था नाती सांख्यशास्त्री।।
वृद्ध मनु शतरूपा, हुए धर्म हेतु यात्री। छः हजार वर्ष तप रत, रहे थे दिन रात्रि।।३७८।।

एक टांग पे थे जब, सिया राम प्रकटे तब। खड़े तकते ही, रह गए दोनों स्तब्ध ।।
साष्टांग चरण स्पर्श, करने लिपटे तब। प्रभु प्रभु कहते, चुप थे दोनों स्तब्ध।।३७९।।

वर मांगो बोले, सिया राम इच्छा भर। बोले प्रीति भक्ति, प्रभु आपकी इच्छा भर।।
पुत्र रूप मिल जायं, हो पूरी इच्छा हर। स्वयं आऊँगा कह, प्रभु गए इच्छा धर।।३८०।।

आगे बोले रहो, अब से इन्द्र स्थान में। अमरावती नामक, बैकुण्ठ स्वर्ग जहान में।।
स्वर्ग भोग कर वापस, आना भू स्थान में। तब मैं पुत्र बनूँगा, जन्म ले इंसान में।।३८१।।

आदि शक्ति मेरी, माया स्परूप भूता। जगदम्बा अवतार लेंगी, हो मेरी माता।।
लक्ष्मी आएंगी, भू सुता होकर सीता। अवतार लेंगी हो, हनुमान लव कुश माता।।३८२।।

शिवजी ने बताया था, पत्नी को इतिहास। याज्ञवल्क्य से सुनते, रहे जिसको भारद्वाज।।
ध्रुव ने एक बार, नारद पर किया विश्वास। यमुना तट पर, जा बैठे ले प्रभु आस।।३८३।।

कदम्ब वृक्ष के नीचे, कंद खाते दिन बीते। फिर जल फिर वायु, पीते दिन बीते।।
वायु त्याग के फिर तो, एक टांग पे बीते। देह तंत्र रोका, प्रभु खुश हुए ध्रुव जीते।।३८४।।

प्रकटे प्रभु बोले, बच्चे हो महान तुम। माँगो पा लोगे, यह सारा जहान तुम।।
विस्मित ध्रुव बोले, दो भगवान तुम। एक बच्चे को, बस प्रेम भरा जहान तुम।।३८५।।

सप्तऋषियों से भी नभ में, ऊँचे रहोगे। प्रभु बोले बालक, ध्रुव तारा बनोगे।।
छत्तीस हजार वर्षों, तक राजा रहोगे। पिता भू पे, तुम राज्य त्रिलोक पे करोगे।।३८६।।

प्रभु कृपा से बालक ने, सर्वोच्च स्थान पाया। गोदी गद्दी पिता त्याग, परमात्मा पद पाया।।
खिंचा भक्ति प्रेम से, हरदम भगवान आया। चिर काल उससे, मन चाहा भक्त ने पाया।।३८७।।

रावण का पूर्व जन्म - राजा प्रताप भानु

महर्षि याज्ञवल्क्य बोले, ऋषि हे! भारद्वाज। एक पौराणिक कथा और, सुनाऊँ तुम्हें आज।।
पार्वती ने जिनके, पिता थे पर्वत राज। पति शिव से सुनी, अब सुनेगा मुझसे समाज।।३८८।।

कैकय देश का था, सत्यकेतु राजा। दो पुत्र हुए उसके, महाप्रतापी राजा।।
प्रताप भानु से गूँजा, धर्म नीति का बाजा। प्रबल शक्ति अरिमर्दन, था बल का राजा।।३८९।।

दोनों भाइयों बीच, प्यार ही प्यार पला था। ज्योष्ठ प्रताप भानु को, राज्याधिकार मिला था।।
जुड़े न्याय व शक्ति, प्रजा प्यार मिला था। मंत्री धर्म रुचि, शुक्राचार्य सा मिला था।।३९०।।

चतुरंगी सेना से, दिग्विजयी चक्रवर्ती। पृथ्वी भर का शासक, हुआ भानु जल्दी।।
उर्वर भूमि सत्य निष्ठता, ने कीर्त्ति भर दी। निपुण नृप पर, नित नत निहाल प्रजा कर दी।।३९१।।

विध्यांचल के ऊपर, नीलगिरि शिखर पर। प्रताप भानु ने, रखा पत्थर जिगर पर।।
दिखा राहु सा जंगली, सूअर शिखर पर। साधा बाण निशाना, सूअर के जिगर पर।।३९२।।

भयानक सूअर था वो, मोटे दांतो का। जंगल में था, रोके रास्ता काँटों का।।
भागा देख शिकारी, चला खेल रातों का। छुपता लुभाता फेंकता, श्वास झाँसों का।।३९३।।

शिकार की लुका छुपी, चली देर रात तक। नतीजा न हाथ आया, दोनो गए थक।।
सूअर दुबका सोया, छुप खोह में प्रभात तक। भूखा प्यासा राजा, गया भूल राह तक।।३९४।।

भटकने लगा प्यासा, ढूँढ़ता तालाब वो। दिखाई दिया आश्रम, मुनि का प्रताप को।।
खींचा होनी ने राजा, भानु प्रताप को। बेजान अकेला, घुमाया संताप को।।३९५।।

ध्यानस्थ बैठा था, आश्रम में मुनि जो। युद्ध में हारा था, प्रताप से कभी वो।।
प्रताप के शत्रु क्रुद्ध, कालकेतु से मिल वो। बदले की अग्नि की, ताव में था अभी तो।।३९६।।

शक्ति बल से हारा था, छल पे तुली था। बगुला बन्द आँखें, तकता मछली था।।
शत्रु कालकेतु, मित्र बन अब छली था। उसके चारे में, फंसता भानु मछली था।।३९७।।

बंद आंखे बोला, एक तनु मैं मुनि हूँ। आदि काल से इसी, तन में बंद मैं धुनी हूँ।।
धर्मरुचि हूँ बेघर हूँ, बेहाल मैं मुनि हूँ। चरण छू भटका राजा, बोला धन्य हे! मुनि हूँ।।३९८।।

मुनि बोला ज्ञान तप मैं, दिव्य दृष्टिबल मैं। शिव विष्णु ब्रह्मा मैं, वाणी में बल मैं।।
तू सत्यकेतु का पुत्र, तू भी सबल है। प्रताप भानु नाम का, भू सम्राट सफल है।।३९९।।

चरण छू के राजा, फँसा मुनि के जाल में। समझ न सका भेड़िया, था मुनि की खाल में।।
पूरी मछली चाहता, था हड़पूँ मैं गाल में। राजा को तो चिन्ता, भविष्य की थी हाल में।।४००।।

अहो! भाग्य एकान्त में, हो एक तनु के संग में। गुपचुप मिले बात यह, गुप्त रखना मन में।।
मुनि बोला भाग्य ही से, हो आज वन में। वर मांग लो जो भी, रखे हो आज मन में।।४०१।।

वृद्धावस्था रोग दुःख, से छुटकारा दे दें। बोला भानु मृत्यु से, छुटकारा दे दें।।
हर युद्ध में विजयी, होऊँ जयकारा दे दें। महात्मा! ऋषि! वर से, सुख सारा दे दें।।४०२।।

मुनि बोला ब्राह्मणों, के श्राप से दुःखी हो। सताएं हैं ब्राह्मण, अतः तुम दुःखी हो॥
उन्हें खुश करने के, उपाय कर सुखी हो। बताता हूँ उपाय, चुप से करके सुखी हो॥४०३॥

बोला मुनि मुझसे मिलना, गुप्त रखना होगा। वर कष्ट सह के, सिद्ध करना होगा॥
कहें बेझिझक मुझको, क्या करना होगा। प्रताप भानु सहेगा, जो कष्ट सहना होगा॥४०४॥

करूँगा यह वर सिद्ध, उपाय प्रभु बता दें। काटूँगा सर कोई, उठाए यदि धता दे॥
भूमि पे धूल सा मैं, रहूँगा दबा दें। समुद्र फेन सा तुच्छ हो, उठायें प्रभु हटा दें॥४०५॥

राजा हो तुम मन, वचन और स्वभाव से। योगी बन जाओ, आज से मेरे प्रभाव से॥
मंत्र योग तप सब, फलेगा छुपाव से। मेरा नाम रखो गुप्त, मुक्त हो दुर्भाव से॥४०६॥

एक लाख ब्राह्मण, सपरिवार तुमको। एक वर्ष जिमाना है, प्रति वार तुमको॥
पका मैं दूंगा भोजन, हर बार तुमको। परोस खुश कर रखना, हर परिवार तुमको॥४०७॥

वर्ष भर प्रति दिन, खिलाओगे भोजन। करा लोगे ब्राह्मणों से, यज्ञ और पूजन॥
कर लोगे प्रेम से, अधीनस्थ ब्राह्मण। देव और पितर यज्ञ से, होंगे प्रसन्न मन॥४०८॥

अगर गुप्त रखोगे, मुझे ब्राह्मणों से। प्रसन्न रख स्वतंत्र, होगे ब्राह्मणों से॥
बचोगे क्रोध और श्राप से, ब्राह्मणों के। सफल सिद्ध कर लोगे, वर ब्राह्मणों से॥४०९॥

करा दूँगा माया से, सब काम तुम्हारा। महल वापसी का भी, इन्तज़ाम तुम्हारा॥
रसोइया बना मैं, अब गुलाम तुम्हारा। मुनि बन रहेगा, रसोइया तुम्हारा॥४१०॥

यूँ बातों के जाल में, राजा को फँसाया। राजा के सोते ही, काल केतु आया॥
उसी ने सूअर बन के, अब तक लुभाया। शिकार बन शिकारी को, अड्डे पे लाया॥४११॥

कालकेतु क्रोधी, कुटुम्ब का संहारक। दस भाइयों और, सौ पुत्रों का निवारक॥
महल आश्रम मध्य, अदला बदली कारक। चट रूप जगह बदले, माया का धारक॥४१२॥

सोते राजा की खाट, महल में फिंका दी। ठोकर से मुनि को, महल में जगह दी॥
महल के रसोइये पे, योग माया ढ़ा दी। उड़ा के उसे इस, आश्रम में जगह दी॥४१३॥

वेदों में वर्णित, सुगन्ध रस के भोजन। चला सिलसिला पकते, जिमते भोजन।।
सपरिवार सुबह शाम, जीमते थे वामन। परोसता था राजा, पका गुप्त व्यंजन।।४१४।।

आशीर्वाद बरसाते रहे, सब प्रसन्न मन। राजा की सेवा सुश्रूषा से धन्य धन्य।।
मगर एक दिन गूँजा, आकाश से गुंजन। जिसे सुन लगी, आग धू-धू दना दन।।४१५।।

माया से पका भोज, ब्राह्मणों न खाओ। पशु मांस का है, तुरन्त छोड़ो जाओ।।
अधर्मियों के बीच आ, के धर्म न गँवाओ। रसोइये का नाम, राजा से पूछते जाओ।।४१६।।

खड़े चीखे ब्राह्मण, सत्या नाश राजन। राक्षस हो तू जन्मेगा, इस काम के कारण।।
गिरा रोया पैरो पे, दें श्राप न ब्राह्मण। मगर कालकेतु आ, चढ़ा करता आक्रमण।।४१७।।

अचानक शत्रुओं ने, यूँ घेर धावा बोला। आकाश वाणी होते, फटा बम का गोला।।
दोषी कालकेतु है, निर्दोष राजा भोला। आकाशवाणी दब गयी, बिगुल युद्ध का बोला।।४१८।।

माया से प्रताप भानु, नष्ट हो गया था। क्षण भर में शाप लग के, सच हो गया था।।
राक्षस हो के जन्मेगा, तय हो गया था। निर्दोष जीवन चक्र फंस, राक्षस हो गया था।।४१९।।

अगले जन्म प्रताप भानु, रावण हो के जन्मा। अरिमर्दन भाई, कुम्भकर्ण होके जन्मा।।
धर्मरुचि विभिषण, सा धार्मिक हो जन्मा। पवित्र पुलत्स्य ऋषि कुल में, राक्षस गुण जन्मा।।४२०।।

पिता विश्रवा की थीं, चारों ही संताने। कुबेर देवी मां पुत्र, यह तीन राक्षस जानें।।
समझ के अनाथ निर्धन, उन्हें कैकसी मां ने। भेजा तप को कैलाश, वर्षों शिव मनाने।।४२१।।

तपस्या की शिव जी की, मां से सलाह ले। शिव को प्रसन्न कर, धन पाने की चाह ले।।
पिता से कुबेर को, मिले राज्य की डाह ले। सौतेले से पैतृक हक, छीनने की चाह ले।।४२२।।

प्रसन्न हूँ प्रकटे शिव, बोले इच्छित दूँगा। रावण बोला हाथ जोड़, प्रभु अमरत्व लूँगा।।
कृपा से आपकी देव, गंधर्व सर्प कुचलूँगा। नर वानरों से प्रभु, स्वयं ही निपटूँगा।।४२३।।

अहंकार से रावण ने, नर वानर टाले। दम्भ ने अमरत्व पर, लगवा दिये थे ताले।।
ब्रह्मा ने सरस्वती द्वारा, नर वानर भाले। रावण की बुद्धि फेर, संहार को संभाले।।४२४।।

कुम्भकर्ण भूमि की, पूरी सम्पदा डकारे। खुराक से उसकी, सारे देवी देवता हारे।।
ब्रह्मा ने अन्न जल के, बचाने भण्डारे। सरस्वती से नींद स्वप्न, उसके सर उतारे।।४२५।।

बुद्धि उसकी खिसका, चलाया वो चक्कर। कुम्भकर्ण माँग बैठा, छः माह सोने का वर।।
ईश्वर ने जग की भूख, का बंदोबस्त कर। तप का कुम्भकर्ण को, दिया मुँह माँगा वर।।४२६।।

विभीषण ने हाथ जोड़, के माँगी थी भक्ति। साष्टांग दण्डवत कर, प्रभु जी की प्रीति।।
अधर्म मार सके न, हे! प्रभु भक्ति प्रीति। तथास्तु कह प्रभु चले, बांध भक्त से प्रीति।।४२७।।

कहें याज्ञवल्क्य तीनों, भाई खुश ईश्वर पर। चले अपने रास्तों, मनचाहा लिये वर।।
कुबेर से लड़ रावण, रहा सब हथिया कर। सोया कुम्भकर्ण, विभीषण धर्म कर्म कर।।४२८।।

सारी खेती चुगके, उड़ गयीं थीं चिड़ियाँ। निरर्थक ही बहती, रहीं अश्रु लड़ियां।।
गिरा दूध उठेगा न, भर पाएगी हड़िया। समय खोटा, खोटी ही रही बुद्धि बढ़िया।।४२९।।

सत्य केतु के कुल का, अब अन्त हुआ था। ब्राहमणों का दिया श्राप, जीवन्त हुआ था।।
शत्रुओं के बदलों का भी, अब अन्त हुआ था। कहें याज्ञवल्क्य, त्रेता बलवन्त हुआ था।।४३०।।

मय दानव ने, सुन्दर सी अपनी पुत्री। रावण को पत्नी के, रूप में दी मन्दोदरी।।
मेघनाद की हुई मां, यह सौम्य शील स्त्री। रावण को मिला राज्य, खुली भाग्य पत्री।।४३१।।

रावण के कुल में, अनगिनत सदस्य थे। दुर्मुख अकंपन एवं वज्रदन्त थे।।
धूम्रकेतु अतिकाय, जैसे सशक्त थे। देवताओं के सारे, ये दुश्मन अनन्त थे।।४३२।।

ब्रह्मा ने बनवाया, स्वर्णिम लंका का गढ़। त्रिकूट पर्वत पर, रखा मध्य के शिखर पर।।
तीनों लोकों में था, सुरक्षित अति सुन्दर। विश्वकर्मा निर्मित, राक्षस राज्य था जिस पर।।४३३।।

रावण ने टिका रखी, थी दृष्टि उस पर। छीनूँ हड़पूँ कैसे, कुबेर बैठा जिस पर।।
पिता ने कृपा की, बस सौतेले भाई पर। दिया राज्य व पुष्पक, उसे कुछ न देकर।।४३४।।

शिव जी से ले आया, वो अमरत्व का वर। अब वो रहेगा, यह संपत्ति हथिया कर।।
हथियारों व असुरों के, डेरे जमा कर। अन्याय मारेगा अपने, शौर्य की बिना पर।।४३५।।

रावण जब चलता, तो भूमि थर्राती। मेघनाद की गर्जन से, डर कँप कँप जाती।।
कुम्भकर्ण जागता छः माह, तो लुट बौराती। मायावी कपटी, पापियों से लजाती।।४३६।।

कलयुग में भी, भूमि को सहना पड़ा था। असंख्य यात्रियों वाहनों, से कटना पड़ा था।।
केदारनाथ को नेत्र तीसरा, खोलना पड़ा था। बहा गंगा त्रासद, मुक्त करना पड़ा था।।४३७।।

महर्षि विश्वामित्र

राजा विश्वामित्र, रामायण से पूर्व थे। क्षत्रिय जाति के थे, ब्राह्मणत्व से दूर थे।।
कौशिक कहलाते थे, यह राजा पूर्व के। ब्रह्मर्षि पद की, वे इच्छा में चूर थे।।४३८।।

इच्छा पूर्त्ति को, घोर से घोर तप किया। क्षत्रिय होते हुए भी, ब्रह्मर्षि पद लिया।।
वशिष्ठ से होड़, लगाने का व्रत लिया। शरणागतों के कार्य, करने का व्रत लिया।।४३९।।

क्षत्रिय थे पर, तप शक्ति थी ऐसी। क्षत्रिय से ब्राह्मण, बन जाने के जैसी।।
नव गृह रच लिया, थी शक्ति ऐसी। त्रिशंकु स्थापन, गुरुत्व हराने जैसी।।४४०।।

वशिष्ठ के आश्रम, विश्वामित्र पहुँचे। राजा कौशिक थे, वे सेना के संग पहुँचे।।
आदर सत्कार मिला, द्रव्य व्यंजन पहुँचे। वशिष्ठ अपनी गऊ से, रचवा के पहुँचे।।४४१।।

आनन्द से प्रशंसा कर, खाते गए राजा। शबला सी गाय पर, हुए मोहित राजा।।
कामधेनु पुत्री थी, शबला अमृत दाता। रचना सृष्टि माँ जैसी, पहचान गए राजा।।४४२।।

कामधेनु गाय मिली, समुद्र मंथन से। वशिष्ठ को देवताओं ने, दान दी गोधन में।।
बछिया कामधेनु की, जन्मी जिस दिन से। सृष्टि रचयिता हुई, ऋषि की उस दिन से।।४४३।।

सृष्टि से भोजन, रचने की कला से। विश्वामित्र का हृदय, चुराया शबला ने।।
सोचने लगे वे, आतिथ्य लाभ उठा लें। शबला को, गृह स्वामी से हथिया लें।।४४४।।

वशिष्ठ से लेके, गऊ चल देंगे। मन चाहा शबला से, रचवा फल लेंगे।।
पता न था गुरु, यह दान न देंगे। अतिथि को गऊ पुत्री, दान में न देंगे।।४४५।।

ऋषि की अनसुनी पे, राजा दिल भड़का। तापस गुस्ताखी पे, क्षत्रिय क्रुद्ध फड़का।।
सेना से ऋषि को, कुचलने को फड़का। शबला रचित सैनिकों से, पिट हार कर तड़का।।४४६।।

तापसी राजसी बल, लड़े थे बराबर। शबला रचे दल, जीते थे बराबर।।
लड़े राजपुत्रों संग, ऋषि शिष्य बराबर। युद्ध से भड़के, तपी तमतमाकर।।४४७।।

वशिष्ठ ने डाँट पिला, आहुति थी डाली। तप के तेज की, गाज ऐसी डाली।।
भस्म हुए नौजवान, आग ऐसी डाली। तेज खो विश्वामित्र ने, हार लाज डाली।।४४८।।

शर्म से निस्तेज, निकले तप करने। मान अपना फिर से, अर्जित करने।।
शिव को प्रसन्न कर, अमरत्व भरने। तप से दिव्यास्त्र, एक प्राप्त करने।।४४९।।

शिव का वर पा, घमण्ड मद भर चले। विश्वमित्र अग्न्यास्त्र ले, वशिष्ठ घर चले।।
वशिष्ठ का आश्रम, जला के लौट चले। वशिष्ठ के निर्झर से, पर शोले मर चले।।४५०।।

तप के तेज ने, फिर था हराया। ब्रह्म दण्ड ने था, दिव्यास्त्र गिराया।।
शिव से धोखा मिला, सोच ने चढ़ाया। विश्वामित्र से और, कठिन तप कराया।।४५१।।

अब वो खुश करेंगे, ब्रह्मा को तप से। शिव के धोखे का, बदला लेंगे जिससे।।
शिव का धोखा ठगी, हारेंगे इस से। ब्रह्मा सीधे देंगे, ब्रह्मर्षि पद तप से।।४५२।।

ब्रह्मा को खुश कर, माँगा ब्रह्मर्षि पद। ब्रह्मा खुश थे, पर दिया राजर्षि पद।।
हताश विश्वामित्र ने, किया और घोर तप। ठाना रहेंगे बन के, ही ब्रह्मर्षि अब।।४५३।।

इधर विश्वामित्र, तप कर रहे थे। उधर त्रिशंकु जी, राज्य कर रहे थे।।
दिव्य सूर्य वंश पे, राज्य कर रहे थे। महाप्रतापी ही, अब तक रहे थे।।४५४।।

सदेह स्वर्ग जाने, का मन लिये थे। जिसके लिये यज्ञ, के स्वप्न लिये थे।।
वशिष्ठ के आश्रम के, फेरे किये थे। कराने को यज्ञ, पहले उनसे मिले थे।।४५५।।

वशिष्ठ की मनाही, से दुःखी थे त्रिशंकु। वशिष्ठ पुत्रों से भी, मिले थे त्रिशंकु।।
पुत्रों ने किये और भी, तंग थे त्रिशंकु। सदेह स्वर्ग कैसे, अब चलेंगे त्रिशंकु।।४५६।।

चाण्डाल बना, वशिष्ठ पुत्रों ने नचाया। चिथड़ों में राजा, त्रिशंकु को घुमाया।।
महाप्रतापी पे, संताप चढ़ाया। कंधो पे कष्टों का, बोझा चढ़ाया।।४५७।।

घूमते विश्वामित्र, से मिले त्रिशंकु। हारे थके, बेसहारे त्रिशंकु।।
शरण में विश्वामित्र ने, ले लिये त्रिशंकु। इच्छा पूर्त्ति को, बल पा गए त्रिशंकु।।४५८।।

बोले, ''राजन! आए, शरण आप हमारी। विश्वामित्र की सारी, शक्ति हुई तुम्हारी।।
इच्छा पूरी होगी, मुझसे अब तुम्हारी। यज्ञ के प्रबन्ध की, करा लो तय्यारी।।४५९।।

सदेह स्वर्ग जाने को, होने लगा यज्ञ। विश्वामित्र के हाथों, त्रिशंकु हित था यज्ञ।।
ऋषि एक एक चुन, बुलवा के हुआ यज्ञ। मंत्राहुति हुई पर, बिना देव रहा यज्ञ।।४६०।।

वशिष्ठ पुत्र न आए, न कोई देवता आया। वशिष्ठ पुत्रों का साथ, देवों ने निभाया।।
निमंत्रण विश्वामित्र का, सबने ठुकराया। विश्वामित्र के यज्ञ को, हँसी में उड़वाया।।४६१।।

विश्वामित्र अटल थे, हँसी की नहीं थी। महान् उनकी शक्ति, डटी बढ़ी चली थी।।
त्रिशंकु को ऊपर, उठाने लगी थी। सदेह स्वर्ग उनको, भिजाने लगी थी।।४६२।।

मगर एक चाण्डाल का, यूँ स्वर्ग आना। सर्वोच्च इन्द्र के आसन, का गर्व न माना।।
शुरु कर दिया, इन्द्र ने उनको गिराना। मगर न रुका, विश्वामित्र का उठाना।।४६३।।

विपरीत शक्तियों ने, स्थिति की विचित्र थी। लड़ी इन्द्र की नभ से, भू से विश्वामित्र की।।
अधर में लटका गयी, शक्तियां शत्रु मित्र की। हुए तिक्त त्रिशंकु, खिंच खिंच इच्छा रिक्त की।।४६४।।

हुए भूमि के न ही, आकाश मिला था। अधर में लटके, रहने का सिलसिला था।।
नया एक आधार, विश्वामित्र से मिला था। तारा मण्डल सप्तऋषि, तय्यार मिला था।।४६५।।

अति क्षीण हुई, विश्वामित्र की थी शक्ति। नवीन रचना करने में, चुक गयी थी शक्ति।।
लड़े क्रुद्ध थे शाप से, चुक गयी थी शक्ति। चले पशिचम पुष्कर, तीर्थ करने भक्ति।।४६६।।

भक्ति से प्रसन्न, ब्रह्मा क्षण भर को प्रकटे। विश्वामित्र को इच्छित, वो पद देने प्रकटे।।
राजर्षि से ब्रह्मर्षि हुए, कहने को प्रकटे। नवीन रचना भक्ति के, प्रसिद्ध सिद्ध तुम प्रकटे।।४६७।।

अभी भी परीक्षाएं, होंगी ब्रह्मर्षि की। क्रोध लोभ इच्छा, भरी बुद्धि थी ऋषि की।।
चुन कर भेजी अप्सरा, सेवा में ऋषि की। देवों ने परीक्षा, खुल कर ली ऋषि की।।४६८।।

आकंठ डूब रस ताल, में फंसे विश्वामित्र। मेनका के रूप दंश, से डँसे विश्वामित्र।।
दस वर्षों मधु-रात्रि, में विहँसे विश्वामित्र। मद मोह काम जाल, में फँसे विश्वामित्र।।४६९।।

रूप के ब्रह्मर्षि जी, शिकार होके रह गए। अप्सरा मेनका को, वे प्यार करते खो गए।।
होश आया जब तो, निर्विकार हो के रह गए। क्रोध मोह की भूलें, सुधारते ही रह गए।।४७०।।

भेजी रम्भा देवों ने, फिर अप्सरा एक बार। अटल था विश्वामित्र, का चंचल मन इस बार।।
दिया ब्रह्मर्षि पद, ब्रह्मा ने फिर एक बार। वशिष्ठ जी की मोहर, भी लगी पद पे इस बार।।४७१।।

विजयी ही रही थी, विश्वामित्र की दृष्टि। अपनी शक्ति से रच, ली यह सृष्टि।।
सशक्त दिव्य तेजोमय, हुई उनकी दृष्टि। सक्षम हुई राम अवतार, देखने में दृष्टि।।४७२।।

श्री राम अवतार

पहाड़ पर चढ़ा पाप, दुःखी हो गए देवता। जड़ें धर्म की काटता, दिखे जो भी दीखता।।
यज्ञ तप में विघ्न, डालता घूमता दिखता। राक्षस सा कहर, नर बरपाता झूमता।।४७३।।

वेद और पुराणों, को भूलने लगे लोग। पराए धन व स्त्रियों, को लूटने लगे लोग।।
दुःख दर्द में दूसरों, के झूमने लगे लोग। दोहन भूमि माँ, का करने लगे लोग।।४७४।।

ठगी सी धरा थी, डरे देवता थे। बड़े क्षीर सागर, पड़े दुःख सताते।।
डगमग डोलता, शेष नाग विष्णु पाते। मगर सस्मित बस, वही धीर धराते।।४७५।।

करबद्ध वसुन्धरा, खड़ी रो रही थी। बचा लें प्रभु, आपदा जो पड़ी थी।।
सत्य नीति या धर्म, की खोयी घड़ी थी। प्रभु आएं उठा लाएं, दण्ड की छड़ी भी।।४७६।।

लगी वसुन्धरा, निरीह गाय जैसी। खड़ी तीन पायों पे, लड़खड़ाये कैसी।।
प्रभु की प्रार्थना, रत थी निरूपाय जैसी। प्रभु जी स्वयं आ, बचा जाएं वैसी।।४७७।।

सूखी निर्जला भूमि, हुई निर्बला थी। तपी युग युगान्तर, यही क्रम चलाती।।
अश्रु रक्त बना, बह चला बिलबिलाती। युग सत्य का बीता, त्रेता क्रम चलाती।।४७८।।

बोले मुस्कुराते, श्री विष्णु धरा से। मैं जल्द आऊँगा, हो के नर सुन धरा हे।।
होंगे देवता, वानर वंशी धरा पे। दशरथ प्रीति डोर, खींचती मुझको धरा पे।।४७९।।

तभी कुलगुरु वशिष्ठ से, दशरथ थे बोले। काम इष्ट यज्ञ, पुत्र की प्राप्ति को होले।।
श्रेणी ऋषि वशिष्ठ, आहुति डालें। अग्नि देव से अन्न हविष्य, पुत्र हेतु पालें।।४८०।।

वशिष्ठ ने श्रृंगी ऋषि, बुलवा लिये थे। जो पुत्र प्राप्ति यज्ञ, करवाने के लिये थे।।
एक एक कर देवताओं, ने आ सत्कार लिये थे। अग्नि देव आए, हाथ में पायस लिये थे।।४८१।।

पायस अन्न हविष्य, एक विशिष्ट खीर था। पुत्र प्राप्ति हेतु, पुत्र बीज का क्षीर था।।
पीना दशरथ की, रानियों को यह खीर था। पीकर पुत्र प्राप्ति हित, रखना धीर था।।४८२।।

इसी क्रम में पुत्र रूप में, खीर यह फली थी। राम लखन भरत, शत्रुघ्न में ढ़ली थी।।
आनन्द की लहर एक, एक घर में चली थी। उमंग प्रीति भक्ति की, निर्विघ्न चली थी।।४८३।।

पवित्र चैत की नवमी, के दिन सूर्य निकला। शुक्ल पक्ष का मंगल, प्रभु का प्रिय दिन निकला।।
लिया राम ने जन्म, फिर हर दिन नए में बदला। मगन हुई कौशल्या, शान्ति छीन दिन निकला।।४८४।।

सुमित्रा को मिल गए, लखन शत्रुघ्न थे। उनके दिल के चैन, हेतु वह दो विघ्न थे।।
खुशियों को लगे पंख, यह दो निर्विध्न थे। सुमित्रा थी मस्त, पालने दो दो विघ्न थे।।४८५।।

कैकेयी को भरत जैसे, पुष्प पुत्र मिले थे। दशरथ जी के हृदय में, पुष्प पुष्प खिले थे।।
सूर्य कुल के सौभाग्य, पत्र पृष्ठ खुले थे। अयोध्या को वारिस, सुपुष्ट अब मिले थे।।४८६।।

सहस्त्र सूर्य पुंजों के, राम का उदय था। फैला नभ से अप्रतिम, प्रकाश सर्वोदय था।।
भरत सा प्रीति, वृष्टि धाम हृदय था। लक्ष्मण शत्रुघ्न से, विश्वस्त कर्मोदय था।।४८७।।

राम ने पुरी पे, उपकार कर दिया था। स्वयं प्राप्त नर में, अवतार कर लिया था।।
भक्ति और प्रेम से, संसार भर दिया था। जन्म ले के रघुकुल, उद्धार कर दिया था।।४८८।।

हृदय चन्द्रमा सा, हँसी थी किरण सी। प्रभु की कृपा, एक उज्ज्वल सा मन थी।।
निर्मल निर्विकार नित, निर्गुण निर्वहन सी। भक्ति प्रीति के, जड़ चेतन बदन सी।।४८९।।

कुलगुरु वशिष्ठ ने, किया नाम करण था। सुख भू हुए राम, आधार लक्ष्मण था।।
भर्त्ता थे भरत, जिनका काम ही पोषण था। शत्रुघ्न शत्रुहंता का, काम रक्षण था।।४९०।।

भूमि और गगन, वायु नीर भर रहे थे। अयोध्या पुरी को, भगवान तर रहे थे।।
दुश्मन सारे डर कर, अनुष्ठान कर रहे थे। चंदन के कलशों में, पकवान भर रहे थे।।४९१।।

शेष थे विशेष, विष्णु शय्या व छत्र थे। चरण कमलों पे राम के, लक्ष्मण जी छत्र थे।।
छाए थे आकाश भर में, पृथ्वी के छत्र से। भरत भर्त्ता खान पान, ध्यान ज्ञान के सत्र थे।।४९२।।

निडर वीर थे शत्रुघ्न, ध्वजा की देखभाल को। हर दिल की खिलती, कलियों की संभाल को।।
हर एक के मन की, झूमती रखने डाल को। राम रखने दुःख से, खाली सबके भाल को।।४९३।।

झूले पालनों में, पले गोदियों में। चारों गुदगुदाते माँओं को, चले अंचलों में।।
चंचलता भरती, निश्छलता नयनों में। छम छम पायलें, थीं बजतीं दिलों में।।४९४।।

कोने कोने में खिल खिल, डुक दिख फिरते। फिर हर कोने में राम, ही राम उभरते।।
माँओं को आँखों में, छुप छल धूल भरते। दिव्य रूप धर कर, हर दिशा उभरते।।४९५।।

दिखा एक कागा, उतरता जो छत पे। चले राम पीछे, डग मग डग मग करते।।
मुड़ मुड़ कौशल्या को, आती हुए तकते। फिर फिर कागा पकड़ूँ, हाथ आगे धरते।।४९६।।

नन्हें से राम हाथ, उठाते डोलते। लुको लुको कह कर, वे तुतलाते बोलते।।
घुटनों चलते राम, देख सब के मन डोलते। रुका कागा हाथ राम के, पड़े कपोल पे।।४९७।।

किया धन्य जीवन, कहे काग भुषण्डि। छुआ राम ने आज, हुई आग ठण्डी।।
फहराने लगा कां कां, कर राम की झण्डी। महल उतरे राम, हुईं आंखें ठंडी।।४९८।।

राम की थाप ने, था किया काम दिल में। हाथ की छाप से, नाम छपा उनका दिल में।।
कथाएं भी नाम संग, आईं राम की दिल में। सुन ले गरुड़ जब दिल चाहे, थीं दिल में।।४९९।।

भूत भूत कर डर से, छुपते माँ के अंक में। लिपटा लेती थी मां, राम को अपने अंक में।।
नहीं होते भूत वूत, समझाती कस के अंक में। मलाई दूध दें ताकत, समझाती थीं संग में।।५००।।

खुला राम का मुख तो, खिला न सकी माँ। दिखा मुख में ब्रह्माण्ड, डिगा न सकी आँख।।
मुख बंद करा के भी, डर डर रही काँप। अद्‌भुत पुत्र पाकर भी, दिल में रही झाँक।।५०१।।

कभी दाना भर खाना, भर पेट था राम को। कभी भर खाना, रखे भूखा राम को।।
दाना भर ही खा के, दौड़े सबके काम को। या फिर भर भर देता, भूखों के नाम वो।।५०२।।

नन्हा सा होकर भी, बड़ा दाता राम था। भूखा भिक्षुक रहकर, भी राजा ही राम था।।
भर भर देता मन, भोला बचपन राम का। किस पुण्य का फल दाता, धन देता राम का।।५०३।।

हारना नहीं भाता है, कभी बालक राम को। राग और दुलार में भी, भूलता नहीं काम को।।
महलों से बच छुपके, वन जाना राम को। चंदन हवा वृक्ष मृग वृन्द, भाता राम को।।५०४।।

माएं चख चख खाने, स्वर्ण थाल भरे लाएं। छुपे कहाँ, कोने कोने तकती जाएं।।
छुक छुक छलनी खेलते, भाई क्यों घर आएं। दौड़ते पकड़ते, माएं थकती जाएं।।५०५।।

आओ आओ कह के, गुहारती रह जातीं। खालो खालो कह के, पुकारती रह जातीं।।
तीनों माएं थक हार के, थाल धरती जातीं। चारों साथ आते, निहारती ही रह जातीं।।५०६।।

किस मुख से अलका, मूर्च्छा के राज़ खोले। कौशल्या सुमित्रा, कैकेयी की रहीं पोलें।।
चतुर्भुज विष्णु जी, मुस्काते दिखें भोले। चारों पुत्र एक में, छुपके ओझल होलें।।५०७।।

कौशल्या कैकेयी, समझ बूझ नहीं पातीं। सुमित्रा ही विष्णु का, रूप देखे जातीं।।
कमलाक्षी श्यामल मोही, छवि मुस्कुराती। शंख में शत्रुघ्न, शेष में लक्ष्मण देख पातीं।।५०८।।

दाएं हाथ में विष्णु के, जब जब चक्र घूमा। आँखों में सुमित्रा की, भरत मुस्का झूमा।।
मूर्च्छित थी सुमित्रा, मन ने भाग पग चूमा। बंद आँख सुमित्रा ने, दिव्य चरित्र चूमा।।५०९।।

विष्णु से अलग होते, चारों भाई देखतीं। मल मल कर आँखें, बौराई हुई सी देखतीं।।
चारों के जुड़ते ही, विष्णु की छवि देखतीं। कौशल्या कैकेयी नहीं, देख पाएं यह भी देखतीं।।५१०।।

शंख ध्वनि में सुनती, शत्रुघ्न की किलकारी। गदा की चमक में, दिख जाती चमत्कारी।।
चरण छूते वानर, की दिखती पूँछ भारी। सुमित्रा छवि देख धन्य, वारी बलिहारी।।५११।।

राम का बालरूप देख, बलि बलि जाए। राम का चाँद सा, मुख अलका को लुभाए।।
रोएं धोएं कभी, गोदी में चले आएं। रोम रोम में बसे राम, ब्रह्माण्ड को दिखाएं।।५१२।।

मोहते हैं रूप धर के, मायावी बाल धर। विद्यार्थ किशोर हुए, दशरथ के बाल नर।।
यज्ञोपवीत कर, चरणों पे भाल धर। शिक्षा का संकल्प, दृढ़ मन में संभाल कर।।५१३।।

चारों पहुँचे थे, शिक्षा हित गुरु आश्रम। कुल गुरु वशिष्ठ का, विद्यालय हुआ आश्रम।।
चारों राजकुमारों को, करना होगा श्रम। ज्ञानार्जन ज्योति से, दूर हों अंधकार भ्रम।।५१४।।

दैनिक क्रियाओं से, निपट लेते प्रातः ही। स्तुति प्रार्थना ध्यान, चारों कर साथ ही।।
मंत्र विद्या अभ्यास, के साथ होता पाठ भी। चूल्हा चौका, वन से ले आते काठ भी।।५१५।।

साधना करते बीतने, लगे उनके हर दिन। धनुष बाण गुरु जी, सिखाते नहीं मंत्र बिन।।
अर्जित करते विद्या, मेहनत करते दिन दिन। अभ्यास बीते, शस्त्र शास्त्रों में पल छिन।।५१६।।

प्रार्थनाओं सभाओं शास्त्रार्थों, से मान धर। युद्ध विधा कौशल, का अभ्यास ज्ञान कर।।
साधते धनुष बाण, खूँख्वारों की जान पर। सर्वगुण निपुण हो सके, चारों मान धर।।५१७।।

ज्ञान शील हुए, सब प्रकार से निपुण वे। वेदों पुराणों के, मनन श्रवण से।।
चले वापस करके, गुरु को नमन वे। गुरु जी से आज्ञा, ले छू के चरण वे।।५१८।।

कुल गुरु वशिष्ठ जी, से शिक्षित हुए थे। चारों भाई युद्ध में, प्रशिक्षित हुए थे।।
प्रजा की सुरक्षा, हित शिक्षित हुए थे। अद्‌भुत शौर्य पा, स्वयं रक्षित हुए थे।।५१९।।

दशरथ थे प्रसन्न, सारी माएं प्रसन्नचित्त। राम लखन भरत शत्रुघ्न, होंगे संग नित।।
स्वागत हुआ लौटे, होकर पूर्ण शिक्षित। अब न कहीं भेजे जायेंगे, था निश्चित।।५२०।।

पर एक दिन, चले आए विश्वामित्र। दशरथ महल में, आ बोले विश्वामित्र।।
करें रावण मारीच सुबाहु, तप दूषित। असुर यह मरें, तो हवन यज्ञ हों रक्षित।।५२१।।

सुपुत्र राम को अपने, कर दें मेरे संग में। रक्षक बन कर, चलते रहें मेरे संग में।।
राक्षसी खेल रोक के, भरे भंग रंग में। ऋषि मुनियों में शांति, भर दें हुड़दंग में।।५२२।।

बोले दशरथ अभी, तो राम जी हैं बालक। नहीं सक्षम सैनिक, और न सेना चालक।।
असुर होते विशालकाय, छली बली मारक। रौंद सकते आपके शाप, या मुझसे शासक।।५२३।।

महर्षि आप के श्राप में, अद्भुत बल है। या मुझ जैसे शासक में, युद्ध कौशल है।।
मार देंगे राक्षस, हम दोनों सबल हैं। छोड़िये राम को, बालक भर निर्बल है।।५२४।।

है असत्य कह रहे, आप यह बात दशरथ। रघुकुल रीति की, उलट दे रहे कुदरत।।
है आमरण अभय का, वचन राम में अनवरत। बोले विश्वामित्र, आप कहते विष को अमृत।।५२५।।

नहीं सुन हताश उठ, चले विश्वामित्र तो। कुलगुरु वशिष्ठ ने, समझाया दशरथ को।।
त्रिकाल दर्शी स्वयं, तप हैं ब्रह्मर्षि जो। स्वयं लेने राम को, पहुँचे प्रजा हित वो।।५२६।।

मोह भंग किया, वशिष्ठ ने जब दशरथ का। एक हुआ राम और, विश्वामित्र का पथ था।।
धनुष बाण संग आशीष, ऋषि हस्त वरद पा। राम लखन ऋषि चले वन, जो लक्ष्य था।।५२७।।

ब्रह्म के साथ चलते, तप और कर्म जब भी। बदल देते हैं वे, जग के मर्म पट ही।।
एकाग्र चेतना से, हुए कर्म जब भी। निरूपित हुए सर्व धर्म, जग में तब ही।। ५२८।।

पहले तीनों पहुँचे, ऐतिहासिक अंग देश में। काम देव ने जहां, व्याध के वेश में।।
शिव की समाधि, भंग कर आवेश मे। शिव जी को भर डाला, था क्रोधावेश में।।५२९।।

जब भी काम बाण से, तप को है मारता। तप दोबारा अवसर, न देना चाहता।।
क्रोध की अग्नि से, भस्म कर संहारता। नेत्र तीसरा खोल, शिव उसको उबारता।।५३०।।

काम बाण पर टूटी, तप की जो ज्वाला। काम देव के ऊपर, फूटी शिव की हाला।।
पीना पड़ गया, काम को शिव का प्याला। तप भंगी काम ने, निगला विष निवाला।।५३१।।

बोले विश्वामित्र, यह जगह है काम आश्रम। यहीं भस्म किया, शिव ने काम का श्रम।।
अनंग रूप बसाया, हर जीव में काम श्रम। देह भस्म कर शिव ने, सत्य नित किया श्रम।।५३२।।

कामाश्रम से निकल, तीनों चले सिद्धाश्रम। जहां तप कर जगन्नाथ ने, सिद्ध कर दिया श्रम॥
बोले विश्वामित्र बालकों, झुकें सर हर दम। नमन करो सिद्ध हों, जो करो जीवन में श्रम॥५३३॥

नमन किया राम, और लक्ष्मण ने वहां पर। परम गुरु शिव ने, बसाए मन जहां पर॥
श्रम तप सिद्धि की, प्रार्थना की जहां पर। तपस्या जगन्नाथ ने, सिद्ध की यहाँ पर॥५३४॥

काम के परिश्रम का, स्थान कामाश्रम। तप भंग करने से, हुआ छल का भरा श्रम॥
शिव के क्रोध ने भस्म, किया छल का यह श्रम। जगन्नाथ जी से, सिद्ध हुआ तप का श्रम॥५३५॥

देखा विश्वामित्र ने, त्रिकाल दर्शी होके। राम के रूप में, विष्णु कृपा बरसी आके॥
तप करेंगे सिद्ध, पृथ्वी वासी होके। राम जी परम गुरु, शिव साक्षी होके॥५३६॥

सत्य फिर स्थापित, करने को तप से। किया जगन्नाथ का, करेंगे राम अब से॥
नमन कर आज्ञा ली, राम जी ने शिव से। सत्यं शिवं सुन्दरं, सिद्ध करुँ तप से॥५३७॥

ताड़का वध

नदी पार अब पहुँचे, तीनों ताड़का जंगल। जहां रानी ताड़का, करती थी दंगल॥
वो हुँकारती घूमती, थर्राता था जंगल। जंगली जानवरों से, करती रहती दंगल॥५३८॥

गंगा सरयू संबल पर, पहाड़ी अंचल पर। परम ब्रह्म व्रत कर, पहुँचे वे जंगल पर॥
ताड़का वन की रानी, करती राज्य जंगल पर। खाती पीती डोलती, करती नष्ट जंगल भर॥५३९॥

पिता के तप से, जन्मी थी ताड़का। ब्रह्मा के वर से, घमण्डी थी ताड़का॥
सहस्त्र हाथियों के, बल की थी ताड़का। बली मगर अक्ल की, अंधी थी ताड़का॥५४०॥

सुन्द नाम के यक्ष की, स्त्री थी ताड़का। सुकेतु तपी की, पुत्री थी ताड़का॥
मारीच की मां थी, यह महाबली ताड़का। राक्षसी असुर, स्त्री थी ताड़का॥५४१॥

हरा भरा फल फूल, से रहता था भरपूर। वन ताड़का का जैसे, नाचता था मयूर॥
इन्द्र ने यहां, मारा था वृत्तासुर। जीव हत्याएं हुईं, चला श्राप का सुर॥५४२॥

इन्द्र ने स्नान करके, जल बरसाया। मैला बदन का, जल में घुल के आया।।
मैल ने मिट्टी को, उर्वरक बनाया। हरित उपजाऊ इस, वन को बनाया।।५४३।।

कृपा मिली धरती मां की, ताड़का वन को। नष्ट कर रही थी, खुद ताड़का वन को।।
खा खा उखाड़ फेंका, करती जन धन को। हावी कर रही थीं, वन में सूखे पन को।।५४४।।

सुन्द ने अति तंग, कर दिया अगस्त्य को। अगस्त्य ने दिया श्राप, तो हो गयी रुष्ट वो।।
लगी और भी तंग करने, ऋषि अगस्त्य को। अब के श्राप से, सुन्द तो मर गया नष्ट हो।।५४५।।

सुना के इस वन का, श्री राम को किस्सा। बोले विश्वामित्र, ताड़का हैं स्वयं हिंसा।।
धृष्ट भृष्ट राक्षसी, करेगी बस हिंसा। इसे मार के, खत्म करो सारा किस्सा।।५४६।।

चढ़ाए तुरन्त बाण, राम और लक्ष्मण ने। मारीच और ताड़का को, मारने को वन में।।
बवण्डर पत्थरों के, लगे छाने क्षण में। सहज ही ढ़हाए, जिन्हें राम लक्ष्मण ने।।५४७।।

सघन युद्ध किये, ताड़का और मारीच से। राम लक्ष्मण ने अपने, बाणों को खींच के।।
उखाड़े वृक्ष पर्वत, मारे बार-बार खींच के। मां पुत्र लड़े उनसे, आकाश सींच के।।५४८।।

मरा नहीं मारीच, श्री राम के बाण से। दूर जा समुद्र में, गिरा था वो प्राण ले।।
खुल के उड़ी, देह की चर्म बाण से। मन मारीच का, बिंधा न था बाण से।।५४९।।

छुआ राम का बाण, तो खाल निखरी। चमकीली सुन्दर हुई, रत्न जड़ी सुनहरी।।
लगा न जो बाण तो, रहा मन तो आसुरी। मारीच मन से राक्षस, रहा पर न बाहरी।।५५०।।

राम बाण ने मारी, ताड़का खिला वन। देवताओं के भी, हो गए प्रसन्न मन।।
राम का पराक्रम देख, विश्वामित्र प्रसन्न। आशीष दे चिपटा, लिये राम लखन।।५५१।।

ताड़का के मरने से, प्रसन्न चित्त हो कर। राम के सर पे, आशीष का हाथ धर कर।।
बोले विश्वामित्र अब से, और भी सीखकर। मारो मार के लौटा लो, अपने त्रेाण में शर।।५५२।।

देवताओं अधिकृत, सभी युद्ध विधाएं। विश्वामित्र से सीख लें, श्री राम भी पाएं।।
राम ने मंत्र पढ़ पढ़, देवता बुलाए। राम जी बुलाएं, फिर कोई क्यों न आए।।५५३।।

विधाएं विश्वामित्र से, जो राम ने ली थीं। राम ने लक्ष्मण को, भी वे सभी दी थीं।।
सिखा के पढ़ा के, परीक्षाएं ली थीं। प्राप्त पूर्ण सफलताएं, दोनों ने की थीं।।५५४।।

वामनावतार विष्णु : विराट त्रिविक्रम

सिद्धाश्रम में, ज्यों ही पांव पड़े थे। राम लक्ष्मण विश्वामित्र, झुक पड़े थे।।
यहां श्रीमन्नारायण ने, तप जड़े थे। विराट चरण बौने, वामन के पड़े थे।।५५५।।

असुर राज महाबली, का सत्र था वो। प्रह्लाद पुत्र विरोचन, का पुत्र था जो।।
राज्य फैलाने को, कुकर्म करता था वो। हिला स्वर्ग दिया, धावा देवेन्द्र पे था वो।।५५६।।

इस पर इन्द्र के मां बाप, आदिति कश्यप रोए। प्रार्थना कर विष्णु से, बोले कि वे आएं।।
इन्द्र के भाई बन के, वे स्वर्ग बचाएं। महाबली के राक्षसी, पंजों से छुड़ाएं।।५५७।।

विष्णु ने प्रार्थना का, बड़ा मान रखा। आदिति के पुत्र रूप, में पाँव रखा।।
नन्हा वामन होके, जब पाँव रखा। विराट चरणों के नीचे, हर दाँव रखा।।५५८।।

महाबली ने विजय, श्री यज्ञ किया था। बौना ब्राह्मण रूप, विष्णु ने लिया था।।
महाबली ने ब्राह्मणों, को दान दिया था। तीन पग भूमि दान, बौने को दिया था।।५५९।।

चेताया असुर, गुरु शुक्राचार्य ने। फँसे न महाबली, बौने के दान कार्य में।।
जीती है भूमि जो, उसने अपने शौर्य से। गँवा न दे मूर्खता, भरे ऐसे कार्य से।।५६०।।

दान माँग रहा, तीन ही पगों का जो। बौना ब्राह्मण नहीं, मायाधर है वो तो।।
इस मायावी का, अगला चरण क्या हो। फँसा ले न कहीं, स्वयं शेष धर है वो।।५६१।।

महाबली जो महा, भक्त था विष्णु का। बोला दर पे यदि, मेरे विष्णु आ।।
मांगेगे याची हों, प्रभु तो मैं दूँगा। सर झुका बोला, नापें खुद प्रभु आ।।५६२।।

भूमि नापने उठा, बौने का जो पग। वृहद त्रिविक्रम हो, लगा भरने वो डग।।
पृथ्वी सारी नापी, एक ही रखा जो पग। नापा पूरा नभ, दूसरा रखते ही पग।।५६३।।

तीसरे पग में आया, महाबली का सर। सारा ब्रह्माण्ड भरा, अपने उस भक्त के सर।।
श्री चरणों से मिला, भक्त को पूरा असर। यज्ञ का पूरा फल, गया भक्त ही के सर।।५६४।।

विष्णु से चिरंजीवी, हो गया महाबली। चरणाशीष ने, धन्य किया महाबली।।
कृतज्ञ यज्ञ फल, से हो गया महाबली। दर्शनाशीष ने, सफल किया महाबली।।५६५।।

भागीरथी आयी

कामाश्रम के आगे होगा सिद्धाश्रम। और भी आगे तक, चलेगा यह कार्यक्रम।।
विश्वामित्र के संग, राम लखन का श्रम। मानों संघर्ष करके, मारना असत्य भ्रम।।५६६।।

चले ब्रह्मर्षि जब, राम लक्ष्मण के संग। खग मृग भी चल पड़े, उन्हीं तीनों के संग।।
शोण नदी में हुए, स्नान ध्यान के संग। कथा श्रवण कथन, चले गुरु के संग।।५६७।।

गुरु बोले अयोध्या, के राजा सगर थे। दो पत्नियां थी उनकी, पुत्र न मगर थे।।
तप करने लगे जब, पुत्र हित सगर थे। केशिनी सुमति, पत्नियों संग सगर थे।।५६८।।

बोले भृगु मुनि, प्रसन्न उनके तप से। वर माँग लो पूरी, कर लो इच्छा मन से।।
केशिनी की मांग पे, वरा एक पुत्र से। सुमति को साठ हजार, पुत्र दिये तप से।।५६९।।

बोले एक पुत्र, चलाएगा वंश तुम्हारा। और साठ हजार होंगे, यशो बल सहारा।।
हुआ असमंजस नामक, केशिनी दुलारा। सुमति के पिण्ड में, भरा कर्म यश सारा।।५७०।।

इकलौता असमंजस, सनकी क्रूर बड़ा। पर पुत्र उसका अंशुमान, विवेकी शूर बड़ा।।
अश्वमेध यज्ञ का जब, सगर का दौर पड़ा। अश्व सुरक्षा भार, अंशुमान पे पड़ा।।५७१।।

अश्वमेध का अश्व, इन्द्र ने छुपा दिया। पाताल में कपिल, मुनि के पास बांध दिया।।
साठ हजार पुत्रों ने, भूमि खोद उठा लिया। मुनि को अपमानित, चोर चोर कह किया।।५७२।।

चोर चोर चिल्लाहट, का शोर यह सुनकर। कपिल मुनि समाधि से, उठे थे तन कर।।
क्रुद्ध हो के अपमान में, अप्रसन्न भुनकर। श्राप दे के भस्म किये, साठों सहस्त्र नर।।५७३।।

क्षण में जल मरे थे, पुत्र सगर के। कहां गुम हुये थे, चिंता में सगर थे।।
सब चाचाओं को, ढूँढने सगर ने। अंशुमान को ही भेजा, फिर से सफर में।।५७४।।

पाताल लोक में, अंशुमान नीचे उतरा। पर्वत राख का देखा, तो सर गया चकरा।।
मामा गरुड़ ने उठके, सर पे पंख धरा। बताया कपिल ने, हर चाचा भस्म करा।।५७५।।

मां सुमति का भाई हूँ, मैं गरुड़ यहाँ पर। बदलते राख में देखे, चाचा यहां पर।।
कपिल मुनि को, जिन्होंने चोर बताकर। भस्म शाप से ली, सजा थी यहां पर।।५७६।।

अंशुमान यदि तुम, कर सको तो कर दो। गंगा की धारा का, इधर मोड़ कर दो।।
कर्त्तव्य मामा का कहा, निभा अगर दो। चाचाओं को सद्गति, दिला के तर दो।।५७७।।

अश्व खोल अंशुमान, गंग धार को निकला। गरुड़ मामा का कहना, वो मान के निकला।।
सगर हुए प्रसन्न, अश्व हृष्ट पुष्ट जो मिला। पुत्र शोक भी मगर, जी जान को मिला।।५७८।।

स्वर्ग से गंगा लाना, चिन्ता सताई। विसर्जन को पुत्र भस्म, बहाने की छायी।।
आशंकित भ्रमित, शोकाकुल स्थिति पाई। चिंता युक्त ही, मरके सद्गति पायी।।५७९।।

अंशुमान ने किया, तीस हजार वर्ष राज्य। पुत्र दिलीप ने पहना, कई वर्षों तक ताज।।
दिलीप पुत्र भागीरथ ने, किया कई वर्षों राज्य। फिर पितरों के लिये, छोड़कर चले राज्य।।५८०।।

तपस्या कठिन कर, कर्त्तव्यों की सिद्धि की। 'भगीरथ प्रयत्न' को, सिद्धि पर्याय की कीर्त्ति दी।।
धरती मां को गंगा, ब्रह्मा ने ला के दी। वेग भार सँभालने की, रुद्र ने सहमति दी।।५८१।।

भगीरथ के तप से, प्रसन्न हो महादेव। खड़े रोके रहे, गंगा का अपार वेग।।
ब्रह्मा के आदेश से, स्वर्ग से ले के पूर्ण वेग। गंगा गिरी जटा में, रोके रहे महादेव।।५८२।।

बूँद बूँद महादेव ने, जटाओं से छोड़ा। सात भागों में, गंगा को थोड़ा थोड़ा।।
तीन भाग पूर्व छोड़े, तीन को पश्चिम मोड़ा। बची एक धारा को, दक्षिण में छोड़ा।।५८३।।

रथ में भगीरथ, आगे चलते जाते। उछलती गंगा, पीछे आयी लहराते।।
उमंग से जहनु ऋषि, की यज्ञाग्नि बुझाते। मस्ती गुम हुई, आचमन में समाते।।५८४।।

लुप्त हुई जो गंगा, घबराए भगीरथ। देवर्षियों के संग, किया मिल मनोरथ।।
करे माफ़ ऋषि जहनु, गंगा किसी सूरत। ऋषि ने कान से छोड़ी, दया की थे मूरत।।५८५।।

जहनु से जन्मी तो, गंगा हो गयी जान्हवी। पाताल में गिर गई, जहां न थी पृथ्वी।।
सगर पुत्रों की भस्म, ले के बही जान्हवी। सागर में गिर के, सागर हो गई जान्हवी।।५८६।।

राक्षस सुबाहु एवं मारीच

विश्वामित्र मौन व्रत, रखके यज्ञ करते। राम लक्ष्मण ही रक्षा, थे हरदम करते।।
आकाश से रक्त और, मांस उड़ते गिरते। मरीच सुबाहु राक्षस, घन गर्जन करते।।५८७।।

मानवास्त्र लक्ष्य किया, राम ने मारीच पर। सौ योजन दूर फेंका, उसको समुद्र पर।।
अग्नेयास्त्र ज्यों ही लगा, गया सुबाहु मर। विश्वामित्र का सिद्धाश्रम, जी उठा सांस भर।।५८८।।

बोले विश्वामित्र, मुक्ति मिल गयी राक्षसों से। शौर्य व पराक्रम, जीता रहा राक्षसों से।।
दशरथ के कार्य की पूर्त्ति, हो गयी बालकों से। मिथिला चलना है, तिथि मिली प्रयासों से।।५८९।।

मिथिला राजा जनक के, चलते हैं धाम में। धनुष रुद्र का देखेंगे, हम उनके धाम में।।
त्रिकाल दृष्टा ब्रह्मर्षि, बोले सिद्धधाम में। राम लक्ष्मण अब चल दो, उनके अनुष्ठान में।।५९०।।

सीता आयी

राजा जनक मिथिला के, पर्याय थे कर्म के। ज्ञाता वेदों के थे, और न्याय व धर्म के।।
जोती उन्होंने भूमि, कर आए नर्म वे। कन्या मिली भूमि से, ले आए सधर्म वे।।५९१।।

हृदय बनी यह पुत्री, राजा व रानी की। मिली उपहार में, उन्हें भूमि मां दानी थी।।
रूपश्री कान्ति में, कन्या स्वयं महारानी थी। साक्षात लक्ष्मी जिसकी, कोई न सानी थी।।५९२।।

दैवी शक्तियां अनुपम, दिखाती बढ़ रही थी। जनक सुता अलौकिक, प्रकृति से बढ़ रही थी।।
रुद्र धनुष उठाती, धरती बढ़ रही थी। लोगों को आश्चर्य में, डालती बढ़ रही थी।।५९३।।

नाम उसका सबने, ही सीता रखा था। उसने सारे राज्य को, भी जीता रखा था।।
जग भर को मृदु प्रेम, से मीता रखा था। घर भर दिया, कुछ न रीता रखा था।।५९४।।

मां बाप थे खुश, अद्‌भुत पुत्री में थे गुण। हाथ उसका देंगे, उसके लायक वर वे चुन।।
धनुष रुद्र का तोड़े, हो उसमें सारे गुण। स्वयंवर निमंत्रण हो, सुन डंके की धुन।।५९५।।

होने लगी तय्यारियां, सीता स्वयंवर की। मिथिला सजाई जाने, लगी स्वयं दुल्हन सी।।
हर शूर राजे आए, धुन सुन स्वयंवर की। सीता बौराई प्रभु, लाज रखना मेरे मन की।।५९६।।

भविष्य वक्ता शुक : सीता को विरह श्राप

ऋषि व्यास सुना रहे, हैं सीता का किस्सा। मिथिला की राजकुमारी, भूमिजा का किस्सा।।
राम के कथानक की, नायिका का किस्सा। राम के मोह में, मिले श्राप का किस्सा।।५९७।।

महल की खिड़की से, झाँक रही थी सीता। दो प्रेमी पक्षी, ताक रही थी सीता।।
कहते क्या एक दूसरे से, सोच रही थी सीता। उनके प्रेम की चिहुँक, भाँप रही थी सीता।।५९८।।

तभी आ गयी वहाँ, सीता की सखि थी। पक्षियों की चहक की, जो भाषा जानती थी।।
क्या कह रहे थे, वो समझ चुकी थी। बोली राम की चर्चा, करते यह जानकी जी।।५९९।।

क्या कह रहे, पूछने लगी थी जानकी। सखि बोली कह रहे, देख आए छवि राम की।।
मन में बस गयी ऐसी, बार बार ताकें झाँकी। कहाँ दूसरी होगी, छवि राम सी बाँकी।।६००।।

सौभाग्य से राम को, कह रहे देख के आए। स्मित सौम्य सुदर्शन, छवि भूलती न हाए।।
दिव्य राम महल भव्य, आंखे चुंधियाएं। धनुष और सिंहासन, डुला मन हैं झुलाएं।।६०१।।

मादा शुक है पूरी की, पूरी भविष्य वक्ता। कह रही है राम इस, जग के पार का लगता।।
उस सा समर्थ सुन्दर, कौन राजा अवध का। अनुपम उसके सिवा, सिया पति कौन लगता।।६०२।।

यह सुन सीता ने, बहेलिया एक बुलवाया। उससे मादा शुक को, ज़िन्दा पकड़वाया।।
पिंजड़े में बन्द कर, शयन में रखवाया। नर टाँ टाँ चीखा, पर कुछ न कर पाया।।६०३।।

हुई बन्दिनी पत्नी, नर आकुल देखे। टाँय टाँय चिल्लाए, छोड़ दो छोड़ दो चीखे।।
सीता हँस के ज्योतिषी, तोती खुश खुश देखे। राम की चर्चा वर्णन, सिवा कुछ न दीखे।।६०४।।

वश में कर ली तोती, भविष्य की है पोथी। इसे खुलवा सुख लूँगी, आंख बंद सोती।।
करूँगी दर्शन राम का, बुलवा के तोती। कुण्डली मेरी पढ़ देगी, भविष्य वक्ता तोती।।६०५।।

राम के बारे में, अनन्त सुन सकूँगी। बोली सीता सुन कर, दर्शन का सुख लूँगी।।
सुन राम का वर्णन, चित्रण मैं कर लूँगी। भविष्य अपना पढ़वा, जीवन का सुख लूँगी।।६०६।।

तोती थी बन्द नर को, बहेलिये ने मारा। छोड़ दो छोड़ दो, कहता मरा था बेचारा।।
दोनों तड़पे कलपे, चीखे बेसहारा। सखि ने खोला पिंजड़ा, दे दिया सहारा।।६०७।।

खुलते ही बाहर, खिड़की से उड़ी चिड़िया। बाण देख हवा में, दुःख सह बढ़ी चिड़िया।।
लगा सट नर को शर, सुन्न पड़ी चिड़िया। प्रेमी से लिपट के, गिर संग पड़ी चिड़िया।।६०८।।

विरह दुःख सीता, रुलाएगा तुझे भी। असंख्य आँसू पति राम, तड़पाएगा तुझे भी।।
यात्ना पीड़ा अकारण, सिया तूने हमें दी। शाप देते हैं विरह, सताएगा तुझे भी।।६०९।।

अंतिम सांस लेते, नर तोता बोला। छोड़ के जा रहा हूँ, माया देह का चोला।।
हमने जो विरह दुःख, तेरे कारण झेला। हे! माया सिया, राम छोड़ देगा अकेला।।६१०।।

दोनों फिर संग चीखे, हमें है सताया। खेल ही खेल में तूने, राम को ही सताया।।
विरह की अग्नि में, तूने हमें जलाया। तू भी यूँ जलेगी, यदि राम को ही पाया।।६११।।

तड़पते हुए गिरे, धरती पे वे पक्षी। धक से रह गयी, शाप सुन सीता की सखि।।
कैसे कह सकेगी, क्या बक गए थे पक्षी। उनकी यह तड़प देख, सिय भी थी दुःखी।।६१२।।

अनाप शनाप बक के, शाप क्रोध में दे गए। प्रेमी थे बिछड़ के, अति शोक में बह गए।।
लाभ क्या पछताने से, या सोंच क्या कह गए। अब जो हो देखेंगे, सोंच बोल चुप रह गए।।६१३।।

सोचा राम के मोह में, कुकर्म सिया से हो गया। प्रेमियों को बिछड़ा के, अधर्म सिया से हो गया।।
प्रेमियों ने फिर, से जब जन्म लिया। क्रौन्च पक्षियों का, जोड़ा बन के प्रेम किया।।६१४।।

नहीं छेड़ी सखि ने, कुकर्म शाप की बात। कल के दु:ख की न लाई, बात आज की रात।।
अभी की पुनर्जन्म की, बस सुख की ही बात। शोक विरह संताप की, कल पे छोड़ी बात।।६१५।।

प्रेम से घुल मिल के, चह चह कर रहे थे। क्रौन्च बन के तोते, तार पर रह रहे थे।।
वाल्मीकि ध्यानस्थ, उधर ही चल रहे थे। प्रेमियों के गीत, दिल में उतर रहे थे।।६१६।।

तभी कहीं से व्याध ने, सन् सन् तीर छोड़ा। एक क्रौन्च पक्षी को, नीचे गिरा के छोड़ा।।
मोम वाल्मीकि दिल, पिघला धुक धुक छोड़ा। सुखी दाम्पत्य फूँका, जलता भक भक छोड़ा।।६१७।।

द्रवित मन वाल्मीकि का, बह बह कर निकला। बहेलिये को शाप देता, महाकाव्य में बदला।।
महाकथा रामायण, भर भर बहता निकला। बुदबुदाहट शब्द बाहर, हो राम कथा निकला।।६१८।।

वाल्मीकि की मरा मरा मराम .... में राम कथा - रामायण जन्म

ऋषि वाल्मीकि थे, राह चलते डाकू। राहगीरों को रोक, के तानते थे चाकू।।
हथियाते सारा माल, डरा भगा के लूटू। मगर मन बदलते ही, हो गए थे साधु।।६१९।।

तप रत देह पर, रेंगती चढ़ी चींटियां। मिट्टी भूमि से, लिये चढ़ी चींटियां।।
वाल्मीकि जी का तप, तोड़ती रहीं चीटियां। हिला भी न सकी पर, थक के हारीं चीटियां।।६२०।।

चीटियों की बाम्बी, के ढेर के नीचे। समाधिस्थ वाल्मीकि, जड़ थे आंखे मीचे।।
तप करते मिट्टी के, पर्वत के नीचे। तेजस्वी हुए दब के, सासें खींचे।।६२१।।

डाकू से बने वे, महान् तपस्वी थे। कवि हुए रामकथा लिख, यशस्वी हुए वे।।
क्रौन्च के विरह की, धधकी आग ऐसी के। पत्थर दिल पिघला, बहा तेजस्वी हुए वे।।६२२।।

मरा मरा आह, शब्द मुख से निकले। सिया के विरह से, टप टप आँसू निकले।।
सिया के संगरक्षण, को तब वे निकले। वाल्मीकि जी आश्रम, सिया संग ले निकले।।६२३।।

सीता मां बनी तो, दिया पूर्ण संरक्षण। वाल्मीकि आश्रम में, दिया पूर्ण सुरक्षण।।
दो दो पुत्र जन्में, सिया के सुलक्षण। महर्षि ने दिया उन्हें, राम सा सुरक्षण।।६२४।।

कहते हैं झूले पे, सीता लव को छोड़ गयी। नहाने गई पुत्र, वाल्मीकि पे छोड़ गयी।।
पीछे से उठा लव, ऋषि मन झकझोड़ गयी। मंत्र फुँकवा ऋषि से, कुश को गढ़वा गयी।।६२५।।

लव कुश नाम प्यार से, दादा समान दे। विश्वास सुरक्षा, शिक्षा दीक्षा मान दे।।
सीता जी को पुत्री, के जैसा मान दे। वाल्मीकि जी लिखते, रहे वर्त्तमान थे।।६२६।।

लव कुश को ऐसी, शिक्षा दीक्षा दे दी। राज कुँवरों जैसी, अभ्यास परीक्षा दे दी।।
धनुष बाण घुड़सवारी, की शिक्षा दे दी। त्याग साधना मंत्रों, की दीक्षा दे दी।।६२७।।

जन्म से ही लव कुश, रहे साधु संत से। वन में खेलते खिलते, फूल थे बसन्त के।।
कण्ठस्थ करते चले, आदि से अंत वे। संस्कृत में वाल्मीकि, लिखते जो अनन्त थे।।६२८।।

वाल्मीकि राम कथा, 'रामायण' आयी। मीठे बोल गाते, थे लव कुश भाई।।
वन उपवन जल, पवन में समायी। संस्कृत में रामायण, कण तृण ने गाई।।६२९।।

अन्जाने में युद्ध, हुआ आमने सामने। लव कुश पुत्रों के, विरुद्ध किया राम ने।।
विशुद्ध हुआ माता, सीता आयी सामने। प्रेम भाव से अवरुद्ध, किया जो विधान ने।।६३०।।

राम का चक्रवर्त्ती, अश्वमेध अश्व पकड़ के। लव कुश योद्ध बने, खड़े थे अकड़ के।।
हनुमान जी को भी, बाँध लाए पकड़ के। भरत शत्रुघ्न लक्ष्मण, और राम से लड़के।।६३१।।

सीता की दृष्टि ने, हनुमन्त छुड़ाए। वाल्मीकि दृष्टि ने, अमृत जुड़ाए।।
शिव ने राम भाइयों, के प्राण छुड़ाए। संजीवनी लाने को, हनुमान उड़ाए।।६३२।।

राम को मूर्च्छित सेना, बल के रक्षण को। खड़े रखे शिव जी, कपि ने संरक्षण को।।
हनुमान गए उठाने, गिरि द्रोणांचल को। संजीवनी जड़ा फेंका, समुद्र अन्तर्तल जो।।६३३।।

वाल्मीकि के संग यज्ञ, में आए लव कुश। चक्रवर्ती राम के, यज्ञ सदस्य हुए खुश।।
गा के रामायण, दिल कर दिये सब खुश। यथा राम तथा पुत्र, सिद्ध हुए लव कुश।।६३४।।

शपथ वाल्मीकि ने, यज्ञाग्नि की ली थी। कहा था सीता जी, पावनाग्नि सी थीं।।
प्रजा उन्हें बुला ले, मान हानि की थी। प्रजा मानी नहीं, मानी सीता जी थीं।।६३५।।

ग्यारह हजार वर्ष, अकेले राज्य करके। राम परलोक लौटे, सुखी समाज करके॥
धरा फटी सीता, समाई भीतर उसके। धरा पुत्री भूमिजा, रही भू जाकर के॥६३६॥

सम्मान जहां समाज, न दे अगर तो। सिय मां सी सम्माननीय, जाए उधर क्यों॥
सम्मान न दे प्रजा, विलग राजा करे तो। सिंहासन पर रानी, की जाए नज़र क्यों॥६३७॥

हनुमान जी और तुलसी, रहे भूमि पर ही। जहां भूमिजा मां, समायीं उधर ही॥
किम्पुरुष वर्ष में, बसा उनका घर भी। आते जाते रखने, भू मां पे नज़र भी॥६३८॥

द्वितीय चरण-१

सीता स्वयंवर

कल्याणकारी पथ, विश्वामित्र सुझाते। राम लक्ष्मण कर्मरत, उसी पथ पे आते।।
मारते असुर, ऋषि मुनि मुक्त कराते। अवध से दूर मिथिला, पास वन से जाते।।६३९।।

तीनों चलते पहुँचे, जनक के महल में। स्वयंवर की धूम धाम, चहल पहल में।।
जनक और सदानन्द, आए उनसे मिलने। राम लक्ष्मण को, देख खुश थे दिल में।।६४०।।

मिथिला की राजगद्दी, पर थे जनक जी। मंत्री थे सदानन्द, सलाह कार प्रमुख भी।।
अवध राज कुमारों को, देखते जनक जी। विश्वामित्र जी लाये, थे सोच के खुश भी।।६४१।।

एक एक ने पूछा, इतने दिव्य और तेजमय। आयुध धारी और, विनम्र ऐसे पुष्पमय।।
कौन है सुन्दरतम, कहाँ के किशोर द्वय। ब्रह्मर्षि कहां के, सुपुष्ट ये दो स्वयं जय।।६४२।।

बोले विश्वामित्र दोनों, दशरथ के पुत्र हैं। यज्ञ रक्षा करने को, मांग लाया इन्हें मैं।।
कुल गुरु महर्षि, वशिष्ट शिष्य पुत्र है। कर्त्तव्यनिष्ठ दृढ़ प्रतिज्ञ, पाया इन्हें मैं।।६४३।।

असुर मार इन्होनें, निर्विघ्न कर दिये यज्ञ। मारने को राक्षस, सदा रहे ये उद्‌विग्न।।
योद्धाओं ने साधु हो, ऋषि सब किये कृतज्ञ। सुकोमल सुदर्शन पर, टिकने न दें कृतघ्न।।६४४।।

मौन वृत रख कर हम, तप करते रहते थे। ये राम लक्ष्मण ही, नित रक्षण करते थे।।
आकाश से रक्त मांस, जब उड़-उड़ गिरते थे। सुबाहु और मारीच, घन गर्जन करते थे।।६४५।।

करके मानवास्त्र लक्ष्य, इन्होनें मारीच पर। फेंका सौ योजन दूर, उसको समुद्र पर।।
आग्नेयास्त्र छोड़ा तो, गया सुबाहु मार। सिद्धाश्रम हमारा, जी उठा शुक्र कर।।६४६।।

बच्चों ने क्रूरता की, हर शक्ति हिला दी। विश्वामित्र जी बोले, हमें शुद्धि दिला दी।।
जंगलो को राक्षसों से, मुक्ति दिला दी। दोनों ने धर्म कर्म, की मूर्त्ति जिला दी।।६४७।।

आया हूँ लेकर, इनको इस अनुष्ठान में। मिथिला राजकुमारी के, स्वयंवर स्थान में।।
दे दूँगा इन्हें, रुद्र धनुष सम्मान में। यज्ञ मान दें, जीत के अवसर समान दें।।६४८।।

पूर्त्ति होते देखना, चाहूँगा कर्त्तव्य की। इन राजकुमारों के, आगे के गंतव्य की।।
सुन लें मेरी प्रार्थना, हे! जनक ये महत्व की। इन्हें भी मौका दें, सिद्धि को गंतव्य की।।६४९।।

बोले जनक जी, मेरी देवी है सुपुत्री। निस्संग पायी मैंने, वैदेही है पवित्री।।
आज्ञा देने को आए, स्वयं विश्वामित्र जी। सौभाग्य है कि लाए, यहां अवध पुत्र भी।।६५०।।

त्रिकाल दृष्ठा आप, स्वयं ही जिन्हें लाए। किसमें दम यहां जो, इनकी राह में आए।।
आप आज्ञा दे के, इन्हें स्वयं उठाएं। मेरी प्यारी पुत्री का, सौभाग्य बनाएं।।६५१।।

अब तक तो शिव धनुष, लगता रहा शत्रु सा। सभी प्रतियोगियों की, हरता रहा प्रभुता।।
दिग दिगन्त के राज वीर, खो चुके हैं पात्रता। मुहूर्त्त बीतता जाता, खा रहा है अस्मिता।।६५२।।

गुरु आज्ञा लेके, उठ पड़े थे राम चन्द्र। हज़ारों सूर्य पुंज चले, हुए सबके नयन बन्द।।
धनुष शिव का रथ पे, लाए सिपहसालार चन्द। बीच सभा में रखा, जुड़े सबके नयन वृन्द।।६५३।।

धनुष देखके मुस्कुरा, उठे थे श्री राम। प्रणाम कर स्वयं उठा, चले थे श्री राम।।
चढ़े वेदी पे शिव धनुष, ले के श्री राम। बीच वेदी के जा, खड़े हुए श्री राम।।६५४।।

सभा दृष्य ऐसा, देख के मनोहर। दिल से चाहने लगी, सिया का हो यही वर।।
स्तुति प्रार्थना प्रस्फुटित, हुई दिलों पर। देवी देवता आ बसे, सारे वहीं पर।।६५५।।

धनुष खड़ा कर रखा, सिरे पे कमल चरण। सिरा ऊपर खींचा, तड़-तड़ गूँजी तड़कन।।
चढ़ा दी प्रत्यंचा, टूटा गिर दन दन। खुशी से चीख पड़े, वहाँ बैठे दृष्टागण।।६५६।।

बरसीं खुशियां नभ से, जयजय उठे वन्दन। आशीष झड़ियां फूटीं, गाए शिव वंदन।।
प्रसन्न दुनियां ताके, अपलक रघुनन्दन। सुवीर वर मिला था, जीवन्त सुदर्शन।।६५७।।

अनन्त सूर्य पुंज था, श्री राम का लक्षित। शीष महल से होता, रहा परावर्त्तित।।
झाड़फनूस दिप दिप, देखें सब चमत्कृत। वधु चन्दा, बाराती चांदनी उद्धरित।।६५८।।

जनक जी बोले पुत्र, राम कल्याण हो। मेरी प्राण प्रिया, सीता के तुम प्राण हो।।
आगे बोले यह सत्य, अवध में संज्ञान हो। जाइये दूत वहां, निमंत्रण ससम्मान हो।।६५९।।

दौड़े दूत सारे सर पट, अश्वों पे चढ़ कर। निमंत्रण और संदेश, जनक जी का लेकर।।
ब्रह्मर्षि विश्वामित्र के, आदेश पे बढ़ कर। पुत्र विवाह का शुभ, संदेशा लेकर।।६६०।।

अति प्रिय शुभ समाचार, पा के दूत से। राजा दशरथ डोले, आनन्दाभिभूत से।।
चले मिथिला को वे, जन धन प्रभूत ले। वधु का वरण होने, अपने सपूत से।।६६१।।

पता था, महासौभाग्यवती होगी कन्या। गुणी धर्म कर्म, शीलवती होगी कन्या।।
पति छाया सी, पतिव्रती होगी कन्या। सूर्य परिक्रमा करती, धरा होगी कन्या।।६६२।।

विजयी सदा मेरा, श्रेष्ठ पुरुष राम है। अरुण सूर्य छवि का, मेरा सरस राम है।।
भोला बालक मेरा, रखे धनुष राम है। गुणों का केन्द्र मेरा, तीव्र आयुष राम है।।६६३।।

जनक ने सौंप दी सिया, राम वरण को। दूसरी पुत्री उर्मिला, लक्ष्मण वरण को।।
जनक के भाई, खुशध्वज की भी सुमन दो। मांडवी भरत को दी, श्रुत कीर्त्ति शत्रुघ्न को।।६६४।।

साक्षात परियों जैसी, चारों वधुएं आयीं। वर मालाएं लिये, सकुचायीं लजाईं।।
मन्द मन्द मुस्काने, थीं मुखड़ों पे छायीं। दिव्य और भव्य, जयमाला धूम छायी।।६६५।।

उपस्थित जो भी वहां, ये दृश्य देख रहा। अपलक एक टक, अद्‌भुत घटते देख रहा।।
सोचे हूँ भाग्यवान, जो अप्रतिम देख रहा। अलौकिक पाई आँखे, स्वयं दिव्य देख रहा।।६६६।।

चार चार विवाह हुए, आज एक ही वेदी से। कन्यादान और विदाई, भी हुई थीं तेजी से।।
लक्ष्मण उर्मिला से, राम बंधे जानकी से। शत्रुघ्न श्रुतकीर्त्ति से, और भरत मांडवी से।।६६७।।

बंधने लगीं बधाईयाँ, बजने लगीं शहनाईयाँ। अश्रु लड़ियां थामे, होने लगी विदाईयाँ।।
जनक के महल के, सारे लोग लुगाइयां। रो रो गले मिले, सिसकी थीं रुलाइयां।।६६८।।

होने लगा था, जनक महल सूना। धूम और धड़ाकों में, गया घुल मिल रोना।।
चहकती चिड़ियों का, छुट रहा कोना। अपनों व सखियों में, गुड़ियों का रोना।।६६९।।

जनक जी जाते हुए, देखते रहे दुनिया। मिली कि लुटी, नहीं समझ सके दुनियां।।
हृदय मानस पटल पर, रखते रहे दुनिया। पीछे आगे अपनी, पलटते रहे दुनिया।।६७०।।

चलाया जिस दिन, हल था जनक ने। पा ही लिया जीवन, हल था जनक ने।।
सुकन्या का भूमि से, फल पा जनक ने। माना जन्म अपना, सफल था जनक ने।।६७१।।

कन्या को सीता, का नाम दे दिया था। मिथिला के संग-संग, ही बढ़ने दिया था।।
सारा राज्य उपजाऊ, सीता ने किया था। धन वन मन, वर्षा कर भर दिया था।।६७२।।

जनक पुत्री सीता, बनी आंख की पुतली। शिव का धनुष जब, उठा के वो चली।।
आँखे आशचर्य से, फटके रह गयीं खुली। पहाड़ को उठा के, जब चल रही कली।।६७३।।

मन में सोचा सबने, अद्भुत है कन्या। वर भी चाहेगी, अद्भुत ही कन्या।।
उठाने को शिव धनुष, उद्यत है कन्या। वरेगी मेधा ही, जब विद्युत है कन्या।।६७४।।

जनक ने दसों दिशा, संदेशा भेजा। कुशल बलिष्ठ जो, राजा परीक्षा देगा।।
पुरानी अमानत, शिव धनुष आ तोड़ेगा। सलोनी पुत्री मेरी, सिया वो वर लेगा।।६७५।।

मुहूर्त्त स्वंयवर का, शुभ मंगल आया। हर वीर प्राक्रमी, नृप शूर आया।।
स्वागत व सत्कार भी, भरपूर पाया। स्वर्ण रत्न सिंहासनो पे, एक साथ नूर छाया।।६७६।।

भव्य थी महल की, सजावट अनूठी। गौरव गरिमा भी, सपनों सरीखी।।
शुरू हुई शंख ध्वनि से, प्रतियोगिता अनूठी। चली रस्म धनुष, तोड़ने की अनोखी।।६७७।।

बहुत बड़े मणि जडे, शिव धनुष को। खींच के रथ पे रख के, लाया गया खुश हो।।
एक एक कर आए, तोड़ने राजा उसको। असफल हिलाने में, चल दिये ना खुश हो।।६७८।।

पर्दे के पीछे से, तकती रही थी सीता। राम राम श्री राम ही, जपती रही थी सीता।।
बढ़ती भीड़ देखते, थकती रही थी सीता। धड़कन देखना चाहे, बस राम राम ही जीता।।६७९।।

कल फूल चुन रही थी, स्वर्ण हिरणों के बाग़ में। कहा था सखि ने, कि राम भी है बाग़ में।।
फूल वूल वो भूली, सामने राम थे बाग़ में। एक ही डाली थामे, सिया राम थे बाग़ में।।६८०।।

कमल नयनों से राम की, मांगा था जीवन। मधुर स्मित में राम की, दिखा बांका यौवन।।
धड़क के दिल ने सिया के, मांगा था जीवन। बोझिल पलकों ने गिर के, मांगा था दर्शन।।६८१।।

स्वर्णिम हिरन ने, छुआ था सिया को। उठाया था राम ने, दिखा था सिया को।।
कमल नयना देखें, मृग नयनी सिया को। मृग नयनी मृग संग, देखे पिया को।।६८२।।

बसी रहती स्वर्ण मृगों में, जान सीता की। कहां हिम्मत राम से, मांग लें जान सीता जी।।
राम के हाथों से, छूटे जान क्यों सीता की। मृग रूप में जान, राम के हाथ थी सीता की।।६८३।।

रोम रोम कह उठा, सिया राम को देख ले। शब्द शब्द गुम कहे, राम को देख ले।।
सोच सोच सिया पग, उठा राम को देख ले। भाव भावमय हो, सजा राम को देख लें।।६८४।।

नज़रें ढूंढती घूमी, वीर राम को हर कहीं। अथक फिरती थक गयी, महल भर में हर कहीं।।
धड़कन बंद हुईं आंखे, टिकीं राम पर ज्यों ही। सिया चाह हुई प्रार्थी, सिवा राम कोई नहीं।।६८५।।

हे! शिव शम्भू आप ही, आएं स्वयं भू। तोड़ने धनुष प्रकटें, स्वयं ही स्वयं भू।।
बँटाएं मेरे राम का, हाथ आप स्वयं भू। मेरे राम हित जय माला, लाएं साथ स्वयं भू।।६८६।।

धड़क के संग सीता की, चूड़ी थी खनकी। उठा शोर सिहर के, संग पायल भी छनकी।।
राम के अनुराग प्रीति, गीतों की धुन थी। तन मन डोला सिय की, छवि हुई नर्तन की।।६८७।।

छवि वर्णित हो कैसे, राम और लक्ष्मण की। बचपन ने दस्तक, यौवन की दी थी।।
राम ही थामेंगे, डोर सीता के मन की। उड़ती डूबती धड़कन, थी कंपित बदन की।।६८८।।

बार बार पर्दा सिया, से हिल हिल जाता था। निगाहें दौड़ती दिल भी, खिल खिल जाता था।।
तोड़ दें तोड़ दें, राम कह दिल हिल जाता था। जन्मों जुड़ा नाता, हिल मिल जाता था।।६८९।।

सामने सहसा देखा, घटा क्या वो सच था। आंखे मल रही सीता, सपना या सच था।।
राम से टूटता देखा, धनुष क्या वो सच था। धड़ धड़ हृदय भागा था, क्या यह सच था।।६९०।।

प्रत्यंचा चढ़ते ही, शिव धनुष टूटा था। मुस्कान से राम ने, सभा को लूटा था।।
प्राण राम के हुए, कोई शर न छूटा था। धनुष टुकड़े छितरे, नाता यह झूठा था।।६९१।।

सीता स्वयंवर में क्रोधी परशुराम तथा क्रोध हन्ता राम

सामने जो घटा था, वो देखा सभा ने। राम से दूर धनुष, छिटका देखा सभा ने।।
दिल थाम स्वप्न सच, होते देखा सभा ने। राम बाण निशाने पे, देखा सभा ने।।६९२।।

ठंढी शांत हवा तब, प्रचण्ड हो बढ़ी थी। कंपी थी धरा कड़की, बिजली चढ़ी थी।।
फरसा ताने क्रुद्ध मृत्यु, साक्षात् खड़ी थी। परशुराम की शक्ति, फुंफकारती चढ़ी थी।।६९३।।

धनुष शिव के टूटते ही, नेत्र धंसा कर। फरसे को कंधे पर, परशुराम फंसा कर।।
मूंज का जनेऊ, जटा जूट जूड़ा सर। प्रकटे लिये शर वो, राम थे गुस्सा धर।।६९४।।

सुपुष्ट कंधे परशु, विशाल छाती मूँज। मांसल बाहों में बाण, बिना बारात की गूँज।।
वल्कल कपड़े पहने, देह भर भभूत का धूम्र। मुद्रा शोले सांप बन, सभा को गए सूंघ।।६९५।।

वीर रौद रस था, भक्ति रूप धर आया। परशुराम की आज हुई, भंयकर थी माया।।
उपस्थित राजाओं पर, छायी डर की छाया। स्तब्ध मौन अचम्भित, स्तुत सर घुमाया।।६९६।।

हितकारी परशुराम थे, क्रोधी दिखे पर। भयाक्रान्त त्राहि, मचाते आए इधर।।
नमन को झुके थे, सभा और जनक के सर। बुला के सीता को, मिलवाया वो थे जिधर।।६९७।।

प्रणाम करो पुत्री, एक यह भी राम है। फरसा धारी होने से, परशुराम नाम है।।
वध के बदले वध, इनका फरमान है। फरसा है पहचान-चिन्ह, पुत्री यह भी राम है।।६९८।।

जमदग्नि के पुत्र हैं, परशु धारी राम यह। राम के समान है, पिता प्रेमी राम यह।।
पिता हन्ता क्षत्रियों से, रुष्ट क्रोधी राम यह। करते एक दोषी से, कुल कत्ले आम यह।।६९९।।

माता रेणुका थी, इन शिव प्रेमी राम की। पिता की हर आज्ञा, सर आंख थी परशुराम की।।
आज्ञा मान पिता की, गर्दन काटी माँ की। वर ले जोड़ भी डाली, आज्ञा ली काम की।।७००।।

चारों भाई बोले थे, हम नहीं माँ मारेंगे। पिता आपका क्रोध दण्ड, हम सर पर लेगें।।
दण्ड रूप पत्थर बन, हो मूर्त्ति जान देंगे। मातृ हत्या दोष, न कुकर्म सर हम लेगें।।७०१।।

अपराध माता का था, कि रति करते देखा। राजा को स्त्री संग, जल में खेलते देखा।।
जल गगरी भरते, माँ खड़ी तकते देखा। पिता को अपराध, न माफ़ करते देखा।।७०२।।

पुत्रों को दी आज्ञा, कि काट डालें गर्दन। नहीं नहीं की रट से, की भाईयों ने गर्जन।।
पाषाण बाप की पर थी, बन्द दिल की धड़कन। पांचवे पुत्र परशुराम ने, दे दिया समर्थन।।७०३।।

फरसे से माँ को काट, किया खुश पिता को। दो वर ले उन्हीं से, हर लिया फिर उनको।।
एक से जिलाए भाई, दूसरे से माता को। आज्ञा मान के खुश कर, जीवित किया फिर उनको।।७०४।।

पाँच को जीवित करके, बन गए परमेश्वर। छठे अवतार विष्णु के, हो गए यह ईश्वर।।
भृगुवंशी ब्राह्मण, प्रसिद्ध क्रोधी ईश्वर। हैं शिव के परम भक्त, फरसा धर परमेश्वर।।७०५।।

शिव धनुष के बिखरे, पड़े टुकड़े देख कर। परशुराम भरे दुःख से, क्रुद्ध भड़के देख कर।।
जनक से पूछा कौन, गया तोड़ के फेंक कर। दिखा दें बताएं नाम, गया कौन उन्हे सेंक कर।।७०६।।

होगा मूर्ख जनक, यदि छुपाया नाम तूने। समझ लेना राज्य, का उल्टाया धाम तूने।।
क्षत्रियों से धनुष तोड़, कराया काम तूने। समझ ले स्वयं, कुल कराया साफ तूने।।७०७।।

लगे कांपने थर-थर, जनक हाथ जोड़ कर। प्रभु यह करेगा, कोई आपका नौकर।।
दिल मालिक का तोड़, रखता कौन नौकर। परशुराम बोले है, तोड़ फोड़ शत्रु जौहर।।७०८।।

स्वयं नाम दोषी, बता दे आ मुझको। हुआ उससे अपराध, जता दे आ मुझको।।
फरसे से मेरे, बचा ले आके सबको। क्षत्रिय राजे फिर, लगें शत्रु मुझको।।७०९।।

सुन बातें उनकी, लक्ष्मण थे मुस्काए। परशुराम की हंसी, सोंचा आ उड़ाएं।।
बोले बचपन से, तोड़ फोड़ हम करते आए। टूटे खिलौने, खेल खाल छोड़ते आए।।७१०।।

तब तो कभी आप, नहीं यूँ गुस्साए। गोसाईं आज इतना आप, क्रोध क्यों जताएं।।
हुआ क्या नया हैं, आप क्यों भन्नाए। टूटे धनुष पे, आज लाड़ क्यों लुटाएं।।७११।।

छूते ही फुट टूटा, पुरातन हुआ था। किसी का भी दोष, तोड़ने में न हुआ था।।
टूटा तो टूटा, खिलौना हुआ था। इस क्रोध से हासिल, आपको क्या हुआ था।।७१२।।

मेरे बारे में लक्ष्मण, तू कुछ न जाने। तुझ जैसे मूर्ख को, कोई योद्धा न माने।।
जगत मेरे क्रोध को, आदिकाल से जाने। क्षत्रिय दिल से मुझको, शत्रु अपना माने।।७१३।।

सहस्त्र बाहु की सब, भुजाएं काट फेंकी। रक्त से दसों दिशाएं, लाल कर के फेंकी।।
युवराज मौत मँडराती है, देख जो न देखी। फरसे से सत्यानाश की, न कर अनदेखी।।७१४।।

मृदु झंकृत मुस्कान, से बोले थे लक्ष्मण। कुल्हाड़ी को फरसा, फरसा कहते श्रीमन।।
परशुराम मचाते, हैं फरसे पे क्यों रण। फूँक की हवा का, अंधड़ करते वर्णन।।७१५।।

क्यों कर लिये फिरते, अस्त्र शस्त्र हैं आप। शब्दों से संहार रत, जब रहते हैं आप।।
क्षमा के महापात्र, भृगुवंशी हैं आप। हम क्षत्रिय ब्राह्मण, संहार कहते हैं पाप।।७१६।।

सब क्षत्रिय फरसा, देखते ही डर जाते। तभी आपके आगे, हैं सर झुका देते।।
समक्ष आपके अपराधी, हो कर आते। फरसा आप का फिर से, दुश्मन कर जाते।।७१७।।

विश्वकर्मा जी थे, महानतम अभियन्ता। शहर और शस्त्र बनाने की, थी उनमें क्षमता।।
उनके हाथों से जो भी, जब भी कुछ बनता। अद्भुत सुन्दर होता, सुखद तारक बनता।।७१८।।

शिव से युद्ध करने को, उद्यत था जो त्रिपुरा। महासुर वो महादेव, के मारे भी न मरा।।
बनाया विश्वकर्मा ने, धनुष तब वो खरा। शिव को दिया सौंप, मारक कर शर भरा।।७१९।।

बने विश्वकर्मा के, धनुष से था मारा। बोले परशुराम मारक, शर धर के मारा।।
इस बार त्रिपुरा को, शिव ने खुल के मारा। हो गए त्रिपुरारि, त्रिपुरासुर संहारा।।७२०।।

धनुष बाण में भी, शिव शक्ति अति भारी। बोले परशु धनुष थी, मेरी जिम्मेदारी।।
मुझे सौंपी शिव ने, जिम्मेदारी भारी। मेरे तप से मुझ पे, प्रसन्न थे त्रिपुरारि।।७२१।।

शिव का यह धनुष, मैंने जनक को दिया था। जनक ने इसे रख, मुझे निशिचिंत किया था।।
अमानत तुड़वा कर, वृत भंग किया था। अप्रसन्न शिव को, मुझे भी क्रुद्ध किया था।।७२२।।

अपने मुँह मियां मिट्ठू, क्यों बनते हैं आप। गालियाँ लादे पिट्ठू भर, लगते हैं आप।।
क्रोध कर सवार टट्टू, क्यों बनते हैं आप। क्षत्रियों सर नाचते लट्टू भर, लगते हैं आप।।७२३।।

संभाल बोले परशुराम जी, अपना परशु। बहुत बोल रहा गुरु जी, संभालें यह शिशु।।
बोले विश्वामित्र जी, छोड़ों यदि है शिशु। शिष्य थे आज्ञा मान, नीचे रखा परशु।।७२४।।

लक्ष्मण बोले अच्छे, कर्म हो गए आपसे। गुरु आज्ञा के, मान धर हो गए आज से।।
गुरु जी के ऋण से, उऋण हो लिये आज से। मुझे उपकृत कर, जान बचा गए आज से।।७२५।।

श्रीमन उऋण हो गए, पिता के भी ऋण से। क्षत्रिय खूब संहारे, सहस्त्रों ही मन से।।
लाखों प्राण ले गए, अलग कर के तन से। स्वयं दोष उभारे, सहस्त्रों जतन से।।७२६।।

फरसा हैं दिखाते क्यों, भृगुश्रेष्ठ मुझको। प्यास खून की फिर, सताई क्या फरसे को।।
पड़े जंग खाते, आपके भूखे काष्ठ को। स्वादिष्ट रक्त ललचाता, क्षत्रियों का क्या इसको।।७२७।।

भौहें तन गई क्रुद्ध, फिर भभके परशुराम। आग भड़की देख, पास आ बोले श्री राम।।
इशारे से चुप लक्ष्मण, करके लिया काम। बोले दें सजा, आपका अपराधी मैं राम।।७२८।।

आमने सामने दोनों ही, राम आ खड़े थे। मृदु स्मित राम पर, क्रुद्ध परशुराम चढ़े थे।।
दोनों भक्त शिव के, शिव काम को जुड़े थे। सुत दशरथ के व, जमदग्नि के भिड़े थे।।७२९।।

परशुराम थे क्रोधी, भभकती ज्वाला से। श्री राम थे मृदु मधु शीत, जल शाला से।।
क्रोधाग्नि बुझाते, स्वयं आए पाला से। लक्ष्मण थे आहुति भर, मानों घृत प्याला से।।७३०।।

श्रीराम कहें श्रीमन, दण्ड मुझे दे डालें। लक्ष्मण है बच्चा, कृपया बख्श डालें।।
लगता है ऐसा, परशुराम इस पर बोले। छोटा भाई तेरा राम, उगलता है शोले।।७३१।।

प्रशंसाओं के मुँह पे, मार मार के छींटे। मेरा क्रोध काट राम, लूटे यश फल मीठे।।
छोटे भाई की ओर से, मेरा ध्यान बाँटे। स्वयं अड़ हमारे, बीच की खाई पाटे।।७३२।।

ब्राह्मण कहके, राम जिसकी टाँगें खींचे। उसके परशु ने, असंख्य रक्त से सींचे।।
युद्ध यज्ञ से स्वाहा, किये राजे पीसे। झोंके रण अग्नि में, कातिल जगदग्नि के।।७३३।।

ऋषि मुनि, नाम से सम्बोधित करके। कटाक्ष कर हँसे राम, मुझे नीचा करके।।
गर्वित शिव धनुष, तोड़ने का काण्ड करके। खड़े हो तने राम, महाराजा हो कर के।।७३४।।

शिव धनुष तोड़, घमण्ड सर से बोले। पिता का खूनी कुल, फिर से विष घोले।।
अहं क्षत्रिय युवा का, भाई सा ही बोले। चढ़ा डोर! सुनते ही, धनुष राम का होले।।७३५।।

विश्वकर्मा निर्मित, त्रिपुरारि के धनुष को। तोड़ के दिखा दी राम, शक्ति जनक को।।
ये दूसरा करो लक्षित, परिचय दो मुझको। प्रत्यंचा चढ़ा के, करो साबित खुद को।।७३६।।

दशरथ बोले परशुराम जी, राम तो है बालक। क्षमा! हे! विश्वकर्मा के, शिव धनुर्पालक।।
राम के विवाह यज्ञ में, हे! तप के साधक। आहूत न हो वर, कहीं बन संहारक।।७३७।।

क्रोध शांत करके, तजा था भूमण्डल। देवेन्द्र से कहकर गए, थे आप मन्दरांचल।।
फरसा रख के आपने, उठाया कमण्डल। तप कर बने आप थे, शीतल गंगा जल।।७३८।।

श्रीमन् क्यों फिर से, उबाल आज आया। पुराने धनुष पे, बबाल आज मचाया।।
राम ने स्वयंवर ही, हर हाल निभाया। सभा को प्रतियोगिता जीत, निहाल कराया।।७३९।।

शिव धनुष तोड़ के, बना राम अपराधी। शान्ति जला कर, क्रोधाग्नि चढ़ा दी।।
दूसरे धनुष की यदि, प्रत्यंचा चढ़ा दी। असली राम पहचान की, परीक्षा करा दी।।७४०।।

बढ़ाया परशुराम ने, यह कह धनुष बाण। बढ़ा ज्यों ही खिंचा, राम के हाथ था बाण।।
सभी हुए भयभीत, कैसे होगा परित्राण। बालक राम तो सबका, ही प्यारा हुआ प्राण।।७४१।।

धनुष राम के हाथ आ, सहज स्वयं ही मुड़ गया। चढ़ा डोरी राम ने, शर क्रोध गर्व पर लक्ष्य किया।।
तप बल परशुराम का, महेन्द्र पर्वत कर दिया। क्रोध गर्व संहार, परशुराम को राम कर दिया।।७४२।।

सभा में सबके हाथ, फिर जुड़ गए स्वयं ही। परशुराम के दृष्टिपात, के बदले ढंग ही।।
मरे क्रोध अहंकार, मद मोह और भ्रम भी। संहारे राम ने, धनुष शर के दम ही।।७४३।।

स्तुति निकली सभा संग, परशुराम के मुख से। भूले थे परशुराम, कि दुख से या सुख से।।
विनय शील कृपा उमंग, रच बस गयी सुख से। सेवक हुए परशुराम, मृदु स्मित मुख से।।७४४।।

बोले विष्णु हैं राम, पहचाना मूर्ख परशुराम। फरसा करके नाकाम, किया मुझे तपी राम।।
लक्ष्मी हैं सीता नाम, बने आप सिया वर राम। अवध मिथिला सरे आम, दिव्य देखें धूम धाम।।७४५।।

लगा एक मुख जो, मिला वो तो कम था। कैसे कर सकेगा, ईश्वर की प्रशंसा।।
शिव मन के सागर का, बाल राम ही हंस था। फरसा धरने वाला, परशु ही नृशंस था।।७४६।।

रामबाण चला तो, बस चल के रहेगा। लक्ष्य चीन्ह भेदगा, भेद घर लौटेगा।।
चला बाण चीन्ह, क्रोध गर्व को धरेगा। तप बल पर्वत जाके, राम राम करेगा।।७४७।।

दोनों रामों की, शक्तियों का प्रदर्शन। देव गंधर्व यक्ष, आके देखें प्रसन्न मन।।
मिटा क्रोध गर्व, छूते ही राम चरण। तपी परशुराम करने, चले रात्रि भ्रमण।।७४८।।

नभ से देवता पुष्प, हर्षित बरसाते। विष्णु राम थे, सब जान गए बताते।।
शिव पार्वती प्रसन्न, मन हर्ष जताते। लक्ष्मी थी सिया, सब मान गए बताते।।७४९।।

जय बोलो जय राम की, हर सोच विवेकी। जय बोलो जय राम के, मृदु बोल त्रिलोकी।।
जय श्री राम वीर, गर्व क्रोध शर वधों की। जय राम अनन्त, जय राम आनन्द विधु की।।७५०।।

मंगल विवाह

सिया राम की हुई, सागर की नदिया सी। धर्मी की ऐश्वर्या, निष्पाप की खुशियां सी।।
जनक पत्रिका सुन, खुश तीनों रानियां थीं। विश्वामित्र कृपा से, बारात अवधिया थी।।७५१।।

मंगल गीत गाती, चली सुन्दरियां हँस। अवधी बाराती, चढ़े इन्दरिया अश्व।।
काँवर गजों पे, ज़ेवर चुन्दरियां सज्ज। रथों चले राजे, प्रजा अटरिया छत।।७५२।।

शोभा शुभ शकुन, कल्याण संग चले। सुख और आनन्द, रोमांच संग चले।।
मंगल गीत, बाजों मृदंग संग चले। नृत्य पावन छम छम, घुँघरूओं संग चले।।७५३।।

मेंहंदी की रस्म में, रचना को मिले पंख आज। साज़ और श्रृंगार ने, बिखेरे इन्द्रधनुष आज।।
मेंहदी महावर, सजने लगे पैर हाथ। चूड़ियाँ और झाँझर, चढ़ने लगीं पैर हाथ।।७५४।।

लहराती नदियां, समुद्र की चली होने। चलीं लक्ष्मी जी, विष्णु जी की होने।।
थाह सुख हर्ष की, समुद्र तल से लेने। वशिष्ठ विश्वामित्र दशरथ, मन लगे डुबोने।।७५५।।

प्रसन्नता शिव पन्द्रह, आँखों से देखें। स्वामिकार्त्तिक बारहों, से दिव्य घटते देखें।।
जगमग ब्रह्मा आठों, आँखें फाड़े देखें। हज़ार आँखों से इन्द्र, ईर्ष्या झेलते देखें।।७५६।।

सीता की माता, सुनयना चलती गाएं। संग आती, देवांगनाएं स्वर मिलाएं।।
शची, सरस्वती, पार्वती जैसी माएं। झनक झनक मृदु, शब्द स्वर बरसाएं।।७५७।।

देवता महकते, पुष्प इत्र छिड़कते। शान्ति मंत्रों का, पाठ करते चलते।।
सस्मित दूल्हे राम, बीच बग्घी प्रकटे। मन्द मन्द मुस्काते, बारात तकते चलते।।७५८।।

सुदर्शन दिव्य दुल्हा, अलौकिक बाराती। दुल्हन सीता के द्वार, हल चल मचा दी।।
अगवानी द्वार चार, हुई दुल्हे की आरती। मिथिला ने यहीं, दिल दृष्टि टिका दी।।७५९।।

जनक ने बारतियों को, आसन दिलवाए। दशरथ विश्वामित्र, वाम देव पुजवाए।।
शिव ब्रह्मा दिक्पाल, के स्वागत कराए। चरण पड़ के जिनसे, राम आशीष पाएं।।७६०।।

श्यामा सुन्दरी सीता, सखियों संग प्रकटीं। नज़रें पूर्ण राम काम, की उन्हीं पे अटकीं।।
झड़ियां आशीषों, शुभ मंत्रों की बरसीं। कुलगुरु कुलाचारों, पिता भाई की बरसीं।।७६१।।

मन बुद्धि वाणी, से भी परे है जो। तुलसी अलका किस, जतन ला सकें वो।।
सिया राम गहन प्रेम, छुप के रहे जो। आनन्द सुख हर ओर, मण्डप भर रहे वो।।७६२।।

जनक सुनयना, दे आहुति अग्नि में। जपें वामन वेषी वेद, विवाह मंत्र ध्वनि में।।
बंधे हाथ वर कन्या, घी डाले अग्नि में। कुल गुरु करें घोषित, विवाह शंख ध्वनि में।।७६३।।

हिमवान ने पार्वती, सागर ने लक्ष्मी। जनक ने कन्या, दान की सीता जी।।
जनक थे विदेह, विनत राम से भी। जुड़ी गांठ विधि वत, भांवरे अभी होंगी।।७६४।।

सिया जुड़ती राम से, एक एक भांवर पे। छाया छोड़ती काम कर, रति हर खम्भे पे।।
सात फेरे पड़ते, सौभाग्य जुड़े जोड़ी पे। सिया मांग पूरी भरे, राम चन्द्र मुद्रिका से।।७६५।।

विवाह राम का सम्पन्न, वशिष्ठ बोल उठे थे। लक्ष्मण के विवाह हेतु, वेदी में जुटे थे।।
सीता की बहन, उर्मिला आएं रुके थे। जुड़े भाग्य दोनों के, पर लोग न उठे थे।।७६६।।

जनक के भाई खुशध्वज, की दो पुत्रियां आयी। माण्डवी, श्रुतकीर्त्ति नाम की बुलाई।।
सद्‌गुणी श्रुतकीर्त्ति, शत्रुघ्न से मिलवायी। भरत संग माण्डवी, की हुई वहीं सगाई।।७६७।।

चारों वर वधुएं, मन मन मुस्काते। बंधन में बंधकर, आपस में शर्माते।।
चार अवस्थाएं, हृदय जीव सजाते। चारो यह वधुएं, स्वामी उनके पाते।।७६८।।

जागी सोयी स्वप्न, और परम गति पाते। चारों वर वधुएं, चार अवस्थाओं सी लाते।।
विश्व तैजस प्राज्ञ ब्रह्म, चारों वर आते। देह की आत्मा जैसे, चारों भाई भाते।।७६९।।

यज्ञ श्रद्धा योग ज्ञान, कर्मों के चारों फल। दशरथ पास आए, अर्थ धर्म काम मोक्ष चल।।
बारह वर्षों के, सत्कर्मो का प्रति फल। अकाल में आहूत किये, जनक को अन्न धन जल।।७७०।।

उपकृत थे जनक, हुए उऋण दे कन्या धन। कन्याओं नें जन्म ले, संहारे थे अकाल दन।।
हाथी घोड़े रथ, गउएं दास दे धन। प्रेम भाव खुशी बांधें, दो राजा साधु मन।।७७१।।

जनवासे चारों वधुएं, लिये चलीं सखियां। चित्त चोरी हुए, बलैयां लेती रनियां।।
खिलवाने कंगना, परात लिये लुगाइयां। अंगूठी उछाल उछाल, खिलवातीं कंगना।।७७२।।

वधुओं ने पैर मार, गिराए अन्न गागर। वर वधु आए अन्दर, माएं करें न्यौछावर।।
आलता पांव चिन्ह, छोड़ती वधुओं ने आकर। कुल देव सजाए, धूप दीप जलाकर।।७७३।।

छन्द गाके वरों ने, हर छन्द पाए उपहार। खुशियां झूम छायी, हंस हंस मने त्योहार।।
हुई कुल देवता पर, भारी प्रेम बौछार। जोड़ियां करे पूजा, थाप हल्दी हाथ मार।।७७४।।

रस्म बहू भात की, स्वादिष्ट पके भोजन। नाना प्रकार के, छहों रसों के व्यंजन ।।
बहुओं ने लगा हाथ, पाए आशीष कर्धन। मायके से विदाई के, हल्के हुए भारी मन।।७७५।।

तारों की छय्यां, हुई थी विदाइयां। रुदन आकुल मन, लायी थीं विदाईयां।।
शोक भ्रम अंधेरों, की हुई छटाइयां। ससुराल घर आंगन, खिली धूप कुल्हाड़ियाँ।।७७६।।

माताओं की सीख थी, पति प्यारी होना। आज्ञा पालन करके, सुहाग सुख समोना।।
ससुर कुल गुरु, सास की सेवी होना। मधुर वाणी स्नेह से, आशीष मेवे लेना।।७७७।।

भावना प्रिय है, राम सुजान शिरोमणि। भक्त गुण लेते, दया धाम वे धनी।।
सुनयना मां की, सिया प्राण प्रिय मणि। करें राम को अर्पित, गुण धनी हीरा कनि।।७७८।।

जनक ने हृदय लगा, डोलियों में बिठाया। मोह पिता का जागा, वैराग्य ढ़हाया।।
फिर फिर संभाला, रो रो गिरे उठाया। व्याकुल पछाड़ा, पितृत्व ने हराया।।७७९।।

अयोध्या आयी बारात, धूम धाम हुआ स्वागत। धूप दीप नैवेद्य, से पूजे गए अभ्यागत।।
दर्शन वन्दन कर, मन में रख छवि पावक। बिछा पलकें नगरी थी, सुख प्रेम संचारक।।७८०।।

करली अलका ने, मन बुद्धि वाणी शुद्ध। ले राम का नाम शुरु की, कथा करनी प्रबुद्ध।।
सुनो इस कथा से, करो तुम भी मन शुद्ध। प्रसारो सुना सुन, सिया राम विशुद्ध।।७८१।।

सिया राम भरो, जन मन करो प्रबुद्ध। सिया राम भरो, कण कण करो विशुद्ध।।
सिया राम सिया राम, भजो मन हो शुद्ध। सिया राम सिया राम, करो जिव्हा हो शुद्ध।।७८२।।

द्वितीय चरण - २

महल में मधु रात्रि

महल के अन्दर, पहुँच गए थे। नए महल के, गृहस्थ नए थे।।
पिता का प्यार, देख सजल हुए थे। महल उपहार देख, के खिल गए थे।।७८३।।

कक्ष सिया का, सजा था सुन्दर। चले राम सिया, थे साथ अन्दर।।
तभी वशिष्ठ जी, भी आए अन्दर। कहा राम से, न जाए अन्दर।।७८४।।

है करना राम, इन्तज़ार रात्रि भर। युवराज अभिषेक, के पूर्व की रात्रि भर।।
है सोना फूस पर, इक बार रात्रि भर। उतार के वर का, श्रंगार रात्रि भर।।७८५।।

प्रातः काल तड़के, उठना होगा। स्नान ध्यान करके, चलना होगा।।
युवराज पद हेतु, सजना होगा। पिता के कार्य भार, ले करना होगा।।७८६।।

हुए हो सक्षम, शिक्षित विवाहित। परिपूर्ण व्याक्तित्व, आज हुआ समाहित।।
हुए प्रशिक्षित, हो राज्य कार्य हित। करो पूर्ण राम, व्रत रात भर पालित।।७८७।।

ईश्वर प्रदत्त, अधिकार तुमको देना। घोषित किया, उपहार तुमको देना।।
युवराज बना, राज्य भार तुमको देना। दशरथ को, उत्तराधिकार तुमको देना।।७८८।।

सीता प्रणाम कर, चली अपने कक्ष में। रामचन्द्र युवराज, हो जाने के लक्ष्य में।।
चलते चले गुरु, वशिष्ठ के पक्ष में। रात्रि व्यवहार हेतु, आश्रम के कक्ष में।।७८९।।

लक्ष्मण महल में, उर्मिल के संग में। पहुँचे दिखी थीं, सुमित्रा उमंग में।।
बोलीं सुपुत्र मैं, हूँ इसके संग में। वशिष्ठ आश्रम, जाओ राम के संग में।।७९०।।

होना है राम, युवराज्याभिषेक कल। तुमको भी चखना है, रात भर का व्रत फल।।
बनना है तुमको, राम चन्द्र जी का शेष कल। तुमको भी रखना है, रात भर का व्रत चल।।७९१।।

रामचन्द्र हैं, विष्णु लक्ष्मण तुम हो शेष। शय्या और रक्षण, के कार्य लो विशेष।।
रहो संग राम के, साए तुम विशेष। छोड़ना न साथ, उनका सौगन्ध लो हे! शेष।।।७९२।।

तुरंत ही सुमित्रा का, आशीष ले कर। चले गए लक्ष्मण, उर्मिला को देख भर॥
बुद्धिमति माता का, आदेश ले कर। पालन को लक्ष्मण, चले राम के पग पर॥७९३॥

भरत जी मांडवी संग, उतरे महल में। मामा टहलते, दिखे थे महल में॥
बोले अभी जा नहीं, सकते महल में। पग फेरने, नाना के आओ महल में॥७९४॥

तुरन्त भरत ने, थी रस्म निभाई। नाना के रथ पर, बैठ जोड़ी सजाई॥
टक बक टक बक, चले ननिहाल यह भाई। मांडवी पुलक भरती, साथ में आयी॥७९५॥

श्रुतकीर्त्ति शत्रुघ्न, जो महल में उतरे। देखते दशरथ के, रहे प्रेम के कतरे॥
सुविधाओं सौंदर्य, सजावट में निखरे। निहारा किये, हर्ष में डूबे उबरे॥७९६॥

महल देखने से, न रोक पाए मन को। हर्षित हुए देख, सरोवर उपवन को॥
भिगोते चले रसानन्द, से वे तन को। निखारा किये प्रेमानन्द, से बदन को॥७९७॥

तभी थीं सुमित्रा, दिखीं सामने आतीं। तुरन्त पहुँचे दोनों, माँ क्या कहने आती॥
राम के युवराज्याभिषेक, की रात्रि। करना है तुमको, रक्षण सारी रात्रि॥७९८॥

चलो पुत्र जागेंगे, हम आज रात भर। बनना है राम चन्द्र को, युवराज प्रात पर॥
है दोनों भाइयों का, व्रत आज रात भर। पहरेदारी का लो, व्रत आज रात भर॥७९९॥

विदुषी माता श्री की, आज्ञा का पालन। तुरन्त करने ठाना, था व्रत करना पावन॥
माँ के महल, करने व्रत का अनुपालन। पहुँचे माँ के संग, थीं खुशियाँ असाधारण॥८००॥

मधु रात्रि बन गयी थी, रात्रि धवल सी। व्रत से हुई थी, वो रात्रि उज्ज्वल थी॥
युवराज्याभिषेक से, पहले आत्म बल की। प्रभुत्व से पहले, पुरुषत्व के बल की॥८०१॥

चारों भाइयों की थीं, यह चारों जोड़ियां। एक ही स्वर्ण हार, की थीं चारों लड़ियां॥
बिखरीं रात्रि पर, हो सवार चारों जोड़ियां। एक हुईं थी काटने, अंधकारों की कड़ियां॥८०२॥

फूस पर जागकर, राम के कटे अंधेरे। निवृत्त हो कर आए, बहुत प्रातः सवेरे॥
लगा राम लखन, आए प्रभात फेरे। जलाभिषेक को, आ गए मुँह अंधेरे॥८०३॥

पंडितों ने प्रातः काल, स्नान कराया। इत्र चंदन और, लोबान लगाया।।
युवराजोचित, साज सामान मंगाया। राम और लखन को, ससम्मान सजाया।।८०४।।

सजाई गयीं, चारों महलों में अपने। नई वधुएं भी, सज लीं देखती हुई सपने।।
युवराज्ञी बनी मिली, पतियों से अपने। दशरथ महल चलीं, मुकुटों से सजने।।८०५।।

मंथरा मंत्रणा

मंथरा ने झाँका, कैकेयी के महल से। दिल काँप के हाँफा, इस चहल पहल से।।
समचार लेने बाहर, आयी निकल के। राम होंगे युवराज, यह जाना टहल के।।८०६।।

पौ फटते ही, जश्न उमंग चल रहे हैं। मंथरा को मानो, तंग कर छल रहे हैं।।
भरत कैकय भेज, हुड़दंग चल रहे हैं। लोग करते रंग में, भंग खल रहे हैं।।८०७।।

मंथरा अन्दर आयी, थी वो पछताई। कैकेयी से बोली, गहरी नींद सताई।।
ननिहाल जा बैठा, सुपुत्र कोख का जाई। सिंहासन बैठा होगा, सौत का जाई।।८०८।।

रानी हो कैकेयी, पर सोती रही तुम। पिता अश्वपति की, शर्त्त खोती रहीं तुम।।
गर्भोत्पन्न हेतु, विष बोती रहीं तुम। राम राम रट, राज्य राम को देती रहीं तुम।।८०९।।

खोलो ज़रा झूठे, प्रेम की यह पट्टी। कोख जाये हेतु ले लो, राज्य की गद्दी।।
समय रहते पुत्र हित, गद्दी कर लो मुट्ठी। वर्ना दर दर भटको, बिना पुत्र या गद्दी।।८१०।।

दासी को देते हुए, मोती की माला। रुका हाथ कैकेयी का, अब होश संभाला।।
राम की दशरथ, प्रेम प्रीति का हाला। पी पी भरत का, भविष्य हार डाला।।८११।।

करूँ क्या कि सुधरे, तुरन्त भूल मेरी। मंथरा ने मंत्रणा की, बिना पल की देरी।।
पड़ो कोप में जैसे, हो घायल चकोरी। राजा भरत हो या, कल मृत्यु मेरी।।८१२।।

बोली मंथरा, याद करो तुम ज़रा सा। संभाला था दशरथ, लथपथ रक्त भरा था।।
इंद्र हेतु शंवर से, लड़ थक हरा था। रण में दशरथ, बेसुध पड़ा अधमरा था।।८१३।।

देखा निकलते, जब रथ के पहिये को। दौड़ी थीं हाथ देते, रथ के पहिये को।।
अद्भुत हिम्मत, कल की अब भी रखिये वो। अब तक रहीं भूली, अब तो करिये वो।।८१४।।

दस रथ के चालक, का रथ चक्र चलाया। दस दिग्विजयी राजा, मृत्यु से बचाया।।
तब जा के सूर्य कुल, वधू का हक पाया। राजा कैकेय, साम्राज्ञी बन दिखाया।।८१५।।

महलों की रानी हुईं, उपकृत राजा करके। दो वर दानी किया, कृत कृत्य राजा करके।।
आँखों का पानी, रखा उपकृत कर के। दो वर की हामी न दी, कृत कृत्य करके।।८१६।।

शंवर से लड़ते हुए, जिलाया सुरक्षित। किये नहीं पति के, दो वर कभी लक्षित।।
आया समुचित पल, कर लो आरक्षित। दो माँगें दो वर से, हों प्रति रक्षित।।८१७।।

रघुवंशी रीति, सदा निभती आयी। वचन निभते चलते, जानें जाती आयीं।।
दशरथ ने धर्म नीति, सच्ची निभाई। घड़ी दो वचन, सत्य कराने की आई।।८१८।।

एक वर से दिलवा दो, कोख जाये को गद्दी। दूसरे से फिंकवा दो, दूर राम को जल्दी।।
कैकेयी बुद्धि दिखा दो, लड़ बन के जिद्दी। चौदह वर्ष वन राम को, भेज ले लो गद्दी।।८१९।।

बूढ़े हुए राजा, किसी पल चल देंगे। गद्दी का राम को, मीठा राज फल देंगे।।
भरत और तुमको, कर आश्रित चल देंगे। फिर राम तुम्हें, कर निष्कासित फल देंगे।।८२०।।

तस्वीर भयंकर, मंथरा ने दिखा दी। बंजर भविष्य में, कैकेयी सुखा दी।।
हर सांस अवध के, सिंहासन टिका दी। हरियाले राम की, हर छाई सुखा दी।।८२१।।

कैकेयी भली थी, ज़िद्दी तेज बुद्धि। मंथरा ने धो दी, विवेक न्यायिक बुद्धि।।
मांगना पहले वर से, भरत हित राज गद्दी। दूसरे से राम को भगा, कार्य की सिद्धि।।८२२।।

कहा राजरानी होके, बनती रही दासी। अपना पुत्र हो राजा, हों बाकी वन वासी।।
देना सौगन्ध राम की, दूर रख उदासी। दो वर पूरे करना, पंच भूत कर साक्षी।।८२३।।

तभी टक टक टक कर, रथ दशरथ का आया। खिला चांद कैकेयी के, महल उतरा आया।।
दशरथ रथ से मानो, चांद नभ का आया। राम के अभिषेक से, खुश निखरा मुस्काया।।८२४।।

उतारेंगे छवि यह, प्रिया मन दर्पण में। निहारेंगे रात भर, उड़ा मन गगन में।।
चौगुनी प्रसन्नता, बिखरा के कण कण में। बिता देंगे रात्रि, कैकेयी के आलिंगन में।।८२५।।

तेज चाल से पहुँचे, महल में वे हर्षित। मगर पाया सारा, माहौल ही आमर्षित।।
कैकेयी का महल, किया मंथरा ने बाधित। संदेह ने दहलाया, माहौल ने निस्तेजित।।८२६।।

मंथरा ने इंगित किया, कोप के घर को। प्रिय रानी उनकी, क्यों कर जाए उधर को।।
मिलना था फिर भी, हो चाहे जिधर वो। जानना तो होगा ही, क्यों थी उधर वो।।८२७।।

हाय! प्रियतमा, उनकी साधु बनी थी। लगा पूर्ण ग्रहण, उसको राहु बनी थी।।
रोती कोप भवन में, वो जादू बनी थी। दुःख और दारिद्र्य, की त्रिया से सनी थी।।८२८।।

बोली रो रोकर, सच कीजिये दो वर। राजा भरत हो, दूर राम वन में कर।।
कर दें पूरे मेरे, यह दो वर ओ! प्रियवर। सन्न सुन मूर्त्तिवत, बने दशरथ धुन सर।।८२९।।

बोले दुष्टे! तूने, अभिषेक यज्ञ टाला। ऐश्वर्य धन लूटा, छीना पुत्र का निवाला।।
चिता जलती होगी, इस वृद्ध की यज्ञ शाला। भेज राम को वन, तू पी चैन सुख का प्याला।।८३०।।

पापिन है डाला दिया, धर्म संकट मुझको। दिखा दी है, मृत्यु हठात सन्निकट मुझको।।
राम है स्वतंत्र, यह सब बंधन नहीं उसको। प्रजा से ही राजा का, हल लेना है मुझको।।८३१।।

कुल धर्म स्वयं ही मैं, रक्षित करूँगा। प्रजा द्वारा राम का पद, रक्षित करूँगा।।
वचन अपना भंग न हो, लक्षित करूँगा। राम का वनवास, सानन्द भक्षित करूँगा।।८३२।।

उल्टा किया कर्म तो, भाग्य उल्टा होगा। दिया शोक राज्य को तो, सुख भी उल्टा होगा।।
निरपराध श्रवण को मारा, दण्ड पलटा होगा। मां बाप का दिल दुःखाया, शाप पलटा होगा।।८३३।।

अधर्म कर्म करके किये, दण्ड शाप अर्जित। लिखाया दुर्भाग्य, अब रहें आप उत्सर्गिक।।
कैकेयी ने बीती, करी खुद ही बात अर्पित। किया राजा के भाग्य का, संताप प्रदर्शित।।८३४।।

बोली कैकेयी, रघुवंश की यह है रीति। प्राण जाते जायें, सत्य बोल ही है नीति।।
शिवि ने निभाई थी, चन्द्रवंशी नीति। आप से ही निभती है, सूर्यवंशी रीति।।८३५।।

चंद्र वंशी शिवि ने, तन का मांस देकर। निभाया वचन था, पूरी देह का रक्त खोकर।।
सूर्यवंशी आपको भी, चाहे जान देकर। निभाना वचन होगा, देह प्राण खोकर।।८३६।।

अग्नि देव कबूतर, इन्द्र बाज बने थे। कबूतर बचाने को, शिवि बाध्य खड़े थे।।
बोला बाज शिकार रूप, मेरे कौर छिने थे। भूखा मैं मरुँगा, जो आप बीच में अड़ेंगे।।८३७।।

शिवि बोले लो, तोल डालो कबूतर। ले लो मेरा रक्त मांस, उसके बराबर।।
कर लो क्षुधा शान्त, मेरा रक्त मांस खाकर। बचाने को जान, शरण आया कबूतर।।८३८।।

तलवार खींच शिवि ने, सचमुच देह भी काटी। देवों ने दाँतों, तले अंगुली थी काटी।।
प्रकटे प्रसन्न, परीक्षा घड़ी काटी। वचन रक्षण निभा, समझा देह को माटी।।८३९।।

सागर ने भी न तोड़ा, वचन कभी भी। सीमा से बँधा रहा, अनन्त से अभी भी।।
सगर वंशी हैं आप भी, न तोड़े कभी भी। वचन बद्धता जो, शुरु से की अभी भी।।८४०।।

अलर्क ने दी आंखें, और पाई सद्गति। पुत्र मोह छोड़ें, और पालें सद्गति।।
चन्द्र और सगर वंश, वचन बद्ध शुद्धमति। सत्य कर वचन, कुल बचा ले सन्मति।।८४१।।

यूँ कह कैकेयी ने, दे दिया धर्म संकट। दशरथ ने देखी, प्रत्यक्ष मौत ही सन्निकट।।
राम है स्वतंत्र, बंधनों का न झंझट। प्रजा हल करेगी, समस्या मेरी विकट।।८४२।।

प्रजा का मन रखना, राजा का है कर्त्तव्य। राजा चुन के देना, प्रजा का हो कर्त्तव्य।।
राम होगा राजा, प्रजा का यदि मंतव्य। फिर वन बनेगा, नहीं राम का गंतव्य।।८४३।।

यह कह के दशरथ, पछाड़ खा गिरे थे। बुढ़ापे में हाय! सोचा दिन फिरे थे।।
राम लक्ष्मण दोनों, आँखों में घिरे थे। पिछले हादसे में ही, दशरथ तिरे थे।।८४४।।

गड़ गड़ शब्द सुन, तीर छोड़ था उस दिन। हिरन पानी पीता है, सोचा था उस दिन।।
हिरन सोच मारा, श्रवण को था उस दिन। घड़े की गड़ गड़ को, हिरण जाना उस दिन।।८४५।।

शिकार लेने पहुँचा, मिली लाश श्रवण की। चौंका हुई गलती, न इच्छा थी मन की।।
अन्तिम इच्छा पूछी थी, मरते श्रवण की। बोला प्यासे मां बाप, हैं जल इच्छा उनकी।।८४६।।

कांवर पे लाया, उन्हें तीर्थ कराने। जल भरने आया, प्यास उनकी बुझाने।।
पास ही बिठाया था, इन्तज़ार कराने। उन्हें जल पिलाएं, मुझे शान्त कराने।।८४७।।

आश्वस्त कर श्रवण को, दी शान्त मृत्यु मैंने। घड़ा जल भरा, फिर उठाया था मैंने।।
दिया ज्यों ही जल, अन्धे मां बाप को मैंने। पूछा पुत्र उनका, क्यों छोड़ा था मैंने।।८४८।।

अधूरा कर्त्तव्य मुझको, देकर गया था। बताया मेरे हाथों, वो मर गया था।।
सुनते ही दौरा उन्हें, पड़ गया था। हाथ मारा ऐसा, कि जल गिर गया था।।८४९।।

रोए पछताए, तड़प क्रुद्ध बोले। तुम जैसे पापी से, जल क्यों हम पीलें।।
जिन हाथों मरा पुत्र, उन्हें हम क्यों झेलें। पुत्र मर गया, जिन्दगी क्यों हम जीलें।।८५०।।

तुम्हें भी भगवान, पुत्र का शोक देगा। ज़िन्दा मरोगे, वियोग तुमको देगा।।
प्यासे ही मरते हैं, कौन रोक लेगा। पुत्र संग हम मरते हैं, श्राप तुमको लेगा।।८५१।।

अहा! श्राप के सच होने, का वक्त आया। तभी तो प्रिया ने, है इस वक्त सताया।।
फिरी बुद्धि से, शस्त्र सशक्त वो चलाया। पोर पोर दुखा देह से, बह रक्त आया।।८५२।।

हताश हो के दशरथ, चले कोप भवन से। निढ़ाल हो गिरे, वो बेहोश हो के दन से।।
उठाया कैकेयी मंथरा ने, जतन से। लिटाया पलंग पर, अनुरोध और नमन से।।८५३।।

द्वितीय चरण - ३

राम का राज्याभिषेक टला

सुबह से होने लगे, शुभ शुभ प्रसंग थे। अवध नागरिकों में, उत्सव उमंग थे।।
नगर था सजाया, बजे ढोल मृदंग थे। युवराज्याभिषेक को, सब राम के संग थे।।८५४।।

प्रातः से सूर्य देव, उत्सुक उत्साहित। शुभ मुहूर्त्त को, था करना प्रकाशित।।
हर्षित देखते रहे, थे प्रतीक्षित। प्रफुल्लित लोग, नगरी सुशोभित सुहासित।।८५५।।

कुल गुरु वशिष्ठ ने, बुलवाया दशरथ को। अंतः पुर भेजा था, मंत्री सुमंत को।।
आया संदेशा थे, वृद्ध व अस्वस्थ वो। राम को ही लेकर, के आए तुरंत वो।।८५६।।

अभिषेक सुसज्जित, राम चल पड़े थे। कैकेयी महल में, पिता ढल पड़े थे।।
पहुँचे तो देखा, वे निश्चल पड़े थे। माँ बोली वर दे, के निर्बल पड़े थे।।८५७।।

पहले वचन से, भरत को दी गद्दी। और दूसरे से, तुम्हें राज्य निषिद्धि।।
बताने से तुमको, डरी इनकी बुद्धि। चौदह वर्ष का, वनवास देगा सिद्धि।।८५८।।

पांव छू नमन कर, के बोले थे श्री राम। निश्चलता निर्बलता, मैं करता नाकाम।।
अब से पिता के, हुए सब पूरे काम। भरत होगा राजा, यह देखेगा अब राम।।८५९।।

अविलम्ब पूरी मैं, करुँगा हर इच्छा। पिता की हर इच्छा, हुई मेरी इच्छा।।
दशरथ जी सिहरे थे, खा गए थे गच्चा। फुंफकारे थे लक्ष्मण, किया नाट्य अच्छा।।८६०।।

सत्य व्रत पिता का, हे राम! रोपित कर दो। बोली कैकेयी, पुत्र धर्म शोभित कर दो।।
पहनो वल्कल वस्त्र, जटा जूड़ित कर दो। भरत होगा राजा, यह जल्द घोषित कर दो।।८६१।।

विषाद और उद्वेग, करते संघर्ष भिड़े थे। जितेन्द्रिय थे राम, मुस्काते खड़े थे।।
सभी थे सजल नेत्र, झुके फर्श गड़े थे। कुल गुरु व मंत्री, चुप सामर्ष खड़े थे।।८६२।।

तीर जैसे लक्ष्मण, छूटे सबसे पहले। रामचन्द्र जी छूते, चरण सबके टहले।।
फिर लम्बे डग भरते, लक्ष्मण से पहले। चले बाकी पीछे, उदासी से दहले।।८६३।।

कौशल्या मां के, महल सब चले थे। आगे चलें पहले, मिलने गले थे।।
ठहरने के अब से, रुके सिलसिले थे। गद्दी न पलंग, पुष्प चुनने चले थे।।८६४।।

हवन कर रही मां, गए उनसे मिलने। ''भरत अब है राजा'' लगे कह के खिलने।।
निकलने से पहले, हम निकले हैं मिलने। विदाई से पहले, गले सब से मिलने।।८६५।।

कैसी विदाई, यह क्या कह रहे हो। भरत को दे गद्दी, किधर बह रहे हो।।
बिछड़ना आवश्यक है, क्यों कह रहे हो। घर छोड़ कर रुख, किधर कर रहे हो।।८६६।।

चौदह वर्षों हमको, जंगल में है रहना। माँ लौट आएंगे, तुम अब कुछ न कहना।।
पिता बूढ़े लाचार हैं, संग में रहना। हमारी वजह से, परेशान न रहना।।८६७।।

सुना सुन के पथरा, गिरी थीं कौशल्या। भाइयों ने मिल, गिरने से पहले रोक लिया।।
लक्ष्मण का छुपा क्रोध, अब उबल लिया। राजा ही क्या वो, जो स्त्री से डिग लिया।।८६८।।

सठियायी बुद्धि से, क्या राज्य होगा। श्री राम का कैसे, नहीं राज्य होगा।।
छीन के लेंगे, अपना ही राज्य होगा। धर्म युद्ध से या, अपना साम्राज्य होगा।।८६९।।

क्षत्रिय हैं हम न, अधर्म सहेंगे। पिता श्री से युद्ध कर के, राज्य राम को देंगे।।
बड़े भाई का अधिकार, छिने न सहेंगे। भरत से भी युद्ध, कर के राज्य राम को देंगे।।८७०।।

आवेश में लक्ष्मण, ताव खा गए थे। अन्याय न सहना था, भाव खा गए थे।।
कहा बूढ़े बाप उनके, मात खा गऐ थे। दुष्ट स्त्री के हाथों, घात खा गए थे।।८७१।।

यह सुन कौशल्या, की मूर्च्छा हटी थीं। आपसी लड़ाई, विरुद्ध आ डटी थीं।।
अभी तक महल में, सुखमय कटी थीं। आ राम! ले चल वन में, कह कर सटी थीं।।८७२।।

षड़यंत्रों का हम क्यों, शिकार होंगे। राम हैं तो फिर क्यों, अंधकार होंगे।।
रात भर में ही हम, अधिकार लेंगे। प्रातः ही, राम को राज्य भार देंगे।।८७३।।

आपसी लड़ाई, अधर्म की बुआई। बोलीं कौशल्या, न करना लड़ाई।।
यह पौध प्रेम की, जो हमने लगाई। बसन्त आ गया तो, लगी है बौराई।।८७४।।

अभिषेक का उत्सव, मैं न टलने दूँगा। अन्याय अधर्म भी, न चलने दूँगा।।
राम को मिले दण्ड, यह न चलने दूँगा। धर्म का अधिकार, स्वयं पल में लूँगा।।८७५।।

बोली कौशल्या, वन हम भी चलेंगे। प्राकृतिक सम्पत्ति, हम संग खर्च करेंगे।।
राम के संग संग, काँटे बीनते चलेंगे। जंगल में मंगल, मने संग रहेंगे।।८७६।।

पटरानी हो मां, धर्म है सेवा सुश्रूषा। समस्या में राजा को, देना दिलासा।।
धैर्यवान हो माँ, धन की है न अभिलाषा। राजाज्ञा मानना ही, धर्म की परिभाषा।।८७७।।

राम का साम

अंगार थे लक्ष्मण, बुझाने को प्यार से। कहा राम ने उनसे, गुस्से को मार दे।।
अपमान दुःख देता है, रखे मार के। चिंतित पिता का सच, रखे संवार के।।८७८।।

असत्य आचरण तो, नरक ही है देता। पिता सा अशान्त मन, डिगा प्राण लेता।।
विधि ने लिखा, मां को क्यों दोष देता। दृढ़ शक्त संकल्प ही, अनर्थ सारे धोता।।८७९।।

चरम पे लक्ष्मण का, था रोश पहुँचा। राम ने शान्ति से, सुना और सोंचा।।
क्रोध में बुद्धि तक, कब होश पहुँचा। उतरे जोश तो, समझाऊँगा और सोंचा।।८८०।।

प्रिय भाई क्रोध है, दुःखों का कारण। दमन करो जन्मा, हो जिस भी कारण।।
प्रतापी साहसी भाई, क्रोध के कारण। जियो न अधीन इसके, मारो जो हो कारण।।८८१।।

धर्म को यदि कस कर, पकड़े रखोगे। आनन्द से अपमान, जकड़ रख सकोगे।।
राज्याभिषेक राम का, जड़ जो करोगे। सही दिशा को तुम, पकड़ रख सकोगे।।८८२।।

कठिन समय में, सरल ही रहना। प्रथम उपाय साम, है समतल रहना।।
सोच में शांति धर, स्वतंत्र ही रहना। क्रोध के वश हो, तुम न परतन्त्र रहना।।८८३।।

पिता वृद्ध हुए, पर विपत्ति टूटी। असहाय हैं पर, सोच की नहीं धार झूठी।।
पुत्रों की मार भी, यदि उनपे टूटी। निर्बल और न कर दें, उन्हें मार झूठी।।८८४।।

अधर्म हमको है, नहीं कभी करना। पिता के पथ पर, ही चलते रहना बढ़ना।।
निर्बल थे हम तब, था उनसे संभलना। निर्बल वे आज, उन्हें हमसे संभलना।।८८५।।

एक साथ दस दस, वे रथ चलाते थे। चक्रवर्ती थे स्वयं, वे सूर्य कहलाते थे।।
तीन तीन वार सह, अब लजाते थे। पिता कुछ कहे बिन, मन बहलाते थे।।८८६।।

पड़ा बुढ़ापा आज, प्रथम वार जैसा। पड़ा दूसरा हैं, वचन हार जैसा।।
और तीसरा, पुत्र के प्यार जैसा। असत्य वचनों से होगा, नर्क द्वारा जैसा।।८८७।।

दस रथ प्रताप, सब छूटा पिता से। राज्य और विरासत, भी छूटा पिता से।।
शय्या पड़े सब ही, लूटा पिता से। सत्य धर्म ही बस, नहीं छूटा पिता से।।८८८।।

प्रिय लक्ष्मण यदि, कुछ और न करना। जन्मदाता हित, इतना तो करना।।
मृत्यु दर पे, पुष्प शान्ति के धरना। वचन सत्य कर, स्वर्ग पथ पे तो धरना।।८८९।।

ढलता सूर्य हुए हैं, वे वृद्ध निढाल हैं। उनसे युद्ध कायर, लोलुप का भाल है।।
अपने भाई को लूटना, तो तुच्छ चाल है। प्रेम शान्ति खोने, पाने का सवाल है।।८९०।।

पिता के वचनों को, सदा सत्य करना। दृढ़ता का दामन, नहीं त्याग करना।।
प्रिय लक्ष्मण दृढ़, इच्छा नित्य रखना। निर्बल हुए पिता का, मन सुदृढ़ रखना।।८९१।।

उन्हें पुत्र प्रेम कहीं, पथभृष्ठ न कर दे। सत्य की पूँजी उनकी, कहीं नष्ट न कर दे।।
हे भाई! क्रोध बुद्धि, हमें भ्रष्ट न कर दे। जीवन की पूँजी धर, कहीं कष्ट न भर दे।।८९२।।

सोच हो सही तो, दिशा भी सही हो। क्रोध लोभ मद मोह, का लेश नहीं हो।।
सदा राम पर प्रीति, भक्ति रही हो। सत्य कर्म धर्म से, विछोह ही नहीं हो।।८९३।।

राम राम राम की, जय सब बोलो। राम राम राम कह के, सत्य बोलो।।
राम राम की ही, प्रीति भक्ति ले लो। राम की धर्म, कर्म सत्य नीति ले लो।।८९४।।

लक्ष्मण का उबलता, हुआ क्रोध दबाने। कहा राम ने खुद को, संभलो ऐ! सयाने।।
दैवी संकल्प से पड़ी, आपदा मिटाने। दृढ़ता की संपदा, संभालो सयाने।।८९५।।

विधि का लिखा दोष, मां को न देना। राजा है अवज्ञा, कर रोष न देना।।
सक्षम छोटे भाई को, स्वयं राज्य दे देना। अधूरा है राम, भाई लखन! छोड़ न देना।।८९६।।

विधि ने अपनी, छोटी मां को बिगाड़ा। जिसने बीते हुए से, भविष्य को लताड़ा।।
कायर हैं हम, ऐसा पीटा नगाड़ा। हैं राम ही राजा, कह लक्ष्मण दहाड़ा।।८९७।।

भुजाओं में शक्ति, निरूपण नहीं क्या। धनुष बाण बस, आभूषण भर हैं क्या।।
सेवा को भाई, यह लक्ष्मण नहीं क्या। भेजते है जो वन, मैं उनको भेजूँ क्या।।८९८।।

बोले राम प्यारा है, भरत हम क्यों लूटें। लूट मार के छीनें राज्य, स्वर्ग हमसे छूटे।।
मां बाप पर अपना, दुलार क्यों न टूटे। आंसू पोंछ दो लक्ष्मण, न राम तुम से छूटे।।८९९।।

बोले थे लक्ष्मण, बड़ा भाई हूँ मैं भी। भरत राज्य पथ पर, अड़ा भाई हूँ मैं भी।।
पर वन को चलने, खड़ा भाई हूँ मैं ही। राम के शरण पद, पड़ा भाई हूँ मैं ही।।९००।।

सुख दुःख सिंहासन, महल हो कि वन हो। क्षीर सागर विष्णु, शय्या शेष लक्ष्मण हो।।
अलग राम धन से, कभी न लक्ष्मण हो। राम चन्द्र जी एक, सारी सेना लक्ष्मण हो।।९०१।।

हुआ तेजो मय राम का, मुखड़ा यह सुनकर। कौशल्या ने भी की, आशीष स्तुति जमकर।।
बोली बीत जाएंगे, वर्ष चौदह गिन कर। लौटेंगे राम सुख, परितृप्ति दे सब कर।।९०२।।

न रथ न चँवर, चल दिये पैदल ही। सीता महल श्री राम, था दल न बल ही।।
अयोध्या घिरी, घने दुःख के बादल थी। दिल के दरवाज़े में, राम नाम सांकल थी।।९०३।।

मिले भाभियों से, वहां एक एक कर। बोले लौट आऊँगा, वनों की देख रेख कर।।
व्रत उपवास करती, रहियेगा मिल कर। सासों देवरों की, अच्छी देख रेख कर।।९०४।।

सेवा न कर पाऊँगा, मैं किसी की। माँओं न भाइयों की, न पिता जी की।।
लेकर सेवाएं आप, में हर किसी की। विश्वस्त निश्चित एकाग्र, हूँ मैं कहीं भी।।९०५।।

हाँ हाँ कहा उर्मिला, श्रुतकीर्त्ति ने फिर। झुकी राम के पग, गयी दुःखों से वे भी घिर।।
सीता वहाँ झट, इशारा कर के फिर। चलीं अंदर, मुड़ मुड़ देखतीं फिर फिर।।९०६।।

चले राम चन्द्र भी, अन्दर तेज़ी से। विदाई लेने को, अब सीता जी से।।
कट जाएंगे चौदह, वर्ष यह तेज़ी से। आ कर मिलूँगा, जीते जी सब से।।९०७।।

जैसे जैसे दूरी, मिटती जाती थीं। सिय मन की टिक टिक, बढ़ती ही जाती थीं।
घबराहट में कुछ वो, समझ न पाती थीं। दृष्टि राम को छू छू, पलटी आती थीं।।९०८।।

सोंचते हुए राम, अन्दर गए थे। दुल्हन थी दुःखी, राम भी भर गए थे।।
कैसे कहूँ दिल पे, पत्थर लिये थे। कल ही पकड़ा था, वो हाथ छुट रहे थे।।९०९।।

राम पास थे पर, नहीं थे वो राम से। राम आज नहीं लग रहे, जैसे राम थे।।
स्मित मृदु सुख के बिना, कैसे राम थे। सिया की स्मृति में, नहीं ऐसे राम थे।।९१०।।

वेश भूषा तो थी, युवराज की ही। मुख मुद्रा दृढ़ यह, कैसे काज की थी।।
संकल्प ही मानों, देह की साज हुई थी। मधु रात्रि कड़ी ठोस, बर्फ़ आज हुई थी।।९११।।

बोले पास आकर, थोड़ा सर झुकाकर। मधु रस वाणी में, भरकस जुटा कर।।
सीते! हूँ जाता, रहना मन लगाकर। सेवा रत रहना, सब पर सुख लुटा कर।।९१२।।

चौदह वर्षों तक, जंगल में रहूँगा। ऋषियों मुनियों के कार्य, मंगल हित करुँगा।।
तुमको महलों के इस, संबल में रखूँगा। मांओं बहनों के, मंगल में रखूँगा।।९१३।।

चौदह वर्षों बाद, मैं लौटूँगा वन से। व्रत उपवास करती, रहना लगन से।।
माँ बाप की सेवा, न होगी मेरे तन से। करना तुम्हीं, तन मन पूर्ण जतन से।।९१४।।

कहा राम ने जब, यह सब सीता से। सहा न गया था, विरह दुःख सीता से।।
उम्मीद ही ऐसी थी, कहां कब मीता से। कि त्याग कर करेगा, यह मन रीता ऐसे।।९१५।।

धड़कते मन ने, धड़ाधड़ कहा 'नहीं'। टपकते नैनों ने, टपा टप कहा 'नहीं'।।
सन् सन् सन्नाटे ने, कर शोर कहा 'नहीं'। बलखाती लट, स्वेद ने उलझा कहा 'नहीं'।।९१६।।

कहां कब पति, पत्नी अलग हुए हैं। जुड़े भाग्य हमारे, विलय हुए हैं।।
कन्द मूल खाने ही, सुलभ हुए हैं। आप के ही साथ, हम निर्भय हुए हैं।।९१७।।

रम राम रमते हैं, कहाँ बँधते हैं। राम रमे रहते, तो रमते धंधे हैं।।
रमते राम रहें नहीं, कहें हम अंधे हैं। रमे राम रटें, राम से हम बंधे हैं।।९१८।।

चलूँगी वन में आगे, आगे मैं आपसे। रखूँगी रास्ते, काँटों से साफ़ आपके।।
दुःख सह लूँगी हँस के, साथ मैं आपके। मर के रहूँगी महलों में, बिना आपके।।९१९।।

सहूँगी वर्षा आँधी, भूख धूप आपको देख। स्वामी के प्रेम से, सरल स्वरूप को देख।।
देखूँगी मरते जंगली, असुर यह रूप देख। सहूँगी कष्ट वन के मैं, स्वामी का रूप देख।।९२०।।

लिखा योग वनवास का, था भाग्य में मेरे। ज्योतिषियों ने कहा था, माँ बाप से मेरे।।
रहूँगी आप के साथ में, मैं सांझ सवेरे। आपसे निडर सुखी होंगे, वन के डेरे।।९२१।।

तभी पहुँच गए, लक्ष्मण भी अन्दर। लगा कि घुसा था, जैसे बवन्डर।।
बोले शीघ्र मिलें, चलके दशरथ से अन्दर। बाकी रानियां भी, वहीं होंगी अन्दर।।९२२।।

श्री राम जी बोले कि, राज्य का निष्कासन। है दे रहा केवल, मुझे ही प्रशासन।।
अतः मैं अकेला, ही करुँगा वन गमन। विदा करो मुझको, सिया और लक्ष्मण।।९२३।।

ले चलें हमको भी संग, यहां न छोड़ें। झुके थे खड़े सिया, लक्ष्मण हाथ जोड़े।।
हमें ले चलें, राज्य धन दान में छोड़े। पकड़े राम चरण जिद से, हमें पर न छोड़े।।९२४।।

राम की शरण में, स्वयं जो भी आए। 'श्री राम चरण स्पर्श' फिर न छुड़ाए।।
राम उसे प्रीति दे, हृदय से लगाएं। उठा आश्रय सुख दे, जीवन पूर्ण कराएं।।९२५।।

अब से तीनों ने, संकल्प कर लिया था। विकल्प साथ साथ, वन वास का लिया था।।
हृदय मन सुदृढ़ कर, विश्वस्त कर लिया था। अंतिम दृष्टि हित, डग भी भर लिया था।।९२६।।

पिता के दर्शन, करने जाएंगे मिलकर। आशीर्वचन लेंगे, पग छू के दिल भर।।
कैकेयी सुमित्रा कौशल्या, माँओं से मिलकर। वन को निकलेंगे, अंतः पुर से चल कर।।९२७।।

दशरथ का शोक

पलंग पे दशरथ, सोचते नत गड़े थे। राम को आते देख, मगर उठ पड़े थे॥
बाहों में भरना, चाहा दौड़ पड़े थे। अस्वस्थ विवश, हताश गिर पड़े थे॥९२८॥

उन्हें राम ने बढ़ कर, तुरन्त ही सँभाला। भरा अंक में फिर, पलंग पे लिटाला॥
ताप तो हृदय प्रेम से, शीतल कर डाला। पिता ने भी बाहों का, झूला था डाला॥९२९॥

बोले मेरे उच्च सत्य निष्ठ, पुत्र राम हो। रुको कहीं जाओं न, मुझे अभी आराम दो॥
किसी की कही बात पर, कुछ न ध्यान दो। अवध की जनता, चुन चुकी राजा राम को॥९३०॥

बोले राम पिता श्री, मन शोक रहित करें। वन जाने को पत्नी, भाई सहित कहें॥
भरत हो राजा, मन में चाहत धरें। आशीष दें कि, मन मेरा भोग रहित रहे॥९३१॥

दशरथ बोले रथ, लाकर पुत्र को दे दो। धन भर दो, नौकर चाकर साथ में दे दो॥
अस्त्र शस्त्र भोजन, भरपूर लाकर दे दो। अन्न वस्त्र गहने, भी लदवा के दे दो॥९३२॥

बोली कैकेयी क्यों कर, इन्हें नौकर देंगे। टोकरी और वल्कल वस्त्र, ही लाकर देंगे॥
कुदाली फावड़े, टोकरियां ही भर देंगे। खोदें खाएं जंगल में, इतना ही भर देंगे॥९३३॥

जंगल में तो यह, वल्कल ही पहनेंगे। खोद खोद अन्न जल, सब उगा लेंगे॥
जटा जूट धर, साधु बन रहेंगे। बना झोपड़ा तप कर, कंद मूल ही लेंगे॥९३४॥

राम ने कैकेयी, का पावं छू लिया था। कहा ध्यान रहे, माँ कौशल्या का हिया था॥
स्मित आशीष, कैकेयी का पुत्र हो लिया था। छोटी माँ का कहना, अतिरिक्त न लिया था॥९३५॥

राम चन्द्र की गूँजी, जय जयकारें थीं। साथ में सिया लखन, की जय जयकारें भी॥
पवित्र मन प्रभु की, गूँजी जय जयकारें थीं। सत्य प्रेम धीरज की, जय जयकारें थीं॥९३६॥

दशरथ ने सुमन्त, से वहीं रथ मँगवाया। राम चन्द्र के पास, उसने तुरन्त टिकाया॥
देखने जुड़ी भीड़ का, भी मन भर आया। राम ने हँस कर, प्यार उन पर लुटाया॥९३७॥

रथ पे राम चन्द्र, और सीता जी बैठे। लक्ष्मण पीछे की, गद्दी पर जा बैठे॥
अन्तिम बार सोंच कर वे, रथ पर थे बैठे। प्रजा को सजल छोड़, कर जा के बैठे॥९३८॥

रोते हुए माँ बाप, दिखे पीछे छूटते। रोती जनता भी, चली साथ पीछे।।
महल राज्य सब, लगे छूटने पीछे। अन्तिम दर्शन को, तन मन राम खींचे।।९३९।।

दौड़ती चली गई, प्रजा रथ के पीछे। सुमंत को मनाती, रही धीरे खींचे।।
देख लेने दें, मुखड़ा और आँखें सींचें। धन्य सिया लक्ष्मण, जनता पे रीझें।।९४०।।

कहें राम चन्द्र पर, कि रथ को दौड़ाओ। प्रजा जन कहें, धीरे धीरे ले जाओ।।
सुमन्त ने सोचा कि, बढ़े चले जाओ। त्रिमूर्त्ति नगर से, खींच बाहर ले आओ।।९४१।।

राम चन्द्र निकल गए, नगर से बाहर। शोक निमग्न लोग, थके पांव आकर।।
कोसते रह गए, कुछ भी न खाकर। गिरे थे दशरथ भी, पछाड़ खाकर।।९४२।।

कैकेयी कौशल्या, उन्हें लगीं उठाने। कैकेयी को हाथ, नहीं दिया लगाने।।
पापिनी दुराचारिणी, क्यों है सिरहाने। छोड़ा तुझे जा, ढूँढ़ अपने ठिकाने।।९४३।।

तेरा कहना मान, ऐसा होगा कहीं अगर। कि भरत राम से, राज्य और गद्दी लेकर।।
करेगा जो राज्य तो, उसे मार के ठोकर। चिर सो रहूँगा, कोई क्रिया कर्म न लेकर।।९४४।।

दूर रखो मुझे, घर बैठी दुश्मन से। पास रख दो मुझको, कौशल्या भवन से।।
राम ही राम बस, छुए तन मन से। आग सी निकले, जाती है बदन से।।९४५।।

जब तक मैं राम को, नहीं छुऊँगा। देह में ठंडक, न प्राप्त कर सकूँगा।।
जलन तपन ही, संभाले रहूँगा। राम से मिल कर, ही चैन ले सकूँगा।।९४६।।

सुमित्रा की कौशल्या को सांत्वना

निर्बल जलता बदन, पति का देख कर। रही कौशल्या, अपना मन मसोस कर।।
धैर्य से बोली, थीं वो आँखें पोंछ कर। राम सूर्य छुप गया, अंधेरे घोंप कर।।९४७।।

रोएं खोंए नहीं, सुमित्रा धैर्य को बोली। सर्वोच्च माँ बाप हैं, आप शान्त हों बोली।।
कुल के सत्य धर्म, की सुरक्षा राम ने ली। राम की सेवा, सिया लक्ष्मण ने ले ली।।९४८।।

स्वामी शोक छोड़िये, और गर्व मानिये। पूज्यनीय सुपुत्र, अपना राम जानिये।।
अवतार विष्णु का, राम है मर्म जानिये। सीता लक्ष्मी स्वरूपा बहू, हर्ष मानिये।।९४९।।

प्रजा नहीं चाहती थी, राम को छोड़ना। साथ साथ चली, कहती हुई रथ रोकना।।
कहा राम ने मैं, करता आप से प्रार्थना। यही प्रेम मेरे भाई, भरत से भी जोड़ना।।९५०।।

भरत भी सक्षम युवक, कुशल धनुर्धारी हैं। युवराज बने हैं, कर्त्तव्य उन पे भारी है।।
पिता का वचन निभे, उनपे भी जिम्मेदारी है। अवध का सुराज्य, प्रजा की भी जिम्मेदारी है।।९५१।।

गृह युद्ध कभी भी, नहीं होने देना तुम। प्रेम और आशीष से, सदा घर भर लेना तुम।।
शत्रु बाहरी सशक्त, न होने देना तुम। एक जुट हो हर एक, राजाज्ञा सुन लेना तुम।।९५२।।

सुमन्त लौटा

राम को छोड़ कर, सुमन्त अवध लौटा। शुष्क रेगिस्तान में, वसन्त मानो लौटा।।
रुकी साँसों में, प्राण जीवन्त हो लौटा। उत्सुक मनों को, मिला जीवन मौका।।९५३।।

सुमन्त के खाली, खड़े रथ को देखकर। अयोध्या के सारे नागरिक, रोए फूट कर।।
एकत्र हुए जानने, घर द्वार को छोड़कर। सुमन्त से राम का, सब हाल लें पूछ कर।।९५४।।

कहा कौशल्या ने, देख यह दशरथ से। आपने भेजा राम को, सुमन्त के रथ से।।
लौट के खड़ा है, सुमन्त यहां कब से। हाल पुत्र का, तो चल के पूछ लें उससे।।९५५।।

या फिर खुश हैं, वचन अपना निभाकर। सत्य नीति का, ढोल खोखला बजाकर।।
रहे सुपुत्र कहीं, कैसे भी अपना जाकर। भेज दिया तोहफ़े सा, वन में सजाकर।।९५६।।

स्वार्थ डुला रहा, आपका हृदय और बुद्धि। सिर पे ताण्डव कर, जिसने भर दी अशुद्धि।।
होश भुला रहा, तजुर्बे की हर वृद्धि। पुत्र की फिक्र, जता के लूटें प्रसिद्धि।।९५७।।

दुःख से मेरे, क्या है कोई आपको वास्ता। पा ही लूँगी, कोई तो कहीं जीने का रास्ता।।
सुन्दरी युवती, कैकेयी से जोड़ा जो रिश्ता। विरह की अभ्यस्त मैं, दुःख झेल लूँगी रिसता।।९५८।।

प्रेम क्रोध शोक, संग सवार हुआ था। वृद्ध राजा पर, तिहरा प्रहार हुआ था।।
अब तो जीना ही, मानो दुश्वार हुआ था। राम के साथ गया, पूरा संसार हुआ था।।९५९।।

सुमंत ने समझाया, वहीं आ के था उनको। चिंता रहित आपको, बस रखना है मन को।।
अनुभव है वन का, पूरा राम लखन को। करना भर है सार्थक, बस जीवन अब उनको।।९६०।।

कुछ न कुछ करने में ही, जीवन का अर्थ है। वर्ना तो जीवन यह, समझो पाना व्यर्थ है।।
मां बाप का दिया, खा पी सोना व्यर्थ है। ईश्वर के दिये को ही, कर पाना अर्थ है।।९६१।।

शिष्य वे वशिष्ठ, और विश्वामित्र के हैं। सिया राम लखन, तीनों यूं भी मित्र है।।
सदानन्द कर्मनिष्ठ, धर्म पुत्र वे अपने हैं। सत्यम् शिवम् सुन्दरम् के, पूर्ण चित्र हैं।।९६२।।

शिक्षा प्राप्त की जो, उसका ध्यान हो रहा। वन संरक्षण हो रहा, कल्याण हो रहा।।
परीक्षण के लिये, मन और प्राण खो रहा। बचपन गया, कर्त्तव्य का ज्ञान हो रहा।।९६३।।

भ्रमण कर रहे हैं वे, ज्ञानार्जन कर रहे। गुरु वशिष्ठ की सीख का, लोकार्पण कर रहे।।
यश सम्मान का अपने, परिमार्जन कर रहे। वन में तीनों स्वयं, अर्थोपार्जन कर रहे।।९६४।।

शान्त चित्त सुनी, सबने सुमन्त की वार्त्ता। दिल तो पर मां बाप का, जुड़ नहीं पाता।।
राम की वो धैर्य से, प्रतीक्षा न कर पाता। भाग के पकड़ के दुःख, मसलना चाहता।।९६५।।

स्त्री हूँ मैं, मेरा सब कुछ है पति का। रानी हूँ फिर भी, हक़ नहीं है रत्ती का।।
त्यागा आपने, क्या कहना इस क्षति का। पिता पुत्र दूर, हल नहीं है गुत्थी का।।९६६।।

मगर है स्वधर्म मेरा, पति की सेवा। करुँगी मैं चाहे मिले, कैकेयी को मेवा।।
कितना भी दुःख, कोई दे दे हे! देवा। दासी के अधिकार, में सहना है और सेवा।।९६७।।

दुःखों से न विचलित, होगी कभी राम की मां। सब सह लेगा पुत्र भी, कहेगी राम की माँ।।
चौदह वर्ष वन, काटेगा दे जी जां। लौट के गद्दी न लेगा, कहे देती हूँ मां।।९६८।।

मेरे राम की है, सिंहों की चौड़ी छाती। जिसको जूठन शोभा दे न, और कभी न भाती।।
पितृत्व आपका है, बड़ी मछलियों की भांति। अपना ही बच्चा जो, बड़े चाव से है खाती।।९६९।।

कहाँ हो तुम, रहीं जो मेरी दया की देवी। दया करो, कुछ इस दम भी हे! क्रोध की देवी।।
बूढ़ा पड़ा हूँ बेदम, कृपा तेरी हो देवी। सिंह हुआ हूँ जल बिना मछली, इस दम हूँ देवी।।९७०।।

क्षमा हो राजन दुःख का मेरे, बाढ़ निकला। यह प्रवाह मुख का, आज सीमा फाड़ निकला।।
समय पांच दिनों का आज, युग पहाड़ निकला। राम सीता लक्ष्मण का, साथ लाड़ निकला।।९७१।।

रात भर रही माँ की, प्रीति रोती जागती। पिता की निद्रा भी, आती कभी भागती।।
शब्द भेदी विद्या, रही पिता को हाँकती। शून्य जिसे माता, आज तक थी आंकती।।९७२।।

श्रवण कुमार के माँ बाप, यदि न रोए होते। या पुत्र वियोग में, न प्राण खोए होते।।
या प्यासे मरते, शाप न दिये होते। तो विद्या के चलते, न प्राण खोए होते।।९७३।।

दस रथ एक साथ, मेरे हाथ हाँकते थे। दसों दिशा के दुश्मन, मेरे नाम से काँपते थे।।
स्वर की दिशा में, हाथ बाण छोड़ते थे। शब्द करने वाले, तुरन्त जान हारते थे।।९७४।।

पराक्रम का सूर्य मेरा, डूबा जा रहा है। शरीर से मेरे प्राण, उड़ा जा रहा है।।
मगर राम के रूप, जीव घुसा आ रहा है। मोह रूप से देह भर में, धंसा जा रहा है।।९७५।।

कौशल्या, सुमित्रा, उनींदी सी जागीं। प्रभाती हुई नींद, आ आ के भागी।।
राजा को अवध के पर, चिर नींद लागी। हुई मृत्यु रोए, जन गण मन दुर्भागी।।९७६।।

शोभा गायब हो गयी, अंधकार में डूबे मानव। भरत गए थे ननिहाल, और वन में जगते राघव।।
राजा न युवराज, हुआ अराजकता का ताण्डव। भरत को बुलाना, आवश्यक हुआ था अब।।९७७।।

कुल गुरु वशिष्ठ ने कहा

राजा जब नहीं, तो देश कैसे चलेगा। राजा के बिना, अब न्याय कैसे पलेगा।।
पिता की कही को, पुत्र कैसे सुनेगा। अधर्म की जगह पे, बादल कैसे बरसेगा।।९७८।।

उथल पुथल ही, अब तो मचती रहेगी। घुट अराजकता से, गर्दन दबती रहेगी।।
व्रत तप शौर्य की चमक, धँसती रहेगी। चंचलता अध्ययन को, पटकती रहेगी।।९७९।।

विश्वास कभी न जियेगा, अब से धरा पर। बच्चों सा ऐश्वर्य सिसकता, फिरेगा धरा पर।।
भय डंका पीटता, नाचेगा धरा पर। राजा बिन सर्वनाश ही, भटकेगा धरा पर।।९८०।।

अवध राज्य पालक, बिना हो गया है बालक। मैं कुल गुरु जो कहूँ, मानो बात साधक।।
बुलवा लो दूतों में, जो हों अश्व धावक। उन्हें भेज के बुलवा लो, भरत आज जो पालक।।९८१।।

दूतों के हाथ से, कैकय व्यवहार भेजो। कोई शोक का मगर, न समाचार भेजो।।
भरत हों अयोध्या, तुरन्त ऐसा सार भेजो। पिता भाई हुए दूर, न इसका भार भेजो।।९८२।।

द्वितीय चरण - ४

भरत की अयोध्या वापसी

कैकय है, नक्शे में पंजाब राज्य से आगे। पश्चिम में जिस ओर, घुड़सवार दूत थे भागे।।
आठ दिन में दूरी तय कर, राज घराने आ गए। सत्कार को कैकय पुत्र, शुद्ध जीत थे आगे।।९८३।।

उस दिन भरत को था, एक स्वप्न आया। चिंतित अशांत करके, जिसने व्याकुल डराया।।
किया मित्रों ने जशन तो, कुछ भी न भाया। पिता भाइयों की याद ने, आकुल कराया।।९८४।।

दूतों को देख, पूछा हाल घर का। माता पिता भाई भाभियों, नगर का।।
अर्धसत्य से टाला, मंगल आप से घर का। लौटें कि हैं चाँद आप ही, अब नगर का।।९८५।।

बहुमूल्य वस्त्र रत्न, देकर भर दिया नज़राना। खुश होकर भेजने, लगे मामा नाना।।
सजे रथ पर लाद दी, हर वस्तु ले जाना। सप्रेम कर चले विदा, भरत मामा नाना।।९८६।।

पहुँचे अयोध्या, भरत सूने पन में। अजीबो ग़रीब, शोकाकुल सी घुटन में।।
मृत्यु बुझी शान्ति, समायी बदन में। अयोध्या लगी थी, अन्जानी सी मन में।।९८७।।

दशरथ महल गए, पिता जी नहीं थे। सिंहासन पर देखा, वहां भी नहीं थे।।
कैकेयी महल गए, मां संग भी नहीं थे। पूछा तो बताया, जीवित ही नहीं थे।।९८८।।

धक से रह गए थे, भरत दिल को थाम कर। विश्वास उनका तो, पूरा था राम पर।।
बैठे होंगे मृत देह, राजा की थाम कर। भाइयों मांओं संग वे, कौशल्या धाम पर।।९८९।।

दौड़े उधर सोंचते, अद्भुत दशरथ थे। पिता उसके स्वयं, भाग्य रूप यश थे।।
दसों दिशा स्थित, राज्य उनके वश थे। पुण्य धर्मी कर्मी महारथी, न अब थे।।९९०।।

दान पुण्य यज्ञ युद्ध, न छोड़ते कभी थे। नाता परम पद से, जोड़ चले अभी थे।।
सदाचारी सद्भाव कर्म, न छोड़ते कभी थे। महानतम सहज देह, क्यों छोड़ गये अभी से।।९९१।।

दौड़ते हुए फूट के, रोने से लगे वे। पिता प्रेम की याद से, दिल भिगोने लगे वे।।
विदा कर न पाए, सोच अफ़सोस में लगे वे। सेवा कर न पाए, उदास से लगे वे।।९९२।।

भाइयों ने की होगी, दिन रात मिल के सेवा। चूक दर्द मिटाने में, कोई की न होगी देवा।।
जुटी होंगी रोते हुए, मांए भी हे! देवा। भरत की कमी किसी को, रही न होगी देवा।।९९३।।

दिखीं मां तो बढ़कर, गले लगते बोले। बड़ी देर की माँ, बुलाया न बोले।।
कहें क्या पिता ने, अन्तिम शब्द थे बोले। किया याद मुझको, मेरा नाम क्या बोले।।९९४।।

दिखा दो मुझे राम, का मुख कहा था। पड़ूँ राम के पद, मिले सुख कहा था।।
उठे सर यह कैसे, मिटे दुःख कहा था। मुझे माफ़ कर, राम को दें सुख कहा था।।९९५।।

पिता भी हूँ राजा भी, फिर भी दिया दण्ड। न्याय प्रिय हूँ धर्म प्रिय हूँ, भेजा दण्डकारण्य।।
पूछा फिर भरत ने, किसे क्यों दिया दण्ड। करी चोरी या फिर, सताया था ब्राह्मण।।९९६।।

पापी दुराचारी, दण्ड पाते वन का। तभी आ कैकेयी बोली, दण्ड तो वचन था।।
दो वर लूँ मुझसे, पिता का वचन था। मांगा तू हो राजा, और वास राम को वन का।।९९७।।

हुआ राम अभागा, और तू भाग्य शाली। दिया तुझको कोशल, किया राम को खाली।।
बजाते फिरेंगे, सीता लक्ष्मण ताली। तुझे धन की थाली, हुआ राम सवाली।।९९८।।

अयोध्या भी तेरी, कौशल राज्य भी तेरा। छुपाता फिरेगा, वन वन राम चेहरा।।
निकला भरत कुल, के सूर्य का सवेरा। कुशल पुत्र कुल गुरु, कह रहे तू है मेरा।।९९९।।

अब तक चुप खड़ी थीं, कैशल्या सुमित्रा। भीतर चली गईं थीं, ऊबी ढ़ोतीं निद्रा।।
प्रतापी महाराज, सो चुके थे चिर निद्रा। राम सा सपूत, खो के कैसे हो निद्रा।।१०००।।

कैकेयी ने किया था, पिता जी को व्याकुल। अहह्य दुःख से, पीड़ित भरत भी किया आकुल।।
बिना राम के कैसा, ऐश्वर्य किसका क्या कुल। दहका भड़काने में, शातिर हुई माँ खुल।।१००१।।

मुझको हटा कर, किया काण्ड माता। भाइयों पिता को, दिया दण्ड विमाता।।
लालच दुर्भाव भरा, दुष्कर्म किया कुमाता। नीति विरुद्ध काण्ड, अधर्म किया माता।।१००२।।

महापराक्रमी पिता को, संरक्षण सहज मिलता। होते यदि उनके पास में, राम लक्ष्मण।।
परन्तु राम को भेजा, तुमने वन अकारण। पिता जी की मृत्यु हुई, इसी काम के कारण।।१००३।।

प्रीत की अनीति, करा दी पिता से। भरा शोक साँसें, छुटा दीं पिता से।।
रानी प्रियतमा, विदा की पिता से। स्वार्थी राजनीतिज्ञ, मिला दी पिता से।।१००४।।

पति भेज यमलोक, हत्यारी हुई हो। पुत्र भेजे जंगल, कुल भारी हुई हो।।
इस जन्म कुलक्षिणी, दुधारी हुई हो। अगले जन्म के नर्क, पे भी भारी हुई हो।।१००५।।

करोड़ों पुत्रों की, थी माँ काम धेनु। जुते देखे पुत्र दो, रोई काम धेनु।।
रोए इन्द्र देव् जब, रोयी काम धेनु। बना आँख का तारा, मुझमें झोंकी रेणु।।१००६।।

क्या समझेगी अब से, हमको यह दुनिया। करेगी क्यों हमसे, घृणा न यह दुनिया।।
ले आऊँगा राम को, कि देखे यह दुनिया। ले आऊँगा राम राज्य, कि तृप्त हो यह दुनिया।।१००७।।

समझूँगा तुमको न, पर अब कभी माँ। समझीं नहीं तुम, मुझे भी कभी माँ।।
राम का है राज्य, मैं न लूँगा कभी माँ। छोडूँगा साथ, भाइयों का न कभी माँ।।१००८।।

माता कौशल्या, को ही माँ मैं कहूँगा। उनके महल जा, के संग मैं रहूँगा।।
स्वयं राम के, रंग मैं रंगा मैं रहूँगा। प्रजा को सुखी, राम संग रख करूँगा।।१००९।।

पिता ने भी अन्त में, लिया साथ जिनका। माता कौशल्या था, पुत्र राम जिनका।।
छीना था तुमने ही, हर भाग्य जिनका। यह पुत्र मैं, तुम्हारा भी हूँ आज से उनका।।१०१०।।

कह कर भरत, तेज़ी से चल दिये थे। कौशल्या माता के, महल चल दिये थे।।
कैकेयी की हर चालें, समझ चल दिये थे। करेगे वे अब क्या, बता चल दिये थे।।१०११।।

भरत कौशल्या संवाद

मिली रास्ते में ही, माता कौशल्या। बोली भरत से, पुत्र धन्य! राज्य ले लिया।।
राम जैसे काँटे, को दूर राह से किया। चिता और जंगल से, मुश्किल का हल लिया।।१०१२।

चरण छूने माता, मैं आया यहाँ हूँ। कैकेयी अपराधिनी का, छोड़ आया जहां हूँ।
कुचक्रों षड़यंत्रों में, वो मैं यहाँ हूँ। आस्तीन पला उसका, सर्प मैं यहाँ हूँ।।१०१३।।

मां ने भरत को, लपक अंक में भर लिया। खड़ा राम ही था, सर गोदी में रख लिया।।
कठपुतलियां हैं हम, दोष भाग्य का क्यों सर लिया। ऊँचे रहो, हाथ भरत के सर रख दिया।।१०१४।।

इतने बड़े राज्य, को तुच्छ समझकर। धर्म हेतु छोड़कर, बने पुत्र धुरन्धर।।
पूर्वज हमारे थे, एक से एक बढ़कर। पुत्र तुम तो निकले, हो उनसे भी बढ़कर।।१०१५।।

दशरथ की मृत्यु, को हो गए चौदह दिन। आमात्य बोले, न हो राज्य राजा बिन।।
राज्याभिषेक किया, भरत से निवेदन। बोले भरत, राम को लाने चला वन।।१०१६।।

मेरा परिवार और, मजदूर संग चलेंगे। रास्ते और आश्रय, बनाते चलेंगे।।
साथ अपने सैनिक, भी लेते चलेंगे। राजा श्री राम चन्द्र, को ला गद्दी देंगे।।१०१७।।

वन जाने को दल, तय्यार हो गया था। भरत जी का संकल्प, स्वीकार हो गया था।।
राम सा भरत से भी, प्यार हो गया था। मिलें राम, यह तो पुरुस्कार हो गया था।।१०१८।।

कुएं सड़कें पुल, दल बनाते रहे थे। विश्राम आश्रय राह में, छाते रहे थे।।
दिलीप और नहुष भी, संग आते रहे थे। वशिष्ठ भी विश्वस्त, संग आते रहे थे।।१०१९।।

कहा बार बार था, भरत से जिन्होंने। पिता ने दिया क्यों, लिया न उन्होंने।।
राम भरत दोनों, को जन्मा जिन्होंने। कोई भी अन्तर था, किया न उन्होंने।।१०२०।।

भरत ने कहा, राम का हक वो क्यों लें। राज्य है बड़े भाई का, यह हक वो क्यों लें।।
सौभाग्य को दुर्भाग्य, बनाकर वो क्यों लें। सत्कर्म को दण्ड देकर, लोभ वो क्यों लें।।१०२१।।

अधिक यदि कहेंगे, तो छुप जाऊँगा मैं। यहीं पे कहीं वन में, रुक जाऊँगा मैं।।
राम को तो वापस, अवश्य लाऊँगा मैं। उनका है राज्य, उनको दिलवाऊँगा मैं।।१०२२।।

मिलकर ही, दम लूँगा अब भाई से मैं। कदम दर कदम, चल के चतुराई से मैं।।
पहुँचकर कहूँगा, ले राज्य भाई से मैं। कम हूँ राम के कौशल, चतुराई से मैं।।१०२३।।

राम के ही रास्ते, पे चलता चलूँगा। चरण चिन्हों पर ही, मैं बढ़ता चलूँगा।।
तमसा से गोमती, के रस्ते चलूँगा। श्रृंगवेपुर से, प्रयाग तीर्थ करता चलूँगा।।१०२४।।

यूं तमसा गोमती, सई पार होकर। भरत जी चलें, श्रृंगवेरपुर से होकर॥
गंगा स्नान कर, त्रिवेणी प्रणाम कर। पंचवटी मिले राम से, दण्डक वन होकर॥१०२५॥

भरत श्रृंगवेरपुर में

परख कर स्वभाव, शत्रु मित्र थे बनाते। निषादराज थे, राजनीति चलाते॥
राम को थे मित्र वत, वे दिल में बसाते। पड़े भ्रम में देखा, भरत को जो आते॥१०२६॥

सेना सहित यहां, भरत जी आ रहे हैं। अस्पष्ट इरादे, उनके बता रहे हैं॥
पूछ लूँ इनसे राम को, रौंदने आ रहे हैं। या फिर सहायता, देने आ रहे हैं॥१०२७॥

बोले भरत, महाप्रतापी पिता श्री। हमें छोड़ आज, हो गए हैं स्वर्गवासी॥
बड़े भाई राम, हो गए हैं पिता श्री। खोज के खबर दूँ, कि वो हैं वनवासी॥१०२८॥

दशरथ का स्थान अब से, भरना है उनको। राज पाट अवध का, भी करना है उनको॥
अभी तो न वनवास, करना है उनको। अभिषेक क्रिया हित, संवरना है उनको॥१०२९॥

श्री राम में भक्ति, भरत की जो देखी। राम भक्त निषाद, ने हँस के आँखें सेकीं॥
फिर आवभगत में, कमी न कोई की। व्यवस्था खाने पीने, रहने की देखी॥१०३०॥

बैठे राम भक्त, राम की चर्चा करते हुए। आये राम थे, यहाँ किधर क्या करते रहे॥
क्या खाया, कहाँ सोए, क्या वार्त्ता करते रहे। कहाँ वे गए, रुख किधर का करते हुए॥१०३१॥

बताया निषाद ने, सोए घास पर थे। साधु जैसे राम, भूख और प्यास पर थे॥
कन्द मूल सेवा विहीन, अभ्यास पर थे। टिकाए राम आँखें, वन के ही वास पर थे॥१०३२॥

शिंशुपा के नीचे, जाके चक्कर लगाया। उत्कंठा व्याकुलता, ने था सर उठाया॥
घास से सितारा, भरत ने उठाया। सीता के वस्त्र से, झरा होगा पाया॥१०३३॥

भरत जी विंह्वल, से रहे रात भर थे। नींद जैसा राम को, भरे रात भर थे॥
सिया जैसी पुष्प, जंगल में रात भर वे। विकल सोच डरे, साश्रु रात भर थे॥१०३४॥

प्रातः काल होते, कहा गुह निषाद ने। गंगा पार की राह, थी चुनी भाई राम ने॥
भरत सैन्य सहित, आगे चले विषाद में। उसी राह चले, जो चुनी भाई राम ने॥१०३५॥

नदी पार की, सबने भर भर के नावों में। उड़ते से पहुँचे, ऋषियों के गाँवों में॥
राम की प्रीति भक्ति, भरे हुए थे भावों में। पंख ही मानों, लग गए सबके पावों में॥१०३६॥

ज्ञान भक्ति योग से, भरे लोग थे वे। मीठे स्वर में गाते, चले श्लोक थे वे॥
सत्य चित्त आनन्द युक्त, मुक्त लोग थे वे। राम की प्रीति से, ओत प्रोत थे वे॥१०३७॥

गंगा यमुना, सरस्वती बहती देखी। तीनों नदियों की, त्रिवेणी वहां देखी॥
राम लक्ष्मण सीता जी, की याद की थी। धर्म कर्म प्रीति, की फरियाद की थी॥१०३८॥

त्रिवेणी में, भारद्वाज आश्रम में भरत

तीर्थराज त्रिवेणी, को कर के प्रणाम सब। क्षत्रिय भरत ने, अपनाया दीन धाम अब।।
भक्ति से माँगा, मिलें जल्दी राम अब। धर्म कर्म करूँ, चाहूँ मैं मोक्ष या काम कब।।१०३९।।

तीर्थ राज त्रिवेणी ने, हाथ तब उठाया। भरत को साधु जैसा, त्यागी बताया।।
जिसने सारे पापों का, नाश खुद कराया। आत्मबल से मोह का, विनाशी बताया।।१०४०।।

भरत और वशिष्ठ, दोनों पहुँचे प्रयाग में। भारद्वाज के आश्रम के, भक्ति के भाग में।।
पर्णकुटी थी, उपवन के उस विभाग में। सत्कार मिला, ऋषि के यज्ञ विभाग में।।१०४१।।

कहो भरत, भारद्वाज जी ने पूछा। राम के विरुद्ध, क्या चला रहे हो मोर्चा।।
शक कर रहे सभी, भरत जी ने सोंचा। करबद्ध बोल दिया, जो भी था मन में सोचा।।१०४२।।

मुनि भारद्वाज ने, सबको स्थान दिया। हर एक सुविधा, दे के सम्मान दिया।।
भरत ने केवल, राम का ही ध्यान किया। भाभी और भाइयों के, दुःख का भान किया।।१०४३।।

भरत ने परिचय, दिया सभी का। मांओं कुलगुरु सैनिकों, सैन्य सारथी का।।
बचपन में माँओं ने, दिया सलीका। यौवन में कुल गुरु से, शस्त्र ज्ञान सीखा।।१०४४।।

बताया व्रत करती, हुई यह दुबली। कौशल्या माँ है, मेरी सबसे पहली।।
हैं इन्द्र की माँ, अदिति जैसी सुबली। उन्हीं से उज्ज्वल, चरित्र की हैं भली।।१०४५।।

सुमित्रा को दिखा बोले, मुरझाई बेल सी। दूसरी मां यह मेरी, हँस के सब झेलतीं।।
बनी सहारा, सब दण्ड पेलतीं। आकुलता विंह्वलता, सब खेल सा खेलतीं।।१०४६।।

कैकेयी को मिलाया, दुःखों की जड़ कह कर। सट्टे की फड़, महा धोखा धड़ कह कर।।
तीसरी माँ मेरी, सुघड़ नहीं कह कर। लोभ स्वार्थ में यह, रह गई पड़ कह कर।।१०४७।।

भारद्वाज मुनि, समझा के बोले। भरत माँ को कभी, कड़वा न बोले।।
राम के चरित्र की, मिठास घोले। राम भक्त हो के, राम की भाषा बोले।।१०४८।।

भारद्वाज जी ने, हवन किया फिर। मंत्रोच्चार कर के, आचमन किया फिर।।
मय विश्वकर्मा का, आह्वान किया फिर। यम कुबेर अग्नि, वरुण आए घिर।।१०४९।।

आशीष प्रसाद, उनसे भरत को मिला। रुकने को दैवी, प्रबन्ध उनका मिला।।
जैसा वशिष्ठ से, विश्वामित्र को मिला। चमत्कारिक आतिथ्य, भरत को भी मिला।।१०५०।।

तुरन्त तय्यार हुए, भवन सुन्दरतम। फूलों बेलों मणियों से, सजे अति उत्तम्।।
दैदीप्य मान, जग मग सर्वोत्तम। खाद्य पेय, वाद्यों भरे अति उत्तम्।।१०५१।।

तपोबल से देवताओं, का दिया यह उपहार। रात्रि भर को ही, होना था व्यवहार।।
आएं किन्नर गंधर्व, नाचे गाए बेशुमार। अप्सराओं ने दीं, सेवाएं अपरम्पार।।१०५२।।

भा गया सैनिकों, को जश्न इतना। अनन्त चाहने लगे, वहीं पे रुकना।।
मगर तप के बल, मिला था जितना। दिन निकलते ही, होना था सपना।।१०५३।।

आलस्य भरे लोग, जो कुछ न करते। अलभ्य बैठे ही, बस चाहना करते।।
अप्राप्य प्राप्ति की, कोशिश में रहते। सपने देखते, जागृत सोया करते।।१०५४।।

मगर भरत थे, कर्मठ जझारु। भोर से ही कर दी, फिर यात्रा शुरु।।
उन्हीं के साथ में, चले मार्ग गुरु। रात्रि जश्न में न, वे थे न गुरु।।१०५५।।

ढ़ाई कोस पर है, नदी मंदाकिनी। राम का पता, दे रहे थे एक मुनि।।
नदी पार के जंगल, में बने राम मुनि। चित्रकूट पर्वत पे, रहते राम धुनी।।१०५६।।

दक्षिण के इस, पहाड़ की तराई में। पत्तों से बनी, कुटिया की छाईं में।।
राम लक्ष्मण रहते, वहीं दिखाई दें। सुरक्षित वैदेही, है जिनकी छाईं में।।१०५७।।

प्रदक्षिणा करके, हाथ जोड़ कर। चलीं रानियां, मुनि को छोड़ कर।।
भरत ने विदा ली, हाथ जोड़ कर। विदा हुए सब, आश्रम को छोड़कर।।१०५८।।

सामने चित्रकूट, दिखा हुए दंग। हरे पहाड़ों में, स्वर्णिम छने तरंग।।
कुदालियां उठ गयीं, टोकरियां लीं संग। उतरे पहाड़ की, तराई में संग संग।।१०५९।।

मिलने के उत्साह, में बढ़े थे आगे। मिलने को राम से, दौड़े थे आगे।।
पार मंदाकिनी के, चले वे भागे। चित्रकूट देखा, लगा भाग जागे।।१०६०।।

पहाड़ से नीचे, दिखा धुआं दूर से। धड़कते दिल से, रहे गौर से घूरते।।
कोई तो रह रहा, यहाँ जरुर से। कुछ पक रहा, लगता है दूर से।।१०६१।।

चित्रकूट : पर्ण कुटी में राम मिले

पर्णकुटी है, लक्ष्मण का परिश्रम। रहने को स्वयं, बनाया था आश्रम।।
प्रसन्न राम थे, क्या कौशल क्या श्रम। होगा प्रकृति से, स्वयं का संगम।।१०६२।।

अनोखे इस वन में, विचरा करेंगे। अद्भुत सौंदर्य श्री, निरखा करेंगे।।
सुगन्धि कलरव कन्द, समेटा करेंगे। प्राकृतिक धन की, संपदा भरेंगे।।१०६३।।

घने वृक्षों से, छन छन छलकती। सूर्य चन्द्रमा तारों की, सुधा ढलकती।।
होगी तृप्त प्यास, आंखों की पलक की। दृष्टि मिलेगी, हमें साफ़ झलक की।।१०६४।।

मिला है प्रकृति का, खुला खज़ाना। इसे छोड़ हमें अब, कहीं और न जाना।।
पितृ भक्ति को ही, परमानन्द जाना। अति सुख है भाई, को राज्य दिलाना।।१०६५।।

ऐसा सुख कही, नहीं था नगर में। मंदाकिनी रस, कहां है शहर में।।
सातों रंग उतरे, नदी के जल में। सिया सा सौन्दर्य, उतरा जिगर में।।१०६६।।

सरयू मंदाकिनी, चित्रकूट मन भा गया। प्रिया मेरी, जिसपे दिल आ गया।।
मुनियों के जप तप, में सब समा गया। झरनों की झर झर, मोती दिला गया।।१०६७।।

कुटिया के बाहर, राम चन्द्र की वार्त्ता। सुनते जुड़े थे, लक्ष्मण से भ्राता।।
कानों में अमृत, उतरता सा जाता। खोया सा होश अब, जोश भरता जाता।।१०६८।।

होश ने सुनी दूर, हलचल कोलाहल। उचक पेड़ पे चढ़, लक्ष्मण हुए चंचल।।
कहता है जंगल, चौकस रहो हर पल। बुझा अग्नि लक्ष्मण, करने गए दंगल।।१०६९।।

ग़ौर से देखा, अवध ध्वज पहचाना। कोविकार था ध्वज, रथ को पहचाना।।
सैन्य सहित आ रहे, भरत को पहचाना। लगे युद्ध को तत्पर, आक्रमण जाना।।१०७०।।

तुरन्त लिये संभाल, अस्त्र शस्त्र अपने। भरत हुए दुश्मन, रहे न हैं अपने।।
राम से बोले, न भरत पालें सपने। अवध राज्य है उनका, पर वन हैं अपने।।१०७१।।

सेना उनकी बाणों से, चूर करुँगा। अपने राम और वनों, से दूर करुँगा।।
याचक बने हैं, मजबूर करुँगा। मसल कुचल, उसके शूर धरुँगा।।१०७२।।

मगर राम विश्वस्त, शान्त ही रहे थे। बैठे ही मृदु मन्द, मुस्काते रहे थे।।
भरत के आने से, आश्वस्त शान्त रहे थे। समाचार से ही मन, बहलाते रहे थे।।१०७३।।

लक्ष्मण को ही उल्टे, समझाया बुझाया। कहा रख दो अस्त्र, शस्त्र क्यों उठाया।।
थी राज्य पिपासा, जो अब तक छुपाया। समझो राज्य भरत से, तुमको दिलाया।।१०७४।।

भरत को मैं जानता, बचपन से अब तक। उसे लोभ छू भी, सका न बिना शक।।
देखो ठीक से हो न, पिता का श्वेतछत्र। भरत तुम समझते, रहे जिनको अब तक।।१०७५।।

मुस्काने लगे राम, हुए लक्ष्मण लज्जित। दिखीं थी माताएं, रथ पे सुसज्जित।।
दिखे नहीं पिता, छूटे कदाचित। मिलने आए थे या, लेने को संगठित।।१०७६।।

जिनकी खुशियों की, हम प्रार्थना करते। उनके ही सुख को, मार के जी न सकते।।
भाइयों का सुख छीन, सुख पा न सकते। अधर्म के रास्ते से, कुछ पा न सकते।।१०७७।।

राम भरत मिलाप

भरत उसी क्षण, आए पास दौड़ते। भूमि पे बैठे, राम को दुःख से देखते।।
पकड़े चरण, अश्रु धाराएं छोड़ते। कहा साधु बनके, न पहचाने जाते।।१०७८।।

राम ने लिपटाया, गले से लगाया। पूछा पिता को, तू क्यों छोड़ आया।।
दुबला हुआ है, क्या दिल से लगाया। बोले भरत, आपको लौटाने आया।।१०७९।।

राजा बनना धर्म, कर्त्तव्य आपका। पिता का अन्तिम कर्म, कर्त्तव्य आपका।।
सबसे बड़े पुत्र हैं, सर्वस्व आपका। राज्य व पिता धर्म, कर्त्तव्य आपका।।१०८०।।

पिता की मृत्यु, ने दिल को चीरा। दु:ख पीड़ा ने, राम को तोड़ा घेरा॥
झट से तर्पण का, उठा लिया बीड़ा। किनारे नदी के, जल संकल्प फेरा॥१०८१॥

दे दी श्रद्धांजलि, और श्राद्ध कर दिया। तिलान्न दे दिया, पिण्ड दान कर दिया॥
अस्थि विसर्जित, कर अर्ध्य भर दिया। अन्तिम नमन, सपरिवार कर दिया॥१०८२॥

चल कर मंदाकिनी, से पर्ण कुटी तक। पैदल लौटे सब, भारी कदम रख॥
स्वर्णिम थीं सीता, थीं श्वेत कमल झक। धूल धूसरित, कुम्हलाई गईं थक॥१०८३॥

सादर बिठाया, वशिष्ठ को राम ने। बाकी सभी को, बिठाया था सामने॥
भरत जी झुके, राम के पाँवों को थामने। हृदय पर रखा, बोझा उतारने॥१०८४॥

हा!हा! आपने कैसे, मुझको था छोड़ा। राज पाट माँ बाप, सब को था छोड़ा॥
धन्य कर दिये जंगल, अपने से जोड़ा। महल ने अमन, चैन आप संग छोड़ा॥१०८५॥

रोती बिलखती, रहीं थीं मांएं। रहें सैन्य प्रजा भी, अशान्त कुम्हलाए॥
दरबार सिंहासन, सब सूने जाएं। विरह अग्नि भाई आप, और न सुलगाएं॥१०८६॥

आएं साथ, राज्याभिषेक हेतु वापस। भोली प्रजा को, चलें देने ढ़ाढ़स॥
आक्रमण हो रहे, विनाशियों के वापस। अयोध्या के राजा को, क्यों बनना तापस॥१०८७॥

बिना आपके मैं, कुछ न कर सकता। संभल सकेगी, मुझसे न यह सत्ता॥
आस पास का ही, न मैं देख सकता। रहेगी मुझमें, कैसे क्या दूर दर्शिता॥१०८८॥

ज्येष्ठ भाई मेरे, आप ही सहारा। आपका आलिंगन, अभय हमारा॥
नहीं छोड़ सकता, मैं यह सहारा। चलें साथ मेरे, मैं बेसहारा॥१०८९॥

श्री राम जी बोले, छोड़ दो चिन्ता। मान लो आज्ञा, और पा लो प्रसन्नता॥
भरत गद्दी लो, मानो मुझको पिता। अनर्थ अधर्म मैं, न होने दे सकता॥१०९०॥

बार बार की, भरत ने विनती। बार बार दी, वशिष्ठ ने सुमति॥
दी विद्वान, जाबालि ने सुमति। मगर राम की सुपुष्ट, तटस्थ प्रकृति॥१०९१॥

बोले जाबालि वे, शरीर मात्र थे। दशरथ आज पंचतत्व, को प्राप्त थे।।
अस्तित्व गया, संबन्ध साथ ले। अवध अनाथ, जब कि राम साथ थे।।१०९२।।

हताश भरत ने, कहा सुमन्त से। घास का आसन, बिछे तुरंत से।।
करूँगा मैं तप, कहा सुमन्त से। उठाया राम ने, व्यर्थ मुझे प्रयत्न से।।१०९३।।

प्रजा जनों से, कहा भरत ने। करें प्रार्थना मिल जुल के, जतन से।।
राम ही राजा हों, है आपका मत ये। भरत का जप तप, गूँजेगा वन से।।१०९४।।

हँसे राम जो व्रत, छोड़ूँ अधूरा। वही तुम अनुज मेरे, करोगे पूरा।।
वन में संग में, लक्ष्मण करें पूरा। तुम्हें राज काज, है करना पूरा।।१०९५।।

रोलूँ राम के, पाँव की धोवन ले लूँ। अपनी बुद्धि के, हर संशय धो लूँ।।
खड़ाऊँ आपकी मैं, दुःख मोचन ले लूँ। इसकी कृपा से, राज काज श्रम को लूँ।।१०९६।।

भय्या आप टस से, मस न हुए तो। साथ खड़ाऊँ ही, चले कहें तो।।
राज सिंहासन पे, रखी रहे वो। तन मन धन से राज, करे कहें तो।।१०९७।।

रहूँगा मैं भी, अयोध्या से बाहर। राज्य पादुका के, नाम करा कर।।
साधुवत मैं भी, रहूँगा वन जाकर। वहीं से रक्षा, प्रजा को दिलाकर।।१०९८।।

वापसी में मिले, भर व भारद्वाज। बोले भरत आप, दशरथ बने आज।।
कुल का शील धर्म, है आपके सर आज। पिता का सत्य व्रत, अमर करें आज।।१०९९।।

मिलते हुए गुह, से वापस आए। दुःखी अंधेरे, भी साथ लाए।।
सूना महल था, सूनी हवाएं। गद्दी पे रख दीं, राम की पादुकाएं।।११००।।

बोले भरत जी, दुःख मेरा अपना। नन्दिग्राम में रह, कर ही है कटना।।
हैं राम जी जानते, प्रबन्ध अपना। कार्य संचालित, वहीं से है करना।।११०१।।

रख के अनासक्त, निस्वार्थ भावना। प्रभु का करते, हुए ध्यान साधना।।
रीति सुनीति से, कर्त्तव्य पालना। प्रजा के कल्याण हित, राज्य संभालना।।११०२।।

तपश्चर्य की, इसी व्यवस्था से। श्री राम चन्द्र की, सुनियोजितता से।।
वन में बसी, राक्षसों की सत्ता से। छुटकारा संभव है, राम की अस्मिता से।।११०३।।

असुर जो छाए, पड़े सारे वन वन। सबसे बड़े है, हमारे यह दुश्मन।।
राम जी के संग संग, चल पड़े लक्ष्मण। कटते मरते छँटके, रहेंगे दुशमन।।११०४।।

श्री राम चन्द्र जी के, नयन मन चरण। कमल पुष्पों से, छाए हैं वन वन।।
काँटे बीनते हुए, चलेंगे लक्ष्मण। पराक्रम के लेंगी, सिया श्री परीक्षण।।११०५।।

चुभेंगे राक्षस शूल, रक्त बहाते। बढ़ेंगे राम लक्ष्मण, राहें बुहारते।।
महकेंगे फूल, वन में खिलखिलाते। जीवन की राहें, निष्कंटक बनाते।।११०६।।

चित्रकूट में खर

रावण का मौसेरा, भाई था खर। चित्रकूट बस, गया था आकर।।
प्रतिदिन नए, उपद्रव वो कर। सताता डराता, रहा ऋषि मुनिवर।।११०७।।

राम को दुःखड़ा, सुनाते थे ऋषि मुनि। चित्रकूट छोड़, जाते थे ऋषि मुनि।।
राम उन्हें समझाते, हे! ऋषि मुनि। निर्जन क्यों वन कर, जाते है ऋषि मुनि।।११०८।।

भरत अभी छोड़, गए है राम को। आप भी छोड़ कर, चले हैं राम को।।
कैसे चैन अब, आएगा राम को। चित्रकूट क्यों कर, भाएगा राम को।।११०९।।

विराट असुर, बालासुर और नामुची। खर के नामों की, लम्बी है सूची।।
ऋषि मुनियों को भी, सताने की सूची। सुनी न कही, जा सकेगी समूची।।१११०।।

ऋषि याज्ञवल्क्य के, थे तीन बेटे। चन्द्रकान्त महामेधा, विजय नाम के थे।।
शिव के शाप से, राक्षस हो गए बेटे। हुए खर दूषण, विराध नाम के वे।।११११।।

चौदह ब्राह्मण छात्र, थे याज्ञवल्क्य के। वे भी राक्षस, रह गये बनके।।
सेना पति हुए, वे खर दूषण के। जन स्थान में, रहे दण्डक वन के।।१११२।।

पश्चिम पहाड़, अबुझमल से। पूर्वी घाट के, उन्नत तल तक।।
छत्तीस गढ़, उड़ीसा के उत्तर से। आँध्र प्रदेश के, दक्षिण अंचल तक।।१११३।

दण्डक वन, अति विस्तृत था फैला। पूरब पश्चिम, उत्तर दक्षिण के शैला।।
बसने वालों को दे, दण्ड यह विषैला। बंजर भूमि, शुष्क हवा से मैला।।१११४।।

तीनो मरे राम से, शाप मुक्त हो गए। शिवागम सीखकर, ज्ञान युक्त हो गए।।
रुद्राक्ष लिखी, भाषम् लेखन कर गये। खर चिदाम्बरम् में, तप युक्त हो गए।।१११५।।

माल्यवान से, शिव विधा मिली थी। खर को उपदेश, और दिशा मिली थी।।
शिव से तीन लिंग, मन मुराद मिली थी। हाथों गले में लटकाए, चला बली भी।।१११६।।

थका तो रख दिये, तीनों लिंग नीचे। उठा न पाया, शिव की माया थी पीछे।।
बाएं वैकोम, दाएं एतूमत्तूर जी थे। गले का लिंग, कडाकुरुक्षेय जी थे।।१११७।।

यह तीनों लिंग में, पूजे जाते हैं। एक सी दूरी, कथा सच्ची बताते हैं।।
खर को वृत्तासुर, बालासुर बताते हैं। नामुची सा जिन्हें, इन्द्र मुक्ति दिलाते हैं।।१११८।।

देख रेख में, व्याग्रपाद जी की। जिनको दिखे थे, शिव और पार्वती।।
चर्चा है व्याग्र पाद पुरम, गाँव की। पूजा होती, वृश्चिक कृष्ण आठ की।।१११९।।

व्याग्रपाद जी तप करने, निकले थे। परशुराम देव जी, मार्ग में मिले थे।।
नए नाम तब मंदिरों, को मिले थे। शिव, वैष्णव, चैतन्य के, हो अब चले थे।।११२०।।

छठे अवतार थे, विष्णु भगवान के। परशुराम जी कर्त्ता हैं, प्राण प्रतिष्ठान के।।
दिन भर दर्शन, तीनों भगवान के। कैलाश में, शिव दर्शन जैसे मान के।।११२१।।

अनुसूया के पति, ज्ञानी श्री अत्रि। प्रथम गुरु, आयुर्वेद के थे श्री अत्रि।।
ज्योतिष गणित और, खगोल शास्त्री। गद्य और पद्य के, भी थे महारथी।।११२२।।

ऋग्वेद के पाँचवें, मण्डल से निकले। सप्तऋषि के, तारा मण्डल से निकले।।
ईश्वर की इच्छा के, एक पल से निकले। नाद योग की, ध्वनि के फल से फले।।११२३।।

तीन ब्राह्मणों के, नाद योग से पाए। 'ऊँ' शब्द की पहली, खोज वे थे लाए।।
'अ' गौतम 'उ' को अत्रि खोज लाए। 'म' भारद्वाज जी, प्रथम खोज से लाए।।११२४।।

'अ' ब्रह्मा हैं, जो जग को जन्माते हैं। 'उ' विष्णु हैं, जो जगत को पालते हैं।।
'म' हैं महेश, जो संसार को मारते हैं। भारद्वाज ऋषि, अविष्कार कर बताते हैं।।११२५।।

ब्रह्मा जी, ऋषि गौतम के पिता थे। 'अ' की महत्ता के, खोजी दाता के।।
वाणी के भगवन, वेद के रचयिता थे। पति सरस्वती के, मनु के पिता थे।।११२६।।

ब्रह्मा के मानस, पुत्र थे ऋषि अत्रि। वैश्यों क्षत्रियों के, गोत्र थे ऋषि अत्रि।।
गुरु वशिष्ठ के, भाई थे ऋषि अत्रि। प्रजापतियों के भी, स्त्रोत थे ऋषि अत्रि।।११२७।।

ब्रह्म का व्रत है, 'ऊँ' का उच्चारण। ब्रह्मा का व्रत ही, है 'ऊँ' का धारण।।
अत्रि थे प्रथम गुरु, महा असाधारण। ब्रह्मा विष्णु शिव, 'ऊँ' शब्द के कारण।।११२८।।

महर्षि अत्रि

तीन ब्राह्मणों ने, खोजा था 'ऊँ' शब्द। गौतम ऋषि ने 'अ' अत्रि ने 'उ' शब्द।।
भारद्वाज ने खोजा था, 'म' का शब्द। अत्रि ने ही खोजे थे, भू भुवः स्वः शब्द।।११२९।।

प्रथम गुरु हुए, 'ऊँ' से अत्रि। ऊँ भू भुवः स्वः, खोज के अत्रि।।
क्षत्रियों वैश्यों के, गोत्र थे अत्रि। प्रजपतियों के, स्त्रोत थे अत्रि।।११३०।।

चित्रकूट से, कुछ ही दूरी पर चलकर। कई झरनों से, उछल निकलकर।।
मंदाकिनी बह रही थी, कल कल। राम लक्ष्मण सिया, चले संभल कर।।११३१।।

पहुँचे तीनों, अत्रि मुनि के आश्रम। पत्नी महासती, अनुसूया के आश्रम।।
पति पत्नी के, तप श्रम के आश्रम। आशीष लेने बढ़े, साहस पराक्रम।।११३२।।

महासती के, चरण छुए जब। महाशीर्वचन, सिया को मिले तब।।
धुले मले बिना, स्वच्छ रहते वे सब। सुहाग के वस्त्र आभूषण, मिले तब।।११३३।।

महर्षि अत्रि की पत्नी - महासती अनुसूया

कर्दम प्रजापति, व देवाहुति की। चौबीस पुत्रियों में, अनुसूया एक थीं।।
कपिल ऋषि की, बहन भी वो थीं। अत्रि मुनि की, वो पत्नी नेक थीं।।११३४।।

सतीत्व का उनमें, तेज था ऐसा। स्वयं ईश्वर में, ही होता जैसा।।
देवों ने नभ में, था देखा जैसा। नारद मुनि ने, बताया था जैसा।।११३५।।

अनुसूया का रूप भी, था अति सुन्दर। त्रिदेव की पत्नियों, से भी श्रेष्ठतर।।
पति ऋषि अत्रि, की सेवा सुश्रूषा कर। दिव्य तेज मिला, उन्हें और भी श्रेष्ठतर।।११३६।।

सुन सुन प्रशंसा, ब्राह्मणी लक्ष्मी गौरी। आश्चर्य चकित, हो हो थकी थीं हारीं।।
बोली, पतियों! ब्रह्मा! हरि! त्रिपुरारि!। जाएं लें सतीत्व की, परीक्षा इसकी भारी।।११३७।।

अपनी अपनी पत्नियों, की यह ज़िद सुन। पहुँचे सती के घर, अकेली थीं जिस क्षण।।
भिक्षा माँगी कहा, दें कपड़े पहने बिन। सतीत्व के बल पर, पा गए वे बचपन।।११३८।।

त्रिमूर्त्ति पति जब, घर नहीं लौटे। पत्नियों के चिन्तित, लटके थे मुखौटे।।
गयीं देखने वे, क्यों नहीं लौटे। क्षमा और वर लिया, पुत्र हो के लौटे।।११३९।।

पत्नियों ने सती से, वर ले के छुड़ाया। पुत्र रूप में फिर से, पतियों को पाया।।
अनुसूया ने सतत, सतीत्व निभाया। सफल थी प्रभुओं, को पुत्र बनाया।।११४०।।

ब्रह्मा जी पुत्र रूप, में दत्तात्रेय हुए थे। विष्णु पुत्र रूप में, ऋषि दुर्वासा हो गए।।
त्रिनेत्र लौटे तो, चन्द्रात्रि हुए थे। अनुसूया के श्रेष्ठ, सतीत्व से पुत्र हो गए।।११४१।।

अत्रि मुनि के आश्रम में - सीता, राम और लक्ष्मण

पहुँचे सीता राम, और लक्ष्मण। अत्रि व अनुसूया, महासती के आश्रम॥
तीनों ने झुक, छुए उनके चरण। उन दोनों से, मिले आशीर्वचन॥११४२॥

महासती ने, सीता जी को। महाशीष दे, जीता था जी को॥
दिये वस्त्र हों, न मैले कभी जो। बिना धुले रहें, स्वच्छ सभी जो॥११४३॥

बोलीं पतिव्रता, बन के सीते घूमो। मार्ग दिखाती, वन वन तुम घूमो॥
पति के कष्ट, वहन करती घूमो। दिखाओ शक्ति, दुःख दमन करती झूमो॥११४४॥

रख लो मंगल, यह सारे वस्त्राभूषण। टीका मांग भरो करके, मुझको स्मरण॥
सुहाग चिन्ह, देता है शक्ति आमरण। अक्षय शोभा तुम, करोगी धारण॥११४५॥

मां के जैसी रही, सिय पे हमेशा। अपने पति राम के, प्रेम की वर्षा॥
दुःख के बादल, रहे छँटे हमेशा। पति सुख से भीगी, सिया रही थी हर्षा॥११४६॥

शची के पति इन्द्र, के वामन भाई। अत्रि से राम ने, अति प्रशंसा पाई॥
अनन्य संस्कृति, भक्ति की हुई बड़ाई। नीति सत्य प्रीति, चतुराई की पाई॥११४७॥

कहा मनुष्य जो, बिना जलन के। ईश्वर भक्ति करें, सदा लगन से॥
बिना तर्क वितर्क, अथवा उलझन के। शान्त एकाग्र चित्त, तपी लगन से॥११४८॥

उनके ही होते हैं, प्रभु राम रघुराई। राम की प्रीति, उन्होंने भी यूँ पाई॥
राम के चरणों से, हर इच्छा पाई। सत् चित्त आनन्द की, भी हुई भरपाई॥११४९॥

क्षण भर के सुख के, मोह में जो छलते। अधर्म आचरण, वो हैं कर जाते॥
अपने असंख्य, जन्मों में दुःख भरते। परम गति से नहीं, वे हैं तर पाते॥११५०॥

हुए कौन तप, हम ऋषियों से। प्रभु आप मिलें, स्वयं ऋषियों से॥
मान ज्ञान गुण, और इन्द्रियों से। परे राम चन्द्र, मन विषयों से॥११५१॥

ब्रह्म व जीव के, बीच में माया। लखन राम बीच, सिया की काया।।
अत्रि अनुसूया, को शीष नवाया। तीनों ने आगे, कदम बढ़ाया।।११५२।।

पहुँचे दण्डक, वन को पालती। भूमि दस वर्षों, के अकाल की।।
खर विराध से, जो बेहाल थी। फंसी रावण के, राक्षसों के जाल थी।।११५३।।

दण्ड अकाल, उत्पात बढ़े जो। राम प्रभु के पद, हठात पड़ें तो।।
कटें मरें खर, विराध चढ़ें जो। रावण उदर शर, हठात जड़ें वो।।११५४।।

तृतीय चरण

राम का वन गमन

तमसा नदी पर रुका रथ सुमंत का। उतरे राम जिनके, पग पे वसन्त था।।
खग मृग सहित प्रेमी, सारा दिगंत था। राम थे मगर उनका, आदि न अन्त था।।११५५।।

पशु पक्षियों ने, उन्हें प्यार से देखा। तमासा नदी ने, चरण स्पर्श कर रोका।।
पर राम ने छूटे, संसार को देखा। शोक निमग्न, प्यारे परिवार को देखा।।११५६।।

सुमंत से कहा जाओ, देखो अवध को। चिंता रहित करना, सारे अवध को।।
कुशल हूँ समझाओ, जाके अवध को। जनता सप्रेम, राज्य दे दे भरत को।।११५७।।

चले आगे वन में, यह प्रथम रात थी। दिन भर के व्रत से, विशिष्ट रात थी।।
ताजी हरी घास, सेज इस रात थी। अवध की प्रजा, राम जी के साथ थी।।११५८।।

तड़के सवेरे, निवृत्त हो बढ़े थे। जनता को सोती हुई, छोड़ के बढ़े थे।।
राम लक्ष्मण सीता, नदी पर खड़े थे। दक्षिण की ओर, गंगा छोर पे खड़े थे।।११५९।।

दिखे दूर से तीनों, आते वहाँ पर। निषाद राजगुह, आ पहुँचे वहाँ पर।।
बोले है सौभाग्य, कि आप है यहाँ पर। आपकी ही भूमि पे, गुह का बना घर।।११६०।।

अवध के राजा राम, अवध की ही भूमि। निषाद राज गुह भी, प्रजा जिसकी भूमि।।
समझें इसे घर, है आप की ही भूमि। आपके चरण छू, के धन्य मैं व भूमि।।११६१।।

हृदय से लगा, आदर सत्कार कर के। पकवान विविध, खाद्य उपहार भर के।।
बोले निषाद, रात्रि व्यवहार कर के। रहें यहीं चौदहों वर्ष, उपकार कर के।।११६२।।

राम ने गुह जी, को अंक में लिया भर। कहा प्रेम वश, मिलने आया यहाँ पर।।
वनवास करूँगा, हो साधु यहाँ पर। भूमि पे सो लूँगा, कंद मूल खा कर।।११६३।।

राम और सीता, अशोक वृक्ष के नीचे। भूखे ही जाकर, पड़े आँखें मींचे।।
यह देख लक्ष्मण से, कहा गुह ने पीछे। सजी सेज सो लो, आराम से यहीं पे।।११६४।।

त्रिलोकी पुरुषोत्तम, यदि घास पे सोएं। रघुकुल वधू जानकी, भी घास में सोएं।।
महलों में माँ बाप, बिना आस के सोएं। लक्ष्मण पे नींद फटके क्यों, पास में होए।।११६५।।

कटी रात आँखों ही, आँखों में फिर तो। महल आ पड़ा, वन की बाहों में फिर तो।।
जंगल ही जंगल, थे निगाहों में अब तो। फटी पौ थे पैर, वन की राहों में अब तो।।११६६।।

मिली आगे गंगा, महा वो विशाल थी। लक्ष्मण ने गुह से, नाव एक माँग ली।।
गुह ने तुरन्त एक, नाव भी संभाल दी। त्रिमूर्त्ति के लिये वो, धारे पे डाल दी।।११६७।।

सूरज निकलने से, पहले ही उठकर। सिया राम लखन, नित्य क्रिया से निबट कर।।
जा बैठे गुह की, उसी नाव पे चलकर। गुह और सुमन्त से, विदा उपकृत होकर।।११६८।।

रोया सुमन्त, राम ने समझा बुझाया। राजा भरत को, यशस्वी बताया।।
दशरथ कैकेयी की, सूझ को दर्शाया। राजा प्रजा रिश्ता, कर्त्तव्य बताया।।११६९।।

प्रजा वो जो राजा को, जी जान से माने। राज्य के हित को, वो जाने पहचाने।।
राजा को सूचित कर, बूझे सूझे जाने। कर्त्तव्य हित करना, और करवाना ठाने।।११७०।।

राजा वही जो, महलों के मोह छोड़े। हिम्मत दिलेरी, विश्वासों को जोड़े।।
झूठे भ्रमों और, लालच को तोड़े। प्रजा को सुखों, शान्ति की ओर मोड़े।।११७१।।

लौटा सुमन्त, छूटे गुह और प्रजा जन। बढ़ी नाव बैठे, सिया राम लक्ष्मण।।
मझदार में माँगा, व्रत पूरा करें हम। सफल लौटे वनवास, पूरा करें हम।।११७२।।

नदी पार कर, राम जी लक्ष्मण से बोले। अकेला मैं तुम, पूरी सेना अकेले।।
आगे मेरे तुम चलो, सबसे पहले। सुरक्षित सिया दोनों, के बीच चल लें।।११७३।।

दिन भर चले, रात में सो वट के नीचे। तड़के मुनि, भारद्वाज के आश्रम पहुँचे।।
आतिथ्य स्वीकार किया, पैर उनके छू के। एकान्तवास को फिर, वे चित्र कूट पहुँचे।।११७४।।

कालिन्दी नदी पार, है चित्रकूट बताया। भरे कन्द मूल, फल व फूल हैं बताया।।
राम चन्द्र पे विश्वास, अटूट है बताया। भरद्वाज ने राम को, बिछा जूट बिठाया।।११७५।।

चिड़ियों की चह चह में, संगीत हँसेगा। फूलों की मह मह में, हर गीत खिलेगा।।
नाचते कूदते सारा, समय बीत चलेगा। रहते सहते चलते, कदम बढ़ चलेगा।।११७६।।

दण्डक वन में राम - विराध वध

चलते चलते देखा, था आगे राम ने। घनेरे दण्डक वन के रास्ते में सामने॥
सीता लगी थी, सांसों को थाम ने। और लक्ष्मण लगे थे, धनुष बाण संवारने॥११७७॥

पहाड़ सा राक्षस, शूल की नोक पर। शेर और हाथियों, के मुण्ड घोंपकर॥
खड़ा था बाघ की, वो खाल ओढ़कर। देह भर कच्चा मांस, और खून थोपकर॥११७८॥

हाथों में भरे हुए, अस्त्र शस्त्र शूल था। झपट के जकड़ लिया, सिया को फूल सा॥
झटक के उचक के, उड़ा दिया धूल सा। गर्जा छोकरों तुम तो, निशानी हो भूल का॥११७९॥

कौन हो दिखते हो, अभी बच्चों के जैसे। वेश रखे तपस्वियों से, सच्चों के जैसे॥
रखते अस्त्र शस्त्र हो, कच्चों के जैसे। साथ सुन्दरी रखते, लुच्चों के जैसे॥११८०॥

ऋषियों के वेश में, व्यभिचारी हो लगते। ढ़ोंगी पापी, दुराचारी हो लगते॥
भूख और काम की, महामारी हो लगते। खुश हूँ मैं इस, प्राण प्यारी को रखते॥११८१॥

सीता उसके क्रूर, हाथों में फँस कर। डरी पत्ते जैसी, काँप रही थी थर थर॥
राम लक्ष्मण भी, देख रहे थे डर कर। क्यों आए थे वन में, सीता को लेकर॥११८२॥

तब राम को हिम्मत, दी थी लक्ष्मण ने। सांसें लगी थीं, जब उनकी उखड़ने॥
मानो पत्नी देंगे गँवा, वो भी क्षण में। किंकिर्त्तव्य विमूढ़, हो रहे थे वो मन में॥११८३॥

बोले लक्ष्मण, भाई! हे! शक्ति पहचानिये। आप तो इन्द्र से भी बली हैं, यह जानिये॥
खड़ा मैं यहीं आपका भाई, युद्ध मानिये। इस दैत्य के खून से, भूमि सींचना ठानिये॥११८४॥

दबा दिया था मैंने, क्रोध आपके सामने। अयोध्या में हुए आप पे, अधर्म के सामने॥
देख सिया भाभी, राक्षस के हाथ में। क्रोध फिर फूटा है, पटा दूँगा प्राण ले॥११८५॥

इन्द्र ने छिद्रित करके, पंख अभी हाल में। उड़ते जाते पर्वत, धरे थे पाताल में॥
इक्शवाकु के वंश धर, तो ऐसे काल में। बाणों से दैत्य, ठूँसते देते हैं पाताल में॥११८६॥

समझदारी से, लक्ष्मण ने काम निकाला। राम के होश का, पता रखा संभाला॥
बिगड़ के जिससे राम ने, हुँकार निकाला। पूछा कौन हो क्यों, यह तुमने हाल कर डाला॥११८७॥

बोला मैं तो पुत्र, जव और शतह्रदा का हूँ। विराध नाम से मैं, तो जाना जाता हूँ।।
आवाज़ से ही अपनी, आकाश फटाता हूँ। ब्रह्मा के वर से मैं, लाशें पटाता हूँ।।११८८।।

यह सुन तीक्ष्ण बाण से, उसे राम ने मारा। छेदी देह कि खून का, फटा था फव्वारा।।
दर्द से चीखा, बाण खा के तड़पा बेचारा। सीता हाथ से छूटी, पर झपटा दोबारा।।११८९।।

राम ने शरों से, शरीर उसका पटाया। विराध ने झटक के, हर शर धड़ गिराया।।
दबोचा भाइयों को, कंधे उठा बिठाया। भाइयों ने हाथ तोड़, धड़ से धड़ गिराया।।११९०।।

घूँसों से लातों से, पीटा उसे लथेड़ा। चिहुँका चीखा, वो चिल्लाया चिंघाड़ा।।
न शान्ति आई, न मौत का ही थपेड़ा। तेजस्वी भगवन राम ही, हैं आप दहाड़ा।।११९१।।

बोला विराध, धन्य हुआ आज मैं भगवन। अच्छी तरह मेरी, दबा आप दें गर्दन।।
प्रभु ताकि आपके, मैं छू सकूँ चरण। फिर बन जाऊँ गंधर्व, करें शाप का मर्दन।।११९२।।

मैं गंधर्व था, हुआ हूँ शाप से राक्षस। मुक्ति मोक्ष मृत्यु, हुई मेरी परिमार्जक।।
उपाय है कट के, गड़ जाये भूमि में राक्षस। गंधर्व होके चल दूँ, मैं लोक अपने पावक।।११९३।।

राम और लक्ष्मण ने, सुन वैसा ही करके। विराध को शाप मुक्त, कर के भेजा था घर पे।।
गंधर्व बन के वो, फिर से नाच गान करके। रिझा राम लक्ष्मण को, चला गया था घर पे।।११९४।।

सीता को सारी, यह कहानी सुनाते। श्री राम चले, ऋषि शरभंग के रास्ते।।
देवेन्द्र देवगण, संग बैठे थे वहां पे। छू मंतर हो गए थे, वे राम के आते।।११९५।।

दण्डकारण्य में शरभंग ऋषि

शरभंग नाम के ऋषि यह, रहते थे अरण्य में। पहले से जान गए, राम हैं आए वन में।।
राम रूप विष्णु थे, यहाँ धर्म रक्षण में। भूत और भविष्य देख सकते थे, ऋषि मन में।।११९६।।

आदि काल से ऋषि, राम की रहे थे चाह में। पुण्य कर्म फल पाने की, रहे थे चाह में।।
आ हा! राम सिया आते, लक्ष्मण के साथ थे। बोले फल के तो होते, कर्त्ता ही पात्र थे।।११९७।।

शरभंग की फल कामना थी, मिले राम शरण। पूर्ण हुई करके, आश्रम में राम के दर्शन।।
त्याग की भावना ले के, राम आए हैं वन। रहेंगे शरभंग पुत्र सुतीक्ष्ण के, ही वे आश्रम।।११९८।।

आत्माग्नि पथ पर चलें, पा लें स्वर्ग धाम। युवा देह घूमेंगे, वन वन राम आप पूर्ण काम।।
जाएं पुत्र सुतीक्ष्ण के, घर में है पूर्ण आराम। शरभंग ऋषि बोले, विष्णु हैं आप पूर्ण राम।।११९९।।

दशरथ के नन्दन को, प्रजा देखने आई। शरभंग के आश्रम में, बड़ी भीड़ लगाई।।
मंदाकिनी तट पर, पंपा पर शाम हो आई। राक्षस खुद लगे मरने, जिससे जान सी आई।।१२००।।

सुरक्षा प्रजा को, राजा से है मिलती। ऋषि मुनियों से, तप की शक्ति है भरती।।
कांति शान्ति तो, बस राम से है मिलती। प्रजा राम की प्रार्थना, कर्बद्ध है करती।।१२०१।।

प्रजा की सुरक्षा ही, राजा का धर्म है। वनवास में पालित, हुआ भाग्य का कर्म है।।
निश्चिंत रहें योग, तप ज्ञान धर्म हैं। मारुँगा राक्षस अभय, यह राम का धर्म है।।१२०२।।

धर्म कर्म से राक्षस, खेलें खून की होली। कृत कृत्य प्रजा, राम ही राम श्री बोली।।
राम के संग से, आया आराम बोली। वन जीवन तो नहीं, हँसी ठिठोली।।१२०३।।

चले राम विदा, ले के ऋषि शरभंग से। समझा के धर्म कर्म, तप बल फल ढ़ंग से।।
बातों की झड़ियाँ, लगा अपने रंग से। पूछा था सीता ने, पति से उमंग से।।१२०४।।

जो झूठ बोलते हैं, पर स्त्री हैं चाहते। संतो को केवल, हैं दबाते सताते।।
पर श्री राम आप, सत्य धर्म ही मानते। तपस्वी बन कर फिर क्यों, अधर्म निभाते।।१२०५।।

तपस्वियों का धर्म, कर्म है यज्ञ व पूजन। नत मस्तक बंद आँखों, व्रत जाप व पूजन।।
धनुष बाण लटकाए, करते हैं रक्षण। राजा नहीं फिर भी, युद्ध रत है तन मन।।१२०६।।

कहा राम ने, सीता हो प्रबुद्ध पवित्री। किया सिद्ध हो तुम, राजर्षि सुपुत्री।।
पीड़ित शरणागत का, रक्षण धर्म है क्षत्रिय। न्याय हेतु दुष्ट का, दमन धर्म है क्षत्रिय।।१२०७।।

राजा नहीं फिर भी, धर्म रहा क्षत्रिय। ऋषियों का रक्षण, कर्म रहा अब भी।।
स्त्री हन्ता झूठों का, वध ही है धर्म भी। अधर्म व अन्याय का, दमन कर्म है अब भी।।१२०८।।

मेरी सह धर्मिणी, अलग हो न मुझसे। न्याय धर्म निभाते, विलग हो न मुझ से।।
सीता प्रसन्नचित्त हुई, निर्मल सुख से। सुनीति व ज्ञान मिला, खुद पति के मुख से।।१२०९।।

सुतीक्ष्ण की कुटिया में राम

सुतीक्ष्ण को खोजते, चले राम थे आगे। घने दण्डक के तो, अरे! भाग्य जागे।।
झरने मयूरी हिरन, हँसते भागे। फल फूल बूटे, खिले पीछे आगे।।१२१०।।

कुटिया जब सुतीक्ष्ण की, मिली तीनों ठहरे। जंगल में रहने के, कई राज़ हैं गहरे।।
भरा पूरा सुन्दर, तपी ढ़ेरों ठहरे। जंगल के पशुओं से डरे, चाहें पहरे।।१२११।।

दण्डक के राजा, आप ही हैं श्री राम। सुतीक्ष्ण की कुटी ही, बना लें अपना धाम।।
बना लूँगा कुटी, पास में ही बोले राम। दुष्ट कष्ट मिटा के, भर दूँगा आराम।।१२१२।।

सुतीक्ष्ण से मिल के, लौटने लगे थे। आपस में बातें, वे करने लगे थे।।
संदेह सीता मन में, उठने लगे थे। उमड़ घुमड़ के प्रश्न, मथने लगे थे।।१२१३।।

सुतीक्ष्ण को करके, चलते हुए राम राम। बोली स्वामी रहें, वन में चुप छुप गुमनाम।।
दुष्टों का वध तो है, राजाओं का ही काम। तपस्वियों सा हो के, रहेंगे बिना काम।।१२१४।।

छोड़ आए राज्य, हम तो राजा नहीं हैं। ऐश्वर्य से महलों के, नाता नहीं है।।
जंगल में वल्कल की, साधुता सजी है। क्षत्रिय हो के हमने, क्षत्रियता तजी है।।१२१५।।

अधर्म करेंगे हम, यदि अस्त्र न छोड़ें। हमने मारना सोंचा, अपने शस्त्र न छोड़ें।।
बने हम तपस्वी, श्रम का यह कर्म छोड़ें। एकान्त साधना से ही, बस नाता जोड़ें।।१२१६।।

क्षमा करें नाथ, कि यह धृष्टता की मैंने। प्रश्न पूछ के, उच्छश्रृंखलता की मैंने।।
लालच अज्ञान की, पात्रता देखी मैंने। मानवों की अति, निम्नता देखी मैंने।।१२१७।।

सीता लक्ष्मण संग, साधु जैसे रहते। क्षत्रिय धर्म पालते, ऋषि रक्षण करते।।
करें शान्ति भंग जो भी, उनसे निबटते। रहे राम जंगल में, सुख शान्ति भरते।।१२१८।।

दण्डकारण्य से पंचवटी - अगस्त्य ऋषि आश्रम

दस वर्ष रहते, बीते दण्डकारण्य में। आनन्द सुमंगल के, स्वच्छ वातावरण में।।
वन के नैसर्गिक, शुद्ध पर्यावरण में। कोकिल कमल कूल, कान्ति किरण में।।१२१९।।

अगस्त्य मुनि की, कुटिया में चले राम जी। सुतीक्ष्ण के तपी, गुरुजी के धाम ही।।
मुनि बोले नभ तक, दशरथ का हो नाम भी। चौदह वर्ष सफल, वन में रहें राम श्री।।१२२०।।

चकोर बने अगस्त्य, राम चन्द्र को देखें। नयन कमलों को, भँवरा बन के देखें।।
बोले राम मुझे, आप वो मन्त्र दे दें। राक्षस दमन, दुःख हरण मंत्र दे दें।।१२२१।।

विश्वकर्मा निर्मित त्रोण, धनुष और खड्ग। मुनि ने दिये, राम ने सादर लिये रख।।
बोले मुनि रहो राम, गोदावरी के तट। सीता के रक्षण को, रहो अति सजग।।१२२२।।

तरुणी तन्वी अतीव, सुन्दरी है सीता। कठिन वन जीवन, पति के प्रेम के बल जीता।।
चंचल आम यदि होती, तो करती फजीता। डोलती फिरती उड़ती, तितलियों सी सीता।।१२२३।।

सीता अरुंधती जैसी, विशिष्ट है भगवन। सुन्दर कर रखेगी, राम लक्ष्मण के मन।।
पका देगी स्वादिष्ट, कंद मूल भोजन। राम लक्ष्मण करते, रहिये उसका रक्षण।।१२२४।।

अरुंधती है, गुरु वशिष्ठ की पत्नी। मिजर वशिष्ठ बने, अल्कोर उनकी पत्नी।।
सप्तऋषि तारे हो गए, यह पति पत्नी। भूमि से आकाश तक, गए संग पति पत्नी।।१२२५।।

पवित्रता शालीनता की, सिया भी प्रतिमूर्त्ति। सौभाग्य की देवी है, आदर की प्रतिमूर्त्ति।।
जहां भी रहेगी, भरेगी खूबसूरती। कुटिया में होगी, किरणों की परिपूर्त्ति।।१२२६।।

अगस्त्य बोले, माया वृष्टि राम आपकी। गूलर वृक्ष सी है, सृष्टि राम आपकी।।
हम फल के कीट, चाहते दृष्टि आपकी। ब्रह्माण्ड वृक्ष के फल, जैसी सृष्टि राम आपकी।।१२२७।।

अगस्त्य ऋषि की महिमा - वातापि इल्वल

तराजू के एक पलड़े, में ज्ञान अगस्त्य का। दूसरे में विंध्य से, हिम गिरि तक का।।
तुले तो होगा, ज्ञान का पलड़ा नीचा। अगस्त्य का भारी, पर्वत का हलका ऊँचा।।१२२८।।

शिखर पर कैलाश के, पृथ्वी के उत्तर। उमा और शिव के, विवाह का था अवसर।।
मेहमानों से दबकर, गिरा नीचे उत्तर। दक्षिण पर कदम रख, अगस्त्य लाए ऊपर।।१२२९।।

पृथ्वी संतुलित किये, रखते थे अगस्त्य। विंध्य का ऊँचा, बढ़ना रोके थे अगस्त्य।।
पूर्व से पश्चिम, सूर्य की गति रखते निर्विघ्न। विंध्यांचल लिटाए, रखते थे अगस्त्य।।१२३०।।

वातापि इल्वल थे, दो दुष्ट राक्षस भाई। मिले जब अगस्त्य से, उनकी आफ़त आई।।
कट कर जुड़कर, जीते रहते आतताई। अगस्त्य ऋषि के तप ने, पीसे दोनों भाई।।१२३१।।

बुलाते घर दोनों, जिमाने को ब्राह्मण। वातापि बन बकरा, पक बनता भोजन।।
इल्वल उसे पका कर, जिमा देता ब्राह्मण। बकरा दर्द करता पेट में, मरते ब्राह्मण।।१२३२।।

वातापि वातापि, पुकारता जब इल्वल। पेट चीर बाहर भड़, निकल पड़ता इल्वल।।
भय्या गले लगो, कह के हँसता तब इल्वल। हज़ारों ब्राह्मण चिरवाते, दोनों यूँ मिल।।१२३३।।

पर अब की श्राद्ध पर, अगस्त्य को बुलवाया। वातापि बकरा ही, उनको भी खिलवाया।।
पुकार पर इल्वल की, पेट ऋषि ने थपथपाया। किया भस्म बकरा, जठराग्नि में पकवाया।।१२३४।।

मार डाला भाई को, इल्वल टूटा ऋषि पर। क्रोधाग्नि से उसे भी, भस्म कर गए ऋषि वर।।
अब तो अगस्त्य नाम से, असुर मरते डर कर। हिम्मत नहीं करते, पास भी आएं फटक कर।।१२३५।।

पंचवटी के पास : जटायु से भेंट

सीता राम लक्ष्मण, दण्डकारण्य छोड़ चले थे। पंचवटी जाने के, रास्ते में बढ़े थे।।
सहसा खग विशालकाय, देख रुक पड़े थे। मायावी न हो सोच, ठिठक जड़ खड़े थे।।१२३६।।

देखा गौर से, एक गरुड़ आ रहा था। गरुड़ को लगा, मित्र दशरथ आ रहा था।।
पूछा कौन आप, मुख दशरथ सा लगा था। तरुण बोले उन्हीं के, पुत्र हैं सो लगा था।।१२३७।।

पंख में समेट बोला, वो मेरे थे हम दम। श्याम गौर पुत्रों में, पिता का सा दम खम।।
संपाती का भाई मैं, जटायु गया यहीं रम। गरुड़ के भाई अरुण के, दो पुत्र हैं सुनों हम।।१२३८।।

पुराने मित्र दशरथ, के पुत्रों से मिल कर। पंख छत्रों में सिमटा, मिला उनसे खुल कर।।
पूछ बैठा, कहां मित्र के घूमें पुत्र जंगल भर। बोले पुत्र वे गए स्वर्ग, छोड़ दिल पे पत्थर।।१२३९।।

फिर तो लग गयी थी, झड़ी आशीषों की। जटायु ने जम के, उनसे आशिकी की।।
कली वन में लाकर, जला रहे हो सिय सी। कहो तो पहुँचा दूँ, पंचवटी छांव में पंख की।।१२४०।।

बोले हूँ सुपुत्रों, पिता के समान मैं। तुम सबके रक्षण को, दे दूँगा जान मैं।।
निश्चिंत लेता अपने हाथ, तुम्हारी कमान मैं। पिता छूटे तो क्या, बचे मेरे प्राण हैं।।१२४१।।

बोले राम कर्बद्ध, पिता श्री प्रणाम है। कृत कृत्य धन्य, निश्चिंत हुआ आज राम है।।
ज्वलंत वन में, आपकी छाया विद्यमान है। राम लक्ष्मण सीता, के प्राणों में प्राण हैं।।१२४२।।

आज्ञा दें पिता श्री, आगे काम ही काम हैं। राम को दें आशीष, जहां न आराम है।।
पिता का स्वप्न पूर्ण करने, ही वन में राम है। उनके राज्य में राक्षसों, का कुछ न काम है।।१२४३।।

जाओ वत्स पूरा करो, तुम उनका सपना। राम राज्य हो यह, मेरा भी है सपना।।
पत्नी फूल सी है, तुम दोनों रक्षण करना। बीहड़ वनों की शान्ति, सन्तों अक्षुन्न रखना।।१२४४।।

पंचवटी में राम लक्ष्मण सीता

छटा पंचवटी की, प्राकृतिक नैसर्गिक। सिया राम लक्ष्मण आए, हो उठी स्वर्गिक।।
झरनों झीलों का, बिखरा कौतुक था दैविक। करते संगीत नृत्य खेल, रोमांचित आकर्षित।।१२४५।।

स्वर्णिम है यह, जंगल यहां खूब कटेगी। मनाएंगे मंगल, हर खुशियां खिलेंगी।।
माल्यवती की कल कल, गाती रहेगी। लताएं कलियां बिछ बिछ, हँसती रहेंगी।।१२४६।।

नाचती खेलती डोलती, सीता रहेगी। पत्थर फूलों कलरव, की मीता रहेगी।।
पर्णकुटी बनाएंगे, सीता रहेगी। कुटिया वन में वास हित, सुभीता रहेगी।।१२४७।।

खुले नभ के नीचे, हरा भरा खिला वन। सुगन्धित पवन पुष्प में, भँवरों की गुनगुन।।
चादर बेल बूटों की, चिड़ियों की चुन चुन। सूरज चांद किरणों की, दिन रात छुन छुन।।१२४८।।

प्रकृति का भण्डारा, सफलतम चलेगा। खुला नभ, हरित वन जटित फूल फलेगा।।
सनन् सन् पवन, जल शुद्धतम मिलेगा। स्वच्छन्दता प्रसन्नता, महल भी न देगा।।१२४९।।

लक्ष्मण ने खोदा गाड़ा, पत्ते जुटाए। अति करागरी से, घरौंदे बनाए।।
पुष्पी वन्दनवार, सीता जी ने सजाए। कुटिया में सेज, झूले चूल्हे लगाए।।१२५०।।

कौशल से लगन से, बना ली पर्णशाला। लक्ष्मण ने भाई राम को, अति खुश कर डाला।।
सानन्द जतन कर, अभाव हर एक टाला। प्रेम भाव से भर डाला, हर शून्य का प्याला।।१२५१।।

वशिष्ठ गुरु का आश्रम, रहा था विद्यालय। अनन्य शिक्षा का था, अपूर्व वो शिक्षालय।।
शिष्यों ने बनाया, था जंगल आनन्दालय। अस्त्र शस्त्र चला, मार असुर शान्ति आलय।।१२५२।।

उत्तम पर्णकुटी, लक्ष्मण की राम ने देखी। गर्व प्रेम व आनन्द से, एक दृष्टि फेंकी।।
लगाया गले, लक्ष्मण ने गर्दन टेकी। बना ली कुटी उसी, शिक्षा पे जो सीखी।।१२५३।।

झरनों की गुन गुन से, हम मन भरेंगे। पशु पक्षी बूटों के संग, खेल करेंगे।।
आनन्द से फल चुन चुन, खाया करेंगे। तृप्ति कंद मूल चख चख, पेट भरेंगे।।१२५४।।

जाते हुए गोदावरी में, संध्या स्नान को। पिछली याद सताने, लगी थी श्री राम को।।
कहा लक्ष्मण से, पूरे भरत के सब काम हों। विशुद्ध प्रकृति के हैं, पिता के समान वो।।१२५५।।

बोले लक्ष्मण माता, कैकेयी स्वयं दुर्गुण हैं। भरत तो हैं त्याग मय, नहीं कोई अवगुण है।।
बोले राम बुराई, करना स्वयं दुर्गुण है। हम सब साथ खेले, मुझे सब स्मरण हैं।।१२५६।।

स्नान ध्यान कर के, पिता का किया तर्पण। राम ने पितरों को, किया पिण्ड अर्पण।।
सीता जी भी साथ थीं, और साथ थे लक्ष्मण। अधूरी प्रक्रिया की, मगर पूर्ण समर्पण।।१२५७।।

मार्ग शीर्ष का, चल रहा था महीना। प्रिय जनों की याद ने, किया छलनी सीना।।
राम पूर्ण चन्द्रमा थे, उज्ज्वल नगीना। चांदनी में छलकी, एक छलना हसीना।।१२५८।।

पंचवटी में शूर्पनखा

पास में आकर वो, श्री राम से बोली। रानी हूँ इस वन की, पर फिर भी भोली।।
अकेली हूँ भटकी, मगर तुम पे डोली। बनो मेरे पति, और भरो खाली झोली।।१२५९।।

हँसे राम ने हँस कर, उसको बताया। विवाह हो गया मेरा, सिया को है पाया।।
अकेला है मेरा यह भाई, यहां बताया। तुम दोनों अकेलों, जुड़ो वक्त आया।।१२६०।।

यह सुन खुशी से, गयी लक्ष्मण के पास। बोली मुझको अब से, तुम्हारी लगी आस।।
अपने भाई से भी, तुम लगते मुझे खास। खुशियां बटोरो, ले आई तुम्हारे पास।।१२६१।।

महारानी हूँ सैर, कराऊँगी मैं तुमको। शेर और चीतों से, बचाऊँगी मैं तुमको।।
विवाह करके राजा, बनाऊँगी मैं तुमको। सपनीली दुनियां में, घुमाऊँगी मैं तुमको।।१२६२।।

लक्ष्मण जी बोले, तपस्वी हूँ मैं तो। भाई राम का बस, एक सेवी हूँ मैं तो।।
सीता भाभी का भी, सेवक ही हूँ मैं तो। दस और हों भाभियाँ, तो भी सेवी मैं तो।।१२६३।।

राम तो हैं राजा ही, तुम भी हो रानी। शादी कर लो, कर लो शुरु नई कहानी।।
उप पत्नी सीता रहे, तुम पटरानी। सेवा में लक्ष्मण की, कोई है न सानी।।१२६४।।

सिया ओर दृष्टि फेंक, वो राम से बोली। सूखे काँटे से, क्यों हो भर लाए झोली।।
खा पी हजम, इसको कर लेंगे बोली। जंगली प्रजा सारी है, मेरी हम जोली।।१२६५।।

यह कह सिया पे, झपट वो पड़ी थी। सिया डर के राम से, लिपट सी पड़ी थी।।
लक्ष्मण की तलवार, सटक उठ खड़ी थी। नर रूप स्त्री, झटक रूप खड़ी थी।।१२६६।।

दैत्यों के आकार की, हुई थी वो बढ़के। हाथ केश दाँत और, नथुने थे फड़के।।
शूर्पनखा नाम, हँस के बोली वो चढ़के। खर दूषण भाई, मेरे आएंगे तड़ से।।१२६७।।

बच तो न पाओगे, तुम लोग हमसे। विवाह ही एक रास्ता है, जी लो इस दम से।।
अब कोई इस वन में, न बोलेगा तुमसे। कोई जंगली खुश अब से, होगा न तुम से।।१२६८।।

लंकेश वीर रावण भी है, भाई मेरा। बनो मेरे वन में, जमाने को डेरा।।
बहुत बड़ बड़ करता, कुरूप मुख यह तेरा। कहा लक्ष्मण ने और, फंसा उसको घेरा।।१२६९।।

जाकर बताना, उन भाइयों से अपने। ऊँचे आसमान तक, न पहुँचाएं सपने।।
दो नर भाई आ गए, वन में उनको डसने। रख लो बचाके, अब कान नाक अपने।।१२७०।।

नर सुंदर होते हैं, राक्षस कुरूप हैं। लोभ मोह मद काम, क्रोध के स्वरूप हैं।।
भलाई बुराई के, ये अंधे कूप हैं। मार के पटा देंगे, हम गुण धर्म रूप हैं।।१२७१।।

लक्ष्मण ने कहकर, चला दी थी तलवार। कट कट गिरे नाक, और कान एक ही वार।।
बहा खून बुक्का फाड़, रोयी वो ज़ार ज़ार। दे गालियां पलटी, भागी थी इस बार।।१२७२।।

पंचवटी में खर दूषण त्रिशिर

चौदहों सेना पतियों, को पटाकर। माँग लाई खर, से वो जनस्थान जाकर।।
रामचन्द्र की कुटिया, के बाहर गुहारकर। खड़ी हुई शूर्पनखा, थी क्रुद्ध खार खाकर।।१२७३।।

इशारा करके अन्दर, राम लक्ष्मण सीता। बोली मारो इनको, नहीं रखना जीता।।
अधम इन नरों का, है जो रक्त पीता। असुर वो इन कुल, नाशियों से है जीता।।१२७४।।

सुना राम ने तो, वहीं से वे बोले। खूनी होली यूँ ही कोई, कभी न खेले।।
अगर कुछ चाहिये तो, अन्दर आ के ले ले। बेमतलब दण्ड यहां, खड़े न पेले।।१२७५।।

सिया राम लक्ष्मण, हम आए हैं इस वन। तपस्या रत होने, करने ऋषि रक्षण।।
यदि खोट कोई नहीं, आपकी बुद्धि मन। जाए गंवाएं न जान, न हो आक्रमण।।१२७६।।

पर जब न माना, राम की बातें वो सैनिक। राम ने चलाए बाण, मर गए वो सैनिक।।
पांव शूर्पनखा के, उखाड़ गिराए सैनिक। भागी सर पे पांव रख, बचे हुए ले सैनिक।।१२७७।।

महाकाल शूर, फेर के बुद्धि जो भेजे। राम ने बाणों से, सद्गति को भेजे।।
कृपा कर के उनके, परलोक सहेजे। खर के कुलनाशी, घर वापस भेजे।।१२७८।।

चौदहों सेनापति, खर के गए मर। राम के बाणों से, समझो वे गए तर।।
शूर्पनखा ने अपने, हाथ पाँव दिये धर। लौट खर के पिछवाड़े, पीटे गयी सर।।१२७९।।

भागी दौड़ी पहुँची, भाई दूषण के घर। हारे सारे खर के, सैनिकों को लेकर।।
मदद माँगने में, लगी थी वो रुक कर। दबोच ले राम लक्ष्मण, को वो ही चल कर।।१२८०।।

ले चलो सेना, अपनी चौदह हज़ारी। चूको न हार न हो, दूषण तुम्हारी।।
पड़नी है गाज, राम लक्ष्मण पे तुम्हारी। अकेली घेर के, मार दी बहन तुम्हारी।।१२८१।।

हुँकारे भरते गरजी, दूषण की सेना। मारो पकड़ो कहती, चली कहीं रुके न।।
घसीटना राम की स्त्री, छुप कर रहे ना। जकड़ के रखना, कहीं हँसती दिखें ना।।१२८२।।

काजल की लगती थी, पहाड़ पंखधारी। उड़ती चली दूषण की, सेना अति भारी।।
असंख्य थे भयानक, राक्षस अस्त्रधारी। हाथ पैर धड़ मुण्डों की, चौदह हजारी।।१२८३।।

अंतर्यामी राम ने, उधर कहा लक्ष्मण से। सीता को छुपा लो, सुरंग में जतन से।।
कुटी के तहखाने में, बंद कर निर्जन से। लक्ष्मण तुम संग रहना, उसके रक्षण पे।।१२८४।।

छुपे सीता लक्ष्मण, जब प्रकट था दूषण। स्मित थे अकेले राम, धनुष था कुल भूषण।।
चौदह हज़ार राक्षसों ने, किया था आक्रमण। निश्चल थे तटस्थ राम, लगे थे कुल भूषण।।१२८५।।

घमासान युद्ध, शुरु हो गया फिर। राक्षसों से राम, चारों ओर से गए घिर।।
सूर्यवंशी सूर्य का, उदय हो गया फिर। किरणों के जैसे, राम के फूटे शर फिर।।१२८६।।

बहने लगी हर दिशा, शर की धारा। चीन्हा किया लक्ष्य, हर राक्षस मारा॥
घोड़े रथ हाथी व, सारथि मारा। मरा था खर चूर-चूर, दूषण भी हारा॥१२८७॥

चौदह हजार सैनिक, और राम अकेले। चारों तरफ बाण, छोड़ते वे खेले॥
कुचल मसल तोड़, रखूँगा अकेले। दूषण ने सोंचा, पड़े जान के लाले॥१२८८॥

दूषण मरा तो, असुर उसके रक्षक। बढ़ते चले आए, हो राम के भक्षक॥
राम जी के आगे बने, प्राणों के भिक्षुक। राम जी के बाण नहीं, अधर्मी के रक्षक॥१२८९॥

बजाता रहा, पंचवटी में जो डंका। राम के बाणों से, धाराशायी निशंका॥
खर से भी आगे, त्रिशिर लड़ता धमका। सबसे पहले रथ, उसी का था चमका॥१२९०॥

रावण के सात पुत्रों, में एक था त्रिशरा। तीन सर थे उसके, मिला नाम था त्रिशरा॥
तिगुने क्रोध से बुद्धि, भरा रहता त्रिशरा। रावण को अत्यन्त ही, प्यारा था त्रिशरा॥१२९१॥

असुर त्रिशरा ने, ऐसा फैलाया धोखा। तीरों की वर्षा करके, राम को रोका॥
इस वर्षा को बीच में, ही राम ने रोका। रक्त वर्षा शर से, त्रिशरा का शर रोका॥१२९२॥

खर का गर्व राम ने, किया धूल घूसरित। फिर भी वो युद्ध में, रहा स्वयं तिरोहित॥
कवच भेदा राम का, किया था अनावृत। राम जी का मरना, किया था सुनिश्चित॥१२९३॥

कहा श्री राम ने कि, धर्म मैं न छोड़ूँ। चाहें तो देह से, स्वयं प्राण छोड़ूँ॥
राम बाण कहें, राम का पथ मैं न छोड़ूँ। अच्छे कर्मों का तो, मर्म मैं न तोड़ूँ॥१२९४॥

बहुत बड़ बड़ करता, नराधम ही तू है। प्रशंसा में रत अपनी, किस दम से तू है॥
शूर वीर असुर हम, नर कीड़ा भर तू है। मसल के रगड़ के, रख दें राम थू है॥१२९५॥

इतना कह के खर ने, गदा दे के मारी। राम जी के बाण से, टूटी चूर बेचारी॥
उखाड़ वृक्ष फेंक के, मारा राम को भारी। राम बाण लगा, भड़का निकली चिंगारी॥१२९६॥

इन्द्रबाण अब खर की, छाती पे मारा। राम ने ढ़हाया, गिरा था बेचारा॥
निडर देव गंधर्व, किन्नर थे सहारा। सिद्धों मुनियों बीच छायीं, खुशियां दोबारा॥१२९७॥

राम को गले से, उन्होंने लगाया। पुष्पों की वर्षा की, जयगान गाया।।
लक्ष्मण सीता को, कहीं अब चैन आया। छिपे थे निकल आए, मंगल मनाया।।१२९८।।

सच्चाई की जय जय, सत्य धर्म की जय जय। श्री राम के नाम की, सत्य धर्म से जय जय।।
ज्ञान बुद्धि की जय, सत्य कर्म की जय जय। श्री राम के नाम, इन्द्रीय जीत की जय जय।।१२९९।।

खर दूषण त्रिशिर पे, राम बाण की जय जय। असुरों पे सत्य धर्म के, राम बाण की जय जय।।
मारे अधर्मियों को, धर्म मार की जय जय। मद मोह लोभ क्रोध पे, कर्म वार की जय जय।।१३००।।

लंका में रावण सभा

लंका में अकंपन

युद्ध से अकंपन, बचा जान भागा। राम से डर रावण को, शूर मान के भागा।।
निर्जन हुआ अपना, जन स्थान अभागा। बिना आपके सबने, दे दी जान मैं भागा।।१३०१।।

किया काण्ड किसने, है मौत किसकी आयी। गर्जा था रावण, हिम्मत किसमें आई।।
अग्नि पवन सूर्य, या यम आतताई। काँपा अकंपन, प्रणत जीभ चिपकाई।।१३०२।।

डरो मत तुरन्त, मुझको वो नाम बता दो। रावण हूँ मैं राजा, हर काम पता दो।।
सुकुमार है युवराज है, राम नाम पता हो। खर दूषण त्रिशिर, किये तमाम पता हो।।१३०३।।

अयोध्या से आया, बसा पंचवटी में। सन्यासी बना रहा, रहा था कुटी में।।
अकेला योद्धा सा, लड़ा था कुटी से। भाई भाभी के संग, छुपाया कुटी में।।१३०४।।

किसकी मदद ली थी, रावण ने पूछा। मदद को लड़े देवेन्द्र, देव गण क्या पूछा।।
बुलाए गए थे या, लड़े स्वयं कर इच्छा। जवाब ''एक अकेला'', सवाल बार बार पूछा।।१३०५।।

रावण था भड़का, चला था दहाड़ता। सामने पड़े उसको, मैं चीर के फाड़ता।।
बोला अकंपन, यह कार्य है पहाड़ सा। करें राई सा चुपसे, मर जाए वो भाण्ड सा।।१३०६।।

उपाय बताया कि, है राम की स्त्री। अत्यन्त सुन्दर ऐसी, कि देवियां जलती।।
चुरा के बना लें, उसे अपनी स्त्री। कि मर जाएगा राम, विरह में ही जल्दी।।१३०७।।

अप्सराओं सी होगी, उसकी सुन्दरता। डोलने लगा रावण, का तुच्छ अन्तर था।।
विचलित हुई बुद्धि, भर गई आतुरता। कामना उमड़ उफ़नी, भड़की आकुलता।।१३०८।।

पंखों लगे अपने, सोने के रथ पर। भागा तुरन्त रावण, खिंचता खच्चर पर।।
उड़ने लगा था, वो आकाश के पथ पर। रुका पंचवटी जा के, मारीच के घर पर।।१३०९।।

मारीच है रावण, शरण में तुम्हारी। हुई जनस्थान में, बहुत मारा मारी।।
राम ने चुरा ली, सुन्दरता ही सारी। मैं बदला लूँगा, चुरा उसकी नारी।।१३१०।।

बोला था मारीच, होश अपने संभालो। बिल सांप का है, न हाथ अपने डालो।।
पराई स्त्री पर तुम, नयन स्वप्न न पालो। राम नर के हाथों, कुलनाश न करवा लो।।१३११।।

मारीच की बातों को, रावण ने माना। नर से अमरत्व में, करी भूल थी माना।।
ब्रह्मा का वर, याद कर उसने ठाना। लौट गया रावण, न होगा दीवाना।।१३१२।।

लंका में शूर्पनखा

सोने की नगरी, श्रीलंका का राजा। रावण के यश का, भी था डंका बाजा।।
विद्वान असुर लोभी, दस सिर का राजा। कुबेर भाई को लूटा, बन बैठा वो राजा।।१३१३।।

सोने के सिंहासन पे, अपने बैठा। स्वर्णिम महल, बीस भुजाबल पे ऐंठा।।
भयंकर एक अंधड़, उठा चौंक बैठा। घुसी शूर्पनखा, तो महल चौंक बैठा।।१३१४।।

रो रो के बोली, हे! रावण महान हे। बहुत दिल लगाया था, जिस जन स्थान से।।
सूना किया एक, नर ने कमान से। गए खर दूषण भाई, त्रिशिर पुत्र भी जान से।।१३१५।।

कहर ऐसा बरपा, दिया जनस्थान में। असुर बिंधने लगे, मरे तीर कमान से।।
एक मानव का, बाण जगा वर्त्तमान में। फँसाया असुर कुल, को जिसने तूफान में।।१३१६।।

जागृत होके कहता, असुर नृप हुआ मृत। मानों वे नर पी के, चले आएं हों अमृत।।
असुरों को मार दें, कुचल बाँधे जीवित। या फिर चला बाण, कर दें उन्हें मृत।।१३१७।।

कहें सब कि दो नर, एक नारी के कारण। छुप के डरा बैठा, कायर है रावण।।
छिना मान बहन का भी, था जिन के कारण। छिपा उनसे मुँह, फिर रहा है यह रावण।।१३१८।।

दिल पर रखो हाथ, सुन लो ओ! भय्या। बहन का रुदन और, विलाप मेरे भय्या।।
था वो पंचवटी में, पर्णकुटी की छय्या। बैठे ही गिराई, राम ने गाज़ हे दय्या।।१३१९।।

गोदावरी नदी के, तट के उप जंगल में। राक्षस गणों के, रास रंग मंगल में।।
राम ने कुटी से ही, युद्ध कर दंगल में। भाई व भतीजा, फँसा लिये चंगुल में।।१३२०।।

हताहत कर असुर, सारे गण मान। मेरे पुत्र के भी, लिये उसने ही प्राण।।
मार छोड़ा मेरा, सुपुत्र शंवर बेजान। पर्णकुटी में बैठा, मारता रहा बाण।।१३२१।।

खर दूषण भाइयों की, गया शरण में। दु:खी हो के शंवर, मेरा पुत्र मन में।।
धरा पंटवटी में, उसे श्री राम चन्द्र ने। हवाले किये उसने भी प्राण, एक क्षण में।।१३२२।।

चौदह हज़ार सैनी, सेना नज़र की। अकेले ही राम ने, वो तितर बितर की।।
लक्ष्मण संग सीता, छिपा बेखबर की। कुटिया के नीचे में, खोह एक जिधर थी।।१३२३।।

निपट अकेला, नर था वो लक्ष्मण। विनम्र विवाह, मैंने किया था निवेदन।।
देखी साधु बने, दम्भी की अकड़न। विवाहित भाई का, दिया था प्रलोभन।।१३२४।।

राम नाम के उसके, उस नीच भाई ने। फिर फिर फेरा, मुझ अबला को।।
करो प्रताड़ित, कह कसाई ने। व्यंग्य से देखा था, सिया सी बला को।।१३२५।।

नाक कान कटे मेरे, लक्ष्मण के वार से। अकेली अंजान घिरी, दो धार तलवार से।।
दर्द खून की जलती, हुई क्रुद्ध धार से। तड़प लिये भागी जान, हथेली पे हार के।।१३२६।।

बन्द करो ओ! प्यारी, बहना प्रलाप यह। काल अपना बुला, लिया राम ने आप है।।
तुच्छ मानवों की, महज ढोल की थाप यह। डरीं क्यों न समझीं, रावण स्वयं प्रताप है।।१३२७।।

अपनी बना लो भाई, तुम राम की पत्नी। उठा कर ले आओ वो, हीरे की कनी।।
भुगतवा दो राम को, बुरी उसकी करनी। मिलेगी शान्ति मेरे, भाइयों को कितनी।।१३२८।।

चढ़ी सब सरों पर, सीता की सुन्दरता। मनों मस्तिष्कों पे, रावण के आतुरता।।
उथल पुथल करती, रही थी कामुकता। भभक आग भड़का गई, बहन की आकुलता।।१३२९।।

फिर से एक बार रथ, चढ़ा स्वर्णिम अपने। नदियों पर्वतों पार, उड़ा रावण रथ में।।
लगा राह में धन, बसन्त स्वर्गिक तकने। काम वासना और भी, धधका ली मन में।।१३३०।।

रावण दोबारा, पहुँचा मारीच आश्रम। बोला, ओ मामा करना है, अब कुछ और श्रम।।
हानि रावण की, कर चुका एक नराधम। पूरा मूल्य चुका के ही, अब मैं लूँगा दम।।१३३१।।

राम से बदला तो, अवश्य ही मैं लूँगा। उसकी सुन्दरी भार्या, अवश्य मैं हरुँगा।।
अपनी प्रिय बहन का ही, मैं बदला लूँगा। अकेली करके, उसकी पत्नी धरुँगा।।१३३२।।

लंका से पंचवटी

पंचवटी में रावण

सोचता हुआ पहुँचा, पंचवटी में रावण। हो के मामा मारीच, ऋषि बैठे आश्रम।।
तप कर असुर मारीच, हो चुका पावन। सिखाया था राम बाण ने, जप तप का यह श्रम।।१३३३।।

घुसा जैसे ही रावण, मारीच के घर पर। इस बार थे हर सर पे, राजा के तेवर।।
बना कर शिकार अब, फँसाना है हर नर। बहन का बदला राम की, सीता से लेकर।।१३३४।।

मारीच है प्रजा, और मैं राजा रावण। आज्ञा माननी उसे आज, है इसी कारण।।
सीता की चोरी में, मदद लेगा रावण। मामा जी का साधुत्व, मिटा देगा रावण।।१३३५।।

होगा खेल बराबरी का, अब से शुरु। धोखा पट्टी करके, सिया मुट्ठी करुँ।।
मायावी मनुष्य राम, हुआ साधु गुरु। मामा मायावी मेरे, असुर साधु गुरु।।१३३६।।

तुझे एक लुभावना, हिरन बनना होगा। बोला रावण देख, न मना करना होगा।।
मोह जाल में सीता, जकड़ रखना होगा। राम लक्ष्मण खींच, सिया से दूर रखना होगा।।१३३७।।

सिया के मन को हर के, दूर तक ले जाना। उसके मन मोही, राम को ठगना छकाना।।
लक्ष्मण को भी, सिया से अति दूर भगाना। सिया तक पहुँच को, निष्कंटक बनाना।।१३३८।।

तप और व्रत करके, दूर-दृष्टि मिली थी। भक्ति भाव से मारीच को, आत्म तुष्टि मिली थी।।
राम आए मन में, दिव्य शक्ति मिली थी। रावण की तो पर, अंध दृष्टि चली थी।।१३३९।।

रावण में भड़की, हुई थी कमजोरी। वासना ने जन्मा दी, उसमें थी चोरी।।
शूर्पनखा बहन उसकी, बँधी राम की डोरी। लक्ष्मण को मार कर, होगी लालसा पूरी।।१३४०।।

रहें राम लक्ष्मण, और चोरी हो सीता। शूर्पनखा ने समझो, राम लक्ष्मण को जीता।।
कुरूप देह की कमज़ोरी, ने रूप को जीता। सीता के सौन्दर्य, और गौरव को जीता।।१३४१।।

सफलतम बिछाया, शूर्पनखा ने था जाल। शौर्य भाई का तड़पा के, कर दिया बेहाल।।
भड़का दी वासना, पासा सिया रूप का डाल। पिसवाया सौन्दर्य को, दो पाटों में डाल।।१३४२।।

रावण मारीच संवाद

बोला मारीच, नहीं गलती की राम ने। इंन्द्रियां ही बस अपने, वश में की राम ने।।
धर्म का मार्ग ही, अपनाया राम ने। अंधा मगर किया था, रावण को काम ने।।१३४३।।

कभी शक्ति का गर्व, जब भरा था मुझमें। धर्म यज्ञ को ध्वस्त, किया था सुख में।।
असुर दिख गया था, तभी राम को मुझमें। बाण मार के, दूर फेंका उसी को समुद्र में।।१३४४।।

इसी कर्म से राम की, शक्ति को समझो। अचूक बाण की, उनमें धर्म भक्ति समझो।।
पावनाग्नि सीता यज्ञ, शक्ति को समझो। करेगी भस्म राख, उसकी विरक्ति समझो।।१३४५।।

अथाह सम्पदा के, स्वामी हे! लंकेश। असंख्य स्त्रियों के, हो गामी तुम लंकेश।।
जोडूँ हाथ न फूँको, इस यज्ञ में मुझे लंकेश। प्रजा हूँ मैं आप, मेरे स्वामी हैं लंकेश।।१३४६।।

रावण बोला आज नहीं हूँ, भांजा तेरा मैं। आज समझा दूँ कि, हूँ राजा तेरा मैं।।
सलाह मश्विरा कुछ, नहीं चाहूँ तेरा मैं। युक्ति आज्ञा मान ले, हूँ राजा तेरा मैं।।१३४७।।

विपरीत काल हुआ कि, दुर्बुद्धि घिर आई। समझा मारीच, कालिख रावण पे छायी।।
राजा की सुबुद्धि, अंध कूप में गँवाई। स्त्री मोह की ज़िद्दी, कालिख देह पुताई।।१३४८।।

नहीं बात मानूँगा तो, मार देगा मुझको। मानूंगा तो राम बाण, चीर देगा मुझको।।
एक ओर खाई में, गिर मरना मुझको। दूसरी ओर कुएं में, पड़ मरना मुझको।।१३४९।।

मृत्यु तो सुनिश्चित है, ऐसे या वैसे। मारीच को सोचना है, कि मरना है कैसे।।
रावण दे यदि मृत्यु, तो मुक्ति हो कैसे। लिखा राम के हाथों, ही तरना है जैसे।।१३५०।।

स्वर्णिम हिरन बन के, मस्त हो चला वो। कुलांचे भरता, मारीच मृग हो चला वो।।
जहां फूल चुनती, सिया मस्त चला वो। लगी देखने मोह ग्रस्त, तो खिला वो।।१३५१।।

स्वर्ण मृग मारीच ने मोही सीता

अहा! खाल सोने की, कैसी दमकती। रूपहले सिक्कों सी, हैं मणियां चकमतीं।।
भरे चौकड़ी तो, दुम रत्न झटकती। पूँछों आँखों की, मोतियां मन लपकतीं।।१३५२।।

अहा! मृग लुभा मन, लिये जा रहा है। जिया संग में खींचे, लिये जा रहा है।।
वनवास की यादों को, लिये जा रहा है। वापसी की चाहें, दिये जा रहा है।।१३५३।।

फूलों भरी डलिया, हाथों से पटक के। सीता मृग के पीछे, थी दौड़ी मटक के।।
राम और लक्ष्मण, देखते रह गए अटक के। प्रकृति भूल सीता, माया पीछे भटके।।१३५४।।

कहा लक्ष्मण ने यह, हिरन है मायावी। हरा भाभी मां का दिल, होता है हावी।।
इस मृग के पीछे, विनाश है संभावी। इसे मार दूँ मैं, बचा लूँ संभावी।।१३५५।।

लुभाता हुआ छद्म, उछल कूद रहा था। लुभ छुप के सत्य, पीछे भागता थक रहा था।।
सत्य बाण लगा तो, समझो छद्म मरा था। सत्य सूर्य उगा छल का, अंधकार मरा था।।१३५६।।

कहा राम ने लक्ष्मण, थोड़ा रुको तुम। भावी छुपा जो, वो हो जाने दो तुम।।
लुभाने चला छद्म, लुभाने तो दो तुम। छुपा सच प्रकट, सामने आने तो दो तुम।।१३५७।।

लौटी हाँफती सीता जी, बोली थीं राम से। अयोध्या को लौटेंगे, लगना है काम से।।
पकड़ लाएं बाग से, हिरन आप आराम से। बना लेंगे वन का, स्मृति चिन्ह आराम से।।१३५८।।

तेरह वर्ष बीते हैं, आया चौदहवां। पलक झपकेगी, होंगे वन से हम रवां।।
ज़िन्दा ही पालेंगे, मृग हम तो अब यहां। प्यार इसको दे के, भरेंगे ला जहाँ।।१३५९।।

महल ले चलेंगे, प्रतीक चिन्ह सा इसको। वन के सुहाने, अतीत चिन्ह सा इसको।।
जंगल के सुख के, खज़ाने सा इसको। बना ज़रिया मन को, लुभाने का इसको।।१३६०।।

जाएं और ज़िन्दा, पकड़ के ले आएं। थकाने लगे तो, बाण से रोक लाएं।।
चिन्ता को मेरी, आप दिल से भुलाएं। इस मृग में ही, वन की यादें समाएं।।१३६१।।

मरेगा यदि आप के, बाणों से यह मृग। समझूँगी मर के, गया मोहना ठग।।
पहचान ही चुकी थी, सिया है हिरन ठग। चर्म में बसा था, यह माया भरा ठग।।१३६२।।

तपी मारीच ओढ़े था, ठग चर्म मृग हो। छले जा रहा था, जो सीता के दृग को।।
चले राम ज़िन्दा, पकड़ने को मृग को। था बाँध लाने को, मृग चर्म ठग को।।१३६३।।

छला ही चुका था, जो सीता को छक कर। तपी मन छुपा था, आसुरी खाल ढक कर।।
लगा थक चुके राम, लगा पीछे चक्कर। पहुँचने लगा था, मृग अंजाम को थक कर।।१३६४।।

रहो तुम यहीं, रुक के सीता रक्षण में। गए राम तत्क्षण यह, कहकर लक्ष्मण से।।
सिया का कहा राम ने, रखा था मन में। राम के मन का आश्रय, बल लक्ष्मण में।।१३६५।।

स्वर्ण मृग के पीछे राम

चले दौड़ते राम, मृग के शिकार पर। रहे लुकते छिपते, जंगल भर निखार कर।।
दूर दूर तक दौड़ कर, रुके थक के हार कर। आखिर बाण चला ही दिया, चर्म पे वार कर।।१३६६।।

प्यार राम से, प्यार है राम के बाण से। मारीच का तो मर्म, भक्त हुआ बाण से।।
मृग के ठगी, चर्म को भी प्यार बाण से। मर के चर्म असुर, हुआ मुक्त प्राण से।।१३६७।।

श्री राम को हर वक्त, भक्तों से प्यार है। सिया राम भक्तों को, भी राम से प्यार है।।
सिया स्वर्ण स्वयं, ना उन्हें स्वर्ण से प्यार है। चर्म मृग असुर से, न मोह लोभ न प्यार है।।१३६८।।

असुर चर्म को आज तो, मरना ही चाहिये। मर्म भक्त है, नित उसे रहना ही चाहिये।।
रामबाण चला तो, असर करना चाहिये। जियें भक्त असुरों को, तो मरना ही चाहिये।।१३६९।।

राम बाण से मृग का, मर्म न मरा था। राम भक्त हो कर, वो समझो चरा था।।
राम भक्त कब, राम के बाण से मरा था। असुर हर मगर, राम के बाण ने धरा था।।१३७०।।

पति के पराक्रम पे, सिया का अधिकार है। मुफ्त स्वर्ण लेने लगें, वो तो धिक्कार है।।
पति पौरुष से, धन की प्राप्ति अधिकार है। असुर ठग या दें चोर, जो मुफ्त तो धिक्कार है।।१३७१।।

'हा! लक्ष्मण!' कहकर, श्री राम के स्वर में। मरा ठग जो जीता, था मृग देह घर में।।
मृग खाल में डाला, अमृत राम के स्वर ने। हुआ मुक्त मारीच, चला सीधा स्वर्ग में।।१३७२।।

लक्ष्मण ने खींची सीमा रेखा

सुनी सीता ने ज्यों ही, राम की पुकार थी। त्यों ही हुईं फिर से, मोह की शिकार थीं।।
लगीं करने लक्ष्मण, लक्ष्मण की गुहार थीं। डरीं चीखीं राम पे, यह असुरों की मार थी।।१३७३।।

लक्ष्मण बोले भाभी, राम जी तो राम हैं। हैं नर मगर वो, न नर कोई आम हैं।।
शिव 'ऊँ' है, शिव समान उनके काम हैं। पुंज शक्ति के, गुण व धर्म के वे धाम हैं।।१३७४।।

है किसमें दम कि जो, उन्हें मार देगा। या सामने पड़ के, न प्राण हार देगा।।
सदा रक्षण को लक्ष्मण, द्वार पर रहेगा। घुसेगा कोई तो वो, तुरन्त मार देगा।।१३७५।।

सिया को भी लक्ष्मण, न कमज़ोर जानो। राम रक्षण राम हित, कर्म सर्वोच्च मानो।।
सिया के हाथ है, घर की बागडोर जानो। राम का सुरक्षण, सिया रक्षण मानो।।१३७६।।

लक्ष्मण जी बोले, मैं राम का हूँ सेवक। राम जी की आज्ञा, का पालक परिपालक।।
आपके रक्षण व्रत पर, इस क्षण भी सेवक। राम की ही सेवा में, रत व्रत का साधक।।१३७७।।

राम की पुकार पे, अकर्मठ निश्चल तुम। दौड़ पास जाने की, न करते हल चल तुम।।
तकते खड़े सीता, को ही हर पल तुम। प्रभु रक्षण में दिखते, सुस्त पस्त निर्बल तुम।।१३७८।।

कैसे हो सेवक, न राम की न मेरी। सुनो न पुकारें, करो काम में देरी।।
रमी राम में राम के, रंग की चितेरी। चली मैं ही कुछ, और यदि इच्छा तेरी।।१३७९।।

राम की आवाज़ का ही, लेकर सहारा। चली मैं चली, राम नहीं बेसहारा।।
राम से परे लक्ष्मण, दिल आज तुम्हारा। घर का न घाट का, हुआ बेसहारा।।१३८०।।

भाभी मेरी ऐसा, अन्याय आप न करिये। राम की आज्ञा के, विमुख कार्य न करिये।।
खींची मैंने रेखा, आप दौड़ न करिये। चला राम के स्वर पर, मैं आप हाय न चलिये।।१३८१।।

खींची लक्ष्मण ने रेखा, कुटी के परिसर में। जलेगा चले जो, इसे पार करने।।
सुरक्षित रखेगी, रेखा आपको घर में। रहें सीमा में, न चलें पार करने।।१३८२।।

लक्ष्मण रेखा से, सिय रक्षण उपाय कर। पड़े दौड़ लक्ष्मण, माया स्वर की हाय पर।।
विरह बेला ने रखा, लक्ष्मण निरूपाय कर। त्रिमूर्त्ति विलग कर दी, विधि ने असहाय कर।।१३८३।।

अकेली सिया चल दीं, कुटिया के अन्दर। देखती रहीं, सीमा रेखा के अन्दर।।
भिक्षा दो भिक्षा दो, की आवाज़ सुनकर। निकलीं हाथों में, दान पात्र ले के सुन भर।।१३८४।।

बाहर आ के सीता ने, दृष्टि दौड़ाई। पड़ा एक भिक्षुक, त्रिदण्ड लिये दिखाई।।
काषाल वस्त्रों पे उसके, नज़रें टिकाईं। बोलीं ले लो भिक्षा, मैं ले आई भाई।।१३८५।।

भिक्षुक बोला बंधकर, न तुम मुझको दान दो। बंधन की भिक्षा का, कुछ भी न मान हो।।
बाहर आ स्वतंत्र हो सको, तो ही दान दो। वर्ना कह दो लौटूँ, पर यूँ न अपमान दो।।१३८६।।

सीता बोलीं खींची, है लक्ष्मण रेखा यह। करे पार जो भी, जला दे रेखा यह।।
रेखा बंधन नहीं है, सुरक्षण मेरा यह। सीमा पार करना, ही रोके रेखा यह।।१३८७।।

बोला भिक्षुक यूँ न, बहाने करो तुम। न दो भिक्षा यूँ न, दिखावे करो तुम।।
चलूँ खाली हाथ मैं, भण्डारे भरो तुम। स्वतंत्र होने का पर, जतन न करो तुम।।१३८८।।

चला था ही ब्राह्मण, कि सीता ने रोका। लौट आया वापस, उतारी थी पादुका।।
रेखा पर रखी अपनी, भिक्षुक ने पादुका। बोला रखिये पांव, सेतु बन गयी पादुका।।१३८९।।

देख कर पादुका, सीता ने पांव रखा। स्वतंत्र दान करने का, मन भाव रखा।।
पार कर ली रेखा, अबाध दान रखा। पूरा खींच लूं, वामन ने ताव रखा।।१३९०।।

सीता हरण

सीता को देखा जो, स्वतंत्र अपने सामने। ठगा ठग सौन्दर्य श्री, बढ़ा उसको थामने।।
अद्भुत् था जुटाया, यह धन दुष्ट राम ने। दसों सर दसों मन, किये कूचे काम ने।।१३९१।।

बढ़े हाथ बीसों, घसीट लिया सीता को। चढ़ा रथ पे उसने, उड़ा लिया सीता को।।
राक्षस था भिक्षुक साफ़, अब दीखा सीता को। सीमा पार करना, सिखा दिया सीता को।।१३९२।।

घुसा दूर दृष्टि में, अंधड़ सीता के। झुँका पास की दृष्टि में, धड़ धड़ सीता के।।
चुभा दिव्य दृष्टि में, कंकड़ सीता के। बंधी झूठ की पट्टी, स्वतंत्र चढ़ सीता पे।।१३९३।।

उड़ी जा रही थी, वो अंधड़ में फँसकर। खिंची जा रही थी, बवंडर में झुँक कर।।
अगर होश रहते, सँभल लेती डँटकर। न फिर रहती रावण, के चंगुल में फँसकर।।१३९४।।

मगर अब पछताना, गिरा दूध उठाना। चुगा खेत खुद ही पे, आँसू बहाना।।
खुली आँख की पट्टी, है रावण गिराना। सिया का अनोखा, स्वरूप है दिखाना।।१३९५।।

उधर राम का स्वर, चुराया गया था। इधर सीता का घर, चुराया गया था।।
लक्ष्मण से रक्षण, छुड़ाया गया था। विकट सा परीक्षण, कराया गया था।।१३९६।।

पंखों लगे रावण के, स्वर्ण रथ पर। कलपती भड़कती सिया, क्रुद्ध थी पथ पर।।
भिड़ी लड़ती मुक्कों, से छुटती कुपथ पर। बिलखती छोड़ो छोड़ो, कह चीखती पथ पर।।१३९७।।

खिंची जा रही थी, सिया युद्ध करती। सिसकती तड़पती, बेबस आहें भरती।।
ठहाके लगाता रावण, सिय बिसूरती। चिपकाता छिटकती, तड़ तड़ मुक्के धरती।।१३९८।।

भिक्षुक तो नहीं, पर मैं ब्राह्मण हूँ ब्राह्मण। हः हः हः मैं लंका का, राजन हूँ रावण।।
प्यारी सिया मेरे, बीस नयन मन भावन। तू ही हर दिल की रानी, मैं तेरा हूँ साजन।।१३९९।।

सोने के उस छोटे से, मृग में क्या देखा। रख बैठीं दृग मेरी, मृगनयनी यह क्या।।
दिखाने चला हूँ, वृहद् स्वर्ण लंका। हो रानी तुम उसकी, मैं राजा हूँ जिसका।।१४००।।

लंका का हूँ राजा, हर दिल से तुझे चाहूँ। लुटे दिल मेरे मैं, तुझे रखना चाहूँ।।
ऐश्वर्य से दामन, तेरा पूर्ण भरना चाहूँ। बीस बीस दिलों से, तुझे संभालना चाहूँ।।१४०१।।

यूँ कह के आया, ज्यों ही पास रावण। धक्का देके बरसा, दिया नयन सावन।।
नोचा खसोटा, नखों दांत से रावण। खिजाया तरसाया, सिया ने भी रावण।।१४०२।।

निर्भय हूँ निर्भया हूँ, अभया मैं सीता। कभी तुझसा रावण, नहीं मुझसे जीता।।
पादुका ही बिछा के, ठगी कर तू जीता। लगा सर पे जूता, करूँ तुझको रीता।।१४०३।।

पुरज़ोर चीखी, चिल्लाई गुस्साई। सीता ने कसकस, के डाँटे पिलाईं।।
दूर एक पक्षी ने, उड़ान थी लगाई। बड़े पंजों और चोंच से, चोंटे दिलाईं।।१४०४।।

रावण की आँखों, भुजाओं को नोंचा। सीता को छूने चुराने, पे नोंचा।।
बार बार उगी, आँखों बाहों को नोंचा। पंखों और पंजों, से रथ को भी खींचा।।१४०५।।

बोला जटायु हूँ, काटूँगा बाहें। सीता तक अगर, पहुँची गन्दी निगाहें।।
बूढ़ा हूँ सोंचकर, बढ़ा तू न चाहें। पटकूँगा चाहा जो, पुत्र वधू न चाहे।।१४०६।।

अभी पुत्री हित, प्राण ज़िंदा हैं मेरे। गले का पिता, उसका फंदा है तेरे।।
रथ खच्चर सारथि, ले कूचे जो तेरे। तेरी जान की आफत, परिंदा हूँ घेरे।।१४०७।।

यह सुन के रावण ने, पंखों को काटा। निकाली तलवार और, पंजों को छाँटा।।
कैसा परिन्दा, ले पंखों को काटा। हः हः हँस रावण ने, दुश्मन को छाँटा।।१४०८।।

धड़ धड़ गिरा था, जटायु भहराते। बोली कट मरेगा, तू भी राम के आते।।
पृथ्वी पर मरती हुई, निगाहें टिकाते। देखा ऊपर रावण को, सीता ले जाते।।१४०९।।

छोड़ रावण ने रथ, पकड़ी सीता कसकर। आया दूसरा रथ, चला उस पे हँस कर।।
उड़ा दी पताका, उड़ा फिर से हँसकर। चली राम राम करती, निर्भया सीता फँसकर।।१४१०।।

पहाड़ी पे नीचे, दिखे थोड़े वानर। याद आया राम जी का, भक्त एक वानर।।
यह सोच के सीता ने, झट फेंकी चादर। फेंके कुछ गहने, चीखी वानर हे! वानर।।१४११।।

बंदिनी सीता

बूढ़े जटायु का, छूटा सहारा। सीता ने रावण को, रो रो के मारा।।
पिता सा लड़ा, सैनिकों सा वो न हारा। राम भक्त वानर, दिखे तो पुकारा।।१४१२।।

रावण से बोली, बड़ी काया का कायर। बूढ़ा निहत्था, ढाया शस्त्र से कायर।।
मेरे राम का शौर्य, तूने उकसाया कायर। इंसाफ और धैर्य, तूने खाया हे! कायर।।१४१३।।

तेरे भाइयों खर दूषण, की चौदह हजारी। अकेले ही राम ने, बैठे बैठे मारी।।
अनन्त पापों का, हिसाब यह तेरा भारी। एक राम और एक बाण से, अब होगा जारी।।१४१४।।

सीता सी स्त्री की, करता है आशा। डँसती रहेगी, तुझे घोर निराशा।।
अग्नि की ज्वाला को, छूने की आशा। जला भस्म करेगी, तुझे यह दुराशा।।१४१५।।

मारुँगी राम अस्त्र, तेरे प्राण लूँगी। राम राम कर, दुःख दर्द दे जान लूँगी।।
लंका के कण कण में, मैं राम भरुँगी। राम के रतन से, उसका स्वर्ण जड़ूँगी।।१४१६।।

मेरा आलिंगन, तू मतलब समझ ले। नरक वैतरणी में, डूबा अब समझ ले।।
यमलोक के काँटों का, लौह वृक्ष समझ ले। रामाज्ञा पर देगा, फल अब समझ ले।।१४१७।।

चली जा रहीं थीं, प्रलाप ऐसे करती। विवश क्रोधित सीता, विलाप ऐसे करती।।
पंपा सरोवर, समुद्र पार करती। उड़ी जा रही थी, वो राम राम जाप करती।।१४१८।।

रावण था मूर्ख, मन ही मन खुश पर चुप था। सीता का दुःख, उसको हरगिज़ न चुभता।।
सोने की लंका, अद्‌भुत मनहर सच था। स्वर्ण मृग तो केवल, पासंग भर मनहर था।।१४१९।।

लंका ले जाओ इसको, चौड़ी छाती कर ली। जगमग नगरी में, सीता श्री थीं धर लीं।।
मंदोदरी से बोला, एक और दासी कर ली। राक्षसियों से बोला, एक और रानी धर ली।।१४२०।।

ले जाओ इसको, रावण के महल में। गहने कपड़ों से, सजाओ महल में।।
नहला धुलाकर, सुवासित शुद्ध जल में। करने दो आराम, दो पकवान महल में।।१४२१।।

सेवा और सत्कार में, न कोई कमी हो। भरपूर दुलार प्यार में, भी न कमी हो।।
न सोने चाँदी ज़ेवरात, की कमी हो। न दुःख दर्द देने, वाला उद्यमी हो।।१४२२।।

यूँ अपनी सोने की, लंका में घुसकर। अंतः पुर हीरे, जवाहरातों से भर कर॥
बुलाए रावण ने, चतुर गुप्त चर हर। हिदायतें दीं रहना, सतर्क और जग कर॥१४२३॥

जीवित है जब तक, दुश्मन राम जैसा। खींचो न तब तक, कोई श्वास ऐसा॥
कि घुस आए लंका में, भी राम ऐसा। निर्जन न कर जाए, जनस्थान जैसा॥१४२४॥

लंका में तो दृष्टि, कण कण में रखना। राम के कार्यों पर भी, क्षण क्षण में रखना॥
कहां किस हाल में हैं, राम लक्ष्मण तकना। मौके पर मिल जाएं, तो बंधन में रखना॥१४२५॥

मृत अमृत सीता

समुद्र से घिरी लंका, की इस पुरी में। सिया सोच घूमती, रही राम धुरी में॥
फँसी पंचवटी की, कुटी में बुरी मैं। राम लक्ष्मण आएंगे, कब इस पुरी में॥१४२६॥

आके रहेंगे, यह विश्वास था उन पर। वैसे भी अटकी थी, हर श्वास उन पर॥
जिये जा रही थी, रख हर आस उन पर। राम का श्रद्धा पुष्प, हर श्वास से चुनकर॥१४२७॥

तभी रावण पहुँचा, था अंतः पुर अपने। पशुता का कोई, असर था न उसमें॥
भर भर रोती थी, सीता दुःखिया पुर में। कमी इस बार न थी, कोई अंतः पुर में॥१४२८॥

आओ सीता रानी, लंका घुमा दूँ। ऐश्वर्य से अपने, मैं परिचित करा दूँ॥
रानी सी सजधज से, जीना सिखा दूँ। राम और वन तप के भूत, दिल से हरा दूँ॥१४२९॥

दिखाया घुमाया, अतुल धन लुटाया। रावण ने सीता को, भरसक लुभाया॥
पुष्पक विमान, सैन्य सेवक दिखाया। सिया की पवित्रता को, पर कुछ न भाया॥१४३०॥

यौवन क्यों तुम, अपना हो बर्बाद करतीं। भिखारी निर्वासित नर, क्यों याद करतीं॥
है धन सम्राट दर पे, न आबाद करतीं। प्रसन्न सुन्दरतम् मुख, न रसास्वाद करतीं॥१४३१॥

हृदय का प्रेम, रावण ने फिर से जताया। बोला पटरानी तुम, बाकी सब हैं आया॥
कोई वीर रावण, न पृथ्वी पर आया। अतुल रूप मुझसा भी, किसी ने न पाया॥१४३२॥

परम सुन्दरी सीता, ले मैं शीष नवाता। मर मिट कर रावण, तुझ पर जान लुटाता।।
किये जाता प्रार्थना, पद अपना भुलाता। तेरे प्रेम पाश में, कसा छटपटाता।।१४३३।।

गलत चाहना की, गलत प्रार्थना हो। कभी पूरी होती, नहीं प्रार्थना वो।।
कौए मोती हंसो ने, दाना चुना तो। प्रार्थना खाली जाती है, दोष दो गुना हो।।१४३४।।

सुना रावण ने तो, हुआ आग बबूला। किया प्रेम निवेदन, सिया से था भूला।।
एक ही वर्ष में, मान ले हर बात बोला। कर प्रेम विवाह, या तू पक दाल में बोला।।१४३५।।

राक्षसी दासियों को, बुला उनसे बोला। सिया का घमण्ड, बन गया आग का गोला।।
अशोक वन अकेली, रख फेरो पानी बोला। बुझा आग मिटा दो, न हो आग का शोला।।१४३६।।

विवाह वर्ष भर में, करेगी देख लेना। वर्ना पका इसको, मेरे भोजन में देना।।
दिलों में मेरे काँटा, बन और चुभे ना। फेंक के दिलों से, उदर में दे देना।।१४३७।।

राजाज्ञा मान, राक्षसी दासियों ने। छोडी़ सिया अशोक, उपवन वादियों में।।
रो गा डरा डाँट के, दासियों ने। विवाह को मनाया, रहे रानियों में।।१४३८।।

फल फूलों की गन्ध, चिड़ियों की चहकन। लता बूटों की, लहलहाती लटकन।।
जलाशयों की कल कल, शीतल मन्द पवन। सीता देखे बिन, करतीं एकान्त चिन्तन।।१४३९।।

अनाथ थी, दुःखी, उपवास व्रत करती गिन गिन। सीता काटती रहीं थीं, कष्टों भरे दिन।।
घंटी बजी राम दूत, हनुमान आए एक दिन। सीता माँ को ढ़ाढ़स, बँधा गए उस दिन।।१४४०।।

अनाधिकार बल का, प्रयोग बलात्कार है। रावण सिया पे, जो करे बार बार है।।
सीता को तो केवल, राम ही से प्यार है। बल की शिकार, होती शक्त बार बार है।।१४४१।।

सीता जी को कहता, मेरी जान रावण। सने भोग विलास, बीसियों मन अपावन।।
सीता तो थी पति की, ही प्राण पावन। प्रभु प्रभु ही करते, मारती थी रावण।।१४४२।।

धोखे से खींची थी, जिन क्षणों में सीता। विष पी हुआ रावण, उन्हीं क्षणेां में रीता।।
श्री राम आस अमृत, पी जीती सीता। राम से युद्ध का विष, रावण पी मरता।।१४४३।।

हर मन रावण के, राम बेदम करना। श्री राम का दम भरती, सिया का मन हरना।।
अपना शौर्य, सीता पर लक्षित करना। शौर्य की बिना पर, उन्हें राम से ठगना।।१४४४।।

आखिर बंदिनी सीता, कहाँ भाग सकेगी। चंगुल से राजा के, न बच सकेगी।।
अड़ी ज़िद पे रह कर, पति खो चुकेगी। शिकंजे में बीसों, हाथों के पिसेगी।।१४४५।।

चकित धन धान्य गौरव, से कर दिया है। लंका के रत्नों से, मोहित किया है।।
भिखारी भर है राम, सूचित किया है। पौरुष शौर्य भर ही, न साबित किया है।।१४४६।।

पिया कुचल, सीता को शौर्य दिखा दूँ। अनन्त धैर्य और साहस, की शक्ति दिखा दूँ।।
दुस्साहस का राम को, दण्ड भी चखा दूँ। बहन के बदले की, क्षमता जता दूँ।।१४४७।।

सीता सोच में आज, मर गया था रावण। चूर गर्व में हो, घास चर गया था रावण।।
राम को दूर करने की, सौगन्ध के कारण। स्वयं अपनी मृत्यु तय, कर गया था रावण।।१४४८।।

चतुर्थ चरण

मारीच के पीछे राम

लक्ष्मण को सीता के, रक्षण पे छोड़कर। चले राम सुनहरे, हिरन पीछे दौड़ कर।।
हिरन भी चला, जान की परवाह छोड़कर। श्री राम को देखता रहा, मुख मोड़कर।।१४४९।।

दौड़ा जाता राम से, दूर भागता रहा मृग। राम के हाथ नहीं, आना चाहता रहा मृग।।
भागते भी, मरना चाहता रहा मृग। राम बाण से ही, तरना चाहता रहा मृग।।१४५०।।

थके राम ने आखिर, एक बाण मार दिया था। मारीच असुर को, आखिर तार दिया था।।
फिर से श्री राम ने, एक उद्धार किया था। चर्म मार असुर का, मर्म तार दिया था।।१४५१।।

तपी मन में बैठा, मारीच के तरा था। भेदा था राम बाण ने, तभी मन खरा था।।
जब दूर समुद्र में, मारीच गिरा था। बसा चर्म में उसके, असुर न मरा था।।१४५२।।

राम की आवाज़ में 'लक्ष्मण मरा' पुकारा। धृष्ट ने चुरा राम की, वाणी को मारा।।
ठगी करके ही था, हिरन बुद्धि हारा। दृष्टि ठगी गई, देख सका न दोबारा।।१४५३।।

मारीच भेदा था राम ने, ताड़का वन में। पंचकुटी बस गया था, वो साधु का मन ले।।
ठगी कर रहा, मृग बना अभी उपवन में। दृष्टि स्वर चुरा के, लिये राम के क्षण में।।१४५४।।

लक्ष्मण को सतर्क और भी, अब था रहना। कुतर्क सीता मन का, अनर्थ था सहना।।
जिसे राम का स्वर सुन, व्यथित व्यर्थ था रहना। राम का सुरक्षण प्रबन्ध, व्यर्थ था करना।।१४५५।।

वाणी जब श्री राम की, चुराई गयी थी। सुख शान्ति घर की, ढ़हाई गयी थी।।
मारीच की आत्मा, उससे तारी गयी थी। सिया लक्ष्मण की बुद्धि, ढ़हाई गयी थी।।१४५६।।

सोंचते हुए राम, भागे थे वापस। ठगी कर गया था, असुर बन के तापस।।
मिले राह में लक्ष्मण, दौड़े दोनों वापस। अनिष्ट हो चुका, जान गए दोनों तापस।।१४५७।।

राम लक्ष्मण - खाली पर्णकुटी में

कुटिया में 'सीते! कहाँ हो' पुकारते। रहे राम अन्दर से बाहर निहारते।।
क्षण भर भी स्वर दृष्टि, जब राम जी हारते। सीता को ही अपनी, श्री राम जी हारते।।१४५८।।

स्वर दृष्टि के संग, सीता चली थीं। असुरों से जंग करने, राम छोड़ चली थीं।।
लक्ष्मी चंचला, असुरों के संग चली थीं। साधु राम लक्ष्मण, का संग छोड़ चली थीं।।१४५९।।

हे लक्ष्मण क्यों छोड़ा, था रक्षण सिया का। अकेली पड़ी, कष्ट विलक्षण सिया का।।
हम साथ हैं इस पल, बुरा क्षण सिया का। विधि का विकट हुआ, परीक्षण सिया का।।१४६०।।

चलो भागो तत्क्षण, उसे खोजना है। असुरों की न हो जाए, यही सोचना है।।
तुम्हारा हो रक्षण, तो क्या सोचना है। हटाया ही क्यों, अब से दुःख भोगना है।।१४६१।।

भय्या मैं तो पहले ही, यह जान गया था। मायावी राक्षस को भी, पहचान गया था।।
स्वर भाभी ने, आपका ही मान लिया था। मुझे भेजने का ही, मन में ठान लिया था।।१४६२।।

नहीं मानता मैं यह, सफ़ाई तुम्हारी। स्त्रियां तो कमज़ोर, होतीं डरतीं भाई।।
कहाँ खोई थी बुद्धि, तुम्हारी मेरे भाई। छिनी मेरी वाणी, क्यों तुमने गंवाई।।१४६३।।

मेरा स्वर तो धोखे से, छीना गया था। तुम्हारा तो अपना, कहीं न गया था।।
जब राम से रक्षण कार्य, छीना गया था। तुम्हारा तो यही कार्य, कहीं न गया था।।१४६४।।

भागते कुटी में, पहुँचे दोनों भाई। सीता कहीं भी, पड़ी न दिखाई।।
पड़ी एक तरफ को थी, मृग चर्म चटाई। और हर तरफ़, खाली वीरानी छाई।।१४६५।।

खोजते हुए भागे, बाहर को वन में। मृगतृष्णा फिर आ गयी, छाई मन में।।
सीता! कहाँ हो, छुपो न यूँ वन में। आ जाओ सामने, रखो न उलझन में।।१४६६।।

पूछते फिरे फ़िर वो, वन वन विकल से। बेलों से नदियों से, फूलों से फल से।।
पशु पक्षियों से, भँवरों से विफल से। रही सीता उझलन में, रहे हाथ मलते।।१४६७।।

तेरह वर्षों का यह, वनवास हुआ है। अब चौदहवें में ही, सब नाश हुआ है।।
राम योग्य नहीं आज, यह आभास हुआ है। भरत ही सुयोग्य है, यह विश्वास हुआ है।।१४६८।।

ज़ख़्मी जटायु से भेंट - अन्तिम संस्कार

दिखा हिरनों का झुण्ड, बदहवास भागा जाता। मानों भागता शत्रु पकड़ रौंदना चाहता।।
दक्षिण में बेलाग, दुश्मन के पीछे जाता। अवसर न छूटे, संकेत हर छोड़ना चाहता।।१४६९।।

बेसाख्ता राम लक्ष्मण, दौड़ पड़े उधर ही। था पर्वत खून पंखों, का ढ़ेर उधर ही।।
पास गए जटायु था, पैर थे न पर ही। ज़ख़्मी बेजान हालत, खोते जान जिगर भी।।१४७०।।

प्रिय सीता को, रावण लिये जा रहा था। आकाश में लड़ भिड़, मैं छुड़वा रहा था।।
पंजे चोंच उसके रथ से, भिड़वा रहा था। कटवा पंख गिरा हारा, तड़फड़ा रहा था।।१४७१।।

लड़ा वृहद् जटायु, अब पंख पैर खो झरता। अरु का भतीजा मैं, गरुड़ पुत्र अब मरता।।
अवध राजा का था, मैं मित्र युद्ध करता। कट पिट छिन्न भिन्न, हारी देह अर्पित करता।।१४७२।।

क्षमा कर दें हे! आर्य, यह कार्य कर न पाया। सफल पुत्री रक्षण, तक मैं कर न पाया।।
हूँ धन्य! प्राण रहते, विनती तो कर पाया। करना पूर्ण कार्य, हे! पुत्र हो मित्र की छाया।।१४७३।।

हुए विंह्वल प्रेम से, यह सत्य जान लिया तो। पिता जैसे जटायु ने, सम्मान दिया तो।।
प्रेम शोक से गद गद, गले लगा उनको। बोले धन्य हुआ पुत्र, पिता वीर मिले तो।।१४७४।।

नमन राम ने कर, झुक गले से लगाया। पिता जैसे युद्धवीर का, आभार जताया।।
धनुर्वीर राम ने बाण, भूमि पर चलाया। मंत्र पढ़ते ध्यान, सातों नदियों पर लगाया।।१४७५।।

सातों नदियां अब तो, वहीं बहती आयीं। सभी तीर्थाएं आई, मगर एक न आयी।।
गया तीर्थ बुलाए, जो एक थीं न आयीं। वहीं आ बहीं, तीर्थाएं मुक्ति दिलाई।।१४७६।।

विदा बेला में राम, जटायु से बोले। पिता श्री मेरे आप, चिरायु स्वयं होलें।।
मुक्ति वायु से लें, पक्षी आप हैं बोले। मुक्ति वायु ने दी, ज्यों ही राम यह बोले।।१४७७।।

'ले पक्षी' यूं नाम पड़ गया, उस जगह का। सातों तीर्थाओं से, जड़ी उस जगह का।।
पिता-पुत्र मिलन, जुड़ गया उस जगह था। जटायु राम से मिल, तरा उस जगह था।।१४७८।।

राम राम राम जी, हैं जल में बोलो। 'ले पक्षी' में राम राम, वायु में घोलो।।
मन में जो हों मैल, और पाप सब ही धोलो। तीर्थाओं से राम नामी, शुद्धता ले लो।।१४७९।।

सात द्वारों से मुक्ति, परम गति मोक्ष पाता। पवित्र निर्मोही मर के, सद्गति है पाता।।
अयोध्या, मथुरा कांचीपुरम, काशी से जाता। हरिद्वार, उज्जैन या, द्वारका हो के जाता।।१४८०।।

पवित्र कोई स्थान, लेख या साधु नर हो। सत्संग का जिसमें, बल शक्ति का असर हो।।
सत्य धर्म कर्म का, जहां पूरा घर हो। नदी हो मनुष्य या, विशिष्ट कोई नगर हो।।१४८१।।

गंगा यमुना नर्मदा, गोदावरी व ब्रह्मपुत्र। सरस्वती सिंधु कावेरी, की है गति द्रुत।।
भारत की यह सातों, नदियां हैं पवित्र शुद्ध। 'ले पक्षी' में बहीं, तीर्थ कर गईं अद्भुत।।१४८२।।

कूर्मा शैलम कछुए के, नाम के पहाड़ पर। अनन्तपुर जिले के मण्डल, गाँव की पाड़ पर।।
बना वीर भद्र मंदिर, अगस्त्य ऋषि के लाड़ पर। बंगालुरु में विजय नगर, में देखें ताड़ घर।।१४८३।।

अद्भुत् कारीगरी का है, सोलहवीं सदी का। सत्तर खम्भे हिस्सा, नहीं हैं पृथ्वी का।।
वृहद् मूर्त्ति पूजन, गणेश शिव नन्दी का। भद्रा काली वीर भद्र, विष्णु लक्ष्मी जी का।।१४८४।।

'ले पक्षी' दक्षिणी भाषा में है, 'पक्षी उठो'। कहा राम ने वायु, के बल हे! पक्षी उठो।।
जटायु मृत्यु मोक्ष का, स्थान तीर्थों जुटो। पवित्र सातों नदियां, भगवान मिलते जुटो।।१४८५।।

कभी न मैं राम, लौट सकूँगा अयोध्या। अकेले ही लक्ष्मण अब, जाएगा अयोध्या।।
भरत से ही अब से, पलेगी अयोध्या। हारा मैं यह ही सच अब, जाएगा अयोध्या।।१४८६।।

भय्या हैं मेरे न, विवश शोक मनाएं। धीरज की मूर्त्ति, आप हिम्मत जुटाएं।।
कर्त्तव्य को लगा ऐड़, दुःख को भगाएं। नैराश्य तोड़ उसे हार का, मुख दिखाए।।१४८७।।

पुरुषार्थी हैं आप तो, क्यों कर होते विचलित। अग्रज हैं करें आगे, पथ को प्रदर्शित।।
सहायक हैं आप, आज क्यों लगते आश्रित। चरण दास लक्ष्मण को, रखिये निदेशित।।१४८८।।

पंचभूत पुकारे, पुकारे देवतादि। पता सीता का, हे! पूछा बता दे गोदावरी।।
सभी डर से रावण के, चुप फूल फलादि। हिरणों ने मुड़ के, दक्षिण राह दिखा दी।।१४८९।।

हिरण मित्र सीता के, अति प्रिय बचपन से। लिपट लाड़ करती थी, फूल चुनते उनसे।।
तकते बाग में सीता की, राह वे हरदम थे। आए किस तरफ़ से, किधर जाए जतन से।।१४९०।।

राम लक्ष्मण - दक्षिण की ओर

कबंध उद्धार

हिरनों ने एक साथ मुड़, दक्षिण की ओर देखा। दौड़ते हुए राह में, खींची रेखा।।
इशारा समझ, राम लक्ष्मण ने देखा। लिया दक्षिण का पथ, जिधर खींची रेखा।।१४९१।।

एक काला दैत्य, पहाड़ जैसा भरकम। सिर पैरों के बिन, दहाड़ता धड़म धम।।
पेट धँसी आँखों, तकता वो फड़ फड़। पेट लगे मुख से, चिंघाड़ता भड़म भम।।१४९२।।

तने जैसे दो हाथ, धड़ से निकल के। बढ़ते चले आए, थे पास आए लिपट के।।
फँसा राम लक्ष्मण, को गले से लिपट के। लिया खींच कांधों पे, बैठाया चिपट के।।१४९३।।

मुख फाड़ा लक्ष्मण को, खाने को खींचा। राम ने तुरन्त उसका, वो हाथ खींचा।।
काट हाथ भूमि पे, गिरा रक्त से सींचा। कंधे पे लक्ष्मण, अपनी ओर भींचा।।१४९४।।

कहीं बांहें कटके, न चिपकें दोबारा। मुँह में रख ले, न हमको यह दोबारा।।
यह सोंच के खट दूसरी, बाँह पे भी मारा। बिना बाहों का, हो गया वो बेचारा।।१४९५।।

गिरीं कट के बाँहें, तो मुख पेट का बोला। कबंध नाम का मैं तो, गंधर्व था भोला।।
कुकर्म पाप ने मुझमें, विष ऐसा घोला। दिया इन्द्र ने शाप, मैं हुआ दैत्य यह गोला।।१४९६।।

अवध के युवराजों, मेरी बात सुनिये। कटी बाँहें मेरी, जला मुक्त करिये।।
पंपा नदी ऋष्यमूक, गिरि को बढ़िये। राजा सुग्रीव से वहाँ, दोस्ती करिये।।१४९७।।

हुई अग्नि समर्पित, ज्यों ही उसकी बाँहें। भरने लगा तुरन्त, कबन्ध ठंडी आहें।।
विमान आया, आकाश पे डाली निगाहें। बना सुन्दर गंधर्व, पकड़ी स्वर्ग की राहे।।१४९८।।

जय जय राम कबंध ने, परचम स्वर में गाया। राम से उद्धरित हो, गंधर्व हो के गाया।।
पाप नाशी राम ने, सर्वस्व पाप मिटाया। राम की चाभी से, हृदय द्वार खुलवाया।।१४९९।।

राम राम राम गूँज स्वर, आकाश में छा गए। देवता भी सारे, विमान ले के आ गए।।
राम राम राम स्वर, में स्वर भी मिला गए। हर्षित बरसा पुष्प, हर दिल खिला गए।।१५००।।

शबरी मिली

पंपा नदी, पंपा सरोवर के किनारे। ऋष्यमूक पहाड़ के, पग धोती थीं धारें।।
कमल दल हँसते, फल बेलों की बहारें। उनके बीच कुटिया, बुढ़िया थी संवारे।।१५०१।।

राम और लखन बढ़ते, आए थे वहां पर। निशाद सन्यासिन का, घर था यहां पर।।
मतंग ऋषि की बूढ़ी, शिष्या का था घर। शिकारी पुत्री शबरी, जोगन थी यहां पर।।१५०२।।

नाम और पता, राम लक्ष्मण ने बताया। शबरी से मिल, उससे कुछ नहीं छुपाया।।
भक्त थी आव भगत की, सत्कार लुटाया। शबरी जोगन ने अति, उत्साह दिखाया।।१५०३।।

आनन्द मगन हो, अति प्रेम से तोड़े। जंगल से कंदमूल, और बेर भी थोड़े।।
मीठे मीठे रखे, बकटे चख के छोड़े। बना दोने पत्तों से, काँटों से जोड़े।।१५०४।।

हाथों से पत्तों का, आसन बनाया। राम लक्ष्मण के लिये, सप्रेम बिछाया।।
सामने बैठे बैठे, भर पेट खिलाया। प्रेम अश्रुओं से, पैरों को धुलाया।।१५०५।।

लक्ष्मण ने टोका, क्यों झूठा खिलातीं। कहा राम ने, मीठा मीठा खिलाती।।
प्रेम भक्ति से दूरी, अन्तर मिटाती। भक्ति प्रेम से, सच्चा झूठा भुलाती।।१५०६।।

शबरी जैसी भक्तिन की, भक्ति है ऊँची। मतंग ऋषि जैसी, शक्ति है ऊँची।।
भक्त शबरी की, नव विधा भक्ति ऊँची। स्वर्ग धाम जाने की, लिखी मुक्ति ऊँची।।१५०७।।

सत्संग करती है, कथा भी सुनती है। सेवा कीर्त्तन कर, राम नाम भी जपती है।।
भजन पूजन कर, राम दर्शन भी करती है। श्री राम समर्पण का, पूर्ण भाव रखती है।।१५०८।।

जाते जाते नव विधा, भक्तिन शबरी बोली। राम से मिल ली, और कृत कृत्य मैं होली।।
अन्तिम यात्रा को, चल चली मेरी डोली। राम जी से वर और, मुक्ति ले के डोली।।१५०९।।

कहती चली गयी थी, कि राम ऋष्य मूक में। सुग्रीव से मिलियेगा, आप ऋषि के रूप में।।
शुभ दोस्ती कीजियेगा, हो न चूक इस में। एक वानर मिलेगा, वहां दूत के रूप में।।१५१०।।

सुग्रीव से मिलेगी, सहायता जो आपको। फिर से मिल सकेगी, सिया अपनी आपको।।
आगे की मिलेगी, सेवा जिससे आपको। उसका घर भर देंगे, मेवों से आप तो।।१५११।।

राम राम, श्री राम जय। बोलो सब, श्री राम जय।।
राम राम, सिया राम जय। बोलो सब, सिय राम जय।।१५१२।।

किष्किन्धा का किस्सा

सुनिये सुनाती, किष्किन्धा का किस्सा। वानरों भरे ऊँचे, पर्वत का किस्सा।।
शक्तिशाली बालि, राजा था जिसका। वानर रीछ संकर, कुल वंश था जिसका।।१५१३।।

रीछ रानी जी थीं, बालि की माता। और श्री ब्रह्मा जी थे, बालि के पिता।।
सुग्रीव हुए छोटे, सौतेले भ्राता। जिनकी मां वही थीं, पर सूर्य देव थे पिता।।१५१४।।

गदाधर था बालि, मल्ल युद्ध धुरन्धर। अकेले युद्ध लड़ के, जीतने का यशोधर।।
आधी शक्ति, हारने वालों की लेता धर। जीत इन्द्र को भी, उसकी शक्ति माला ली धर।।१५१५।।

एक दिन मल्ल द्वन्द्व में, कुशल दंभी रावण। अकेला पहुँचा, मल्ल जीतने का ले मन।।
मगर बालि से पिट, पिटा हारा रावण। तहखाने में बंद, ठुँस गया जिसके कारण।।१५१६।।

मय पुत्री मंदोदरी का, भाई निराला। जीजा की कैद से, हुआ व्याकुल साला।।
मायावी नाम का यह, महासुर महा काला। छुड़ाने पहुँचा, दम दिखा क्रोध में डाला।।१५१७।।

गदा ठोंक के बालि को, उसने ललकारा। एक वार धाड़ करके, सर पे मारा।।
बिलबिलाता हुआ बालि, दौड़ा हुंकारा। मायावी भी जान लिये, भागा बेचारा।।१५१८।।

हनुमान सुग्रीव ने भी, गदाएं संभाली। पीछे पीछे गए, जिधर भागा था बालि।।
आगे मायावी भागता, पीछे था बालि। घुस गए गुफ़ा में, अंधेरी थी खाली।।१५१९।।

चलता रहा मल्ल, द्वन्द्व भीतर गुफ़ा के। हनुमान और सुग्रीव, रुके बाहर गुफ़ा के।।
धड़ाम-धूम मार-धाड़, आवाज़े गुफ़ा से। सुनते रहे आती, वे कान लगा के।।१५२०।।

अन्धा धुन्ध रही चलती, उठा पटक थी। कानों में बजती रही, खटा खटक थी।।
बालि की कातर, 'हाय मरा' सुन तड़पती। हनुमान सुग्रीव हारे, धनु सुन धड़कती।।१५२१।।

पर्वत गिरने जैसी, धड़ाम आवाज़ आई। हनुमान सुग्रीव समझे, गिरा बालि भाई।।
नदी खून की सी, बही बाहर आई। हनुमान सुग्रीव भागे, लो जान पे बन आई।।१५२२।।

निकल राह में सोचा, कि मायावी आएगा। बदला हमसे भी लेगा, मारके भगाएगा।।
रावण को राजा, हमें बंदी बनाएगा। रख कैद में दासों सा, झिलाए सताएगा।।१५२३।।

शत्रु ऐसा कर पाए, इससे भी पहले। क्यों न हम ही कोई, उपाय बढ़िया कर लें।।
गुफ़ा में अभी का, अभी क़ैद कर लें। निकलने से पहले, गुफ़ा में ही धर लें।।१५२४।।

यह सोच बड़ी सी, शिला एक सरकाई। गुफ़ा के मुहाने पर, लाकर टिकाई।।
गुफ़ा का मुख बन्द कर, हवा भी रुकाई। भाई बालि को, दे दी अन्तिम विदाई।।१५२५।।

यूँ हो दैत्य ज़िन्दा दफ़न, युक्ति कर दी। चिता बिन मायावी की, पूर्ण मुक्ति कर दी।।
राजा स्वर्गवासी, आक्रमणकारी कैदी। गुफ़ा सहित भुला उन्हें, हम करेंगे मुस्तैदी।।१५२६।।

बने राजा सुग्रीव, करा दी गई मुनादी। मिले पूर्ण अधिकार, मोहर प्रजा ने लगा दी।।
राजगद्दी किष्किंधा की, थी कब से खाली। सारी जिम्मेदारी अब, सुग्रीव पे डाली।।१५२७।।

मगर घोर आश्चर्य! एक दिन, लौट आया बालि। सुग्रीव को देख गद्दी पे, बौराया बालि।।
मुझे दफ़न कर, बैठा है मस्त कायर बालि। द्वन्द्व कर गदा ठोंक, गुर्राया बालि।।१५२८।।

भ्रमित दोनों भाई, सवाल न सफाई। प्राण ले के भागा, सुग्रीव आफ़त आई।।
हनुमान को यह देख, शिक्षा याद आई। गुरु सूर्य को दक्षिणा, है देनी याद आई।।१५२९।।

उनका उपनयन संस्कार, हुआ था बचपन में। सूर्य गुरु चुने थे, संस्कारों से अपने।।
सूर्य रथ चक्र पकड़े, दौड़ते रहे शिक्षण में। दक्षिणा दी गुरुवंश को, देंगे रक्षण वे।।१५३०।।

तीव्र वेगी पवन के, पुत्र नामी थे वे। सूर्यवंशी दशरथ पुत्र, राम भक्त भी थे वे।।
दक्षिणा में गुरु के, वंश रक्षण वादे पे। शिक्षा ले ली गुरु सूर्य से, रथ संग भागते।।१५३१।।

गुरु दक्षिणा देने का, मौका अब आया। सूर्यवंशी सुग्रीव का, रक्षण हो समझ आया।।
अवसर उपकार चुकाने का, देर से आया। मौका रक्षण देने का, न हो कहीं ज़ाया।।१५३२।।

इसी मौके ने तो, व्याकुल किया भटकाया। धन्य! आज आया, हनुमान जी को भाया।।
सूर्य के शिष्य होकर, पुत्र समान पाया। हनुमान ने मित्र सुग्रीव, खुद का भाई पाया।।१५३३।।

ब्रह्मा जी के अंश से, जन्मे थे रीछ राज। स्त्री बने घूमते, करते थे राजकाज।।
बालि ओर सुग्रीव की माँ, हुए थे रीछ राज। इन्द्र और सूर्य से, लाए थे अंश और ताज।।१५३४।।

इन्द्र के अंश से बालि, सूर्य से सुग्रीव बलशाली। किष्किंधा के राजा, बने ज्येष्ठ पुत्र बालि।।
सुग्रीव नत सेवा रत, छोटा हर दम सवाली। डरा हुआ मोहताज, जब सामने होता बालि।।१५३५।।

भागो भागो सुग्रीव, ऋष्यमूक रुको जाकर। मतंग ऋषि की वहां, सुरक्षा है समझाकर।।
चले भागते हनुमान, सुग्रीव की जान बचाकर। गुरु दक्षिणा निभी, पिता हवा की दिशा पर।।१५३६।।

दुन्दुभि महिषासुर था, दंभी दम खम वाला। किष्किन्धा में घुसकर, बालि रुष्ट कर डाला।।
मार सींगे महल की, दीवारें ढ़हाने वाला। रावण को छुड़ाने आया, बालि क्रुद्ध कर डाला।।१५३७।।

एक हाथ से सींगे, दूसरे से पूंछ पकड़ी। उठा पटक तोड़ा, बालि ने जैसे ककड़ी।।
पागल हुआ बालि, दुंदुभि लाश जकड़ी। मतंग में उछाली, घर की राह पकड़ी।।१५३८।।

बालि ने फेंका उसको, उठा घुमा गुस्सा के। फव्वारा खून का छितरा, मतंग ऋषि व पूजा पे।।
ध्यानस्थ मतंग ऋषि, चौके रुधिर में नहा के। फटा शरीर दैत्य का, आश्रम के सामने आके।।१५३९।।

अस्वच्छ अपवित्र हुए, त्यागे शिखर और घर। बालि को दिया श्राप, आया तो जाएगा मर।।
बालि के कुकर्म से, ऋषि हो गए बेघर। पांव आतताई का, वहां रखना किया दूभर।।१५४०।।

सुना दिया बालि को, ऋष्यमूक से निष्कासन। उसके पांव से होगा, शिखर मृत्यु का आसन।।
पापी के दुष्कृत्य से, हुआ मतंग अपावन। प्रभु ही आ के करेंगे, फिर से उसको पावन।।१५४१।।

ऋष्यमूक पर आए, किष्किन्धा से भागे। हनुमान सुग्रीव सुरक्षित, थे बालि से यहां पे।।
मतंग शिखर पे मानो, गोले बम के दागे। हिला के रख दी चोटी, बम सी लाश ढहा के।।१५४२।।

शिखर सदैव रहा था, मतंग ऋषि का प्रिय घर। भाग्य से सुग्रीव का, अब से हुआ यही घर।।
अद्भुत शान्ति मिली थी, बालि के डर से छुटकर। चैन से काटेगे दिन, निडर बालि से होकर।।१५४३।।

काले दैत्य भैंसे का, श्वेत हुआ कंकाल था। रक्त मांस छूटे, ढेर पर्वत विशाल था।।
सफ़ेद झंडे जैसा, दिखता कंकाल था। शिखर पे लहराता, बालि का अंतकाल था।।१५४४।।

देख शिखर पे यही, बड़ा सा अस्थि पर्वत। हनुमान याद से बोले, है शिखर बालि का मरघट।।
यहाँ पे रहकर मित्र हम, बालि से पूर्ण सुरक्षित। निडर करेंगे अपना, जीवन लोक अर्पित।।१५४५।।

दोनों मानों राजा, ऋष्यमूक पर हो गए थे। निर्भिक बेझिझक सब, अपना के खो गए थे।।
परन्तु पीछे छूटे, अपनों को रो गए थे। सुग्रीव पत्नी रुमा, व धन भूमि खो गए थे।।१५४६।।

हनुमान सुग्रीव राजा के, जैसे रहते थे। किष्किन्धा की खबरें, वहीं से लिया करते थे।।
बालि के आचरण का भी, पता लगा रखते थे। सुग्रीव की पत्नी रुमा, धन भूमि जो हड़पे थे।।१५४७।।

''सुग्रीव निर्दोष है'', बालि का मंत्री बुद बुदाया। धधकते क्रोधित बालि, को गर्म भड़काया।।
हनुमान जी रक्षक बन, हैं सुग्रीव संग बताया। सुन के सिर धुन बालि, जब्त कर पछताया।।१५४८।।

ऋष्यमूक पर राम लक्ष्मण

अधीर आकुल अशांत, भावुक साधारण। हुए राम सिया के, विरह दुःख के कारण।।
प्राकृतिक सौन्दर्य, फैला वो भी असाधारण। यादें सिया की बनी, शोक का कारण।।१५४९।।

वो प्रेम ही क्या जो, कर सके न सुरक्षण। धैर्य और उत्साह का ही, कर डाले भक्षण।।
विपरीत पड़ गए, राम और लक्ष्मण के लक्षण। शान्त शेष नाग, विष्णु हो गए विलक्षण।।१५५०।।

अथक प्रेम की तीव्रता, ने खींचा था आगे। अब तो किष्किंधा, के भाग थे जागे।।
पंपा नदी सरोवर से, ऋष्यमूक था आगे। सुग्रीव जहां छुपे फिरे, राजा थे भागे।।१५५१।।

दो नर दूर से आते, दिखे ऋष्यमूक पर। लगे दोनों ही थे, सुकुमार अति सुन्दर।।
मुनि वेशी होते, हुए भी धनुर्धर। उत्तर से आए, हो के पंपा सरोवर।।१५५२।।

डरे थे सुग्रीव और, कपीश उनको देखकर। कहीं हो न बालि के, दूत ऋष्यमूक पर।।
कपीश ब्राह्मण रूप में, पता करें हैं कौन नर। बोले सुग्रीव हनुमान से, जाएं आएं पूछ कर।।१५५३।।

ब्राह्मण वेश धर के, हनुमान जी चले उधर। पूछा नाम पता, सस्मित हाथ जोड़ कर।।
बोले दोनों एक साथ, उनके पावों में झुक कर। लें शत प्रणाम हे! विप्रवर हम हैं तुच्छ नर।।१५५४।।

विनम्र है प्रणाम, परिचय हित नाम बताए। अयोध्या से हम दोनों, राम लक्ष्मण आए।।
तेरह वर्षों वन में, उपवास कर बिताए। चौदहवें साल में, पत्नी सीता गँवा आए।।१५५५।।

ढूँढ़ते आ रहे हैं, पता ही हम उसका। खगों मृगों वृक्षों को भी, पता है न जिसका।।
लगता है कि खोजना, न है अपने बस का। विप्रवर ज्ञानी आप, पता दे सिया का।।१५५६।।

अहा! हृदय नाथ स्वयं, खड़े मेरे सामने। ''हाथ थाम लें'' कहतें हैं, कर जोड़े सामने।।
अद्‌भुत शान्ति स्वयं, दे दी राम जी आ आपने। लक्ष्मण भी साथ लाए, स्वर्ग जोड़े सामने।।१५५७।।

गिरे नत चरण में, अनाथ जैसे हनुमान। चरण प्राणनाथ के, थे थामे ससम्मान।।
प्रभु प्रभु कह के, कृत कृत्य धन्य हनुमान। विंह्वल प्रेम विभोर होके, खोने लगे प्राण।।१५५८।।

नहीं विप्र हूँ प्रभु! मात्र, तुच्छ हूँ मैं वानर। गिरे माफ़ी हेतु, परिचय सत्य सुनाकर।।
उठा राम ने उनको, तुरंत गले लगाकर। नर वानर ऊँच नीच, रख दी मिटाकर।।१५५९।।

नर वानर एक, दोनों को नेक बताया। उनमें भेद नहीं, होते वे एक बताया।।
सभी का तो ईश्वर है, बस एक बताया। छोटा न बड़ा कोई, न भाव भेद बताया।।१५६०।।

प्रभु वानर को आपने, दे डाला सम्मान। रघु कुल के सूर्य पुंज, गुरु अति महान।।
वचन दिया मिलने का, निभा दिया सम्मान। हृदय बद्ध धन्य, गद गद किया हनुमान।।१५६१।।

बैठे सर झुका आइये, कहते हुए हनुमान। कंधे पे राम लक्ष्मण, बैठाने सीना तान।।
बैठे राम लक्ष्मण उनपे, उड़ करने प्रस्थान। पहुँचे ऋष्यमूक पर्वत, सुग्रीव के स्थान।।१५६२।।

अगर भक्त चाहे तो, ईश्वर साथ हों। पवन सुत की इच्छा पर, प्रभु राम साथ ज्यों।।
वायु पुत्र ने इच्छा की, श्री राम साथ हों। कंधे बैठे उड़े, श्री राम जी साथ त्यों।।१५६३।।

भक्त हैं हनुमान और, भक्ताश्रित राम हैं। भक्त प्रभु जुड़े, भक्ति की शक्ति महान हो।।
सशक्त मित्र चले, सिय की खोज में राम हैं। मित्र जुड़ सशक्त करें, प्रभु कार्य महान हो।।१५६४।।

हनुमान राम को सुग्रीव से, मिलवाने लाए। मित्रता के दृढ़ तार से, बँधवाने लाए।।
नमन कर सुग्रीव ने, थे आसन बिछाए। राम और लक्ष्मण से, मिल हाथ मिलाए।।१५६५।।

अग्नि साक्षी कर, मित्र बन गए वे चारों। निर्बल हाथ जुड़के, सशक्त बन गए चारों।।
गले लग के हो मित्र, तन गए चारों। विधि लिखा करने को शक्त, बन गए चारों।।१५६६।।

एक ध्येय एक मर्म से, कार्यरत जो होते। लेन देन बिना, मित्र हो कार्य का व्रत लेते।।
परिपुष्ट मित्रता से, क्लिष्ट कार्य सिद्ध होते। किले सी अभेद्य क्षमता से, सर्वसिद्ध होते।।१५६७।।

छोड़ के किष्किंधा राज्य, बालि के डर से। उड़ा था रावण, कभी हो के इधर से।।
दिखी चिल्लाती स्त्री, भी जाती डर से। फेंके थे गहने अपने, जिसने ऊपर से।।१५६८।।

गुफ़ा के भीतर से, सुग्रीव लाया जाकर। दिखा दी पोटली, गहनों की राम को लाकर।।
पहचानी पायल, लक्ष्मण ने रो रोकर। चरणों में दिखी थी, प्रणत सर झुकाकर।।१५६९।।

हे! नर परायी, नारी तू न देखे। तभी तो तू साधु, लक्ष्मण जैसा दीखे।।
हर स्त्री में माँ ही, माँ अगर देखे। हर ऐसा नर ईश्वर, के जैसा दीखे।।१५७०।।

लक्ष्मण जी बोले, मैं तो हूँ तापस। पहचाने राम कह के, दिये गहने वापस।।
धड़ धड़ धड़का, राम का मन था तापस। रोये मन नयन, किये गहने वापस।।१५७१।।

निर्बल पड़ा हृदय, राम का पसीजा। पोटली ले ली पर, आँख से कुछ न सूझा।।
नेत्र जल में सिया, सिया छाये ही सूझा। पोटली के अन्दर, सिया सिया ही सूझा।।१५७२।।

ढ़हा दुंदुभि अस्थि पर्वत - मतंग ऋषि

हुए थे श्री राम जी, सुग्रीव के साथ अब से। देश दशा दर्शेंगे, दोनो साथ अब से।।
दुंदुभि अस्थि पर्वत, गिरा हठात ऐसे। छूते श्री राम चरण, लगा आघात जैसे।।१५७३।।

अचम्भित चौके सुग्रीव, शक्ति राम की देखकर। अति आनन्दित बालि से, बड़ी हस्ती देखकर।।
त्रस्त अर्से से थे, भाई की शक्ति झेलकर। आश्वस्त हो गए, मित्र की शक्ति देखकर।।१५७४।।

एक ऋषि ताड़ फल ले, समाधिस्थ थे शाम को। गए सक पका देख के, सर बैठे सांप को।।
समाधि तोड़े बिना ही, बैठे भूल सांप वो। प्रभु राम की याद से, मरे अपने आप वो।।१५७५।।

ऋषि के मृत सर पे, ताड़ फल उग गए। सर्पों के पेट फाड़ के, पंक्ति में लग गये।।
ऋषि रहे समाधिस्थ, योग करते स्वर्ग गए। ऋषि की समाधि पे, खुद वृक्ष लग गए।।१५७६।।

एक ही पंक्ति में, सातों पेड़ उगे जिनको। मित्र राम ने देखे, ताड़ झुण्ड में लगे उनको।।
झकझोर देता बालि, ज़ोर ज़ोर से इनको। गदा मार दिखाता दम, झकझोर के ऋषि को।।१५७७।।

खड़े वृक्ष झिंझोड़, झिंझोड़ जाता बालि। धूल में गिरा फल, खराब करता बालि।।
ऋषि का भी पोर पोर, दुःखा देता बालि। यही सिलसिला, रोज़ चला रहा था बालि।।१५७८।।

झुँझला कर ऋषि ने, एक दिन शाप दिया था। नर से मृत्यु का, अभिशाप दिया था।।
आएगा मारेगा वो, आप कह दिया था। ढ़हेगा बालि तू, चुप चाप कह दिया था।।१५७९।।

कतार के सारे वृक्ष, गिरा देगा वो। पुरुषार्थ का एक बाण, ऐसा चलाएगा वो।।
सहस्त्र सूर्यों सा, अद्बितीय होगा वो। सब के लिये बालि को, हरा देगा वो।।१५८०।।

राम ने एक ही बाण के, एक ही वार से। सातों ताल वृक्ष, ढ़हा दिये कतार के।।
लक्ष्य भेद बाण लौटा, पेड़ सारे मार के। सुग्रीव नत सब कुछ, इस वार पे वार दे।।१५८१।।

सुग्रीव बालि युद्ध

इन्द्रियां भक्तों की पांच, राम के बाणों सी। विषयों की बुराइयां, पहचान के जो मारतीं।।
बुराइयां मन मस्तिष्क पे, सवार जो आतीं। राम भक्ति इन असुरों को, काट उतारती।।१५८२।।

हज़ार बार सुग्रीव ने, महिमा राम की गाई। मन ही मन गुनी, गुन के शीष नवाई।।
युद्ध बालि से करो, राम की आज्ञा पाई। राम से परित्राण की, बालि की घड़ी आई।।१५८३।।

श्री राम की शक्ति का, सुग्रीव पर असर था। फिर भी उसके सर सवार, बालि का डर था।।
युद्ध को गया सुग्रीव, राम राम करता। भय से काँपता रहा, फिर भी युद्ध भर था।।१५८४।।

पलट वार न रक्षण, बिना बात ही पस्त था। पिट पिटा के बालि से, रण में अब भी त्रस्त था।।
युद्ध करता थर थर, अब भी भय से ग्रस्त था। भागा सर पे पांव धर, इस में तो अभ्यस्त था।।१५८५।।

भागा हारा सुग्रीव, झुकाए सर खड़ा था। राम ने अपना जयमाल, यह देख गले जड़ा था।।
गया फिर लड़ने, पर जड़ सा खड़ा था। छुपके वृक्ष से तीर, राम को मारना पड़ा था।।१५८६।।

युद्ध वृत्ति भय की, इस युद्ध भर थी जीती। बालि की निवृत्ति, इस छुपे वार से तय थी।।
दोनों वानर भाई, शक्लें भी एक ही थीं। दोनों मालाएं पर, अन्तर जता रही थीं।।१५८७।।

इन्द्र के हार की माला, बालि जीता गौरव। सुग्रीव पे राम की माला, सत्य धर्म जय गौरव।।
छुपे वार से राम ने, बचाया सुग्रीव का गौरव। राम बाण तो मारता, ही है दर्प का गौरव।।१५८८।।

बालि था अधर्मी, शक्ति गर्व वाला। जीत जीत आधी शक्ति धर, कर्मी काला।।
राम बाण निकला, असुरों पे लक्ष्य वाला। मरते मरते बालि ने, प्रश्न मर्म पे डाला।।१५८९।।

अधर्म काम प्रभु राम! क्यों आपने किया यह। शत्रु मैं नहीं था, पर छुप के वार किया यह।।
युद्ध भी नहीं आपने, गुप चुप वध किया यह। प्रभु हो के भी क्यों, अधर्म कर्म किया यह।।१५९०।।

बोले राम मैंने, अधर्म न वध किया है। बुराई ही को मारा है, जिसका व्रत लिया है।।
उसी व्रत को रण में, आज सम्पन्न किया है। छोटे भाई भाभी पे, जुल्म विपन्न किया है।।१५९१।।

गलत शक्ति दण्डित, और गर्व खण्डित किया है। सुग्रीव पे जयमाल डाल, पाप चिन्हित किया है।।
गलत चल रहे को, ही बाधित किया है। अधर्म पाप हटा के, धर्म रोपित किया है।।१५९२।।

भरत से छोटे भाई को, निष्कासित तुम न करते। अशक्त भाई का हर हक, जबरन तुम न धरते।।
उसकी पत्नी धन भू, जबरन न धरते। अपराधी शक्ति का, गर्व लोभ न करते।।१५९३।।

यह सब अधर्म करके, उकसा दिया राम बाण। चला तो लक्ष्य से, कौन रोक सका राम बाण।।
अचूक है अधर्म पर, कुकर्म पर ही राम बाण। चीन्ह खत्म करके, ही लौटता राम बाण।।१५९४।।

शुद्ध मर्म धर्म कर्म, अब राम का समझा बालि। राम ने अन्तिम कर्म को, सुग्रीव पे नज़र डाली।।
राम चरण छू के, शुद्ध हुआ बालि। सुग्रीव अंगद क्या हों, राम पे नज़र डाली।।१५९५।।

मरते हुए बालि को राम का वरदान

यह देख श्री राम बोले, बालि से प्यार से। अन्दर का असुर मर गया, राम के वार से।।
हुए मुक्त तुम बालि आज, अपनी इस हार से। मुझे भी तारोगे, छुपे आज के वार से।।१५९६।।

जय जय बोलो जय जय, सत्य धर्म राम की। जय जय बोलो जय जय, श्री धर्म धाम की।।
जय जय बोलो अधर्म के, रोधी राम की। जय जय बोलो दर्प के, द्रोही राम की।।१५९७।।

चक्रवर्ती सम्राट जब, शिकार वन में करते। हिरण से हुई चूक की, परवाह न करते।।
वानर बालि का जब, शिकार राम जी करते। उसके बँटते ध्यान की, क्यों परवाह वो करते।।१५९८।।

कृपा राम की हुई, कि फिर से बालि जन्मे। जरा नाम के व्याध हो के, द्वापर में फिर जन्में।।
श्री राम बन के, श्री कृष्ण अब की जन्मे। मथुरा में देवकी, वासुदेव के घर जन्मे।।१५९९।।

सोए वृक्ष की छांव में, श्री कृष्ण भूमि पे जा। जरा व्याध ने दूर से, हिरण उनको समझा।।
पद्म पांव हिरण के, हिलते कान वो समझा। छुप के मारा बाण, कराह वो राम की समझा।।१६००।।

आह राम की सुन, बालि व्याध दौड़ा आया। छोड़ते प्राण शिकार को, एक बार देखने आया।।
कृष्ण को देख हुआ दंग, स्तब्ध वो चकराया। समझ के हिरण प्रभु पे, कैसे बाण चलाया।।१६०१।।

लगा रोने प्रभु कृष्ण, क्यों हाय मारे मैने। लक्ष्य पहचाने बिन, हाय तीर मारे मैने।।
शिकारी बन के हत्या, हाय कर दी मैने। जघन्य पाप कर दिया, ईश्वर संहारे मैने।।१६०२।।

प्रभु माफ़ी लायक, यह भूल नहीं है। काट दें मेरा सर, गलती का मूल यही है।।
मुस्काए कृष्ण, यह पाप या भूल नहीं है। करनी राम ने अपनी, आज कृष्ण बनके सही है।।१६०३।।

व्याध जरा को दिखा दिया, कृष्ण ने विश्व रूप। कृत कृत्य धन्य लजा गया, उसका दोषी रूप।।
लुभाया व्याध कृष्ण ने, ले के हिरण रूप। छुपा बाण खाया, निभाया राम रूप।।१६०४।।

प्रभु मारने का इस जन्म, दिया तुमको अवसर। हे व्याध! हे बालि! पर, स्वयं पाप लिया धर।।
भीम के पोते बरबरीक का, दिव्य चला जो शर। छिदवा लिया स्वयं, पांव लक्ष्य पे रख कर।।१६०५।।

अमोघ बाण के रास्ते में, जब पांव अड़ाया। अपना पांव कृश कर, तुम्हें निष्पाप बचाया।।
अभिमन्यु के मृत पुत्र में, प्राण जब जुड़ाया। स्वयं का शरीर ही, स्वयं कृशकाय बनाया।।१६०६।।

भगवान हूँ मर न पाता, तभी नर रचना ली। नर अवतार में आ, भगवद् शक्ति खो दी।।
परीक्षित की जान में, सारी शक्ति डाली। महायुद्ध करते हुए, बची खुची भी निकाली।।१६०७।।

पहले से ही मरणासन्न, स्वयं को कर डाला। भोले व्याध उसके बाद, तुम में मोह भर डाला।।
वृक्ष के नीचे मृत देह, घी सा आहूत कर डाला। पूर्णाहुति हित मैंने, तुम्हें निमित्त कर डाला।।१६०८।।

रामबाण ने बालि, विनम्र कर दिया था। श्री चरणों में उसने, पुत्र रख दिया था।।
पुत्र अंगद युवराज, राम ने कर दिया था। सुग्रीव राजा कर के, बालि को मुक्त किया था।।१६०९।।

जाने की अंगद, हनुमान को सूचना दे कर। राम लक्ष्मण सम्मान को, गए किष्किंधा छोड़ कर।।
तिलांजलि महलों की, सुख सुविधा को देकर। चले व्रत को भाई, तप की शक्ति ओढ़ कर।।१६१०।।

बुद्धिमती तारा

मेरा पति आपने, छुप अधर्म से मारा। पति बालि बिन, कैसे अब जियेगी तारा।।
अधर्म करें दोबारा, राम अब मार दें तारा। इस पाप को पुण्य कह के, सह लेगी तारा।।१६११।।

आपको स्त्री हत्या, का दोष मैं न दूँगी। पति के पास भेजने, का पुण्य किया कहूंगी।।
आशीर्वाद कृपा माँगती, प्रार्थना करूँगी। राम आपका नाम मैं, एहसान मान जपूँगी।।१६१२।।

साम दाम दण्ड भेद, की चार हैं नीति। बुद्धिमती तारा ने, निभाई प्रीति की रीति।।
क्रोध और घृणा भूल के, ली साम की नीति। निभाई तो राम की, भी पा ली प्रीति।।१६१३।।

कड़वे तीखे शब्द, नहीं बोले भगवन से। स्थिर शुद्ध रही तारा, तन और मन से।।
खिलाए रही हृदय, शुद्ध मन वचन से। प्रीति भक्ति से मित्र, बनी वो दुश्मन से।।१६१४।।

राम ने तारा के पति, बालि को मारा। छीन लिया उसके, जीवन का सहारा।।
जानता है जग श्री राम, विष्णु हैं जग सहारा। कर्त्ता भर्त्ता धर्त्ता, हर रूप जाने तारा।।१६१५।।

ऐसे राम से तारा, क्यों कर बैर करेगी। बुद्धिमती है तो क्यों, डर डर के जियेगी।।
जो बीता उस पर वो, क्यों कर पैर धरेगी। भविष्य के सपने बुन, उनपे सैर करेगी।।१६१६।।

श्री राम भगवान हैं, और हम सब कटपुतली। नचाते हैं हम सब को, नचा के वे अंगुली।।
सुग्रीव के मित्र हैं श्री राम, के पास ले चली। अंगद के भविष्य की, यह मां थामे अंगुली।।१६१७।।

बालि की मृत्यु पर सुग्रीव का शोक

बालि के हृदय के, बीचों बीच धँसा राम बाण। राम के वचन सुनने में, लगे रहे प्राण।।
बालि के वक्ष से खींचा, नल नील ने राम बाण। खून के फव्वारों, में दर्द ले उड़े प्राण।।१६१८।।

बिलख रोई फूटी, बालि पत्नी तारा। क्षोभ से सुग्रीव ने भी, पटक सर दे मारा।।
सत्य जाने बिन, क्यों किया काम सारा। गुफ़ा पाट समझो, बालि जान से मारा।।१६१९।।

मूर्खता पाल स्वंय, बालि का क्रोध भड़काया। उस पर भी भाई ने, बस दूर ही भगाया।।
जान से जा के भी, न हिसंक हो पगलाया। बख्शा मुझको जिसने, मूर्ख हो फँसवाया।।१६२०।।

मेरा भाई उदार था, राज्य मुझको दे के मरा। हूँ मैं ही नीच जिसको, राज्य लूट शर्म न ज़रा।।
राज्य छीन के, भोग विलास मोह में पड़ा। काम लोभ मद लिप्त, राम को भूल न डरा।।१६२१।।

काम क्रोध मद, लोभ से लोप किये थे। मन बुद्धि चिन्तन, आग्नि में होम किये थे।।
विनाशक शत्रु क्रोध ने, बालि मार दिये थे। महाशत्रु काम से, मन बुद्धि हरा दिये थे।।१६२२।।

मन्दिर समझते रहिये, अपने तन को आप। मूर्त्ति समझ के रखिये, स्वच्छ मन को आप।।
काम क्रोध से मैला, न करिये तन को आप। पूजा करने योग्य ही, रखिये मन को आप।।१६२३।।

काम है धोखा, धक्के मार के गिराता। नीचे और नीचे गिरा, पाप यह कराता।।
क्रोध और भ्रम भर, जलाता भटकाता। लुढका देता होश को, धता यह बताता।।१६२४।।

जप तप क्षमा प्रार्थना, करते जो हैं जीते। नीचता भरे तुच्छ, काम वे न करते।।
समझ सोच विवेक, बुद्धि से करते जीते। शोचनीय स्थिति से, बचते हैं उबरते।।१६२५।।

बालि तो बसन्त ही, लाया मुझ सूखे पे। मैने तो वर्षा सुख, पिया उस सूखे से।।
तारा ने भी लादी, तृप्ति मुझ भूखे पे। भोग काम मद लिप्त हुआ, प्रभु ही छूटे थे।।१६२६।।

शासन मेरा अंगद, हनुमान रहे संभालते। मेरे सारे रास रंग, सर से रहे निकालते।।
राजा होके कर दी हद, मदिरा मैंने ढालते। तबाह होता, वक्त पर यदि कपि न संभालते।।१६२७।।

नीचता ने मुझको ऐसा, किया राम से अलग। भाग्य ने जलाया, कर्मठता का अलख।।
भोग विलास से था, किया कपि ने अलग। कर्त्तव्य याद दिला के, किया समय पे सजग।।१६२८।।

किया सावन सहन, राम ने भूखे रहकर। दुःख किया वहन, हाथ पे हाथ रख कर॥
भोग किया चयन, मैंने राजा होकर। राज्य किया दहन, कर्त्तव्य ताक पे रख कर॥१६२९॥

राम की कृपा से ही, भूल सुधार ली मैंने। उनकी ही मित्रता से, ज़िन्दगी सँवार ली मैंने॥
समय से पलटा ली, राम की क्रोध धार मैंने। माफ़ी माँग सहायता, कर दी संचार मैंने॥१६३०॥

राम ने शत्रु मारा, विपत्ति में बने सहारा। राज पाट दिलवा कर, मित्र बने दोबारा॥
हनुमान ने गिनाए राम के काम, बने सहारा। राम की दस्तक से, सोई निश्चिन्ती को मारा॥१६३१॥

राम रस का स्वाद दे, मेरी जीभ की कटुता तोड़ी। मस्ती को राम मंत्र दे, वादा पूर्त्ति व्यस्तता छोड़ी॥
जगा राम की मित्रता, स्फूर्त्ति मन में छोड़ी। लगा राम के काम में, आलस्य बद्धता तोड़ी॥१६३२॥

अच्छा हुआ जल्द ही मुझसे भूल, सुधार ली गयी। राम से मित्रता में हुई चूक, संवार ली गयी॥
परख राम के क्रोध की, धार की न हुई। माफ़ी मांग मदद भी, खूब संचार की गयी॥१६३३॥

राम ने मेरे भाई परन्तु, शत्रु को था मारा। विपत्ति में सदैव मेरे, बने रहे सहारा॥
राजपाट दिलाया, मुझ सुग्रीव को दोबारा। परन्तु मेरी याद में, न राम थे न सहारा॥१६३४॥

मन मंथन करके, विचार करें आप भी। राम को ही मित्रों में, शुमार करें आप भी॥
राम जी से प्रेम, बेशुमार करें आप भी। बिना शर्त जीवन में, सुधार करें आप भी॥१६३५॥

सुना तो मुझ सुग्रीव को भी, राम याद आए। हनुमान ने गिनाए काम, तो उनके काम याद आए॥
श्री राम का प्रसाद, राम की मित्रता जगाए। श्री राम की याद, राम से भिन्नता भगाए॥१६३६॥

राम की आहट से, सोयी धड़कनें थीं दौड़ीं। राम के प्रकाश ने, सारी उज्ज्वलता जोड़ी॥
जाग मित्रता राम से, वादे निभाने दौड़ी। वानर सेना में चमक, रीछों ने जोड़ी॥१६३७॥

हनुमान से बोला मैं सुग्रीव, जम्बूद्वीप जाइये। जाम्बवन्त से मांग उनके, रीछ सैनिक लाइये॥
मेरी वानर सेना में, रीछों को मिलाइये। राम की सेना और भी, शक्तिशाली बनाइये॥१६३८॥

कपीश ने किया, यह काम जान लड़ाकर। किष्किन्धा के वानरों में, जम्बू रीछ मिलाकर॥
धन्य मैंने किये काम, शुद्ध बुद्धि पाकर। राम के काम करने, हनुमान को लगाकर॥१६३९॥

राम लक्ष्मण का किष्किंधा छोड़ना

किष्किन्धा से ऋष्यमूक, तपी चल दिये दो। गुफ़ा में भूख प्यास के, बल ही जिये वो॥
वर्षा जल लबा लब था, शुष्क पर जिये वो। सीता जी की याद में, पिघला किये वो॥१६४०॥

वर्षा भर तो कुछ भी, न काम हो सकेगा। सीता की चिन्ता बीच, आराम नहीं मिलेगा॥
बीते सावन देखें, सुग्रीव क्या करेगा। सीता खोज में कैसे, क्या और क्या अभी चलेगा॥१६४१॥

बीती वर्षा जंगल, हरा हुआ खिला फिर। सीता जी के विरह में, बुद्धि न मन खिला फिर॥
पर सुग्रीव का कोई, संदेश न मिला फिर। शुबहा शंका से दिल, दोनों का हिला फिर॥१६४२॥

राम ने सुग्रीव के पास, भेजा लक्ष्मण को। दिया संदेश कर ले साफ, वो अपने मन को॥
करे शीघ्र सीता की, खोज का जतन वो। कहा आगे और अब, गिरे न वो पतन को॥१६४३॥

कहलाया कि बीते, वर्षा काल के चार माह। सुलगाते रहे हैं चार युग से, सिया की चाह॥
दुष्चिन्ता से ही उड़ती, जीने की रही चाह। सुग्रीव राजा बन भोग में, डूबा ही रहा आह॥१६४४॥

झेल झेल दुःख, तिक्त हो चुका था सुग्रीव। ऐश्वर्य रस मिला, फिर से तर हुआ यह जीव॥
विलास निद्रा लिप्त, होश खो चुका सुग्रीव। राज पाट छोड़, अंतःपुर में बन्द हुआ निर्जीव॥१६४५॥

शासन उसका अंगद, हनुमान रहे संभालते। सुग्रीव के रास रंग पे, नज़र तक न डालते॥
सुग्रीव ने हद कर दी, अधर्म रहा पालते। मरता जिन्दा ही, यदि कपि न संभालते॥१६४६॥

गिर के हो चुका है वो, हम से अलग। लक्ष्मण उसका होश, जगा दो खोल पलक॥
भोग विलास से, कर दो उसे विलग। कर्त्तव्य याद दिला के, कर दो उसे सजग॥१६४७॥

किया सावन सहन, हम ने भूखे रह कर। किया विरह दुःख वहन, हाथ पे हाथ रख कर॥
किया भोग चयन, सुग्रीव ने राजा रहकर। किया योग दहन, खाख कर्त्तव्य को कर॥१६४८॥

लक्ष्मण का सक्रोध आगमन

उधर जम्बूद्वीप से, हनुमान सैनिक लाए। इधर किष्किन्धा में, लक्ष्मण क्रोध में आए।।
खाना पीना सज धज, राज्य भर छाए। सुग्रीव के महल के, रंग ढ़ंग देख गुस्साए।।१६४९।।

मुख उनका लाल भभूका, क्रोध में तमका। धनुष की टंकार की तो, प्रजा का सर धमका।।
डर से सहमा सारा, किष्किन्धा दरका। छोड़ भोग विलास, लक्ष्मण से बचता सरका।।१६५०।।

यह हाल देख तारा ने, स्थिति थी संभाली। डरी हुई गरीबी में, अभाव से थी खाली।।
बोली राम के सहयोग से, दौलत तो पाली। दयनीय था सुग्रीव, जिसने बुद्धि गँवाली।।१६५१।।

राजा बनके वो बहका, प्रभु जी माफ़ करिये। मित्र आपका होश में आया, मन साफ़ करिये।।
सेना भी सजा ली है, तो इन्साफ करिये। सीता जी की खोज की, सब राहें साफ़ करिये।।१६५२।।

प्रार्थना हो स्वीकार, मेरी हे! शेष जी आपसे। तारा विनती करती है, बार बार आपसे।।
हनुमान से सुरक्षण, रघुवंशियों का आप लें। गुरु दक्षिणा, प्रभु! स्वीकृत हो आपसे।।१६५३।।

सीता खोज की योजना

लाखों से करोड़ों, हुए रीछ वानर मिल। सैनिक तय्यार सुग्रीव के, लें राम से मिल।।
सुग्रीव बोले श्री राम, आप उनसे लें मिल। आपके हैं सैनिक, हो चाकरी में दिल।।१६५४।।

सुग्रीव के नहीं आपके, आधीन यह आज से। करेंगे आपका ही, प्रभु! काम यह आज से।।
अब बस सिया की ही, खोज करेंगे आज से। एक माह में ही, पूर्ण करेंगे काज ये।।१६५५।।

सुग्रीव को हृदय से, लगाया अपने राम ने। बोले मित्र! अद्‌भुत किया, काम यह आपने।।
जाने कहाँ ले जाके, सीता छुपा दी रावण ने। भेज दें ये सारे सैनिक, दसों दिशाएं छानने।।१६५६।।

जिधर भी रावण ने, मेरी छुपाई है सीता। आदेश दें सेना को, कि खोजनी है सीता।।
मुझसे या लक्ष्मण से, यह काम कभी न होता। निपुण राजा सुग्रीव हैं, धन्य आपकी मित्रता।।१६५७।।

पूछा राम ने भूगोल का, ज्ञान कैसे पाया। सुग्रीव पूरा ज्ञान, आपको किसने दिलाया।।
सुग्रीव बोले बालि ने, दुनिया भर में घुमाया। खुद से बचने मुझे, हर दिशा में नचाया।।१६५८।।

सुग्रीव ने सेनापति को, अपने पास बुलाकर। कहा एक एक दिशा में, खोज आएं जाकर।।
करें सीता की खोज, सारे जान लड़ा कर। मिलें माह भर में, यहीं मुझसे आकर।।१६५९।।

भेजा विनय को पूर्व में, सुषेण को पश्चिम में। शतबली उत्तर, हनुमान अंगद तारक दक्षिण में।।
चारों ही दिशाओं में, भेजे सैनिक खोज में। सीता का पता बताने, लौटेंगे तीस दिन में।।१६६०।।

बोले असफलता मुझे, नहीं होगी गँवारा। असफल होने पर न, मिलेंगे प्राण दोबारा।।
निर्णायक मैं ही, बना रहूँगा तुम्हारा। सफलता के बिना, होने न दूँगा गुज़ारा।।१६६१।।

हनुमान से कहा, हो भरोसे मंद बलवान। कपीश हो अकलमंद, और तुम हो वेग वान।।
पवन पुत्र अंजलि नन्द, हो सामर्थ्यवान। मल्लद्वन्द्वी महायोद्धा, गदाधर हो महान।।१६६२।।

जाओ सारे श्री राम जी, से मिल कर आओ। करोगे कैसे काम, सब अपने बताओ।।
हे वायु पूत! राम दूत, बन के तुम जाओ। माह भर में सीता जी का, पता ले के आओ।।१६६३।।

आज्ञा से राम के पास, गए थे हनुमान जी। चरणों में राम जी के, बिछे थे हनुमान जी।।
अपने गुण अवगुण की, गाथा गा हनुमान जी। दूत बने मुद्रिका ली, प्रार्थी हो हनुमान जी।।१६६४।।

जय राम जी जय जय, ज्ञान गुण के सागर। मेरा यह जीवन सारा, आपसे उजागर।।
सहस्त्र सूर्य पुज्ज जय, हे! जय कृपा सागर। सफल सक्रिय काम कर, करूँ जन्म उजागर।।१६६५।।

पंचम चरण

सीता की खोज प्रारम्भ

पूरब पश्चिम उत्तर, ढूँढ़ के लौटे। तीनों ओर से सैनिक, निराश घूम के लौटे।।
बस खाली हाथ, सांप सूँघ के लौटे। सुग्रीव के निर्देशों पर, थक टूट के लौटे।।१६६६।।

दक्षिण दिशा पे ही, आस टिकी थी। सिया ढूँढ़ती आँखें, इस मास थकी थीं।।
राम की आँखें भी, उदास थकी थीं। दूर है सीता कि, पास सोच थकी थीं।।१६६७।।

विंध्यांचल पर्वत का, हर कोना देखा। दक्षिणांचल वन का, हरा सोना देखा।।
विचित्र जीव एक आता, दिखा अनदेखा। लगा यही है रावण, जिसे कभी न देखा।।१६६८।।

मारा एक घूँसा, उसे गाल पे दारुण। अंगद भी समझे, थे उसी को रावण।।
खुशियों से चहके, लो मारा रावण। दुःखी रो उठे, सिया सोच के कारण।।१६६९।।

निराशा ने भूख प्यास, थकान से घेरा। सांत्वना भरा हाथ, गंध मादन ने फेरा।।
और भी दम खम, से डालेंगे डेरा। मिलेंगी सीता, तभी हो पावन सवेरा।।१६७०।।

बत्तखें और सारस, दिखे आते जाते। चले उन्हीं के पीछे, वे डरते डराते।।
अंधेरी गुफ़ा में, घुसे भूखे प्यासे। मिले सोता जल का, सोच बढ़ते जाते।।१६७१।।

अंधेरी गुफ़ा पार कर, निकले जो बाहर। अनुपम उद्यान, एक मिला उन्हें उजाग़र।।
तपस्विनी मिली, तप रत एक वहाँ पर। नमन नत हनुमान, खड़े पास में जाकर।।१६७२।।

संशय के जंगल से, वानर जब दहले। विश्वास के पर्वत कपि, थे सब से पहले।।
हनुमान ने ही देखे, प्रभु के स्वप्न रुपहले। कृपा की प्रभा, सर्वत्र फैली सब लें।।१६७३।।

हरित नीली झील पर, रक्तिम कमल थे। हरे नीले नभ पर, लाल लाल बादल थे।।
सुन्दर तैरते उड़ते, पक्षियों के दल थे। इमारतें सड़कें थीं, कहीं न जंगल थे।।१६७४।।

हनुमान जी ने पूछा, यह किसका नगर है। अप्रतिम अद्वितीय, यहाँ किसका घर है।।
तपस्विनी उठी बोली, मय का नगर है। दानवों के गुरु, विश्व कर्मा का घर है।।१६७५।।

निर्माण कुशलता, पारंगतता यह मय की। असुर गुरु शुक्राचार्य, से मिली शय थी।।
जिंदगी विश्वकर्मा की, अभियंताओं सी तय थी। इन्द्र से युद्ध की भी, किस्मत थी मय की।।१६७६।।

युद्ध करते इन्द्र से, मय मर गया था। तभी से मय इन्द्र को, नगर हार गया था।।
इन्द्र से प्रेयसी हेमा, के हाथ लग गया था। उस अप्सरा संग रहते, मेरा हो गया था।।१६७७।।

हेमा की हूँ मैं, संगी अतरंग सहेली। देवलोक गयी है वो, मैं सत्संगी अकेली।।
भवन बाग शहर की, मालकिन है सहेली। मैं हेमप्रभा हेमा के, संग खाई खेली।।१६७८।।

ठंढ़ा मीठा जल, झील में अमृत भरा है। पीकर समझो शुभ मंगल, ने स्वयं तरा है।।
स्वादिष्ट मीठे फल, जीवन रस भरा है। खाकर समझो जैसे, भविष्य फल खरा है।।१६७९।।

लगते तुम सब मुझको, भले नेक रीछ वानर। क्यों गुज़रे इधर से, क्यों आए हो यहाँ पर।।
सीता को रावण, ले गया चुरा कर। निकले हैं खोजने को, दम लेंगे हम पाकर।।१६८०।।

सुग्रीव के सैनिकों, रीछों वानरों संग आया। राम दूत हनुमान मैं, सब को संग लाया।।
अंगद तारक से, सेनापतियों संग आया। दिल सीता मां की ही, खोज में लगाया।।१६८१।।

यहां जो भी आता है, कैद़ हो जाता है। नगर बंद हो जाने से, नहीं लौट पाता है।।
नगर की यह विशिष्टता, कोई जान न पाता है। पलक झपकते यह, बंद हो जाता है।।१६८२।।

हनुमान बोले माह भर, भटकना है खोज में। दिल में एक ही चाह, रखना है खोज में।।
अब तक न मिली, आह सहना है खोज में। जीते जी मिले, वर्ना मरना है खोज में।।१६८३।।

स्वयं प्रभा बोली कोई, बाधा न दूँगी। श्री राम के काम में, कोई विधा मैं न दूँगी।।
मूँदों पलकें तुम सब, आशीष मैं दूँगी। सीता कहाँ छुपाई, यह राज़ मैं खोलूँगी।।१६८४।।

स्वयं प्रभा आ हा! प्रभु की कृपा स्वयं। शरणागति के जल, फल खा चले हम।।
राम की कृपा आ हा! अब दम में है दम। विश्वास के शिखर, आंख मूँदे चढ़े हम।।१६८५।।

मूँदीं आँखें सबने, खोल दीं दूसरे पल में। बाहर आ चुके अब, न थे वे महल में।।
दक्षिण सागर तट पर, थे बालू के तल में। रेतीले अंचल पर, दौड़ते हुए पल में।।१६८६।।

सम्पाती की दृष्टि

जम्बू द्वीप के रीछ और, किष्किंधा के वानर। सिया खोज में असफल, रहे जान लगाकर।।
खीजे उछल कूद में ही, समय गँवाकर। बैठे चिर निद्रा लेने, निराशा में आकर।।१६८७।।

तकते होंगे राह, राम जी ऋष्यमूक में बैठे। उनसे आँख मिलाएंगे, कार्य चूक में कैसे।।
सिया बिन जिन्हें चैन, न किसी करवट बैठे। दौड़ धूप कर माह, भर में हम हार के बैठे।।१६८८।।

एक माह पूरा होगा, बस चार ही दिन में। सीता की खोज, नामुमकिन है अब इन में।।
नहीं चारा थक, हार बैठो दिन गिनने। डूबो छुपो दिखाओ नहीं, हारा मुख दिन में।।१६८९।।

सुग्रीव के समक्ष, न लजाएंगे असफल। दिखाएंगे राम को, नहीं मुंह यह विफल।।
आत्म हत्या का दौर,चलाएंगे सकल। भूख अनशन या, समुद्र में कूदेगा बस दल।।१६९०।।

करोड़ों सैनिक थे, तय्यार डूब मरने को। सुग्रीव की गदा, दण्ड वार से बचने को।।
समुद्र में छलांग, व्रत उपवास कर मरने को। हे! राम उद्धारें, गलती से उबरने को।।१६९१।।

छोड़ अन्न जल, अंगद भूखा बैठेगा। हनुमान भी मुख में, अब कुछ न रखेगा।।
बैठे बैठे जाम्बवन्त भी, प्राण छोड़ेगा। हर सैनिक कुछ न कुछ, कर जान देगा।।१६९२।।

चमत्कार कुछ न कुछ, तो करिये प्रभु जी। भक्तों की हार, यूँ न सहिये प्रभु जी।।
विश्वास की हामी तो, भरिये प्रभु जी। बचा जान भक्तों को, तरिये प्रभु जी।।१६९३।।

साबित हुआ बस एक, जटायु सच्चा सैनिक। जान छोड़ लड़ा, बस वो ही था सैनिक।।
सिया मां सुरक्षित कर, चला जान दे सैनिक। बचाते हुए मां को, शहीद हुआ सैनिक।।१६९४।।

नाम भर के सैनिक, रह पाए हम अब तक। किसी काम के नहीं, हो पाए हम अब तक।।
बस खाते सोते ही, रह पाए हम अब तक। राम की कमल आँखों, चढ़ पाए न अब तक।।१६९५।।

बड़ा सा एक गिद्ध, चलते चलते डगर पर। एक दम चौंका, जटायु नाम सुन कर।।
जटायु का भाई हूँ, बताया था हँसकर। सम्पाती है नाम, रहता गुफ़ा में छुप कर।।१६९६।।

बचपन में शर्त्त, लगा जीतते थे हारते। वेग नापने अपना, सूरज तक उड़ जाते।।
एक दिन लौटा बीच में, जटायु हार मान के। पर मैं न रुका, पहुँचा सूर्य तक जाके।।१६९७।।

जले सूर्य से पंख, तड़फड़ा मैं गिरा था। जला मुख ले छुप, गुफ़ा में रहा था।।
सुधा बरसा चांद, सेवा करता रहा था। उगेंगे फिर पंख, विश्वस्त करता रहा था।।१६९८।।

सीता को खोजते, हार बौराएंगे वानर। सिया का पता तुम, बताओगे जाकर।।
तभी उड़ सकोगे तुम, फिर से पंख पाकर। तभी रह सकोगे फिर, परिवार में जाकर।।१६९९।।

गिद्ध जाति का हूँ, मैं गिद्धा से जन्मा। दूर दृष्टि का गुण, मैं लेके ही जन्मा।।
यहीं से देख सकता हूँ, बैठी सिया माँ। लंका का उपवन, सजाती सिया माँ।।१७००।।

त्रिकूट के मध्य के, शिखर पर स्वर्ण लंका। अभेद्य उस दुर्ग पर, रावण का डंका।।
दुःखी बैठी सीता ही है, नहीं शंका। बोला सम्पाती तो, उगे उसके पंख आ।।१७०१।।

सिया का पता ले के, खुश उछले सैनिक। प्राण संग बची मर्यादा, खुश हुए सैनिक।।
चले राम काम आगे, अब सोचते थे सैनिक। सांसे बुद्धि दिल सब, बढ़ाके दमके सैनिक।।१७०२।।

शाप से उद्धरित, न होने के समय तक। रहता रहा छुप गुफ़ा में, मैं सम्पाति अथक।।
सुपार्श्व मेरे पुत्र ने, की देखभाल मेरी तब तक। खा पी रहा था, मैं गुप चुप तब तक।।१७०३।।

सुपार्श्व ने बताया था, देखा था उसने। सीता लिये उड़ते, रावण को रथ में।।
ऊँचा उड़ा सुपार्श्व भी, माजरा तकने। पीछा किया दूर तक, टोहने को रथ में।।१७०४।।

पंखों वाले रथ पे, थे रावण और सीता। हँसता उड़ता रावण, डरी रोती सीता।।
सुपार्श्व ने धमकाया, गिड़ गिड़ बोला झूठा। नन्ही बेटी उड़ने, से डर करे फजीता।।१७०५।।

छोड़ो छोड़ो पुत्र हमको, बहुत जल्दी जाना। मैं खूब जानता हूँ, इस नटखट को मनाना।।
पिता पुत्री के बीच, किसी को क्यों आना। हटो जाओ करो काम, न तुम टाँग अड़ाना।।१७०६।।

सुना मूर्ख कुपुत्र का, यह किस्सा तो उखड़ा। रावण को स्वतंत्र, छोड़ने की बात पे बिगड़ा।।
उसे कर अलग, भूखा रह क्रोध कर झगड़ा। सूँघता यहाँ आया, आज भोजन तगड़ा।।१७०७।।

सिया का पता देके, सम्पाती गया उड़। झुण्ड के साथियों में, रहने को गया उड़।।
समुद्र पार त्रिकूट पर, नज़रे सब गईं गड़। जाम्बवान की दृष्टि भी, शिखर पर गईं जड़।।१७०८।।

सैनिकों को बुला, जाम्बवान बोले आ जाओ। लंबी कूद की दूरी, एक एक कर बताओ।।
अपनी क्षमता का, खुद परिचय देते जाओ। अंगद की सौ योजन, है उसको भुलाओ।।१७०९।।

बूढ़ा हूँ नब्बे डुई, सौ योजन कूद मेरी। जाम्बवान ने बताने, में कोई की न देरी।।
गज बोला दस योजन, की कूद है मेरी। गवाक्ष बोला बीस, योजन की दूरी मेरी।।१७१०।।

शरभ तीस, ऋषभ चालीस, पचास गंध मादन। द्विविद सत्तर, सुषेण अस्सी मैन्द साठ योजन।।
अंगद हैं युवराज, कूद सकते हैं सौ योजन। मगर उनकी क्षमता, से कुछ नहीं प्रयोजन।।१७११।।

सौ योजन फलांद, अंगद लंका में होंगे। तो दुश्मन की आँखों, में सहसा वे होंगे।।
युवराज होने से, शत्रु आँख रखते होंगे। उन्हें भेज हम खतरों से, खाली न होंगे।।१७१२।।

शत्रुओं की आँखें, युवराज पे ही होंगी। सुरक्षा कर्मियों की खोजें, उनपे ही होंगी।।
उन्हें काल के गाल में, भेजना मूर्खता होगी। सुरक्षा अंगद की, निश्चित करनी होगी।।१७१३।।

इस पर आगे आकर, हनुमान ने नतमस्तक। कहा सौ योजन से कम, कूदा न अब तक।।
मुझे अवसर दे दें, सौभाग्य देता दस्तक। सेवक हूँ प्रभु कार्य कुछ, किया न अब तक।।१७१४।।

असंभव था अंगद को, चुपके से भेजना। दुश्मनों की आँख से, बचा लंका टोहना।।
संभव है हनुमान जी से, कार्य पूरा होना। शत्रुओं के बीच चुप से, सीता को खोजना।।१७१५।।

हनुमान को नहीं, जानता है अभी कोई। इनके चेहरे का, हो सकता भी नहीं कोई।।
इनसा शक्तिशाली वेगवान, भी नहीं कोई। न इन जैसा सेवक, विद्वान ही कहीं कोई।।१७१६।।

अतः कूदने का कार्य, हुआ था हनुमान का। जाम्बवंत की आज्ञा से, तैनात हनुमान था।।
महेन्द्र पर्वत तय हुआ, शुभारम्भ छलांग का। शिखर जिस पर जाने को, तय्यार हनुमान था।।१७१७।।

जय जय हनुमान जय, कपीश ज्ञान गुण सागर। जय जय हनुमान जय, तीनों लोक उजागर।।
जय कल्याण जय, सम्मान के सुख सागर। जय जय बजरंग शक्ति, बल ध्यान के सागर।।१७१८।।

सैनिकों के गानों की, आवाजें गूँजी। हनुमान जी में दौड़ी थी, हौसलों की पूँजी।।
महेन्द्र चोटी पे, उनकी हुँकारें गूँजी। जहां से छलांग, लेगी राम कार्य की कुँजी।।१७१९।।

हनुमान जी गए थे, जिधर रीछ थे रहते। हाल क्षेत्र का देख आए, कैसे हैं रहते॥
जम्बू देश को आज, मध्य प्रदेश हैं कहते। उत्तर क्षेत्र का रतलाम, जिसे आज हैं कहते॥१७२०॥

ब्रह्मा जी के पुत्र थे, रीछ राज जाम्बवन्त जी। जम्बू देश के सरताज, थे योद्धा जाम्बवन्त जी॥
महाज्ञानी बलिष्ठ, सेनापति सन्त भी। यहां खड़े सैनिकों के, इष्ट थे जाम्बवन्त जी॥१७२१॥

हनुमान जी की पीठ, थपथपा के वे बोले। दिल से जो चाहो, वो कार्य देह से होले॥
सौ योजन समुद्र पार, बसी लंका बोले। महेन्द्र से त्रिकूट पे, रखो पांव थे बोले॥१७२२॥

मैं जब तुम्हारे जैसा, गबरू जवान था। नहीं सोंचता था काम को, न करके मान था॥
समुद्र पार होने, लेता एक ही छलांग था। सौ योजन बड़ी बात, न थी न गुमान था॥१७२३॥

लंका जाके दुश्मन, की हर शक्ति तोलो। लंका दुर्ग व नगरी के, सब भेद ले लो॥
नक्शा ले के देव भक्तों, की मित्रता ले लो। सिया के पते का, उनसे भेद ले लो॥१७२४॥

याद हो तोड़ डालोगे, अहं अभिमान तुम। स्मरण में बिठा लो, प्रभु का सम्मान तुम॥
तोड़ना दस सरों के ज्ञान गर्व, का मान तुम। पावना सीता का, रखो मान सम्मान तुम॥१७२५॥

हनुमान संवाद

आपके जिन चरणों के, स्पर्श मात्र से ही। सृष्टि भर का, होता रहता है कल्याण ही॥
शाप मुक्त अद्धरित, हुई अहिल्या थी। दण्डक वन को मिले, हरित प्राण मान भी॥१७२६॥

चरण वो जो पकड़े, भाग जागे उसके। शिव उमा भी पकड़े, नत आगे जिसके॥
चरण जो पीछे दौड़े, थे भागे जिसके। स्वर्णिम वो हिरण था, भाग जागे जिसके॥१७२७॥

इन्हीं चरणों में, पड़ने वाली आपकी पादुका। लगी हाथ भरत के, चला राज्य अवध का॥
इन्हीं पूज्यनीय चरणों में, मैं स्थान खोजता। भूला वानर, चाहता हूँ मिले काम अवध का॥१७२८॥

पवन पुत्र हूँ, सूर्य शिष्य भक्त हूँ आपका। चरणों में रखें मुझको, बनने दें पादुका॥
भूल से फल समझ के, मैं सूर्य खा चुका। चरणों में शरण दें, बनूँ दास मैं आपका॥१७२९॥

लपक लपक चख और, उगल फल रहा था। झपट झपट एक एक, निगल फल रहा था।।
चकराया गिरा कक्ष में, मृत हो रहा था। ठुड्डी को तुड़ा इन्द्र का, वज्र झेल सका था।।१७३०।।

सूर्य राहु गज को, फल समझा खा डाला। अमा पर्व पर मैं, था बच्चा खा डाला।।
मुझे पिता पवन की, सिद्धि ने संभाला। टूटी ठुड्डी सृष्टि कर्त्ता ने, हनुमान नाम डाला।।१७३१।।

पिता की पुकार पर, सब देवों ने घेरा। बोले प्यार से, ''वर ले ले अवसर है तेरा''।।
देवों ने वर दे मुझमें, अभय तत्व फेरा। अस्त्र शस्त्र रुकने हारने, से अमरत्व फेरा।।१७३२।।

शरण देने का सामर्थ्य, धन सुख सब दिया था। अष्ट सिद्धि नौ निधि, रिद्धि बल दिया था।।
रहा घूमता अंतरिक्ष में, शून्य शक्ति हुआ था। भूमि पे तो पग पग, शक्ति बल लगा था।।१७३३।।

मिलेगी शक्ति, जब हृदय में आप होंगे। प्रभु! दूत बना के, मुझसे काम आप लेंगे।।
समुद्र लांघ पहाड़ बांध, मुझे जाने देंगे। सीता माँ को खोजने का, मुझसे काम लेंगे।।१७३४।।

कपि कुल का हूँ मैं, कहलाता उपदेवता। रोटी कपड़े घर के, नहीं सपने देखता।।
कूदता फांदता, पेड़ पहाड़ भर उखाड़ता। अपनी घुड़की में, रखता दम दहाड़ का।।१७३५।

कभी गर्व नहीं करता, रूप या जाति का। कोई बंधन नहीं है, स्नान शौच आदि का।।
मोहताज मैं नहीं हूँ, किसी व्यवस्था आदि का। भोजन अस्त्र शस्त्र, न ही वाहन आदि का।।१७३६।।

प्रभु! राज मुद्रिका, अपनी आप दे दें मुझको। कार्य भार सौंपने की, दें आज्ञा मुझको।।
ताकि मान लें राम दूत, सीता माता मुझको। प्रभु! लंकोद्धार की, दे दें आज्ञा मुझको।।१७३७।।

आपसे चमके बल, बुद्धि मेरा कौशल। नीति गति लंका दुर्ग की, विधि लाए यह कौशल।।
विनय प्रीति और नीति, हो मेरा कौशल। ज्ञान यज्ञ योगी बन, भज राम ले लूँ कौशल।।१७३८।।

प्रभु रख सकूं पांव, समुद्र पार लंका पर। विघ्न बाधा करूँ पार, प्रभु आप से लूँ वर।।
सिय माँ देंगी अष्ट सिद्धि, नौ निधि का वर। सुरसा, सिंहिका, लंकिनी, जिससे लूँगा धर।।१७३९।।

पत्थर पत्थर पर, लिखते राम न थकूँगा। तैरा के सेतु का, मैं काम उनसे लूँगा।।
वायु से आकाश पथ, खुद पहले उड़ूँगा। पैदल जल थल दल, फिर लिये राम उड़ूँगा।।१७४०।।

भ्रमित न रहूँ, न दुःखी हो के सोचूँ। उगे दुःख भ्रम तो, बंजर भू मन कर लूँ।।
उखाड़ के निराशा, खर पतवार सा फेकूँ। राम बीज धन, बो उगा मन भर लूँ।।१७४१।।

नल नील फेंकेगें, जो जल में पत्थर। रहेंगे वो आपकी, कृपा से उबर कर।।
करेंगे परोपकार वो, जीवन में कर कर। सैन्य भालू वानरों, को पार कर कर।।१७४२।।

लघु बन के लंका के, द्वार में घुसूँगा। लंकिनी को मुठ्ठी, मैं मारकर फिरूँगा।।
ढूँढ़ ढूँढ के भक्त, मित्र बनाता चलूँगा। सीता माँ का पता, मैं लगा कर रहूँगा।।१७४३।।

असुर वंश निशाचर, मैं मार खत्म करूँगा। लंका सारी जला कर, मैं भस्म करुँगा।।
राम दूत बन मैं, आपकी मुद्रा दिखाऊँगा। सीता माँ में विश्वास, मैं भर सकूँगा।।१७४४।।

बलिष्ठ पुत्र हूँ, मैं सुमेरु सा बढूँगा। क्षमता हेतु माँ को, आश्वस्त करुँगा।।
बलिष्ठ हैं असुर, मैं उन्हें रोक सकूँगा। उनके हौसलों को, मैं ध्वस्त करुँगा।।१७४५।।

सीता माँ से, अनुनय विनय पूर्ण निवेदन। अपने साथ लौट आने, का मैं करुँगा।।
प्रभु यदि न मानी, तो आपको ही त्रिभुवन। कर रावण वध उनको, लाएं भजूँगा।।१७४६।।

बचपन से वरद् किया, देवों ने मुझको। सिया माँ के वर की, कमी भी थी मुझको।।
सक्षम न होने की, भूलें दी थीं मुझको। पूरी क्षमता पानी है, सिया माँ से मुझको।।१७४७।।

यूँ संवाद सुना, राम ने जब हनुमान का। हृदय में प्रभु ने, दिया उन्हें स्थान था।।
कृत कृत्य गद गद, हुआ दिल हनुमान का। रामदूत बने, मुद्रिका पे ही ध्यान था।।१७४८।।

श्री राम ने हनुमान को, गले लगाया। मुद्रिका दी, आशीषें दीं काम पे लगाया।।
श्री राम जय राम, जय हनुमान ने गाया। सिया मां की खोज में, खुद को लगाया।।१७४९।।

भारत से लंका की यात्रा

छलांग को महेन्द्र पर्वत, की चोटी छाँटी। पैर जो जमाया, तो धँसा दी घाटी।।
समुद्र थर्रा उछला, सहम पकड़ी चोटी। उखड़ पर्वत कितने, गिरे जैसे माटी।।१७५०।।

वैराग्य के पर्वत के, शिखर कपि वैरागी। लगा ध्यान प्रभु राम पर, स्थित कपि योगी।।
राम भुजा की ऊर्जा, हाथ का तीर वैरागी। धनुर्धर के कौशल पर, छुटे तीर सा योगी।।१७५१।।

समुद्र गर्भ में सोया, पहाड़ उठ पड़ा था। नाम उसका मैनाक, झिलमिल रत्न जड़ा था।।
चकाचौंध आँखों में भर, जगमग खड़ा था। छुए पैर हनुमान ने, आशीष दे गड़ा था।।१७५२।।

चमकते मोती माणिक स्फ़टिक, दिखा उसने। कहा मुझ पर सुस्ता लो, पुत्र हनुमान।।
सागर राम के पूर्वज हैं, आशीष लो उनसे। लक्ष्मी के पिता हैं, कृपा ले लो हनुमान।।१७५३।।

दोनों पूर्वजों, सागर सूर्य को नमन कर। शीष पूज्य पिता, शीत पवन के चरण धर।।
गुरु गिरि मैनाक के, चरण पड़ नमन कर। हनुमान जी चले, राम कार्य पे नयन धर।।१७५४।।

थोड़ा वेग करके कम, मैनाक पे ले के दम। हनुमान जी रुके थे, न कार्य करने को कम।।
थोड़ा थम के कार्य, पूर्ण करने ले पूरा खम। उपदेवता हनुमान, कार्य पूर्ण कर ही लें दम।।१७५५।।

सागर में सूर्यवंशी, का कार्य करने जाते। पिता पवन आशीर्वचन, देने आते।।
हनुमान प्रभु कार्य, शुभारम्भ करने जाते। गिरि समुद्र वायु सूर्य, आशीष देने आते।।१७५६।।

सिंधु बोले पिता वायु का, एहसान है मुझ पर। झोंका मार छुपाया, मैनाक मेरे भीतर।।
पंख लगा पहाड़ यह, उड़ा जाता नभ पर। पंख छेदे इसके जब, इन्द्र ने वज्र मार कर।।१७५७।।

पंख टूटे मैनाक, तड़फड़ा आया नीचे। तुम्हारे पिता ने, दे झोंका कहा मुझसे खींचें
मेरी लहरों ने लिपटा, रखा गर्भ में नीचे। सुरक्षित मेरे जल में, छुपा अँखियां मींचे।।१७५८।।

तुम्हारे पिता की, आज्ञा पर आज उठा हूँ। सागर में शरण दी, तभी बच सका हूँ।।
उनके पुत्र तुम को, शरण देने उठा हूँ। पवन देव का ऋण मैं, कुछ तो चुका दूँ।।१७५९।।

सूर्य किरणें रत्नों की, चकाचौंध से चौंकी। हनुमान की आँखों में, सहस्त्र बिजलियां कौंधी।।
मैनाक के चरण स्पर्श को, उस पर देह टेकी। पवन पुत्र बढ़े आगे, टेक बस कुछ देर की।।१७६०।।

पवन पुत्र को आराम दे, कृत कृत्य हुआ मैनाक। पवन के उपकारों से, उपकृत हुआ मैनाक।।
शुद्ध समुद्र जल से, नहाया हुआ मैनाक। स्फ़टिक मणियाँ सूर्य से, फुटाता हुआ मैनाक।।१७६१।।

मैनाक पर्वत छुपाया था, वायु देव ने जिसे। शरणाशीष दे उनके पुत्र को, सिंधु में छुपे फिर से॥
मणि पर्वत या, रत्नगर्भा समुद्र रोके कैसे। राम भक्त हनुमान को, भ्रम मोह न छूते जिसे॥१७६२॥

मैनाक आशीर्वाद दे के, समुद्र में समया। भयंकर घना काला, बादल घिर आया॥
धुएं सा बवंडर एक, मुख फाड़े आया। समुद्र भर एक सांप ने, वृहद फन फैलाया॥१७६३॥

हनुमान ने रुक सर, उसके फन को झुकाया। पिता उपकृतों के था, मन को लुभाया॥
सबने मिल आशीष वर, हनुमान पर लुटाया। सर शेष नाग पर, जब उन्होंने झुकाया॥१७६४॥

सुरसा नाम की सर्पिणी, दैत्य हूँ मैं बोली। बड़ा जबड़ा और भी, फैलाती हुई बोली॥
निगल के मिटा लूँगी, भूख अपनी बोली। सुन हनुमान की देह, दुगुनी हुई फैली॥१७६५॥

उधर सुरसा मुख, अपना फैलाती जाती। इधर देह हनुमान की, भी बढ़ती जाती॥
मेरे राम के कार्य में माँ, क्यों विघ्न करातीं। बीच में ही रोक रास्ता, क्यों अड़ती जाती॥१७६६॥

सौ योजन हुई मुख गुहा, जब सुरसा की। दो सौ योजन की, कपि देह ने पसार की॥
जब दो सौ योजन, जबड़े ने विस्तार की। चार सौ योजन, कपि देह ने विस्तार की॥१७६७॥

शरीर का माता, मुझको कोई मोह नहीं है। जीवन लम्बा हो मेरा, कोई चाह नहीं है॥
सिया माँ को खोज आऊँ, एक चाह यही है। पता राम जी को ला दूँ, बस चाह यही है॥१७६८॥

कार्य पूर्ण कर के मैं, स्वयं आ जाऊँगा। स्वयं मुख में आपके, आकर घुस जाऊँगा॥
विश्वास करें माँ कि, लौट मैं आऊँगा। हँसा साँप अब भूख, न मैं रोक पाऊँगा॥१७६९॥

सुरक्षा को लंका की, तैनात हूँ मैं तो। घुसे जो भी खाने को, तैयार हूँ मैं तो॥
किसी के सर छत्र, अपना नहीं रखती मैं तो। बस ग्रास बनाने को, तैयार हूँ मैं तो॥१७७०॥

जैसे जैसे बढ़ा सुरसा, मुख फाड़ती अपना। वैसे वैसे कपि बढ़ा लें, देह भी अपना॥
सुरसा को मुख में था, कपि को निगलना। च्यूँटी देह की कपि ने, उन्हें था निकलना॥१७७१॥

सुरसा का विशाल मुख, जब तक कि बन्द हो। उड़ निकला मुख से, नन्हा अक्ल मन्द वो॥
ग्रास मैं बना माँ, आपके मुख में बन्द हो। व्रत निभा आपका, राम काज न बन्द हो॥१७७२॥

ग्रास बन के आपका, व्रत सच्चा किया है। राम काज को माँ दें, आशीष बच गया मैं।।
सुरसा बोली बुद्धि का, परिचय दिया है। परीक्षा सफल दे, राम कार्य सच किया है।।१७७३।।

ग्रास बन मेरे व्रत, का मान रखा तूने। पर देह मारी, भूखा मुझे रखा तूने।।
राम कार्य हेतु अपना, प्राण रखा तूने। बुद्धि द्वारा विघ्न बाधा, दूर रखा तूने।।१७७४।।

पिता दक्ष प्रजापति हैं, पति कश्यप मेरे। घर में सब की प्रीति है, राम के प्रति मेरे।।
बुद्धि शक्ति कूट कूट, भरी कमी नहीं तेरे। पुत्र तेरी इच्छा है, राम के प्रति मेरे।।१७७५।।

इतना कह कर सौम्य रूप, धरा था सुरसा ने। लगी लौट के वो वापस, स्वर्ग की ओर जाने।।
सुरों को भक्ति शान्ति, जाकर दिलाने। प्रसन्न किया था उसको, कपि की बल प्रतिभा ने।।१७७६।।

परीक्षा ली सुरसा ने, घर भर के दिल पर। सफल रहे थे कपि अपनी, बुद्धि के बल पर।।
बोली जाओ बढ़ो पुत्र, मुझसे निकलकर। राम कार्य करके लौटो, पूरा सफल कर।।१७७७।।

नमन कर सुरसा को, कपि आकाश उड़े थे। टस से मस न हो, जस के तस गड़े थे।।
कोई शक्ति नीचे खींचे, सो न बढ़े थे। स्थिर हनुमान जी नभ में, जड़ वत पड़े थे।।१७७८।।

लोक इच्छा की सर्पिणी, सुरसा से बढ़ कर। हनुमान ने त्यागी रूप, छुड़वाया शून्य हो कर।।
वृहद् त्यागी जीते, लोकेच्छा से लड़कर। विनम्र समर्पण कर, राम कार्य को छुट कर।।१७७९।।

इधर उधर ऊपर देखा, ग़ौर किया हनुमान ने। दिखा नहीं कोई, किसी ओर आसमान में।।
समुद्र तल में बैठी, राक्षसी थी सामने। दृष्टि पड़ते ही क्रोध से, दांत पीसे हनुमान ने।।१७८०।।

समुद्र की सतह पड़ी, हनुमान जी की छाया। खींचती वो छाया दिखी, राक्षसी काया।।
काली मोटी सिंहिका ने, तूफान मचाया। छाया रोकी कपि की, माया रूप दिखाया।।१७८१।।

बड़े नाखून दाँत सने, रक्त से लाल थे। समुद्र भर घेरे फैले, सिंहिका के बाल थे।।
विशाल काय मुख जबड़े, फूले नथुने गाल थे। हनुमान ने देह छोड़ी, पूरा भार डाल के।।१७८२।।

लगे नीचे गिरने, वेग से भार छोड़ के। पूरी शक्ति आवेश की, तल पे मार छोड़ के।।
गिरे सिंहिका का, सर धाड़ से फोड़ते। बलिष्ट धड़ उसका, अति प्यार से फोड़ते।।१७८३।।

ईर्ष्या वृत्ति सिंहिका के, ऊपर कोई जाए। बाँध कर निश्चल कर, वो नीचे गिराए।।
पर हनुमान से निश्छल को, ईर्ष्या क्या खाए। निष्कर्म साध यह त्यागी सिद्ध, ईर्ष्या हराए।।१७८४।।

श्री राम के दूत की, जय बोलो जय बोलो। श्री राम के कार्य वाहक की, जय जय बोलो।।
पहली बाधा की गाँठ, अनुकूल कर के खोलो। दूसरी को वैराग्य से, तीसरी मुक्के से खोलो।।१७८५।।

विष्णु ग्रन्थि प्रेम शान्ति की, है पहली बाधा। माँ बाप भाइयों मित्रों की, दी हुई बाधा।।
सतोगुणी शुद्ध आचरण से, अनुकूल हो बाधा। आशीष देने को प्रेम से, मैनाक की बाधा।।१७८६।।

नमन कर चरण पड़, इसे तुम करो दूर। प्रेम से पिघला के, विनम्र हो करो चूर।।
दिखा दो सद्गुण और, आशीषें लो भर पूर। विष्णु ग्रन्थि सुरसा सी, शान्त कर लो मजबूर।।१७८७।।

तमोगुण से बाँध के, तुम्हें जो दबोचती। रुद्र ग्रन्थि क्रोधित कर, के तुमको रोकती।।
वैराग्य साध लो तो दूसरी, बाधा न कचोटती। करो त्याग मारो, लोभ प्रलोभ सी प्राण खोती।।१७८८।।

तमोगुण की बाधा, होती भोग विलास की। मजबूर कर मिटा दो, इसे रख के सादगी।।
तपो त्याग करो, जग से उठ जाए लाश सी। मर सिहिंका हुई साक्षी, हनुमान के त्याग की।।१७८९।।

रोजगुण की बाधा, राजसी ठाठ और बाट की। राजा जैसी बाधा, जो कैद कर के डालती।।
लंकिनी सी कपि के, मुक्के भर से काँपती। ब्रह्म ग्रन्थि बाधा यह, खून थूकती भागती।।१७९०।।

हनुमान जी चारों गुणों से, भरपूर हैं आप तो। बुद्धि कर्म, भक्ति, दैव्य से, परिपूर्ण हैं आप तो।।
कौशल सामर्थ्य वैराग्य से, भरपूर हैं आप तो। महाबली महादेव की, शक्तिपूर्ण हैं आप तो।।१७९१।।

रस छोड़ दो रस के, स्वादों को छोड़ो। जगत भर के सब, भोग विलासों को छोड़ो।।
मन अपनी देह के, विश्वासों पर छोड़ो। लंकिनी जैसी बाधा, कपि घूँसे पर छोड़ो।।१७९२।।

राम कार्य के मार्ग में, जो भी आए बाधा। उसे तोड़ के समझो, कि राम को ही साधा।।
सोचो परमानन्द तुमने, पूरा ले बाँधा। राम का विश्वास, प्रेम और भक्ति से साधा।।१७९३।।

प्रेम वर्षा करते, देवता नभ से बोले। हनुमान को सभी आ, नमन करते बोले।।
कीं राहु की मां थी, अजेय आपने बोले। हनुमान जी बुझा अहं, मारें दुःख के शोले।।१७९४।।

लंका में हनुमान

भारत भूमि से कूदे, त्रिकूट के शिखर पर। हनुमान जी ने पांव दूसरा, रखा सुबेल पर।।
दाएं बाएं और मध्य हैं, त्रिकूट के तीन शिखर। मध्य सबसे नीचा, लंका दुर्ग है जिस पर।।१७९५।।

सुबेल बायीं ओर का, शिखर सबसे ऊँचा। फल फूल लदे पर, कोई जीव न पहुँचा।।
यहीं पर लगेगा, शिविर राम का ऊँचा। जहां से दिखाई दे सके, सारा नीचा।।१७९६।।

रावण के मल्ल द्वन्द्व का, दायां थोड़ा ऊँचा। स्वर्णिम दुर्ग लंका का, सुरक्षित घिरा नीचा।।
हरीतिमा धन धान्य, रत्नों सबसे खींचा। मोहिनी ने शिखरों पे छा, हर दिल को भींचा।।१७९७।।

चमकेगा सितारा अब, दिन भर श्री रघु का। रात्रि में पहरा होगा, रुद्र जी के विभु का।।
सुबेल पर रखा पग कि, घर हुआ प्रभु का। शत्रु पर नज़र रखना, आसान हुआ प्रभु का।।१७९८।।

पहरेदार रखे गए थे, यहां मृत्यु देवता। दस सिर के रावण की, दिख गई कुटिलता।।
जंज़ीर में जकड़ के, रखे थे मृत्यु देवता। हज़ारों काले मनों की, यही थी कुशलता।।१७९९।।

पहुँच के हनुमान ने, मृत्यु देव मुक्त किये। बेड़ियाँ उनकी तोड़, गिरा तृप्त किये।।
बोले मृत्यु देव तुमने, अमृत भर दिये। नमन हे हनुमन! मृत्यु देव आश्रित किये।।१८००।।

स्वतंत्र मृत्यु देव बोले, कपीश से हूँ उपकृत। नमन आपको हनुमन, हुआ मैं हूँ कृत कृत्य।।
दुश्मन आपके समझिये, सभी हो चुके मृत। स्वयं काल को आपने, पिला दिया अमृत।।१८०१।।

यह कह के काल देव, चल दिये थे संयमनी। सुबेल था बेजान, यह उन्हीं की थी करनी।।
हनुमान जी की याद, बनी गयी थी संजीवनी। शत्रुओं की सांसे अब, मुट्ठियों में करनी।।१८०२।।

नज़र बंद शनि देव, रो रहे थे गुफ़ा में। वक्र दृष्टि उल्टे लटके, हुए थे हवा में।।
उल्टे लटके हुए थक गए, अंध गुफ़ा में। खोले सीधे किये, पवन सुत ने हवा में।।१८०३।।

शनि भी किये मुक्त, तुरन्त हनुमन्त जी ने। चैन की सांस लेते उन्हें, सुना हनुमन्त जी ने।।
बोले शनि महान कार्य, किये पुत्र तुमने। मृतप्राय लाचार मुझे, दिये प्राण पुत्र तुमने।।१८०४।।

शनि देवता भी हैं, मृत्यु रूप ही साक्षात। भयंकर भुवन देह, कुरूप उनकी साक्षात।।
भास्कर व छाया के, हैं पुत्र पूर्ण रक्षार्थ। प्राणी नष्ट कर देते हैं, मृत्यु रूप अर्थात।।१८०५।।

हनुमान से बोले, आप जब जाएंगे शिखर छोड़। तभी मैं भी चल दूँगा, सुबेल शिखर छोड़।।
राम के या आपके, भक्तों की देह को छोड़। बिना उनपे चढ़े अबसे, जाऊँगा उतर छोड़।।१८०६।।

लंका दुर्ग का द्वार

सुबेल है सुरक्षित, समतल और विस्तृत। वानर रीछ की सेना होंगी, यहीं पर स्थापित।।
सारा शिखर फल के, वृक्षों से आच्छादित। निर्झर स्वच्छ जल, प्रभु राम होंगे प्रभावित।।१८०७।।

सुबेल से हनुमान, उतरे मध्य शिखर पर। पहुँचे लंका दुर्ग, चुप चाप आगे बढ़ कर।।
रात्रि भर रहेंगे, यहीं चुप विचर कर। सारी खबरें देंगे, बने हुए गुप्तचर।।१८०८।।

सोने की चमकार, लंका दुर्ग में थे चार द्वार। चारों में सशस्त्र, द्वार-चार रहते पहरे दार।।
निकुंजला मंदिरों में, हो रहे थे अभिचार। युद्ध यज्ञ दुर्दन्त, होते रहे थे व्यभिचार।।१८०९।।

प्रजा दिखी स्वस्थ, पर बलिष्ठ दुराचारी। असुर पूरे सुरा लिप्त, राक्षसी निशाचारी।।
भोग विलास लिप्त, नहीं कोई संस्कारी। मांस रक्त अस्थियां, थे चबाते नराहारी।।१८१०।।

हनुमान छोटी बिल्ली, जैसा रूप बना कर। मुँह में प्रभु राम की, अगूँठी दबा कर।।
उत्तर से घुसने को, खड़े द्वार पे जाकर। खुश हुए द्वार पाल, तैनात न पाकर।।१८११।।

तभी एक राक्षसी, सामने आई भारी। जिसे दूर हटाने, को मुट्ठी दे मारी।।
वमन रक्त करते, बोली वो बेचारी। बख़्शें राम दूत, जान न लें हमारी।।१८१२।।

शिव ने उमा से तय, विवाह जब किया था। विश्वकर्मा से रचवा, महल एक लिया था।।
सोने का रत्नों से जड़, दुर्ग रच दिया था। लंका दुर्ग विश्वकर्मा ने, शिव को दिया था।।१८१३।।

पुलत्स्य ऋषि बुलाए, गए थे गृह प्रवेश में। उन्होंने वहाँ आ के, अतिथि के वेश में।।
धर्म-पुत्र कुबेर को, वो दे दिया भेंट में। हथियाया रावण ने जिसे, भाई से द्वेश में।।१८१४।।

भविष्यवाणी ब्रह्मा ने की, वानर आएगा। द्वार पर ही मारकर, व्याकुल तुम्हें कराएगा।।
समझ लेना तब वो, असुरों का अन्त लाएगा। मैं लंकिनी सह रही हूँ, तो अन्त ही आएगा।।१८१५।।

लंकिनी है दुष्प्रवृत्ति, पैनी दृष्टि की। न्यूनतम हनुमान पर भी, खोजी दृष्टि की।।
चोर छुप कर जाता, पकड़ा क्रोध वृष्टि की। वृहद् वैरागी कपि ने, मार एक मुट्ठी दी।।१८१६।।

हे! लंकिनी तू तामसी, उल्टी बुद्धि की है। चोर वैरागी को कह, रावण चोर ढ़कती है॥
तेरे राग को खूनी मुट्ठी, कपि ने दी है। रोगी द्वेषी चित्त को, वैराग्य से मौत दी है॥१८१७॥

लंका शहर में

नगर द्वार पे लंकिनी, को मुक्का मार बढ़ गए। हनुमान जी शहर के, भीतर घुसते चले गये॥
गली कूचे घूमते, अनुसंधान किये चले गए। नीति नक्शे रात भर, संज्ञान करते चले गए॥१८१८॥

परखे निरखे अस्त्र शस्त्र, यंत्र और उनके सैनिक। कुम्भकर्ण के महल, की भी ताकी रौनक॥
राजकुमार मेघनाद की, चर्चा चलती दैनिक। लंका में थी पाक शास्त्र, नृत्य जुए की रौनक॥१८१९॥

रात के पहले प्रहर से, अन्तिम तक जगते। जबर हो हो हल्ला मिलकर, राक्षस करते॥
पलंगों पे पत्नियां, शहर में पति जगते। झूमते मस्त बेखबर, इस प्रहर सभी रहते॥१८२०॥

घूम घूम के घर घर, अब थक गए थे हनुमान। सीता को खोजते अब, चुक गए थे हनुमान॥
समुद्र छोर से देख, सम्पाती गए थे पहचान। यहाँ रहते भी सिया, नहीं देख पाए हनुमान॥१८२१॥

रावण के कक्ष में भी, घुस कर देखी सीता। अनिन्द्य सुन्दरी सोती देख, समझे उसे सीता॥
यही तो नहीं, न कभी देखी सीता। निश्चिन्त मुख सुख से, सोती क्यों होगी सीता॥१८२२॥

क्योंकि राम की सीता, यहाँ सो नहीं सकती। रावण की तो हो, कभी नहीं सकती॥
मेरे राम को हृदय से, खो नहीं सकती। सुख मय निश्चिन्त, यूँ सो नहीं सकती॥१८२३॥

देख के कामातुर, रमणियों को उस कक्ष में। सुनकर आसक्त राग, रागिनियाँ उस कक्ष में॥
अविकारी हनुमान, रहे शक्त उस कक्ष में। अडिग ब्रह्मचर्य ही, सदा जिया वक्ष में॥१८२४॥

रात का अन्तिम प्रहर, तो बीता जाता। दिख पाईं मगर न कहीं, सीता माता॥
बाहर दिखा रहा, एक भवन भव्य रीता। राम गान जिधर से आ, मन जीता जाता॥१८२५॥

राम भक्त का घर जहाँ, हनुमान का जिगर वहाँ। धुन श्री राम पर जहाँ, हनुमान कर्ण उधर वहाँ॥
राम भक्त बता देंगे, सीता का घर कहाँ। राम कार्य करा देंगे, शुद्ध बुद्धिधर यहाँ॥१८२६॥

हनुमान विभीषण भेंट

राम राम कहते हनुमान, घुसे उस भवन में। ब्राह्मण बन कर, गुप्त हो गए एक क्षण में॥
सामने एक ब्राह्मण, आते देख भवन में। राम धुन गाते मालिक, ले गए भवन में॥१८२७॥

पूछा कौन हैं आप, और क्यों राम को गुनते। मन्दिर तुलसी धर, पूजा रत रहना चुनते॥
बोले रावण का भाई, विभीषण हूँ झुकते। राक्षस क्यूँ हो राम भक्त, यह सब पूछा करते॥१८२८॥

तभी रहता है मुझसे, रावण भी उखड़ा। कहता है मुझसे, तू है राक्षस पर बिगड़ा॥
मेघनाद संग हो रावण, करे युद्ध तगड़ा। बना मुझे लंका का नृप, करता झगड़ा॥१८२९॥

कौन हैं आप और क्यों, आप आए मेरे घर हैं। लगते हैं ब्राह्मण, पर खोजी नज़र है॥
नाम क्या है आपका, और रहते किस घर हैं। बोले राम का मैं, राम भक्ति मेरा घर है॥१८३०॥

सीता जी को खोजते, आया हूँ मैं वानर। दो ही दिन समय, ले के आया मैं वानर॥
रावण का महल भी, देख आया मैं वानर। कहीं सीता नहीं देख, घबराया मैं वानर॥१८३१॥

अशोक वन तो शायद, नहीं देखा आपने। महल के पीछे, रास्ता नहीं देखा आपने॥
गुप्त छोटे द्वार घुस कर, नहीं देखा आपने। दुःखी सिया जहां, देखतीं स्पप्न डरावने॥१८३२॥

कुबेर पुत्र से रावण, है शापित मरेगा। अनिच्छित स्त्री से, यदि संभोग करेगा॥
पावना सीता से होगी, मुक्ति मरेगा। सीता जी के हाथों, ले मृत्यु तरेगा॥१८३३॥

हनुमान को सीता मिली

राम भक्त विभीषण से मिल, हुए अशान्वित। हनुमान जी सीता खोज में, फिर हुए क्रियान्वित॥
जाम्बवन्त निर्दिष्ट, आज हुए लाभान्वित। राक्षसों में राम भक्त, आज हुए आनन्दित॥१८३४॥

रावण के महल लौटे, शयन कक्ष में फिर से। पीछे का छोटा गुप्त द्वार, ढूँढ़ते फिर से॥
सोती राक्षसियों से, चुप छुप घिरते बचते। मिलते ही गुप्त द्वार आहा! आनन्दित थिरके॥१८३५॥

गिरे ब्रह्मचारी कपि, टोहें पर न देखें। सुप्त राक्षस सुन्दरियाँ, मदहोश उघड़ी न देखें।।
महल भर में फैले, भोग विलास न देखें। हनुमान मन बुद्धि बसे, राम सिया ही देखें।।१८३६।।

रावण के प्रिय वन पहुँचे, देख हुए अचंभित। सरोवर कमल लताए, फल फूल सुगन्धित।।
मंदिर घुसे हनुमान, करने शिव लिंग वंदित। घंटा बिन बजाये, बेल पत्र जल किये मण्डित।।१८३७।।

स्तुति की हनुमान ने, मिला दें सीता माँ। मदारी बन बचपन में, मिलाये जैसे रामा।।
बैठे जिस वन में प्रभु, वहीं पाऊँ सिया माँ। निश्चिंत होऊँगा रक्षक बने, स्वयं शिव हैं माँ।।१८३८।।

निकलते ही मंदिर से, रुकी रह गयीं सांसें। अशोक वन का पूर्ण सौन्दर्य, नारी मूर्त्ति से झाँके।।
शिंशुपा के नीचे, दुःख की भरें सांसें। सिवा सिया शोकाकुल, कौन अशोक आके।।१८३९।।

कृतार्थ धन्य हनुमान का, बढ़ाया मान सीता ने। राम भक्ति लिप्त तपस्विनी, दिखीं आज थीं सामने।।
चढ़े बिल्ली से बैठे, अशोक डाली से ताकने। ध्यान से सिया दर्शन का, सौभाग्य मान पाने।।१८४०।।

छुपे पेड़ पे बैठे बैठे, देखते रहे चौकन्ने। सुकोमल कृश काय सिया, डरें न देख के सामने।।
धड़कने पूछें कैसे, खोलूँ राज़ के पन्ने। राम दूत रखें राम का, संदेश कैसे सामने।।१८४१।।

तभी रोक ली सांस, दिखा आता सुंदरियों संग। अंतः पुर से भयावह, रावण मंदोदरी संग।।
ऊँचे स्वर में बोला, बदलो अपने रंग ढ़ंग। राक्षस गढ़ में बैठी, हो सीता मेरी अंतरंग।।१८४२।।

इसी माह समझ लेना, मेरी कही बातों को। रस भोगानन्दित करना, मेरी रातों को।।
वर्ना कट पक स्वादिष्ट, करना पाकों को। दिल नहीं तो भोग देना, मेरी आँतों को।।१८४३।।

अच्छा नहीं, रावण का हृदय तो सह लो। हलक से उदर में, उतर के वहीं रह लो।।
भूखे नंगे राम की, यादें भूल बिसर लो। महल का सुख, रावण के भीतर भी वह लो।।१८४४।।

देखा न सिया ने, रावण को एक पल भी। राम राम की धुन, छोड़ी न आज न कल ही।।
अनदेखी से रावण, तड़पा इस पल भी। डरा धमका गया सिय को, सिर धुन इस पल भी।।१८४५।।

बोला सिया पे कोई, कृपा न करना। राक्षसियों के जैसी, ही सेवा करना।।
रावण की आज्ञा पे, दे दिया धरना। राक्षसियां टूटीं, सिया को था मरना।।१८४६।।

क्रुद्ध हुआ रावण, तिलमिला गया था। सर पीट पैर पटक, चला गया था।।
फिर भी सीता को, रुलवा गया था। फिर से अपना, मन बहला गया था।।१८४७।।

थोड़ी सी अग्नि, कहीं से मुझे ला दो। अभागन सिया को, यहीं पे जला दो।।
या कोई रस्सी ही, फंदे को ला दो। पेड़ पे लटकूँ, मुझे फाँसी दिला दो।।१८४८।।

यह क्या! सीता ने, लम्बे केश पकड़कर। लपेट गले में, दिल दहलाया यह कहकर।।
कलप के बोली, मरुँगी केश ही कस कर। अपने ही फंदे से, जाऊँगी मैं अब मर।।१८४९।।

राक्षसी तीन वेणियों, वाली दासी त्रिजटा। बोली अंधकार, सिया दिल से दो हटा।।
देखती तीसरे प्रहर, स्वप्न कोई जो त्रिजटा। वही सत्य होके, समझो सच मुच घटा।।१८५०।।

दिखा सपने में आज, दिव्य एक वानर। धू धू लंका अपनी, जलाता हुआ आकर।।
गधे पे रावण, बैठा सर मुण्डाकर। विभीषण सिंहासन, बैठा मुकुट लगाकर।।१८५१।।

डरीं स्वप्न सुनकर, सभी सेविकाएं। क्या करना है सोच कर, अब ही बताएं।।
बोली त्रिजटा हम, सीता की कसमें खाएं। छेड़ें न उन्हें और, अब न ही सताएं।।१८५२।।

चौथे प्रहर होते ही, चली गयीं सब। बेबस नींद से हो कर, निढ़ाल हुईं सब।।
अकेली सीता, रोते छोड़ कर गयीं सब। केश फंदा रस्सी छोड़, भाग गयीं सब।।१८५३।।

हनुमान और सीता

था पेड़ घनेरा, था घन घोर अंधेरा। हनुमान जी बाट, जोहते रहे हो सवेरा।।
बैठे देखते सीता का टुक टुक चेहरा। खींच ले न केश कहीं, फिर हो अंधेरा।।१८५४।।

राम कथा, गुनगुनाने लगे वो। सिया के मन के गीत, दोहराने लगे वो।।
दशरथ के चार पुत्र, सुनाने लगे वो। चले विश्वामित्र संग, बताने लगे वो।।१८५५।।

अयोध्या से मिथिला थे, दशरथ जी आए। लौटे साथ में, चारों बहुएं ले के आए।।
कैकेयी की आज्ञा से, दो पुत्र जंगल आए। बड़ी बहू भी, अपने साथ जंगल लाए।।१८५६।।

दण्डकारण्य से, पंचवटी में आकर। खर दूषण त्रिशिरा, मार के भगाकर।।
मारीच संहार करके, जटायु उद्धार कर। सीता खोजने चले, सेतु बनाकर।।१८५७।।

मारा किष्किन्धा राजा, बालि आततायी। उसके भाई सुग्रीव से, मित्रता जताई।।
सुग्रीव सेना, रावण की मृत्यु लाई। कह के हनुमान ने, राम की मुद्रिका गिराई।।१८५८।।

उठा प्रभु की मुद्रिका, सीता जी बोलीं। कौन हैं आप जिनकी, इतनी मीठी बोली।।
प्रभु की अंगूठी, सिया पहचान के बोलीं। हैं राम दूत क्या आप, जपें राम की बोली।।१८५९।।

सामने आएं कृपया, आकर मुझे बताएं। क्या राम को मेरी, अब भी याद सताए।।
एक माह के भीतर, यहां चले आएं। मुझे रावण का कौर, बनने से बचाएं।।१८६०।।

उतर के पेड़ से, नीचे धीरे से आकर। हाथ जोड़ झुक, खड़े हुए जैसे चाकर।।
क्यों बैठी हैं मां, चिन्ता लगाकर। ठीक करेंगे प्रभु, राम जी सब आकर।।१८६१।।

बोलीं अम्बे राक्षस गण, होते पहाड़ से। विशालकाय देहें, रौंदते उजाड़ते।।
दुर्बल निर्बल वानर, तन देंगे फाड़ वे। कुचल दबा तृण, कर देंगे धाड़ से।।१८६२।।

छोटा सा लगता, माँ मैं आपके सामने। वृहद बन जाता, राक्षसों के सामने।।
महाकाय रूप दिखा के, आपके सामने। आश्वस्त करुँगा, वो तृण मेरे सामने।।१८६३।।

राम की सेना में, महाबली हैं सब। एक से एक बढ़के, शक्तिशाली हैं सब।।
दूत बनाया मुझे, बाकी बली हैं सब। लंका घूम के आया, गली गली मैं सब।।१८६४।।

पवन पुत्र हूँ, समुद्र लाँघ के आया। आप को कंधों पे, अभी यदि बिठाया।।
समझिये रातों रात, प्रभु तक पहुँचाया। रावण हाथ मलेगा, खाली कुछ न पाया।।१८६५।।

पुत्र हो तुम, उद्धार करो हे! बेटा। राम के कार्य, साभार करो हे! बेटा।।
राम के दोषी पे, न वार करो हे! बेटा। राम के गर्व का, प्रतिकार करो हे! बेटा।।१८६६।।

चरण रज ली माँ की, कहा छोटा बनाकर। कृत कृत्य किया माँ, बेटा बनाकर।।
माँगता है पुत्र, वरदान यहाँ आकर। कृपा की राम कार्य, का निमित्त बनाकर।।१८६७।।

आनन्द में चूर, हनुमान हो गए थे। सीता के सारे भ्रम, दूर हो गए थे।।
समझ लें माँ अब दुःख, दूर हो गए थे। प्रभु की निशानी लिए, शूर हो गये थे।।१८६८।।

राम से कहना, सीता याद करती रहती। स्वयं ले जाएं, इसी आस जीती मरती।।
लक्ष्मण से कहना, रावण से लड़ती रहती। थकी अकेली, अन्तिम सांसे गिनती।।१८६९।।

वाटिका तहस नहस

सिर पे स्नेहाशीष दे, माँ ने हाथ फेरा। सीता के प्रेम ने, हनुमान जी को घेरा।।
कहा थके होगे, मुझे रात भर हेरा। जाओ सो लो, बस होने को है सवेरा।।१८७०।।

नींद सोई हुई है, माँ भूख जाग रही है। लटके असंख्य फल, भड़क आग रही है।।
सूनसान हैं अभी, रक्षिकाएं भाग गयी हैं। आज्ञा दे दें माँ, फल चखूँ भाग यही है।।१८७१।।

असंख्य फलों के, यहाँ अनन्त हैं रक्षक। खाओगे फल तो, यह बनेंगे भक्षक।।
रावण के अति प्रिय, वन में भरे रक्षक। कुछ अप्रिय हुआ तो, यह बनेंगे तक्षक।।१८७२।।

आपके वर से मां, अजर अमर हूँ मैं। बाँध चला कफ़न, सर कमर हूँ मैं।।
शिंशुपा के फल, न खाने मगर दूँ मैं। पुत्र चखने तुम्हें, न यह ज़हर दूँ मैं।।१८७३।।

जाओ जाओ पुत्र, फलोद्यान में जाकर। क्षुधा पूर्त्ति करो, मृदु फल ही खाकर।।
देखना कहीं रावण, के चाकर आकर। छुप के न मारें, तुम्हें वहाँ पे पाकर।।१८७४।।

मिलते ही आज्ञा, अब तो वानर लपका। पेड़ पेड़ फल फल, दिये उसने टपका।।
खाते कूदते तोड़ते, उखाड़ के पटका। सशस्त्र सशक्त, हर रक्षक उसने पटका।।१८७५।।

शिव मन्दिर की भी, दीवारें तोड़ तोड़कर। शान्त बैठा खम्भों पे, उन्हें उखाड़ कर।।
चार चार सेनाएं, सजा के लाड़ कर। रावण ने भेजीं, वानर दें चीर फाड़कर।।१८७६।।

पता ही क्या था उसे, कि शिव मन्दिर पर। ग्यारहवें रुद्र स्वयं, बैठें है दर पर।।
वानर रूप में मूर्त्ति से, उठ मन्दिर पर। शिव के अंश स्वयं, क्रुद्ध बैठे हैं दर पर।।१८७७।।

वन रक्षक सबसे, पहले उससे निपटें। चिल्लाते कुचलें, हाथ सर काटें प्रकटें।।
सीता की रक्षिकाएं, डर डर देखें लिपटें। हड़बड़ाई जागी भागीं, सर धड़ न फटे।।१८७८।।

रावण ने सेना भेजी, प्रहस्त के पुत्र की। जाम्बुमाली की, फिर सात और पांच पुत्र की।।
उसके बाद भेजी, अपने ज्येष्ठ पुत्र की। पहले अक्षय कुमार, फिर इन्द्रजीत की।।१८७९।।

एक के बाद एक, कपि ने सेनाएं नष्ट कीं। मंदिर के स्तम्भ से, मार मार के पस्त कीं।।
बहुत था क्रुद्ध रावण, हरकत से दुष्ट की। खेल ही खेल में, जिसने हालत पस्त की।।१८८०।।

मेघनाद रावण का, सर्व प्रिय पुत्र था। इन्द्र को जीत जो कि, बना इन्द्रजीत था।।
उसके पास ब्रह्मा जी का, एक अस्त्र था। सदा विजयी जिससे, मेघनाद सर्वजीत था।।१८८१।।

दाहड़ा रावण, वाटिका चोर बाँध लाना। किसने भेजा है, पता लगाना।।
दुष्ट उद्दण्ड वानर को, पुरज़ोर सताना। अमोघास्त्र से खींच के, मेरे सामने लाना।।१८८२।।

सेना से मेघनाद ने, जयकार कराया। हनुमान ने स्तम्भ मार के, लेकिन भगाया।।
मेघनाद की शर वर्षा, से तन भराया। ब्रह्मास्त्र को मूर्च्छित हो, आदर जताया।।१८८३।।

हनुमान को मेघनाद ने, ब्रह्मपाश से बाँधा। ब्रह्मापाश को सैनिकों ने, चर्म पाश से बाँधा।।
स्वतंत्र किया मूर्खों ने, ब्रह्मपाश जो बाँधा। मूर्खता करके, मेघनाद दुर्भाग्य से बाँधा।।१८८४।।

प्रसन्न थे हनुमान जी, खुले पाश से बँधकर। दिखावा किये चले, छुट पाश से हँसकर।।
उन्हें छू के अन्तरिक्ष, चले पाश न बँधकर। ब्रह्मपाश गए छोड़, हनुमान को स्वतंत्र कर।।१८८५।।

बंधन में रहता, नहीं कोई दिव्यास्त्र। मूर्ख गर्व में भूलते, मिले ज्यों ही दिव्यास्त्र।।
तप कर के माँगो, मिलें तो ही दिव्यास्त्र। मूर्खों के पास, नहीं टिकते कोई दिव्यास्त्र।।१८८६।।

मूर्खों के बाँधने से, कब बँधते हैं बुद्धिमान। बाँधना जो चाहें तो, छुड़ाते हैं भगवान।।
बुद्धि राम कृपा है, बसे राम स्वयं ज्ञान। बँधन कटते ज्यों ही, बाँधे जाते हनुमान।।१८८७।।

बोलो राम राम, राम राम जय जय। ज्ञान बुद्धि राम, श्री राम जय जय।।
ज्ञान बुद्धि राम, सिया राम जय जय। बुद्धिमान हनुमान का, मान जय जय।।१८८८।।

रावण की सभा में हनुमान

ब्रह्मपाश से निश्चिंत, खुले मुक्त थे हनुमान। निर्लिप्त रास्तों पे, चले रखते हुए ध्यान।।
रावण की सभा में, खड़े मूक थे हनुमान। खोले ज्ञानेन्द्रियां पर, वे रहे थे सावधान।।१८८९।।

महल में दिग्पाल, वायु अग्नि और थे यम। सिंहासन रत्न मय, देख सांसें गयी थम।।
सशस्त्र मंत्री बैठे थे, सब के सब ही जम। असुर थे अधर्मी, दिखाते हुए दम खम।।१८९०।।

बाएं थे मेघनाद, दाएं बैठे विभीषण। पुत्र मंत्री संग, बैठे थे भाई कुम्भकर्ण।।
पूर्णतया सुसज्जित, थे सभी के आसन। बीचो बीच में था, लंकेश का सिंहासन।।१८९१।।

मार के रक्षक, पेड़ फल उजाड़ता वानर। इन्द्रजीत दहाड़ा, उपवन में वानर।।
चोर ध्वज दण्ड काट, उखाड़ता वानर। ब्रह्मपाश से बाँधा, तो फंसा वानर।।१८९२।।

रावण चीखने लगा, ऐ वानर तू है कौन। किसने भेजा तुझको, खड़ा तू है क्यों मौन।।
वानर हूँ रहता हूँ, चुप हो के ही मौन। निरपराधी पकड़ते, तुम्हीं कहो हो कौन।।१८९३।।

मूर्ख जानता नहीं, क्या नाम तू मेरा। डंका बज रहा चारों ओर, नाम का मेरा।।
पहुँचता जहाँ मैं, वहीं होता सवेरा। राजा लंका का, जग भर नाम जपता मेरा।।१८९४।।

उपवन में घुसता है, फल चोर ऐ! तू। तहस नहस करता है, मुफ्तखोर ऐ! तू।।
बँधा है अपराधी, लगा ज़ोर ऐ! तू। चल तोड़ दिखा दे, बँधी डोर ऐ! तू।।१८९५।।

वानर हूँ मैं, वृक्षों पे कूदा ही करता। टूटता हूँ फलों पे, क्षुधा शान्त करता।।
कमज़ोर वृक्ष थे, ज्यों ही कुलाँचे भरता। पड़ पड़ गिर पड़ते, जब भी ऐसा करता।।१८९६।।

अपराध मैंने नहीं, कोई भी किया है। बाँघा ही गया क्यों, जब कुछ नहीं किया है।।
चोरी हुई कैसे क्या, क्यों दण्ड दिया है। लूटा क्या छुपाया क्या, क्यों बन्द किया है।।१८९७।।

असल चोर है जो, कहो नाम बता दूँ। लूटा किसने क्या है, तुरन्त नाम पता दूँ।।
है चोर राजा रावण, लंका का बता दूँ। लूट के कर ली बंद, सीता चोर बता दूँ।।१८९८।।

राम दूत को जो, चोर चोर कह चिल्लाए। अपराध मढ़ के, बिना बात ही झल्लाए।।
निरपराधी को बँधवा, महल सर उठाए। अपना दोष राम के दूत पे, मढ़ता जाए।।१८९९।।

सीता को चुरा के, तू हो लंका का राजा। तो फल चुरा के मैं हूँ, वाटिका का राजा।।
बक मत ऐ! बन्दर, कहाँ का तू राजा। तेरे राम सुग्रीव भी, कहीं के न राजा।।१९००।।

लंकाधीश हूँ मैं, अधिकार देना आज्ञा। वानर लौट जा तू, देता हूँ मैं आज्ञा।।
अंग भंग करके भेजो, हो न अवज्ञा। इसकी पूँछ जला दो, देता हूँ मैं आज्ञा।।१९०१।।

दूत है मृत्यु इसकी, नहीं उचित है। संदेश ले के जाए, जो भी इसे विदित है।।
शौर्य दर्शाने आया, सिया मन जटित है। युद्ध कर ले जाए, राम दूत से सूचित है।।१९०२।।

कपड़ा तेल आया, सैनिक जत्था आया। हनुमान ने चुप रहकर, हौसला बढ़ाया।।
चुपचाप लेटे एक एक, सैनिक बढ़ता आया। लगे पूँछ में आग, भय न दिखाया।।१९०३।।

जकड़ वानर पकड़ पूँछ, कपड़ा तेल लिपटाया। पूंछ बढ़े, कपि ने चक्कर चलाया।।
चढ़ा चढ़ा जाते, हर सैनिक गश खाया। जान माल सारा, बढ़ती पूंछ ने खाया।।१९०४।।

पूँछ बढ़ती जाती, माल कम पड़ता जाता। फिर फिर लाने का, हड़कम्प मचता जाता।।
ढूँढ़ ढूँढ़ बाज़ारों से, ला ला हँफ जाता। कर कर थक थक, गिर गिर सैनिक पछताता।।१९०५।।

हार के बाँध बूँध, घुमाए गए रथ में। लात घूँसे थप्पड़, बरसाए गए पथ में।।
गलियाते रौंदते, लज्जित किये हर अर्थ में। प्रजा हो हो कर, चढ़ उतरती रही रथ में।।१९०६।।

अचानक पूंछाग्नि में, लगा आग भागे। रथ चढ़े राक्षस, झट काम कर के भागे।।
हनुमान भी वृहद शरीर, न्यूनतम करके भागे। बंधन झट पट खुल गए, ढीले छोड़ के भागे।।१९०७।।

रगड़ आग बुझाते, कूदते रहे छत छत। बुझी न पूँछ की आग, जलाती रही छत छत।।
पिता पवन अंधड़ हो, कूदते रहे सट सट। बूँदें बंद की, शुष्क मेघ किये चट चट।।१९०८।।

पवन ने पुत्र हेतु, हवा ढ़ींठ करी थी। बारिश बंद की, बदली भी हवा करी थी।।
कुलांचे भर कपि ने, घर घर अग्नि भरी थी। लंका भर कूदते, आँखें नक्शों पर धरी थीं।।१९०९।।

सुनहरी लंका सुलगी, थी धू धू कर के। हनुमान फैलाते आग, रहे कूद कूद कर के।।
प्रजा लंका की चीखी, थी हू हू करके। हनुमान ने अब रखे, कदम फूंक फूंक करके।।१९१०।।

पुत्र संग पवन भी, खूब चालें चल गए। मेघ वर्षा वायु, शुष्क कर निकल गए॥
सूखी हवा में, पूँछ के पलीते से जल गए। घर लंका के भक भक, फंक फुंक कर जल गए॥१९११॥

शनि मुक्त हो मित्र बने, कपि के संग थे। प्राणों की रक्षा करते, संग संग थे॥
वक्र दृष्टि लंका पर, डालने को संग थे। जलती लंका भस्म, करने को संग थे॥१९१२॥

असह्य जलती देह के, ताप को मिटाने। शीत क्षीर सागर में, कपि कूदे नहाने॥
शनि ने बचाई कपि, और भक्तों की जाने। विदा ली शिखर से, लंका छोड़ जाने॥१९१३॥

सीता से विदा ली

समुद्र में नहाकर, तरो ताज़ा होकर। लघु रूप ले हनुमान, नन्हा वानर होकर॥
सीता मां के आगे, पहुँचे प्रणत होकर। विनम्र विदा को बोले, चरणों में रख सर॥१९१४॥

धन्य हूँ माता, वानर सुयोग्य बनाया। अष्ट सिद्धि नौ निधियां, दे प्रेम जताया॥
हाथ फेर जलन परखी, मरहम लगाया। हूँ धन्य कृत कृत्य प्रेम से, ताप बर्फ बनाया॥१९१५॥

बोलीं सिय मां, पुत्र देर क्यों लगाई। प्रातः गए थे, अब सांझ होने आयी॥
चिंता में घिरी पुत्र, किसने आफत ढ़ाई। यम राक्षस दिक्पाल, थे कौन आततायी॥१९१६॥

फल खाने पर, बाँध ले गए वे मुझको। रावण की आज्ञा से, रौंदते हुए मुझको॥
जला पूँछ घुमाया, रंग पोत काला मुझको। बुझानी पड़ी आग, रगड़ के पूँछ मुझको॥१९१७॥

कपि कोप लगा, क्यों सताई माँ मेरी। लंका जली धू धू माँ, न थी गलती मेरी॥
लंका के रहस्य से, हुई कमाई मेरी। निशानी दें लौटूँ, न हो ताकि देरी॥१९१८॥

रुको और दो दिन, थोड़ा विश्राम कर लो। थके बहुत हो, थोड़ा आराम कर लो॥
आज्ञा दें कहें पुत्र, खत्म काम कर लो। प्रभु पास लौटो, राम से बात कर लो॥१९१९॥

प्रेम से माँ पूछा, दुःख दूर हो गए सब। हनुमान प्रेमानन्द से, लो चूर हो गए अब॥
थकन ताप जलन, देह से दूर हो गए सब। माँ छोड़नी है लंका, मशहूर हो गए अब॥१९२०॥

कहूँ क्या प्रभु राम से, माता जी कहिये। निशानी संग यादगार, कोई किस्सा कहिये।।
दूत पुत्र से अपनत्व, रहस्य माता कहिये। दर्शन मिला है, प्रभु हित साक्ष्य रखिये।।१९२१।।

इस पर बोलीं, सीता है याद करती कहना। आकर स्वयं ले जाए, फरियाद करती कहना।।
रावण से युद्ध करती, हर सांस थकती कहना। अथक रक्षण, कर मरती कहना।।१९२२।।

कहना गलती हुई, माफ़ लक्ष्मण कर दें। सामर्थ्य पे राम के, भ्रम का क्षण माफ़ कर दें।।
साधुत्व पे लक्ष्मण के, भ्रम का क्षण माफ़ कर दें। रक्षण को साथ आएं, तत्क्षण तर दें।।१९२३।।

भुगत रही सज़ा, सीता क्षण भर के भ्रम की। मन साफ़ फिर भी, धो धो आँखें नम की।।
दोनों भाई हैं सूर्य किरणें हैं, इस मारक तम की। असुर तारे अब बारी, रावण अधम की।।१९२४।।

चूड़ामणि मेरी दे, प्रभु को याद दिलाना। शिव का धनुष तोड़, मुझे हक से पाना।।
मुझे चोंच मारने पर, इन्द्र पुत्र को सताना। कौआ बन के आया, मार सींक शर भगाना।।१९२५।।

जयन्त नाम के उस कौए, ने घाव दिया जब। प्रभु के सींक के शर ने, क्रोध भाव दिया तब।।
प्रेम के समर्पण का, शुद्ध भाव दिया तब। पत्नी प्रेम प्रदर्शन में, अभाव कोई किया कब।।१९२६।।

सम्भावित उत्पीड़न, सीता का बचाया। असंख्य असुरों की जानें, लीं प्रेम जताया।।
आज के उत्पीड़न ने, ही क्यों न सताया। रावण के छल पे, ही क्रोध क्यों न आया। १९२७।।

पति प्रेम की आस में, विष पीती रही मैं। उनके शौर्य की आस में, ही जीती रही मैं।।
उन्हीं के अपराधी को, रोकती रही मैं। उन्हें सौंप निवृत्ति की, सोचती रही मैं।।१९२८।।

राम की अंगूठी को, सर से लगा कर। सिया ने लौटा दी, गवाही दे जाकर।
सीता की चूड़ामणि, सर आंखों लगाकर। कपि उड़े समय रहते, प्रभु को दें जाकर।।१९२९।।

प्रभु राम के पास लंका से किष्किंधा होते ऋष्यमूक लौटे हनुमान

वानर लौटे किष्किन्धा, हनुमान जी के संग। मधुबन में फल ही फल खाए, प्रभु मान संग।।
ऋष्यमूक प्रभु के पास आए, हनुमान थे संग। कहा कि प्रवर्षण, इसी पल आए अरमान संग।।१९३०।।

वानरों ने आकाश में, छलांगें लगाईं। वानरेन्द्र सुग्रीव ने, दृष्टि ऊपर उठाई।।
राम लक्ष्मण, दूर से पड़े दिखाई। स्फटिक शिला बैठे, देखते ऊपर दो भाई।।१९३१।।

जाम्बवन्त उतरे नीचे, अंगद भी उतरे। प्रभु के चरणों में, हनुमान जी भी उतरे।।
सहर्ष संभाल लिये, प्रभु! जो आए खतरे। प्रभु के सभी कार्यों में, पूर्ण होके उतरे।।१९३२।।

वहीं से किया प्रणाम, सीता को याद कर। समर्थ दृष्टि होती है, सीता को याद कर।।
हनुमान ने बताया, पता और संवाद हर। समाचार बताते रहे, सीता को याद कर।।१९३३।।

सौ योजन पर बैठी, त्रिकूट पे लंका में। प्रभु हैं समर्थ, आएंगे नहीं किसी शंका में।।
विरहिन वियोगिन, सीता है लंका में। प्रभु आपकी कब तक, दृष्टि होगी लंका में।।१९३४।।

<u>सीता की निशानी राम को</u>

चूड़मणि रख सामने, राम के हनुमान ने। सीता की वाणी स्वर, याद की हनुमान।।
सीता का गहना, सर आंखों ले राम ने। व्याकुल गद गद ताकते रहे थे, सम्मान में।।१९३५।।

यादों के घेरे में, विंह्वल रहे श्री राम। सीता छूटी कब थी, कहां कैसे मिले श्री राम।।
शिव के धनुष ने, किया था जो कभी काम। रावण ने निबटा, कर डाला वो तमाम।।१९३६।।

धारा प्रवाह राम की, वाणी हो गयी थी। मन भाव शब्द शब्द, कहानी हो गयी थी।।
प्रस्फुटित होते दुनिया, दीवानी हो गयी थी। अमृत वर्षा में भीग, सुहानी हो गयी थी।।१९३७।।

समुद्र मंथन से पाई, इन्द्र ने चूड़ामणि। उनका स्वर्ग चमका के, बनाए रही उन्हें धनी।।
इन्द्र ने यज्ञ में दी, जनक जी को यह मणि। जिससे सज के पुत्री, सीता थी दुल्हन बनी।।१९३८।।

पिता के आशीष से, ऊर्जावान थी यह मणि। सिया के माथे सज, सुहाग मान हुई मणि।।
सिया देह पर अमृत, समान थी चूड़ामणि। सिया मृत समान होगी, भेज के सुहाग मणि।।१९३९।।

हनुमान हूँ मैं कृत कृत्य, लो बदले में सब कुछ। चूड़ा मणि देके तुमने, दिया मुझ को सब कुछ।।
कर्त्तव्य प्रार्थी हुई, राम की आन सब कुछ। कपि त्राहि माम, बोले आप ही सब कुछ।।१९४०।।

सीता आप से अलग होके, कहती दुःखी है। अतिक्रमित है बन्दी है, कान्ति खो चुकी है।।
गुहार कर रही है, कि राम ही पति है। सुहाग की कातर, कर पुकार रो थकी है।।१९४१।।

हनुमान राज़ खोलो, लंका का क्या नक्शा। कितना दुर्गम दुर्ग, इसकी क्या है सुरक्षा।।
कैसी दिखती काठ की, मरमरी या कि लक्षा। रहन सहन कैसा है, कैसी सैन्य सुरक्षा।।१९४२।।

हनुमान जी बोले, है पूर्ण सुरक्षित लंका। अभेद्य है सागर पहाड़ों, स्फटिक रत्न परिखा।।
मगर राख हुई, जल कुपित आज है लंका। छुपाए है स्वर्ण मात्र, शरीर ही बस सिया का।।१९४३।।

स्वर्णिम थी कभी आज, राख हो चुकी है। सिया के सिवा, लंका चमक खो चुकी है।।
सोना छुपाये हुए, ताब खो चुकी है। सिया की स्वर्णिम चमक, राख छोड़ फोड़ के उठी है।।१९४४।।

मात्र यह माह अम्बे के, अब पास बचा है। लंका की राख में, क्या सिवाय सिया बचा है।।
रावण का विश्वास, सिया का भोग बचा है। लंका जीर्णोद्धार को, एक ही माह बचा है।।१९४५।।

अतः प्रभु इसी माह में, कार्य पूर्ण करवाएं। आधी जल चुकी लंका, पूर्ण कुचलवाएं।।
जीर्णोद्धार करने को, समय न दिलवाएं। तहस नहस करने को, पूरी सेना ले जाएं।।१९४६।।

आधा काम तमाम तो, हनुमान ही कर आए थे। बाकी आधा पूर्ण, कराने राम के दर आए थे।।
लंका दुर्ग कपि तो, स्वयं भस्म कर आए थे। बचा था रावण दर्प, जो राम भस्म कर आएंगे।।१९४७।।

राम को बिठा, अपने कंधों के ऊपर। हनुमान जी चले थे, केवल युद्ध को उड़कर।।
बिठा के लक्ष्मण शेष, को अपने कंधों पर। चले अंगद भी, उन्हीं के संग उड़ कर।।१९४८।।

कातर मां की गुहार, सुनें भ्राता लक्ष्मण। मेरे मिथ्या निर्णय को, माफ़ कर दें दर्शन।।
भुगत रही जोगन, बंदिनी बनी दें रक्षण। लक्ष्मण ने बाण संभाले, सिया का है दुश्कर प्रण।।१९४९।।

बंधी रोए सिया मां, लक्ष्मण से कपि बोले। स्वतंत्र उन्हें कराने, चलें धैर्य पट खोलें।।
रुँधे गले लक्ष्मण, भाभी याद आए बोले। अंगद को विमान बना, बैठे उड़ाएं शोले।।१९५०।।

जाने पहचाने रास्तों पे, भक्त उड़ रहे थे। प्रभु स्कन्धारुढ़, युद्ध को बढ़ रहे थे।।
कल्याणकारी पथ पे, विश्वस्त बढ़ रहे थे। भक्त प्रभु की राह, प्रशस्त बढ़ रहे थे।।१९५१।।

सहयाद्रि मलयाचल पे, सुस्ता फिर चले। नभ पे राम थे, सैनिक कूद भू पे चले।।
शुभ शकुन भूमि, आकाश पाताल चले। राम काज एक माह में, पूरा करने चले।।१९५२।।

समुद्र तट पर

सुग्रीव की रक्षा कर के, सैनिक भर लाए। देवदुष्कर सारे कार्य, कपि जी कर आए।।
सगरकुल रघुकुल का, मान भी धर आए। राम काज एक ही, माह में पूरा कर आए।।१९५३।।

एक माह का समय ही, मिला था हनुमन को। जिसमें सीता खोज पूरी, करनी थी उनको।।
लगा चुके सीता का पता, जब हनुमन तो। सहेज के रख आए, वे राम के सिय धन को।।१९५४।।

पकड़े गए शुक सारण - विभीषण का जलाभिषेक

वानर रूपों में दो, दो घुसपैठी अपने। राम के सैनिकों के, बीच घुलने मिलने।।
रावण ने भेजे खबरी, राम सैन्य बीच रहने। राम की सेना की, शक्ति परखने।।१९५५।।

उछलते कूदते दोनों, सेना में घुसे रहे। नकल वानरों की, कर गुप चुप छुपे रहे।।
सुनते बातें मस्त, जासूसी करते रहे। हाल अन्दर का, बन्दर बने लेते रहे।।१९५६।।

सैनिकों को अब तक, पता न चला कुछ। वानरों की शक्लों में, असुर थे छुपे कुछ।।
सिया का पता चला, दिल था अति खुश। राम का मिला साथ, यही तो था सब कुछ।।१९५७।।

समुद्र के किनारे, जुटी मस्त थी सेना। मौज मस्ती कर रही, बहुत खुश थी सेना।।
किसी और से अब, क्या उन्हें लेना देना। राम के आदेश पे था, बस धरना देना।।१९५८।।

कि तभी बँटा था, ऊपर ध्यान सभी का। पुष्पक विमान एक, आसमान में जो दीखा।।
जिसमें बैठा शख्स कोई, राजा सरीखा। उतरते हुए सब के, बीच वहीं पे दीखा।।१९५९।।

अस्त्र शस्त्र से लैस था, पहने कवच था। मंत्रियों सहित आया, क्या इसका सच था।।
शत्रु कि मित्र था, सोच माथा ठनका। किस हक से राम की, सेना बीच आ धमका।।१९६०।।

हनुमान ने देखा तो, दौड़े उधर ही। विमान से मानों, उतरा दिल जिगर ही।।
विमान भी मुड़ा, लगा दौड़ने उधर ही। लगा जल्दी मिलने की, रही थी उधर भी।।१९६१।।

पढ़ रहे भाव हनुमान के, राम जी थे। खुशी मिलने की देख, निश्चिंत राम जी थे।।
गले मिलते देख उन्हें, सुखी राम जी थे। दौड़ के मिलने आते देख, शान्त भी थे।।१९६२।।

विनम्र हो विभीषण, झुके राम चरण पर। उदार राम का दिल था, दे डाला राज पद।।
उदर पे खा आए, विभीषण रावण का पद। राम की शरण में आए, मिला उनको राज पद।।१९६३।।

रावण के दर्प पे, हैं चोट राम के चरण। ठोकर की नोक पे, है दम्भी का आचरण।।
राम के मस्तिष्क में, लंकेश है विभीषण। है कौन सी बाधा जो, रोक पाए राम चरण।।१९६४।।

राम ने पूछा सुग्रीव, हम से कहिये। किस तरह का व्यवहार, विभीषण से करिये।।
बोले सुग्रीव इन्हें, मायावी असुर कहिये। धोखाधड़ी का इनसे, डर दूर करिये।।१९६५।।

मुस्काए राम है यह, बात आपकी नीतिगत। राम का मगर अपना, है एक ही व्रत।।
पापी या अपराधी, जो हो शरणागत। हर आश्रित अपना कर, राम करता स्वागत।।१९६६।।

उधर मायावी, असुर अगर है। तो लक्ष्मण के क्रोध का, असर भी इधर है।।
भुवन भय हारी राम, ईश्वर जिधर हैं। माया भी उधर आकर, होती नश्वर है।।१९६७।।

विभीषण आ पहुँचे थे, समुद्र के तट पर। राम ने कर दिया, जलाभिषेक तट पर।।
शुक सारण बोल उठे, थे झट इस पर। अपने लंकेश तो, नहीं राम से पासंग भर।।१९६८।।

इन शब्दों से दोनों, पकड़ लिये गये थे। अंग भंग होने को, जकड़ लिये गए थे।।
दूत थे या गुप्तचर, पकड़ लिये गये थे। शूर्पनखा की तरह, रगड़ दिये गए थे।।१९६९।।

अपने लकेंश हैं, तुम्हारे अगर तो। श्री राम के लिये जो, न धड़के जिगर तो।।
क्यों गंदा करते हो, राम के नगर को। मन साफ़ कर, स्वच्छ करो राम के घर को।।१९७०।।

न ही दूत हैं हम, न ही हैं कोई गुप्तचर। रावण के आदेशों के, बस हैं पालक भर।।
दया करें हम पे, हे! राम आ के मान्यवर। लौटे घर तो ले जाएंगे, बस आपके पत्र भर।।१९७१।।

राम की तरह ही, छोड़ हम भी आये हैं घर। राम के साथ आ चुके, तो हमको क्या डर।।
सुग्रीव ने भी ऐसे ही, छोड़ दिया अपना घर। राम का साथ पा गए हैं, तो उनको क्या डर।।१९७२।।

सुग्रीव अपने भाई बालि के, दुष्कर्म से भागे। विभीषण भाई रावण के, कुकर्म से भागे।।
राम के धर्म कर्म से, सबके भाग जागे। राम से अभिषक्त हो के, इन के भाग जागे।।१९७३।।

समुद्र जल से विभीषण को, तिलक लगा कर। श्री राम ने अभिषेक की, रस्म निभाकर।
कहा लक्ष्मण से करना, लंका में जाकर। सुग्रीव के जैसी रस्म, सिंहासन बिठाकर।।१९७४।।

षष्टम् चरण

सेतु निर्माण

समुद्र पार लंका, देख ध्यान से राम ने। पूछा समुद्र पार, दिखती है सामने।।
सलाह ली लंका, कैसे पहुँचेगे राम ने। समुद्र का अथाह जल, रोके राह है सामने।।१९७५।।

जलाभिषक्त लंकेश, विभीषण से पूछा। समुद्र पार जाने को, क्या रास्ता सोचा।।
समुद्र प्रार्थना करके, लेंगे रास्ता सोचा। राम ने एक एक कर, फिर सब से पूछा।।१९७६।।

लक्ष्मण जी बोले हम, बाण से काम लेंगे। सुखा के समुद्र, स्वयं निर्माण मार्ग करेंगे।।
जल थल बना, समुद्र का गर्व मान हरेंगे। बाण से बना खुद राह, स्वयं पार चलेंगे।।१९७७।।

विभीषण की सम्मति, प्रथम मान के राम ने। समुद्र से की प्रार्थना, कि राह दे दे मान ले।।
समुद्र पर डिगा नहीं, रहा जल के मान में। चोट गर्व पे होगी, सोचा राम के बाण ने।।१९७८।।

निर्जल व अनिद्र रह, अखण्ड प्रार्थना की थी। तीन दिन तक राम ने, राह मांग अर्चना की थी।।
समुद्र न हिला न, सुनी प्रार्थना ही थी। शान्त थी अनसुनी हो, हुई क्रुद्ध प्रार्थना राम की।।१९७९।।

प्रथम नीति श्री राम, जी ने थी निभाई। साम की नीति, सागर को रास न आई।।
दूसरी नीति दण्ड, देने की अब थी आई। क्रोध से श्री राम, ने प्रत्यंचा चढ़ाई।।१९८०।।

क्रोध के ताप ने राम के, असर वो किया था। बना भाप समुद्र को, उड़ा फुर्र किया था।।
संधान राम ने आग्नेयास्त्र, अग्नि शर किया था। सुखाने को जल, मंत्र पढ़ वार किया था।।१९८१।।

श्री राम का मंत्र ज्यों ही, प्रारम्भ हुआ था। नीला सागर जल, डर के हरा हुआ था।।
समुद्र देव का दिल, कँप थर्रा गया था। चरण राम के पड़, प्रणत गिरा हुआ था।।१९८२।।

कातर स्वर में प्रभु प्रभु, सागर पुकारा। अनन्त जीवों की, मेरी परिस्थितिकी सहारा।।
रच रच छोड़े जल जीव, प्रभु मेरी धारा। सुखा के मुझे, खुद का जल जीवन मारा।।१९८३।।

प्रभु मुझ सागर को, आपने जड़ बनाया। प्राण हीन समझ, मूर्ख अचेतन बनाया।।
असंख्य जल जीव भरके, उनमें चेत जगाया। बूँद बूँद उड़ा, आज हर जीव उड़ाया।।१९८४।।

प्रभु पुल का निर्माण, करा दें मेरे जल पर। एक रास्ता बनवा दें, मुझ सागर तल पर।।
प्रभु करें कृपा कर प्राण, भरें मेरे जल पर। करें जल जीव खुश, फिर रहें सारे मिल कर।।१९८५।।

पर अब तक तो राम बाण, संधान हो चुका था। लक्ष्य चीन्ह चुका, भेद का भान हो चुका था।।
चला असुरों के तट, कल्याण हो चुका था। धँसा राक्षस तट, रेगिस्तान हो चुका था।।१९८६।।

विनम्र हुआ समुद्र, राम बाण यम हुआ था। असुरों के तल, सुर का बाण जम गया था।।
कलुष पाप दुष्ट, असुरों का थम गया था। राम बाण से निर्जीव, हुआ दम गया था।।१९८७।।

तेजी से वानर, सैनिक दौड़ते आते। पर्वत और शिलाएं, उठाए साथ ले आते।।
नल नील उठा उठा, समुद्र में गिराते। समुद्र जल उछाल के, बिखराता छितराते।।१९८८।।

सतह पर ही तितर, बितर हो जाते पत्थर। उछाल से ओझल, गायब हुए जाते पत्थर।।
फिर कैसे पुल यह, बना पाते पत्थर। क्रम से किस तरह, जुड़ के लग पाते पत्थर।।१९८९।।

हनुमान ने पत्थर पर, 'रा' लिख कर छोड़ा। दूसरे पे 'म' लिख कर सागर में छोड़ा।।
फिर सागर में झांक के, देखा जो थोड़ा। 'रा' पत्थर ने 'म' को, स्वतः साथ में जोड़ा।।१९९०।।

व्यवस्था निर्माण की, हनुमान देख रहे थे। खुदाई 'रा' और 'म' की, स्वयं कर रहे थे।।
राम नाम की महिमा, सानन्द देख रहे थे। जलधि की जल उछाल, गर्व अन्त देख रहे थे।।१९९१।।

राम नाम ने कर दिया, था सेतु व्यवस्थित। समुद्र का गर्व फिर, आज हुआ था लज्जित।।
राम नाम ही सच्चा, है पावन सर्व विदित। संवारें जब राम तो, क्या नहीं सुसज्जित।।१९९२।।

बोले राम हो हनुमान, तुम अद्भुत नियंत्रक। मेरे नाम की महिमा, के लेखक शुभ चिंतक।।
'रा' और 'म' राम ने भी, लिख कर समुद्र तक। फेंके पर डूबे सारे, पत्थर वे अंत तक।।१९९३।।

हनुमान जी नत मस्तक, हुए राम चरण पर। प्रभु आप से छुट कर, पहुँचते मरण पर।।
तरें तैरें पार उतरें, राम नाम नमन कर। जिसे राम उठा फेंके, स्वयं जाता गिर मर।।१९९४।।

गिलहरी और हनुमान

पुल का निर्माण कार्य, निर्बाध चल रहा था। हनुमान का भी जाँच कार्य, अबाध चल रहा था।।
दिखा एक प्राणी, पुल पे चल रहा था। पकड़ डांटा हनुमान ने, क्यों चल रहा था।।१९९५।।

खाने को यहां कुछ, नहीं रखा पुल पर। बेकार ही गंदा, कर रहे इस पे चल कर।।
कुचल दब मर जाओगे, क्या रखा पुल पर। पिच पिच रक्त देह का, छितरा दोगे पुल भर।।१९९६।।

यह सुन प्राणी क्रोधित हो, ताव खा गया था। पूछा यह अधिकार तू, कहाँ पा गया था।।
यूँ ही वानर कुल का हो, भाव खा गया था। जहां भर का अधिकार, मानो पा गया था।।१९९७।।

मुझे तुच्छ गिलहरी, समझ तूने डाँटा। निम्न कुल का समझा, दबाया दे चाँटा।।
समझ अपना राम जी का, पुल मुझको डाँटा। पर राम ने समझा, मुझे नीच न डाँटा।।१९९८।।

सेतु राम का है, और राम हैं सभी के। राम की सेवा के, अधिकार भी सभी के।।
राम कार्य लिये मैंने, हाथ में कभी के। खुरदुरे पत्थर जो, राम ने फेंके तभी से।।१९९९।।

तब से ही समुद्र में, नहा गीले हो कर। लोट पोट किनारे पे, देह रेत से भरकर।।
भाग के रेत रोमों से, सेतु पे आ झाड़ कर। पत्थरों के गढढ़े, चिकने करता रेत भर।।२०००।।

नहीं देखे क्या तुमने, राम के चरण हैं। कमल से भी कोमल, पुष्पवत चरण हैं।।
पुल के पत्थर, खुरदुरे शूल सी चुभन है। छिलेंगे पावं उनके, तो मेरी मरण हैं।।२००१।।

तभी राम के फेंके, पत्थरों के गढ़ों को। समतल कर रहा हूँ, कब से भर गढ़ों को।।
छिलने से बचाना, मुझे राम के पदों को। चिकने करते रहना, सेतु के सब गढ़ों को।।२००२।।

ओहो! कपि चौंके, बित्ता भर का यह प्राणी। राम की चिन्ता, कुछ न बड़ी इसने मानी।।
अनवरत जुटा रहा, करते जो थी ठानी। राम का कार्य करते, न सुध देह की जानी।।२००३।।

सेतु कार्य जितनी, संख्या में करते वानर। उठा के ला रहे हैं, मोटे से मोटे पत्थर।।
उतनी ही संख्या में, यह बालों से लाकर। रेत कण उठा के रख, रहा पुल पे आकर।।२००४।।

बना रहे हैं, वानर सेतु ऊबड़ खाबड़। सोचे समझे बिन, करते काम ताबड़ ताबड़।।
सूक्ष्म सोच नन्हा प्राणी, करे काम बराबर। पुल समतल किया है, इसने स्वयं जुगाड़कर।।२००५।।

धरती समतल रहे, यही राम का सपना। हैं सब जीव बराबर, राम माने अपना।।
रख दिया सत्य कर, इसने राम का सपना। नहीं जाना राम कार्य, में इसने थकना।।२००६।।

यह प्रेम देख हनुमान की, आँखें हो गयीं नम। बड़ी देह के होकर, करते वानर जो कर्म।।
नन्हीं देह के प्राणी, से क्षमता में हैं कम। स्थूल कार्य तो कर लेते, पर सूक्ष्म में अक्षम।।२००७।।

हनुमान राम चरणों में, झुका सर को बैठे। उछल के गिलहरी, जा गोद बैठी ऐंठे।।
ऊँच नीच कर राम कार्य, कोई बेजा न ऐंठे। राम आगे सर साम, उठा प्रेम से बैठे।।२००८।।

हनुमान तुम हो प्यारे, राम काम किया है। बोले राम हे! प्रिय वर, सेतु बना दिया है।।
नन्हीं सी इस जान ने भी, राम काम किया है। मिटा ऊँच नीच प्रेम को, मान दिया है।।२००९।।

वरद हाथ गिलहरी पर, राम ने फिराया। हनुमान ने भी राम, चरणों में सर झुकाया।।
वरद हाथ हनुमान के, सर भी राम का आया। गिलहरी से शिक्षित, कपि ने शीष नवाया।।२०१०।।

देह भर लम्बी लकीरों, के रूप में पाया। राम का आशीष, गिलहरी ने गोद में पाया।।
हनुमान के झुके सर, भी राम का हाथ आया। राम के आशीष ने, समत्व भाव जगाया।।२०११।।

नल नील को शिक्षा

पत्थर और उठाएं, पुल पूर्ण कराने को। सेतु को लंका के, तट तक जुड़वाने को॥
काम में जुटे रहे, वानर पत्थर लाने को। हनुमान जी खड़े थे, द्रोणांचल उठाने को॥२०१२॥

हनुमान से नहीं उठूँगा, शपथ उन्होंने खाई। बोले द्रोणांचल प्रभु, पद की धूल न पाई॥
खुद ही उठ आ जाऊँगा, जो धूल मैंने पाई। हनुमन कहो प्रभु से जो, शपथ मैंने खाई॥२०१३॥

पांच दिनों में पूर्ण, हो जाना था पुल को। दस योजन और अभी, लम्बा होना था पुल को॥
पत्थर और अब नहीं, चाहिये इस पुल को। सुन राम का स्वर, कपि ने छोड़ा द्रोणांचल को॥२०१४॥

राम ने आदेश, दिया था हाथ उठाकर। वानरों ने दन दन, फेंके पत्थर घुमा कर॥
लौट आए हनुमान भी, यही बात बताकर। प्रभु तक प्रार्थना द्रोण की, पहुँचाऊँगा जाकर॥२०१५॥

द्रोणांचल की सुन प्रार्थना, सहज हँसे प्रभु राम। बोले द्वापर में आऊँगा, करुँगा मैं यह काम॥
उठाऊँगा उन्हें मैं, स्वयं हाथों में थाम। हनुमान के इशारे पे, होगा तब भी काम॥२०१६॥

सृष्टि के सृजन कर्त्ता, प्रभु आप राम हैं। सर्व समर्थ सर्व कर्त्ता, प्रभु आप राम हैं॥
पीड़ा हारी सर्व दुःख, हारी प्रभु राम हैं। राम की चुटकी भर के, खेल सारे काम हैं॥२०१७॥

अभी समय न था, द्रोण के खिसकने का। लंका तट पे जा कर, स्वयं उठ के लगने का॥
हनुमान की शक्ति, तोल मोल परखने का। आज्ञा पे प्रभु की, था जलचरों के जुड़ने का॥२०१८॥

लंका तट पे देखा, सबने छूटे पुल पर। पड़ती लकीर सी, दिखी समुद्र के तल पर॥
समुद्री जीव जन्तु, जुड़ने लगे मिल कर। खाली जगह पीठें जुड़ीं, और गया पुल भर॥२०१९॥

और इस प्रकार, प्रभु राम ने बताया। गर्व किसी का उन्हें, कभी भी न भाया॥
इस तरह से नल नील, को भी समझाया। पारंगत अभियन्ता, हैं जीव भी बताया॥२०२०॥

पत्थरों को बनाते हैं, जो वो भी राम हैं। जान जीव जन्तुओं में, भरना राम का काम है॥
हनुमान का सेतु भी, बनाने वाले राम हैं। कभी गर्व न पालो, सब के कर्त्ता राम हैं॥२०२१॥

राम सेना के रीछ, वानर चले उमड़ कर। कूदते फाँदते सेतु पर, अंधड़ से बढ़कर।।
हनुमान के कंधे बैठे, चले राम जी उड़ कर। अंगद के कंधे ऊपर, लक्ष्मण चले उड़कर।।२०२२।।

समुद्र पार लंका में, उतार राम की सेना। जल जीव लौटे जल में, पुल ही रहे न।।
राम लक्ष्मण पीछे पीछे, आगे सेना। राम सेतु लंका के, काम कभी आए न।।२०२३।।

पहुँचे पहले राम लक्ष्मण, फिर पीछे जाम्बवन्त। फिर अंगद विभीषण आए, सानन्द प्रसन्न मन।।
होगा सुबेल शिखर पे, राम का शिविर सुखन्त। रीछ वानर नर जुड़, करेंगे रावण का अन्त।।२०२४।।

मिल मिल के जुड़ जुड़ के, जहाँ जीव रहते हैं। समाझाया राम ने, वहाँ रावण मरते हैं।।
आराम को त्याग, राम कण कण बसते हैं। सारे कार्य, जुड़ जुड़ के जीव सफल करते हैं।।२०२५।।

लंका में राम सेना शिविर

उतरे थे त्रिकूट पर्वत, पे सबसे पहले। सुग्रीव जी के वानर, रण बाँकुरे बिरले।।
उनके पीछे थे रीछ, जाम्बवन्त के चेले। श्री राम के सैनिक, हो कूदे अलबेले।।२०२६।।

सुबेल उत्तर के बाएं, सर्वोच्च शिखर पे। लगा राम शिविर, संध्या बेला बिखरते।।
नर वानर यम शनि, सगे राम के हर थे। राम के प्रेम में, असुरों पे कहर थे।।२०२७।।

अहा! अब सुबेल तो, हो चुका है अपना। यहाँ राक्षसों के, असर से न डरना।।
यहीं राम संग मिल के, काटें रैना। किधर भोर में जाना, फिकर कैसी करना।।२०२८।।

सुग्रीव ने बताया, मेरे वानर सैनिक। सचेत जागते हैं, न क्रिया करते दैनिक।।
वृक्षों पे रहें वानर, खोहों में रीछ सैनिक। बोले जाम्बवन्त, फल फूल खाते दैनिक।।२०२९।।

बीने पत्ते लक्ष्मण ने, नीचे बिछा कर। स्फटिक शिला रख दी, उनपे सजा कर।।
आज्ञा दी श्री राम ने कि, सो लें सब जाकर। दिन भर के कार्यों ने, रखा थका कर।।२०३०।।

विभीषण जी बोले, अभी हम न सोएं। रात्रि में निशाचर, कभी भी न सोएं।।
श्री राम बोले, भीतर कोई न जाएं। खिली चाँदनी बाहर, सभा यहीं लगाएं।।२०३१।।

बैठे राम शिला पर, बाकी सब भी आए। सुग्रीव और विभीषण, बैठे दाएं बाएं।।
अंगद और हनुमान, बैठने श्री चरण आए। जाम्बवन्त ने सैनिकों में, निर्देश समझाएं।।२०३२।।

पूर्ण चाँद की चाँदनी, छटा देख के राम ने। बदली का घूँघट, हटा देख के राम ने।।
पूछा क्यों काले दाग़, धवल श्वेत इस चाँद में। आतुर क्यों चाँदनी, काली बदली थाम लें।।२०३३।।

है उजला राम की, धवल प्रकृति का आंचल। घोर युद्ध भयंकर, हैं काले बादल।।
सीता की विरह वेदना, है काला बादल। राम हृदय उज्ज्वल झक, है चांद का आंचल।।२०३४।।

हनुमान जी बोले, चांद तो है सेवक। साँवली मूर्त्ति राम की, ली जिसने दिल में रख।।
लक्ष्मी जी का भाई चाँद, समुद्र फेन का द्योतक। हृदय नारायण श्याम, बदली का द्योतक।।२०३५।।

काली घटा छाई, तभी बिजली वाली। गरजी वर्षा लाई, झम झम ओलों वाली।।
छुपके चाँदनी ने, काली स्याही डाली। भागो भागो अन्दर, रात बजा रही ताली।।२०३६।।

उठे राम मुस्काते, छोड़ सैनिक सोते। छत नर ही चाहते, जानवर प्रकृति चहेते।।
प्रकृति की गर्जन, निश्चिंत छम छम सी सहते। सोते भी सजग, हरी गोद में होते।।२०३७।।

घोर घटा गर्जन, तड़ित डोले खौले। दैव दर्प रावण का, बड़ बड़ बोले।।
मेघाडम्बर तले, चमके हौले हौले। मन्दोदरी के, कर्ण कुण्डल हौले डोले।।२०३८।।

त्रिकूट के दक्षिण, शिखर पर है रावण। मल्ल अभ्यासरत है, वो जिसके कारण।।
गरजता बरसता, प्रभु फैलाता श्रावण। बोले विभीषण, प्रभु करें शर संधानन।।२०३९।।

मुस्का के श्री राम ने, धीरे से छोड़ा। मेघाडम्बर लक्ष्य, करके तीर छोड़ा।।
चपला से चमकते, कुण्डलों को तोड़ा। तितर बितर बिफ़र, करके छोड़ा।।२०४०।।

हुआ घोर अंधेरा, छुपी हर चमक थी। चुप्पी में डूबी, गर्जन हर धमक थी।।
दक्षिण घटा उतरी, सुबेल पे धमकती। रावण से हट, राम पर टिकी चमक थी।।२०४१।।

मल्लयुद्ध करते उचटा, रावण का मन था। राम के प्रताप से, उखड़ा उसका मन था।।
आराम को रावण का, करने लगा मन था। मल्ल करते ऊबा, महल चला मन था।।२०४२।।

रावण महल में जा, तभी सो गया था। भूला द्वन्द्व व मल्ल, निश्चिन्त हो गया था।।
सुरों का असुर पे, असर हो गया था। राम बाण से हर, द्वन्द्व सो गया था।।२०४३।।

राम दूत अंगद

सुबह सुबह अंगद को, पास में बुला के। युवराज थे उन्हें, जाम्बवन्त ने दूत बना के।।
भेजा रावण के पास, आए युद्ध भुला के। कहना रावण बने दोस्त, सीता लौटा के।।२०४४।।

अंगद जब पहुँचे, रावण के महल में। सब समझे हनुमान, फिर से आए टहलने।।
चाकर पकड़ बाँध, ले आए महल में। बोले कि वानर, फिर से आया है छलने।।२०४५।।

बताया अंगद ने, कि राम ने दूत भेजा। सन्धि का प्रस्ताव, सिया लौटाने पे भेजा।।
कोई खून खराबा, न हो सोच के भेजा। धरोहर ले के अपनी, युद्ध टालने भेजा।।२०४६।।

रावण बोला नाम तो, बता पहले अपना। सीता मेरी महारानी, नाम तक न बकना।।
यही स्वर्णिम लंका, पता पगले अपना। काँटों वन से भागी, सिया पाई घर अपना।।२०४७।।

अंगद बोले चक्रवर्त्ती, सम्राट हैं श्री राम। प्रकृति का सारा, राज्य विराट है उन्हीं के नाम।।
तुम्हारी स्वर्ण लंका के, करीब हैं श्री राम। सौभाग्य तुम तक लाए, हैं भाग्यदाता स्वयं राम।।२०४८।।

उनका दूत अंगद हूँ, जिसे बाँध तुम खुश हो। डरे हो नुकसान नहीं, राम से कुछ हो।।
दूत को मान सम्मान, न देके खुश हो। विष्णु मान सम्मान दो, बढ़े बात तो कुछ हो।।२०४९।।

जपे जा तू राम राम, खड़ा ही आज रह तू। रावण हः हः बोला, अड़ा ही आज रह तू।।
मेरा ऐश्वर्य देख के, जड़ा ही आज रह तू। सिया का स्पप्न देखता, पड़ा ही आज रह तू।।२०५०।।

अंगद ने अनन्त इस पर, पूँछ अब बढ़ाई। लपेट लपेट कुण्डली, की कुर्सी बनाई।।
रावण के सिंहासन से, ऊँची उठाई। सिंहासन बना बैठा दूत, रस्म निभाई।।२०५१।।

दूतों का केवल, सम्मान ही होता है। खुली सुरक्षा दे, मान ही होता है।।
वार्त्तालाप भी उनसे, ससम्मान होता है। बराबर राजा के, दर्जा मान होता है।।२०५२।।

इतनी लम्बी पूँछ, देख के सारे डर गए थे। लंका सारी जल चुकी थी, असुर मर गए थे।।
याद करके पिछली बातें, सोंच में पड़ गए थे। यह भी वानर दूत रक्षक, सोंच जड़ हुए थे।।२०५३।।

रावण बोला मार पीट के, दूर भगाओ इसको। वानर मात्र है, काहे मुँह लगाओ इसको।।
अंगद बोला हिला के, ज़रा दिखाओ मुझको। पैर जमाए खड़ा हूँ, जरा हिलाओ इसको।।२०५४।।

एक एक कर आ सब, पैर मेरा उठाओ। मेरे पाँवों को पकड़ों, ज़ोर आज़माओ।।
बाल भर भी कोई, यदि हिला के जाओ। मेरे जैसा योद्धा, स्वयं को भी पाओ।।२०५५।।

मेरे जमे पाँवों को, जो हिला भी पाएगा। श्री राम को वो समझो, हरा भी पाएगा।।
चुरा सीता छीन हमसे, रख भी पाएगा। श्री राम की सर्व समर्थ, सेना ढहाएगा।।२०५६।।

एक एक कर आए, रावण के सूरमा। हिला हिला के पांव, भरमाए सूरमा।।
हटे हारे फिर भी, रावण के महासूरमा। रावण भी उठा झुका, था भी महासूरमा।।२०५७।।

रावण को आते देख के, सहसा अंगद हट गया। इसपे संतुलन, रावण का बिगड़ गया।।
झुका तो दसों सरों से, मुकुट उतर गया। अंगद ने लपक चार, सुबेल पे जड़ दिया।।२०५८।।

सुबेल की ओर उड़ते, आते देखे मुकुट। राम ने रावण के, झड़ते देखे मुकुट।।
हनुमान ने चारों लपके, ले के देखे मुकुट। राम के चरणों में, टिका रखे मुकुट।।२०५९।।

मुकुट फेंक अंगद ने, कहा था हे! रावण। मैंने पांव जमाए, नहीं तुम्हारे कारण।।
झुका रहे हो दस सर, मेरे समक्ष अकारण। झुकाओ श्री राम के, चरणों में सर रावण।।२०६०।।

यह सुन के शर्म, छुपाते रावण चीखा। ऐ! पितृ हंता अंगद, पाठ कहां यह सीखा।।
बोला अंगद सुन रावण, पिता से सब सीखा। दशग्रीव बाँधने का पाठ, उन्हीं से सीखा।।२०६१।।

शत्रु मित्र की पहचान, पिता का जीवन चित्र। शत्रु तुझसे अपराधी, निरपराधी राम से मित्र।।
राम बाण खाकर, समझो राम बने मित्र। रावण राम का दोषी, है शत्रु तू नहीं मित्र।।२०६२।।

शक्ति नहीं अपराधी, उसका गर्व है अपराध। स्त्री नहीं पर स्त्री, का मोह करना अपराध।।
ऐश्वर्य नहीं ऐश्वर्य का, लोभ होता अपराध। भाई नहीं भाई से, द्रोह करना अपराध।।२०६३।।

मेरे पिता बालि ने, जीवन भर के अपराध। रखे राम चरण में, और हो गए निरपराध॥
पवित्र शुद्ध मन करके, माफ़ हो गए अपराध। राम बाण ने भेदे, पिता सहित अपराध॥२०६४॥

जन्म लेंगे मेरे, पिता बालि फिर से। परमवीर बनेंगे, जीत राम से फिर से॥
हारे हुओं से पहनेंगे, हार फिर से। फूलेंगे बलशाली हो, न फिर कभी गर्व से॥२०६५॥

इन्द्र का हार पहना, था जीत कर पिता ने। इन्द्र ने बचा ली हार, इस हार के बहाने॥
राम बाण ने चीन्हा, था गर्व इस बहाने। यही गर्व राम बाण ने, लगाया ठिकाने॥२०६६॥

सुग्रीव को पहना हार, राम ने जताया। हार हार में अन्तर क्या, बालि को बताया॥
सुरक्षा फल की इच्छा, भरा इन्द्र बताया। राम की माला गर्व भेदती, यह जताया॥२०६७॥

भेद हारों का था, वानर मुख थे एक। इन्द्र का हार हारे का, राम का जीत का नेग॥
बालि कौन सुग्रीव कौन, कौन विशिष्ट नेक। बालि शक्ति गर्व दम्भ, राम बाण दे भेद॥२०६८॥

सच्चा प्यार जो करे, वो सच्चा मित्र है। जान जो बचाता है, वो सच्चा मित्र है॥
गर्व मोह दूर करे, वो ही सच्चा मित्र है। कहो राम से अच्छा, कौन सच्चा मित्र है॥२०६९॥

पिता बालि ने मेरे, जो अपराध किये थे। रामबाण ने सारे, वो मार साफ़ किये थे॥
फिर से जन्म के आशीष, राम ने दिये थे। छुपे शर से जन्में, पछतावे मार दिये थे॥२०७०॥

बालि के जीवन से, सीखो रावण तुम भी। अपराध मार दें राम से, भीख ले लो तुम भी॥
राम के ही हाथों, उद्धरित होलो तुम भी। चुरा सीता बैठे हो, नेक होलो तुम भी॥२०७१॥

इतना कह के अंगद, चले गऐ थे बाहर। रावण पुत्र नरांतक, मिले उनको बाहर॥
ललकार बैठे अंगद को, देख के वो बाहर। बैठे प्राण गंवाकर अंगद को, भड़का कर॥२०७२॥

नरांतक हंता अंगद, सुबेल पर जो लौटे। रावण से वो युद्ध का, संदेश लेकर लौटे॥
छुपा सीता को रावण, लगाए बैठा मुखौटे। शक्ति का करे गर्व, दम्भ करता ऐंठे॥२०७३॥

अंगद ने सुबेल पे, कहा था हनुमान से। आपकी दूत परंपरा, निभाई मैंने शान से॥
डाली आपने रावण पुत्र, अक्षय की जान ले। निभाई मैंने उसके पुत्र, नरांतक की जान ले॥२०७४॥

रावण की सभा

रावण राजा था काला, बड़ी आँखों वाला। मंत्री प्रहस्त संग बैठ, न्याय करने वाला।।
लाल लाल नेत्रों से, उसने खंगाल डाला। पुत्रों के वध का, हर खेल निराला।।२०७५।।

अद्‌भुत पराक्रम, देख के हनुमान का। रावण के अन्दर, पिसा कुछ अभिमान था।।
दरबार लग गया, बैठा हर बुद्धिमान था। सलाह देने को तैय्यार, हर गण मान्य था।।२०७६।।

नीति शास्त्री जान कार, बैठे आए सब। हितचिंतक होशियार, जुटे आके सब।।
बोले शत्रु ने जो, उठाया हथियार अब। चुप नहीं रहेंगे, होगा पलट वार अब।।२०७७।।

है अपनी लंका का, दुर्ग यह अनूठा। परन्तु राम भी अपना, शत्रु है अनूठा।।
फौज सुरक्षा का, दम्भ न हो झूठा। शक्ति न रही तो, समझो सबने लूटा।।२०७८।।

किधर से घुसा वो, कहाँ से था आया। वो वानर हनुमान कोई, देख जिसे न पाया।।
करागार का भी, उसने चक्कर लगाया। बंदिनी सीता से भी वो, चुप चाप मिल आया।।२०७९।।

बहादुर राक्षसों को, तो मार ही गया है। दुर्ग स्वाहा कर, शर्मसार कर गया है।।
तभी आप से, सुविचार यही किया है। उस दुष्ट के सुधार, का भार दिया है।।२०८०।।

रामदूत और राम की, सेना बलशाली। रावण के क्यों होंगे, अब हाथ खाली।।
दस सर वाली, रावणी बुद्धि बल शाली। क्यों न हो फ़ौज, राज्य बढ़ाने वाली।।२०८१।।

सोच समझ लीजिये, करेगा आक्रमण। राम कहीं चुप से, न मार डाले रावण।।
हमारे चुप बैठे सहते, रहने के कारण। राम कहीं बन जाए, न धृष्ट अकारण।।२०८२।।

खुश करने में डटे, रहे सारे चाटुकार। बोले महाराज सारी, चिन्ता है बेकार।।
ब्रह्माण्ड में आप सा, है किसका आकार। बल बुद्धि में आपका, हर शत्रु नाकार।।२०८३।।

याद कीजिये जब, किया था हमला। भोगवती ने, नाग राज को दिया था हिला।।
यक्ष और कुबेर दिये, रण भूमि में सुला। पुष्पक लंका छीन, उन्हें धूल में दिया मिला।।२०८४।।

दानव राज मय, डरा था आपसे। सुन्दरी कन्या मन्दोदरी, वरी थी आपसे।।
पाताल राज भी हारा, डरा था आपसे। वरुण यम के पुत्र, भीख मांगते थे आपसे।।२०८५।।

आपका पुत्र मेघनाद, इन्द्र से जीता था। इन्द्रजीत नाम का, शौर्य भी जीता था।।
उसे भेजें रण में, कौन उससे जीता था। इन्द्रजीत के चलते, कौन आपसे जीता था।।२०८६।।

प्रहस्त था महाशूर, वीर मंत्री काला। देव और दानवों को, कुचल डालने वाला।।
गंधर्वों को चुभा, चुका हार का भाला। तुच्छ नर मात्र राम को, भी मसलेगा भाला।।२०८७।।

एक बार यूँही, घुस आया था वानर। साहस न दिखा पायेगा, फिर से वो वानर।।
कूट पीट के धड़, काट देंगे दबाकर। ज़िन्दा लौट न पाएगा, फिर यहां वो आकर।।२०८८।।

वज्रदंष्ट्र दौड़ा था, ले के अपनी मूसल। रक्त मांस मुक्त न, रही इसकी मूसल।।
कूटेगी न केवल, वानर ही ये मूसल। राम लक्ष्मण को भी, कूचेगी ये मूसल।।२०८९।।

श्रीमन्! भेज दीजिये, वानरों के वेश में। अपने कुछ राक्षस गण, राम के क्षेत्र में।।
भरत के भेजे हुए, रक्षकों के वेश में। सुसज्जित भरत, सेना नायकों के वेश में।।२०९०।।

सैनिक और सेनापति, यह होंगे हमारे। राम को धोखा देने, और छीनने सहारे।।
अचानक टूट पड़ेंगे, राम पर नभ से सारे। राम का जीना मरना, होगा हाथ हमारे।।२०९१।।

निकुम्भ चुप बैठा, सुन रहा था अब तक। बोला मैं कुम्भकर्ण पुत्र, न लडूँगा कब तक।।
बच्चा बन के घर में, पड़ा सडूँगा कब तक। अकेला जीत लूँ युद्ध, सैनिक पहुँचें जब तक।।२०९२।।

एक एक कर रावण, को सबने उचकाया। उसका झूठा मान और, गौरव बढ़ाया।।
वीरता की डींगे हाँक, मन भी उड़वाया। शंकाओं पर स्वर्णिम, पर्दा पड़वाया।।२०९३।।

विभीषण अब तक चुप, सुन रहा था सबको। बोला अधर्म भाई! पल रहा है अब तो।।
दुष्कर्म सुनहरे स्वप्न, बुन रहा है जब तो। हर शख्स दुःख दर्द, बो रहा है अब तो।।२०९४।।

विभीषण बोले पाप, किया जब है आपने। राम की पत्नी को, हरण किया जब है आपने।।
भार्या चोरी का दण्ड, दिया अब है राम ने। अधर्म हमने पर, धर्म ही किया है राम ने।।२०९५।।

दण्डकारण्य में, की थी आत्म सुरक्षा। आतताई भाइयों को, राम ने नहीं बख्शा।।
ऋषियों मुनियों की, करते रहे सुरक्षा। नीति धर्म करेंगे, मिलके राम की रक्षा।।२०९६।।

राम की शक्ति, हनुमान में भी देखी। बहुत होंगी शक्तियां, जो अभी तक न देखीं।।
संधि जैसे सत् पथ की, न हो अनदेखी। दूसरों की चुरा यदि, पत्नियां हमने रोकीं।।२०९७।।

सहें क्यों हम आक्रमण, आप लौटा दें सीता। ओ भाई रावण!, अधर्म कब है जीता।।
कहता है विभीषण, अपने हक़ में सीधा। दम्भ है अकारण, अनर्थ यह फ़जीता।।२०९८।।

सीता लेके आयी, अपशकुनों के सावन। बरस यह बुझाते, घर की अग्नि पावन।।
सर्प आ के करते, यज्ञ पूजा अपावन। मुर्झा गए गायों के, दूधों भरे थन।।२०९९।।

घरेलू जानवर अपने, न खा रहे न पीते। बीमार पड़े रह के, नाकाम हैं जीते।।
जंगलों से जानवर, चिल्ला रहे हैं चीखते। लोमड़ी सियार भूखे, शिकार सूखे खीजते।।२१००।।

पीछा छुड़ाइये, अपशकुनों से ऐसे। सीता लौटाइये, चोरी हुई न जैसे।।
खोज कराइये, गृह शत्रुओं की ऐसे। लंका कभी असत्य की, धुरी हुई न जैसे।।२१०१।।

विनती है करें निर्णय, धर्म पर ही टिकना। की चोरी पर, सीना जोरी न करना।।
राम के बताए हुए, पथ पे चलना। धर्म का अधर्म से, युद्ध का दम न भरना।।२१०२।।

अधर्म तो होता है, बस दुःखों का कारण। ध्यान दीजिये हे! भ्राता लंकेश रावण।।
पाप करके श्रीराम जी, से युद्ध के कारण। मार्ग पर पतन के, चलिये न अकारण।।२१०३।।

नर शिरोमणि राम, पराक्रम करेंगे। रक्षा सुरक्षा के, सत्य धर्म पर चलेंगे।।
स्त्री चोर हैं हम, तो धोखे ही करेंगे। निमंत्रण पराक्रम हरा, चोट से देंगे।।२१०४।।

अपने सारे धर्म कर्म, नीति के विरुद्ध हैं। राम के सारे कर्म, धर्म नीति गत युद्ध हैं।।
भोगी राक्षसों का अन्त, धर्म ये विशुद्ध है। दण्डकारण्य प्रतीक है, दिखाएं हम प्रबुद्ध हैं।।२१०५।।

पुरुषार्थ से करते हैं, सत्य धर्म युद्ध। सदा अविजित होंगे, राम के कर्म शुद्ध।।
हमारे मन बुद्धि और, नहीं हैं कर्म शुद्ध। हारेंगे हम राम के हैं, आक्रमण शुद्ध।।२१०६।।

विनम्र विनती करता हूँ, आपसे हे! भ्राते। सदा जीते राम को, वापस कर दें सीते।।
समय रहते ही, बदल डालें रास्ते। सर्वशक्ति मान राम, के साथ चल के जीतें।।२१०७।।

सुन्दर है तू तुझ पर, सौन्दर्य की मार है। कुरूप भाई बहनों से, बिल्कुल न प्यार है।।
बुद्धि पे राम चक्र, सुदर्शन ही सवार है। जा सर पटक पड़ पैर, तुझे थू धिक्कार है।।२१०८।।

कहा मेघनाद ने, पुलत्स्य कुल के हैं हम। विभीषण चाचा क्यों, व्याकुल रहते हर दम।।
कायरों जैसे शब्द पुष्प, कुल पे डाले क्यों हम। अशक्त है नहीं, डर के क्यों शोकाकुल हम।।२१०९।।

अपनी सेना का, क्यों न जय घोष करते। ओज पूर्ण शब्दों से, कुछ न जोश भरते।।
राम के महत्व, चातुर्य चर्चित करते। संघर्ष के प्रयत्न, होश रख न करते।।२११०।।

लज्जित हूँ मैं आपकी, कायरता की वृत्ति से। युद्ध शौर्य साहस की, सम्पूर्ण निवृत्ति से।।
पुलत्स्य कुल में जन्में, की ऐसी हीन प्रवृत्ति से। नर बुत के पूजन, की नीच इस प्रवृत्ति से।।२१११।।

बच्चे हूँ बुजुर्ग तेरा, सच्ची बात बताता। अधर्म के गलत पथ, पे चलने से बचाता।।
अनुभव लो कि पुत्र का, पाप पिता को खाता। भड़को न भटकाओ, मृत्यु पथ मिटाता।।२११२।।

ज़िद छोड़िये भाई, अब बात कहता मानिये। अपने अपराधों को, राम से क्षम्य कराइये।।
युद्ध कुल का नाशी, है बस टालना ठानिये। सीता की सूली पर, लंका न टँगाइये।।२११३।।

विभीषण - लंका से निष्कासित

सहन शक्ति रावण की, अब तक चुक गयी थी। विभीषण पे दस शीष की, ज्वाला झुँक गयी थी।।
रावण के हर सर की, बुद्धि फुँक गयी थी। सशक्त लात विभीषण के, पेट पे ठुँक गयी थी।।२११४।।

भेजा खा रहा, जा निकालता अबे! मैं। राम के संपोले, रहा पालता तुझे मैं।।
जा भेजा खा जा, राम का थका मैं। मेरी दुर्गति तुझको, राम पे टालता मैं।।२११५।।

डरता नहीं कभी आग, भालों से रावण। जंगली हाथी शेरों से, घूमते जो वन वन।।
तेरे जैसे अपनों, से ही डरते रावण। शिकार करते घूमे, घर में ही जाए बिना वन।।२११६।।

देह भर का रक्त पीके, मांस खाता मेरा। अब हो राम का चाकर, डाल उसी के घर डेरा।।
बुरा वक्त है मेरा, साथ में तू नहीं मेरा। राम कूक की फूँक से, छोड़ कान तू मेरा।।२११७।।

निष्कासित निकृष्ट पुत्र, राम भी अपने बाप का। विभीषण तू भी तो है, निकम्मा उसी ज़ात का।।
उसी जैसा मर तू, हो घर का न घाट का। राम सा है तू भी, जड़ सारी उत्पात का।।२११८।।

राम बाण से आपको, बचाने की करी कोशिश। सत्य युक्ति करके, जगाने की करी कोशिश।।
विनाश काल में, भक्ति बताने की करी कोशिश। हारे शत्रु उल्टा, भगाने की करी कोशिश।।२११९।।

यहाँ सत्य धर्म का, अपमान पल रहा है। जाता हूँ यहां मेरा, भाल जल रहा है।।
घमासान युद्ध रक्त, बहना खल रहा है। ऊपर से आसमान, दुःख ही दुःख उगल रहा है।।२१२०।।

दशग्रीव के नाना, सुमाली के भाई। माल्यवान ने भी, बुद्धि सच्ची दिखाई।।
बोले लंका वासी, नौ नौ हाथ के भाई। समुद्र लाँघने की क्षमता, किसी ने न पाई।।२१२१।।

अनुचरों सहित अक्षय, पकड़ने जिसे गया था। उसे मार वही वानर, शक्ति दिखला गया था।।
पहले ही समुद्र लांघ, चकित हमें कर गया था। करोड़ों और आएंगे, सगर्व बता के गया था।।२१२२।।

जो वानर पकड़ने का, दम न दिखा पाए। चाटुकारिता के ही, खम बस दिखा पाए।।
आप में से कौन है, जो समुद्र लाँघ पाए। राम से युद्ध करने का, दम भर दिखा जाए।।२१२३।।

पुलत्स्य महर्षि ने, शिष्य से आदेश भेजे। सिया को लौटा के, संधि के निर्देश भेजे।।
कुल नाश टालने के, उपदेश भेजे। विभीषण की राय पे, हो ग़ौर आदेश भेजे।।२१२४।।

इन दोनों मूर्खों को, लात मार भगा दो। शत्रु के प्रशंसकों को, घात वार सज़ा दो।।
नाम के कुल दैत्यों को, धूल खार चखा दो। फिर नहीं दिखें ये, कूचो मार भगा दो।।२१२५।।

फिर भी वो बुद्धिमान, हाथ जोड़ता उठा था। विभीषण भूल अपमान, प्रार्थना रत उठा था।।
सीता को लौटाएं ससम्मान, कहता वो उठा था। पुष्पक विमान में, बैठ अपने उड़ा था।।२१२६।।

सीता मिलने पर भी, यदि राम युद्ध करेगा। तब फिर सोचियेगा, अधर्म युद्ध करेगा।।
विभीषण विष पी, उसके अधर्म पे मरेगा। रावण बोला भाग, वर्ना अभी ही मरेगा।।२१२७।।

कुल कलंकी जा तू, अपना मुंह काला कर। लात वक्ष पे मार के बोला, राम को याद कर।।
तपस्वी बन, जटा जूट ले धर। रावण सा सम्राट छोड़, जा राम संग ले मर।।२१२८।।

सप्तम् चरण

युद्ध का बिगुल

राम के दो दो दूत, भेज दिये खाली। लातें घूँसे मार मार, कोंच कोंच दे गाली॥
बीस बीस नज़रे तिरछी, सिया पे डालीं। की दस सरों की सोच, शून्य गुमा खाली॥२१२९॥

श्री राम ने साम दाम भेद, कर के देखा। अब देंगे दण्ड ही जो, न जड़ के देखा॥
करना होगा युद्ध, जिस को भरसक रोका। लड़ना होगा राम को, मिल चुका है धोखा॥२१३०॥

प्रातः पौ फटने पर, लंका नगरी घेरी। श्री राम चन्द्र ने, बजा दी रण की भेरी॥
चारों द्वारों पे लगी, चार दलों की फेरी। युद्ध होने में अब, नहीं कोई भी देरी॥२१३१॥

पश्चिम द्वार पे महावीर, रामदूत खड़े थे। मेघनाद जिधर से, युद्ध को भिड़े थे॥
एक बार के डर से, सामने नहीं पड़े थे। छोड़ कर हनुमान वीर, औरों से वो लड़े थे॥२१३२॥

यूँ तो विश्व अस्त्रज्ञ, था इन्द्रजीत मेघनाद। रावण का दाहिना हाथ, ब्रह्मास्त्र प्राप्त मेघनाद॥
ब्रह्मा से अमरत्व प्राप्त, कभी न मरता मेघनाद। बारह वर्षों तपा, चक्रवर्ती मारता मेघनाद॥२१३३॥

बारह वर्ष संयम से, निर्जल अनिद्र रहा हो। सम्राटों सा शक्त वो, नर अद्भुत कहाँ हो॥
त्रिलोक में न होगा, सोच निश्चिंत रहा वो। वर टाल के मृत्यु दे दे, मेघनाद को कहाँ वो॥२१३४॥

ब्रह्मा से मिले हुए, अस्त्र का प्रताप था। दम्भ हुआ मेघनाद को, अस्तित्व का श्राप था॥
अमर रहने का उसके, मस्तिष्क में ताप था। अमोघ दिव्य अस्त्र के, प्रभुत्व का प्रताप था॥२१३५॥

ब्रह्मा का दिया ब्रह्मास्त्र, अब तक रहा अनुपयुक्त। एक बार ही हो सकता, था जो कि प्रयुक्त॥
समय योद्धा कोई, मिला नहीं उपयुक्त। वर्ना एक वार में, मेघनाद बनता श्री युक्त॥२१३६॥

तप से प्रसन्न देवता, देते हैं जब जो अस्त्र। अचूक मार करने के, अमोघ होते वे अस्त्र॥
लक्ष्य वार करके, लौट जाते वे अस्त्र। एक बार ही तपी के, काम आते वे अस्त्र॥२१३७॥

अमोघ ब्रह्म अस्त्र के, सिर्फ़ एक बार का। प्रयोग मेघनाद के, हुआ सर सवार था॥
अमर को भी ब्रह्मास्त्र, मृत्यु का उपहार था। दिखे जब लक्ष्मण तो, बढ़ा शस्त्र से प्यार था॥२१३८॥

वर व्रती लक्ष्मण भी, थे इसी ताक में। युद्ध रत मेघनाद पे, वार की थे घात में।।
ब्रह्मास्त्र छुट चुका था, पर मेघनाद के हाथ से। वक्ष पे प्रहार से, आए स्वयं आघात में।।२१३९।।

शेष शिरोमणि लक्ष्मण, गिरे हो के मूर्च्छित। मेघनाद उठाने, चला दौड़ के हर्षित।।
हिला भी न पाया, हुआ बेदम लज्जित। हनुमान ने उठा के, किया और भी लज्जित।।२१४०।।

दवा सुरक्षा उनकी, प्राथमिकता मान के। लक्ष्मण को उठा लिये, चले हनुमान थे।।
रख दिया ला के उन्हें, चरणों में राम के। मूर्च्छित देख के उन्हें, मृत से स्वयं राम थे।।२१४१।।

लाना होगा अमृत, किसी भी स्थान से। मूर्च्छा टूटे लक्ष्मण की, तुरन्त जाएं जाग वे।।
अमृत मिलेगा कहाँ, कुण्ड से या घाट से। लाना होगा चन्द्रमा, या इन्द्र स्थान से।।२१४२।।

सोंचते रहे कपि, देर रात अथक। मिलेगा यह भाग से, या मैं जाऊँ स्वर्ग तक।।
नाग मुख के झूठे को, नहीं दूँगा यह हक। लक्ष्मी भ्राता चन्द्रमा से, लूँगा अमृत रख।।२१४३।।

क्रोध झल्लाहट ने, लाल किये हनुमान। किस अमृत को दिला, राम से मैं दूँ मान।।
काल को दूँ मार या, मृत्यु की मैं लूँ जान। कौन बचाएगा मेरे, प्रभु के प्रिय की जान।।२१४४।।

अभी तो बचे कार्य, बहुत से हैं करने। रावण मेघनाद के, वध बचे हैं करने।।
कुम्भकर्ण के भी, अभी प्राण हैं धरने। सर्व प्रथम लेकिन, लक्ष्मण न देने मरने।।२१४५।।

विभीषण ने वैद्य, सुषेण याद दिलाया। जाम्बवन्त ने लंका में, घूमना याद दिलाया।।
लंका का नक्शा, हनुमान को याद आया। सुषेण वैद्य का घर, पता भी याद आया।।२१४६।।

चुपके से घर समेत, सुषेण को वे लाए। लक्ष्मण जी के पास, सुबेल पे ले आए।।
नब्ज़ देख के बोले, जड़ी एक तुरन्त लाएं। रात से पहले दे के, इनके प्राण बचाएं।।२१४७।।

सुषेण बोले हनुमान से, हिमालय जाओ बच्चा। संजीवनी बूटी, वहां से लाओ बच्चा।।
उसका अर्क लक्ष्मण जी को, पिलाओ बच्चा। तीसरे प्रहर रात के, ज़िन्दा उठाओ अच्छा।।२१४८।।

हनुमान कालनेमि

इधर हनुमान थे, चले जा रहे उड़कर। उधर चल पड़े थे, रावण के भी गुप्तचर।।
गुपचुप खबर दे दी, रावण को खुलकर। मंत्रणा की उसने, कालनेमि से मिलकर।।२१४९।।

रावण को समझाने, लगा था कालनेमि। हृदय में रखनी होगी, अब से रामनामी।।
मरोगे राम से, जपो न राम नामी। राम दूत हैं तेरे, घोर शत्रु कालनेमि।।२१५०।।

उड़ते जा रहे थे, हनुमानजी गगन में। हलक सूखने लगा, उनका पवन में।।
हवन कुण्ड दिखा, नीचे फैले वन में। उतरे नीचे शान्ति, छायी उनके मन में।।२१५१।।

भस्म लगाए माथे पे, जटा जूट धर। बैठे दिखे कोई, एक मुनि रूप नर।।
मुनि बोले युद्ध जीतेंगे, राम धनुर्धर। खुशी से रावण, झूम ले चाहे जो कर।।२१५२।।

हनुमान ने सोचा, मुनि तो हैं बड़ बोले। पूछा कुछ न ताछा, बड़ बड़ मुँह खोलें।।
प्यास लगी है मुझे, मुनि से वे बोले। काम बहुत पड़ा है, जल कहां जल्दी बोलें।।२१५३।।

मुनि ने आगे कर, दिखा दिया कमण्डल। बोले इसमें देख, लबालब भरा जल।।
पीले इसी से, क्यों खोज रहा है जल। मंत्र मुझसे से सीख, जड़ी का ले ले हल।।२१५४।।

चकित हुए हनुमान, इस कार्य को देखकर। मुनि के कच्चे, धर्म ज्ञान को देखकर।।
कमण्डल का जल, खर्च करते स्वयं पर। किसी का भी झूठा, न पिया करते मुनिवर।।२१५५।।

चौंकते देख कपि को, मुनि थोड़ा संभले। अपनी कही बात पर, ग़ौर करके बदले।।
सामने सरोवर, यहीं दिखता पगले। पानी पी के मुझसे, जड़ी मंत्र का गुर ले।।२१५६।।

हनुमान ने सोचा, सुषेण भी असुर है। उसका घर भी तो, लंका का ही पुर है।।
रावण की सेवा में, ही यह भी असुर है। जड़ी ठीक बताई, ये भी क्या खबर है।।२१५७।।

जड़ी बूटी की, पहचान ही किसे है। शायद मंत्र ही, इसकी पहचान की शय है।।
मुनि के सिवा, मंत्र ज्ञान ही किसे है। शिक्षा मंत्र से ही, पूरी होना तय है।।२१५८।।

उतरे थे सरोवर में, कपि पानी पीने। मगर मच्छ लगा, परन्तु पाँव घसीटने।।
खींच के मार दी लात, मगरमच्छ के सीने। दिव्य नारि रूप, ले लिया मकरी ने।।२१५९।।

निकल के मगर से, उड़ती गयी गगन में। कहती हुई रामदूत, करती नमन मैं॥
जल क्रीड़ा रत, रही थी मगन मैं। ऋषि अंगीरा, समाधिस्थ थे वन में॥२१६०॥

उनकी टांग यूँ ही, खींच ली हँसी में। क्रुद्ध श्राप लगा, यहीं तभी फँसी मैं॥
मगर की देह में, बदल गयी फँसी मैं। रो रो माफ़ी माँगी, भूल गई हँसी मैं॥२१६१॥

भीख मैं दया की, गिड़गिड़ माँगते बोली। कभी नहीं ऋषि वर, करुँगी ठिठोली॥
स्वर्ग की अप्सरा, मैं रही थी भोली। यहाँ की प्राकृतिक, सुन्दरता पे डोली॥२१६२॥

ऋषि बोले मकरी, ही यहाँ पे रहकर। राम दूत को जपती, ही रहना तू तय कर॥
भूल करने का, पछतावा किया कहकर। उद्धरित हो जाना, लात उनकी सहकर॥२१६३॥

चरण पा के धन्य, हुई धन्य मालिनी। चरण वन्दना रत, हुई धन्य मालिनी॥
अब रहस्य यह, बताती है धन्यमालिनी। वध करने बैठा है, मुनि बना कालनेमि॥२१६४॥

प्रभु! राम के दूत! मुनि है रावण का दूत! राक्षस कालनेमि जो, धरे बैठा मुनि रूप।
काम मिला है उसको, मार डाले रामदूत। चुपके से युद्ध बिन, छल करेगा यह धूर्त्त॥२१६५॥

राम राम करते, तेज़ आते अटके। हनुमान जी कालनेमि, के पास से फटके॥
कर्बद्ध कपि ने, दिये पूँछ के झटके। पूँछ में लपेट मुनि, भूमि पे पटके॥२१६६॥

मरा वो ठग भी, राम राम ही करते। हनुमान ने देखा, विजयी मुस्कान धर के॥
उड़े हिमालय स्वयं, राम राम करते। दिशा गिरि जड़ी, हर ज्ञान राम पे धर के॥२१६७॥

लक्ष्मण प्राण सिद्धि - जी उठे लक्ष्मण

द्रोणांचल की ओर, लेने को औषधि। सवेग उड़ने लगे, कैलाश की ओर कपि॥
बढ़ने लगे ऋषभ, पर्वत की ओर कपि। रास्ता तय करते, भटकते हुए कपि॥२१६८॥

आसमान के तारों से, दिशाएं पूछते। राह में रुक खोजते, भाग्य टटोलते॥
जगमगाहट चकाचौंध, रहे सामने देखते। बढ़े जुगनू सी, चमकती बूटी खोजते॥२१६९॥

अहा! भाग्य खुले, दिखा चम चम पर्वत। जड़ियों में पांच, पहचाननी थीं झट पट॥
उखाड़ ले उड़े, पूरा ही पर्वत। सुषेण पे छोड़ के, पहचानने का झंझट॥२१७०॥

जड़ी बूटियों की, नहीं थी पहचान। खोज खोज नहीं, हारे थे हनुमान॥
हिमालय में उगती, काफी था यह ज्ञान। बहुमूल्य समय का, नहीं किया नुकसान॥२१७१॥

अयोध्या के ऊपर, उड़े जा रहे थे। नीचे भरत जी, तकते जा रहे थे॥
लगा भरत को कोई, मायावी जा रहे थे। बिना फल का शर मार, रोकने लगे थे॥२१७२॥

नन्दिग्राम में ही, गिरा लिये गए कपि। नहीं अन्जाने लोग, अयोध्या घुसे कभी॥
पर्वत पटक दें, अवध में ही न कहीं। भरत के रहते, यह हो सकता नहीं कभी॥२१७३॥

भरत के बाण से, गिरे हनुमान जी। राम राम कहके, छोड़ने लगे प्राण भी॥
राम नाम से खिंचा, भरत का ध्यान भी। भरत ने प्रार्थना की, खोएं न प्राण अभी॥२१७४॥

अज्ञात देह के मुख से, राम राम धुन सुन। भरत चौंके दिल की, धड़क राम राम सुन॥
दूतों भाइयों की थी, एक राम राम धुन। अवध के कल्याण की, थी राम राम धुन॥२१७५॥

जुगलबंदी गूँजी, राम गुणों की दोहरी। राम छवि भरत की, राम दूत संग गहरी॥
उठा लिये चले, वानर अवध के प्रहरी। नन्दिग्राम से चलकर, राम की अवध नगरी॥२१७६॥

भरत की प्रार्थना से, हुआ काफूर भ्रम भान। राम राम करते, जी उठे थे हनुमान॥
भरत को देखा खुश, लगे गले हनुमान। छवि राम की लगे वे राम, जैसे भगवान॥२१७७॥

एक एक करके, आए सभी मिलने। राम दूत से राम का, हाल सुनने मिलने॥
माँओं गुरु मंत्री, भक्तों ने सब ने। पूछा हमारे राम कब, आएंगे मिलने॥२१७८॥

बताया रामदूत ने, युद्ध कर रहे राम। सीता चोर से, पत्नी सिद्धि कर रहे राम॥
लड़ते लक्ष्मण मूर्च्छित, मरते देखते राम। होंगे औषधि को, मेरी राह देखते राम॥२१७९॥

मेघनाद ने ब्रह्म पाश, से बाँधा मुझको। युद्ध में मार दिया, ब्रह्मास्त्र से लक्ष्मण को॥
मूर्च्छा ले के पड़े, मरणासन्न हैं उनको। जड़ी से रात्रि में, जिलाना है मुझको॥२१८०॥

भरत संग दूसरे प्रहर कपि, थे अयोध्या। सुमित्रा ने सर्व प्रथम, सुझाव उनको यह दिया॥
सफल जन्म किया, लखन थे योद्धा युद्ध किया। राम के हित रक्षार्थ, शत्रुघ्न को आज दिया॥२१८१॥

कौशल्या मां बोली, वन में छूटे काम को। पूर्ण कर रखने हैं, अभी अपने राम को॥
पूर्ण सुरक्षित सब को, जीवित रखना राम को। संग में लाना है, सिया लखन भी राम को॥२१८२॥

सुयोग्य सक्षम नहीं, यदि अपना राम तो। कायर मुँह छुपाए रहे, वन में कहना राम को॥
सर्व समर्थ भरत को, राजा मानना राम को। अयोध्या सुरक्षित मान, बचाए रखे प्राण वो॥२१८३॥

बोली उर्मिला, सुहाग तो मेरा अमर है। लक्ष्मण की पत्नी हूँ, मुझको कैसा डर है॥
मेघनाद की मृत्यु, पति का जौहर है। रावण की पुत्र वधू, विधवा होगी फ़िकर है॥२१८४॥

बोले कुलगुरु वशिष्ठ, विश्वकर्त्ता के पुत्र हैं। स्वयं सूर्य मणि राम, दशरथ के पुत्र हैं॥
सदा विजित चक्रवर्ती, अवध के पुत्र हैं। अनन्त काल विजित होंगे, रक्षा के छत्र हैं॥२१८५॥

भरत ने हनुमान से, पूछी अंतरंग कथा। कैसे मेरे राम लखन, कैसी भाभी सीता॥
दुःखी हुए भर्त्ता, सुन के दुःख भरी कथा। बोले बाण पर मेरे, जाएं करें शीघ्रता॥२१८६॥

भरत के बाण पे, कपि जाएं आप बैठकर। पहुँच जाएंगे अपनी, इच्छा के वेग पर॥
रात्रि में ही पहुँच लेंगे, शर सवार होकर। बचा लेंगे भाई, समय से बूटी पेश कर॥२१८७॥

एक तो मैं भारी, साथ हाथ में है पहाड़ी। शर सहेगा कैसे, दोगुना यह बोझा भारी॥
मगर थी हनुमान को, भरत अवज्ञा भारी। हल होगी नाम से, ही समस्या भारी॥२१८८॥

भरत के बाण का, अति आभारी हूँ मैं। बिजली सी गति पर, अति भारी हूँ मैं॥
संदेह न घमंड करूँ, सच है भारी हूँ मैं। भरत की आज्ञा का, अति आभारी हूँ मैं॥२१८९॥

भरत के चरण पकड़े, राम का स्मरण कर। हनुमान चले स्वयं, उड़े थे भ्रमण कर॥
राम की प्रीति पर, भरत का स्मरण कर। स्वयं पहुँचे अन्तिम, रात्रि के चरण पर॥२१९०॥

शिविर में दुःखी श्रीराम, जागे होंगे क्षोभ से। संभावित प्रिय भाई, लक्ष्मण के विछोह से॥
प्रेम विंह्वल क्षत हुए, थे दो दो विछोह से। खो रहे थे भाई आज, पत्नी पहले ही खो के॥२१९१॥

यदि खोए धन पुत्र, पत्नी घर या परिवार। मिल जाते हैं खो के, यहाँ सभी बार बार॥
भाई लक्ष्मण सा मिलता, है पर एक बार। खोजने पे भी मिलेगा, नहीं खो के एक बार॥२१९२॥

हे! भाई उठो, अब तो आँखें खोलो। एक दूसरे के बिन, जियेंगे कैसे बोलो॥
मिला पाऊँगा मां से, कैसे आँखें बोलो। मुँह दिखा पाऊँगा, अवध को कैसे बोलो॥२१९३॥

पत्थर सा निष्ठुर, हृदय कर रखना मुझको। शोक अपयश के पर्वत, सहते रहना मुझको॥
समझा दो मां से, क्या क्या कहना मुझको। अश्रुओं में क्या, विष है देना मुझको॥२१९४॥

तभी बस हनुमान ने, पाँव वहाँ रखा। भूमि पे पर्वत पटक, मानों जहां रखा॥
सुषेण चढ़े उस पर, जड़ी बूटियाँ परखा। व्रण-रोपिणी संधानी, ढूँढ़ सूंघ के परखा॥२१९५॥

संजीवनी विशल्यकरिणी, देखभाल के तोड़ा। सुवर्णकरिणी को भी, देख परख उखाड़ा॥
पर्वत उतरते चढ़ते, खोजा जोड़ा तोड़ा। कूट छान के बीन पीस, प्राण दवा निचोड़ा॥२१९६॥

पहुँचीं राम शिविर में, जब चमकीली जड़ियां। लक्ष्मण की सांसों की, जुड़ने लगीं लड़ियां॥
राम की दुःख भरी, कटीं प्रतीक्षा घड़ियां। कर आए हनुमान थे, अथक जो काम बढ़िया॥२१९७॥

प्रसन्न होके राम ने, गले लगाया उनको। सुषेण कार्य कर के, चले गए भवन को॥
वैद्य घर संग हनुमान, उड़े चले गगन को। लंका में उसी जगह, जमा दिया भवन को॥२१९८॥

राम फिर से खुश थे, स्वस्थ हो गए लक्ष्मण। दुर्दिन गिनेगा, कल से रावण हर क्षण॥
मेघनाद का वध, निश्चित करेंगे लक्ष्मण। गिनी चुनी सांसे बस, लेंगे रावण कुम्भकर्ण॥२१९९॥

जी उठे लक्ष्मण तो, राम ने लगाया गले। कहा राम का अब से, फिर कारोबार चले॥
हनुमान और सुषेण के, बिना न काम चले। आगे आगे सैनिक, पीछे राम चले॥२२००॥

राम के शोक से, दुःखी खोए वानर। राम को सुखी देख, खुश हो नाचे वानर॥
हनुमान व लक्ष्मण ने, कहा सोएं वानर। कल समर में लड़ने को, साथ आएं वानर॥२२०१॥

कुम्भकर्ण वध

जी उठे लक्ष्मण, सुना तो क्रोध में रावण। पीट पीट सर करता, चीख चीख के भाषण।।
गया उठाने गहरी, नींद सोया कुम्भकर्ण। हाय हाय हारा रावण, सुषेण के कारण।।२२०२।।

सूखा भूखा प्यासा, उठा किसी तरह से। दुःखी हुआ कुम्भकर्ण, रावण की जिरह से।।
सीता हरण हुआ बस, रावण की वजह से। राक्षस होंगे स्वाहा, बस सीता की वजह से।।२२०३।।

हनुमान से महाबली, हैं सेवक जिनके। भगवान वो आए, यहां मानव बन के।।
शिव ब्रह्मा प्रभु भी, हैं सेवक जिनके। भाई रावण आप हुए, क्यों विरुद्ध उनके।।२२०४।।

भाई आपने किया, बुरा ही बुरा राम का। बीता समय रहा, नहीं आपके काम का।।
भक्ति से लीजिये, अब से नाम राम का। कुछ तो कीजिये अच्छा, अब से आप भी राम का।।२२०५।।

बोला कुम्भकर्ण भजिये, आप उन्हीं त्रिलोकी को। उठा लाए जिनकी, चुप से जानकी को।।
खबर न की मुझको, जब उन पलों की तो। गले लगें रण में, राम की बानगी हो।।२२०६।।

मैं सोया ही रहा, आप काम कर गए। जगज्जननी हर के, राम से साफ मुकर गए।।
योद्धा का खिताब, राम के नाम कर गए। अपनी झोली में, खाक ही खाक भर गए।।२२०७।।

दुर्मुख देवान्तक, नरान्तक और अतिकाय। अकम्पन महोदर, राम के दूतों ने मिटाए।।
एक एक कर मारे, निशान तक मिटाए। रण में भी नाम हमारे, सैनिक डुबोते आए।।२२०८।।

पी करोड़ों घड़े मद, खा असंख्य भैंसे। चला कुम्भकर्ण जाग, झूमता झामता ऐसे।।
काला पर्वत भूखा, हड़पता चलता जैसे। खा पी रक्त मांस, रण भर कुचलता ऐसे।।२२०९।।

अंतिम समय है भाई, आओ गले मिल लो। राम से कहो मुझसे, रण में आ के मिल लो।।
जब तक है जान, साथ में झूमते खिल लो। श्याम सलोने होंगे, देखो रण में मिल लो।।२२१०।।

रण में कुम्भकर्ण को, देख पैरों पड़कर। बताया विभीषण ने, मुझे लातें जड़कर।।
देश निकाला दे दिया, रावण ने अकड़कर। तभी तो खड़ा हूँ, मैं श्री राम से जुड़कर।।२२११।।

कुम्भकर्ण ने विभीषण को, अंग से लिपटाया। रावण को काल उसे, कुल भूषण बताया।।
राम से मिले विभीषण, ढ़ंग से समझाया। सेना ने उसी क्षण, युद्ध का बिगुल बजाया।।२२१२।।

कुम्भकर्ण था रथ में, सेना बिन अकेला। निकला नशे में धुत, दैत्य वो अकेला।।
राम और राम की सेना, मसलूँगा अकेला। गलतियां रावण की मैं, ढ़ापूँगा अकेला।।२२१३।।

रामचन्द्र से मिलने आया, रण में कुम्भकर्ण। रूप गुणों की खान वे, लगे उसको गौर वर्ण।।
प्रेम भरी मुस्कान से, लूट के ले गए सद्सुवर्ण। शान्ति प्रेम सम्मान के, वे अमृत भाव भरण।।२२१४।।

राम की अप्रतिम, अनुपम आकर्षक मूर्त्ति। कुम्भकर्ण के विपरीत, गुणों की प्रति मूर्त्ति।।
आकर्षित करके, खींचती रही राम मूर्त्ति। चित्त में करती रही, सद्भावों की पूर्त्ति।।२२१५।।

रावण कष्टदायी, लग रहा कुल का घाती। जिसके मन मस्तिष्क को, सद्शिक्षा न भाती।।
विभीषण ने है चौड़ी, की असुर कुल छाती। राम से मिल के जगा दी, असुर कुल प्रभाती।।२२१६।।

मन वचन कर्मों से, छोड़ दी कपट तो। राम नाम की रट, लगा रखी है मुख को।।
खोल बन्द करते हुए, नेत्रों के पट को। पटाते जड़ें राम की, तुम ही राम के वट हो।।२२१७।।

करोड़ों गिरि वृक्ष, वानर रीछों ने मारे। कुम्भकर्ण से पर्वत पर, फूलों की बौछारें।।
थके राम के सैनिक, हनुमान भी हारे। चकरा के अंगद, नल नील गिरे बेचारे।।२२१८।।

कुम्भकर्ण ने सोंचा मैं, काल के वश हुआ आज। साफ़ देख सकने में, अवश मैं हुआ आज।।
अंधेरों से उबरा, राम के वश हुआ आज। अहा! राम से हारा, उन्हीं के वश हुआ आज।।२२१९।।

भुनगे सा दबा, काँख में सुग्रीव मुर्दा। स्वतंत्र कर कुम्भकर्ण ने, उड़ाया खोल गुर्दा।।
सुग्रीव आंख कान, ले उड़ा न था मुर्दा। चीखों ने कुम्भकर्ण की, फाड़ा कान का पर्दा।।२२२०।।

उठा उठा खाना, किया शुरु कुम्भकर्ण ने। करोड़ों वानर रीछ, निगले कुम्भकर्ण ने।।
बिफरते क्रुद्ध पाँवों से, कुचलते चलते उसने। मसले रखे मुख में, भागते सैनिक रण में।।२२२१।।

तिनके भुगने बने थे, रीछ और वानर। कुम्भकर्ण खूब खेला, उन सब को छका कर।।
क्रोध में भींचे चाबे, थूके जाय चुभलाकर। निगले उगले काटे, उड़ा दे खूब सताकर।।२२२२।।

डर डर के भागे वानर, प्रभु प्रभु पुकारे। रीछ दूर दूर छिटकें, जब कुम्भकर्ण डकारे।।
यह देख करुणामय, प्रभु ने बाण सुधारे। डरावने शब्दों से, गूँजे बाण फुँफकारे।।२२२३।।

ले हाथ में पेड़ पहाड़, कुम्भकर्ण भी दौड़ा। राम बाण ने हाथों को, उसके धड़ से तोड़ा।।
मुख चुपा ठूँसा राम ने, बाणों का रोड़ा। सर हाथ धड़ कटे, ज़िन्दा रहा निगोड़ा।।२२२४।।

पर्वत ले कर धड़ बिना, ही सर वो दौड़ा। राम बाणों ने धड़ भी, बीच से दो में तोड़ा।।
हर अंग एक एक कर, अलग कर के तोड़ा। यूं राम ने कुम्भकर्ण को, कूट पीस के छोड़ा।।२२२५।।

रंग भर भर देवों ने, आकाश भर में छोड़ा। पुष्पों चन्दन से, भर भर नारियलों को फोड़ा।।
रंगीन सुगन्धित, माहौल हवा में छोड़ा। घंटो टंकारो से, रण को मन्दिर कर छोड़ा।।२२२६।।

सोते से कुम्भकर्ण, युद्ध को आया बेचारा। जाग गहरी निद्रा से, दुर्ग दैत्य था हुँकारा।।
गिरा हनुमान की मुट्ठी, खा चकरा बेचारा। खा राम के अनन्त शर, चिर सोया दोबारा।।२२२७।।

मेघनाद वध

पत्नी से शिव जी बोले, सुनो हे! उमा। राम ने कुम्भकर्ण को, किया था क्षमा।।
उसने पाप भूमि पर, छोड़े हे! उमा। परम धाम में ऊपर, रहा पुण्य कमा।।२२२८।।

अलग धड़ से सर, किया राम ने शर से। उड़ाया रावण के सामने, बाण में धर के।।
दिखा कुम्भकर्ण का, जो बाण पिरा सर ये। तड़प के ढ़हा रावण, खुद मृत हो कर के।।२२२९।।

रावण के चरणों में, धंसा सट से आ शर। उठा के हृदय से लिपटाया, बिंधा सर।।
धम से गिरा रोया, कलपा धुन धुन सर। स्त्रियां बिलखीं राजा, को भू पे देखकर।।२२३०।।

मेघनाद भी आ पहुँचा, जल्द ही वहीं पर। बोला योद्धा कोई, रोता न कहीं पर।।
पिता शपथ लेता हूँ, आज मैं यहीं पर। राम के सर को फेंक, हसूँगा यहीं पर।।२२३१।।

मेघनाद ने आगे भी, और बहुत समझाया। पुरुषार्थ का अपने, रौब प्रातः तक जताया।।
रथ और शक्ति, अपने इष्ट देव से लाया। प्रयुक्त करने का मौका, पहला अब आया।।२२३२।।

डींगे हाँकते रात भर, थका नहीं था मेघनाद। रावण पर, असर डाले चला था मेघनाद।।
सवेरा बक बकाते, कर गया था मेघनाद। कोर कसर युद्ध में, नहीं छोड़ता मेघनाद।।२२३३।।

तिलस्मी चमकते, सोने के रथ पर। धूल उड़ाते उड़ा, आकाश के पथ पर।।
गरज के कँपाया, वानरों को थर थर। बरसाता डोला, अस्त्र शस्त्र और पत्थर।।२२३४।।

बाण उसके सारे, दसों दिशा में छा गए। सावन की बूँदों से, रण में बरसते आ गए।।
पिंजड़ों में सैनिक, बन्दी करते छा गए। मारो पकड़ों के शब्द, उठे कान खा गए।।२२३५।।

भयंकर किया युद्ध, मेघनाद ने खेल भी। यम रूप में लाया, लुक छुप का खेल भी।।
प्रवीण योद्धा, रण में करता है खेल ही। छुप घेरता बाणों से, दिख भरता झेल भी।।२२३६।।

कर डाला यूँ सबको, व्याकुल मेघनाद ने। बाण पिंजरे पाट के, रण के हर स्थान में।।
देखे थे अंगद और, नल नील हनुमान ने। लक्ष्मण और सुग्रीव भी, बँधे खड़े थे बाण में।।२२३७।।

राम और विभीषण भी, बंधे हुए थे बाण में। तभी बदलने लग गए, बाण सभी नाग पाश में।।
डरने लगे सभी, बँधे हुए नाग पाश में। छक्के छूटते रह गए, प्राण रहे न पास में।।२२३८।।

शिव जी कहने लगे, सुनो हे! भवानी। सगुण राम की मुझसे, फिर से वही कहानी।।
राम की लीला ऐसी, कि सुनी न कही न जानी। तर्क बुद्धि से परे, है राम कहानी।।२२३९।।

छुप गया मेघनाद तो, सेना परेशान हुई। कहाँ है मेघनाद अब, क्या उसकी पहचान हुई।।
बँधक बने राम की, वाणी बेजुबान हुई। मुँह छुपाने में भी, नाकाम उनकी आन हुई।।२२४०।।

आसुरी माया ने युद्ध, खेल में बदला। वानर हारे सोच के, कैसे लेंगे बदला।।
खेल मेघनाद का, फिर से युद्ध में बदला। बार बार मायावी, खिलाड़ी योद्धा बदला।।२२४१।।

प्रकट हो मेघनाद, बड़ बड़ करता आया। क्रोध बुजुर्ग जाम्बवान का, मेघनाद पर छाया।।
असुरों ने छुप कर वार ही, युद्ध कौशल पाया। खिलंदड़े को, धर्म नीतिगत युद्ध समझाया।।२२४२।।

मेघनाद ने खींच के, त्रिशूल जो उन्हें मारा। बीच में लपक पलट, जाम्बवान ने दे मारा।।
आह! छाती पकड़ गिरा, मेघनाद बेचारा। उठाके जाम्बवन्त ने, पटक गिराया दोबारा।।२२४३।।

शक्ति वीरता दिख गई, उसको जाम्बवन्त की। घड़ी न आई थी पर, मेघनाद के अन्त की।।
बरस रही थी अब भी, कृपा दिग दिगन्त की। नारद ने गरुड़ भेज, उसकी माया अन्त की।।२२४४।।

गरुड़ जी खा गए, सारे ही सर्प पाश। आनन्द से वानर कूदे, फिर से जागी आस।।
स्वतंत्र हर्ष से उछले, ढ़हा सारा सर्वनाश। लहरा आपस में लिपटे, खुद हुए नाग पाश।।२२४५।।

मूर्च्छा जो टूटी तो, मेघनाद ने देखा। लज्जा से नाग पाशों को, खुलते हुए देखा।।
अजेय यज्ञ करने में, दिखी आशा रेखा। श्रेष्ठ पर्वत गुफ़ा में, घुस यज्ञ करेगा।।२२४६।।

अजेय यज्ञ अतिदुष्कर, करने लगा था। गुफ़ा में, छुपकर आग जलाने लगा था।।
नज़रे बचा के मंत्र, आहुति में लगा था। मेघनाद खुद को अमर, करने में लगा था।।२२४७।।

यह देख सलाह दी, विभीषण ने राम को। यज्ञ तोड़ने के लिये, तुरन्त शंखनाद हो।।
अजेय यज्ञ न पूरा, होने देना राम को। यज्ञ पूरा न हो, न अमर मेघनाद हो।।२२४८।।

दिखी थी विभीषण की, घोर आत्मीयता। मिली थी रघुनाथ जी को, अत्यन्त प्रसन्नता।।
असुर राज़ बता के, विजय की आतुरता। यज्ञ तुड़वा डालने की, सैनिक तत्परता।।२२४९।।

वानर सैनिक राम ने, इस काम को बुलाए। कहा लक्ष्मण के, संग में वानर जाएं।।
अपनी बल बुद्धि से, उपाय करवाएं। युवराज अंगद भी, इनके संग चले जाएं।।२२५०।।

जाम्बवन्त सुग्रीव और, विभीषण भी जाएं। सेना का उत्साह और, आत्म बल बढ़ाएं।।
मेघनाद को कड़ा, मिलकर सबक सिखलाएं। देवता ही जीतेंगे, यह विश्वास जगाएं।।२२५१।।

लक्ष्मण जी ने डोरी, धनुष पे चढ़ाई। लगा राम तिलक, राम की सौगन्ध खाई।।
मेघनाद का वध, करने की कसमें खाईं। करोड़ों शिवों की भस्म, अंग में लगाई।।२२५२।।

रुद्रांश शेषावतार सैनिक, चले संग संग। नल नील अंगद, मयंद चले संग संग।।
समर में लक्ष्मण, संभल के चले संग संग। चरण राम के छू के, सारे चले संग संग।।२२५३।।

श्रेष्ठ पर्वत की, गुफ़ा के भीतर घुस कर। मेघनाद के यज्ञ में, रक्ताहुति भर कर।।
मांसाहुति देकर, अपवित्र उसे सब कर। यज्ञ में नुकसान ही, भर रहे थे विध्वंस कर।।२२५४।।

यज्ञ से मगर उठा, फिर भी नहीं मेघनाद। अजेय यज्ञ करता हुआ, डटा रहा मेघनाद।।
त्रिशूल बाल खींच के, क्रुद्ध किया मेघनाद। सैनिकों ने राम के, अशुद्ध किया मेघनाद।।२२५५।।

साधुत्व का चोला फाड़, राक्षस ने उघाड़ा। उठा यज्ञ से छोड़ के, मेघनाद दहाड़ा।।
दुष्ट लक्ष्मण जा मर, कह पढ़ा पहाड़ा। लक्ष्मण के शर ने, तोड़ चीर पछाड़ा।।२२५६।।

नोंच खसोट मेघनाद, उछल कूद सताया। भाग भाग लक्ष्मण के पास, दाँत काट बुलाया।।
वानरों ने ऊधम, घुड़क घुड़क मचाया। धपक धपक के कूद कूद, क्रुद्ध कर उबाया।।२२५७।।

यज्ञ का त्रिशूल उठा के, मेघनाद बढ़ा आवारा।। लक्ष्मण पे साध, वहीं से फेंक दे मारा।।
त्रिशूल लपक लक्ष्मण ने, लक्ष्य साध के मारा। मेघनाद की छाती से, फूटा रक्त फव्वारा।।२२५८।।

अब मारुति अंगद, सभी साथ उस पे टूटे। भोंक दिया त्रिशूल, गिराया पटका और फूटे।।
दर्द खून से लथपथ, चिंघाड़ता पड़ा लोटे। छुटा मेघनाद का यज्ञ, और प्राण भी छूटे।।२२५९।।

राम को याद कर, बाण पे नाम धर। छोड़ा था शेष जी ने, एक शर मेघनाद पर।।
धंसा छाती में, बीचों बीच वो जाकर। कपट भूमि पे छूटा, प्राण आसमान पर।।२२६०।।

मेघनाद चला गया, मर के परम धाम था। मरा था लक्ष्मण जी से, मुख पे राम राम था।।
मन मस्तिष्क में, गुदा राम ही राम था। अहा! राम बिन कहाँ, किसे कहीं आराम था।।२२६१।।

जय बोलो जय जय, जय जय राम राम ही। अंगद बोला जय जय, जय जय राम राम की।।
हनुमान जी बोले, जय जय राम राम ही। सारे बोलो जय जय, जय जय राम राम की।।२२६२।।

उठा के शव को, मेघनाद के बोले राम। लंका के द्वार पे, रखो बाँध के हनुमान।।
देव गंधर्व झाँकने, लगे उठाया आसमान। नहीं उठेगा आज से, लुका छुपी घमासान।।२२६३।।

बरसाए आसमान से, पुष्प देवताओं ने। राम जी के यश भी, दोहराए आज उन्होंने।।
राम हैं उद्धारकर्त्ता, बताया देवताओं ने। राम ही विपत्ति हर्त्ता, बताया फिर उन्होंने।।२२६४।।

अहिरावण वध कथा

छः माह से सोता, गहरी नींद कुम्भकरण। जगा रावण ने, कर ली उसकी नींद हरण।।
राम से लड़ने भेजा, करवा के जागरण। युद्ध में अनंत सोया, ले राम की शरण।।२२६५।।

अमोघास्त्र से मेघनाद के, लक्ष्मण मूर्च्छित हुए थे। अमोघास्त्र को प्रणाम करते, मूर्च्छा लिये थे।।
राम नाम से शर साध, प्राण उस के लिये थे। बारह वर्षों सोए बिन, तपे साधु वे थे।।२२६६।।

मेघनाद रावण पुत्र, सेनापति और मित्र था। रण में रक्षक, दाहिना हाथ छत्र था॥
सर्वदा विजित, उसके पास ब्रह्म अस्त्र था। मरा तो खोया, रावण ने हाथ व शस्त्र था॥२२६७॥

छूटते चले गए थे, रावण के सहारे। युद्ध ने एक एक कर, उसके योद्धा मारे॥
यदि अभिचार यज्ञ, करे तो न हारे। सोंच के पहुँचा रावण, अहिरावण के द्वारे॥२२६८॥

बात राम से युद्ध की, सुन के की आनाकानी। रावण की ऐसी बात, अहिरावण ने न मानी॥
पाताल का राजा था, चलती थी मनमानी। राम को पाताल लाने की, बात कही तब मानी॥२२६९॥

राम लक्ष्मण को रावण, करेगा रात में अगवा। बोला सुबेल से उनको, लूँगा शिविर से उठवा॥
प्रकाश का संकेतक, आकाश में दूँगा उठवा। तत्क्षण अपने लोगों से, लूँगा दोनों को उठवा॥२२७०॥

गगन में उठेगा प्रकाश, आधी रात में। ध्यान बँटेगा उठेगें चौंक, होगें बाहर साथ में॥
चलेंगे वे निवृत्ति को, बिना लिये शस्त्र हाथ में। दोनों होंगे हमारे हाथ, ठुँसेंगे पाताल में॥२२७१॥

विभीषण उठे, रात में शिविर तकने। सच्चाई को स्वयं, जांचने परखने॥
उठ राम लखन क्यों, प्रकाश लगे तकने। युद्ध में अस्त्र शस्त्र छोड़, लगे क्यों विचरने॥२२७२॥

आधी रात में ही, शिविर से वन तक। पूछ ताछ चली, नगर से भवन तक॥
त्रिलोक से फैलने लगी, त्रिभुवन तक। राम लखन नहीं मिले, भूमि से गगन तक॥२२७३॥

स्वयं ही त्रिलोकी थे, राम और लक्ष्मण। आधी रात में हुए, गुमशुदा थे त्रिभुवन॥
अन्तर्धान होने से, भारी थे सब के मन। काम आयी थी माया, किसका सम्मोहन॥२२७४॥

दानवों राक्षसों दैत्यों, सिद्धों में देवों में। कोई भी सशक्त नहीं, ऐसा गंधर्वों में॥
भूस भर दें त्रिभुन, ऐसे प्रबुद्धों में। महाप्रभावी को फुसला ले, कौन प्रभावों में॥२२७५॥

पैदा किये गए कई, राम लखन अनगिनत। स्वरूप उनके रचे गए, हू बहू देर रात तक॥
माया निपुण रावण, है सौ प्रतिशत। लंका न छोड़, करेगा रक्षण प्रात तक॥२२७६॥

दानवों में मय भी, था माया का साधक। दैत्यों में बालि व, बाणासुर थे साधक॥
परन्तु यह सभी तो, थे राम के आराधक। राम को उठवाने में, निश्चित थे बाधक॥२२७७॥

रावण का था एक मित्र, पाताल राज अहिरावण। माया का सरमाया, जैसा रावण।।
सुरक्षा को लंका में ही, रहेगा आज रावण। और पाताल ही में, रुकेगा अहिरावण।।२२७८।।

मायावी हैं दोनों, परम कार्य माया। विभीषण ने सोचा, समझा फिर बताया।।
दोनों मित्रों ने मिल, यह काम करवाया। माया से प्रभुओं को, पाताल उठवाया।।२२७९।।

सागर के तल में है, पाताल की यह पुरी। अहिरावण राक्षस राजा, जिसकी यह पुरी।।
हनुमान जी खोजिये, प्रभु को उसी पुरी। जहाँ उनके सरों पे, लटकी होगी छुरी।।२२८०।।

सागर तल में तुरन्त, उतरे थे हनुमान। द्वार रक्षण करता, एक वानर था जी जान।।
वहीं रोक लिये गए, तड़ से उससे हनुमान। बोला पहले लड़ मुझसे, मैं पुत्र हनुमान।।२२८१।।

ठिठोली न कर, चुप ऐ! तू शैतान। मैं ब्रह्मचारी स्वयं, साक्षात हूँ हनुमान।।
बक मत लड़ सकता, तो लड़ के दे जान। पैरों पड़ा रक्षक, हे! पिता लें बात मान।।२२८२।।

जन्म से युवा, वानर चोला मुझे मिला है। सुने मेरे जन्म का, कैसा सिलसिला है।।
स्वेदज खिताब, नारद जी से मिला है। मकरध्वज का नाम भी, उन्हीं से मिला है।।२२८३।।

नारद जी ने यही, सत्य बताया था मुझको। मछली के पेट में, से पाया था मुझको।।
मछुवारा जाल में, फाँस के लाया मछली को। रसोई में कटी तो, पाया था मुझको।।२२८४।।

स्वाहा लंका को कर, आप गर्म हो के झुलसे। मिटाने को गर्मी, कूदे सागर जल में।।
त्रिकूट से गिरा आपका, पसीना जल में। मछली ने खाया, सागर के थी तल में।।२२८५।।

मछली वो पाताल के, मगर ने थी निगली। उसका पेट कटा, तभी रसोई में निकली।।
उदर से उछला था मैं, कटी जब वही मछली। पके अहिरावण हेतु, वही मकरी मछली।।२२८६।।

मेरी वानर देह है, मेरे कुल की पहचान। देवर्षि का यह सच, झुठलाएं न श्री मान।।
सत्य निष्ठ वज्र देही हूँ, रक्षण का मिला सम्मान। पिता श्री आशीष दें, पुत्र मुझको लें मान।।२२८७।।

पुत्र मान हनुमान ने, सिर पे हाथ रखा। पुत्र ऐ! मकरध्वज, तुझे आज से साथ रखा।।
प्रभु राम ने रक्षण, अपना मेरे हाथ रखा। प्रभु कष्ट में हाथ में, मैंने तेरा हाथ रखा।।२२८८।।

छू पैर मकरध्वज ने, बात दिल की बोली। पाताल पुर का रक्षण, हँसी न कोई ठिठोली।।
पिता श्री हे! आप, पुत्र को ही न दें गोली। भीतर जाने हेतु, खेलें खून की होली।।२२८९।।

अपने मिटने तक, द्वार का रक्षण करुँगा। जब तक जान है, हर एक को रोकूँगा।।
बिना युद्ध जो, घुसे उसे शत्रु कहूँगा। इसलिये मुझे मार दें, तभी जाने दूँगा।।२२९०।।

चरण छू पिता को, था युद्ध को ललकारा। उठायी गदा और, पिता श्री को मारा।।
किया प्रभु ने मानों, हनुमान को इशरा। धर्म संकट मिटेगा, अभी को जो मारा।।२२९१।।

मेरे प्रभु के रास्ते में, जो भी अड़ा है। तुरन्त हटना होगा, वो ही शत्रु बड़ा है।।
लपेट पूँछ में, मैंने बँधन जड़ा है। बल बुद्धि से पुत्र, तुझे पटकना पड़ा है।।२२९२।।

मकरध्वज को फेंक के, लपके छुपे भीतर को। बाजे की आवाज़ सुन, दुबक गए भीतर वो।।
सतर्क थे हनुमान, खोजते गए राम भीतर को। दिखीं माता काली, अटकी खोज भीतर को।।२२९३।।

काली और हनुमान में, होने लगीं बातें। संकल्प के भावों से, मन से मन की बातें।।
खड़ी हर घड़ी सुनती, मैं हवन की बातें। रुद्रांश हे! चली मैं, सुनें आप यही बातें।।२२९४।।

हवन वैध न करने का, हो मन में जिसके। खेलना है सुहाता, मुझे मुण्ड से उसके।।
उसका वध कर देती हूँ, खड्ग से ही उसके। स्वयं उसके अस्त्र, करती हूँ मारक घुसके।।२२९५।।

देवी गयीं तो हनुमान, उसी जगह पर आए। जीभ आगे निकली, आँखें बाल फैलाए।।
यूँ काली माँ का, नारि रूप कपि लाए। स्वयं काली देवी के, स्थान में समाए।।२२९६।।

तभी उत्साह से भरे, वहाँ असुर आ गए थे। करते काली पूजा, हुए चतुर छा गए थे।।
हवन को द्रव्य आभूषण, वस्त्र आ गए थे। चुप थे रुद्रांश पर, वो क्रोध खा गए थे।।२२९७।।

क्रोध ज़ब्त रखा था, कपि ने तभी। बँधे हुए राम लक्ष्मण, लाए गए तभी।।
पुष्प चंदन से, नहलाए गए तभी। तय्यार बलि देने को, प्रभु पाए गए तभी।।२२९८।।

दोनों को खींचा था, अहिरावण ने सामने। बँधे झुके खिंचे प्रभु, थे हनुमान के सामने।।
क्रोध से जीभ खींची, मुँह अन्दर हनुमान ने। निरीह नत प्रभु थे, शक्त भक्त के सामने।।२२९९।।

प्रभु मुखश्री की, छुपी थी जो मुस्की। हनुमान जी के मन को, मिल गई फुर्ती उसकी।।
बलिदान को छुरी, अहिरावण की ज्यों खिसकी। कपि ने दे मारी, ली उसी से जान उसकी।।२३००।।

लुढ़का कबंध जैसा, मुण्ड बिन धड़ उसका। गिरे मस्तक बाहें और, फिर मुण्ड भी धचका।।
लुढ़कते पर्वत से, अहिरावण का धक्का। पड़ा राम लखन पे तो, कपि का मुँह बिचका।।२३०१।।

कपि खड़े मूक शान्त, अब हुए थे वो बिजली। विद्युत गति वार से, असुर जानें निकलीं।।
लड़े राम लखन भी, रक्षक बन के सुध ली। पाताल पुर नगरी, महायुद्ध में बदली।।२३०२।।

त्राहि त्राहि हाहाकार, हर तरफ छाया था। मरता कराहता व्यभिचार, हर रोया था।।
जीतता हुआ, प्रभु का प्यार पाया था। भक्त पर प्रभु का, खुमार भर गोया था।।२३०३।।

पटकते कुचलते, असुर शून्य किये थे। हनुमान जी ने, गिने बिना खून किये थे।।
चरणों पे राम लक्ष्मण, के चुन दिये थे। राम लक्ष्मण के आगे, ही धुन दिये थे।।२३०४।।

युद्ध कर के मार नर, कपि आए बाहर। मकर ध्वज इंतजार रत, मिला उनको द्वार पर।।
रह गयीं विधवाएं, बस नारियां ही छाकर। बचा एक ही नर, पाताल पुर के द्वार पर।।२३०५।।

मकर ध्वज पिता के, चरणों पर झुक गए। राम लक्ष्मण आए, हनुमान जी झुक गए।।
मकर ध्वज भी राम लक्ष्मण, के पग पे झुक गए। प्रभु के आशीष से, पुरी में ही रूक गए।।२३०६।।

कहा राम ने राज्य करो, पुत्र तुम पुरी में। बचे एक अकेले हो, पुरुष तुम पुरी में।।
विवाह कर सुसंकृत, संतति भरो पुरी में। सपूत राम दूत के, विराजो पुरी में।।२३०७।।

महायुद्ध लड़ के, प्रभु स्वतंत्र करके। स्कन्धारूढ़ करके, हनुमान उड़े शिविर में।।
खुशियाँ छायीं, प्रभु फिर शिविर थे। विभीषण अंगद जाम्बवन्त, अशीष घिर दें।।२३०८।।

कपि उड़ रहे थे, स्वतंत्र अब गगन में। देख उनको खुश थे, सैनिक सारे मन में।।
अरुणोदय से पूर्व ही, सभी फिर थे रण में। लगे राम लखन भी, असुरों के शमन में।।२३०९।।

राम सेना में हर्षित, ध्वनियां उठी थीं। रोक्षसों की रण भेरियां, बज उठी थीं।।
सैनिकों के दिल से, हूक भी उठी थी। एक मौत रावण की, भी और सज उठी थी।।२३१०।।

रावण का पुत्र शोक

पुत्र वध के समाचार से, मूर्च्छित हो रावण। गिरा शोक के दिल पे, पर्वत के कारण।।
मंदोदरी की चीखें, पुकार सुनके रावण। चिघाड़ा हाथ मलके, झुका शर्म के कारण।।२३११।।

मगर होश में आ, अपनी जनता में जाकर। चीखने लगा रावण, जोर आज़मा कर।।
गर्जा डट के दुश्मन, खड़ा द्वार पे आकर। खबर दार जो रोए, कहीं तुम लजाकर।।२३१२।।

मरे हुओं के संग न, मरने लगे मन। बंधे सर कफ़न, जब तक सर पे हो दुश्मन।।
क्योंकि केवल नाश वान, हम सभी के होते तन। बचाते वतन, मरने जीने का लो प्रण।।२३१३।।

शंका शोक का मन में, जिस किसी को भी डर हो। सर पे पैर रख के, अभी भागे घर वो।।
रण में पीठ दिखाई जो, किसी ने अगर तो। मैं रावण ठोकूँगा, ऐसे भीरु कायर को।।२३१४।।

बची खुची प्रजा पे, भाषण लुटाकर। समझाया रावण ने, रखो भय हटा कर।।
कहीं पेश न कर दो, थाली में सजाकर। स्वयं का ही सर, दुश्मनों को दो जाकर।।२३१५।।

मगर दस के दस, ज्ञानी रावण सरों पे। कुचल दस चढ़े थे, लुटेरे खरों पे।।
कुशल होते हैं बहुतेरे, उपदेश दूसरों पे। अधर्म पाप के नास्तिक, थे डेरे सरों पे।।२३१६।।

प्रातः बजा था जैसे ही, युद्ध का डंका। थर्रा के काँपी थी, रावण की भस्म लंका।।
वायु वेगी रथ पे, था रावण आ धमका। भुजा शक्ति पे अपनी, न थी कोई शंका।।२३१७।।

राह भर रहे, उल्लू कुत्ते रोकते। कौए गिद्ध सियार, कां कां हू हू करके।।
हाथों से गिर गिर, पड़ते रहे अस्त्र रोकते। हाथी घोड़े शेर भी, चिंघाडते रोकते।।२३१८।।

बुरे काल से कलुषित, हुई भाग्य रेखा। उसकी मनमानी को, किसके रुदन ने रोका।।
असंख्य अपशकुनों ने, घिर घिर आ के रोका। रावण सा गर्वित, मगर किसने रोका।।२३१९।।

धूल धक्कड़ घुमड़, सूरज छुपाते चले। पवन देव भयंकर, सांसे दबाते चले।।
महावीर कर सिंह नाद, गुर्राते चले। अंधड़ बाजे बजाते, थर्राते चले।।२३२०।।

लंका दहन होने पर, चला राजा लड़ने। लुटी धन सम्पत्ति पर, सुख शान्ति जड़ने।।
झोंका धोखा धकियाता, मृत्यु पथ पकड़ने। चला रावण था आज, श्री राम से लड़ने।।२३२१।।

चतुरंगी सेना से, रावण अपनी बोला। चतुर मन तुम्हारा, नहीं शौर्य से पोला।।
बुझा राख करना, दोनों भाईयों का चोला। मसल कूट रखना, रीछों वानरों का टोला।।२३२२।।

गजों जैसे राक्षस, चले उड़ उमड़ धुमड़। असंख्य काली फौजों के, उठे धड़ों के अंधड़।।
विद्युत जैसा रावण, रथ उड़ता धड़ा धड़। सागर उछले, पर्वत उखड़े खड़ा खड़।।२३२३।।

उधर कहर के जैसे, चले भालू वानर। असुर कालों से भिड़े, महाकाल आ आकर।।
कुचल पीस धड़ हाथ, पैर चीर फाड़ कर। भेजे अंतड़ियां, देते वानर निकाल कर।।२३२४।।

निकाल पेट से आंते, गले में अपने डाल के। राम राम कह कह, वानर रीछ पुकारते।।
तोड़ हड्डियां, छतियाँ फाड़ डालते। बहा रक्त की नदियां, असुरों को छका मारते।।२३२५।।

नखों से नोच नोच, काट दांत किट किटा के। असुरों पे चढ़ उतर, लड़ भिड़ पटाते।।
गिरे मरे पड़े हुए, राक्षस तड़ फड़ाते। धड़ों से हाथ पैर दिल, सर गए कटाते।।२३२६।।

इधर पंख लगे, काले पहाड़ थे लड़ते। रावण के राक्षस, सिंह दहाड़ थे करते।।
उधर वानर रीछ, वृक्ष पर्वत उखाड़ लड़ते। जय राम का शोर, करते पहाड़ चढ़ते।।२३२७।।

राम की जय के साथ, भिड़ते रहे वानर। चढ़ चढ़ असुर लड़े, रावण को भुलाकर।।
हवा सा बरसा रावण, ऊपर पट पटाकर। खड़े थे राम चन्द्र, भू पे पग जमाकर।।२३२८।।

यह देख विभीषण, हुए थे विंह्वल। ऐसे युद्ध का तो, कोई भी न संबल।।
प्रथम ही चरण में, गया हाथ से निकल। हवाई रथ पे रावण, और राम चन्द्र पैदल।।२३२९।।

निरे संत शिरोमणि, रण में राम चन्द्र जी। कोमल इनकी काया, कमल पुष्प दंड सी।।
मगर दशानन राक्षस, है अन्ध भण्ड ही। वृहद् पर्वतकाय और, है राज फन्द भी।।२३३०।।

न रथ न जूते ही, हैं राम के पास में। न हैं कवच, देह बचने की आस में।।
क्यों विजय श्री, फटके राम के पास में। क्यों हम लड़ें, हारने की आस में।।२३३१।।

इस संदेह से, मन से डोले विभीषण। हार मान लें, राम से बोले इसी क्षण।।
पासंग मात्र भी, नहीं राम के हैं गण। अनन्त मायावी है, सशक्त जबकि रावण।।२३३२।।

प्रिय मित्र हे! राम विभीषण से बोले। विजय का जो होता, वो रथ अदृश्य डोले।।
शौर्य धैर्य से उसके, पहिये जो खोले। सत्य शील विजयी हो, ध्वज लेके डोले।।२३३३।।

बल विवेक दम, और एक परोपकार। इस महान विजय रथ के, होते हैं अश्व चार।।
दया क्षमा समता से, होता है रथ पार। ईश्वर भजन करता है, तेज इसकी रफ्तार।।२३३४।।

इस रथ में बैठ के, युद्ध करता जो योद्धा। वार करके संतुष्ट, होता है वो योद्धा।।
कवच ढ़ाल वैराग्य की, ओढ़ता वो योद्धा। संहार करता बुद्धि से, ज्ञान से जीतता योद्धा।।२३३५।।

गुरु की पूजा, कवच होता है उसका। साफ़ और स्थिर मन, तरकश होता उसका।।
अहिंसा संयम नियम, मंत्र होता जीत का। विजय हर उसी की, हर यश होता उसका।।२३३६।।

हे! मित्र ऐसा धर्म रथ, होता जिसके पास है। उसका कोई भी दुश्मन, होता दूर न पास है।।
जन्म-मृत्यु चक्र जीते, जीतता वो विश्वास है। रावण जीतेगा क्यों, तुम्हें ऐसी आस है।।२३३७।।

होती जीत विवेक से, या धर्म के बल से। हे! मित्र विभीषण, कभी न छल बल से।।
धीरु बुद्धि से जीतते, छोड़ के कर्म फल वे। मूर्ख होते विचिलित, मोह माया दल दल से।।२३३८।।

आकाश में गूंजी, ऊँची ऊँची जय कारें। खेमों से उठने लगीं, ऊँची ललकारें।।
राम के चरण ही, अब बने थे सहारे। उपकृत विभीषण, झुके लेने यह सहारे।।२३३९।।

शपथ राम चन्द्र की, वानर भालू खाकर। सिंहो के जैसे, लड़े जान लड़ाकर।।
राम के चरण छू, जागे भालू वानर। रावण को मारेंगे, हम राम के चाकर।।२३४०।।

ठठा के रावण ने, ठोंकी अपनी छाती। काल आया तेरा, मेरे पुत्र के घाती।।
देखने को तुझको, तरसती थी छाती। बीसों आखों की मेरी, चली रोशनी जाती।।२३४१।।

यह कह के रावण ने, प्रचण्ड शर थे छोड़े। लक्ष्मण ने सौ सौ, टुकड़ों में सब तोड़े।।
और सभी अस्त्र शस्त्र, हज़ारों थे दौड़े। बीच राह ही, लक्ष्मण ने सब मोड़े।।२३४२।।

लक्ष्मण के बाणों की, निकली जो धारा। किये चली गयी वो, रावण बेसहारा।।
रथ को दिया तोड़, सारथि भी मारा। धंसा दी थी धड़ में, विष सर्पों की धारा।।२३४३।।

काले काजल पर्वतीय, रावण के धड़ पर। ऐसे घुसे प्रभु, लक्ष्मण जी के शर।।
बिलों में घुसें, रेंगते हुए जैसे विष धर। विष दंश की मार से, तड़पाने को उम्र भर।।२३४४।।

तड़प दर्द से दोहरा, हुआ जाता रावण। घुटनों के बल झुक गया, दर्द के कारण।।
छोड़ने को ब्रह्मास्त्र, विवश हुआ था रावण। ब्रह्मास्त्र के बल पे ही, टिका हुआ था रावण।।२३४५।।

रावण का ब्रह्मास्त्र, लगते ही बदन पर। गिर गए थे लक्ष्मण, ब्रह्मास्त्र नमन कर।।
दिव्य यह अमोधास्त्र, उठा जिन लक्ष्मण पर। जग भी उठा उन्हीं, त्रिभुवन के चरण पर।।२३४६।।

ब्रह्मास्त्र के सत्कार को, गिरे थे लक्ष्मण। मूर्ख रावण समझा, मर गए थे लक्ष्मण।।
हुआ मूर्ख चला, उठाने वो लक्ष्मण। हिला भी नहीं सका, थे गरिष्ठ ऐसे लक्ष्मण।।२३४७।।

ज़ोर लगा के हाँफा था, उठा उठा के रावण। लक्ष्मण के भार से, पर रीझा भी था रावण।।
कम पड़ा दम तो, खीजा भी था रावण। गर्व की हार से, पसीजा भी था रावण।।२३४८।।

हनुमान जी ने देखा, कि भगवान को मेरे। मैला कर रहा रावण, छू के धत तेरे।।
पकड़ कर हटाया, और तोड़ डाले घेरे। गिरा दी उसकी काया, दिखा दिये अंधेरे।।२३४९।।

क्रुद्ध हो पवन पुत्र, बौराते हुए झपटे। मुट्ठी लातें बरसाते, रावण से जा लिपटे।।
अचानक से रावण को, ढ़हाते हुए झपटे। लक्ष्मण को उठा के, चले पलक झपकते।।२३५०।।

पलट के रावण ने भी, था उनको मारा। हनुमान जी भी जग, भूल गए अब तो सारा।।
अपना नकारा पौरुष, हनुमान ने धिक्कारा। कि जिससे एक रावण भी, गया नहीं मारा।।२३५१।।

थे खुश पतित पावन को, पाके अपने। दिया नहीं अधम के, हाथों पड़ के भिंचने।।
सहज उन्हें उठा चले, शिविर की ओर अपने। राम जी के चरण अमृत, से सिंचने।।२३५२।।

विस्फारित आंखों से, अचम्भित हो तक रहा। रावण निर्बल हो के, नत मस्तक रहा।।
हिला भी न सका, भार के ज़ोर से थक रहा। हनुमान उठाए चले, वो बेबस तक रहा।।२३५३।।

राम जी द्रवित हुए, इस हाल में देख लक्ष्मण। पैरों पे मूर्च्छित पड़े, प्रिय भाई उनके लक्ष्मण।।
बोले वीर हो हे! भ्राता, उठो तुम इसी क्षण। करो शत्रु के शक्ति, भ्रम का निस्तारण।।२३५४।।

बने राम अब थे, लक्ष्मण के मन साधक। बोले रहो हे! भाई, शक्ति पुंज के धारक॥
काल के मारक, देवों के लक्ष्मण तारक। उठो बनो आज भी, शत्रुओं के मारक॥२३५५॥

मिला सहारा, जब लक्ष्मण के मन को। चले दौड़ते हुए, फिर से वे रण को॥
लौटा शक्ति का पुंज, नभ से बदन को। पड़े आके रज में, राम चरण के दन वो॥२३५६॥

चूर कर दिया रथ, और सारथि मारा। रावण चिघाड़ के, व्याकुल गिरा बेचारा॥
रथ व सारथि नए, मिले फिर दोबारा। लद फद रावण लुढ़का, लंका सिधारा॥२३५७॥

आधे होश में भी, सोंचता ही चला था। बुझती आँखो स्वप्न वो, देखता ही चला था॥
विजयी रहूँ सिया रखूँ, सोंचता ही चला था। अजेय यज्ञ के स्वप्न, देखता ही चला था॥२३५८॥

रावण का आमरण यज्ञ

अब तक तो यह जान, चुका ही था रावण। कि एक ही उपाय अब, बचा था यज्ञ आमरण।।
सफल यज्ञ यह कर के, मरेगा न रावण। विजयी हो के सिया को, वर के रहेगा रावण।।२३५९।।

करके रहेगा रावण, अजेय यज्ञ अब। विभीषण ने खोले, फिर से असुर भेद सब।।
असफल करना है, हमें रावण का यज्ञ अब। श्री राम ही करेगें, फिर बेड़ा पार अब।।२३६०।।

दुर्गा पूजा में जो, विघ्न बाधा है करता। विपत्ति हानि के, चक्रों द्वारा मरता।।
रावण बेदम घायल, हो हारा है मरता। यज्ञ वो शिव शक्त, तांत्रिकों द्वारा करता।।२३६१।।

हनुमान अंगद जैसे, शूरों को बुलाके। कहा प्रभु ने रावण का, यज्ञ आओ डुला के।।
कूदो शेरों जैसे, तुम लंका में जाके। तुरंत लपको सारे, भरते हुए कुलांचे।।२३६२।।

हनुमान जी अब, ब्राह्मण बन के लंका आए। तांत्रिकों की सेवा में, लंका को ढ़ाए।।
भक्ति सेवा कर, प्रसन्न कर लुभाए। यज्ञ मंत्र बदलने, उन्हें राज़ी कर पाए।।२३६३।।

असुर तांत्रिकों ने, कभी न पाई जो। ऐसी प्रीति भरी सेवा, कपि से मिली तो।।
मन प्रसन्न हुए, हनुमान से खुश भी वो। कहा चीज लो मांग, दिल में जो भी हो।।२३६४।।

कहा उनसे हनुमान ने, आप ही सब कराते। मंत्रोच्चारण में, आप ऐसा करा दें।।
कृपया 'हा' की जगह, 'का' आप करा दें। मंत्रोच्चारण में, अक्षर फेर करा दें।।२३६५।।

'जय त्वं देवि चामुण्डे जय' बोलें। 'भूताति 'हा' नहीं, 'का' रिणी' बोलें।।
'जय सर्वगते देवि, कालरात्रि' बोलें। 'नमो अस्तुते' आप पूरी रात्रि बोलें।।२३६६।।

मंत्र में 'हा' को तांत्रिक, 'का' रहे बोलते। पूजा करते रहे, सारी रात डोलते।।
रहे हनुमान जी, राम राम रात्रि भर बोलते। तांत्रिक 'भूता का रिणी' रहे बोलते।।२३६७।।

उछल कूद करते रहे, भालू और वानर। खीज खीज पगलाता, यज्ञ रत रहा रावण।।
काटें पीटें भागें, मौका पाकर वानर। यज्ञ में मन मस्तिष्क, लगा पा न रहा रावण।।२३६८।।

लात मार कर अंगद, रावण से बोला। भाग के रण से कायर, बैठा बन भोला।।
रावण हिला न ही, वो यज्ञ से डोला। वानरों की नोच खसोट, से ऐंठा न खौला।।२३६९।।

करता रहा फिर भी, यज्ञ रावण डँट कर। वानर स्त्रियों को, ले आए घसीटकर।।
सुनके उनके दुःखी, चीख विलाप के स्वर। रावण भड़का था, कर के विकृत सर।। २३७०।।

पकड़ धकड़ कर, फंसा दिया रावण। कुचल मसल कर, बौरा दिया रावण।।
उठा यज्ञ वेदी से, भटका दिया रावण। कहीं और भिड़ा लिया, विध्वंस का क्षण।।२३७१।।

राम का काम करके, यज्ञ रोक कर के। झूमते नाचते वानर, हल्ला हो कर के।।
अमृत गटक के, रावण में शोक भरके। उछले काल के मुख, उसे झोंक कर के।।२३७२।।

भयंकर काल मृत्यु के, दाँतों मे पिसते। रावण चीखा दर्द से, रक्त लाल रिसते।।
राम ही राम क्यों, मेरी आँखों में बसते। तभी देख सका न, थे अपशकुन बिफरते।।२३७३।।

उड़ उड़ के बैठ के, सरों पे मंण्डराते। गिद्ध अपशकुन कर, रहे साफ़ जतलाते।।
जल के भस्म होकर, रामाग्नि से टकराते। रावण के सैनिक, गिर रहे थे पगलाते।।२३७४।।

यह दृश्य देख, देवताओं के वन्दन। गूँजते उठे हर ओर, राम की स्तुति बन।।
यह खेल अब बन्द, कर दें रघुनन्दन। हरें कष्ट करें अब, समाप्त राक्षस रावण।।२३७५।।

सताए साधु संत, असंख्य सतत अनवरत। सतायी सीता, सूखी सिसकी सिसक।।
मुस्का प्रभु ने कसा, खींचा तरकश। कसी कमर पट्टी, संवार जटा जूटी लट।।२३७६।।

क्रुद्ध लाल आंखे, शांत ज्ञान भर के। मुख मुद्रा धीर हुई, लक्ष्य पे ध्यान धर के।।
स्वेद श्याम शरीर से, मेघ भ्रान्ति भरके। तड़ित विद्युत कर दी, धनुष शांङ्र्ग धर के।।२३७७।।

प्रभु की शोभा बढ़ी, निशब्द अंलकृत। हाथ में प्रत्यंचा, प्रभु की हुई झंकृत।।
देख देह पर सब ने, भृगु का पद अंकित। पीठ पर ब्रह्माण्ड धरे, कछुए निशंकित।।२३७८।।

जय शोभा जय, गुण धाम राम की जय जय। जय सशक्त करुणा निधान, राम की जय जय।।
देवताओं ने किया, हर्ष गान प्रभु जय जय। पुष्प वरुणा खिली, जय जय राम कह जय जय।।२३७९।।

निशाचर वानर छा, सघन घन भिड़े थे। विद्युत तलवारों से, खन खन लड़े थे।।
भयंकर गर्जन कर, गगन भर चढ़े थे। अश्व हिन हिना हाथी, चिंघाड़ पड़े थे।।२३८०।।

लहू की नदियां, भर भरा कर बही थीं। मर कट उड़े प्राण, लाशें ढही थीं।।
बाण चमकें धूल, बल बला के उठी थी। पूँछे वानरों की, पड़ पड़ा पट पड़ी थीं।।२३८१।।

पर्वतास्त्र वृक्षास्त्र, चले बार बार थे। निष्प्राण देह, गिरते बिछते अपार थे।।
रघुनाथ के छोड़े, शरों की धार से। वानरों को छोड़, राक्षसों के आर पार थे।।२३८२।।

वृक्षों जैसे कट, कट कई राक्षस गिरते। कई लहू की नदियों में, डूब डूब मरते।।
कई रथ रथों की, रेती में धंसते। कई पहियों के घूमते, चक्कों में फंसते।।२३८३।।

रण भूमि तो हुई, मरण भूमि आज थी। श्री राम चरण की, शरण भूमि आज थी।।
भूतों पिशाचों की, रमण भूमि आज थी। शिव के गणों की, मुण्ड हरण भूमि आज थी।।२३८४।।

मरण भूमि पर चील, और कौए आ छाए। छीनते झपटते, उड़ते हौए आए।।
भूत प्रेत चुड़ैलें, नहानों में खोए। शिव जी भी आ गए, उठाए हुए भौंए।।२३८५।।

अर्ध्य जल गिर रहा, हो ऊपर से जैसे। वीर सैनिक गिर, रहे थे ऊपर से ऐसे।।
असुर रक्त नदी सा, बह रहा था ऐसे। श्राद्ध हेतु सिर, जुट रहे हों जैसे।।२३८६।।

आंखे आंते शवों में, से खिंच रहे थे। अंग रोटियों के जैसे, उठ रहे थे।।
दरिद्र बैठे भोजन, मानों कर रहे थे। चोर और उचक्के, धन भर उठ रहे थे।।२३८७।।

लड़े थे योद्धा, चामुण्डा की शक्ति धर। खोपड़ियाँ बज उठीं, खड़तालों सी खड़ खड़।।
पिशाचिनियां भरने दौड़ीं, लाल खून से खप्पर। योगिनियां नाचीं थीं, आगे बढ़ बढ़।।२३८८।।

कटे मुण्ड जय जय राम, कहते डोले। कटे रुण्ड जय जय राम, कहते बोले।।
असुरों महाकालों के, जलते शोले। खा खा के राम बाण, चिर नींद सो लें।।२३८९।।

रावण दृश्य यह देख, आकुल हो के डोला। अंसख्य वानरों में, मैं हूँ अकेला।।
बुझे उसके सैन्य जो, कभी रहे थे शोला। मारा जाऊँगा यदि, माया खेल न खेला।।२३९०।।

देख पैदल लड़ते, श्री राम चन्द्र को। भारी शोक हुआ था, देव राज इन्द्र को।।
सारथि मातलि संग, रथ राम चन्द्र को। सहर्ष स्वयं भेजा, सांस आई लोकेन्द्र को।।२३९१।।

दिव्य अनुपम तेज, पुंजों के रथ पर। बैठ गए उछल के, श्री राम चन्द्र धनुर्धर॥
जुते थे चार चतुर, अश्व उस रथ पर। अजर, अमर उज्ज्चल और मनोहर॥२३९२॥

राम रथ पे बैठे, संग सारथि और घोड़े। देख के और भी, बलवान हो के वानर दौड़े॥
असंख्य असह्य वार करते, रावण पे दौड़े। तब माया के जाल, रावण ने छोड़े॥२३९३॥

प्रकट हो माया, राम चरण पड़ रही थी। वानरों लक्ष्मण पे, असर कर रही थी॥
असुरों को राम, और लक्ष्मण कर रही थी। राम चन्द्र लड़े थे, सेना जड़ रही थी॥२३९४॥

चला राम का बाण, गिरी कट के माया। असुर हुए प्रकट, जब गिरी सट से माया॥
बढ़े युद्ध को वानर, मिटी जब भी माया। लक्ष्मण भी लड़े, जब मिटी कट के माया॥२३९५॥

देखा था फिर, सब दिशाओं में राम ने। धीर वचन में कहा, कदम थामने॥
बोले थके सैन्य, लड़ें न बढ़ें सामने। खड़े देखें युद्ध, कैसा किया राम ने॥२३९६॥

नवा अपना शीष, शिव के चरणों में। श्री राम ने हांका, रथ अपना रावणों में॥
यह देख सांप सा, लोट गया रावणों में। क्रुद्ध होके गरजे, असुर जन मनों में॥२३९७॥

चिल्लाया रावण, सुन ऐ! तपस्वी। जिन्हें जीत तू, अब तक रहा यशस्वी॥
कायर थे वे सब, तू समझा ओजस्वी। मेरी कैद में रहे, थे वे सब तेजस्वी॥२३९८॥

खर दूषण विराध, मेरे भाई तूने मारे। भाई कुम्भ कर्ण, पुत्र मेघनाद तूने मारे॥
मर के भी बालि, रहा तेरे सहारे। रावण खत्म करेगा, राम तेरे खेल सारे॥२३९९॥

मैं रावण हूँ मैं तो, बैर निपटा दूँगा। भागेगा कायर सा, राम घिसटा दूँगा॥
गाल में काल के, तुझे सिमटा दूँगा। दिखा दैवी शान, नर्क में रपटा दूँगा॥२४००॥

सुनी थी राम चन्द्र ने, ध्यान से हर बात। फिर हंस के बोले थे, वे उसके बाद॥
हे! रावण सुन ली मैनें, तेरी हर बात। दिखा दे पुरुषार्थ, अब बंद कर के बकवाद॥२४०१॥

बक बक जो करते, कहें राम वो मरते हैं। पौरुष धरा को वो, सौंपा करते हैं॥
फल फूल सब, कांटों वाले भरते हैं। प्रकृति से अर्जन, सारे काले करते हैं॥२४०२॥

चार प्रकार के फल, फूल हैं प्रकृति में। फूल शूल के या, फल बिना शूल के कृति में।।
गुलाब या आम, या कहटल की प्रकृति में। जीव अपने सा ही, फल पाता प्रकृति में।।२४०३।।

पुरुष भी जग में हैं, तीन प्रकार के। पहले जो बक बक, करके हैं हारते।।
दूसरे बकते ही, रहते हैं हार के। तीसरे जो न बकते, न थकते न हारते।।२४०४।।

यह सुन के रावण, ह: ह: करता गरजा। बोला राम तू भी, आखिर बक बक करता।।
बरस पाएगा न तू, है बादल जो गरजा। बगुले तू कवच डाले, रक्त खोरी कर जा।।२४०५।।

गालियां राम को बकते, थका नहीं रावण। तीर बरसाने वाला, लगने लगा श्रावण।।
असंख्य प्रकार के, रूप करके धारण। हवाओं में वो, भरने लगा प्रतारण।।२४०६।।

अग्नि बाण सरों पे, अब तो छोड़ा राम ने। किये भस्म दसों सर, रावण के राम ने।।
क्रुद्ध खीजा लगा, हर सर वो थामने। तीक्ष्ण शक्ति शर फिर, उसने छोड़ा सामने।।२४०७।।

रोक के राह में, झुक किया आदर लक्षित। किया राम ने उसका शर, उसको ही अर्पित।।
इस पर और भी, हो घातक और कुपित। बन गया रावण, संहारक हो गर्वित।।२४०८।।

सौ बाण छोड़ के, हंसने लगा रावण। मातलि को मार, खुद धंसने लगा रावण।।
राम ही राम मुँह से, कहने लगा रावण। उठाया राम ने जिनपे, हंसा था रावण।।२४०९।।

राम का रौद्र रूप, अब सामने था आया। हर तरकश हर, शर उनका कसमसाया।।
धनुष टंकार ने हर, असुर को दहलाया। भू गिरि सागर, नभ थर थर थर्राया।।२४१०।।

कण कण सभी, डर से कांप रहे थे। जीवित थर्राते हुए, हांफ रहे थे।।
लंका के जन जन, सब कांप रहे थे। महल कक्ष दक्ष, सब हांफ रहे थे।।२४११।।

असुर राक्षसियां, स्त्रियां सारी डरी थीं। महल में कांपती, खड़ी मंदोदरी थी।।
डर से डर के प्रार्थना, सबने करी थी। कर्बद्ध खड़ी झुकी, प्रार्थी मंदोदरी थी।।२४१२।।

पंख धारी सर्पों के, जैसे लहराते। चलाए राम ने बाण, जो उड़े चले आते।।
रावण का रथ ध्वज, जो पीसे जाते। सारथि अश्व कर के, चूर्ण उड़े जाते।।२४१३।।

यह देख त्रिशूल, रावण ने चलाए। बीस बीस हाथों से, अश्व चित्त कराए।।
पर राम चरण को अस्त्र, छू छू के जाएं। यह देख चिढ़ से, रावण झुंझला जाए।।२४१४।।

रावण के अस्त्र थे, अपावन अंधे। राम के आगे गिर, पड़ते होके औंधे।।
गिरते पड़ते ऐसे, जैसे काले धंधे। दोष शस्त्र राम चरणों, पे आके कौंधे।।२४१५।।

राम ने छू के अस्त्र, उठाए और छोड़े। असंख्य बाण भी, थे निर्बाध छोड़े।।
दशानन के दस सर, दस बाण से फोड़े। बीस हाथों में मारें, बीस शर के कोड़े।।२४१६।।

मगर कटे सर, रावण के जुड़ते जाते। कटे गिरे हाथ,उठके फिर जुड़ते जाते।।
कौशल पति कौतुक से, फिर काटे जाते। उगे हाथ सर, फिर फिर काटे जाते।। २४१७।।

दिखा कुशल कौतुकी, केतु राहु के जैसी। कटे अंग धरा पास, आए न कभी।।
सूरज की किरणों में, पिरे राहुओं सी। बाण अंग पिरो, नभ ले जाएं सभी।।२४१८।।

असंख्य हो गए सर, व बाहें कट कट के। विषय बढ़ने पर जैसे, विषयी सर पटके।।
असंख्य राम के शर, सर से झटक के। हटाता रावण हुआ, चूर थक थक के।।२४१९।।

छुपा राम का रथ, जैसे सूर्य छुपता घन में। उठा था हाहाकार, ऐसा ही गगन में।।
गूंजी 'जय राम' रावण के, हर सर हर मन में। देवों के हाथ, जयमाल पंहुची गगन में।।२४२०।।

देव करें जय जय, लक्ष्मण की जय जय। सुग्रीव की जय जय, श्री राम की जय जय।।
धरा पे हर सर, करे राम की जय जय। श्री राम की जय धोष, गगन करे जय जय।।२४२१।।

कहां राम किधर हैं, कह कह सर दौड़ें। यह देख वानर भी, डर डर कर दौड़े।।
राम ने हंस कर, बींधे हर सर फोड़े। कालिकाएं लेने को, फूटे सर दौड़े।।२४२२।।

रावण ने तान के, विभीषण पे खींची। प्रचण्ड काल दण्ड, की शक्ति जो फेंकी।।
राम ने बीच में ही, पड़ के वो रोकी। शरणागत विभीषण की, रक्षा कर छेंकी।।२४२३।।

दैव शक्ति को प्रभु, प्रणाम करते गिरे। विभीषण व्याकुल, प्रभु के चरण पड़े।।
विभीषण के सर, शक्ति धूम करती फिरे। रावण के फूटे सर, शिव के चरण पड़े।।२४२४।।

प्रभु से सशक्त, हो गया था विभीषण। अति प्रभाव से, भर गया था विभीषण।।
प्रभु से गदा ले, आ गया था विभीषण। प्रभु के प्रभाव पर, लड़ गया था विभीषण।।२४२५।।

हनुमान जी पर्वत, उठा के ले कर दौड़े। विभीषण के पक्ष से, लड़ने दौड़े।।
मार दिये रावण के, सारथि और घोड़े। मुक्कों के रहे वे, बरसाते हथौड़े।।२४२६।।

राम के साथ, युद्ध में देख विभीषण। डर से उठा कांप, हार सोंच के रावण।।
उड़ते करते युद्ध थे, हनुमान नभ से भीषण। गदा पूंछ की मार, सहता काँपते रावण।।२४२७।।

कोयले का रावण, पहाड़ सा लगता था। सुमेरु के जैसे, हनुमान से लड़ता था।।
लड़ते दो पहाड़ थे, ऐसा लगता था। देवों का जयकारा, प्रभु शान से बढ़ता था।।२४२८।।

वानर भालू थे, श्रीराम के दल के। रावण रख देता जिन्हें, कुचल मसल के।।
असंख्य हो गए रावण, माया के बल से। लड़ा एक रावण एक सैनिक से, राम दल के।।२४२९।।

फिर माया से वो, अदृश्य हो गया था। रावण एक साया, सदृश्य हो गया था।।
अदृश्य हो के मारे, जिसे वो सो गया था। रण में लड़ रहा था, मगर खो गया था।।२४३०।।

राम के सैनिक, हवा से ही लड़ रहे। इधर उधर गिर गिर, समर में पड़ रहे।।
अधैर्य और भय से, हर ओर बढ़ रहे। भ्रमित हो लुट पिट, परस्त उखड़ रहे।।२४३१।।

अंगद नल नील, हनुमान भी थे वहां। करोड़ों रावणों की, लगी भीड़ जहां।।
प्रभु की शक्ति का, भान भी था वहां। छुपे राम के सैनिक, गुफ़ा मिली जहां।।२४३२।।

राम के सैनिक, भाग छुपे थे गुफ़ा में। करोड़ों रावण गरजे, एक साथ हवा में।।
जीव खोर गगन भेदी, शोर की फिज़ा में। राम के शांड़्र्ग बाण, उठे हर दिशा में।।२४३३।।

शाड़्र्ग बाणों ने, मार डाली पूरी माया। दिखा दी रावण की, एक ही पूरी काया।।
देवों ने जय राम, का जयकारा गाया। नमश्कार बाणों को कर, हर्ष जताया।।२४३४।।

राम ने हाथ उठाकर, वानर बुलाए। उल्लास की लहरी से, प्राण फिर जगाए।।
नवीन स्फूर्ति धर, अंगद जो आए। लात मार के, रावण को भूमि पे लाए।।२४३५।।

उठा के फिर से बीस, धनुष संधाते। हंस व्याकुल किया, रावण को रुलाते।।
राम बाण से सर, बाहें गंवाते। भिड़ा रहा रावण, कटे अंग जुड़ाते।।२४३६।।

तीर्थों में किये पाप, ज्यों बहुगुणित होते। कट राम से, रावण अंग बढ़ते जाते।।
वानर रीछ अंसख्य, बढ़ते अंग देख के कुढ़ते। नए अंग फाड़ने, कुचलने को चढ़ते।।२४३७।।

दसों सर पे मण्डरा के, गुन गुन कर ठहरें। रावण पे नल नील, उड़ते बने भंवरे।।
कभी भन भना, मारें डंक काटें गहरे। कभी चिढ़ के रावण, मसल ठोंके बिफ़रे।।२४३८।।

पकड़ आखिर कार, कर दिये नल नील मूर्च्छित। रावण ने हनुमान भी, हरा किये लज्जित।।
यह देख के जाम्बवान, हुए युद्ध को उद्यत। सांझ होने आई, देख रावण हुआ हर्षित।।२४३९।।

प्रचण्ड एक आधात, जाम्बवान का जो खाया। दिल रावण का, एक लात में मुँह को आया।।
हज़ारों रीछ वानर, मसल के बौराया। दिन ढलने पर, रण छोड़ लंका भाग आया।।२४४०।।

सीता त्रिजटा वार्त्ता

युद्ध का वृत्तान्त, त्रिजटा से सुना तो। सीता माँ का मन, दुःखा कई गुना हो।।
कुपित हो गया, मुझसे भगवान मेरा तो। दुःख देते पापी, बढ़े कई गुना हो।।२४४१।।

विधाता हुआ माया, मृग रचने वाला। रुष्ट हो हुआ, मुझको दुःख देने वाला।।
मुझे विरह सर्प बन, हुआ डसने वाला। हुआ पापी रावण, को जीत देने वाला।।२४४२।।

शीतल चांद भी, शोले बरसाता जाता। विरह काल रात्रि, अनंत करता जाता।।
सूर्यवंशी राम चन्द्र को, सूर्य न दिखाता। सूर्य कुल वधु, हर किरन से छुपाता।।२४४३।।

दुःखी मन से सीता, विलाप करती जाती। त्रिजटा भाव भीनी, जिसे सुन हो आती।।
हृदय बस के रावण के, आप सुख दिलातीं। राम बाण को चलने से, आप ही बचातीं।।२४४४।।

आप अपने हृदय में, हैं राम बसाए। राम हैं उदर में, भुवन कई बसाए।।
रावण हृदय में यदि, बाण राम धंसाए। ऐसे खतरे से, हर भुवन राम बचाएं।।२४४५।।

सखी सुन्दरी सुख सुमन, सोहनी सीते। सत्य कहती त्रिजटा, कि यह रात्रि बीते।।
बार बार जो रावण के, अंग कटते जीते। ध्यान सीता से हटे, तो राम यत्न जीते।।२४४६।।

कट कट के जुड़ने पे, ध्यान जिस क्षण होगा। सीता पे उस क्षण, न ध्यान उसका होगा।।
उस क्षण की कोशिश में, राम का श्रम होगा। धैर्य से परिश्रम, सफल राम का होगा।।२४४७।।

सीता छुटने के क्षण के, इंतजार में राम हैं। धैर्य श्रम कर रात काटते, प्यार में राम हैं।।
संदेह संशय छोड़ो कि, दरबार में राम हैं। धैर्य श्रम से पाप काटते, संहार में राम हैं।।२४४८।।

विरह की व्यथा में, सुन त्रिजटा को जानकी। स्मरण ध्यान में लायी, मृदु प्रभु मुस्कान थी।।
घटा टोप विरह, रात्रि खाती जो जान थी। खिली चांदनी जैसी, प्रभु की मुस्कान थी।।२४४९।।

हृदय में बसा दारुण, दाह था विरह का। वाम अंग सीता, का राम धुन से फड़का।।
इस फड़कन को मान के, चिन्ह शगुन का। धीर रखने को राम, मिलन हेतु धड़का।।२४५०।।

राम जी के मिलने का, सूर्य ऐसा फैला। अर्द्ध रात्रि को ही, रावण जागा दहला।।
मूर्ख रथ पे बैठ, सारथि ले हो बैला। हवा तीर सा रण में, खड़ा जा के बहला।।२४५१।।

राम - रावण युद्ध

रण में रावण को देख, रात्रि में आते। वानर रीछ बढ़े, जाग के दांत किटकिटाते।।
रथ पे उसके चढ़े, नोच खसोट काटते। फेंकते पेड़ पहाड़, जो पाते कूदते फांदते।।२४५२।।

तुरन्त रावण ने माया, का जाल फैलाया। महामायावी स्वयं, साया बन के छाया।।
बेताली पिशाची, भूतिया जाल लाया। समर में आंतकी, भौंकाल फैलाया।।२४५३।।

योगिनियां मुखाग्नि छोड़तीं, मुख फाड़ती दौड़ीं। भड़कातीं भालू रीछ, डरा हांकती दौड़ीं।।
रावण गरजे तो, बालू बरसाती दौड़ीं। पिशाचिनियां मरे, मुण्ड रक्त पीती दौड़ीं।।२४५४।।

शिथिल दौड़ भाग, थक के हैरान हुई सेना। आग बालू ने की हल्कान, राम की सेना।।
निश्चल लक्ष्मण सुग्रीव, खड़े थे लड़े ना। छली ने की छल से, लहुलुहान राम की सेना।।२४५५।।

गढे करोड़ो हनुमान, रणभूमि में उसने। जड़वाए हमले कई, राम पे भी उनसे।।
किट किटा पूंछ उठा, राम पे चढ़वा कर उसने। गिरि वृक्ष करोड़ों, छुड़वाए राम पे उनसे।।२४५६।।

घिरे लंगूरों से, किये राम बेहाल से। दृश्य देवता देख के, सुन्न थे भाल से।।
इन्द्र धनुषी मायावी, रावण के जाल से। मानो राम की शोभा, घेरे वृक्ष तमाल थे।।२४५७।।

शोभा देख प्रभु की, हुए देवता हर्षित। किये जयकारे प्रभु को, साश्रु समर्पित।।
छोड़ा राम ने देख भाल के, बाण आमर्षित। बुझे माया के दर्पित, हर शोले गर्वित।।२४५८।।

हटी माया जुट गए, फिर से रीछ वानर। चलाए वृक्ष पर्वत अस्त्र, फिर पूंछ उठाकर।।
काटे राम के बाणों ने, फिर गिरा जुड़ा कर। रावण के सिर बांह, अंग खेल कराकर।।२४५९।।

श्री रघुनाथ और, लंका धिप के युद्ध का। चरित्र महिमा गान, अलका के न बस का।।
गाएं देखते शेष, वेद सरस्वती खुश खुद आ। शब्द धुन समझती, इन्द्रियाँ लुप्त हुईं सब जा।।२४६०।।

हंसता खड़ा रावण, किस विधि मरेगा। धीरज भरा श्रम, प्रभु का कब फलेगा।।
सिद्ध मुनि देव, मन कब शान्ति भरेगा। प्रभु का दृढ़ साहस, कब तक चलेगा।।२४६१।।

बढ़ते लाभ पर जैसे, लोभ बढ़ता जाता। कटे असुर अंगो से, तम बढ़ता जाता।।
विषयी के विषयों जैसे, क्रम बढ़ता जाता। प्रभु राम की दृढ़ता में, श्रम बढ़ता जाता।।२४६२।।

स्वयं काल प्रभु हैं, सर्व शक्तों के ऊपर। वही प्रभु जी निर्भर है, भक्तों के ऊपर।।
कृपालु सेवी, सेवा युक्तों के ऊपर। प्रीति भरे प्रभु, निर्भर प्रेमी भक्तों पर।।२४६३।।

जिस क्षण विभीषण, ने समझा इशारा। बताया है नाभि में, अमृत की धारा।।
सर्वज्ञ आपने बाण, यदि वहीं पर न मारा। रावण सा कामी न, जा सकता मारा।।२४६४।।

सत्य ने प्रकट हो, प्रकृति को दहलाया। अशुभ अपशकुन को, समर में बुलवाया।।
सियारों गधों कुत्तों का, शोर चिलवाया। हर ओर दिशाओं को, धूधू जलवाया।।२४६५।।

सूर्य को लगाए, दना दन ग्रहण थे। पुच्छल सितारे, जड़े पूर्ण गगन थे।।
मंदोदरी के हृदय में, थर थर कंपन थे। महल की सभी, मूर्त्तियों में रुदन थे।।२४६६।।

पवन ने प्रचण्ड हो के, बरसाए पत्थर। हर ओर गए, धूल बाल और रक्त भर।।
लगाने लगी त्रासदी, भू पे चक्कर। अंमगल ने तरसाया, देवों को छक कर।।२४६७।।

देवों के त्रास को चले, राम जी हरने। प्रभु धीर धीरे, लगे शर संवरने।।
काल सर्प शर गिन के, इकत्तीस थे छुटने। रावण को झेलने थे, काया पे अपने।।२४६८।।

तीस बाणों में दस, लगे दस सरों में। बीस बाकी एक एक, धंसे बीस करों में।।
इकत्तीसवां राम बाण, असल था शरों में। सुखाने घुसा नाभि, के निर्झरों में।।२४६९।।

हाहाकार करता, सवेग रावण दौड़ा। परम शत्रू तू राम, तुझे अब न छोड़ा।।
वानर पिचाता, गिरा पर निगोड़ा। नाभि के शर ने, सुखा बीच से तोड़ा।।२४७०।।

राम बाण ने रावण के, अमृत का सोता। पाप के कुएं जैसी, नाभि में जो था।।
सुखाया क्योंकि वो, न पापी का होता। अमृत तो सदाचारियों, में ही होता।।२४७१।।

जटा जूट लगता मुकुट, राम के सर पर। सुहाने मनोहर सजे, पुष्प जिस पर।।
फूटता हो जैसे प्रकाश, नील शिखर पर। लगे देह रूधिर, लालिमा अरुणोदय पर।।२४७२।।

राम चन्द्र जी की, कृपा की बरस थी। स्वच्छन्दता निडरता, भरी हो गयी धरती।।
हर्षोल्लसित हो, स्वतंत्रता उतरती। भरी जीवों भर में, उछल नृत्य करती।।२४७३।।

दुःखी प्राणियों में, प्रभु से सुख वर्षा। दुष्ट कष्ट हारे, प्रभु ने की दशा।।
दर्द की दवा प्रेम, दे दें प्रभु हर्षा। सुख के सागर से, प्रभु लाते भू वर्षा।।२४७४।।

देवताओं मुनियों ने, आ पुष्प बरसाए। राम चन्द्र पे जय के, जयकारे लुटाए।।
रस की फुहारें, प्रभु ले ही आए। भक्तों में सर्व सुख, संवारे सजाए।।२४७५।।

रावण का सर दूर, महल में उछाला। पिरो बाण में राम ने, दरबार से निकाला।।
मन्दोदरी के चरणों पे, मार के डाला। सुंधा सांप लंका में, पड़वाया पाला।।२४७६।।

सूर्य के नगाड़े सुन, छंट गए अंधेरे। तेज़ी से रावण, आ मरा प्रभु के घेरे।।
चमक काम देव की, फूटी प्रभु के चेहरे। दमक दामिनी श्यामल, मुख घन रही घेरे।।२४७७।।

मन्दोदरी का शोक

देख पति का मृत सर, पैरों पे मन्दोदरी। पछाड़ खा गिरी, मूर्च्छित दुःख दर्दों भरी।।
सर छाती पीटती, राक्षस स्त्रियां डरीं। कलपीं दहाड़ीं, राजा खो रो मरीं।।२४७८।।

विलाप करते करते, कीं मृत नृप से बातें। आपके तेज से फीके, सूर्य चन्द्र हो जाते।।
भारी भरकम आपके, गात से दब जाते। कछुए और शेष नाग, दीन हीन हो जाते।।२४७९।।

एक राम से होना, विमुख ही होता क्या। छूटना प्रभुता सारे, जग की होता क्या।।
एक राम से होना, विमुख ही है मृत्यु क्या। रूठना सृष्टि की, क्षमता का होता क्या।।२४८०।।

आपको स्वर्गराज इन्द्र, और वायु ने तोड़ा। कुबेर और वरुण, सब ने युद्ध में छोड़ा।।
काल राज यमराज ने, भी मौत दे छोड़ा। अनाथ करके आज, हमें आपने छोड़ा।।२४८१।।

हाय हाय क्या हालत, हुई आपकी आज यह। आज दिक्पाल को मेरे, घसीट खाते काग हैं।।
नवा सर पूजा करते, लोकपाल छोड़ लाज थे। सियार गिद्ध गीदड़, निडर खेल रहे फाग हैं।।२४८२।।

राम से विमुखता, कराती कार्य अनुचित। राम से अलग हो, मनुष्य होता संकुचित।।
काल कैद करके, की सोंच आपने कुंठित। नगण्य माना राम को, किये कार्य निम्न नित।।२४८३।।

झुके पूजते हैं, शिव ब्रह्मा भी जिनको। चढ़े घूमते थे, समझ तुच्छ तुम उनको।।
करते पाप और द्रोह, भूले रहे उनको। सत्य नीति धर्म छोड़, बने तुच्छ भूल उनको।।२४८४।।

कृपा रघुनाथ जी की, विलाप सुन के प्रकटी। मंदोदरी की शब्द रूपी, सोंच से प्रकटी।।
शिव ब्रह्मा सिद्ध नारद, के वर से न हटी। साक्षी हुए शब्द रूप, वो आके न हटी।।२४८५।।

कृपा पा के राम की, हर्षित सब ने जय की। लंका भर के मुख में, जय राम की लय थी।।
मन्दोदरी ने कर्बद्ध, राम की जय की। भू नभ वायु सागर, गूँजी राम की जय थी।।२४८६।।

प्रलाप सुन के लेकिन, विभीषण दुःखी थे। रुदन आंसुओं से, प्रजा जन दुःखी थे।।
राम का इशारा देख, लक्ष्मण सुखी थे। धैर्य शान्ति भरनी थी, तत्क्षण सुखी थे।।२४८७।।

धीरज बंधाने था, जाना उसी क्षण। लंका नगरी में होंगे, लक्ष्मण विभीषण।।
दुःख दूर कर होना, अन्त कार्य था तत्क्षण। विदा रावण करके, आना था उसी क्षण।।२४८८।।

राज्याभिषेक भी, कराएंगे लक्ष्मण। विभीषण को गद्दी, बिठाएंगे लक्ष्मण।।
निभाते पिता के, वचन का राम बंधन। वनवास में न करेंगे, नगर में पदार्पण।।२४८९।।

राम दूत हनुमान जी, सिया से मिल आए। यहां का सभी हाल, उनको दे आए।।
प्रजा जन और राजा, की मित्रता करा आए। वहां से सभी, हाल चाल ले के आएं।।२४९०।।

रावण विदा - विभीषण लंकेश

प्रभु के वचन ले, विभीषण और लक्ष्मण। लंका में करने, लगे शान्त जनमन।।
बोले स्वतंत्र लंका का, कण कण। ससम्मान भेजे, रावण को घर जन मन।।२४९१।।

विदा कर के रावण को, पोछ डालें आंसू। कहलाया है राम ने, कि न पालें आंसू।।
लौटा के सिया को, भुलाएं छाले आंसू। चुन नृप विभीषण, पुंछवा लें आंसू।।२४९२।।

बुला राम के दूत को, करें राम से मित्रता। सगे राम के मित्र हों, भुला दें हर शत्रुता।।
हो रावण के काले, कारनामों से शत्रुता। नई राजाज्ञा में, भरे धर्म की विद्वता।।२४९३।।

नीति निपुण हैं, लंका के प्रजा जन। लंका का विभीषण को, दे दें सिहांसन।।
राज्याभिषेक कर देंगे, भाई लक्ष्मण। मेरे बिना करवा दें, इस कार्य को सम्पन्न।।२४९४।।

लंका का तीनों लोकों में, गूँजेंगा यश मान। त्रिलोकी हर लोक में, ले जाएंगे यशगान।।
मान और प्रसिद्धि, पहुचाएगें आसमान। स्वयं राम जी देगें, लंका को हर सम्मान।।२४९५।।

वचन सुन प्रभु के, हुए तृप्त जन मानस। अन्तिम क्रिया को थे, प्रस्तुत जनमानस।।
हवन पिण्ड कर, विभीषण जैसे तापस। मन्दोदरी के संग लाए, धर्म कर्म वापस।।२४९६।।

दुःख शोक त्याग कर, पूरी हुई अन्त्येष्टि। रावण की विदाई ने, नम की हर दृष्टि।।
भर गयी थी राम के, गुणों से यह सृष्टि। साफ़ सुथरी धुल के, थी लंका की दृष्टि।।२४९७।।

चला लंका में भी, अब पूजन और अर्चन। बदले चलन का यह, पहला था लक्षण।।
विभीषण सा धार्मिक, हुआ अब था राजन। असुर रावण सा जिसका, न तन था न था मन।।२४९८।।

दूर से ही दिख गए, सिया मां को हनुमान। राम दूत सपूत से थी, अब अच्छी पहचान।।
बुला पूछा प्यार से, पुत्र कैसे हो क्या मान। कैसे हैं मेरे पति, प्रभु श्री कृपा निधान।।२४९९।।

कहा राम ने तुम, दूत नहीं हो सपूत हो। कुशल क्षेम तुम हो, सफल खुद सबूत हो।।
युद्ध के परिणाम और, विधान का कर्म रूप हो। स्वयं राम के भक्त, राम ही का स्वरूप हो।।२५००।।

कथा कह दो युद्ध के, परिणाम और विधान की। कुशल क्षेम सुना दो, लक्ष्मण और जाम्बवान की।।
दयालु श्री राम के, वानर सैन्य मान की। लंका की विधवाओं, प्रजा जन गण्यमान की।।२५०१।।

नमन कर हनुमान बोले, राम ने हराया। रावण सा पापी कब, राम से बच पाया।।
जान मान वारा, आपको चुराया। आपकी स्वतंत्रता को, धृष्ट ने बँधवाया।।२५०२।।

आपके संग लंका, स्वतंत्र झूम रही है। नए नृप विभीषण के, पग चूम रही है।।
लंका राम में ले सांस, रावण धूम नहीं है। वानर रीछ प्रजा, दे सम्मान चूम रही है।।२५०३।।

दम्भी खोखले रावण का, युद्ध में संहार कर। जीत गए मेरे प्रभु, श्री राम दर्पी मार कर।।
विभीषण से राम भक्त, पे लंका का भार कर। वानर सेना के नाम, युद्ध के कीर्त्तिमान कर।।२५०४।।

पुलका हर्षित हो के, सीता जी का मन। ढुलके अश्रु मन के, छलके रंग मृग नयनन।।
शुभ मांगलिक संदेश, सुनाने को हनुमन। सीता दे दे क्या मोल, अनमोल सब वचन धन।।२५०५।।

धन्य धन्य नत, बोले सीता से हनुमान। रण में ही प्राप्त हो, गया मुझको सम्मान।।
राम से रतन धन, के मिलने का सम्मान। अद्भुत अवर्णनीय, होने का सम्मान।।२५०६।।

लक्ष्मण के रक्षण का, भाग्य मुझे मिला। राजा के जैसा, सौभाग्य लिये खिला।।
राम दूत बनने का, सौभाग्य मुझे मिला। आपका सपूत हूँ, सौभाग्य मुझे मिला।।२५०७।।

हे! पुत्र देती आशीष, मां तेरी रखे। सद्गुण तेरे मन में, निर्गुर्णता तेरी रखे।।
कौशलपति के जैसी, सर्वगुणता तेरी रखे। तेरे सन्निकटों में, सदगुणता तेरी रखे।।२५०८।।

करो शीघ्र उपाय, कि पुत्र आखें तरसें। सामने प्रभु को देख, सकने को हैं बरसें।।
जल्द आ के ले जाएं, सुख सपने तरसें। चैन निश्चित कर जाएं, मन मस्तिष्क धधकें।।२५०९।।

बंधा के धैर्य सीता को, लौटे हनुमान जी। हुआ शान्ति पाठ, लौटे सारे गण मान्य भी।।
विभीषण का राज तिलक कर, लक्ष्मण हनुमान जी। सुग्रीव अंगद नल, नील लौटे जाम्बवान भी।।२५१०।।

अष्टम चरण

सीता आगमन-अग्नि परीक्षा बनाम वरीक्षा

लौट सबने राम चरण, पर सर झुकाया। लंका का हाल, एक एक कर सुनाया।।
रावण विदा कर, सुवर्ण पुर सजाया। विभीषण सिहांसन, बिठा सुख जिलाया।।२५११।।

वापसी को सिया मन, है उत्सुक बताया। हनुमान ने राम चन्द्र के, हो सम्मुख सुनाया।।
स्वयं आ ले जाएं, मिले सुख बुलाया। प्रभु जल्द प्रबन्ध कर दें, हर दुःख निबटाया।।२५१२।।

अंगद हनुमान दोनों, दूतों को राम ने। विभीषण के पास भेजा, प्रबन्ध हो सामने।।
रावण की ज़िद से, अधूरे पड़े काम में। अब हो न देरी, सिया जल्द हो सामने।।२५१३।।

सप्रेम सेवा रत, जो रहती थीं राक्षसियां। विभीषण की आज्ञा पर, वो सीता की दासियां।।
साम्राज्ञी जैसी, रखती रहीं थीं सिया। वो झुक झुक नवा सर, करती थीं आरतियां।।२५१४।।

विभीषण ने चार, चार रथ सजवा के भेजे। डोली और चार रक्षक, भी साथ में भेजें।।
आज्ञा दी रानी सी, सजा सीता भेजें। भरपूर वस्त्राभूषण, भी साथ में भेजें।।२५१५।।

राम के मिलन हेतु, धड़का सिया दिल। सुख के सागर में था, उबरा सिया दिल।।
एक वर्ष युग सा बिता, अब रहे पिया मिल। पहले स्पन्दन को, थिरका सिया दिल।।२५१६।।

सजधज धड़कते दिल से, सीता आयीं। सजे रथ सजी डोली, खुशी दिल समायी।।
परन्तु यह सज धज, न राम चन्द्र को भाई। न रीछ वानरों रक्षकों, को माँ ही मिल पायी।।२५१७।।

बोले वन वासिनी ही, सिया लगनी चाहिये। मेरे सैनिकों को, वो माँ लगनी चाहिये।।
साध्वी सी पैदल, चलती आनी चाहिये। मेरे दल में सीधे आ, घुल मिलनी चाहिये।।२५१८।।

सीता के वाह्य रूप को, अब जलना होगा। आन्तरिक सौंदर्य रूप को, बस बलना होगा।।
हृदय बैठे साक्ष्य रूप को, अब चलना होगा। मन सागर से बाहर आ, तिरना होगा।।२५१९।।

स्वर्णिम लंकाई, रावणी रूप जला दो। छुपी राम मयी, सत्य प्रकृति को ला दो।।
असत्य आसुरी, ओढ़नी अब जला दो। सिया मन बसी, राम की मूर्त्ति को ला दो।।२५२०।।

सुना यह कठोर, प्रभु राम का जो निर्णय। राक्षसियां सहृदय हो उठीं, जागा विनय॥
मन कर्म वचन से, पवित्र सिया हृदय। लक्ष्मण के मन को भी, न भाया निर्णय॥२५२१॥

विवाद आ समाया, लक्ष्मण जी के मन में। विरही विवेकी के, धर्म नीतिक वचन में॥
कर्बद्ध दौड़ के राम की, आज्ञा पालन में। रुँधे चुप अडिग, रहे राम की शरण में॥२५२२॥

श्री राम जी के मुख पे, जो तेज देखा। लकड़ी दौड़ के लाते, लक्ष्मण जी को देखा॥
लगा आग लपटें, करते तेज़ देखा। प्रार्थना रत समाने, सीता जी को देखा॥२५२३॥

हृदय में मेरे राम, ही रहे राम समाए। हुआ न यह रिक्त, कोई सिवा राम न आए॥
चंदन सी शीतल हो के, साक्षी बन जाएं। अग्नि देवी मेरे मन का, सच सामने लाएं॥२५२४॥

हृदय राम धर, बुद्धि को राम चरण धर। शिव वन्दित चरणों से, आशीष वरण कर॥
चली थीं सिया, राम जय राम मन मन कर। प्रविष्ट हो गईं, उस प्रचण्ड प्रज्ज्वलन पर॥२५२५॥

ऊपरी कंलकित, लौकिक छाया मूर्त्ति। हुई भस्म सिया जी, की बाहरी प्रति मूर्त्ति॥
शीतल चंदन सी थी, सिया मन की आहुति। छुई भी नहीं अग्नि, ने राम की मूर्त्ति॥२५२६॥

जलीं पूरी की पूरी, बाहर से सीता। मगर मन में थे राम, सिया मन था जीता॥
सिया मन छोड़ गईं, अग्नि देवी अछूता। जहां राम वहां न, जलन न पलीता॥२५२७॥

प्रभु राम चरित्र के, इस अपूर्व रंग को। मुनि सिद्ध गाते रहे, नभ से प्रसंग को॥
अनबूझ पवित्र इस, अनूठे ही ढंग को। मिलीं सीता आ, राम जी के बाएं अंग को॥२५२८॥

अग्नि देव ने सीता जी, कीं राम को अर्पित। क्षीर सागर ने विष्णु को, लक्ष्मी कीं अर्पित॥
अनुपम राम सौंदर्य से, सिया हुईं सुशोभित। नीले पद्म में स्वर्ण, कली श्री स्थापित॥२५२९॥

मृदंग बज उठे थे, अप्सराएं थीं नाचीं। पुष्प हँस के बरसे, मुस्काई थी प्राची॥
गंधर्व किन्नर गानों, पे खुशियां थीं नाचीं। वानर रीछों मन साची, राम धुन थी बाजी॥२५३०॥

इन्द्र का सारथि, मातलि मिलने आया। प्रभु से आज्ञा ले, चरण शीष नवाया॥
स्वार्थी देवताओं ने, उच्च स्तर दर्शाया। मानों जन्मों जन्मों, परमार्थ कर कमाया॥२५३१॥

वन्दित स्वर में बोले, थे वे श्री राम से। प्रभु आप पधारे, स्वयं सर्वोच्च धाम से।।
दीन दु:खियों के आप, सदा से हाथ थामते। अजन्मे अजेय आप, अमर कृपा काम से।।२५३२।।

अमोघ अखण्ड आप, अजर और अविनाशी। निर्गुण निर्विकारी, नीतिज्ञ नित निष्पापी।।
हैं ब्रह्म स्वरूप, विष्णु जी नर वनवासी। वाराह कच्छप मत्स्य, नृसिहं वामन व्यापी।।२५३३।।

मछली बन प्रथम, मानव की नाव बचाई। कछुआ बन मन्दरांचल, मंथन धुरी बनाई।।
नृसिंह हो नन्हें भक्त, की जान बचाई। भ्रम दु:ख काटे, जन मन सिद्धि सधाई।।२५३४।।

दुष्ट पापियों को, बनाया निष्पापी। काम क्रोध मद मोह मार, हराया पापी।।
वरद हाथों रावण, उद्धारा दुष्ट पापी। किया मुक्त शरीर, दुष्टात्मा मिटा पापी।।२५३५।।

रावण जैसे मूर्ख चोर, को राम ने दी मृत्यु। तारा भव सागर से कि, शुद्ध मुक्त हो दस्यु।।
था राम नाथ शंकर का, भक्त ज्ञानी दस्यु। परम धाम भेजा, सोख अमृत दे मृत्यु।।२५३६।।

विनती करते कर्बद्ध, सब सिद्ध देवता। ब्रह्मा जी स्थान छोड़, कहें राम की प्रभुता।।
आपकी शरण में हैं देव, हम सब देवता। चरण रज से अपनी, दें हर माथे प्रभुता।।२५३७।।

सुखधाम धर्नुधर हम, स्तुति करते आपकी। इस भव हाथी के, विजय सिंह है आप ही।।
सेवा को प्रस्तुत जग, शरण आते आपकी। हे नाथ! है परम चतुरता, सेवा में आपकी।।२५३८।।

उत्तम अनन्त आप, उत्कर्ष यशेष हैं। ब्रह्म मूर्त्ति सर्वगुण सम्पन्न, आप विशेष हैं।।
क्षीर सागर विष्णु, आपकी शैय्या शेष हैं। रावण से साँपों के, गरुड़ आप विशेष हैं।।२५३९।।

प्रभु अन्न दाता हैं, सारे जगत के। प्रभु शोक नाशक हैं, आप ही जगत के।।
प्रभु क्रोध रहित ज्ञान, नित हैं जगत के। प्रभु श्रेष्ठ अवतार आप, के सर बोझ जगत के।।२५४०।।

प्रभु दिव्य अपार गुण के, ज्ञान के पुंज हैं। प्रभु भूमि का भार, लिये शान्ति कुंज हैं।।
अनन्त प्यार निपुण आप ही, ध्यान के पुंज हैं। अनन्त अजन्मे, सत्य सार कान्ति कुंज हैं।।२५४१।।

हे! करुणा सागर, जगत भर में व्यापक। चरण में शरण दें, आनन्दित भक्त साधक।।
मानवता का गुण, तीनों लोकों में व्यापक। प्रचण्ड महाबली प्रभु, किये तुच्छ अराधक।।२५४२।।

परम निपुण प्रभु आप, दुष्टता करते पावक। नवा शीष नमन नित्य है, हे! पाप नाशक।।
करुणा करण प्रभु आप, प्रबुद्ध शुद्ध हित कारक। सिया पति नमन, नित्य है हे! सिद्ध तारक।।२५४३।।

कारक रूप प्रकृति, है आपकी सर्वोपरि। कार्य रूप जगत में, है आपका सर्वोपरि।।
प्रभु तभी तो मन में, शुद्धि आप दें सर्वोपरि। असत्य या ममत्व की, विशुद्धि आप दें सर्वोपरि।।२५४४।।

शोभा धाम ओंकार, श्री राम जी आप हैं। कमल नयन सुख धाम, श्री राम जी आप हैं।।
श्री वल्लभ मदनाशी, श्री राम जी आप हैं। धनुष बाण तरकशधर भी, श्री राम जी आप हैं।।२५४५।।

अनिंद्य हैं अखण्ड हैं, और निर्दोष हैं राम जी। इन्द्रीय विषयों के पारखी, होश हैं राम जी।।
जग के सभी रूपों के, कोष हैं राम जी। वेद कल्पनाओं के अव्यक्त, जोश हैं राम जी।।२५४६।।

जैसे सूर्य किरण और, प्रकाश दो अलग हैं। जलती हुई लकड़ी और, आग दो अलग हैं।।
प्रभु आप और यह, संसार भी अलग हैं। एक में जुड़ हुए एक, पर दो अलग है।।२५४७।।

हे व्यापक प्रभु हुए कृतार्थ, हैं यह वानर। मुख देखे जाते हैं, तभी आपका सादर।।
हे व्यापक प्रभु है, धिक्कार कि हैं हम नर। फँसते नश्वर देह मोह में, राम भुलाकर।।२५४८।।

हम सब अपने जीवन, में हे! हरि हे! हरि। भक्ति हीन हो कर, भटक से रहे हैं।।
फँसे हैं सांसारिक, विषयों में हम हे! हरि। शक्ति हीन हो स्वयं, लटक से रहे है।।२५४९।।

शिव ब्रह्मा करते, नमन राम जी आपको। पुष्प शोभा भरते, चरण राम जी के धो।।
भजते रज लेते हम, चरण राम जी पे सो। दें दर्शन मनमोहन, कृपा राम जी दे दो।।२५५०।।

लोभ को इच्छा, बैर को दम्भ देते शक्ति। काम को मगर केवल, स्त्री देती शक्ति।।
कठोर वचनों को मिलती है, क्रोध से शक्ति। विषय स्वयं अशक्त, निर्भर आत्मा की शक्ति।।२५५१।।

अभय दान दिया आपने, प्रभु भूमण्डल को। काम रूप किया, नभ और भू के जंगल को।।
भक्ति दान दिया आपने, भू के दंगल को। स्वास्थ्य दान दिया, भू और नभ में मंगल को।।२५५२।।

दया दान करें हे, प्रभु दीन दयालु। सीधी बुद्धि करें, हे! प्रबुद्ध हे! कृपालु।।
संदेह मोह भय दुःख, हरें हे! दयालु। सत्य प्रीति भक्ति सुख, भरें हे! कृपालु।।२५५३।।

प्रभु अधिकारी, सारे भक्तों से पूजित। राम जी अमृत देते, भक्तों को आप नित।।
आपके चारित्र पढ़ सुन, के हम हों शोधित। हर दोषी हर दुष्ट, के पाप हर लेते नित।।२५५४।।

चरण कमलों पे शिव, उमा शीष रमण कर। अनन्त व अनन्य, हम को रखें चरण पर।।
भूमि पुण्य भूषण, गुण पूर्ण रतन धर। भक्ति भाव धर, हमको रखें चरण पर।।२५५५।।

अजर हैं अमर हैं प्रभु, राम हैं कान्तिमय। किरीट व धनुषधारी, राम श्री हैं क्रान्तिमय।।
बारम्बर हो स्वीकार, प्रणाम मेरा शक्तिमय। सर्वदाता सर्वहारी, राम श्री हैं जानती मैं।।२५५६।।

राजाओं के महाराज, आप राम श्री दें दर्शन। है प्रार्थना दिखें आप, मुझे राम श्री तत्क्षण।।
कल्याणकर हृदय प्रिय, आप राम करें नर्त्तन। भक्तों के शब्द स्वर पे, आप राम करें कीर्त्तन।।२५५७।।

रावण का वध होना, वरदान है प्रभु आपका। अर्चन फल यह मिलना, महान है प्रभु आपका।।
क्लेश से भरा जब भी, जहान हो प्रभु आपका। दर्शन आप ही का, निदान है प्रभु आपका।।२५५८।।

दर्शन करते थकें, न प्रभु कभी आँखें। कमी न गुणगान में, प्रभु कभी आँकें।।
प्रभु विपरीत बुद्धि, न हृदय में झाँके। दुःख प्रेत की कर दें, प्रभु आके फाँके।।२५५९।।

सद्गुण जुड़के जो पुंज, बनाया सहस्त्र सूर्य। शक्ति ज्योति पुंज, राम कहाया सशक्त सूर्य।।
जिसके पाठ ने दारिद्र्य भगाया, समस्त सूर्य। मुक्त सिद्ध हर धाम, कराया विरक्त सूर्य।।२५६०।।

दशरथ मुक्ति

अपने राम की ऐसी, महिमा सुन दशरथ आए। पुत्र राम को देख, उन के नयन भर आए।।
राम लक्ष्मण ने मिल कर, जब सर झुकाए। स्तुति करके उनसे, आशीर्वाद हर पाए।।२५६१।।

पिता श्री आपके पुण्य, धर्म कर्म प्रभाव से। असुरों को मैं जीता, बहुत सहज भाव से।।
यह कहके देखा, सुपुत्र ने प्रीति भाव से। दशरथ को दिख पाए, राम भी सहज भाव से।।२५६२।।

सगुण देह से जब तक, प्रीति लगाई थी। राम की छवि उनको, कहीं न दिखाई दी।।
आज पुत्र प्रेम की, जो एक दृष्टि पाई थी। दिव्य दृष्टि स्वयं ही, दशरथ ने पाई थी।।२५६३।।

दिव्य दृष्टि से दशरथ, सत्य देख पाए थे। अपने पुत्र में असली, राम देख पाए थे।।
दिव्य रूप गुण उसमें, नित्य देख पाये थे। पुत्र मोह भेद भक्ति से, मुक्त हो पाए थे।।२५६४।।

मरे तो थे दशरथ, अभी गए नहीं थे। पुत्र मोह में पड़ के, अभी तक वहीं थे।।
दिव्य गुण पुत्र के देखने, रुके वहीं थे। दिव्य आँखें मिली, देख सके वे यहीं थे।।२५६५।।

पुत्र देह की प्रीति, रोक रही थी दशरथ को। सगुण प्रीत की रीत, खींच रही थी दशरथ को।।
राम के दिव्य गुण दिखे, ज्यों ही दशरथ को। निर्गुण प्रीत की रीत, भेज के रही दशरथ को।।२५६६।।

हर्षित चल पड़े, देव लोक को दशरथ अब। प्रणम्य नत हुए, देह शोक को उनके सब।।
हृदय राम रख के, थे देव लोक दशरथ अब। सिया लक्ष्मण रख हृदय, चले थे दशरथ अब।।२५६७।।

प्रभु के सगुण भक्त, मोक्ष नहीं लेते हैं। राम भक्ति लेते, कोई शोक नहीं लेते हैं।।
पर उनके निर्गुण भक्त, परलोक लेते हैं। दिव्य इष्ट दर्शन ले के, मोक्ष ही लेते हैं।।२५६८।।

दशरथ लिप्त भुक्त, सगुण देह उपासक। दिव्य रूप राम का देख, हुये निर्गुण उपासक।।
दिव्य नेत्र से देख हुए, दिव्य गुण के साधक। गए मोक्ष प्राप्त कर, हो निर्गुण उपासक।।२५६९।।

पुत्र मोह से जब तक, भरी देह थी उन की। मोह से रहित, हो सकी रूह न उनकी।।
दिया प्रेम राम ने, हुई दिव्य रूह थी। कृत कृत्य त्यागी देह, दशरथ ने मोह मुक्त की।।२५७०।।

भक्त की इष्ट बुद्धि से, प्रणत हो के दशरथ। ले के मोक्ष चले स्वर्ग, मुदित हो के दशरथ।।
राम लखन सिय, हृदय में लेके दशरथ। स्तुति रत चले स्वयं, उदित हो के दशरथ।।२५७१।।

सोचा पुत्र शरीर से, क्यों प्रीति की मैनें। सगुण प्रीति की, क्यों यह रीति सीखी मैने।।
राम के दिव्य गुणों पे, दृष्टि न की मैनें। निर्गुण प्रीति क्यों यूँ, विपरीत की थी मैने।।२५७२।।

जय जय शोभा के धाम, जय जय राम राम हे। जय जय तरकशधारी, धनुषधारी राम हे।।
प्रभु परम प्रतापी, भुज दण्ड राम हे। त्रिशिर खर दूषण मर्दक, आपको प्रणाम हे।।२५७३।।

हमारी पृथ्वी का भार, धरने वाले हे। सर्व श्रेष्ठ अपार गुण, महिमा धरने वाले हे।।
प्रभु राम असुरों का, संहार करने वाले हे। श्री राम रावण दर्प, पाप हरने वाले हे।।२५७४।।

लंकापति का बल, घमंड चूर करके। वशी भूत किये सारे, गंधर्व हूर कर के।।
देवता सिद्ध संत, ऋषि मुनि शूर वर के। धूर्त्त खग मृग सर्प, सबके दंश चूर करके।।२५७५।।

किये प्रभु जी आपने, सारे काम अलौकिक। बनाया धरा को आपने, धाम अलौकिक।।
किया सत्य धर्म का, सब ओर नाम अलौकिक। दिया प्रीति से कर, हर भक्त राम अलौकिक।।२५७६।।

रावण हुआ था, राम जी अति अभिमानी। प्रभु राम लगे तुच्छ, नर क्षुद्र प्राणी।।
चरण स्पर्श कर, राम का भंवरा हो मानी। महान हो गया वो, छूटा तुच्छ अभिमानी।।२५७७।।

कर्म फल पाता है, हर प्राणी वैसे सब। कर्म करता है, जग में वो जैसे सब।।
कमल चरणों पर प्रभु के, प्रीति जैसी जब। दया राम की दोनों पर, होती वैसी तब।।२५७८।।

दशरथ उपासक यदि, निर्गुण राम के होते। तब मोक्ष का फल वे, एक पल नहीं खोते।।
मर के भी इस लोक, कभी न भटके होते। दिव्य रूप देख लेते, सुख के पल नहीं खोते।।२५७९।।

राम और इन्द्र

इन्द्र की स्तुति करने, दशरथ चले निश्छल। इन्द्र लोक गए, वहाँ मच गयी थी हलचल।।
इन्द्र बाहर निकले, जो देखी यह हलचल। पहुँचे राम चन्द्र के पास, वे भी उसी पल।।२५८०।।

कोई प्रेमी हो तो हो, निर्गुण छवि का। मैं इन्द्र उपासक हूँ, सगुण राम छवि का।।
शोभित मनोहर, सुदर्शन छवि का। कौशल पति आपकी, स्मित मुख छवि का।।२५८१।।

आईये कीजिये आपना घर, मेरा हृदय। सीता लक्ष्मण सहित, होइये मुझ पे सदय।।
भक्ति प्रीति मय, कर दीजिये मेरा हृदय। बना दास सेवा लीजिये, हो मुझपे सदय।।२५८२।।

भक्ति चाहता हूँ, प्रभु आप सदय हों। शरणागत हूँ मुझको, न भ्रम हो न भय हो।।
देखना चाहता हूँ, प्रभु छवि उदय हो। प्रणत हूँ कि देखूँ मैं, प्रभु छवि निर्भय हो।।२५८३।।

नमस्कार हे! राम, हे! नर देह धारी। देवताओं के देव! आनन्दाधिकारी।।
सेवा करते हैं आपकी, ब्रह्मा त्रिपुरारि। नमस्कार लें हे! देव, कल्याणकारी।।२५८४।।

कृपा कर दें इन्द्र पर, हे! देव राम कृपालु। आज्ञा दें सेवा कुछ, मैं देवेन्द्र भी कर लूँ॥
कहा राम ने मरे मेरे, वानर और भालू। करें कुछ कि मैं, उनमें फिर से प्राण धर लूँ॥२५८५॥

राम आज्ञा मान, इन्द्र ने अमृत बरसाया। किसी भी असुर पर, जो न काम आया॥
पर हर वानर भालू, को उसने जिलाया। जी कर दौड़े खुश होके, प्रभु से मिलाया॥२५८६॥

रमे राम जब राक्षसों में, मन दुष्टों के मरते। हुए मुक्त भव से, वे हर बंधन तज के॥
वानर रीछ राम की, लीला के परिकर थे। उठे जी वे राम की, इच्छाओं पे सजके॥२५८७॥

दूसरा कौन है, राम के जैसा हितकारी। मुक्त कर दिये सारे, राक्षस व्यभिचारी॥
रावण से पापी के, राम जी हैं गतिकारी। श्रेष्ठ सिद्ध मुनि भी हैं, राम पे बलिहारी॥२५८८॥

इन्द्र धन्य हुआ प्रभु! प्रेम आपने लुटाया। सेवा ले ली मुझसे, और हृदय बिछाया॥
त्रिलोकी को भी आप ने, मार के जिलाया। ऐसे सक्षम राम का, दिल मैंने पाया॥२५८९॥

करके विमान से, पुष्प धन की वर्षा। गए देव तो, शिव जी का मन भी हर्षा॥
परम प्रेम की झड़ी, दी आँखों से बरसा। शिव ने भी पुलक के, की राम स्तुति वर्षा॥२५९०॥

मोह मेंघों के राम, प्रचण्ड आप पवन हे। संशय वन को भस्म करने, वाली अगन हे॥
देवताओं के हे! राम, आप आत्मानन्द हे। निर्गुण भी सगुण भी, रघुकुल नन्दन हे॥२५९१॥

राम और शिव

हाथ जोड़ कर और, आँखे बन्द कर के। शिव जी श्री राम की, स्तुति मन में करते॥
परम दिव्य सुन्दर, गुण राम के भर के। भ्रम के अन्धकार, सूर्य से नित्य हरते॥२५९२॥

काम क्रोध मद मोह, के हन्ता सुन्दर। सेवक मन को कर, वन में विचरे निरंतर॥
उज्ज्वल प्रतापी गुणी, तेज मन धर। कोमल नर बन आए, महान आप धनुर्धर॥२५९३॥

कामनाओं के खिलते, कमल कुंज के ओला। विषयों के हैं राम आप, विनाश कारी पाला॥
मन पापों के सूर्य हैं, धवल पुंज शोला। दुस्तर भव से राम! हो के पतवार निकाला॥२५९४॥

सुन्दर साँवला, मुग्धकारी शरीर है। कमल जैसी आँखे, मनहर मुख पे धीर है।।
शरण लेने वालों के, पीड़ाहारी क्षीर हैं। रक्षक सीता लक्ष्मण के, हित कारी वीर हैं।।२५९५।।

करे शिव प्रणाम, रामजी आपकी शक्ति को। मार शिव को, फिर जिलाने की शक्ति को।।
हे! राम लें सेवा, दें मान शिव की भक्ति को। हुआ मन प्रसन्न शिव की दिखी, राम भक्ति जो।।२५९६।।

अयोध्या में होगा, जब राज तिलक तो। मैं राम भक्त शिव आऊँगा, आपकी झलक को।।
उदार मन कर देखूँगा, राम मैं अपलक हो। कृपा के हे! सागर, शिव की पुलक हो।।२५९७।।

हे! शिव जी को, आत्ममानन्द देने वाले। पृथ्वी के भूषण, रघुकल में जन्मने वाले।।
तुच्छ अलका के भी, प्रभु सुख देने वाले। करें भय का नाश, हूँ प्रणत वरने वाले।।२५९८।।

राम और विभीषण

शिव जी विनती कर, के राम की लौटे। देखने आऊँगा राज तिलक, कहके लौटे।।
विभीषण सिहांसन से, लंका की लौटे। लंकेश हो के, ''श्री राम चरण स्पर्श'' को लौटे।।२५९९।।

नवा शीष पकड़ चरण, बोले प्रभु के वे। हे! शांर्ड्ग धनुष धारी, सैन्य भोले प्रभु के।।
महल की सम्पत्ति में से, हक लें ले प्रभु वे। मेरे संग समर में, ले प्राण डोले प्रभु वे।।२६००।।

सुयश तीनों लोंको में, है उनके बल से। प्रभु जीते हम, सारे सैनिकों के दल से।।
हुआ संभव रावण का, वध उनके बल से। हुआ मेरा भी राज तिलक, उनके दल से।।२६०१।।

प्रभु जाति बुद्धि में, हीन मुझसे दीन को। मिला राज पाट वैभव, सभी रामाधीन हो।।
चलें घर पवित्र कर दें, राम संग आसीन हो। मिटा लें थकान युद्ध की, सारे स्वाधीन हो।।२६०२।।

कृतार्थ हो गया मैं, विभीषण हो के राजा। कृपा आपने कर दी, बना मुझको राजा।।
कृपा सैनिकों पे भी, हो हक है साझा। महल धन सम्पत्ति दें, कि वो भी तो राजा।।२६०३।।

मुझे नाथ अपना, लीजिये पूरे मन से। हो वानरों रीछों पे, कृपा पूरे मन से।।
जोड़ें साथ मुझे भी, अपने कर्म बंधन से। खिले शान्त हो मन, आपकी प्रीति धन से।।२६०४।।

विभीषण की भक्ति, और प्रीति के ज़रिये। श्री राम जी पहुँचे, भरत याद के दरिये।।
कहा राम ने बाँटे, धन सैनिकों में भरिये। भरत से तापस, हो के ही राज्य करिये।।२६०५।।

महल और ख़ज़ाना, आपके राम का सच है। विभीषण जी आप में, भरत जैसा तप है।।
मुझे याद करके, करें राज्य यह सच है। मेरी याद स्वयं, मेरे जैसा सच है।।२६०६।।

समय रहते मुझको, भरत से है मिलना। मिलेगा नहीं है, शपथ उसकी वर्ना।।
करो राज्य युगों तक, किसी से न झुकना। मुझे याद करके, मुझे साथ रखना।।२६०७।।

मोती माणिक वस्त्र गहने, महलों से लाकर। विभीषण ने रखे, पुष्पक में सजाकर।।
विमान मोड़ कहा राम से, बैठ जाएं आकर। चलें रह लें लंका, मेरे साथ आकर।।२६०८।।

बोले राम जी हँस कर, कि सब खाली कर दो। धन और सम्पत्ति सब, सैनिकों में भर दो।।
विमान में भरे, धन की वर्षा कर दो। स्वतंत्र मन भर धन लेने, को उनको कह दो।।२६०९।।

है वनवासी ही राम, अब भी यहाँ पर। तपस्वी हैं राम, धन नाकाम यहाँ पर।।
चलो ले के पुष्पक, भरत है जहाँ पर। करो याद जहां, राम भी होंगे वहाँ पर।।२६१०।।

श्री राम का माना, गया तत्क्षण कहना। विभीषण जी ने, छोड़ा आकाश से गहना।।
नीचे वानरों रीछों ने, जो चाहा पहना। चखा थूका फिर चाहा, प्रभु पद में रहना।।२६११।।

उल्टे पुल्टे पहन वस्त्र, दिखलाए राम को। सज धज के नाचे, रिझाने राम को।।
बहरूपिये बने, हँसाने को राम को। मनोरंजन करके, लुभाने को राम को।।२६१२।।

वानरों के देख के स्वभाव, राम हँस पड़े। बोले युद्ध वीरों, तुम्हारे ही बल लड़े।।
तुम्हारे बल से राम, जीते युद्ध खड़े खड़े। रावण से राक्षसों में, सूली कफ़न जड़े।।२६१३।।

राम संग सीता, लक्ष्मण ने भी की चर्चा। रंग रूट वानरों से, उनका भी मन हर्षा।।
बहुत खून बहा, चोटों लाशों की वर्षा। अब जन मानस में, हो खुशियों की वर्षा।।२६१४।।

कहते हैं शिव जी, सुनो प्रिये हे! पार्वती। भक्ति योग जप तप, कदापि न मानती।।
नियम दान पुण्य, यज्ञ के भी न जानती। निस्वार्थ प्रेम भाव को ही, सब कुछ मानती।।२६१५।।

परिश्रम ही शक्ति का, होता है परिचायक। मगर श्रम के बनते हैं, जो भी सहायक।।
वे शक्ति वृद्धि के, होते हैं परिचायक। वानरों राम की शक्ति के, तुम वृद्धि दायक।।२६१६।।

कहा राम ने मेरे, हे! वानरों और रीछों। अपने राम की जान, तुम स्वयं को सोचो।।
बसा तुम में बँधा मैं, तुम्हारी पूँछों। बहुत श्रम किया, अब घर जाने की सोचो।।२६१७।।

यह सुन लाज से दोहरे, हो गए सब वानर। बोले आप नचाएं, हम है आपके बन्दर।।
प्रभु आप सजा दें, तो हो जाएं हम सुन्दर। प्रभु आप नचा दें, तो होते धुरन्धर।।२६१८।।

सैनिकों घर लौटो, तुम सब अपने अपने। निपट निर्भय रह कर, देखो सुन्दर सपने।।
जब भी याद करोगे, तुम इस राम को अपने। निडर हो कर पाओगे, पूर्ण सारे सपने।।२६१९।।

राम के ही दम पर, तुम श्रम करते रहना। सदा निर्भय रहके, कार्य करते रहना।।
मेरी शक्ति श्रम कर, वृद्धि करते रहना। बिना गर्व किये ही, सनाथ मुझसे रहना।।२६२०।।

प्रभु राम जो भी, करते कहते हैं हम से। खुशी जोश उत्साह, भरते रहते हैं हम में।।
अलग आप से रहते, बनेगी न हमसे। प्रभु आज्ञा दें घर की चाह, भर के हम में।।२६२१।।

कहा राम जी ने, थके आप बहुत हैं। अब तक राम काम, कर चुके आप बहुत हैं।।
आराम हेतु आप के, घर और छत हैं। मिलूँगा जब होगी, ज़रूरत फुर्सत मैं।।२६२२।।

प्रार्थना रत विभीषण, बोले नाथ अपना लें। अयोध्या तक जाने को, साथी बना लें।।
मुस्काते बोले राम, आकाश अपना लें। प्रेम शान्ति से, मन चाहा साथ बना लें।।२६२३।।

चली सेना सारी, राम सेतु उमड़ कर। चले राज्याधिकारी, पुष्पक विमान से उड़कर।।
समुद्री जीव जन्तुओं ने, फिर सेतु से जुड़कर। किया घर समुद्र आज, लंका से बिछुड़ कर।।२६२४।।

हुई पार इधर सेना, भारत के तल पर। उधर राम ने बाण से, भेजा सेतु तल पर।।
हर्षित कूदी सेना, उछली अपने थल पर। भेजा राम ने कपि को, शिवलिंग के स्थल पर।।२६२५।।

रामेश्वर स्थापना

रामाज्ञा से पहुँचे, कैलाश पर हनुमान। शिव जी को ढूंढ़ते रहे, देख देख पहचान।।
स्तुति में लगे ज्यों ही, बंद आँख कर हनुमान। त्रिलोचन दिखे, त्यों ही भरते हुए ज्ञान।।२६२६।।

कहा शिव ने हनुमान, मेरी बात को लो मान। एक की जगह दो दो, शिव लिंग लो शक्तिमान।।
समय रहते लौटो, न देर हो रखो ध्यान। मुहूर्त्त बीत न पाए, जल्दी कर लो बुद्धिमान।।२६२७।।

नमन करके शिव को, दो शिवलिंग ले हनुमान। तुरन्त लौटने को थे, उद्यत श्री ज्ञानवान।।
उड़े पूर्ण वेग से, राह तकते हैं श्री राम। लिंग स्थापना को उत्सुक, होंगे श्री भगवान।।२६२८।।

मगर खिन्न हुए, राम के पास आ के हनुमान। उन्हें भेज स्वयं पूरे, कर डाले सब काम।।
रोश में बोले, भेजा ही क्यों था मुझे श्रीमान। खड़ा हूँ लिये लिंग, स्थापित शिव हैं राम।।२६२९।।

कहा राम ने समझो, यह लिंग भी अपना। जमे मेरे हाथ जो, उन शिव लिंग को अपना।।
अलग न करें, हनुमान भी है आपका अपना। बोले राम उखाड़ मेरा, जमवा लो अपना।।२६३०।।

देर हो रही थी, मुहूर्त्त बीत रहा था। पूर्ण हुई थी अर्चना, समय बीत रहा था।।
बना रेत से लिंग, सीता ने ठीक किया था। करी पूर्ण स्थापना, मुहूर्त्त ठीक रहा था।।२६३१।।

अपने हाथ से शिव लिंग, भूमि पे रखकर। राम स्थापित लिंग को, उखाड़ने को झुक कर।।
पकड़ हाथ से खींचा था, हनुमान ने डंटकर। हिला न शिव लिंग, रह गए थे थक कर।।२६३२।।

पंचामृत घी लगने से, चिकना हुआ था। फिसलने लगा हाथ भी, चिकना हुआ था।।
लपेट पूँछ से फिर से, खिंचना हुआ था। मगर टस से मस फिर भी, लिंग न हुआ था।।२६३३।।

ढ़ले थे जो सीता जी के, हाथों से लिंग। स्थापित हुए राम जी, के हाथों से लिंग।।
हिले भी न हनुमान, के हाथों से वे लिंग। टूटी पूँछ हुआ, शिव के हाथों गर्व भंग।।२६३४।।

समय रहते सिय माँ ने, रेत से बनाया। सही मुहूर्त्त पर राम ने, खुद से जमाया।।
राम सेतु सीमा की, रेत से लिंग आया। रामेश्वर स्थापित, शुभ मुहूर्त्त में करवाया।।२६३५।।

प्रभु स्नेह ने धृष्ट, बना डाला हनुमान। तभी राम से रुष्ट, करा डाला हनुमान।।
तेरे हाथ ने कर्म, करा डाला विद्वान। सगर्व फल हेतु दुष्ट, करा डाला हनुमान।।२६३६।।

तू तेरे प्रभु को प्रिय है रे! मूर्ख। कर्म हाथ में ले ले, फल न ले ऐ! मूर्ख।।
तू स्वयं को प्रभु को, अर्पित कर दे रे! मूर्ख। तू है निर्बल कर्त्ता, हैं फल राम के ऐ! मूर्ख।।२६३७।।

अपने कर्म का फल, अर्पित कर दे राम को। प्रभु कर्म सफल कर, गर्वित कर दे राम को।।
प्रभु कहते हैं न, फल न कर्म दे राम को। स्वयं को राम काज हित, समर्पित कर राम को।।२६३८।।

हनुमान ने लिंग लाना, कार्य अपना माना। फल रूप शिवलिंग, राम को देना ठाना।।
राम के मना करने पर, ठोंका खाना। क्रुद्ध हो जिद करते, किया रोना गाना।।२६३९।।

पटके पैर तो हनुमान, ज़मीन में धंस अटके। और भी ज़ोर लगा फिर हो, मजबूर रुंध भटके।।
राम आज्ञा से शिव में, लीन हो फंस छिटके। गिरे मुँहकी खाकर, सीता आयीं फट से।।२६४०।।

गिरे औंधे मुख, भूमि पर मिट्टी खाकर। सीता जी ने मुख, धो डाला झट उठाकर।।
सीता दौड़ पड़ी थीं, घबरा मुँह उठाकर। आवाज़ देते राम भी, आए हाँक लगाकर।।२६४१।।

कहने लगे उठ पड़ो, हनुमान आओ। अपने लाए शिव लिंग, तुम खुद ही जमाओ।।
स्थापित करके, प्रायश्चित कर लो आओ। दूसरा शिव लिंग रख दो, अभी न उठाओ।।२६४२।।

मेरा हुआ आज से, शिव लिंग यह दूसरा। रहने दूँगा इसको, यहीं पर मैं पसरा।।
सुध लूँगा कलयुग में, कर इसको सुथरा। जमा के स्थापित, तब कर दूँगा दूसरा।।२६४३।।

एक युग तक करते, रहेंगे प्रभु इन्तज़ार। हे प्रभु आपकी, तो लीला अपरम्पार।।
प्रणत हो हनुमान ने, चरण पकड़े इस बार। प्रभु धीरज की शिक्षा, दी आपने इस बार।।२६४४।।

गर्व और अहंकार, मिटाया हनुमान का। सर आँखों अपना, चढ़ाया सम्मान था।।
लाया जमाया, शिवलिंग हनुमान का। स्थापित हनुमदीश्वर कर, दिया सम्मान था।।२६४५।।

पूजे जांएगे सर्व प्रथम, अब से हनुमदीश्वर। तत्पश्चात् पूजित, होंगे श्री रामेश्वर।।
जब तक नहीं पूजित, होंगे हनुमदीश्वर। तब तक फल भी न, दे पाएंगे रामेश्वर।।२६४६।।

गुप्त पाद छिन्न पूँछ, विग्रह रूप हनुमन्त। कहा राम ने ले लो, यह रूप तुम हनुमन्त।।
यहीं रह लो ले के, यह दो रूप तुम हनुमन्त। फेर हाथ सिया ने, किये एक रूप हनुमन्त।।२६४७।।

चारों पुष्पक में बैठे, आगे बढ़े अब। हनुमान जी नत मस्तक, चरणों में पड़े तब।।
कहा मुझे क्षमा कर दें, आगे बढ़ें सब। बता दें जब प्रभु कोई, न भूलें करें तब।।२६४८।।

कुबेर से रावण ने, छीना था विमान यह। रावण सोया, विभीषण का हुआ विमान यह।।
प्रभु राम चन्द्र जी के, काम आया विमान यह। कराए राम विभीषण की, मित्रता का भान यह।।२६४९।।

अनन्त कोटि ब्रह्माण्ड, बनाए जिन प्रभु ने। पराशक्ति करों से, सजाए जिन प्रभु ने।।
रेणुका शिवलिंग भी, बनाए सिय प्रभु ने। प्रबल योग में स्थापित, कराए राम प्रभु ने।।२६५०।।

ऐसे मुहूर्त्त में, ऐसे हाथों से स्थापित। शिवलिंग को क्यों कोई, कर सकता विस्थापित।।
टूटा झूठा मान हनुमान, नत मस्तक कृत कृत्य! झुके रह गए पा के, ज्ञान ऐसा नित नित।।२६५१।।

ज्येष्ठ मास के शुक्ल पक्ष, की दशमी थी तिथि। बुद्ध के दिन वृष के, सूर्य की थी स्थिति।।
कन्या के चन्द्र हस्त, नक्षत्र की स्थिति। मद आन्द्र योग, अभिजित मुहूर्त्त की स्थिति।।२६५२।।

बताया मुनियों ने, कि हो शिवलिंग स्थापित। सेतु सागर सीमा पे हो, लिंग यह स्थित।।
किया ब्राह्मण रावण का वध, हो प्रायश्चित। कहीं भूल न हो, राम का था व्रत सुनिश्चित।।२६५३।।

हनुमान की माता से मिले : माँ के दूध की महिमा

किष्किन्धा शिखर पर, सुग्रीव को उतारा। जहां उनसे मिलने को घर आया सारा।।
पत्नी रूमा आयी थी, और भाभी तारा। पिता केसरी के घर, पुष्पक उतारा।।२६५४।।

सीता राम के श्री चरणों, पर मस्तक रख कर। एक एक कर जा बैठे, पुष्पक पे चढ़कर।।
कांचन गिरि तक, थे जा सकते उड़ कर। हनुमान जी की मां से, थे आ सकते मिलकर।।२६५५।।

हनुमान जी की मां, रह रहीं थीं अकेली। बिना पति केसरी के, जीवन वे थीं झेली।।
सीता ने छुए पग, गले लगी अंजलि। आशीष दे सभी को, वो बन गयीं सहेली।।२६५६।।

बोली अंजलि धन्य हूँ, कि सपूत पाया मैंने। सुपुत्र मेरा हनुमान, राम काम आया करने।।
फिर भी जन्म देने भर का, नाम पाया मैंने। कर्म तो सिया माँ के, नाम आया धरने।।२६५७।।

दाई मात्र हूँ मैं तो, हूँ दूध भर की माता। धर्म से सिया ही हैं, हनुमान की माता।।
धर्म कर्म सिखाया, हुई नत मैं सीता। आपके आशीष से पुत्र, रहा मेरा जीता।।२६५८।।

मिला ज्यों ही परिचय, लंकेश थे विभीषण। जान गयीं थीं अन्जलि, कि मारा गया रावण।।
पूछा किसके हाथों, हुआ काम ये भीषण। मरा होगा मेरे पुत्र, के हाथों ही रावण।।२६५९।।

मगर राम ने मारा, युद्ध का किस्सा सुनकर। आयी रोष में अंजलि, हुईं चुप सिर धुन कर।।
बलिष्ठ पुत्र ने पीटा, नहीं रावण धुनकर। मेरे राम को कष्ट दे, सताया चुन चुन कर।।२६६०।।

अगर सुनती मैं कि, पुत्र ने रावण मारा। हृदय की जलन पर, होती श्रावण धारा।।
होता दूध का कर्ज़, मेरे पावन सारा। मिलता मेरे राम को, मन भावन सहारा।।२६६१।।

यदि सेवक के हाथों, मर जाता रावण। प्रभु राम का यश, छिनता सेवक के कारण।।
सेवक हनुमान का यश, तो सेवा के कारण। सेवक का यश तो, प्रभु के यश के कारण।।२६६२।।

समझे बिना ही, हँस कर कह गए थे लक्ष्मण। शक्ति मां के दूध की, न समझे थे लक्ष्मण।।
समझाने लगी अंजना, दूध धार के लक्षण। छूटी धार कि फूटा, था पर्वत तत्क्षण।।२६६३।।

तीन मांओ के पुत्र ने, दुग्ध शक्ति समझी। नमन कर हनुमान की, मां की शक्ति समझी।।
बोले माता मैंने, दूध की शक्ति समझी। माता के दूध से पुत्र को, मिली शक्ति समझी।।२६६४।।

मां से मिल प्रयाग को, चला अब विमान था। श्री राम को करना, जहां स्नान ध्यान था।।
भरत तक संदेश, पहुँचाने को हनुमान था। राम को प्रयाग में, करना पिण्ड दान था।।२६६५।।

अयोध्या वापसी

अयोध्या दर्शन को, उड़ चले विभीषण। सिय राम को पुष्पक, का दे सर्वोच्चासन।।
झुका मानो सुमेरु, करता था शीर्षासन। चपला घनश्याम के बीच, जलद नीर धारण।।२६६६।।

चला जब विमान तो, हुए पुष्पाच्छादित। बही ठंडी वायु भी, हुई स्वच्छ सुवासित।।
सागर और नदी के, जल भी हो गए शोधित। निर्मल नभ में दसों, दिशाएं थीं मोदित।।२६६७।।

चारों ओर सारे, शुभ शकुन बरसते। श्री राम ने नीचे, दिखाए सबको रास्ते।।
लक्ष्मण देखो सीता, यहां इन्द्रजीत से जीते। यहां अंगद हनुमान, किट किटा के जीते।।२६६८।।

यहां मारे थे कुम्भकर्ण, और यहां पे रावण। ऋषि मुनियों को दुःख, देते थे अकारण।।
यहां था बना पुल, यहां शिव स्थापन। रामेश्वर किये थे, यहां हमने धारण।।२६६९।।

राम ने वनवास और, विश्राम स्थल दिखाए। सभी नाम कल के, सिया को थे बताए।।
विमान दण्डक वन में, सफल लेके आए। अगस्त्य आदि मुनियों के, स्थल ले के आए।।२६७०।।

यहां ऋषियों मुनियों से, पाए थे आशीष। चित्रकूट है, यहां हम नवा आये थे शीष।।
यहां भी हम दोनों ने, पाए थे आशीष। चलो यमुना को भी, झुका आयें हम शीष।।२६७१।।

यम की बहन यमुना, कलयुग में बहती। कलयुग के पापों, को धोती रहती।।
निष्पापियों को यह, वर देती बहती। हर युग में गंगा, यही करती बहती।।२६७२।।

पापों की हरणी, निष्पाप की वैतरणी। नमन दर्शन कर लो, यहाँ बहती त्रिवेणी।।
तीर्थों के राजा प्रयाग, की तीन वर्णी। गंगा यमुना सरस्वती, संगम की धरणी।।२६७३।।

करो दर्शन सीता, पुरी आयी अयोध्या। रोगों और तापों की, छुरी आयी अयोध्या।।
तुम्हारी मेरी अपनी, पुरी आयी अयोध्या। भक्त मन मष्तिकों की, पुरी आयी अयोध्या।।२६७४।।

प्रणत हो नमन कर, प्रयाग में वे उतरे। हर्षित पुलकित हो, स्नान ध्यान को उतरे।।
दान पुण्य पिण्ड दान, करने को उतरे। सिया राम आकर्षित हो, वरदान को उतरे।।२६७५।।

कहा राम ने हनुमान जी, को बुलाकर। अवध के ब्रह्मचारी, के वेश में जाकर।।
राम आगमन का, संदेशा सुनाकर। भरत का कुशल क्षेम, ले आएं समझा कर।।२६७६।।

हनुमान को भरत जी, का था भाव समझना। वही भाव श्री राम जी से, था लौट के कहना।।
था राम को संकल्प वृत, पर भाव वो रखना। भरत भाई की चाह पे, ही था राम को चलना।।२६७७।।

हनुमान जी उधर, और इधर राम चले थे। ऋषि भारद्वाज आश्रम, सिया राम चले थे।।
विविध पूजन अर्चन, चरण राम चले थे। वृहद् आशीषें लें, सिया राम चले थे।।२६७८।।

विदा भारद्वाज जी से, जब ले ली थी राम ने। निषाद राज की ओर, रुख़ किया विमान ने।।
राम आए है सुनते ही, दौड़ के निषाद ने। गांव नाव सब, झट जुटाया सम्मान में।।२६७९।।

गंगा पार करके, विमान राम का आया। सीता जी ने गंगा को, झुक शीष नवाया।।
अखण्ड सौभाग्याशीष, गंगा जी से पाया। निषाद राज दौड़ा, वहीं स्वागत को आया।।२६८०।।

निषाद राज गिरा, भूमि पर प्रेम से विंह्वल। सिया राम के पैरों, पड़ा भक्त निश्छल।।
झुकीं अशीषों का, फैला सीता अंचल। उठा राम ने, हृदय किया भक्त का विंह्वल।।२६८१।।

श्री लक्ष्मी कांत, कमलाखं राम जी ने। कृपा के निधान नृप, सुजान राम जी ने।।
कुशल पूछ ली, बिठा कांख निषाद जी से। 'श्री राम चरण स्पर्श' कर, धूल ली निषाद जी ने।।२६८२।।

निषाद है प्रणत, आपके पद शंकर सेवित। चरण आपके राम जी, हैं ब्रह्मा से सेवित।।
पूर्ण काम हैं सुखकाम, हे! राम हूँ मैं हर्षित। नमश्कार बार बार, निषाद आन हूँ अर्पित।।२६८३।।

तुच्छ निम्न निषाद को, उठाया था राम ने। भरत के समान कंठ, लगाया था राम ने।।
उच्च कुल भरत सा, बताया था राम ने। पवित्र हर चरित्र, उच्च बताया था राम ने।।२६८४।।

काम क्रोध मद मोह, विकार हरने वाला। प्रभु राम चरित्र, प्रेम करने वाला।।
विशिष्ट ज्ञान भरता, प्रभु प्रेम निराला। सिद्ध मुनियों देवों में, सुख भरने वाला।।२६८५।।

हनुमान भरत मिलाप

रुक के राम त्रिवेणी में, धर्म के कल्याण को। संदेश हित भरत पास, भेज के हनुमान को।।
श्रृंगवेरपुर से आऊँगा, सम्मान दे निषाद को। इंतजार रत रहे, भरत के भाव के मान को।।२६८६।।

हनुमान ने नन्दीपुर में, भरत को देखा। अयोध्यावासियों को, भी एकत्रित देखा।।
सभी को राम के दर्शन, को आतुर देखा। आँखे सूनी मनों में, शोक संचित देखा।।२६८७।।

हनुमान जी को देखते, ही सब पास आए। राम के समाचार, सुन के होश में आए।
उदासी मिटी मुख, विश्वास से खिलाए। अभी तक रहे थे, वे सुध बुध गँवाए।।२६८८।।

समय चौदह वर्षों का, पूरा हुआ था। मगर राम का संकल्प, न पूरा हुआ था।।
भरत का हर कर्त्तव्य, पूरा हुआ था। मगर राम न लौटे, अधूरा हुआ था।।२६८९।।

बिना राम उनको, न जीना था अब से। इसी रात के इंतजार, में थे राजा कब से।।
राम को अपना राज्य, लेना था कल से। वर्ना भस्म भरत जी, को होना था जल के।।२६९०।।

भरत संग सारी, अयोध्या भी जलती। बिना राम के उनकी, न सांसें और चलतीं।।
सुमन्त और वशिष्ट, तीनों मांएं भी जलतीं। बस इस रात के बाद, कल का सूर्य न तकतीं।।२६९१।।

कृशकाय स्वयं तप, लगे थे भरत जी। चौदह वर्षों राम रत, रहे थे भरत जी।।
अंतिम रात अंतिम श्वास, पे थी आस भरत की। राम पास हैं सुन, खुल गयी आँख भरत की।।२६९२।।

समाचार था राम, श्रृंगवेरपुर गुह से मिलकर। भरत से मिलेंगे, नन्दी ग्राम में खुलकर।।
भरत राह देखें, राम को माफ़ी देकर। प्रथम भाग्य गुह को, देना राम के दिल पर।।२६९३।।

भरत ने न खुद को, माफ़ी क़ाबिल समझा। राम जी की नज़रों, में अपराधी समझा।।
दिया मान निषाद राज, गुह को काबिल समझा। भरत के समान भाई, गुह को भी समझा।।२६९४।।

देव सिद्ध मुनि, रामधुन गाते आएं। सुजान सब मिले, रण की लीला सुनाएं।।
रहें राम नित्य, राम विजय श्री ले आएं। कलिकाल के सारे, पाप भी छुड़ाएं।।२६९५।।

मुख सबके हैं द्वार, और जीभें देहरी। राम नाम से ही, दीप्त होती है देहरी।।
जला दीप देहरी पे, तो आंएगे हरि। जग मग कराएंगे, मन और देह री।।२६९६।।

राम का राज्याभिषेक

जटा जूट धर, खाए पिये बिन। भरत राज्य करते वन से, चौदह वर्ष गिन।।
सोचते हूँ अधम, मैं जिया राम के बिन। याद आते रहे, सबके साथ के दिन।।२६९७।।

उतरा पुष्पक जैसे ही, नन्दिग्राम में। बिजली सी दौड़ने, लगी राम के पांव में।।
दौड़े भरत की ओर, सांसो को थामते। लिपटे आकंठ खुशी के, दामन थामते।।२६९८।।

अयोध्या में भरत, सुमुख से मिल आए। राम के अभिषेक की, तय्यारी कर आए।।
नगर को सजवा के, भरत खिलते आए। सुखी श्वास ले के, विश्वास वे भर लाए।।२६९९।।

मंत्री सुमुख ने, प्रजा को बुलाया। सिया राम का जयकारा, बुलंद कराया।।
परिवार सहित काफ़िला, सज के आया। राम के दर्शन को, कुनबा सबका आया।।२७००।।

इत्र फुलेल खुश्बूदार, दृव्य लगे थे। बलाएं न्योछावर, आशीष भर चले थे।।
चौक पूरे गए, बंदनवार लगे थे। आरती थाल सजे, मंगल गान चले थे।।२७०१।।

राम जी की जय जय, सिया राम की जय। अवध वासी पुरज़ोर, गाते चले जय।।
हुआ था लखन सिया, राम का सूर्योदय। चढ़े पालकी में, छिपते दिखते मेघों मय।।२७०२।।

अयोध्या में आज, मन रहा त्योहार था। रामचन्द्र को छूने का, जनता का ज्वार था।।
उमंगे तरंगे, बरसा रहा प्यार था। चित्त चोर चकोर, चातक पे सवार था।।२७०३।।

शोभा देखते, सरस्वती शेष और वेद। सुनते राम कीर्त्ति, कल्याण के शब्द श्रेष्ठ।।
ठगे ठिठके देखते, ठाठ बाट श्रेष्ठ। धन्य धन्य कृत कृत्य, राम का होना भेद।।२७०४।।

कमल नयन मुख श्री, तीनों की अति सुन्दर। स्मित पुष्पों जैसे, खिले प्रति अधर।।
नयन दर्शन करते, न थकें तकें वे जिधर। जीवन स्वतः चलता, आते राम जिधर।।२७०५।।

लगे असंख्य राम, पालकी से उतरने। जनता में हर एक, से एक राम मिलने।।
एक मानव एक राम, आंकठ हो के खिलने। कहें शिव, उमा! छुआ भेद न किस दिल ने।।२७०६।।

लौटे एक राम होके, सौनिकों में अपने। वशिष्ठ गुरु दिखे, खड़े सामने अपने।।
बढ़े उनकी ओर, पैर छू शीष धरने। गुरु से मिलाया, सैनिकों को अपने।।२७०७।।

गुरु जी मैं राम, शिष्य हूँ शीष नवाता। आपको अपने संगी, साथियों से मिलाता।।
पूज्य गुरु युद्ध के, समुद्र से मैं आता। अपने प्राण रक्षक, बेड़ों से मिलाता।।२७०८।।

इनके होते कोई, कर्त्तव्य रुके ना। इनके शौर्य से राक्षस, जीत सके ना।।
इनके रहते राम राज्य, छिन सके ना। राम के राज्य की भी, यही रहे सेना।।२७०९।।

बढ़े राम महल ओर, मांओं के आगे। चरण रज ली झुक के, और आशीष मांगे।।
नत नयन राम कैकेयी, से बोले यह आगे। मां आज्ञा पूर्ण करने से, भाग जागे।।२७१०।।

धीमे स्वर झुकाए गर्दन बोलीं, छोटी मां। मर्यादा पुरुषोत्तम ही, चुनती तेरी माँ।।
तुम्हें चुन हृदय बन्द, रखती रही मां। प्रजा भी तुम्हें राजा, मानती थी जी जां।।२७११।।

सुमित्रा के पग पर, झुके राम थे जब। चिरंजीवी हो पुत्र, बोली थीं वे तब।।
लखन सा रतन, किया राम संग जब। चिरंजीवी हे मां, किया था मुझे तब।।२७१२।।

बढ़े थे कौशल्या, की ओर जैसे ही राम। हृदय तक उठाया, मूर्च्छित गिरीं कह राम।।
चरित्र दागा मां, आपके पुत्र ने हर गाम। नहीं किया आपकी, सेवा का ही काम।।२७१३।।

यूँ एक एक कर, तीनों मांओ से मिलकर। मांओं व कुल गुरु के, शुभाषीश ले कर।।
मिले राम राज्य के, ऋृषि मुनियों से मन भर। वशिष्ठ ने बुलवाया था, जिनको हवन पर।।२७१४।।

वशिष्ठ ने करवाया, हवन और पूजन। मंत्र आहुति को, बुलवाए परिवार जन।।
शुद्ध किया परिसर, भवन और जन मन। आरती की अग्नि, दिलवा आए जन जन।।२७१५।।

आया शुभ मुहूर्त्त, भरत जी उठे थे। राज्य भर के नक्शे, निरखते उठे थे।।
निवेदित राम को, राज्य करने उठे थे। राज्याभिषेक तिलक, करने उठे थे।।२७१६।।

वस्त्राभूषणों से सज के, कर्त्ता हो के। राम जी सिंहासन चढ़े, भर्त्ता हो के।।
वर ले के मांओं से, दुःख हर्त्ता हो के। प्रजा को वर देने को, सुख कर्त्ता हो के।।२७१७।।

स्वर्ण रत्न सिंहासन, पर राम अति सुन्दर। खिले फूल सी वाम अंग, सिया रानी सुन्दर।।
प्रजा धन्य हुई देख, दुर्लभ छवि सुन्दर। अहो! भाग्य सजा स्वयं, आरती थाल के अन्दर।।२७१८।।

हुआ राज तिलक, नाचे किन्नर छम छम। गंधर्व गाते आए, बजा ढोल ढ़म ढ़म।।
नभ की अप्सराएं, भी नाचीं छम छम। उमंगे मृदगें बजातीं, धम धम।।२७१९।।

फैली धूम वो कि, आकाश भी हुआ तंग। चले रास रंग कि, तरंगें भी थीं दंग।।
अवध के महल में, हुआ वो रंगा रंग। कभी इससे पहले, न देखा था यह ढंग।।२७२०।।

सुशोभित हुईं राम के बायें, रानी सीता। जिसने भी देखा, अचम्भित डूबा जीता।।
हृदय आँख पट पट, खुल बन्द किये जाता। सौन्दर्य का सागर, भर भर होता रीता।।२७२१।।

चारों वेद आए

ऋग अथर्व साम, यजुर्वेद आए। करी श्रेष्ठ विनती, और राम गुण गाए।।
अव्यक्त प्रकृति ने, अनादि बहाए। छः तने चार चर्म, पच्चीस शाखाएं।।२७२२।।

पट पट पत्ते पुष्प, पुलकते पल्लवित। कड़वे मीठे फल फूल, बेल बूटे आवृत।।
नित नव नभ पे, सुवासित आच्छादित। वृक्ष रूप जग का, नमन कर लें स्वीकृत।।२७२३।।

अलौकिक अनोखा, अनन्त भाव का अनुभव। परे बुद्धि मन के, परम ज्ञान का उद्‌भव।।
मगर बस सगुण रूप का, यश गान करे भव। सद्‌गुण के पुंज को, करुणा धाम कहे भव।।२७२४।।

हे! प्रभु राम आपको, हम शीष नवाकर। माँग रहे हाथ जोड़े, वर यहां आकर।।
मन कर्म वचन से, हर विकार त्याग कर। रहते रहें चरण रज, की प्रीति पाकर।।२७२५।।

श्री राम के दर्शन हित, स्तुति व प्रार्थना। देवों ने की रख, सत् चित्त शुद्ध भावना।।
गए ब्रह्मलोक कर के, दर्शन व प्रार्थना। कहे काग भुषण्डि, गरुड़! हो शिव भावना।।२७२६।।

रमे राम रमण हे! जन्म मरण हर्त्ता। करें अभय आवागमन को, रक्षण कर्त्ता।।
अवध पति! हे! श्री पति, शरण दाता। कष्ट रूपी खर दूषण, रावण नष्ट कर्त्ता।।२७२७।।

सीता की माला - हनुमान को

राज्याभिषेक कुल भूषण, राम का। हुआ अयोध्या का, सिंहासन अब राम का।।
जनता में हर एक, खास और आम का। राजा को उपहार, देने का काम था।।२७२८।।

राम चन्द्र के, दाएं चरण बैठे हनुमान। परम शरण में, आ बैठे हनुमान।।
रानी सीता आसीन, दाएं राजा राम। माला दी सीता ने तो, ऐंठे हनुमान।।२७२९।।

हनुमान जी ने सीता से ले, मुक्ता माला। देखी दांत से तोड़ी, हाथ से फेंकी माला।।
उल्टी पल्टी परखी, हाथों से माला। तोड़ी हाथ से खींची, दे झोंकी माला।।२७३०।।

अमोल रत्न हैं मोती, विभीषण जी बोले। वानर क्या समझें, यह तो होते भोले।।
कर दी दुर्दशा, न मोल आंकी बोले। सिया मां की दी,क्यों फेंक दी ले के बोले।।२७३१।।

सृष्टि में सीता, और राम की ही झांकी। केवल मैने अनमोल, हृदय रखी बांकी।।
त्यागे यह मोती, शून्य प्रतिभा आंकी। इनमें राम की दिखी, न छवि न झांकी।।२७३२।।

विभीषण ने बात पे, सहज ही पूछा। हनुमान जी आपकी देह, है वृहद् क्या सूझा।।
नहीं राम सिया का, कहीं देह में कूचा। क्यों ढ़ोते हैं प्राण, इसमें किसने बूझा।।२७३३।।

हनुमान जी आगे आए, और सीना तान कर। बोले राम का दूत, सेवक जान कर।।
दिखाता हूँ मूर्त्ति, यहीं सीना फाड़ कर। सिया राम लक्ष्मण, हृदय हैं यह मान कर।।२७३४।।

सिया राम लक्ष्मण, सिहांसन पे बैठे। हनुमान के हृदय में, दिखे ठीक वैसे।।
उतर सामने से ही, आइने में बैठे। आमने सामने छवि देख, सभी हत प्रभ बैठे।।२७३५।।

फूल बरसाने लगे, नभ से थे देवता। जय कारे गाने लगे, राम की देवता।।
बटोर के पिरोने, लगे सारे मुक्ता। राम जी को फिर से, दिये गूँथ के मुक्ता।।२७३६।।

फिर से वो माला, पहना के हनुमान को। कहा राम ने आज से, इस बात का भान हो।।
छूने मात्र से ही, यह माला हनुमान को। संस्कार भरी इसकी, सृष्टि हुई ज्ञान हो।।२७३७।।

सच्चे सेवकों के, तनिक स्पर्श मात्र से। सच्चे मोती माला के, हुए आदर्श पात्र थे।।
संस्कार भर गए, ये पहले शून्य मात्र थे। कंधे चढ़ गए, भूमि पड़े मात्र थे।।२७३८।।

रमण राम का करके, शरण राम की आ जा। 'श्री राम चरण स्पर्श' कर, राम दूत सा छा जा।।
संस्कार उनके पा के, उनसा ही बढ़ता जा। सुन्दर उनके संस्कार, जग में तू भरता जा।।२७३९।।

प्रजा की प्रतिक्रिया

अग्नि परीक्षा सफल, दे के सीता। परम हो गयी थीं, हर दृष्टि में सीता।।
बायें सिंहासन, आसीन हो के सीता। राम की रानी भी, हो गयी थीं सीता।।२७४०।।

लाया गया एक, धोबी सभा में। पत्नी भी साथ आयी, रोती सभा में।।
अपराध क्या किया है, क्यों आए सभा में। क्यों रो रही, तुम्हारी पत्नी सभा में।।२७४१।।

धोबी बोला पूरी, दो रातें पूछे बिन। रही मेरे घर से, है गायब यह नागिन।।
खोला राज़ बहला के, मन पूरे दो दिन। अपवित्र हो चुकी जब, शायद यह पापिन।।२७४२।।

आगे बोला अभी, इसी सभा में। दण्ड और अपराध, तय करके बता दें।।
इस जैसी कोई, माफ़ हुई हो सभा में। आगे आ के सच, कह के जता दें।।२७४३।।

धोबी की बात सुन, चुप थे सभासद। पत्नी रहे, किसी दूसरे के घर कब।।
किया है स्वीकृत, स्वयं ही अपराध जब। कैसे सभा में, हो सकती है माफ़ अब।।२७४४।।

गया बोलता आगे भी, मैं हूँ तुच्छ प्राणी। नहीं हूँ महान, सभा सदों सा ज्ञानी।।
परिश्रम से ला पाता, हूँ दाना पानी। परायी को न, रख पाता मैं अभिमानी।।२७४५।।

राजा महाराजा, एश्वर्य धन धान्य पूर्ण। प्रजा के पालक, वीर शौर्य ज्ञान पूर्ण।।
पत्नियां जीते जाते हैं, युद्ध में वे शान पूर्ण। रखते महलों में हैं, देते सम्मान पूर्ण।।२७४६।।

कहा राम ने हे! प्रजा के प्रति निधि। राम राज्य चलाती प्रजा, प्रजा की विधि।।
राम राज्य की अनमोल, धर्म कर्म ही निधि। राम राज्य चलता, तप योग की विधि।।२७४७।।

फिर रावण के घर, रही थी जो सीता। अब राम के पास, क्यों रह रही सीता।।
न पहले न अब थी, प्रजा की जो सीता। बिना कर्म किये रानी, क्यों है सीता।।२७४८।।

धक से रह गए, यह सुन के दरबारी। धोबी कर गया था, महा दुनियादारी॥
फ़ैसले की अब तो, थी राम की बारी। सोच में पड़ गए, महा धनुर्धारी॥२७४९॥

हनुमान लक्ष्मण सिया, के झुक गए सर। करेगा क्या राज्य, कोई राजा झुके सर॥
करना वो कि, सदा उठे राजा का सर। एक राम का उठे, बाकी के झुकें सर॥२७५०॥

बोली खड़ी हो सीता, हूँ मैं न अपराधी। मैंने अपनी प्रजा की, न चिन्ता भुला दी॥
प्रस्तुत मैं रानी सीता, रहूँगी सदा सी। धोबी द्वारा जनता ने, कोई नहीं सज़ा दी॥२७५१॥

अग्नि परीक्षा, धोबी ने नहीं देखी। विजयी सदा सीता, इसने नहीं देखी॥
अपनी पत्नी में भी, सीता ही देखी। पवित्रता में अपवित्रता, ही इसने देखी॥२७५२॥

बोली सीता, सत्य नहीं जिसने देखा। सहज ही लग सकता है, उसको धोखा॥
प्रजा व सभा ने, मेरा सत्य न देखा। लगता असत्य सब, तभी उसको धोखा॥२७५३॥

निर्भय ईमानदार, धोबी है जनता सा। राम राज्य प्रंशसा, जिसकी करता न थकता॥
दिखा के आईना, प्रजा जन के मन का। राम राज्य आभारी, हुआ कर्मठ धन का॥२७५४॥

सीता को रहना है, कर्मठ इस जन धन से। पवित्र शुद्ध बसी, जो राम और राज्य के मन में॥
कोई खोट नहीं है, प्रजा जन के मन में। सजा मैं भुगत के ही, रह सकूँगी इनमें॥२७५५॥

सच देखा जिन्होंने, देखी अग्नि परीक्षा। कि अग्नि ने राम को, ही दी मेरी भिक्षा॥
प्रजा ने अभी, आज भी ली है परीक्षा। उन्हें राजा राम, दे देंगे मेरी भिक्षा॥२७५६॥

भूमिजा स्वयं लक्ष्मी, भू आंचल है जिनका। क्या राम क्या रामदूत, है राम राज्य इनका॥
तपीं अग्नि में, खरा सोना मन है जिनका। अंह आलस्य रावणों को, छोड़ना काम इनका॥२७५७॥

बोल उठे हनुमान, कि जलाई जब लंका। सीता सोना असली, जलीं न नहीं शंका॥
छुआ तक न लपटों ने, धूधू जली लंका। अति दूर लंकेश था, पर सिय वहीं न शंका॥२७५८॥

मिली देह ताकि, कर्म करते रहें हम। त्याग करते श्री राम के, धर्म चलते चलें हम॥
मोह महलों का न, कभी व्यर्थ करें हम। कभी जो किया न, वो अनर्थ न करें हम॥२७५९॥

अब तक करते रहे थे, वन से राम जी सेवा। सिया लक्ष्मण जनता थे, की राम की सेवा॥
पादुका से भरत जी ने, की राज्य की सेवा। शत्रुघ्न ने नगर से, की राज्य की सेवा॥२७६०॥

प्रजा राम के लिये, रही थी अति व्याकुल। सुरक्षा भेजती रही थी, हो के आकुल॥
मांऐ राम के लिये, रहीं थी सदा व्याकुल। आज मिल गए राम, अब कोई न आकुल॥२७६१॥

प्रजा के मन पर, है राज्य करना राम को। मेरे राम को राम जैसा, राज्य करना आम हो॥
हर आकुल मन में, है हर्ष भरना राम को। मेरे राम को करना विस्तारित, राम राज्य को॥२७६२॥

सिया रक्षण हित, राम युद्ध करते आए। माया गठरी मुझ में, हर सुख भरते आए॥
अधिकारों पे अपने, अंकुश धरते आए। डगर भर डिगाते, असुर तरते आए॥२७६३॥

मैं भूमिजा हूँ मुझमें, प्रजा सब समायी। राम के सुरक्षण पे, जो चलती आयी॥
छली मायावियों ने, बुद्धि जब डिगायी। राम के वामांग में, अग्नि ने समायी॥२७६४॥

सिया से प्रजा, धोबी न छीन सकेगा। महल वन के बीच, रेखा न खींच सकेगा॥
सिया मन पावन, राम की जनता पे होगा। वनों में राम राज्य, सिया के मन का होगा॥२७६५॥

महल से सुरक्षा, प्रजा को राम देंगे। स्वयं राम सुरक्षित, सिया के वन होंगे॥
पहल राम राज्य की, महलों से होगी। सिया वन में जनता, सी श्रम करती होगी॥२७६६॥

नमन अग्नि को है, किया राम सिया मय। रहें राजा बन राम, महल में सिया मय॥
हूँ अर्धांगिनी राम की, मैं रानी राम मय। चली वन अकेली, मगर मन से राम मय॥२७६७॥

किये राम ने सारे वन, असुरों से खाली। वनांचल राम राज्य के, पूजन की थाली॥
उठाने चली अब सिया, वन की थाली। हरित कर वनों को, भरेगी यह थाली॥२७६८॥

किया राम ने श्रम अब से, जनता करेगी। वन अंचल श्रम से, लहलहाता रखेगी॥
कर्त्तव्य पालन करके, प्रसन्नता भरेगी। धर्म कर्म से राज्य, राम की जनता करेगी॥२७६९॥

राम सवांद

सीते! स्वर्ण हिरण से, हुई क्यों मोहित। स्वर्णिम लंका रहना, पड़ा जैसे शापित।।
भूली लक्ष्मण रेखा, करा अनवरोधित। हुई शंकित रहना, पड़ा अमर्यादित।।२७७०।।

आर पार रेखा के रख, रावण की पादुका। लक्ष्मण रेखा पर की, सेतु सी पादुका।।
पग रख सुरक्षित, क्यों पार की थी रेखा। डर जलने का कोई, बाकी न रखा।।२७७१।।

कंचन सी सिया, पवित्र सती थीं। अग्नि क्या तुम्हें, छू भी सकती थीं।।
जलतीं न सिया, तुम तो सती थीं। कंचन से पारस, ही हो सकती थीं।।२७७२।।

सिंहासन पादुका तो, श्वास रहित हैं। निर्जीव अचल व, विकास रहित हैं।।
इन्हें छोड़ चला जो, वो भय रहित हैं। जीता फलता वो, ही श्वास सहित हैं।।२७७३।।

छोड़ चली थीं तुम, तभी बढ़ सकीं तुम। निर्जीव सहारे, छूटने से बढ़ीं तुम।।
अग्नि परीक्षा हेतु, चढ़ीं तुम। राम हृदयासन, तभी तो चढ़ीं तुम।।२७७४।।

बनो तुम स्वयं से ही, स्वयं का सहारा। रेखा पादुका हैं, असत्य लो छुटकारा।।
सदा आत्म परीक्षा, का सब लो सहारा। भावी युवराजा, है सत्य अभी तुम्हारा।।२७७५।।

जनक पुत्री तुम, तो धरती जनित हो। महल रास रंग से, नहीं आकर्षित हो।।
मेरे प्रेम पगी, हृदय में नित हो। मेरे राज्य के वारिस, की रक्षा में नित हो।।२७७६।।

मेरे बाण के तुम, असर को परखने। इसी पल उठ के चल पड़ो, वन में रहने।।
रावणों की, वहाँ असुरात्मा परखने। मिलें तो सीधे, उनपे लगना बरसने।।२७७७।।

राजा हो के भी, साधु जैसा आचरण। यही तो है प्रिये! राजा राम का सत्यानुसरण।।
किया सिया! तुमने, मुझ राम का वरण। निभाओ सत् चित्त, आनन्द ही का आचरण।।२७७८।।

लक्ष्मण! ले जाओ भाभी को, छोड़ दो वन में। रहेगी वहाँ वाल्मीकि के, रक्षण में।।
भावी राजकुमार भी, हों तो उनके संग में। बनेंगे संस्कारी, उनके संगरक्षण में।।२७७९।।

मैं हूँ भाग के रक्षा, भक्तों की करता। अपने शिशुओं की जैसे, करती है माता॥
छूलें न आग सांप, पहले ही भागता। भक्त में शक्ति भरने, मैं दौड़ के आता॥२७८०॥

तप व ज्ञान से हो के, सशक्त मुझको भजता। उन्हीं के बल पर तब, मैं उनको तजता॥
बड़ा हो के शिशु, जब प्राप्त करता दृढ़ता। उसी के बल माँ का, छोड़ना उसको सजता॥२७८१॥

बनी है सीता आज, सद्यः माता। सबल हुई तप करती यह, बालिका से माता॥
सशक्त है सबल हुई, अब छोड़ सकता माता। भावी माँ के बल से, हुई रानी सीता॥२७८२॥

वन में छोड़ा नहीं जीवित, हमने असुर कोई। उन्हें मार चुके हैं, वन में डर नहीं कोई॥
वाल्मीकि जी भी रहे, डाकू न अब कोई। देख रेख में रखेंगे, वे न कसर कोई॥२७८३॥

सिया सुरक्षित, वन में अब भी होगी। भावी राम के संग, वो अब भी होगी॥
नगर में प्रजा, राजा के जैसी होगी। वनांचल की रानी, सिया वैसे होगी॥२७८४॥

राम ने न त्यागा, राम के त्याग को समझो। अपनाया राम ने खो के, अनुराग को समझो॥
समझे प्रजा सत्य, इस काल को समझो। त्याग रूप अपनायी, सिया राम को समझो॥२७८५॥

एक निष्ठ प्रजा में, जिया राम का समझो। राम राज्य राम ने, किया राम को समझो॥
हर वन सुरक्षित, किया राम को समझो। वानांचल सिया को, दिया राम को समझो॥२७८६॥

लक्ष्मण संवाद

नहीं! नहीं! हे भ्राता श्री, बात आपको ज्ञात हो। भाभी का न, फिर वनवास बेबात हो॥
सतीं दण्डक, त्रिकूट, अशोक वन दिन रात वो। तपीं अग्नि में, गर्भवती हैं ज्ञात हो॥२७८७॥

हां! हां! माना जन्मीं, मिट्टी में खेलीं। धरती पुत्री हैं, पर पलीं महलों हवेली॥
हमारे संग वन में, कांटे और दण्ड झेलीं। भावी मां हो खिलीं, फिर भी मरतीं झेलीं॥२७८८॥

हम बिन बहुत तड़पी, हैं अपनी मांए। फिर आया बचपन, वे छम छम नचाएं॥
झुलाएं सुलाएं, फिर से लोरी गाएं। स्पन्दन इस मरते, महल को दिलाएं॥२७८९॥

चौदह वर्षों के, मिले वन निवास को। सक्षम थे हम, परिपक्व झेले साथ हो।।
सफल निभाते चले, राक्षस निकास को। निर्विघ्न साधु संत, खिले अपने साथ हो।।२७९०।।

पर भावी मां भाभी, के कोख की रक्षा। प्रथम कर्त्तव्य रूप, हमें सृष्टि ने बख्शा।।
अनुचित अनर्थ रही, यह लोक परीक्षा। निर्विघ्न प्रसन्न राजा, राम जी दें रक्षा।।२७९१।।

होना चाहिये भावी, राजकुमारों में कि वे। पलें बढ़ें कुल के, राजसी संस्कारों में।।
महल सहित उनके, साज श्रंगारों में। निरूपित ही रहे सार, राम का सारों में।।२७९२।।

नहीं ले जाना मुझे, कहीं नहीं छोड़ना। न भावी मां, न अजन्मा राम ही छोड़ना।।
जिनके साथ के माने, ही सुख को जोड़ना। कुल सम्मान की कुंजी, उनपे ही छोड़ना।।२७९३।।

कड़ी सुरक्षा जिन्हें, देने के मारे। असंख्य विराध रावण, असुर हमने मारे।।
उत्पात उन्माद नष्ट, करने ने हमारे। अहिल्या शरभंग आदि, ऋषि उद्धारे।।२७९४।।

इन्हीं कर्मों का, हमको मिला फल है। यह प्यारा घर बार, हम पा के सफल हैं।।
कर्बद्ध आपकी प्रार्थना, करने का पल है। अपने हाथों न मिटे, प्यारा जो फल है।।२७९५।।

सीता संवाद

लक्ष्मण जो सुरक्षा, सीता भाभी को दी थी। रावण की बहन को, भी यदि दी होती।।
उसके भाई से, मान नहीं खोयीं होतीं। भाभी मां तुम्हारी, नहीं रोयीं होतीं।।२७९६।।

दूषित भूल वश की, स्वयं अपनी रेखा। खींची थी मर्यादा, की जो सीमा रेखा।।
जलाए बिन पार की, रावण की पादुका। शूर्पनखा का मान, रखने लगी रेखा।।२७९७।।

दशानन विद्वान था, सहज भाँप गया था। रेखा की क्षमता थी, क्षीण आंक चुका था।।
विवश थी जलाने में काठ, खुश हुआ था। सीता पे नहीं आँच, दुष्ट जान चुका था।।२७९८।।

उसी पादुका के, कण कण में समा के। मेरे रक्षक राम, मेरी आँखो में झांके।।
सहारे पे राम के ही, बढ़ी थी मैं आगे। स्त्री न्याय को बढ़ गई, मैं सीमा के आगे।।२७९९।।

पार कर चली मैं, मर्यादा की रेखा। अक्षम रक्षण बंधन, तोड़ मैंने फेंका।।
कसौटी बनी, चल पड़ी थी मैं लंका। कलुष का कृन्दन, हर मोड़ पे मैंने देखा।।२८००।।

भोली रही मैं भी, जब मैं थी भूली। अवध के महल लटकी, थी त्याग की सूली।।
निश्चिन्त तुम भाइयों संग, वन में डोली। ससुराल घर समाज के, कर्त्तव्य भूली।।२८०१।।

सोचा देह सजे, अपने थोड़े गहने। संकट के क्षणों में, प्रयुक्त होंगे पहने।।
निर्बल निर्धन राम, और लक्ष्मण के सपने। निर्जन वन में, सत्य सब मुझे ही करने।।२८०२।।

गले पड़ी रही, माया की कड़ी सी। भूली वनवास भर, रही जड़ी सी।।
भाईयों को कठिन, परीक्षा घड़ी दी। दोनों ने संघर्ष कर, सहर्ष जीत खड़ी की।।२८०३।।

भूल यदि हुई, करना होगा प्रायश्चित। राम राज्य की है, यह नीति सुनिश्चित।।
अकेली वन में रहूँ, हुआ है यह निश्चित। अजन्मे राम लक्ष्मण, पे ध्यान हो स्थित।।२८०४।।

हम मानव हैं तो, भूलें ही करेंगे। निष्ठा बोध होगा, कर्त्तव्य भी करेंगें।।
परीक्षा काल की, हीलें भी भरेंगे। पार रोध कर, गंतव्य भी चलेंगे।।२८०५।।

परीक्षाएं देने, में ही सम्मान है। सफल कर परीक्षाएं, बढ़ता सम्मान है।।
खरा सोना होता, शिला के समान है। नहीं जलता आग में, निखरता सम्मान है।।२८०६।।

सीता ने सफल दी, थी अग्नि परीक्षा। वाल्मीकि जी भी देंगे, कल एक परीक्षा।।
डकैती त्याग के, ब्राह्मणत्व की परीक्षा। सीता को दे के, अपनत्व भरी सुरक्षा।।२८०७।।

वायु, व्योम, वसुधा, वन विंध्य सागर। राम राज्य का विस्तार, हर ओर उजागर।।
मुझसी अकेली, विचरेगी बिना डर। दानव दीन किए, राम ने कृपा कर।।२८०८।।

कर्त्तव्य मेरा जंगल, में रह के हुआ खास। निखारुँगी राम राज्य, करती हुई विकास।।
किसी दुष्ट आत्मा का, होगा नहीं वास। करूँगी जतन कर दूँ, दिखते ही मैं निकास।।२८०९।।

धन्य हूँ राम ने, तोली मेरी साध्विता। सौंपा मुझको मुझे, हटा ली हर बाध्यता।।
स्वयं जैसी मेरी, भी मान ली क्षमता। दूर करके मुझको दे, दी पूरी मान्यता।।२८१०।।

माँ बाप की आज्ञा, शिरोधार्य करके। मिटाए राज्य से, असुर सारे मार के।।
आज राम के इसी, निर्दिष्ट आधार पे। अजन्मे राम को भी, चलना वनवास पे।।२८११।।

जल्द ही मेरे पुत्र, के रूप में राम। बसेंगे आ के मेरे, हृदय राम के धाम।।
डग मग नन्हें पगों, को थाम थाम। करूँगी मैं सिंचित, वन के शुष्क धाम।।२८१२।।

दानवों दैत्यों की, मृत्यु का काम था। व्रत अति विशिष्ट, सदा राम का था।।
राम के पथ चली मैं, मेरा काम था। पथ मेरा हुआ अब, भविष्य के राम का।।२८१३।।

मुकुट के अपनी, मणियां सजा कर। असुर राक्षस राज, आरता घुमाकर।।
सहज खुश होते, दरिद्रता भगा कर। राम की मूर्त्ति की, वन्दना कराकर।।२८१४।।

चरण कमलों पर, भँवरों सी भक्ति। नखों के दर्पण, दे देते दिव्य दृष्टि।।
आँखों को मिलती है, वो दुष्कर ज्योति। त्रिकाल देखने की, हो सिद्धान्जन सृष्टि।।२८१५।।

सृष्टि की सारी, शुभ अशुभ भावना। राम चरणों से होती, जाती हैं पावना।।
पद चिन्हों पे राम के, चली हुई पावना। भ्रान्ति दूर करती है, राम की साधना।।२८१६।।

अनन्त चलेगी, यह साधना यात्रा। कलयुग सतयुग, हो द्वापर या त्रेता।।
राम के चरणों पर, ही चली थी सीता। सीता के पद चिन्हों पे, होंगे विधाता।।२८१७।।

मेरे हाथों से कोमल, थे राम जी के चरण। वन काँटों चल पड़े, थे जो कठोर बन।।
बने वे सती के, त्याग के संबल। शिव के निर्णय के, हुए जो कठोर मन।।२८१८।।

त्याग सके शिव जी, कठोर हो उमा को। प्रेम में पिघल के, न गलती क्षमा हो।।
ठगा राम को उसने, थी बनी रमा वो। अविश्वास पति पर, किया क्यों क्षमा हो।।२८१९।।

संघर्ष किये राम ने, विश्वास के बल पर। जिये कष्ट कर्मठ हो, सरल सफल कर।।
हरित सघन किये वन, तप के बल पर। ज़हरीले फल लिये, अमृत में बदलकर।।२८२०।।

जब भी त्याग, बलवान हुआ है किसी का। नाश नहीं कल्याण, ही हुआ है उसका।।
श्री राम ने जैसे ही, राज्य त्याग किया था। असुर नाश होने से, कल्याण हुआ था।।२८२१।।

राम ने सभी के, आदेशों की कटुता। आदर्शों से अपने, कर दी थी मृदुता॥
भविष्य राम को न, मिले कभी कटुता। सीता जतन करके, भरेगी मृदुता॥२८२२॥

राम रतन धन, सिया लिये चली वन। इस धन को कर्म कर, समाऊँगी कण कण॥
देह की धरा में, धरूँगी यह धन। पुत्र में राम के, भरूँगी धर्म गुण धन॥२८२३॥

भावी राम को, मिलेगा प्रशिक्षण। जन्म से, राजाओं के जैसा शिक्षण॥
सिया राम पिछडेंगे, न किसी क्षण। जब भी करना हो, प्रजा का सुरक्षण॥२८२४॥

प्रजा की इच्छा देख के, सेवा करना। राजा हो कर भी, उससे शासित रहना॥
छल न कपट करना, न दण्डित करना। प्रेम से शासन करना, राम जी सा करना॥२८२५॥

राम हैं अवध राजा, मैं उनकी पत्नी। प्रजा के ही सुख चैन, में हैं चिन्ता अपनी॥
धोबी से प्रजा ने, है आन ठानी अपनी। बात राम की, बाण राम का जानती है पत्नी॥२८२६॥

मन से प्रजा बनी, जीती रही सीता। माया धन बनी, वन में रहती रही सीता॥
परीक्षा राम की, हर दम लेती रही सीता। राम पर विश्वास कर के, चलती रही सीता॥२८२७॥

अवध की प्रजा को, राजा राम मिले हैं। पराक्रम को उनके, यह परिणाम मिले हैं॥
हृदय मस्तिष्क बस के, मेरे राम खिले हैं। अब मेरी परीक्षा के, चले सिलसिले हैं॥२८२८॥

दैहिक, दैविक, भौतिक तापा। राम राज नहिं, कहिंहु व्यापा॥
सब नर करहिं, परस्पर प्रीति। चलहिं सुधर्म, निरत श्रुति नीति॥२८२९॥

राम राज्य में कोई, ताप नहीं होता। न देह न देव न ही, सृष्टि में होता॥
सभी मनुष्यों के बीच, प्यार ही होता। सुधर्म चलता नित, वही दृष्टि में होता॥२८३०॥

तम अनन्ध अनय, व दण्ड हैं बस। निशि धन पाए व, रथ के पायों में बस॥
नहीं बसे प्रजा जनों के, शुद्ध मानस। है सच्चिदानन्द घन, न्याय करने में बस॥२८३१॥

पास या दूर, सीता से राम होते। सदा सिया के, हिया में राम होते॥
सिया की सोच में, सदा राम जीते। सिया सोच में, मरे रावण होते॥२८३२॥

राम हैं सशक्त, सिया की शक्ति से। सिया है सशक्त, राम की भक्ति से।।
प्रजा है सशक्त, राम की शक्ति से। राम हैं सशक्त, प्रजा की भक्ति से।।२८३३।।

आओ लक्ष्मण, सिया भाभी वन में छोड़ के। हमारी शक्ति सिया के, मन में छोड़ के।।
सिया से सशक्त थे, हम महल छोड़ के। हम से सशक्त रहे, सिया महल छोड़ के।।२८३४।।

पछाड़ खा के धोबी, गिरा राम के पाँवों में। प्रभु हे! प्रभु दी समझ, अन्ध निगाहों में।।
धोबिन भी गिरी, सिया माँ के पाँवों में। भुगत पाप मेरा, पतन न दें निगाहों में।।२८३५।।

हम हैं तुच्छ प्राणी, और आप राजा रानी। हमसे नीच पालते, हैं देते दाना पानी।।
क्षमा कर दें गलती, सुधारने की ठानी। बचा लें प्राण हमारे, ढ़िठाई की मनमानी।।२८३६।।

बोले राम किसी काम से, नीच न कोई होता। मैल धोते कपड़ों का, राम दिलों का धोता।।
सीता बोलीं शुद्ध मन से, शुद्ध करना जनता। राम राज्य के राजा रानी, धर्म कर्म से जनता।।२८३७।।

राजा रानी जो करेंगे, जनता भी करेगी। जो भी मानक तय करेंगे, अनुसरण करेगी।।
सीता राम के त्याग कर्म से, उच्च सिद्धि होगी। राम राज्य प्रजा में, शुद्ध बुद्धि होगी।।२८३८।।

राम अनन्त राम कथा अनन्ता

जला के लंका, समुद्र स्नान करके। सीता की शरण आए, कपीश ध्यान धरते।।
कुशल माँ कहूँगा, निशानी साथ कर दें। किस्सा राम के साथ का, कह के साक्ष्य धर दें।।२८३९।।

चूड़ामणि उतारी, सिया जी ने सिर से। बोलीं राम के साथ की, कथाएं सुनो फिर से।।
राम की मुद्रिका, लौटाई लगा सिर से। बोलीं साथ में ले जाएं, चिन्ता उठे सिर से।।२८४०।।

मां से विदा ले, चरण स्पर्श कर हनुमान। उड़े राम के पास, भरे हर्ष के तूफ़ान।।
निशानियां माथे से, स्पर्श कर हनुमान। सबूत ले के उड़े, कर राम कार्य महान।।२८४१।।

उड़ते हुए रास्ते, में प्यास उन्हें सताई। हवा सुत को आश्रम, पड़ा एक दिखाई।।
वहाँ मुनि के पास, निशानियां रखवाईं। सरोवर में जल पी के, प्यास बुझाई।।२८४२।।

तृषा बुझा कपि, आए मुनि के पास। चूड़ा मणि मुद्रिका, थी उन्हीं के पास।।
पूछा मुनि से तो, उठा कमण्डल दी आस। इसमें देख लो मुद्रिका, तेरी होगी खास।।२८४३।।

इनमें से पहचान के, मुद्रिका अपनी चुन लो। बची हुई हों जो, उन्हें निकाल के गिन लो।।
कम न होने पाएं, ध्यान से बात सुन लो। तुम्हारी होगी तभी, ले जा पाओगे सुन लो।।२८४४।।

मुठ्ठी डाली कपि ने, बची हुई निकालीं। कमन्डल फिर भी, हुआ नहीं था खाली।।
अनन्त मुद्रिकाएं, किसी ने उसमें डालीं। श्रम करना कमण्डल पे, लगा कपि को खाली।।२८४५।।

कमण्डल में हाथ डाल, हनुमान जी ने देखा। कई हाथ में आयीं, तो भूमि पे फेंका।।
खन खन खन खन बजीं, फिर झांक के देखा। चकराने लगे, ठन ठन माथा ठनका।।२८४६।।

बोले मुनि से कपि, अति अचम्भित हो के। ला सका था मैं बस, एक मुद्रिका ढोके।।
गिनो चुनो कोई, फिर से आप एक लाएगें। राम दूत आप ही, बार बार दे जाएंगे।।२८४७।।

कमण्डल में डाल के, हमेशा रख लेता हूँ। उसे भूल फिर से, तपस्या में खोता हूँ।।
प्यासे पवन पुत्र, हर त्रेता देखता हूँ। अंगूठी दे पानी पी, हरदम जाते देखता हूँ।।२८४८।।

हर बार त्रेता में ही, श्री राम जी आते हैं। हर एक त्रेता में ही, हनुमान भी आते हैं।।
प्रभु मुद्रिका भी एक, पवन पुत्र ही लाते हैं। दे जाते हैं पर फिर, वापस न ले जाते हैं।।२८४९।।

अनन्त काल से चलता, चला आ रहा यही क्रम। अनन्त काल तक चलता, चलेगा यही क्रम।।
गिनना चुनना पुत्र, व्यर्थ का है उपक्रम। छोड़ दो बस बेटा, कभी न करना व्यर्थ श्रम।।२८५०।।

हनुमान द्वारा राम कथा लेखन

सिया गर्भवती थीं, चली गयीं अब वन में। वाल्मीकि जी के, आश्रम के उपवन में॥
हृदय राम रस ले, उदर राम धन ले। राम मयी सिया से, दूर हनुमन थे॥२८५१॥

सिया विषय नहीं, मन बुद्धि वाणी का। पराविद्या जैसा, है रूप सिया रानी का॥
त्रिगुणात्मक छाया रूप, जो होता प्राणी का। प्रकृति स्वरूप होता, रूप सिया रानी का॥२८५२॥

ऐसी सिया ने जब, राम बीज धरण किया। अयोध्या सिंहासन, महलों से वन किया॥
नीरस नीरव निवृत्ति, निबद्ध नमन किया। निर्लिप्त राम का, भाव भाग वरण किया॥२८५३॥

निस्सृत हनुमान तभी, हो गए महल से। सेतु पे ही रहे, निकल के महल से॥
पत्थरों के ऊपर, नाखूनों के फल से। खुरच गोदते रहे, सिय राम के पल वे॥२८५४॥

ब्रह्मा की पत्नी, सरस्वती आ गई थीं। प्रभु राम चरण की, सेवा में रहती थीं॥
शब्द भाव कथन में, वही भरा करती थीं। राम दूत को सुबुद्ध, वही किया करती थीं॥२८५५॥

हनुमान जी क्या, लिखते रहते थे गुपचुप। लिखने का कार्यक्रम, चलता रहा गुप चुप॥
परन्तु लक्ष्मण जी ने, भांप लिया कुछ कुछ। आभास तिरा दिया, हवा में कुछ कुछ॥२८५६॥

कथा पवन पुत्र से, पवन में चल उड़ी। उत्सुकता घुल कर, गगन में बढ़ चढ़ी॥
कथा राम जी की, पत्थरों से उठ पड़ी। कानों के पर्दों में, वाल्मीकि के गड़ी॥२८५७॥

कांधो पे हनुमान जी, स्वयं उन्हें बिठाकर। ले आए वहीं पर, वायु में उड़ाकर॥
पत्थरों के ऊपर, चढ़ के उतरा कर। वाल्मीकि ने पढ़ी, खूब आँखे गड़ाकर॥२८५८॥

बोले हे! हनुमन्त, पढ़ी आपकी रचना। अति उत्कृष्ठ काव्य, क्या इसका कहना॥
पर इसका अस्तित्व, खोना आपको करना। छुपा दें यह रचना, फिर कभी न लिखना॥२८५९॥

तत्काल मान के, बात वाल्मीकि जी की। हनुमान ने राम कथा, लिखी जो ताज़ी थी॥
सागर के तल में, समाहित करी थी। उठा नभ में उड़ा, गिरा दी इति की॥२८६०॥

एक एक उठा कर, खुदी हुई शिलाएं। सागर में गिरा कर, समाते वे जाएं॥
कार्य पूर्ण कर, दुश्चिंताएं हटाएं। मर्म स्मृति कथा की, डुबाते वे जाएं॥२८६१॥

उड़ती चिड़ियाँ इसमें, धंधा करती रहतीं। मेरे प्रभु का नाम, गंदा करती रहतीं।।
प्रकृति भी क्या, फंदा मढ़ती रहती। राम कथा पे झूठा, झंड़ा गढ़ती रहतीं।।२८६२।।

सुनी वाल्मीकि ने, राम दूत जी की बात। गिरे दीन हो बोझिल, बोध करके अपराध।।
यश के लोभ में मैं, कर गया नीच बात। जग से छीना अनमोल, महाकाव्य कर आघात।।२८६३।।

पवन कुमार जी को, दिया आशीष उन्होंने। सुयश होगा उज्ज्वल, स्वयं कहा उन्होंने।।
बने रहो पुत्र, मेरे तुम अभीष्ठ अब। जनता के बीच तुम, स्वयं रहते रहो अब।।२८६४।।

बोले हनुमान जी, मेरा यश है राम से। पीता रहा आनन्द रस, मैं तो इस काम से।।
लिखता रहा मै, स्वयं यश से राम के। मेरा यश बंधा है, स्वयं यश से राम के।।२८६५।।

नवम चरण

काशी नरेश की कथा

काशी के राजा, भक्ति प्रेम की धुन में। चले थे अयोध्या श्री राम से मिलने।।
नारद जी राह रोक, लगे उनसे कहने। वहाँ कई ऋषि होंगे, आए राम से मिलने।।२८६६।।

होंगे वहाँ ब्रह्मर्षि, विश्वामित्र भी। उन क्रोधी मुनि से, न हों प्रणत कभी।।
वैसे तो हैं राजा, राम के वे मित्र भी। सौम्य राम संग उनपे, मत होना नत कभी।।२८६७।।

वहाँ तो ऋषि मुनि, सभी ब्राह्मण होंगे। उन्हें ही नमन करते, बस आप झुकेंगे।।
विश्वामित्र हैं क्षत्रिय, इसपे क्रुद्ध मन होंगे। क्षत्रिय राम की नम्रता पे, बस आप झुकेंगे।।२८६८।।

मान शीघ्र नारद जी, का ऐसा कहना। काशी नरेश जी को, व्यवहार था करना।।
राम दरबार में, सत्कार था करना। विश्वामित्र पे ध्यान, मगर न था धरना।।२८६९।।

गुरु की अनदेखी, करी राम राज्य में। राम को ही क्रुद्ध कर, डाला काशी राज ने।।
गिने विश्वामित्र निम्नतर, इस समाज में। नकारा उन्हें राम जी, के ही राज्य में।।२८७०।।

उठ चले गए विश्वामित्र, राम दरबार से। अवमानना न मान्य थी, उन्हें किसी व्यवहार में।।
शासन विरुद्ध हुए, इस आचार से। राम ने भी घोषणा, तुरन्त की दरबार में।।२८७१।।

करता हूँ प्रतिज्ञा, मैं तीन बाण रखकर। काशीराज के बख्शूँगा, नहीं प्राण अब पर।।
मात्र सुन के रह गए, राजा धक कर। नारद मुनि के ही था, परित्राण अब सर।।२८७२।।

नारद बोले निश्चित, रहो प्राण बचेंगे। निदान हम हनुमान जी की, माँ से ले लेंगे।।
राम बाण से मुझको, है भय माँ कहा था। अभय दान दिया माँ ने, उनसे कहा था।।२८७३।।

प्रभु राम के प्रण का, हनुमान मान रखना। काशीराज के भी तुम, पुत्र प्राण रखना।।
माँ के वचन भी हों सत्य, ध्यान रखना। एक साथ तीनों काम, तुम हनुमान हो करना।।२८७४।।

प्रभु चरणों में झुके, हनुमान जी तभी। बोले चाहिये आपसे, वरदान यह अभी।।
राम जपते का व, रखते ध्यान का भी। रक्षण का हर क्षण, कर दें मेरे नाम अभी।।२८७५।।

तुरन्त राम ने, 'एवमस्तु' कह दिया था। काशीराज को 'रामअस्तु', बीज दिया था।।
हनुमान ने राम अस्तु, बीज मंत्र लिया था। सरयू जल में स्तुत, रहना सोच लिया था।।२८७६।।

बीच धार नदी के, खड़े जाप करते। काशिराज 'रामअस्तु', बीज मंत्र जपते।।
खड़े राम लक्ष्मण, किनारे पे रथ पे। और भी ऋषि मुनि, खड़े थे तकते।।२८७७।।

राम बाण चला, काशीराज जी के ऊपर। रक्षा कवच हुए थे, हनुमान जी आज पर।।
लगाता रहा शर, चक्कर पे चक्कर। परिवेषित रहा, काशीराज जी के ऊपर।।२८७८।।

बोले राम से हनुमान, मुझे सौंप के रक्षण। राम नाम जापक, का एक एक क्षण।।
रामास्त्र अमोघास्त्र, न फेंके हे! श्रीमन। आपके ही जापक हैं, काशीराज इस क्षण।।२८७९।।

कुल गुरु वशिष्ठ भी, थे नदी किनारे। विश्वामित्र जी भी, थे वहीं पधारे।।
वशिष्ठ गुरु जी ने, किये थे इशारे। काशी राज क्षमा, माँग लें अब बेचारे।।२८८०।।

तीसरा बाण चलेगा, न अब अपने राम का। दिखा दिया वहीं से, त्रोण उन्होनें राम का।।
रहा माफ़ी माँगना ही भर, अब तो काम था। यही दोष बचा अब यही, ताम झाम था।।२८८१।।

निकल काशीराज जी, सरयू के जल से। बोले विश्वामित्र से, हूँ मुक्त अब हर छल से।।
लगे धोने पाँव, अपने नम अश्रु जल से। बोले माफ़ी दें प्रभु, मुझे अपने बल से।।२८८२।।

किया राम को दरबार में, जब प्रणाम था। स्थिर कर दिया तीसरा, उनका बाण था।।
पहला बाण राम का, मेरा परित्राण था। और दूसरा अंजना माँ से, हनुमान का।।२८८३।।

प्रभु राम की जय जय, बोलो तुम बोलो। तीन बाणों की जय जय, बोलो तुम बोलो।।
नियम और विधान की, जय जय तुम बोलो। दोष मान माफ़ी माँग, हनुमान की जय बोलो।।२८८४।।

अश्वमेध यज्ञ

चाहा राम ने कि, राज्य विस्तार करें अब। अश्वमेध यज्ञ क्रिया, व्यवहार करें अब।।
सीता की जगह को, प्रतिमा से भरें अब। स्वर्ण मूर्त्ति प्राण प्रतिष्ठित, कर धरें अब।।२८८५।।

चक्रवर्ती राजा बनने, की थी प्रथा यह। संकल्प राम ने लिया, अबकी बार यह॥
यज्ञ अश्व की, तिलक माला प्रथा यह। भेजना सजा हर ओर, अश्व तैय्यार यह॥२८८६॥

सोने की बनी, सीता जी की मूर्त्ति। हवन में बैठे राम, संग करेगी कार्य पूर्त्ति॥
होगी प्राण प्रतिष्ठित, सिया की प्रतिमूर्त्ति। यज्ञ में होगी राम, संग पत्नी की पूर्त्ति॥२८८७॥

खुशियां फैली राम का, नहीं सूर्य अस्त है। यज्ञ कार्य में अब, वे दिन रात व्यस्त हैं॥
सीता के बिना भी, नहीं अस्त व्यस्त हैं। दोहरे काम निभाते, और भी चुस्त दुरुस्त हैं॥२८८८॥

सुरक्षित रखेगी, अश्व को राम की सेना। शत्रुघ्न सेनापति, संचालित यह सेना॥
वैसे तो स्वयं, पूर्ण सुरक्षित है सेना। हनुमान जी के रहते, संरक्षित है सेना॥२८८९॥

लंका किष्किंधा, अवध सेनाएं मिलकर। अपने सेनापतियों, के संग पीछे चलकर॥
राम के निमंत्रण, पर अश्व रक्षक बनकर। चलेंगी अंगद विभीषण, सुग्रीव की मिलकर॥२८९०॥

राम की सेना में, प्रभृति भी होंगे। नल नील योद्धा, अभियन्ता भी होगें॥
अश्व साथ, यह सारे मिलके चलेंगे। संग संग चलते, राह में कहीं न छूटेगें॥२८९१॥

सभी को अश्व के, रुकने पर रुकना होगा। उसके चलने पर, सबको चलना होगा॥
मल-मूत्र त्यागे, सेना को रुकना होगा। हवन पूजन शुद्धि करके ही, बढ़ना होगा॥२८९२॥

यज्ञ के अश्व को, सेना राजा मानेगी। राम से तिलक पूजा, अभिषेक मानेगी॥
यज्ञ पट्टी खुदा संदेश, राम का मानेगी। मुकुट सुसज्ज अश्व, राजा मानेगी॥२८९३॥

अश्व का स्वागत कर, सदस्य हो जाना था। पकड़ बाँध या, राम को युद्ध हराना था॥
हनुमान को हर सदस्य, यज्ञ तक पँहुचाना था। युद्ध का संदेश, राम तक ले आना था॥२८९४॥

अश्व को सत्कार दे के, तय होगी मित्रता। अर्ध्य सम्मान से अश्व के, यज्ञ सदस्यता॥
अश्व बाँध पकड़ के, होगी राम से शत्रुता। राम को हरा, तय होगी विश्व विजयता॥२८९५॥

राम के यज्ञ का, अश्व सबसे पहले। रुका एक आश्रम पे, जहां च्यवन ऋषि मिले॥
अश्व को अर्ध्य दे, ऋषि सदस्य थे पहले। यज्ञ सारणी के, शुरु किये सिलसिले॥२८९६॥

च्यवन ऋषि को काँधे, बिठा बने विमान। अवध तक पहुँचाने, लिये उड़े हनुमान।।
यज्ञ कार्य कर के, बढ़ाएं राम का मान। वहीं उन्हें छोड़ के, वापस उड़े हनुमान।।२८९७।।

ऋषि से विदा ले, रुका अश्व जिस नगरी। राजा सुबाहु की, एक चकरा नगरी।।
सुबाहु पुत्र दमन, युवराजा की नगरी। राजा विष्णु भक्त, युवराजा बस प्रहरी।।२८९८।।

अश्व को पकड़ बाँधा, युवराज दमन ने। की राम सेना बाध्य, आने को रण में।।
भरत पुत्र पुष्कल को, ललकारा दमन ने। पवन पुत्र थे तैनात, पुष्कल के रक्षण में।।२८९९।।

पवन पुत्र ने आके, दमन को लपेटा। बाँध पूँछ से चक्कर दे के, दन से फेंका।।
गिरा मूर्च्छित भूमि पे, राजा का बेटा। ज़िन्दा था कि मुर्दा, पिता ने छू के देखा।।२९००।।

फिर क्या था भेदने, वृहद् देह हनुमान का। बाणों का छत्ता, सुबाहु का आसमान था।।
दूसरे क्षण टूटा, सुबाहु का गुमान था। लात हनुमान की खा, दमन आसमान था।।२९०१।।

सुबाहु को ऋषि असितांग, याद आए। जिन्होनें राम हैं, विष्णु भगवान बताए।।
दमन के दम्भी दिमाग़ में, पर बात क्यों आए। हनुमान आएंगे, सत्य लात से घुसा पाए।।२९०२।।

लातों से समझाने, आए हनुमान थे। यह सोंच सुबाहु, चरणों में विराज मान थे।।
माफ़ कर दें दुष्टता, मैं तुच्छ आप महान हे। अनर्थ मैने किया, समर्थ आप भगवान हे।।२९०३।।

हनुमान ने दी आज्ञा, छोड़े युद्ध दमन को। राम है विष्णु सच यह, समझा ले मन को।।
असितांग सच्चे ऋषि थे, समझाया दमन को। यज्ञ का सदस्य हो, चले राम शरण वो।।२९०४।।

राम को नारायण, विश्वास पूर्वक माना। युद्ध त्याग दमन ने, धर्मार्थक माना।।
जपना भजना राम को, कर्म सार्थक माना। अवध में यज्ञ कार्य, परमार्थक माना।।२९०५।।

हनुमान जी को मन में, नमन बराबर करके। हनुमान चालीसा जाप, हज़ारों बार करके।।
दमन में प्रभु भक्ति, संचार करके। सुबाहु बोला हनुमान जी, जाएं उद्धार करके।।२९०६।।

एक चकरा नगरी से, चला अश्व आगे। रुका देवपुर तो, वहाँ भाग जागे।।
राजा वीरमणि सोये, शिव भक्त थे जागे। सदैव शिव रक्षित थे, सशक्त सबसे आगे।।२९०७।।

अश्वमेध में शामिल, देवपुर से थे शिव जी। त्रिशूल ले के भक्तों, के साथ थे शिव जी।।
दुश्मन से भक्तों को, बचाते थे शिव जी। मार शत्रु भक्त अपने, तारते थे शिव जी।।२९०८।।

शिव जी खड़े हों, यदि रौद्र रूप धर। खड़ी काँप रही हो, डर मृत्यु भी थर थर।।
ऐसे युद्ध को जिव्हा, या काग़ज़ ऊपर। लाए अलका कैसे, कैसी शक्ति युक्ति कर।।२९०९।।

वीर मणि के दो पुत्र, खड़े रोके अश्व को। रुक्मांगद शुभांगद, तैय्यार राम से युद्ध को।।
ग्यारवें शिवांश की, रक्षा में था अश्व वो। दूसरी ओर स्वयं शिव, उठाए थे विश्व को।।२९१०।।

रुक्मांगद शिवांगद, थे अंगद के बेटे। शिव गणों से युद्ध करते, थक गए थे लेटे।।
लंगूल से हनुमान, अंगद थपकियां देतें। गणों को पूँछों से, पटकनियां थे देते।।२९११।।

शिव गणों की रक्षा को, आए त्रिपुरारि। प्रलंकर युद्ध करने की, आयी उनकी बारी।।
महाकाल स्वयं रौद्र, क्रुद्ध पिनाक धारी। बच पाएगा कौन, जिनसे स्वंय मौत भी हारी।।२९१२।।

त्राहि त्राहि मचा डाली, वो त्रिशूलधर ने। त्रिशूल गाड़ दिया अपना, पुष्कल के सर में।।
शत्रुघ्न को बढ़ना, पड़ा अब समर में। शिव गर्जना हुई ऐसी, कि गिर गए क़बर में।।२९१३।।

बढ़े अब भरत सेनापति, राम से पहले। लड़े शिव से रण में, थे राम के भक्त पहले।।
अब आए रुद्रांश जिनसे, स्वयं रुद्र भी दहले। अंश ग्यारहवें थे शिव के, पर राम भक्त पहले।।२९१४।।

हनुमान ने पूछा शिव से, आप राम भक्त हैं तो। युद्ध राम से करने, खड़े है इस वक्त क्यों।।
बोले शिव जी वीर मणि, है मेरा भक्त जो। डरा राम से शिव रक्षण, चाह रहा इस वक्त वो।।२९१५।।

यह सुन हनुमान ने, शिव के अश्व रथ तोड़े। किये पूंछ से चूर चूर, पटक दूर मथ छोड़े।।
लपेट कस के नन्दी का, किया वध और दौड़े। 'शूर' वर दिया शिव ने, हर्षित नत दौड़े।।२९१६।।

माँगा शिव से वरदान कि, दें आज्ञा जाता। दवा प्राण दिलाने की, मैं ले के आता।।
खड़े रहेंगे प्रभु आप, हो के प्राण दाता। लौटने तक जिलाएं, राम की सेना विधाता।।२९१७।।

संजीवनी प्राण बूटी, जड़ी द्रोणाच्चल में। हनुमान ने डुबाया, जिसे सागर तल में।।
आज भी समाधिस्थ था, द्रोण उसी जल में। लंका की राख तक, निष्प्राण रख असल में।।२९१८।।

उठाना पड़ेगा, द्रोणांचल फिर ऊपर। फिर से राम सैनिकों के, बनी है प्राणों पर॥
वृहद् कार्य पड़ा फिर, हनुमान जी के सर पर। करें जब हनुमान तो, मुश्किल मारे क्यों पर॥२९१९॥

वरदान लेके शिव जी, से शक्ति जुटा ली। हनुमान ने शिव पर, सारी भक्ति लुटा दी॥
उठा द्रोण समुद्र से, जड़ी भी जुटा ली। रण में राम सैनिकों को, सुँघा जान जुटा दी॥२९२०॥

क्षीर सागर तल जाने, का समय आया। देव रक्षकों को, रक्षा करते पाया॥
द्रोण के रक्षक बोले, तू कैसे आया। हनुमान बोले प्राणों की, जड़ी लेने आया॥२९२१॥

लेने दें जड़ी या, पूरा द्रोण पर्वत। मार डालूँगा आप में, करेगा जो झंझट॥
मृत मूर्च्छित राम, सैनिकों का ना संकट। अभी शिव खड़े हैं, बने मोचक संकट॥२९२२॥

देव रक्षकों के आगे, सर को झुकाया। क्षीर सागर तल तक, है जाना बताया॥
देवों ने कपि से, हर पहरा हटाया। हनुमान ने समुद्र तल से, द्रोण उठाया॥२९२३॥

सुँधा दी जड़ी राम के, मृत सैनिकों को। पुष्कल के शरीर से, था जोड़ा मस्तक को॥
राम का स्तुतिकर, बनाया शत्रुघ्न को। जीवन लौटा रण में, प्रसन्न किया शिव को॥२९२४॥

शत्रुघ्न की स्तुति सुन, राम बाण ले के आए। मिले शिव जी सामने, त्रिशूल चमचमाए॥
युद्ध को त्रिशूल बाण, आमने सामने आए। भक्त रक्षण हेतु, राम शिव लड़ने आए॥२९२५॥

भक्तों हेतु आराध्यों ने, थे शस्त्र उठाए। राम भक्त राम के पीछे, शिव भक्त शिव के आए॥
कहा शिव ने राम के, चरणों में भक्त आए। बोले राम भक्त, शिव को सर झुकाएं॥२९२६॥

किया राम ने शिव भक्तों, को हर्ष से स्वीकृत। किया शिव ने भी, राम भक्तों को स्वीकृत॥
किये प्रभुओं ने अपने, भक्त एक प्रदर्शित। किये शिव ने राम को, राम ने शिव को अर्पित॥२९२७॥

रुद्रांश और शत्रुघ्न जो, रहे राम स्तुतिकर। युद्ध छोड़ वन गए थे, अब शिव के स्तुतिकर॥
शिव गण भी 'श्री राम चरण स्पर्श' थे रहे कर। दोनो प्रभु थे खुश, एक दूसरे के भक्त धर॥२९२८॥

छुआ शिव ने मूर्च्छा, टूटी शिव मणि की। शिव शिव जपते, हो गए राम धुनी भी॥
वीर मणि के मन, आ बसी राम मणि थी। राम शिव ने एक हो, हर भक्त की सुनी भी॥२९२९॥

होश पा आस्था जोड़ी, राम से वीर मणि ने। प्रीति राम से की, ज़िद छोड़ी शिव धुनी ने।।
राज्याभिषेक ज्येष्ठ पुत्र का, कराया वीर मणि ने। छोटे को यज्ञ सदस्य, बनवाया शिव धुनी ने।।२९३०।।

शिव हुए अन्तर्धान, राम सेना के बचा प्राण। युद्ध छोड़ हुए मित्र, अब फिर थे त्रिशूल बाण।।
युगों युगान्तर बचाते, भक्तों के हैं प्राण। राम शिव भक्तों के, शिव राम भक्तों के प्राण।।२९३१।।

त्रिशूल बाण रहे, साथ युगों युगान्तर। किसी भक्त में दिखता, नहीं उनको अन्तर।।
राम के भक्तों के प्रिय, रहते शिव शंकर। शिव के प्यारे भजते, राम को निरन्तर।।२९३२।।

हेमकूट पर्वत पर, हुआ अश्व स्थिर। हिल डुल बिना, वो अचानक रहा फिर।।
जड़ हो खड़ा जैसे, मूर्त्ति हो पत्थर। कैसी समस्या, क्या हल उसका हो फिर।।२९३३।।

शौनक ऋषि से, कारण इसका पूछा। आंखे बंद कर ऋषि ने, निवारण था सोंचा।।
राम कथा सुनना, है हल इसका बूझा। हनुमान जी के बाचने, पे कल्याण बूझा।।२९३४।।

कारण था हुआ, एक ब्राह्मण अपराधी। ऋषि मुनियों ने उसको, पाप की सजा दी।।
शाप दे ब्राह्मण की, सारी देह मिटा दी। ब्राह्मण के बदले, उसको राक्षसी धजा दी।।२९३५।।

राक्षस हो ब्राह्मण, पड़ चरण गिड़गिड़ाया। शाप मुक्त करने को, बहुत तड़फड़ाया।।
ऋषि मुनियों का मन, प्रार्थना ने पिघलाया। शाप मुक्ति साधन, उद्धार बहता आया।।२९३६।।

मुनियों ने कहा राम, अश्वमेध यज्ञ करेंगे। कुण्डल पुर हो के, यज्ञ का अश्व जब वो लेंगे।।
राक्षस काया में आप, अवरोध स्वयं करेंगे। कथा राम की सुन कर, अवरोध दूर करेंगे।।२९३७।।

कथा राम जी की, हनुमान जी कहेंगे। भक्त गण जुड़ेगें, सौभाग्यवान सुन होगें।।
तब ही आप भी, शाप से उद्धरित हो सकेगें। राक्षस काया छोड़, फिर से ब्राह्मण होंगे।।२९३८।।

कुण्डलपुर के हुये एक, सुरथ नाम के राजा। सुप्रसिद्ध अनन्य भक्त भी, राम के थे राजा।।
फिर भी अश्व पकड़े बैठे, बाँध के थे राजा। दर्शन देने आएं राम, ज़िद ठाने थे राजा।।२९३९।।

अपनी भक्ति की शक्ति, पे हठ कर बैठे वो। अश्व बाँध कर्म कर फल, भक्ति के लेने को।।
अपनी क्षत्रिय धर्म प्रवृत्ति, पे डट कर बैठे वो। अश्व पकड़े युद्ध कौशल से, राम लेने को।।२९४०।।

अंगद दूत बने, राम का सैन्य बल समझाया। शत्रुघ्न के शौर्य आगे, नत हो समझाया।।
हनुमान के पौरुष से, टकराएं न बतलाया। पर राम भक्त सुरथ को, राम शक्ति ने उकसाया।।२९४१।।

सुरथ ने कहा, आप राम जी के दास है। निश्चित ही यह राजा भी, राम भक्त दास है।।
तोड़ ताड़ डालिये, मेरे रथ सौ पचास हैं। दम राम के अमोघास्त्र का, मुझ तुच्छ के भी पास है।।२९४२।।

अतः युद्ध कर बैठे, दोनों पक्षों थे राम भक्त। प्रबुद्ध थे मगर दोनों ओर, लड़े थे राम भक्त।।
क्रुद्ध एक ओर शर लें, हनुमन्त थे राम भक्त। दूसरी ओर सुरथ के, रामास्त्र ले राम भक्त।।२९४३।।

सुरथ का ब्रह्मास्त्र आया तो, झट नष्ट किया था। दिव्य मुख में रख, कपि ने उसे नष्ट किया था।।
नमन पहले ही, मेघनाद युद्ध वक्त किया था। सबक आज ब्रह्मास्त्र को भी, कपि ने दिया था।।२९४४।।

पर जैसे ही, रामास्त्र फेंका सुरथ ने। हनुमान जी प्रणत मूर्च्छित, कर डाले उसने।।
पुष्कल और अंगद, रोक के रखे सुरथ ने। सुग्रीव जाम्बवन्त, सुला दिये शत्रु के रथ में।।२९४५।।

बना लिये गए थे, हनुमान जी भी बन्दी। वीर राम के भी, बाँध किये गए थे बन्दी।।
याद आ गया थे, प्रभु राम रण चण्डी। हुई प्रार्थना आ के छुड़ाएं, भक्त थे बन्दी।।२९४६।।

स्तुति कर रहे थे, जब राम की हनुमान जी। तभी उतरा नभ से, प्रभु राम का विमान भी।।
स्तुति सुन पुष्पक लाया, श्री राम भगवान भी। प्रकाश पुंज से उतरे, भक्ति भाव पहचान थी।।२९४७।।

उन्हें देख सुरथ से, कहा था हनुमान ने। वो देखिये चले आए, प्रभु आपकी मान के।।
छलांग प्रभु चरण थी, न बोला जुबान ने। भक्त बोले, क्या बोले प्रभु सामने आपके।।२९४८।।

चतुर्भुज के रूप में, प्रभु आ के खड़े थे। सुरथ पद थामे पड़े, स्वयं से लड़े थे।।
प्रभु क्षमा हो ढ़ीठ, अश्व रोक युद्ध जड़े थे। भक्त वत्सल आप हैं, तो हौसले बढ़े थे।।२९४९।।

चाह में दर्शन की, अपराध यह कर गया मैं। अश्व रोक युद्ध हेतु, साथ कर गया मैं।।
क्षमा करें न जाने कैसे, क्यों यह कर गया मैं। जग के रक्षक से, गुस्ताखी कर गया मैं।।२९५०।।

यह सुन मुस्काते राम, सुरथ से यह बोले। धर्म का पुजारी हूँ, मैं राम कब से भोले।।
युद्ध करना ही तो, क्षत्रिय धर्म है बोले। निभाया तुमने, हूँ प्रसन्न मैं राम तुमसे बोले।।२९५१।।

फिर एक दृष्टि राम ने, करी सैनिकों पर। मूर्च्छित मृत थे, अमृत पड़ गया उन पर।।
युद्ध का असर रहा न अब, कुछ भी उन पर। उठ खड़े हुए, थी राम दृष्टि उन पर।।२९५२।।

स्वागत सुरथ का, राम जी स्वीकृत कर के। लौटे पुष्पक विमान में, खुश हो करके।।
थक के चूर थे, दोनों पक्ष में भक्त लड़ के। चले राम स्वस्थ और, जीवित सबको कर के।।२९५३।।

निर्बाध अश्व चलता, चला दूर दूर तक। रोका नहीं गया, कहीं भी सुदूर तक।।
नहीं राजा था कोई, राम जैसा दूर तक। समझ यह राम की सेना, लौटने लगी चूर थक।।२९५४।।

वाल्मीकि आश्रम की, ओर से सैनिक निकले। अयोध्या के पास, विभोर हो के निकले।।
बालकों ने पकड़ा अश्व, पर वे चलते निकले। छोड़ो डाँटते अनदेखी कर, बढ़ते ही चले।।२९५५।।

ऋषि बालकों जैसे, दिखते हो तुम दोनो। इस अश्व से अनजाने, लगते हो तुम दोनो।।
चक्रवर्ती का यह अश्व, पकड़ो नहीं तुम दोनो। इस अश्व से खेलने में, लगो नहीं तुम दोनो।।२९५६।।

पकड़ रोक लिया हमने, अब तो यह अश्व है। चक्रवर्ती आ के छुड़ा, डालें अब अश्व यह।।
ऋषि पुत्र हैं हम तो, चढ़ें न कभी अश्व हैं। हटा के चुनौती, ले जाएं अपना अश्व यह।।२९५७।।

स्वर्ण पत्थर पर, किसने लिख दी चुनौती। घोड़े के सर पर बाँध, दिखा दी बपौती।।
शूरों के शौर्य को, किस लिये दी चुनौती। दिखाएं ले जा के, है अपनी चुनौती।।२९५८।।

फिर भी बिन रुके ही, चलती रही सेना। बालक हैं यह सोंच के, बढ़ती रही सेना।।
सनसनाते बाण खाके, ठिठक रुकी सेना। हाथ पैर सर उड़े थे, विवश रुकी सेना।।२९५९।।

अब तो बालकों से युद्ध, अवश्य ही था होना। खेल ही सही पर, अवश्य खेल था होना।।
एक एक कर हनुमान को, होगा ढोना। अश्वमेध अश्व को जो, समझे थे खिलौना।।२९६०।।

बच्चा लिये हनुमान जी, उड़े थे गगन में। अश्व से दूर ले गए, उसे एक क्षण में।।
चड्डू खिलाएंगे, सोच के खुश थे मन में। गिरा चोट दे सोंचा, समझा दूँगा क्षण में।।२९६१।।

बच्चा मां मां कहके, मारता रहा मुठ्ठी। हनुमान जी की शक्ति पे, प्रहार थी यह मुठ्ठी।
नीचे से मार रहा था, शर दूसरा ज़िद्दी। मूर्च्छित कर हनुमान को, गिरा रहा था पिद्दी।।२९६२।।

बालक इस जैसा एक, दूसरा नीचे भी था। कहता लव तुम ऊपर, मैं कुश नीचे लड़ता।।
तीरों से सारा, आकाश छाता कुश था। गिरा भी ज़रा वो, तो लव तीर छा खुश था।।२९६३।।

दोनों बालकों की, शूर वीरता ने भारी। छीनी राम सेना की, धीरता थी सारी।।
चुक छिन चली शिव की, वीरता भी सारी। उनके धैर्य पर भी, दो बालक थे भारी।।२९६४।।

जल्दी दोनों बालक, विजयी हो गए थे। राम सैनिक मृत या, बन्दी हो गए थे।।
मूर्च्छित ही हनुमान व, अश्व बाँध ले गए थे। मां मां पुकारते, दोनो खो गए थे।।२९६५।।

कुटिया से बच्चों की, आवाजें थीं आईं। अयोध्या का कोई एक, राजा है माई।।
जिसे शूर वीर कहीं न, पड़ते दिखाई। तभी गर्व से वो, करता फिरता ढिठाई।।२९६६।।

एक एक कर, चारों भाई रण में आए। उन चारों को हम दो, सुला क्षण में आए।।
हम दो वीर सारे, समर भर में छाए। उस राम नाम के राजा, के छक्के छुड़ाए।।२९६७।।

सेना राम की हम, सुला आए रण में। शेखी वीरता की, भुलवा आए क्षण में।।
उसका दिग्विजयी अश्व, पकड़ लाए रण से। उसका नटखट वानर, भी बाँध लाए रण से।।२९६८।।

ओहो! बच्चों कैसा, अनर्थ कर के डाला। चलो देखें क्या क्या, और व्यर्थ कर के डाला।।
सीता की आवाज़ ने, सब अर्थ भरके डाला। हनुमान जी सुबुद्ध थे, समर्थ करके डाला।।२९६९।।

आहा! हे! हनुमान तुझसे, फिर भूल हो गयी थी। राम अंश पहचान दृष्टि, धूल हो गई थी।।
खोई दिव्य बुद्धि, निर्मूल हो गयी थी। राम रूप शौर्य न देख, स्थूल हो गयी थी।।२९७०।।

कपि कैसा सेवक, धिक्कार आज है तुझको। नहीं देखे राम रूप, अंधकार आज था तुझको।।
किया राम रूप से युद्ध, अधिकार क्या है तुझको। बच्चे से बच्चा बना, बेकार आज था तुझको।।२९७१।।

हुआ मन प्रसन्न हारा, इस रूप में आप से। बाँधा अंश रूप ने, बँधा फिर मैं आप से।।
सका देख न अंधा, समर्थ रूप में आप थे। रुद्रांश को दिख गए, रामांश में प्रभु आज थे।।२९७२।।

आ हा! भूमिजा माता, हैं रास्ते में शायद। शहद सी आवाज़, कूकती उनकी है शायद।।
पूछती बाँधा वानर, हनुमान हो न शायद। दिखाओ शीघ्र कर दी हो, न भाई पे क़वायद।।२९७३।।

उत्साह लव कुश का, मानो शोक में बदला। दुष्चिंता देख मां की, फुर्र होके दहला।।
आई मां बंधन खोल, सप्रेम देख दिया सहला। हनुमान ने चरण छू, सिय मां को दिया पिघला।।२९७४।।

करो माफ़ ओ! बेटा, कह कर अम्बे रो लीं। विधवा कर दिया, बच्चों ने मुझको बोलीं।।
अनाथ कर दी सीता, रो रो अम्बे बोलीं। हनुमान की आश्रय दात्री, हो के भी रो लीं।।२९७५।।

नत मस्तक प्रणत, हनुमान बोले सिया मां। अनाथ सृष्टि भर में, कभी हो कहां मां।।
तीन वीर पुत्र होते, हुए रोए कहां मां। अमृत ला दें प्राण फूंक दें, रण में कहें मां।।२९७६।।

हनुमान जी पकड़े चरण, बोले हे! माता। लव कुश के बाणों, से क्या हो पाता।।
युद्ध करना क्या कभी, सिखाती है माता। दृष्टि वाल्मीकि की, पाके अमृत आता।।२९७७।।

इन्द्र से अमृत लाने, तय्यार थे बालक। प्रत्यंचा चढ़ा स्वर्ग को, तय्यार थे बालक।।
दे आज्ञा मां कपि पे, सवार हों बोले बालक। मां बोली महर्षि आंएगे, रुक जाओ तुम बालक।।२९७८।।

महर्षि वाल्मीकि, सूचना मिली कि आए। हनुमान अपने संग उनको, समर भूमि लाए।।
दृष्टि डाल उन्होंने, हर सैनिक जिलाए। दृष्टि में हो अमृत तो, शक्र से क्यों लाएं।।२९७९।।

यज्ञ का अश्व मिलने, से राम सेना लौटी। अयोध्या लौटे लवकुश, सीता न लौटी।।
लव कुश संग वाल्मीकि, यज्ञ में आए। अश्वमेध पूर्ण हुआ, रौनक सीता न लौटी।।२९८०।।

सम्मान होगा जब तक, रहे मां भी तब तक। सम्मान से सुरक्षा, चले मां की नभ तक।।
सम्मान की सुरक्षा, जहां होगी जब तक। सिया जैसी मां भी, वहां होगी तब तक।।२९८१।।

यज्ञ सभा में

वाल्मीकि अपने साथ में, लवकुश को लाए। बच्चे उनकी रामायण, गाते हुए आए।।
ऊँचे स्वर में मां की, शुचिता गाते आए। क्यों आती माँ उनकी, वहां सर झुकाए।२९८२।।

महर्षि वाल्मीकि ने, यज्ञ कुण्ड तक आकार। दोनो हाथ अग्नि, के ऊपर सटाकर।।
शपथ ली थी, सीता को पावना बताकर। कोई दर्शक पर न उठा, सत्य पे हाँ कर।।२९८३।।

प्रजा का आरोप, सिय ने भरपूर झेला। प्रजा ने मगर, फल का रखा न धेला।।
मिला वाल्मीकि जी को, नहीं एक भी चेला। सीता का बदलवाने, कथित चोला मैला।।२९८४।।

चक्रवर्ती राम राज्य का, कोई एक भी नागरिक। सिय मां के सम्मान को, कदापि न जागृत।।
स्वयं ही शपथ, मां से सुनने के इच्छुक। आँखे बंद किये, सिया की राह तकते उत्सुक।।२९८५।।

पुरुषोत्तम चक्रवर्त्ती राजा, और लक्ष्मण। देखें चारों ओर चुप, प्रबुद्ध और आम जन।।
अग्नि में परीक्षा, वाल्मीकि के वचन। या राम के मन भी, कर पाए न दर्शन।।२९८६।।

सीता ने न आकर, बचाया था सम्मान। अंधी जनता को मुँह, दिखाना न व्यवधान।।
यहां आ के सीता, का जाए क्यों सम्मान। अग्नि से समर्पित, प्रभु हिय बसी जान।।२९८७।।

हनुमान को आशीष, सीता जी का मिला था। सुपुत्र को वरा, भोगों का सिलसिला था।।
मगर मां के साथ का, सौभाग्य न मिला था। मन तो मिला, तन ही संग न चला था।।२९८८।।

अन्तर में सिया मां, निरंतर रहेंगी। प्रत्यक्ष देह से पर, छू मन्तर रहेंगी।।
अपने कर्मों को मां, निरंतर करेंगी। प्रजा अपने कर्म फल, निरन्तर सहेगी।।२९८९।।

दृष्टि मेरे राम की, पवित्रता पे होगी। निर्दोष निरपराध, निष्पापियों पर ही होगी।।
तू जैसे स्थान या, कार्य से मिलता है योगी। उसी स्थान उसी कार्य पे, प्रभु कृपा होगी।।२९९०।।

अयोध्या सिंहासन पे, लवकुश बिठाकर। भरत लक्ष्मण शत्रुघ्न, पे रक्षण कृपा कर।।
हर भाई के दो पुत्र, राज्यों में बिठाकर। संचालन रक्षण, निर्वाहन कृपा कर।।२९९१।।

महर्षि वशिष्ठ जो, कुल गुरु रहे सदा से। सुपुत्र थे जो साक्षात, सृष्टि कर्त्ता के।।
भू और ब्रह्म लोक के, प्रबन्धक सदा से। लगा पोता पराशर, उनकी जगह धरा पे।।२९९२।।

मंत्री सुमन्त के पुत्र, मंत्री बना कर। जाम्बवन्त जी को भी, धरती पे रुकवा कर।।
द्वापर तक राम राज्य का, खाका बनाकर। विदा राम ने ली, कह के लौटूँगा द्वापर।।२९९३।।

द्वापर में लक्ष्मण, मुझसे फिर आ मिलेंगे। द्विविद को दुःखों से, वो मुक्त कर चलेंगे।।
हनुमान जी की मर्ज़ी, रुकें या चलेंगे। कहा भू मां संग रह, विपत्तियां हरेंगे।।२९९४।।

फटी अब धरा, भूमिजा उसमें समाईं। वहीं गईं जहां से, थीं जन्म ले के आयीं।।
राम के स्वधाम में, जा खुशियाँ समाईं। प्रत्यक्ष रूप राम का, छुड़ा के ले आयीं।।२९९५।।

राम की कथा में, बसे प्राण मेरे। धरा में मेरे पुत्र, श्री हनुमान मेरे।।
कथा में बसे प्राण, ही पति राम मेरे। संग राम दूत होंगे, पुत्र हनुमान मेरे।।२९९६।।

छत्र राम के लक्ष्मण, रक्षक साथ मेरे। लव कुश वसुंधरा के, पर संग मेरे।।
सिया ने कहा, भूमि मां मुझको घेरे। चलती लगाने, मैं राम सूर्य के फेरे।।२९९७।।

सिया राम लक्ष्मण, हनुमान की जय कहरे।।
''श्री राम चरण स्पर्श'', कर अलका कहे रे......

द्वापर युग

नव चरण

राम श्रीकृष्ण के रूप में एवम् गर्वहारी हनुमान

राम फिर से द्वापर में, नर बन के आए। रघुनाथ जी रहे, आज यदुनाथ बन के छाए।।
गर्व पीड़ा हारी वो, फिर बन के आए। अयोध्या के नाथ, द्वारका नाथ बनके छाए।।२९९८।।

सूर्य वंशी राम चन्द्र, थे त्रेता युग में। चन्द्र वंशी कृष्ण, बन गए द्वापर युग में।।
धनुष बाण जटा धारी, थे त्रेता युग में। मोर पंख वंशी धारी, हुए द्वापर युग में।।२९९९।।

मिल जाए भक्तों में, गर्व की जो गंध भी। किसी युग प्रभु ने, वो गंध न पसन्द की।।
हनुमान को छुए न, ऐसी दुर्गन्ध कभी। त्रेता में ही लव कुश से, हरवा जंग दी।।३०००।।

वेग शक्ति से अपने, गरुड़ जी रहे तने। यदुनाथ जी के वाहन, जब से थे बने।।
यदुरानी रूप से, रहीं दर्पित अपने। और चक्र अनन्त शक्ति, के चलते तने।।३००१।।

गर्व और अहं, तीनों का हरने हेतु। यदुनाथ ने हनुमान को, चुना करने हेतु।।
याद कर बुलवाया, फल चखने हेतु। पाँव धर सँवार के, मधुबन तरने हेतु।।३००२।।

मंदरांचल पे बैठे, लगा था हनुमान को। प्रभु राम की आवाज़, सुनाई दी थी उनको।।
द्वारका से आती, आवाज राम की सुन वो। तुरन्त ढूँढ़ते राम को, पँहुचे थे मधुबन वो।।३००३।।

उद्धव ने उनको, प्रभु का संदेश सुनाया। गरुड़, चक्र, सत्यभामा को, था गर्व सताया।।
विकार ग्रस्त थे तीनों, घंमड था समाया। पढ़ा दें वो पाठ कि, हो गर्व का सफ़ाया।।३००४।।

कश्यप और वनिता के, सुपुत्र विष्णु वाहक। गरुड़ जी इस भाग्य से, हुए गर्व के वाहक।।
विमाता कद्रु की भी, ईर्ष्या के कारक। वेदों के हुए तीसरे, पशु देव वे पावक।।३००५।।

गरुड़ जी थे वनिता के, अण्डे से निकले। चील जैसे चोंच पंख, पंजे थे निकले।।
स्वर्णिम देह और मुख, मानवों जैसे निकले। विमाता के कब्ज़े, में देख मां को पिघले।।३००६।।

लगा शर्त्त कभी, हारी थी माँ वनिता। तभी कद्रु के चंगुल, मे थी माँ वनिता।।
गरुड़ पर टिकाए हुए, आँखे थीं वनिता। छुड़ा न ले बंधन, कि मुक्त हो वनिता।।३००७।।

उच्चैश्रव के रंग पर, लगी शर्त थी उनमें। था घोड़ा जो निकला, समुद्र के मंथन में।।
वनिता ने काला, बताया था रंग में। कद्रु श्वेत बता, जीत गयी थी इस जंग में।।३००८।।

शर्त में हारी सौत को, कद्रु ने बाँधा। दासी बना उसके, अण्डों को राँधा।।
गरुड़ चूज़ा जन्मा तो, उसको दे कांधा। प्रंशसा कर कर, झूठे प्रेम धागों बांधा।।३००९।।

कद्रु ने गरुड़ की, वेग शक्ति उकसायी। उड़ने की क्षमता भी, बढ़ बढ़ भड़कायी।।
इन्द्र लोक से अमृत, ले आओ फ़रमायी। मां के विषधर मार के, करो धड़ सफ़ायी।।३०१०।।

विमाता की छाया में, पलता रहा चूज़ा। झूठी साया में, ही बढ़ता रहा चूज़ा।।
बड़ा होके निकला, नर मुख स्वर्ण कायी चूज़ा। सशक्त पंखो में, तीरों सा वेगी चूज़ा।।३०११।।

उड़ो पहुँचो इन्द्रलोक, और ले आओ अमृत। सर्प विष मारो, मां को पिलवाओ अमृत।।
विष मुक्त सर्पों से, मां जिलवा दो हुई मृत। मुक्त करके मां की, करो क्षमता जागृत।।३०१२।।

गरुड़ की वेग क्षमता, यूँ उकसाई कद्रु ने। इन्द्रलोक जाने हेतु, भड़काई उसने।।
अमृत से अमृत्व है, बात झुठलाई कद्रु ने। अमर होगा दासत्व, बात छुपाई उसने।।३०१३।।

क्षण में गरुड़ पहुँचे, इन्द्रलोक ढूंढते। दिखे चक्र सुदर्शन, वहां तेज़ी से घूमते।।
लप लप अग्नि की, लौ थी व्योम चूमते। अग्नि और चक्र, अमृत के कुम्भ पे झूमते।।३०१४।।

पवित्र अग्नि के मध्य, था कुम्भ सुरक्षित। घूमते चक्र के नीचे, सर्वदा संरक्षित।।
अमृत का ही वो कुम्भ, होता था लक्षित। सूक्ष्म देह करके, हुए गरुड़ संरक्षित।।३०१५।।

घूमते चक्र की तीलियों, के बीच से सवेग जा। उड़े कुम्भ लेके, गरुड़ वो जा ये जा।।
विष्णु आके बैठे, तत्क्षण पीठ पे जा। बोले कुम्भ अमृत का, धरा पे न ले जा।।३०१६।।

फिर भी ले कलश, पूर्ण शक्ति लगाकर। गरुड़ चले धरा पे, वेग शक्ति लगाकर।।
यह देख मारा इन्द्र ने, वज्रास्त घुमाकर। गरुड़ ने नमश्कार किया, पंख गिराकर।।३०१७।।

यज्ञेश विष्णु गरुड़, पे चढ़ के बोले। कद्रु है विषैली, और सर्प भी विषैले।।
विषैलों को अमृत, न दे न ही पालें। विषैली है कद्रु, पुत्र तुम भी भोले।।३०१८।।

अमृत है अनमोल, पुत्र इसको संभालो। विषैलों पे खर्च कर के, नष्ट न कर डालो।।
विषैले अमर कर के, चिर काल न पालो। विमाता की बातों को, सुन खाक डालो।।३०१९।।

विष्णु स्वयं गरुड़ जी, पे आसीन हुए थे। अमृत कुम्भ झपटकर, वे ग़ायब हुए थे।।
झपटने में अमृत के, बूंद गिर गये थे। जिन्हें चाट फटी जीभें, साँप दीन हुए थे।।३०२०।।

यूँ आ गया वेग, और शक्ति का गौरव। इन्द्रलोक से अमृत, उड़ाने का गौरव।।
अग्नि चक्र इन्द्र वज्र, हराने का गौरव। प्रभु को अपनी पीठ, चढ़ाने का गौरव।।३०२१।।

इसी गर्व को मारने का, कार्य प्रभु ने सौंपा। हनुमान जी करते पूरा, कार्य सोच के सौंपा।।
मधुबन से पुकारा, बुलाया दिया मौका। पहुँचे मधुबन हनुमान, गरुड़ ने दिया चौंका।।३०२२।।

कृष्णोद्यान में फल, तोड़ तोड़ फेंकते खाते। देखा कपीश ने, गरुड़ टोकते आते।।
पास आ डांट के बोले, क्यों बाग़ उजाड़ते। ऐ! बन्दर चलो तुमको, श्री हरि बुलाते।।३०२३।।

ऐ चिड़िया मुझसे तू, व्यर्थ चीं चीं मत कर। कह पीछे गरुड़ के, कपि आए लपक कर।।
'चिड़ी' सुन गरुड़ ने, चोंचे मारीं भुन कर। धपकी जो दुम तो, छुपा वो दुबक कर।।३०२४।।

बेदम औंधें पूँछ में, दबे माफ़ी मांगते। हनुमान के पैरों पे, पड़े गिड़गिड़ाते।।
छुटे तो नम्रता ओढ़, फिर मुड़ के आते। बोले ऐ! बन्दर, कर तू मन साफ़ गुर्राते।।।३०२५।।

हनुमान के हृदय प्रिय, तो है राम धनुर्धर। मानूँ क्यों तेरे कृष्ण, की बात वो तो गिरिधर।।
झपट के गरुड़ बोला, ऐ! मूढ़ सुन पर। गिरिधर ही मेरे, तेरे राम हैं धनुर्धर।।३०२६।।

त्रेता के सूर्य कुल के, शूर वीर धुरंधर। हैं चन्द्र वंशी रासरंगी, द्वापर के चक्र धर।।
अयोध्या के राजा, रहे पंच शर धर। द्वापर के राजा हुए, मोर पंख धर।।३०२७।।

सुना जो हनुमान ने, घुमा दूर फेंका। गरुड़ को छपाक से, समुद्र नीर फेंका।।
भीगे डरे काँपते, गरुड़ पहुँचे द्वारका। छिपाया हरि से ज़ोर, हनुमान में गिरि का।।३०२८।।

हांफते बताया प्रभु, ढ़ींठ है यह बन्दर। मधुबन उजाड़ता, बना है धुरंधर।।
क्रुद्ध होके आपसे, मुझे फेंक समन्दर। आपको ठुकरा करता, 'राम' याद है बन्दर।।३०२९।।

मन मन मुस्काते, हुए श्याम जी बोले। बुला रहे तुम्हें राम, कहो जा के भोले।।
चक्र को बना द्वार रक्षक, हरि जी डोले। सत्यभामा के संग बैठे, राम जी झूले।।३०३०।।

पुनः हो गरुड़ नम्र, आ हनुमान से बोले। बुलाते हैं राम कब से, एक बार तो होलें।।
आते हैं कह हनुमान, बात मान के बोले। चलें आप पीछे हम, सम्मान देते बोले।।३०३१।।

गति गर्व गरुड़ का, न छूटा था बोले। कपीश मुझ पे बैठ, उड़ लें कुछ तेज़ हो लें।।
स्वयं जाने में होगी, देरी समझ लें। विमान यात्रा, आराम से मुझपे आज करलें।।३०३२।।

बोले कपीश मैं तो, नही चढ़ता वाहन। वैसे भी आप तो, हैं यज्ञेश के वाहन।।
धृष्ट मैं नहीं कि, चढ़ूँ प्रभु का वाहन। कोशिश होगी पहुचूँ, मैं जल्दी बिन वाहन।।३०३३।।

बुरा तो लगा था, गरुड़ जी को लेकिन। भय खा चुके थे, वो पहले ही दो दिन।।
उड़ के पहुँचेगें, बिना दिन समय गिन। हनुमान जी तो लेंगे, न जाने कितने दिन।।३०३४।।

वेग और पराक्रम, या रूप जो भी मिलता। प्रभु की कृपा से ही, मिलता और खिलता।।
प्रभु की कृपा और, इच्छा में ढ़लता। पलता बढ़ता, प्रभु न चाहे तो गलता।।३०३५।।

सुदर्शन चक्र शिव का, उपहार था विष्णु को। घूमता हर दम देता, रक्षण विष्णु को।।
प्रतिफल रक्षक चक्र, उपकार था विष्णु को। चक्र को अधिकार था, शोभा दे विष्णु को।।३०३६।।

कृष्ण की कनिष्ठा में, शोभित उस चक्र ने। दुर्वासा ऋषि से हो, क्रोधित उस चक्र ने।।
अम्बरीश कर दिये थे, सुरक्षित उस चक्र ने। ऋषि को भगा माफ़ी, दिलवाई थी चक्र ने।।३०३७।।

विष्णु ने भक्ति से, शिव को किये थे अर्पित। एक सौ एक ब्रह्म, कमल समर्पित।।
छिपा एक शिव ने, किये सौ प्रदर्शित। किया विष्णु ने नेत्र, कमल ही समर्पित।।३०३८।।

पराकाष्ठा भक्ति की, देख शिव जी ने उनको। यह चक्र सुदर्शन, दिया था रक्षण को।।
धरा से सभी, पापियों के अब अन्त को। सुनिश्चित कर चक्र ने, हरा हरि चिंतन को।।३०३९।।

स्वयं शिव की शक्ति, से परिपूर्ण जो चक्र हो। विष्णु समाहित हो, सम्पूर्ण जो चक्र हो।।
पापों को करता, स्वयं पुण्य जो चक्र हो। तो क्यों न कभी गर्व, अहं पूर्ण वो चक्र हो।।३०४०।।

महल द्वार पे रक्षण करते, चक्र ने रोका। आए जो हनुमान जी, तो हड़का के टोका।।
प्रभु के महल घुसना, बन्दर है धोखा। सुना जो हनुमान ने तो, चक्र मुख में झोंका।।३०४१।।

धनुर्धर हरि के, समक्ष भीतर आकर। प्रभु के चरण में, प्रणत शीष नवाकर।।
उठा सर हर ओर, देखा दृष्टि घुमाकर। तुरन्त चैन खोया, कहीं सिया न पाकर।।३०४२।।

पूछा प्रभु जी, कहां हैं सिया मां। बैठा ली क्यों दासी, जहां होतीं मेरी मां।।
दासी सुन स्वयं हेतु, चौंकीं सत्य भामा। रूप गर्व का उनका, हुआ सत्यनामा।।३०४३।।

पटक पैर झट, भाग गई थीं वो अन्दर। रोयीं कि मुझपे, हंसा एक बन्दर।।
रूक्मिणी से जो, चुप चाप बैठी थीं अन्दर। बोलीं जाइये आपको, याद करता बन्दर।।३०४४।।

सीता जी ही रुक्मिणी, आज हुई थीं। हनुमान के दर्शन को, मोहताज हुई थीं।।
वात्सल्य की मूर्त्ति, वो आज भी हुई थीं। पुत्र प्रेम में विंह्वल, व बेताब हुई थीं।।३०४५।।

मिलीं वानर से, बाहर आ उससे पूछा। रास्ते में विघ्न कष्ट, क्या हुए थे पूछा।।
चक्र मुख से थूक, कपि ने निश्चित हो बूझा। दिये विघ्न कष्ट, दुष्ट चक्र बे थू! तू ऐ! जा।।३०४६।।

चकरा लड़खड़ा, औंधे मुँह थे गिरे चक्र। पिटे पड़पड़ा आत्म,ग्लानि से भरे चक्र।।
लिपट थूक से, गर्व हीनता से घिरे चक्र। शिव विष्णु भूल, शोक दर्द में भरे चक्र।।३०४७।।

प्रभु बोले कपि से, गरुड़ जी क्यों रुक गए। हो वाहन कहां अटके, कैसे वो थक गए।।
हनुमान बोले मन्द वाहन, देख हम सटक आए। उन्हें छोड़ बुलाते ही उड़, आप तक आए।।३०४८।।

महल में गरुड़ भी, तभी आए अन्दर। चिढ़े देख के प्रभु से, था बात करता बन्दर।।
मगर चूर हुआ, गति का गर्व उनके अन्दर। शून्य कर चुका उनकी, द्रुत गति था बन्दर।।३०४९।।

एक बार में ही तीन, तीन काम सम्पूर्ण थे। तीन तीन दम्भी, अब से संस्कार पूर्ण थे।।
तीन तीन के गर्व, अहं हनुमान से चूर्ण थे। नमन हनुमान आप तो, सदा स्वयं में पूर्ण थे।।३०५०।।

जय हनुमान, जय जय ज्ञान गुण के सागर। जय कपीश आपसे, तीनों लोक उजागर।।
राम दूत अतुलित बल के धाम, ज्ञान गुण सागर। युग युग, करें प्रभु के काम त्रेता द्वापर।।३०५१।।

हनुमान और अर्जुन

व्यास जी की दी हुई, सलाह एक मान कर। पशुपति अस्त्र पाने, की मन में ठान कर।।
चले अर्जुन हिमालय, की ओर प्रस्थान कर। मिले राह में हनुमान जी, थे भगवान दर।।३०५२।।

अर्जुन ने हनुमान जी को, देख शीष नवाया। पूछा राम के मन में, ऐसा क्या आया।।
धुरंधर धनुर्धर को, क्यों बाण न भाया। राम सेतु क्यों, पत्थरों से बनाया।।३०५३।।

राम लखन भरत, शत्रुघ्न जैसे धनुर्धर। चारों भाई एक से एक, खुद थे बढ़कर।।
स्वयं कार्य कर, सकते थे सारे मिलकर। हुए सेतु कार्य हित, क्यों वानरों पे निर्भर।।३०५४।।

हनुमान जी बोले, शरों का जो बनता। सौ योजन लम्बा, पुल कैसे बनता।।
सागर में खड़ा हो ले, मजबूत न बनता। हज़ारों सैनिक चलते, तब पुल भी चलता।।३०५५।।

असंख्य वीर सैनिक, चले राम सेतु पर। मेरे जैसे बली, भारी भरकम धुरंधर।।
इतना भार सह, बाण सेतु निरंतर। समुद्र में टूट गिर पड़ता, ढ़ह कर चरमर कर।।३०५६।।

यदि होता त्रेता में, असली धनुर्धर। सहज कर सकता था, सफल एक एक शर।।
कहते ही अर्जुन ने, सर्र सर्र बरसा शर। बना के दिखाया, सेतु एक तालाब पर।।३०५७।।

हनुमान से बोला, देखें प्रभु आप चढ़कर। चटका न सकते, प्रभु देखें परख कर।।
पक्का है यह काम, देखें प्रभु कुछ उछल कर। हारा तो वादा है, मर जाँऊगा जल कर।।३०५८।।

रख के पैर ज़रा सा ही, हनुमान ने पुल पर। तड़तड़ कर तड़काया, पुल का एक एक शर।।
चिता सज गयी, उसके मरने की जल कर। अर्जुन था तय्यार, हारा था हाथ मल कर।।३०५९।।

बोलता आ गया तभी, वहाँ पे एक ब्राह्मण। चिता में कहीं आग, लगे न अकारण।।
साक्षी बना आ गया, मैं हूँ एक ब्राह्मण। काजी मैं करूं, निर्विवाद न्याय संसाधन।।३०६०।।

दो लोगों के बीच, यदि होता झगड़ा। फंसा गर विवाद में, तो हो जाता तगड़ा।।
निर्णय दे के हल मैं, करूँगा यह झगड़ा। काजी के सामने, रखो एक एक रगड़ा।।३०६१।।

शरों से अर्जुन ने, फिर से पुल बनाया। हनुमान ने वह पुल, पहले जैसा ही पाया।।
डर डर चढ़ने को, कपि ने पग बढ़ाया। मगर पुल वो चटका, न ही चरमराया।।३०६२।।

फिर चढ़ के कूद कूद, धम धम दम लगाया। हाथों से पैरों से, दना दन बजाया।।
तड़का न दरका, बहुत दम दिखाया। मुँह उतरा हारे, समझ कुछ न आया।।३०६३।।

सेतु के नीचे, झलके पीठ लगाए। कछुए जी बैठे थे, चक्र चिन्ह चिपकाए।।
प्रसन्न होके हनुमान, उतर पुल से आए। बोले मैं बेदम, पुल हरि स्वयं बचाएं।।३०६४।।

प्रभु के सखा का हो, पुल तो क्यों टूटे। बोलते हुए हनुमान, खुश पुल से कूदे।।
अर्जुन के पुल से हों, बंधे कृष्ण क्यों टूटे। हनुमान की बिसात क्या, हिला दे या छू दे।।३०६५।।

मयूर मुकुट आ के, हनुमान जी से बोले। अर्जुन का सारथी, मैं बनूँगा जब भोले।।
बैठे रहना युद्ध पर, किये दृष्टि बिन डोले। अर्जुन के रथ के, ध्वज दण्ड रुद्रांश भोले।।३०६६।।

राम दूत से ध्वज दंड, बनाए हरि ने हनुमान। युद्ध में पार्थ के रथ पे, बैठा दिया सम्मान।।
ध्वज दंड पे बैठे, झेलते शत्रुओं के बाण। प्रभु ने कृपा कर, दिये मान और प्राण।।३०६७।।

कृत कृत्य हो प्रभु के, चरण आ पड़े थे। हनुमान जी प्रभु की, कृपा पर खड़े थे।।
हारे फिर भी दो दो, प्रभु प्रिय जुड़े थे। हार कर भी, करबद्ध दो विजयी खड़े थे।।३०६८।।

हर खेल में, दो ही दो पक्ष होते हैं। खेल के लक्ष्य से, खेलने वाले दक्ष होते हैं।।
प्रभु को तो प्रिय, दोनो ही पक्ष होते है। महायुद्ध में हार जीत के, परे लक्ष्य होते हैं।।३०६९।।

धनुर्धर अर्जुन के, रथ के कृष्ण थे चालक। हनुमान की दृष्टि का, संकल्प है संचालक।।
धनुर्धर श्री राम के, हनुमान जी थे वाहक। सीता की दृष्टि का संकल्प, था संचालक।।३०७०।।

एक कार्य निष्पादक, और एक कार्य संचालक। एक साक्ष्य और एक ही, संकल्प होता जीत का।।
सफल कार्य का होता, है न्याय ही निरूपक। अन्याय न संकल्प, न विकल्प होता जीत का।।३०७१।।

महा युद्ध में बाण से, था रथ जब खिसकाया। कर्ण ने प्रभु को, युद्ध में दम दिखलाया।।
कृष्ण से प्रशंसा का, था शब्द भी पाया। पार्थ के दिल में, था दुःख भी भर आया।।३०७२।।

प्रशंसा कभी न की, प्रभु आप ने मेरी। असंख्य ध्वज रथ भेंट, चढ़ गए बाण के मेरी।।
कर्ण की प्रशंसा में, तो की न देरी। खिसकाना भर रथ, कुछ नहीं दृष्टि में मेरी।।३०७३।।

बोले कृष्ण ओ! पार्थ, यह बात सुनो तुम। ध्वज दण्ड पे बैठे हैं, हनुमान सुनो तुम।।
सम्मान चिन्ह उन्हीं को, ही मानते चलो तुम। डरा के छुड़ा रहे, शत्रु प्राण सुनो तुम।।३०७४।।

दृष्टि युद्ध पे रख, दण्ड के नीचे है हनुमन। बैठे झेल रहे, शर पे शर वे दनादन।।
हुँकार की गर्जन से, गिरा रहे दुश्मन। यह रथ खिसकाना भर है, प्राण निष्कासन।।३०७५।।

अन्याय से लड़ना, और फिर विजयी भी होना। संकल्प यह ही है, दृष्टि का दिव्य होना।।
निष्काम करना, संघर्ष ही है योद्धा होना। संचालन सृष्टि का ही, है लक्ष्य का होना।।३०७६।।

युद्ध महायुद्ध करके, न्याय को रोपना। राम कृष्ण जैसे होके, अन्याय को रोकना।।
प्रीति भक्ति भाव से, उपाय करके रोपना। पूजा अर्चना तप धर्म से, न्याय रोपना।।३०७७।।

हनुमान जी से रक्षित, इस रथ को खिसकाना। समझो इस रथ का है, भस्म ही हो जाना।।
हनुमान जी को तुम पार्थ, सदा शीष झुकाना। ध्वज दण्ड की कृपा से, ही युद्ध जीते जानना।।३०७८।।

युद्ध की समाप्ति पर, शिविर में जो पहुँचे। पार्थ सर्व प्रथम नीचे, फिर हरि उतरे नीचे।।
हनुमान के चरण तक, सबके मस्तक पहुँचे। उतरे कि जला रथ, लौ आकाश को भींचे।।३०७९।।

हनुमान जी की जय, हर विजय है प्रभु आपसे। लंका या महाभारत, हर जीत प्रभु आपसे।।
चारों युग कपि हैं, पृथ्वी पर प्रभु आपसे। सिया राम हृदय, दिग्विजय है प्रभु आपसे।।३०८०।।

हृदय में सीता राम की, झांकी समाकर। दृष्टि में उनके, काम की पूर्त्ति सधाकर।।
धर्म न्याय का पृथ्वी, के लेखा थमाकर। किम्पुरुष वर्ष से कपि, निरखते आ जा कर।।३०८१।।

त्रेता में हनुमान, पूरी देह से लड़े युद्ध। द्वापर में लड़े, दृष्टि शब्द से महायुद्ध।।
कलयुग में पुजते हैं, हो भगवान वे प्रबुद्ध। राम काज रखेंगे, इस युग भी अनवरुद्ध।।३०८२।।

हनुमान और भीम

हे!राम के दूत हे, अतुलित बल के धाम । हे! अंजनि पुत्र हे, पवन सुत है नाम।।
हे! राम कृष्ण के पुत्र हे! एक संकल्प धाम। दिव्य दृष्टि दिव्य शब्द, शत्रुहर है नाम।।३०८३।।

केदारनाथ स्वयं, पशुपति भगवान। अर्जुन ने खुश किये, करके तप ध्यान।।
प्राप्त कर लिये, पशुपत्यास्त्र के वरदान। पहुँच गए उसे, लेके इन्द्र स्थान।।३०८४।।

शिव से अस्त्र, और वर उपहार में लिये। हुए सज्ज अर्जुन, संहार के लिये।।
निशात कवचों के, उद्धार के लिये। पहुँचे थे, इन्द्र पर उपकार के लिये।।३०८५।।

बद्रीनाथ में बाकी, चार पांडव रहे। द्रौपदी के रक्षण के, स्वेच्छा धार रहे।।
सुगन्धित ब्रह्म पुष्प, हवा तिर बहे। द्रौपदी के आँगन से, दिल द्वार बहे।।३०८६।।

बोली ब्रह्म कमल पुष्प, मुझे और चाहिये। पतियों द्रौपदी के, जाइये ढूढ़ं के लाईये।।
कहा चारों ने उससे, यहीं और उगाइये। फिर जी चाहे जितने, भी और पाईये।।३०८७।।

पर चले गदाधर भीम, बद्रीनाथ से। केदार शिखर जहां, केदार नाथ थे।।
चले जाते ढूँढ़ते हुए, द्रौपदी नाथ थे। रास्ते भर देखते, किधर पुष्प हे! नाथ थे।।३०८८।।

अलका पुरी जाने का, रास्ता रोके। लेटा मिला वानर, एक उल्टा होके।।
हटो जीव! तुम हो, पड़े पूँछ फैला के। बोला वानर बढ़ो आगे, पूँछ हटा के।।३०८९।।

हिला भी न पाए जब, पूँछ उसकी भीम तो। पूछा कौन हैं आप, हैं भीम के भी भीम जो।।
पवन पुत्र हूँ मैं, मेरे भाई! तुम भीम हो। राह है निषिद्ध न जाओ, चाहे तुम भीम हो।।३०९०।।

बोले भीम ब्रह्म पुष्प, हूँ लेने जाता। पीछे ने मिलने पर ही, हूँ आगे जाता।।
हनुमान जी बोले, उस ओर कोई न जाता। सरोवर पास खिलते है, यहीं से लो भ्राता।।३०९१।।

तुम भी हो पवन पुत्र, मैं भी पवन पुत्र। पुष्प उड़ाने वाले, पिता जी थे पवन पुत्र।।
मुझसे मिलवाना था, तुम्हें हे! पवन पुत्र। ले लो यहीं से पुष्प, ठहरो हे! पवन पुत्र।।३०९२।।

समुद्र लंघन रूप अपना, मुझ को दिखा दें। चरण पकड़े भीम बोले, मुझको कृपा दें।।
सह न सको तुम वो, रूप क्यों दिखा दें। कपीश बोले भीम से, क्या लाभ उसमें आ के।।३०९३।।

प्रचण्ड प्रलयंकर, प्रभाव में मैं प्रकटूँ। समुद्र लंघन रूप, और भाव मैं पकडूँ।।
दुर्लभ दुर्दम दर्शन दे, दुःख दर्द दूँ। असहनीय भय के, उस रूप मैं विकट हूँ।।३०९४।।

हठ न करो हो, छोटे भाई तुम मेरे। काँपोगे थर थर, बंधे दुःख के घेरे।।
उठो न पग पकड़ो, भाई तुम मेरे। इसी रूप दर्शन से, संतुष्ट रहो मेरे।।३०९५।।

फिर भी भीम ने, अपनी ज़िद नहीं छोड़ी। पैर न छोड़े, अपनी रट नहीं छोड़ी।।
हनुमान ने प्रार्थना, उसकी अब नहीं तोड़ी। समुद्र लंघन रूप की, ज़िद नहीं तोड़ी।।३०९६।।

समुद्र लंघन रूप में, हनुमान आ गए। सहस्त्र सूर्य पुंज, हर अरुण छा गए।।
पृथ्वी भर में प्रलय, कण कण छा गए। भय भंजक भरते, भय दारुण आ गए।।३०९७।।

अनन्त सूर्यों वाली, दिव्य और रक्तमय। अनन्त अलौकिक, अनन्य और शक्तिमय।।
भरा भीम के अन्दर, असह्य व सशक्त भय। बन्द आंखों हो गए, स्तुत और भक्तिमय।।३०९८।।

पिछला शान्त स्वरूप, हनुमान का याद कर। बोले देखी छवि बस, आपकी याद भर।।
आप रावण को, स्वयं रखते बर्बाद कर। छोड़ दिया वध का कार्य, क्यों आपने राम पर।।३०९९।।

शान्त स्वरूप में, हनुमान ने आकर। पूछा मार डालूँ क्या, दुर्योधन मैं ही जाकर।।
कृपा दृष्टि प्रभु हे! धन्य आपकी पाकर। अपना काम करूँगा, स्वयं बोले लजाकर।।३१००।।

तब हनुमान ने, भीम को था समझाया। सक्षम था मैं, पर यह कर न पाया।।
राम के कार्य को, नहीं हाथ लगाया। राम के यश का, स्वार्थ मुझे न भाया।।३१०१।।

पत्नी चुरा के, राम जी को उकसाया। राम का शत्रु, उन्हीं के हाथ मरवाया।।
सेवक था प्रभु का, सेवा कार्य निभाया। प्रभु के यश ने ही, मुझे यश दिलवाया।।३१०२।।

दशानन दंभ दर्प, दुस्साहस को दण्ड देना। बदा था करेगी, दशरथ पुत्र की सेना।।
मर्यादा पुरुषोत्तम का, चक्रवती होना। पुरुषार्थी राम से पात्र का, विजयी होना।।३१०३।।

वानर से रावण का, वध अनुचित होता। अक्षम्य राम सेवक, का यह कृत्य होता।।
जनता को राम चरित, न विदित होता। राम का शौर्य यश, हो उपकृत खोता।।३१०४।।

प्रभु राम के हर कार्य, का माध्यम था मैं तो। कार्य सम्पन्न होने का, साधन था मैं तो।।
अपराधी सिया चोर, रावण का मैं तो। मुण्डन खण्डन को, प्रभु वाहन था मैं तो।।३१०५।।

कपि आगे बोले, इस युग के महायुद्ध में। आमने सामने कौरव, पांडव होगें लड़ते।।
अर्जुन के रथ पे, बैठूँगा मैं इस युद्ध में। तुम्हारी हुँकार भीम, मैं गुँजाऊँगा बढ़के।।३१०६।।

कौरव तितर बितर, मेरी दृष्टि से होंगे। भयंकर मेरी गर्जना, सुनके मरेंगे।।
पांडवो की हानि, हरि करने न देंगे। कौरवों के अधर्म, प्रभु पलने न देंगे।।३१०७।।

परन्तु द्वापर में, कृष्ण के अस्त काल में। सूर्य छाया पुत्र शनि, छाएगा त्रिकाल में।।
हनुमान मैं बहुत नन्हा, होऊँगा इस कालमें। गृह होके शनि निम्न, होगें कलि काल में।।३१०८।।

हनुमान और शनि

महा प्रभु कृष्ण चन्द्र के, अस्त काल में। छाया सूर्य के पुत्र, के अस्तित्व काल में।।
हनुमान जी अत्यन्त नन्हें, हो गए विकराल से। अति नीच शनि भी, हो गए थे कलिकाल में।।३१०९।।

हनुमान जी ने समझाया, बहुत शनि को। गृह मात्र ही रह गए, हैं अब आप तो।।
हृदय मेरा राम घर, क्यों उसपे शनि हो। काम के न रह गए, कहा जाये शनि को।।३११०।।

प्रभु के पिता दशरथ, को न भूलें। सत्य निष्ठ वचनबद्ध, नृप को न भूलें।।
उनके पुत्र, मेरे प्रभु राम को न भूलें। मेरे राम के परिवार, और कुल को न भूलें।।३१११।।

यमुना और यम के, भाई आप हैं शनि जी। आपके प्रभुत्व में, पड़ी आज भूमि भी।।
बाईस वर्ष की साढ़े साती, आती शनि की। जीवन में ढलती, है पड़ती कभी भी।।३११२।।

ढाई वर्षों की क्रम से, तीन बार है आती। साढ़े सात वर्षों, तक रहने को आती।।
मनुष्य खाती शनि पे, सवार वो है आती। तीन चरणों में आ, सर धड़ पैर खा जाती।।३११३।।

ढ़ाई वर्षो तक सर, फिराए रखते शनि जी। उल्टे सीधे कार्य भी, करा देते शनि जी।।
अगले ढ़ाई वर्षों, दिल हरवा डालते शनि जी। अन्तिम ढाई वर्षों, पैर में रोग देते शनि जी।।३११४।।

शनि चढ़ बैठे थे, हनुमान जी के सर पर। हनुमान जी ने रखा, पर्वत सर दर्द पर॥
पर्वत पे पर्वत, रखते थे सर पर। बोझ पर बढ़ाते बोझ, शनि काँपे थर थर॥ ३११५॥

असह्य बोझ से दब कर, शनि गिड़गिड़ाए। हनुमान के चरणों पर, उतर तड़फड़ाए॥
ढ़ाई वर्ष के बदले, ढ़ाई दिन पर आए। यह सुन हनुमान ने, पर्वत और चढ़ाए॥३११६॥

शनि बोझ से लद दब, डरे कँप कँपाते। कपि के सर चढ़ने, का समय कम कराते॥
कपि सर पे पर्वत, पे पर्वत बढ़ाते। शनि की अनसुनी कर, पर्वत और उठाते॥३११७॥

ढ़ाई वर्ष से ढ़ाई दिन, फिर ढ़ाई पल पर आए। चढ़ने की मोहलत, शनि कम करते जाएं॥
सर दर्द पर्वत से, कपि कम करते जाएं। दम उनका देख शनि, नीचे उतर के आए॥३११८॥

हार कर हनुमान की, शनि स्तुति करते रह गए। डर कर उतरते रहते, सुधर गए॥
दबे पाँच पहाड़ों से, पिच कर के रह गए। झट से उतरने लगे, मरते बच गए॥३११९॥

हाथ जोड़े शनि गृह, हनुमान जी से बोले। कभी नहीं चढूँगा, कपि आप खुश हो लें॥
आपके भक्तों पर भी, नहीं चढूँगा बोले। कृपा हो, कभी पास न फटकूँगा बोले॥३१२०॥

दब पर्वतों से, दर्द से मर रहा हूँ। आप से दवा की, मैं चाह कर रहा हूँ॥
आपकी पूजा का तेल, लेप कर रहा हूँ। उस तेल से स्वस्थ हो, मैं शनि तर रहा हूँ॥३१२१॥

पूजा के एहसान का, फल मैं शनि दूँगा। ढ़इया अपनी ले के, सदा को चल दूँगा॥
आपके स्तुतिकर को, बल मैं शनि दूँगा। आप और आपके भक्तों को, छल न दूँगा॥३१२२॥

आऊँगा हाथी या, सिंह पर मैं चढ़ के। राजा कर दूँगा उसे, मैं खुद खुश होके॥
गधे या सूअर पर, मार दूँ चोर मैं बढ़ के। नख धारियों पर, चढूँगा खुँख्वार होके॥३१२३॥

शनि चढ़ असर, नर के जैसा करेगा। भलों को नृप करेगा, बुरों को मौत देगा॥
मनुष्य का प्रकार देख, शनि वाहन चुनेगा। वाहन का प्रकार चुन, असर वो करेगा॥३१२४॥

अमृत मंथन

सात दीपों का, महाद्वीप है यह धरती। अजनाभ वर्ष नाम से, जानी जाती धरती।।
छः सूक्ष्म एक वृहद् द्वीपों, की है धरती। वृद्ध रोग दुःख मृत्यु, की होती धरती।।३१२५।।

अजनाभ वर्ष के हिस्से, में है भारत वर्ष। कर्म लोक है जिसमें, कलयुग का पहला वर्ष।।
इसकी पूरी आयु भी, होती है एक वर्ष। दूसरा युग है होता, त्रेता वाला वर्ष।।३१२६।।

जम्बू देश में युगों युगों, यह वर्ष चलता। शनि निर्दिष्ट हनुमान के, युग का वर्ष चलता।।
जाम्बवान के राज्य में, दूसरा वर्ष चलता। बार बार आता जाता, युगों युग वर्ष चलता।।३१२७।।

कल युग में हनुमान, न हिले न डुलेंगे। स्थिर हो मूर्त्तिवत, मंदिर में ही मिलेंगे।।
किम्पुरुष वर्ष में, रंगवल्ली पुरी में होगें। कृपा कर कभी कभी, आ जायज़ा लेंगे।।३१२८।।

सुपुत्र ऋृषभ देव के, शुभ नाम भरत से। अजनाभ द्वीप का नाम, भारत वर्ष है भरत से।।
हिमालय से कन्या कुमारी, की परत से। जुड़ा नाम भगवान का, भी है इस परत से।।३१२९।।

मथ रहे थे देव असुर, दो ओर से क्षीर सागर। वासुकी सर्प की, रस्सी सिरों से घुमाकर।।
मंदरांचल पहाड़ की, मथानी बनाकर। कच्छप हरि की पीठ की, धुरी पे टिकाकर।।३१३०।।

मथ कर क्षीर सागर से, अमृत फेना निकला। सागर की सतह पर, मक्खन जैसा फिसला।।
सागर तले बैठा हरि, कछुआ ऊपर उछला। कलश में अमृत भर, देवताओं में जा निकला।।३१३१।।

कलश देख असुर दौड़े, हरि ऊपर झपटे। कलश ले के सारे, अमृत धर हो निपटे।।
अमृत पान न कर लें, असुर कैसे अब पटें। मोहिनी रूप ले हरि, असुरों में सिमटें।।३१३२।।

रूप रंग अदा से, अप्सरा बने हरि डोले। छल छल मदिरा, छलकाती आंखों से बोले।।
मैं दूँगी सुरा सी, पियो अमृत बोले। बैठो पंक्तिबद्ध, चिर जियो अमृत को ले।।३१३३।।

कलश दे बैठे असुर, पंक्ति बद्ध भी हो गए। हरि अमृत बाँटने को, कटिबद्ध भी हो गए।।
मोहिनी के जादू से, असुर आबद्ध हो गए। खुश झांकते कलश में, हरि के आंसू खो गए।।३१३४।।

हरि की आंसू बूँदे, हरि वल्लरी हो गयीं। किम्पुरुष वर्ष में, रंगवल्लीपुर की हो गयीं।।
हनुमान की तरह, किम्पुरुषवर्ष की हो गयीं। पृथ्वी आते जाते, पूज्य तुलसी हो गयीं।।३१३५।।

-९-

कलयुग

नवीनतम चरण

भगवान विष्णु के दस, अवतार हुए हैं। तीन त्रेता में, सत युग में चार हुए हैं।।
दो द्वापर एक कलयुग, अवतार हुए है। द्वापर जाए कलयुग आए, अंधकार हुए हैं।।३१३६।।

पूर्व ईसा के संवत्, इकत्तीस सौ दो में। अठठ्रारह फरवरी की, बसन्ती सर्दियों में।।
गए छोड़ पृथ्वी को, कृष्ण गर्दिशों में। गया द्वापर कलयुग उतरा, दुःख दर्दों में।।३१३७।।

विवर्त पुराण पढ़िये, कहा था कृष्णा ने। हे! गंगा मां, जनता पड़ी अब तृष्णा में।।
आत्मा डुबा रहे लोग, भाग्य की वरुणा में। स्वयं को रहे खोज, उत्थान की तृष्णा में।।३१३८।।

केन्द्र में मष्तिष्क के, है हाय और लपस्या। बुद्धि हुई नशे में, न ध्यान न तपस्या।।
पण्डित खो के ज्ञान मान, हो गए समस्या। सत्य और विवेक खो, करें लाग लपस्या।।३१३९।।

कहते मार्कण्डेय आज, राजा ही छीने। अराजकता को है, लगा रखा सीने।।
लगा हुआ वो जनता का, स्वयं रक्त पीने। पालक होश खो, हो आंतकी लगा जीने।।३१४०।।

कलयुग आ गया, फैली पापी बुराई। क्लेशों संघर्षो की, खुद गयी है खाई।।
काम क्रोध मद लोभ, में खोजें खुदाई। ईर्ष्या और आलस्य है, मुफ्त खोर ढिंठाई।।३१४१।।

कलयुग में संकल्प, भक्ति संकीर्तन का कर। ब्रह्म विवर्त पुराण कृष्ण का, कहना संज्ञान कर।।
कल्याण का संकल्प ले, मन शक्त बना कर। परिस्थितियाँ लड़ जीत, मन शुद्ध बना कर।।३१४२।।

भगवान कल्कि आयन, कलयुग में होगा। इस रूप कल्याण हेतु, विष्णु फिर होगा।।
चमकती तलवार हाथ में, श्वेत अश्व पे होगा। उदित पंचोरथ पर, नया सतयुग होगा।।३१४३।।

सत्य ज्ञान विज्ञान स्वयं भगवान

शोधार्थ अलका, पलट रही थी पन्ने। जिज्ञासा जागी थी, पूर्व ज्ञान की उसमें।।
कैसे दिखते थे लोग, थी क्या सोचें उनमें। कैसी गुण सूत्रों की, सरचनाएं थीं उनमें।।३१४४।।

आहा! थे पुराण में, दिखे शान्त शिवलिंग। परमाणु संयत्र की, संरचना के सम लिंग।।
शक्ति स्त्रोत ब्रह्माण्ड का, था जो शिवलिंग। लगा भाभा संयत्र का, निर्देशक शिवलिंग।।३१४५।।

बंद आँख स्वयं पर, ध्यान योग का संयम। कर्म योग से निष्कर्म की, सिद्धि पाने का नियम।।
शिव शक्ति स्त्रोत पर, शीतलता का संयम। जग भस्म न होने हित, संरक्षण का नियम।।३१४६।।

आहा! राम सीता की, सगुण सुन्दर मूर्त्ति। सत्व गुणी सूत्रों की, सम्पूर्ण आवृत्ति।।
रावणों कुम्भ कर्णों की, दैत्याकार आकृति। असुर गुण सूत्रों की, असंख्य पुनरावृत्ति।।३१४७।।

परम गूढ़ रहस्य ज्ञान, दिया अर्जुन को भगवन। अध्यात्म सर्वोच्च ज्ञान कहा, योगेश्वर खुद भगवन।।
मतस्य वाराह कछुआ, और नृसिंह का आगमन। परम गूढ़ विज्ञान ही, स्वयं मानो हैं भगवन।।३१४८।।

हो पुष्पक विमान, या समुद्र ऊपर सेतु। था मंत्र निर्देशन, नियमन लक्ष्य हेतु।।
कठिनाइयों के तूफ़ान, हल करने हेतु। मन बुद्धि शोधन, वैज्ञानिक हल हेतु।।३१४९।।

सती अनुसूया के, दिये सिय को उपहार। वस्त्राभूषण बिन धुले, धूल के अति पार।।
नैनो तकनीकी ज्ञान, दिखाते यह उपहार। त्रेता की वैज्ञानिक, क्षमता थी अपरम्पार।।३१५०।।

स्वेदज पुत्र उत्पत्ति, ब्रह्मचारी हनुमान से। आज की जीव वैज्ञानिकी है, परे इस अनुमान से।।
गांधारी के सौ पुत्र, अण्डकोष के विज्ञान से। कृत्रम अंगों क्लोनो की, पूर्ण सिद्धि ज्ञान से।।३१५१।।

अहिल्या का पत्थर बन, फिर स्त्री में उद्धार। त्रिशंकु को, तारामण्डल रच के उपहार।।
नरो जैसे वानरों, और रीछों के व्यवहार। त्रेता के विज्ञान से, मानों कलयुग की हार।।३१५२।।

अगर मान लें हम, थे यह किस्से कहानी। रामायण महाभारत, के अक्षर स्वर वाणी।।
कलयुग में डेंग्वी एड्ज़, रोगों की श्मशानी। न कहती शुद्धता और पवित्रता की हानि।।३१५३।।

पहले आकाशवाणी, फिर दूरदर्शी चल चित्र। प्राचीन वैज्ञानिकों के, सम्पूर्ण ज्ञान के हैं चित्र॥
प्रकट लुप्त कर, सौ सौ रचने के युद्ध चित्र। आज के वैज्ञानिक को, लगते अद्भुत विचित्र॥३१५४॥

मंत्र फूँक के बाण मार के, असुरों के वध की। नर से जानवर फिर नर, होने की महा सिद्धि थी॥
भविष्यवाणी अजन्में पुत्र से, कंस के वध की। दिव्य आंख संजय की, महल से महायुद्ध की॥३१५५॥

देह में चौबीस तत्व, सात विकारों के ज्ञान थे। चेतना रूप परमात्मा, हर देह बैठे ज्ञात थे॥
विवस्त को ज्ञान जो, दिया श्री भगवान ने। समय संग उड़ा जो, पृथ्वी से अज्ञात में॥३१५६॥

अनादि अजन्मा, सम्पूर्ण ज्ञान है भगवान। जन्म दर जन्म अध्यात्म, अर्पित करो ले के ज्ञान॥
जन्मों जन्म ज्ञानाहुति, देते हुए ससम्मान। पूर्णाहुति पर पा लो, स्वयं अपने भगवान॥३१५७॥

हुई कृत कृत्य धन्य, जीव विज्ञानी इस भान से। कर्म रत रहेगी, विज्ञान मान भगवान से॥
निष्पाप कर्म कर के, विज्ञान शोध कर ध्यान से। युग युग की सिद्धि, प्राप्त होगी विज्ञान से॥३१५८॥

हे! ज्ञान विज्ञान भगवान, रखिये शक्ति अक्षुन्न। चाटें रक्त बीज, मारें कैंसर जो निशुम्भ॥
कल्पारम्भों कल्पान्तों में, सृष्टि प्रलय अक्षुन्न। भगवान के हाथों में, चिर शान्त जग सुन॥३१५९॥

प्रयास और अभ्यास, में ही बसती है सिद्धि। तेरे पीछे अभ्यास रत, लोग देते प्रसिद्धि॥
सत्य खोजने में, बसी ज्ञान सिद्धि। ज्ञान सिद्धि विज्ञान, ही भगवान शुद्ध बुद्धि॥३१६०॥

कलयुग में भगवान दर्शन

प्रभु दर्शन - राम दास

हनुमान जी सर्व प्रसिद्ध, राम दास हुए थे। महाराष्ट्र में भी एक, राम दास हुए थे।।
राम राम जपते हुए, राम दास हुए थे। करोड़ जाप कर, गुरु समर्थ दास हुए थे।।३१६१।।

गोदावारी तट पे, समर्थ गुरु रामदास। वृक्ष की डाल पे, हनुमान प्रभु राम दास।।
ब्रह्म मुहूर्त्त में, रटें राम दोनों राम दास। राम स्तुति रत, रहें दोनों राम दास।।३१६२।।

बंद आँखों राम, जपते रहे राम दास। आंखे खुलीं तो थे, दिखे हनुमान प्रभु राम दास।।
गोमय मूर्त्ति प्रचलित, करते रहे राम दास। 'शैन मारुति' नामित, कर दिये गए राम दास।।३१६३।।

प्रभु दर्शन - तुलसी दास

''बनै तो रघुवर ते बनै, बिगरै ते भरपूर।
तुलसी औरनि ते बनै, वा बनिबै मैं धूर''।।३१६४।।

अर्थात

राम जी बनाएं, तो मै हूँ बनता। बिगाड़ें यदि तो, मैं भरपूर बिगड़ता।।
कोई और बनाए, मुझे तो न बनता। स्वयं वो बन जाता, मैं धूल हो रगड़ता।।३१६५।।

रोज़ दैनिक कर्म से, निवृत्त होके तुलसी। बबूल वृक्ष की जड़ में, जल लौटते रहे तुलसी।।
यही क्रम एक माह तक, चलाते रहे तुलसी। अपवित्र जल से, वृक्ष सींचतें रहे तुलसी।।३१६६।।

एक दिन जब लोटे में, जल नहीं बचा था। बबूल वृक्ष की जड़ में भी, पड़ नहीं सका था।।
उतर के वृक्ष से एक, प्रेत आ रुका था। बना छाया मूर्त्ति, तुलसी पे झुका था।।३१६७।।

कहा मूर्त्ति ने हूँ, प्रसन्न तुलसी तुम से। तृप्त होती रही, अपवित्र जल से सिंचके।।
मै खा पी नहीं सकती हूँ, कुछ स्वयं से। जीवित रही मैं, तुम्हारे जल से सिंचके।।३१६८।।

मुझसे मांग लो, जो है मन में तुम्हारे। उपकार हो गए हैं, कई मुझपे तुम्हारे।।
करा दें दर्शन राम का, तुलसी पुकारे। बसे राम ही राम जी हैं, मन में हमारे।।३१६९।।

मगर प्रेत के वश में, नहीं राम के काम हैं। कुछ और मांग लो, वश में राम न श्याम हैं॥
चलता हूँ वहां से, जहां राम न श्याम हैं। विष मुझे है वो सब, जिसमें राम न श्याम हैं॥३१७०॥

प्रेत भर तुम हो, जो उपकृत होकर भी। बस विष ही घोल सकते, कृत कृत्य होकर भी॥
रटता राम ही राम तुलसी, सत्कृत होकर भी। हटो दूर ऐ! प्रेत, मुझसे चलो न छूकर भी॥३१७१॥

इस पर बोली छाया, प्रह्लाद घाट में जाओ। कथा राम की सुनने को, आधी रात में जाओ॥
एक कुष्ट आता है, उसके साथ में जाओ। कथा नित्य सुनता है, तुम भी घाट में जाओ॥३१७२॥

उस कुष्ठ के चरण तुम, पकड़ बैठे रहना। दर्शन राम के करवा दें, ज़िद पकड़े रहना॥
वादा लेने पर ही, चरण उनके तजना। वर्ना दर्शन की ज़िद, करते पकड़े रहना॥३१७३॥

सामान्य प्रेत नहीं, हो सकता था यह कोई। अवश्य शिव का भेजा, हुआ गण था कोई॥
पता राम का देने को, प्रेत बन के वो ही। भेजा गया तुलसी का, मन तकने को ही॥३१७४॥

अगर प्रेत कोई यह, साधारण होता। अवश्य कष्ट और दुःखों, का कारण होता॥
हनुमान के हाथों, प्राण अकारण खोता। अवश्य उनके, कोप का भाजन होता॥३१७५॥

देखा कोढ़ी बैठा था, तल्लीन कथा में। तुलसी डूबे थे, राम दरश की व्यथा में॥
कोढ़ी का पैर खींच के, बैठे कथा में। करते प्रार्थना रहे, राम दिखा दें यथा में॥३१७६॥

बूढ़ा कोढ़ी हो गया हूँ, रोगी अशक्त मैं। आप उच्च कुलीन, स्वस्थ शालीन सशक्त हैं॥
पैर छोड़िये मेरा हूँ, रोगी और कुष्ठ मैं। आप को भी कर दूँगा, स्वयं सा अस्वस्थ मैं॥३१७७॥

रो दिये तुलसी कि, बस राम दिखा दें। आप स्वयं कपीश हैं, प्रबुद्ध सही दिशा दे॥
नहीं छोड़ूगां पैर कि, बस राम दिखा दें। आप स्वयं कपीश शुद्ध हैं, आशीष दिशा दे॥३१७८॥

राम भक्त को पहचान, गए कुष्ठ तुरन्त ही। पहचान के भक्त, तुलसी हुए थे सतुंष्ट भी॥
चित्रकूट में जा बसो, बोले कुष्ठ तुरन्त ही। राम लक्ष्मण वहीं बसे, देख तुष्ट हों सन्त जी॥३१७९॥

वनवास के समय, मंदाकिनी के तट पे। पत्तों की बना कुटिया, रहे दो भट थे॥
चित्रकूट की यज्ञ वेदी, के नीचे मठ पे। हनुमान जी भी राम राम, की करते रट थे॥३१८०॥

हनुमान जी अगर, राम की प्रार्थना करें तो। राम जी के मन में, कर लेती है घर वो।।
पहचान राम की कोई, न कर पाए अगर तो। दिखाते हैं हनुमान, दिव्य आंखें कर वो।।३१८१।।

घोड़ों पे वे निकले थे, सरपट सरपट। तुलसी की कुटिया के, सामने से झट पट।।
पहचान राम लखन गए, कपि बोले देख झट। तुलसी न पहचाने, दु:खी दिल गया फट।।३१८२।।

दर्शन देने प्रभु आए, सामने आँकते। तुलसी संज्ञा शून्य खड़े, रहे बगलें झाँकते।।
खुली आँखों भी, न देख पाए जागते। राम ने चुंधिया, आँखें दीं उनमें झांकते।।३१८३।।

अब तो हनुमान के, आगे रो पड़े तुलसी। आँसुओं से पग उनके, धो पड़े तुलसी।।
अपने प्रभु के आगे, अंधे जो पड़े तुलसी। प्रभु दिव्य दृष्टि कर दें, रो पड़े तुलसी।।३१८४।।

दोबारा दर्शन का, दिलाया आश्वासन। एक पर्व वहां, पड़ता था अति पावन।।
तुलसी चंदन घिसते, कर रहे थे आवाह्न। तिलक मांगते पहुँचे थे, दो नन्हें वामन।।३१८५।।

हनुमान वृक्ष पे टँगे, तकते बैठे रात दिन। ग़ौर करते राम राम, रटते रहे बिन गिन।।
रहे राम पहचान के, संकेतक वे उस दिन। भक्त की दृष्टि से, कहीं जाएं न राम छिन।।३१८६।।

तोता बन के कपि, रटते रहे थे राम राम। कर दें आख्या आंखो में, आते ही राम।।
चंदन घिस लगाया, बालकों को मान आम। लगे जपने हनुमान, तुलसी के नाम राम।।३१८७।।

चित्र कूट के घाट पै, भई संतन की भीर। तुलसी दास चंदन घिसै, तिलक करत रघुबीर।।
चित्रकूट का घाट है, संतों की लगी भीड़। चंदन घिसते तुलसी, तिलक धरते रघुवीर।।३१८८।।

तुलसी दास जी हनुमान का, यह दोहा सुनकर। गिरे तुरंत दोनों बच्चों, के चरण पर।।
हनुमान जी अब तक, थे 'राम स्तुति' कर। निमित्त बन खड़े रहे, राम के दर्शन पर।।३१८९।।

प्रभु दर्शन - अलका को

केन्द्र में जम्बूद्वीप को रखकर। तिरासी योजन ऊँचा, मेरु हो जिस पर।।
तेरह समुद्र परिधियों, में रख कर। मेरु शिखर का, नगर है ब्रह्मा घर।।३१९०।।

मेरु पर्वत के दक्षिण, और उत्तर में। तीन तीन पर्वतों, वाले पत्तर में।।
रम्यक हिरण्यमय, कुरुवर्ष उत्तर में। किम्पुरुष हरि हवृत दक्षिण पत्तर में।।३१९१।।

छः सूक्ष्म एक वृहद, अजनाभ द्वीप है। विष्णु पुराण उल्लखित, यह महाद्वीप है।।
प्रियवर्त्त के सातों, पुत्रों के सात द्वीप हैं। अग्नि धर के नौ पुत्रों, के यह द्वीप हैं।।३१९२।।

चारों ओर समुद्र, घिरे सारे द्वीप हैं। प्रजा प्रकृति में, अलग सारे द्वीप हैं।।
देवों अधिदेवों के, छः सूक्ष्म द्वीप हैं। मृत्यु कर्म नरों का, अजनाभ वृहद द्वीप हैं।।३१९३।।

सूक्ष्म द्वीपों में, नहीं है बीमारी। न हैं रोग बुढ़ापा, न दुःख मुत्यु धारी।।
युगों युग जिया करें, इनमें जनता सारी। जन्म-मरण के चक्र से, मुक्त हैं जीव धारी।।३१९४।।

किम्पुरुष वर्ष में, रंग वल्ली पुर है। हनुमान व तुलसी, का वहीं पे बसर है।।
जाते आते रहते, दोनों पृथ्वी पर हैं। भक्तों के रक्षण को, हर दम तत्पर हैं।।३१९५।।

श्री राम कथा के, समय कपि रहते। श्री राम भक्तों के, हृदय में भी रहते।।
श्री राम दरश हित, प्रार्थनाएं करते। श्री राम दिखा कर, वे भक्तों को तरते।।३१९६।।

हेम केतु नाम की, पहाड़ी पर स्थित। मध्य में किम्पुरुष, है हरिवर्ष स्थित।।
किम्पुरुषवर्ष के, दक्षिण में स्थित। हिमाद्रि हिमालय, भारत वर्ष विस्तृत।।३१९७।।

हिमालय से, कन्या कुमारी का खण्ड। भारत वर्ष में, देवधारी है अखण्ड।।
जब जब पापों से, हुआ भारी यह खण्ड। नारायण आए, नर अवतारी हो इस खण्ड।।३१९८।।

स्वयंभू के रूप में, हैं शंकर जी आते। हिम पुत्री से हैं, विवाह वे रचाते।।
पुत्रों गणेश, कार्तिकेय को वे लाते। परिवार सहित, कैलाश में घर बसाते।।३१९९।।

द्वापर युग में, उत्तर के खण्ड में। ब्रह्म कमल पुष्प, पाने की धन्ध में।।
भीम को दर्शन दिये, हिम के इस खण्ड में। वृद्ध हनुमान ने, लेट के ठण्ठ में।।३२००।।

अलका पुरी जा रहे, जब भीम थे। मिले पवन पुत्र, थे भाई जो भीम के।।
ब्रह्म कमल इस जगह, असीम थे। द्रौपदी ने मंगाए, अपने पति भीम से।।३२०१।।

बद्री नाथ के ऊपर, केदार नाथ में। यमनोत्री गंगोत्री, की धारा साथ में।।
केदारनाथ के मंदिर के, द्वार पे रात में। अलका दर्शन करने, खड़ी थी पांत में।।३२०२।।

हरिद्वार में स्नान, ध्यान कर के। बद्रीनाथ भगवान का, ध्यान कर के।।
यमनोत्री गंगोत्री में, स्नान करके। खड़ी अर्द्धरात्रि थी, अलका केदार दर पे।।३२०३।।

खड़े थे दर्शन पाने, को सब शरणार्थी। पंक्तियों में थे, सैकड़ों तीर्थ यात्री।।
पण्डित बोले हूँ, आपसे धीरज का प्रार्थी। प्रति क्षण खुलेंगे, शिव के पट दिन रात्रि।।३२०४।।

सुन अलका का मन, शोक में खो गया। प्रभु किये हर क्षण व्यस्त, सोग हो गया।।
भगवान को नहीं चैन, सोच में खो गया। एक पल विश्राम नहीं, अफसोस हो गया।।३२०५।।

अलका का मन बोला था, मन ही में भक्तों। माँग माँग करो तंग, न केदार प्रभु को।।
अपने आप भी कर लो, अपने कार्य कुछ तो। तभी सामने पाया था, केदार शम्भु को।।३२०६।।

पुजारी जी ने, पर्दा ज्यों खींचा था। अलका ने त्यों ही, ऐसा सोंचा था।।
काला बड़ा शिवलिंग, उसको दीखा था। केदार नाथ जी दिख गए, ऐसा सोचा था।।३२०७।।

स्नेहिल मन का अमृत पी, उठ आए थे वे। बड़े काले लिंग रूप, महाकाल दिखे थे।।
शान्ति से अलका के, नैन कर जुड़े थे। पर्दा उठा सोचा, केदारनाथ दिखे थे।।३२०८।।

नमन करके उसने, तुरंत सर झुकाया। स्तुति मंत्र आंखों को, बंद कर गाया।।
समय अन्दर जाने का, उसके आया। शिव लिंग कोई उसने, न दर पर पाया।।३२०९।।

इधर उधर आश्चर्य से, देखा खोजा। शिवलिंग नहीं था, कहीं अभी जो था।।
सती की त्रिशूल, लाल चुनर ओढ़े था। नन्दी दिखा बैठा, शिव जी को तकता।।३२१०।।

हत प्रभ चकित, रह गयी थी अलका। शिवलिंग नहीं था, खड़ी थी अलका।।
काठ की दीवारें, तक रही थी अलका। पांडवों पे घृत, देखती खड़ी थी अलका।।३२११।।

भीतर बर्फ़ का, शिखर घेर कर। परिवार सहित, केदारनाथ जी थे उधर।।
भैंसें की पीठ सा, केदार का शिखर। उमा, गणपति दिखे उन्हें ही घेर कर।।३२१२।।

पण्डित बोले, टीका लगा दें उन पर। पार्वती जी के, चमके वो सज कर।।
धक्का जो आया, टिका वो हट कर। लगा टीका गणेश जी, के उदर पर।।३२१३।।

स्वयं भू दिखे थे, विश्वास न हुआ। सौभाग्य का अलका को, भास न हुआ।।
भागीरथी के वेग से, विनाश जब हुआ। शिव की जटा पे, विश्वास तब हुआ।।३२१४।।

ग्यारहवें रुद्रांश के दर्शन - अलका को

यह राम कथा, उतरी काग़ज़ पर। बीस सौ तेरह, की आगत पर।।
सुन्दर काण्ड पढ़ा, था जागत पर। लिखा चरित हनुमान, का प्राकृत भर।।३२१५।।

सूर्योदय पूर्व, उठी थी अलका। दिव्य मुकुट देख, रही थी अलका।।
स्वर्णिम आ रहा, जिधर थी अलका। भयवश दबती, हटी थी अलका।।३२१६।।

मुकुट आते देख, झिझक रही अलका। हवा में चलता देख, दरक रही अलका।।
पास आ के झुका, हिचक रही अलका। कान में फूँका जो, न समझ सकी अलका।।३२१७।।

झोंका फूँक वायु, का कान में। दिखे पवन पुत्र, जाते सामने।।
हत प्रभ अलका, हनुमान थे सामने। नमन न सत्कृत किया, थे सामने।।३२१८।।

हनुमान जी स्वयं, आए थे मिलने। कानों में शायद, शब्द भाव भरने।।
राम दर्शन के, खुद निमित्त बनने। या राम कथा हित, सशक्त करने।।३२१९।।

अपराध हुआ था, भयभीत थी अलका। माफ़ करें हनुमान जी, मूर्ख थी अलका।।
मिला दें राम से, है प्रार्थी अलका। समझेगी माफ़ हुई, यह स्वार्थी अलका।।३२२०।।

हुआ सिलसिला था, प्रारम्भ अब तो। कथा राम जी की हुई, आरम्भ अब तो।।
लगा केदार रुद्र का, उपालम्भ अब तो। कथा राम की, रुद्राशं से शुभारम्भ अब तो।।३२२१।।

रुद्रांश की फूँकी, दिल से लिखने लगी। अलका की कलम, से निकलने लगी।।
कथा राम की, काग़ज़ पे दिखने लगी। 'श्री राम चरण स्पर्श' हो फलने लगी।।३२२२।।

कलयुग की त्रासदी-२०१३

बादल फटा था, सत्रह जून को। बीस सौ तेरह में, हुआ था खून वो।।
छोटा चार धाम, कटा था शून्य हो। गाँव खेत बहे, शान्त हो सून हो।।३२२३।।

केदार नाथ जी के, शिखर पे फिसला। चोरा चोरी का, हिमखण्ड था पिघला।।
मंदाकिनी में भर, भर पानी निकला। चोरा चोरी के, तालाब में था फिसला।।३२२४।।

भागीरथी भर, भर कर उछली। बहाया था मन्दिर भी, हो कर बिजली।।
नन्दी व शिखर, बचा कर निकली। परिसर बहा मानो, जटाओं से निकली।।३२२५।।

रुद्र ने आज खोली, तीसरी आंख थी। मनुष्य के अधर्म की, जो करती जाँच थी।।
अधर्मो की पोटली, हर भक्त की काँख थी। स्वयं भू खड़े थे क्रोध से, जलती आँख थी।।३२२६।।

पुल सड़कें साथ में, लिये बह गयी। होटल दुकान हर एक, लिये ढह गयी।।
कोई न आए, इस शिखर कह गयी। बसे न कोई घर, इधर कह गयी।।३२२७।।

शान्ति से तप, कर रहे स्वयं भू। छेड़ते हैं आलसी, निठल्ले नर घुस क्यूँ।।
त्याग के धर्म और कर्म, ऐसे नर क्यूँ। त्याग और कर्त्तव्य से, न खुश कर स्वयं भू।।३२२८।।

शिव के इस कोप का, उपाय करना होगा। निरुपाय ही वर्ना, हमको रहना होगा।।
दसवें विष्णु अवतार, होगें भजना होगा। कलयुग में आएं, इन्तजार करना होगा।।३२२९।।

धरा का बोझा, कम करने को। अपना ही कार्य, निर्मम करने को।।
स्वयं भू आए, हर हर हरने को। भागरथी से हर, भक्त तरने को।।३२३०।।

करने होगें वन, यहां सुरक्षित। धारावी देवी को, नमन कर रक्षित।।
कस्तूरी मृग घास, चीड़ संरक्षित। धारा काई रज, खेत हर सुरक्षित।।३२३१।।

बादल ने फट कर, स्पष्ट कर दिया। प्रकृति को दुह हमने, नष्ट कर दिया।।
शंकर जी को कष्ट दे, रुष्ट कर दिया। भूमि में भी कष्ट, ही कष्ट भर दिया।।३२३२।।

दुष्कर्म किया, फल सहना ही पड़ा। प्रकृति ने भंयकर, पाश में जड़ा।।
हमें उतरना, मृत्यु घाट ही पड़ा। यह ज़ल ज़ला, जड़ मूढ़ता ले उड़ा।।३२३३।।

मानवों अब तो, सुनो सृष्टि की। ज्ञान विज्ञान की यदि, नहीं वृष्टि की।।
प्रकृति संरक्षण पे, नहीं दृष्टि की। स्वयं भू ने समझो, क्रुद्ध दृष्टि की।।३२३४।।

सुनोगे कथा तुम, तो राम दिल में होगें। सीता लक्ष्मण के संग, वहीं बसते होंगे।।
सुनाओगे सुन के, राम पुष्प खिल के होगें। सुना सुन खिलोगे, बसन्त राम से होगें।।३२३५।।

त्रासदी की नदियां, बहा भूमि रोई। पापियों के पाप से, अघा भूमि रोई।।
सत्यलोक में जा के, लजा भूमि रोई। ब्रह्मा से अपना दुःख, बता भूमि रोई।।३२३६।।

ब्रह्मा बोले धरती, तुम मां हो सबकी। धीरज धरती शक्ति, सम्पन्ना हो कबकी।।
श्री हरि चरणों पर, रखो भक्ति पक्की। विपत्ति हरेंगे, पीड़ा हारी आ सबकी।।३२३७।।

कण कण में तुम्हारे, विरक्त भाव हरि रहते। प्रकटते सशक्त प्रेम, प्रभाव के ही रहते।।
अप्रकट जो निर्गुण, स्वभाव हर दम रहते। प्रकट होते ही वो, सगुण भाव नम रखते।।३२३८।।

केदार में अलका ने, धन्य स्वयं को पाया। महाकाल ने दर्शन दे, स्वयं रूप दिखाया।।
हनुमान चट्टी पे, ज़लज़ला ऐसा आया। एक नर की बलि, ले के कारवां बचाया।।३२३९।।

शुद्ध मन बुद्धि रस, मानों शम्भु पी के। इंगित कर रहे थे, दुःख दर्द मां पृथ्वी के।।
वर्षों से कट कर के, कष्टों से जीते। देखते ही रेतेंगे, जो भू मां को रेते।।३२४०।।

रहे गूँजते डम डम, डमरु घन प्रभु के। गिरे बजते तड़ पड़, तड़ पड़ अश्रु थे।।
छः घण्टे डर डर, कर कँपे भक्त प्रभु के। रहे मांगते प्राण, बख्श दें भोले प्रभु से।।३२४१।।

रहूँगा बोले भोले, मानवों सा जी के। मरूँगा पियूँगा कष्ट, विष मैं धरती के।।
हलक़ में पड़ा भू, कष्ट ज्यों केदार जी के। रुके नाचते पग, नटराज नर्त्तकी के।।३२४२।।

लगातार उफ़न, के बढ़ी गंगा जटा से। पवन श्वास बढ़ी, सारे जन वन हटा के।।
खुली तीसरी क्रुद्ध आंख, शान्ति मिटा के। उड़ी कामी कमनीयता, धोखे सी ढा़के।।३२४३।।

शिव क्रोध का ताण्डव, दुनियां ने देखा। ढेरों ढेर भक्तों को, दुविधा में देखा।।
जड़े पेड़ उठे पांव, उखाड़ शिव ने फेंका। धम से केदार जी, ने बद्री में झोंका।।३२४४।।

धरा का था बोझा, उठा शिव को धरना। पालन कर्त्तव्यों का, था शिव को करना।।
नरों का दुःख पाप, विष उनको हरना। भक्तों को स्वर्ग भेज, था शिव को तरना।।३२४५।।

समाधिस्थ धारवी देवी, बैठी थी नीचे। रहीं थीं गंगा धारा, अब तक वो रोके।।
टूटी उनकी समाधि, हुआ पाप जो नीचे। रूठीं थीं गंगा फिर, रुकें किसके रोके।।३२४६।।

प्रकृति सह के रोती थी, बोझ जाने कब से। रो रो भज रही थी, वो शिव जाने कब से।।
शिव शान्त समाधिस्थ, थे न जाने कब से। ठहरा धैर्य भहराया था, क्रोध उनका उठके।।३२४७।।

धर्मोपदेश देने उठे, आज शिव जी थे। सत्य कर्म निर्देश देने, चले आज शिव जी थे।।
''धरा का न दोहन करो,'' बोले शिव जी थे। ''प्रदूषण कहीं भी न हो'' बोले शिव जी थे।।३२४८।।

शिव कोप हेतु, उपाय हम को करना। कर्मयोगी बनके अब, कार्य हमको करना।।
केदार जी के वर हित, तप हमको करना। निर्दिष्ट उनके मार्ग पर, ही सबको चलना।।३२४९।।

कर श्री रुद्र के, चरण स्पर्श। बोलो श्री रुद्र, भगवान की जय।।
कर 'श्री राम चरण स्पर्श'। बोलो सिय राम, लखन हनुमान की जय।।३२५०।।

बोलो सिया राम, लखन हनुमान की जय।।

❐ ❐ ❐

www.ingramcontent.com/pod-product-compliance
Lightning Source LLC
Chambersburg PA
CBHW081132020726
47504CB00010B/2049